长沙晚报

封面特稿

主　　编　李鹏飞
副 主 编　李万寅
执行编委　刘先根　彭　京

湖南师范大学出版社

序　言

陈　刚

这是一个草木芳菲的绚烂季节，朝霞染红了长空万里。这是一个风动云兴的伟大时代，世界正聆听东方巨龙的长啸。

一百年前的嘉兴南湖，一艘红船徐徐驶出，一面红旗高高举起。中国共产党人走过贫瘠的雪山草地，完成了壮怀激烈的长征，用铁锤和镰刀医治五千年历史的沉疴，在九百六十万平方公里的土地上播下希望。一百年后，这艘红船已成为巍巍巨轮，这面红旗已成为整个天空。

并非巧合，或是必然。7 月 1 日，也是《长沙晚报》的生日。65 年前的 1956 年 7 月 1 日，《长沙晚报》应运而生，可谓“生在新中国，长在红旗下”。65 年来，晚报人秉持“党的权威，人民的晚报”的办报宗旨，与百姓同呼吸，与城市共命运。坚持“市委机关报、市民都市报、省会特区报、融合移动报、人文教育报”的发展定位，做好纸媒深度文章。

得读者者得天下。以优质的内容吸引用户、以丰富的思想影响读者，才是新闻业的核心竞争力和安身立命之道。迎接全媒体时代，应对融媒体革命，更要坚持“原创为王”，以深入成就深度，以视野成就高度，重原创、出精品，大力提升新闻的传播力、引导力、影响力、公信力。

大时代需要推出大作品，新时代需要打造新高地。《长沙晚报》以“封面特稿”这种表现形式全面打造成自己的拳头产品、重磅利器，赋予其新的内涵、新的意蕴。其特点是围绕“国之大者”“省之大计”“市之大业”，以宏大的叙事、磅礴的气势、醒目的编排，彰显长沙经济社会发展的大手笔、大气魄、大作为，走出了一条打造媒体重大主题报道大阵地之路，成为全国党报主题报道深度化探索的独特标本。

一张报，一座城。纸上亦波澜壮阔，笔下皆国计民生。这部结集，时间从 2019 年 9 月到 2021 年 5 月，作品共计 24 篇。排在首篇的是长篇报告文学《绝对忠诚》，以有力度、有温度的文字，以历史与现实不断穿插的表现手法，再现了一代英雄的悲壮与崇高。其他诸篇，如纪实长沙抗击新冠肺炎保卫战的《人民至上》、描绘长沙 70 年沧桑巨变恢弘画卷的《青春之城》、记叙“保护一江碧水”重大决策的《湘江！湘江!》，歌咏脱贫攻坚、精准扶贫的《妈妈回家》等，无不是精彩的时代报告，厚重的历史记录。

大声鞺鞳，以气势胜；大气包举，以力度胜。这部封面特稿的结集，是《长沙晚报》值创刊 65 周年之际向建党百年献上的一份厚礼。在今后的道路上，望《长沙晚报》继续坚持正确的政治导向和办报方向，继续保持守正创新的根与魂，继续葆有昂扬向上的精气神。有人说，年轻时，晚报犹如一扇窗，他们站在窗口看新鲜的世界；而今，晚报已如老友，与友谈笑，尽是光影流年。感谢晚报的记者编辑、全体同仁！且将名字刻在春天永恒的门楣上，视通万里，胸藏烟霞，不负韶华不负时代。

是为序。

2021 年 6 月 10 日

（作者系中共长沙市委常委、宣传部部长）

目　录

一

心系人民 绝对忠诚

绝对忠诚

李鹏飞　庄居湘　范亚湘

“对党绝对忠诚要害在‘绝对’两个字，就是唯一的、彻底的、无条件的、不掺任何杂质的、没有任何水分的忠诚。”习近平总书记多次讲述陈树湘断肠明志、绝对忠诚的故事，强调“无论我们走得多远，都不能忘记来时的路”。

陈树湘铜像

金秋时节，地处长沙之北的影珠山披着绯红、橙黄、绛紫、翠绿的秾丽色彩。满坡金灿灿的稻谷，山风拂过，层层梯田稻浪翻滚，直接云天。山中间以石径农舍，茂林修竹，蝴蝶翩翩起舞，白鹭自由翱翔，俨然一幅精美绝伦的山水画。

天如海，山如盘，视野阔。秋高气爽，正是人们前来影珠山登高远眺、一展襟抱的美好季节。

山下，一支支举着红旗的队伍或者三五成群的游人，纷纷走进长沙县福临镇福临铺社区枫树湾的树湘文化广场、陈树湘故居，在那红彤彤的枫树下寻觅、追思、宣誓……

1914 年秋，长沙地区遭遇大旱，庄稼颗粒无收。年仅 9 岁的陈树湘跟随父母沉重的脚步，恋恋不舍地离开了枫树湾，逃荒到长沙小吴门外的陈家垄，一家人靠租地种菜、卖菜、帮厨、打杂勉强维持生计。

1934 年初冬，湘南满山遍野的枫叶如火如霞，中国工农红军第 34 师师长陈树湘为了掩护党中央和红军主力渡过湘江天险，在惨烈的湘江之战中身负重伤，不幸被捕。“宁死不当俘虏!”他趁敌不备，毅然决然地用手从伤口处掏出肠子，用力绞断，壮烈牺牲，实现了“为苏维埃新中国流尽最后一滴血”的庄严誓言！他那断肠明志、绝对忠诚的壮举，幻化成一棵棵挺拔的枫树，红遍湘江，红遍中国！

美丽乡村处处静美，英烈故事却动人心魄。最近几年，影珠山已成为人们向往的地方，前来树湘文化广场、陈树湘故居参观、瞻仰的人一拨接着一拨……

一　曾记否，到中流击水，浪遏飞舟？
——毛泽东《沁园春·长沙》

“独立寒秋，湘江北去，橘子洲头。看万山红遍，层林尽染；漫江碧透，百舸争流……”阳光明媚，登临长沙杜甫江阁吟诵伟人诗词，凭栏远望，岳麓山上白云悠悠，橘子洲头碧波盈盈，秋江如练，一路北上。

长沙市八一路 538 号，是小吴门外一处闹中取静的地方。上世纪早期，这里还是长沙城区的东北郊，一栋砖木结构的平房前有两口水塘，塘水清澈透亮，故名清水塘。其时，清水塘周边还只有几间简陋的农舍、瓜棚菜圃和阡陌小径。流落至此的陈树湘和家人就寄居在其中的一间农舍里，一家人起早贪黑地种菜、卖菜，闲时还去长沙城里的饭铺酒肆帮厨、打杂，可仍旧难以填饱肚子。

时光飞逝。转眼陈树湘已由一个羸弱少年成长为英姿勃发的青年，家乡重义尚武的传统和长沙街头爆发的革命风暴牵引着他的目光。“陈树湘原名叫陈树春，家乡人都叫他‘春伢子’，他从小就崇拜苏武持节不屈，钦慕岳飞精忠报国。”长沙县陈树湘烈士追思团发起人冯胜奇的爷爷冯福志是陈树湘儿时的玩伴，成人后，冯福志开了一家小染房，“那个时候，爷爷每次将染好的布匹送到长沙布庄后，就会到‘春伢子’那里落脚……爷爷生前经常给我讲陈树湘大爹（爷爷兄长之意）的故事”。

百年前，长沙革命知识分子致力于传播新思想，反对军阀统治的斗争风起云涌，一场革命风暴正在酝酿。进步青年陈树湘已没法一门心思种菜了。1919 年，陈树湘受“五四”运动影响，参加了由毛泽东、何叔衡等新民学会成员发动的长沙反日爱国运动。冯福志曾多次告诉冯胜奇：“‘春伢子’这个人同情穷人，只要见到穷人被欺负，他就愤怒得像一团火……我每次去他那里，他都会想方设法包两个饭团塞给我带着在回家的路上吃。”

1921 年 10 月，中国共产党最早的省级支部——中共湖南支部宣告成立。为了便于开展工作，支部书记毛泽东和夫人杨开慧一家租住在清水塘边的那栋平房里，这便是长沙人后来一直亲切称呼的“清水塘毛润之杨开慧故居”。

历史就是这样神奇。那段时间，经常有一俊朗帅气的年轻人边吸着烟边在清水塘边散步。他时而从水塘里掬水洗把脸，走到青葱菜地旁沉思；时而登上附近的小山坡，驻足眺望滔滔湘江之水和钟灵毓秀的岳麓山……这个年轻人就是毛泽东。

一日，刚刚卖完小菜回家的陈树湘看到了在菜园边漫步的毛泽东。“咦，这不是经常在街头演讲革命道理的毛泽东吗?”长沙县陈树湘断肠明志精神宣讲团团长杨义说，正是因为结识了毛泽东，“春伢子”方才从一个穷苦菜农走上了革命道路。

毛泽东左手叉腰，右手食指和中指夹着点燃的一支纸烟，打量了一下憨厚的陈树湘，一口浓重的湘潭话问："你是哪里人呀？"

"长沙县福临铺人。"陈树湘兴奋中夹杂着几分紧张。

"福临铺？那你可是有福之人呀！叫什么名字呀？"其实，毛泽东早就注意到这个没日没夜种菜的小伙子了，对陈树湘的勤苦耐劳十分赞赏。

"陈树春。"陈树湘不好意思地笑着说，"家乡人都叫我'春伢子'。"

陈树湘画像

毛泽东深深地吸了一口烟，轻轻地摇着头道："树春，树叶在春天发芽……"突然，毛泽东猛地弹了一下烟灰，烟头燃得火亮，"我看，不如把名字改为树湘，像一棵直插云霄的参天大树，树立在潇湘大地之上！”

“好！”陈树湘欣喜地朝毛泽东鞠了一躬，说，“谢谢您！”

毛泽东农民运动火红的第一块试验田，就肇始在陈树湘家那块租种的菜地上。从此，一个红色生命的始终，都维系在芙蓉国的千里湘江之上，而陈树湘也如这个名字所寓意的那样，“到中流击水，浪遏飞舟”，在人生最美好的年华，矢志不渝，血洒湘江，将生命之树挺立于潇湘大地、中华大地！

二　山，刺破青天锷未残。天欲堕，赖以拄其间。
——毛泽东《十六字令》

天高气清，山峦叠翠。2016 年秋，冯胜奇带着十几名陈树湘烈士追思团成员，第一次踏上了陈树湘最后战斗的湘桂边境。“我们在山林峡谷中穿行，就是为了追寻陈树湘当年的足迹，从先烈身上体悟信仰的力量。”

1922 年秋，陈树湘加入中国社会主义青年团；1925 年 7 月，经滕代远、周以栗介绍转为中国共产党党员。1927 年 9 月，陈树湘参加毛泽东领导的秋收起义，后历任红 4 军第 31 团连长、第 3 纵队大队长……他像当年在长沙小吴门外菜地种植、收获的朝天椒一样，成了一颗如火炬的“红尖椒”。

“毛泽东的用人风格就是，越是器重的人越放到风口浪尖上去激励去斗争！”杨义说，经过无数次的战斗洗礼，陈树湘迅速地由连队基层干部成长为一名红军高级指挥员。1934 年 3 月，陈树湘被任命为红 5 军团第 34 师师长，在第五次反“围剿”中，红 34 师于福建泰宁一线击退 3 万余国民党军的进攻。“几乎在每一次激烈的战场上，都可以看到陈树湘冲锋陷阵的身影。”

1934 年 10 月 18 日，陈树湘率红 34 师作为后卫部队参加长征。11 月 25 日，中央军委命令红 34 师担任全军抢渡湘江天险的总后卫，面对湘江东岸密密麻麻的敌人，这意味着断后的红 34 师将成为“绝命后卫师”，随时可能遭遇敌人切断包围，导致全师覆没，而且这种危险正一步步逼近，连空气中都透露着紧张、危急。

11 月 29 日黄昏，响了一天枪声的湘桂边境迎来了难得的安静。在道县蒋家岭的小道上，四骑快马直奔红 5 军团驻地而去。骑在马背上的是红 34 师师长陈树湘、师政委程翠林，100 团团长韩伟、团政委侯中辉。此前，有通信兵送来紧急通知："34 师并 100 团指挥员速到军团部……"

陈树湘等走进红 5 军团指挥部，早已等候在那里的军团长董振堂和参谋长刘伯承两位军团首长的气色格外凝重，见此，陈树湘悄声对身旁的韩伟说："任务非同一般!"

陈树湘的预料没错，少了往日的寒暄，军团长董振堂直奔主题："有艰巨的任务交给你们!""为了中央和整个红军的命运，红 34 师愿意无条件地继续殿后！我们早已做好了最坏的打算，不管遇到什么情况，决不给红军丢脸!"陈树湘毫不犹豫地说。

刘伯承坚毅地说："好，要的就是你这句话!"交待完任务后，两位军团首长与陈树湘等 4 人一一握手道别。4 人中唯一活下来的、后来成为开国中将的韩伟回忆："当时，每个人的心情都很沉重，我们相握的手都在颤抖，有一种生离死别的预感笼罩在我们的心头……"

山岗云雾缭绕，寒风凛冽，茅草上冰冷的露珠溅落到急速行军的红军战士们单薄的衣服上……"我们追思团从道县的雷口关进入广西灌阳县，到达水车一带的茅铺、大营、德里和五家湾。这正是 1934 年 11 月 29 日深夜，红 34 师 6000 多名将士急赴广西阻敌的路线。"冯胜奇说，即便到现在，这条路都特别险，荆棘遍地，坡陡沟深。

前后左右早已集结了蒋、湘、桂 10 个师的三路强敌，红 34 师迎面撞向了敌人的刀刃，一张巨大的网如铁桶般将他们罩住。陈树湘别无选择，唯有率全师拼死抵抗，才能拖住如蚁群般的顽敌，确保党中央和红军主力安全渡过湘江。

红 34 师尚未立足，左、右两侧就受到夹击，突破敌军第四道封锁线抢渡湘江的阻击战旋即打响，陈树湘率领全师同 10 倍的敌军艰苦鏖战。"打退敌人，拖住敌人，争取时间就是胜利!"尽管战斗异常激烈，久经沙场的陈树湘仍是从容不迫地指挥着："韩团长带 100 团从正面阻击，我和程政委分别从两翼挥师杀出!"

1934 年 12 月 1 日，已归中央军委直接指挥的红 34 师接到了最后一道命令："立即向湘江渡口转移，并且迅速渡江"向东折返，从三面顶住敌人的攻势。接连移防、变换阵地，还没等构筑好工事，敌人就潮涌而至。不过，长征以来一直殿后，红 34 师已经习惯了临危不乱地去分头抗击敌人，像钉子那样钉在山头，阻挡敌人向前推进。

苦战 4 天 5 夜，12 月 3 日下午，当掩护最后一支红军主力渡过湘江后，虎口幸存的红 34 师已锐减到不足 1000 人，师政委牺牲了、政治部主任牺牲了……湘江血流漂杵，浮尸连江。

电视剧《绝命后卫师》剧照，左一为陈树湘

"为何敌人 10 倍于我还要苦苦坚守？为何身处虎口之厄还要奔突护卫？为何眼见身边的战友相继倒下还要推锋争死？"陈树湘烈士追思团的几位小伙子一边寻访，一边追问。"山，刺破青天锷未残。天欲堕，赖以拄其间。"冯胜奇说，直到读了刻在一座山头石碑上的这首毛泽东所作《十六字令》，几位小伙子才豁然开朗：正是因为信仰的力量，才能赴汤蹈火，砥砺前行！

80 多年前，一批又一批追思团几位小伙子的同龄人，用他们那傲立苍穹犹如长剑的身躯和意志，义无反顾、战不旋踵，以鲜血和生命回答了后来人的追问：即使天快塌下来了，也要似巍峨的山那样挺直脊梁，傲然屹立，支撑着天得以铺展于浩瀚宇宙之间。追思团几位小伙子坚决相信：“寻找到的这个答案在当下依旧力重千钧、毫不褪色!”

三　对党绝对忠诚要害在“绝对”两个字。
——习近平《在全军政治工作会议上的重要讲话》

红军主力全部渡江西进，一连几天的战火散去，湘江两岸出现了少有的平静，唯有江水自始至终流淌着，时而气势磅礴、狂飙横澜；时而浮光跃金、浪恬波静。美国著名作家斯诺在其《西行漫记》中，称湘江是“中国南方一条绝美的河流”。或许，血色湘江亦是“绝美”的原因之一，何况这种“绝美”还在红 34 师上演。

更为险恶惨绝的局面已经来临，被劲敌阻截在湘江以东的红 34 师成为了一支孤军！不断地冲锋、突围，红 34 师电台全部毁损。与中央军委失去联系后，陈树湘率领队伍杀出重围，沿湘江东岸北进。根据中央军委最后那道命令指示，意欲打回群众基础较好的湘南开辟游击区，可迎接他们的是四面山头上横卧着的豺狼虎豹。

1934 年 12 月 4 日，红 34 师遭遇桂军残酷剿杀，仅有 400 余人突围。最可恶的是，往往红军还来不及喘一口气，不知从哪儿冒出来的地方反动武装就会如同疯狗般扑来，仿佛非洲草原上一大群臭名昭著的斑鬣狗扑向一头因伤而落单的雄狮。

一天接一天，一战连一战，红 34 师消耗惨重。夜幕降临，枪声停顿下来。这是一个极美的夜晚，繁星缀满深蓝色的天空。冬天已经来临，高山上积了薄薄一层雪，疲惫不堪的战士们又冷又饿，纷纷捧起冰冷的积雪，艰难地往嘴里塞。雪水溶解了战士们体内所剩无几的脂肪，转化成最后搏杀的能量!

趁着夜色，陈树湘召开了最后一次师、团干部会议，决定分头突围。

“置于死地而后生！”连续几天颗粒未进的陈树湘坚定地对战友们说，“哪怕只有百分之一的希望，我们也要竭尽全力争取突围成功。万一突围不成，我们决不可以投降……绝对忠诚，绝对担当，誓为苏维埃新中国流尽最后一滴血！”

天一亮，韩伟带着100来名战士拖住敌军1000多人，掩护陈树湘等战友突围。韩伟被敌人给缠住了，所在山头被围得水泄不通。子弹打光了，蜂拥的敌人逼上来，企图活捉红军，韩伟和剩下的几名战士转身跳下了身后的悬崖……12月10日傍晚，陈树湘带领仅剩的200多人，迂回到江华县桥头铺，欲强渡牯子江直奔湘南。忽然，从三面山头上钻出了大量敌人，陈树湘随手端起一挺轻机枪朝敌群猛烈地扫射，不料，一颗罪恶的子弹打穿了他的腹部，似有一根烧红的烙铁从肚肠间捅进来，热血喷涌而出……

陈树湘用皮带绑住伤口，躺在担架上继续指挥战斗。两天后，红军到达道县木田村，清点人数，仅存一名连长向担架上的陈树湘报告：“中国工农红军第34师，现在全师还有53人，其中轻伤15人，重伤7人，子弹103发，手榴弹21颗……请师长指示！”陈树湘扫视了一下他的战友，断然地说：“同志们赶紧突围，我和负伤的同志留下来掩护。从现在起，红34师只有同志，没有师长！”

陈树湘忍着疼痛，与负伤的战友一道浴血奋战，力图引开敌人，掩护其他的战友突围……

天旋地转，刀山火海，肝胆俱裂，柔肠九损。陈树湘在血红与惨白的意象中煎熬挣扎，犹如巨浪不断地奔涌、撞击、迸裂。

眼前的漫天血色变成了无边的漆黑，死神青面獠牙，黑咕隆咚地张着血盆大口……排山倒海的剧痛汹涌而来，陈树湘在浓稠的血腥里昏迷过去。

12月18日，陈树湘再次睁开眼睛，发现抬担架的已变成了敌人。抓到一个红军高级指挥员，敌人莫不弹冠相庆，雀跃献俘。赤胆忠心，怎堪失志？士可杀而不可侮！趁敌不备，陈树湘毅然用手从伤口处抠出了滑溜溜的肠子，两手奋力地上下撕扯，却因伤重力量不济而没能扯断。担架在崎岖的山路上颠簸，他顺势将血色模糊的肠子塞进了嘴里，死死地咬住。上下两排牙齿间已没有了间距，陈树湘拼尽最后一口力气，双手抓住肠子向下狠劲一扯。鲜红的血似焊花迸溅开去，柔肠绷断了，血淋淋地拖了一地。惨不忍睹的血腥吓傻了抬担架的敌人，两人腿一软瘫倒了下去……

愁云惨淡，山河呜咽，但空气中弥漫的没有忧伤，唯有悲壮。陈树湘仰卧在地上不再动弹，只有血还在汩汩地往外涌……陈树湘牺牲了，年仅29岁。他用刚烈决绝的死亡捍卫了自己的信仰和忠诚，实现了“为苏维埃新中国流尽最后一滴血”的铿锵誓言，在中华大地上树立起红色的丰碑！

牺牲在湘江上游的陈树湘沿着碧血的湘江回到了长沙，只不过，回来的只有他那颗不屈的头颅。敌人残忍地割下他的头颅，悬挂在长沙小吴门上。

这里，曾经是陈树湘最熟悉的地方，那不闭的双目，依然炯炯有神！他看见了，看见了卧床不起的母亲，“自古忠孝不两全，娘啊，儿子对不起您！”他望见了，望见了家乡福临铺的影珠山，枫树湾正一派红叶烂漫……为了山河不再破碎而断肠明志、身首异处，陈树湘那绝对信仰、绝对忠诚的魁伟形象，至今虽隐没在烽火岁月逝去的硝烟里，却鲜活在人民群众的心目中。

2014年10月31日，习近平总书记《在全军政治工作会议上的重要讲话》说：“对党绝对忠诚要害在‘绝对’两个字，就是唯一的、彻底的、无条件的、不掺任何杂质的、没有任何水分的忠诚。”陈树湘犹如一颗闪亮的流星，划过黑夜，虽然生命短暂，但他断肠又断头，坚定不移跟党走，一腔热血铸忠魂，谱写了一曲对党和人民绝对忠诚的生命赞歌！

四　无论我们走得多远，都不能忘记来时的路。

——习近平《在“不忘初心、牢记使命”主题教育工作会议上的讲话》

英雄虽已故去，但其精神依然熠熠生辉。陈树湘断肠明志的故事，领袖不会忘记，人民不会忘记，战友、家乡更不会忘记。

电影《血战湘江》里有一个镜头，毛泽东拄着木棍挤在红军队伍中渡过湘江后，停留在岸边久久不愿离去。当听到红34师还被困在湘江以东时，他黯然垂首，反复念叨着红34师和陈树湘的名字……

“把先辈们用鲜血和生命铸就的优良传统一代代传下去。”2014 年 10 月，在全军政治工作会议上，习近平总书记深情地讲述了陈树湘的英雄壮举，让在座的与会代表无不为之动容。今年 3 月 4 日和 4 月 30 日，间隔不到 60 天，习近平总书记两度提到陈树湘。

血脉传承，暖意萦怀。

“您用断肠铸就忠诚，用断头捍卫荣誉，托起明天的太阳！”2019 年 9 月 2 日是福临镇陈树湘红军小学开学日，高高飘扬的五星红旗下，孩子们唱起了一首歌谣：“做长工，做短工，一年到头两手空；推车子，挑担子，一年到头饿肚子。您用生命换来我们的今天，托起民族的希望，我们不再两手空空，不再饥肠辘辘……衷心地谢谢您，陈树湘爷爷！”

在福临镇文化站，保存有《檀山陈氏六修支谱》，族谱里记载着陈树湘和祖辈的名字、生庚年月等信息。陈树湘的故事历经风雨而不朽，饱经沧桑而弥新，在家乡人民心中代代流传。

近几年来，福临镇前后建成陈树湘烈士事迹陈列室、树湘文化广场、陈树湘故居，以供人们用不同的方式缅怀革命先烈，传承红色基因。同时，不但设有陈树湘红军小学，镇中学还有以陈树湘烈士命名的班级。聆听陈树湘的故事、学习陈树湘的精神，成为了孩子们开学的第一课。

2017 年 7 月 20 日，由陈树湘生死战友韩伟将军之子韩京京夫妇捐赠的陈树湘烈士铜像运抵福临镇，牺牲 83 年后，陈树湘烈士终于回到家乡。

这天，杨义负责去接陈树湘烈士铜像，“当运载烈士铜像的汽车进入福临镇境内时，乡亲们自发组成的迎接车队跟了上来，前后有两三公里长……马路两边拉起了横幅，乡亲们热泪盈眶，激动地说：‘我们的大爹回家了！’”

1992 年，韩伟将军去世前夕，特地嘱咐儿子儿媳，一定要找到陈树湘的后人，“否则我怎么有脸去见陈师长啊！”20 多年来，韩京京夫妇从福临镇开始，一路寻访，先后去了文家市、井冈山、闽西、湘桂边境的湘江两岸和长沙清水塘……遗憾的是，他们没能找到陈树湘的后人，“他连侄子、外甥也没有一个，现留存于世的一幅‘头像’，还是根据我父亲生前口述其特征，邀请一位画家而作。”

不过，这幅画像得到了陈树湘生前战友、早期担任过红 34 师 100 团团政委的开国少将张力雄的认可。那天，杨义陪同韩京京去南京张力雄将军家里，在事先没有说明的情况下，把 40 多幅画像混在一起给已是百岁高龄的将军辨认，当看到陈树湘的画像时，将军眼睛一亮，惊讶地说：“这不是陈树湘师长嘛!”将军颤抖地从轮椅上站直身子，举起右手对着画像敬了一个军礼：“报告师长，张力雄向您报到!”礼毕，已是老泪纵横，不能自已。

韩京京夫妇捐赠的烈士铜像被安放在陈树湘烈士事迹陈列室，在简短的安放仪式上，面对自发前来迎接烈士铜像的 200 多位父老乡亲，时任福临镇党委书记的吴昊丢开讲稿，动情地说：“谁说我们的大爹陈树湘没有后人？从今天起，福临人的子子孙孙都是大爹的后人!”

2019 年 5 月 31 日，习近平总书记《在“不忘初心、牢记使命”主题教育工作会议上的讲话》说：“无论我们走得多远，都不能忘记来时的路。”这一精辟的论述告诫我们，只有“弄清楚我们从哪儿来、往哪儿去，很多问题才能看得深、把得准”。

一段段风云激荡的革命历史，一个个感人至深的红色故事，蕴藏着新时代中国人“从哪儿来”的红色密码，指明了新时代中国人“往哪儿去”的精神路标。在革命征途上，无数个陈树湘式的革命先烈，用鲜血锻造了历史。只有铭记红色故事，传承红色精神，绝对信仰，绝对忠诚，才能切实做到无论我们走得多远，都不会忘记来时的路!

“那片山水特别有灵气，像一首感人的诗，久久难以忘怀。”近几年秋天，冯胜奇都会和陈树湘烈士追思团成员一道，深入湘桂山区追寻陈树湘和红 34 师的足迹。影珠山上的枫叶红了，又是一年秋天，追思团成员准备再度出发。临行前，他们聚在一起，重温追思团誓词：“……我们要努力把红色基因传承好，当好红 34 师传人。永不违誓。”

【感言】

讲好英雄的故事

范亚湘

习近平总书记多次讲述陈树湘断肠明志、绝对忠诚的故事，强调“无论我们走得多远，都不能忘记来时的路”。

2019年的夏天有点热，管人事的社领导突然给我打电话，说社长找我。我丈二和尚摸不着头脑，我从没与社长打过交道，不知何事，到了他办公室，我才知道，他要我写陈树湘。他说，刚才我们请纪念馆的同志讲党课，讲的是陈树湘，很感人。陈树湘是长沙县人，习近平总书记曾几次讲到陈树湘绝对忠诚的故事，这是个创优好题材。我们虽然对陈树湘早有耳闻，但真要写陈树湘不是那么简单的事。原因有两点：一是陈树湘是个历史人物，关于他的文章和影视剧很多；二是不知从何处着手，找谁采访？谁能够完整地讲述他的故事？

那天，鹏飞社长、庄总和我一起去陈树湘家乡长沙县福临镇采访，除了参观，我一个问题都提不出来。没办法，我只好再重温陈树湘的资料，前前后后差不多花了两周时间，可越看越是一头雾水。索性，我丢开资料，不厌其烦地去找长沙县和道县的党史专家采访、求证。我多次问：“一个负了重伤的人，坐在被抬着的担架上，怎么才能扯断肠子？”我之所以揪住这个问题不放，就是因为过去写陈树湘文章的人从来都没讲清楚过，含糊其辞，一笔带过！党史专家告诉我真相后，陈树湘的形象迅速地在我脑海里建立起来……

“趁敌不备，陈树湘毅然用手从伤口处抠出了滑溜溜的肠子，两手奋力地上下撕扯，却因伤重力量不济而没能扯断。担架在崎岖的山路上颠簸，他顺势将血色模糊的肠子塞进了嘴里，死死地咬住。上下两排牙齿间已没有了间距，陈树湘拼尽最后一口力气，双手抓住肠子向下狠劲一扯。鲜红的血似焊花迸溅开去，柔肠绷断了，血淋淋地拖了一地……”写到这里，作为作者泪水情不自禁地流了出来。最感人的莫过于一个人为了革命信仰而牺牲生命，陈树湘牺牲时竟是那样决绝、那样崇高！

初稿出来后，编审人员曾经和我们有一个激烈的“交锋”，最主要的就是他们并不熟悉陈树湘，而我们的出发点就是：讲好陈树湘的故事。其实，陈树湘这样的人物，故事讲好了，就是成功！我们想，大到一份报纸，小到一篇文章，只有把故事讲得透彻和动人，才会有深度和高度，才能招人喜爱，传之弥远。这是我们写《绝对忠诚》时始终坚持的一个原则。

《绝对忠诚》的标题是在发稿的当晚，鹏飞社长再三斟酌后定下的。《绝对忠诚》刊发后反响热烈，被许多地方和机构列为“不忘初心，牢记使命”主题教育的必读教材，先后被学习强国、人民日报客户端、今日头条等媒体转载，仅两天时间阅读量就高达 220 多万人次。老题材如何出新出彩？我想，《绝对忠诚》是一次有益的尝试。

14版 长沙晚报
橘洲 文学佳作 原创园地
2019年9月20日 星期五
文体副刊部主编 邮箱：cswbfkb@163.com
责编/范亚湘 美编/吴志立 校读/刘芳

橘洲 报告文学

陈树湘铜像

“对党绝对忠诚要害在‘绝对’两个字，就是唯一的、彻底的、无条件的、不掺杂任何杂质的、没有任何水分的忠诚。”习近平总书记多次讲述陈树湘断肠明志、绝对忠诚的故事，强调“无论我们走得多远，都不能忘记来时的路”。

绝对忠诚

李鹏飞 庄展湘 范亚湘

陈树湘画像

一

曾记否，到中流击水，浪遏飞舟？

——毛泽东《沁园春·长沙》

二

山，刺破青天锷未残。天欲堕，赖以拄其间。

——毛泽东《十六字令》其三

电视剧《绝命后卫师》剧照，左一为陈树湘。

三

对党绝对忠诚要害在“绝对”两个字。

——习近平《在全军政治工作会议上的讲话》

四

无论我们走得多远，都不能忘记来时的路。

——习近平《在“不忘初心、牢记使命”主题教育工作会议上的讲话》

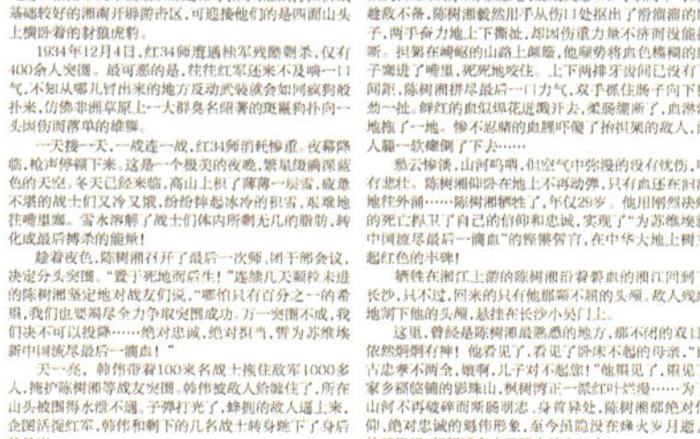

少先队员在听陈树湘的故事。福临镇文化站供图

人民至上

——2020长沙众志成城抗击新冠肺炎疫情纪实

《长沙晚报》全媒体记者　李万寅　苏毅　唐江澎　李静　胡媛媛　彭放

有一座城，叫众志成城。

有一颗心，叫万众一心。

有一种上，叫人民至上。

3月31日，湖南省新冠肺炎疫情防控突发公共卫生事件应急响应级别，由二级调整为三级，星城长沙，奔走相告；

4月8日，武汉解除离汉离鄂通道管控，有序恢复对外交通，江城武汉，欢呼雀跃；

5月21日，中国进入“两会”时间，亿万人民，翘首以待……

无数个振奋人心的时间节点，辉映着人间正道。

“始终把人民群众的生命安全和身体健康放在第一位！”习近平总书记始终强调的这句话，更加铿锵响亮。

5月22日，十三届全国人大三次会议开幕。下午，习近平总书记在参加内蒙古代表团审议时，动情地说：“必须坚持人民至上、紧紧依靠人民、不断造福人民、牢牢植根人民，并落实到各项决策部署和实际工作之中，落实到做好统筹疫情防控和经济社会发展工作中去。”

……

2020年，岁在庚子，历史会铭记！14亿中国人民用自己的坚韧、牺牲、奉献，展现了中国力量、中国精神，彰显中华民族同舟共济、守望相助的家国情怀。

2020年，岁在庚子，历史会铭记！在这场执政能力大考中，一个大党和大国以人民至上的信念交上了优异答卷。

湘江依旧滔滔北上，麓山依旧巍峨耸立。

山水洲城，生机勃勃：工厂车间内机器轰鸣，生产线加速运转；项目建设工地吊机长臂挥舞，挖掘机来回奔忙；街头巷尾商超小店开门迎客，“网红”城市人气回归……

坚韧不拔的长沙，正加速奔跑在夺取疫情防控和经济社会发展“双胜利”的每一分每一秒中……

为民至深

2020年，是脱贫攻坚的决胜之年；2020年，是全面建成小康社会的关键之年；2020年，是“十三五”规划的收官之年……2020年饱含着14亿中国人民的期待与希冀。

但时间，却在2020年春节前夕，以前所未有的方式定格。

来势汹汹！新冠肺炎疫情向全国各地迅速扩散。

2020年1月23日，除夕前一天，武汉封城。所有关乎春节的欢愉，仿佛在那一刻静止。

静止的时间里，既涌动着焦虑，也充满了期盼。

从1月25日（农历大年初一）开始，中共中央政治局常委会会议以平均不到 8 天一次的节奏召开，习近平总书记亲自指挥、亲自部署，统筹推进疫情防控和经济社会发展工作。高瞻远瞩的战略决策、坚如磐石的意志信念、一心为民的真挚情怀，提振着全民信心。

中央运筹帷幄，湖南雷厉风行，长沙众志成城。

1 月 21 日，省委常委、市委书记胡衡华主持召开市委常委会会议，专题研究部署疫情防控工作，立即启动多部门联防联控机制。明确长沙市第一医院为市级定点救治医院，长沙县、望城区、浏阳市、宁乡市本级人民医院为定点救治医院；市 120 急救中心承担负压运转工作。

1 月 22 日，公布 46 家发热门诊医疗机构名单，在汽车站、火车站、高铁站、机场等 9 个重点交通枢纽设立临时医疗服务点；1 月 23 日，成立防疫总指挥部，指挥机构高效运转；市委、市人大常委会、市政府、市政协领导马不停蹄奔赴医院、社区、车站、企业，调研督导指挥疫情防控工作，组织安排疫情中急需的物资生产。

1 月 24 日，除夕，长沙启动重大突发公共卫生事件一级响应。胡衡华前往市新型冠状病毒肺炎防控指挥部现场调度。当天，《致长沙市民的公开信》在朋友圈刷屏。

启动应急机制，启动保障机制……

启动，启动，启动！应对措施急促而有序。这是市委市政府对人民生命安全的负责，这是一座英雄城市对人民生命安全的担当。

与时间赛跑，全市各区县（市）和各职能部门立即启动相应程序，相关人员一律取消休假；

与时间赛跑，力量往重点卡口倾斜，做登记、测体温、严消毒……短短 1 天，长沙用谨慎和担当织密一张城市的“防护网”；

与时间赛跑，在城区，广大党员、基层干部、志愿者身体力行上门走访、摸排信息、监测疫情；

与时间赛跑，在农村，“村村响”喇叭及时发声，疫情防控措施通过热情亲切、充满创意的方式响彻原野……

除夕日起，博物馆、图书馆纷纷关闭，麓山景区、天心阁等景点纷纷暂停对外开放；元宵节，橘子洲焰火晚会活动应声取消；所有娱乐演艺场所、网吧停止对外营业，各商业影院宣告歇业。

关停，关停，关停！所有决策果断而迅速。这是一个成熟的城市应有的担当和最硬朗的模样。

每日新增确诊病例、每日新增重症病例、每日新增死亡病例、每日新增出院病例……疫情实时数据每日更新、公开透明。每天早晨醒来翻阅最新数据，成为普通百姓与外界最直接的联系。

疫情之下，最怕的是恐慌。2 月 7 日，长沙首次公布确诊病例分布情况通报，人民群众的关切在第一时间得到最贴心的回应。

公布，公布，公布！所有信息及时公布。这是对老百姓知情权的最好回应，一切只为让人民放心！

2 月 11 日下午，长沙召开领导干部大会。此后，履新长沙的市委副书记、代市长、湖南湘江新区党工委书记郑建新第一时间投入战斗，要求各相关部门以最强执行力抓实抓细疫情防控各项工作。

人民至上！与疫魔较量，说到底，就是救治！

挽救生命，不惜一切代价！

一座北院，是救治的希望。

17 支施工队伍、400 名施工人员、72 个小时奋战……长沙完成了对市公共卫生救治中心（长沙市第一医院北院）3 栋隔离病房楼栋的全部改扩建。

300 张床位，呼吸机、吸氧仪等医疗设备全部配置到位。长沙“小汤山”是湖南抗击疫情的主战场，也是全省全市人民打赢疫情防控阻击战的信心和希望。

1 月 30 日，来自武汉市青山区的罗某兰，走出了长沙市公共卫生救治中心的隔离病房。57 岁的她，在向医护人员再三表达谢意时，几度哽咽。

她，是长沙首例新冠肺炎治愈病例。

救治，救治，救治！治愈率迅速攀升，出院率迅速攀升。

不再害怕，充满信心。

2 月 15 日，长沙首次新增确诊病例为“零”！

2 月 20 日，长沙新增确诊病例清零！

2 月 23 日，湖南首次新增确诊病例为“零”！

3 月 14 日，长沙市最后一名在院治疗的新冠肺炎确诊病例治愈出院。

历时 54 天，长沙住院确诊病例清零，湖南住院确诊病例清零。

每一个“0”，都是希望，都是信心。

站在“0”的起点回头看，疫情面前，每个人都是英勇的战士：机关企事业单位紧急行动；共产党员冲锋在前；医务人员日夜奋战；科研人员全力攻关；基层干部默默付出；劳动者坚守岗位；爱心企业慷慨解囊；普通群众宅家防护不聚集……

每个人，都在平凡的坚守中成为了英雄的模样。

大事难事看担当，担当彰显初心，担当彰显责任。

在疫情防控处于胶着对垒的紧要关头，面对企业复工、人员返程等新情况新变化，市委、市政府果断决策，坚决落实中央和省委的最新决策部署，吹响复工复产冲锋号。

下活先手棋，满盘大气象。

长沙速度，又一次为夺取疫情防控和经济社会发展目标任务的“双胜利”赢得了主动。

疫情防控不松懈，经济发展不停步。

所有的努力与付出，所有的速度与激情，只为人民。

生命至重

突如其来的新冠肺炎疫情，传播速度之快、感染范围之广、防控难度之大，均为新中国成立以来所未有。

武汉告急！黄冈告急！孝感告急！湖北告急！

疫情发生之初，确诊人数不断增加，医护人员不断被感染。

“尽最大努力防止更多群众被感染，尽最大可能挽救更多患者生命。”疫情防控的人民战争、总体战、阻击战迅速打响！

湖北武汉，成为疫情防控的决胜之地。救治患者，成为刻不容缓的首要任务。

1 月 21 日，腊月廿七。一张从长沙南到武汉的 G404 次高铁票，见证了三湘大地最坚毅勇敢的逆行。

高铁票上的名字是——吴安华。

他是首批援助湖北的医疗专家之一，湖南首位援助湖北的医务人员。他是中南大学湘雅医院感染控制中心教授，国家卫健委医院感染管理预防与控制专家组成员。

接到命令后，他来不及和同在一家医院工作的妻子道别，往旅行包里塞了几件换洗内衣，饿着肚子匆忙赶往高铁站，只身一人毅然北上。

这位年近花甲的专家，参加过汶川地震医疗队，参与过抗击非典。不为外人所知的是，他的身体并不好，2009 年得过心梗，心脏里还放着支架。

到了武汉，吴安华了解到疫情远比他想象的严重，才委托一个从南京过来支援的同学，买了换洗的外套。

随后，长沙成千上万医护人员递上请战书，随时准备奔赴一线。

“我是党员，我先上!”

“我执行过援非抗击埃博拉任务，有传染病防控经验，我肯定要去前线!”

“我年轻，让我去!”

“一生所学，报效国家，是医生的责任。”

……

一封封催人泪目的请战书，写满白衣战士“我将无我”的忠诚底色、赤子情怀。

截至 2 月 8 日，湘雅系 443 位白衣战士前赴后继，追随吴安华的脚步驰援湖北武汉、黄冈；随着疫情发展，湘雅三家医院派出 8 人进入湖南省高级别救治专家组，31 人参加湖南省巡回专家组赴 14 个市州指导防控救治工作，派出多名专家分赴广西、海南、黑龙江、吉林等地支援疫情防控工作。

“这个时候武汉太需要帮助了，我有 11 年重症医学科工作经验，义不容辞!”得知中医湘军即将出征湖北的消息，在北京进修已经 5 个月没有回家的浏阳市中医医院重症医学科主治医师甘廷俊，在从北京返长的高铁上写下请战书。2 月 10 日，甘廷俊如愿以偿，和本院及宁乡市中医医院多名专家一道，加入湖南支援湖北国家中医医疗队，奔赴武汉。

2 月 21 日，长沙市首批援助武汉抗击新冠肺炎医疗队集结，出征武汉。他们中有人是单亲妈妈，把一对双胞胎儿子交给姐妹，毅然出征；他们中有人是独生子女，在年迈的父母千般叮咛下勇敢北上。医者仁心，为煎熬中的湖北人民点亮希望之光！

“胜勇出征，早日凯旋！”2 月 22 日，长沙市疾控中心择优选派检验专家张如胜、流行病学调查专家陈建勇两名得力干将，组成“胜勇组合”，驰援黄冈。从征集队员到集结出发，不到 24 个小时。

省会担当，融进一个个逆行的背影里……

其实，疫情之下，长沙也挺难。

长沙是距离武汉最近的省会城市之一，山水相连、道路相通、人文相亲。在武汉封城后，离城的人群中，湖南是全国第二大流入目的地，长沙的防控形势一度十分严峻。

1 月 21 日，长沙首例输入性新冠肺炎患者确诊。

战斗打响！

有长沙“小汤山”之称的长沙市公共卫生救治中心（长沙市第一医院北院），承担了全省四分之一的新冠肺炎确诊患者、长沙全部重症和危重症患者的集中救治。

集中患者！集中专家！集中资源！集中救治！长沙坚持将优势兵力聚焦主战场。

先后有 699 位白衣战士自告奋勇，进驻长沙“小汤山”。

全市数千医务工作者以生命赴使命，日夜奋战在抗疫一线，用忠诚和奉献，为广大人民群众筑起了一道生命的防护之墙。

——他们与时间赛跑！

全市 40 家二级以上医疗机构设置发热门诊，集中收治发热病人，第一时间发现并隔离新冠肺炎患者；发热门诊 24 小时采样送检，疾控部门 12 小时内出具核酸检测结果；市 120 急救中心 24 小时转运确诊病人……

“谭念！谭念！”谭念慢慢睁开眼睛，一位同事站在了他跟前。他环顾四周，才意识到自己坐在走廊上，靠着墙壁睡着了。他赶紧起身进到办公室，吃了一碗泡面，换上新的防护服，继续投入工作。

36 岁的谭念，是长沙市中医医院（长沙市第八医院）放射科主管技师。

这一幕，发生在除夕之夜。

长沙市疾控中心微生物检验科承担了全市新冠病毒核酸检测的艰巨任务。疫情高发期，科室领头人欧新华连续 50 天无休。不间断的病毒核酸检测任务，每天要等到凌晨三四时最后一批检测结果出来，她审核确认无误后才能休息几个小时。

在全省启动重大突发公共卫生事件一级响应期间，长沙市120急救电话总量5.45万个，急救出车0.91万趟次，接诊发热病人936名，接诊疑似病人200余人次。这是对急救战士50天来昼夜坚守、为爱护航的生动诠释。

——他们与疫魔较量！

1月29日至2月5日，确诊病例快速增加，每日平均收治15人，最多的2月5日收治了23人，隔离病区迅速增加到7个。

每一名重症、危重症患者的救治，都是一场与病魔的殊死较量。

长沙的确诊病例虽然已经清零两个多月了，但长沙市公共卫生救治中心隔离病房总负责人、长沙市第一医院呼吸内科主任医师周志国，对于每一位重症患者的救治至今仍历历在目。

每一位重症患者的救治，都离不开一个笨办法——守！夜以继日地守，一刻不停地密切观察病情的细微变化，随时调整救治方案。

2月下旬的一天夜里，刚过零时，死神的脚步逼近。

重症患者刘奶奶开始出现呼吸困难、心率加快，情况异常紧急。

插管！上有创呼吸机！

气管插管会导致患者气道分泌物的飞沫或气溶胶播散，进行操作的医护人员感染的风险比平常高出6倍。

“我来！”重症医学科医生黄康戴上笨重的正压头罩，小心地托起患者的下颌，进行给氧、麻醉诱导、气管插管、上呼吸机、支气管肺泡灌洗……一次成功！

然而，患者并没有出现预想中的好转。

继续俯卧位通气！

当晚，黄康在刘奶奶的病床前守了一夜。

然而，天亮后，刘奶奶再次出现险情。上ECMO（体外膜肺氧合）！这是挽救危重患者生命的“终极武器”。

来不及转入手术室，调拨ECMO主机进隔离病房，紧急配备专用耗材，多学科医护人员立刻集结……这一切只为和死神抢时间！

之后，重症病房医护人员连续7天24小时不间断密切监护，刘奶奶终于闯过了“鬼门关”。

“别人以为医生早已看淡生死，习惯了生离死别。其实，患者只要有百分之一的希望，我们都会付出百分之百的努力，看到患者转危为安，成功得到救治，才是我们行医的价值所在。”

从长沙首例新冠肺炎患者确诊，到在院治疗的确诊病例清零，周志国在隔离病房坚守了54天。

就在周志国忘我地救治新冠肺炎病人的时候，他做财务工作的妻子石磊，在微信朋友圈写下一段话：“老爸结石手术，老妈心脏放支架，小娃发烧，娃她爸公共突发事件临时抽调。他说我们这行是管钱，他们是管命。在生命面前，我承认你比我高尚。”

医护人员也是父母的宝贝、孩子的父母，他们也是家庭的顶梁柱、家人的避风港，只因穿上一袭白衣，他们和周志国一样，大疫当前坚定逆行，舍弃小家选择奉献！

这个春天，一张张刷屏的照片，让我们泪流满面：

照片上，那一双双医护人员的手，糙如树皮、布满伤口，那是终日被消毒液、滑石粉浸泡侵蚀留下的伤痕；

照片上，那一张张医护人员的脸，满是压痕、血印，那是长时间佩戴口罩、眼罩留下的独特印记；

照片上，一个个疲惫的背影、别扭的睡姿，那是他们拼尽全力后的放松。

这个春天，一幕幕暖心的瞬间，让我们心生希望：

“回家，真好！”左手牵着爸爸，右手牵着妈妈，4岁的婷婷（化名）走出长沙县第一人民医院，在医护人员关爱的目送下，走上洒满阳光的回家路。

“我看不见你温柔面孔，却看得见你美丽的眼睛……我虽叫不出你的名和姓，却知道你神圣的使命……”在武汉协和医院西院区湘雅病房，治愈出院的陶女士自创诗歌《天使的身影》，对中南大学湘雅医院医护团队表达感谢和敬意。

这个春天，胜利的符号不是“V”，而是“0”！这是千千万万白衣战士，用医术和仁心、勇气和担当、坚守和奉献交出的满意答卷。

大勇背后有大爱，无畏背后是无私。从告别家人、星夜驰援的挺身而出，到闻令而动、坚守岗位的奋战身影；从无惧风险、直面病魔的英勇斗争，到科学严谨、任劳任怨的敬业奉献，广大医务工作者把白衣作战袍，把病房当战场，舍生忘死、顽强拼搏，彰显了医者的责任与担当。

疫病无情人有情，履职尽责见风骨。白衣战士以生命守护生命的壮举，给患者和全社会带来温暖和希望，激励着我们心手相牵、共克时艰。

多年以后，这些闪闪发光的普通人，他们中的每一个，无论是否被书写，都值得我们心怀感恩并铭记！

担当至勇

风和日丽，灿烂夏日如约而至。

湘江新区综合交通枢纽人流车流涌动，人们从这里奔赴新梦想。

可是，一个为长沙“西大门”守护平安的挺拔身影，却没有再归来。

从1月5日春运开始前5天起，市交通运输综合行政执法局岳麓大队大队长鲁力，就带领队员在枢纽开启“白加黑”工作模式。疫情防控期间，他更是连续作战，确保站场营运秩序井然，带队加强对车辆巡查抽检，督促落实各项防疫措施。

每天早上7时，鲁力总是第一个到达疫情控防点，晚上10时最后一趟班车进站，他才撤岗回家。有时为了能随时处置突发情况，他就在值班室的沙发上凑合一宿。

“大家都在给抗疫捐款，我要捐，这个交给谁?”微信群里留下的语音，是鲁力与同事最后的交流。2月29日，连续工作54天的他因劳累过度导致心脏骤停，42岁的生命定格在抗疫一线。

“随时准备为党和人民牺牲一切！”一句誓言，一生作答。

关键时刻冲得出来，危难关头豁得出来，这才是真正的共产党人！

越是风急浪骤，越需中流砥柱。在战“疫”中践行初心与使命，接受深刻的党性洗礼，长沙向全市2万余个基层党组织、45万名党员发出了“最强动员令”。

最危急的关头、最危险的地方，一个个战斗堡垒巍然屹立，一位位共产党员挺身而出，一面面党旗在抗疫一线高扬。

他们有最刚强的骨，疫情当前攥指成拳，扛起责任，擎起希望。

他们有最柔软的情，赤诚之心温暖一城，传递群众最信任的力量。

不忘初心、挺身请战，守好疫情防控“第一线”，只因人民至上——

滔滔南来、汩汩北去，千里湘江不舍昼夜。江畔，居住着 8 万余人的湖南最大楼盘小区湘江世纪城，开福区金泰路社区党委书记王敏已不知在此挑灯奋战了多少个夜晚。

在管理湘江世纪城的三个社区中，拥有 4 万居民的金泰路社区人口最多。带领社区党员走楼入户摸排信息，为外出不便的居民提供生活物资“宅急送”，日行 3 万步的王敏心中始终坚定一个信念：我是党员，我要对 4 万群众负责。

8 万人的小区无一起确诊和疑似病例，湘江世纪城递交了一份抗疫“硬核”答卷。

人民至上，湘江为证！

面对千家万户、理顺千头万绪、克服千难万难，在社区这道抗疫“第一防线”，无数党员投身宣传引导、监测预警、应急处置等防控工作，守好社区，守卫城市，守护人民。

“我要快点好起来，尽早返回到抗疫一线去。”突发脑出血倒在岗位上的宁乡市双藕村村干部罗海英，被送往医院急救，醒来后的话语让人落泪。

乡亲们记得罗海英的辛劳和付出。从 1 月 24 日开始，她每天坚守一线，摸排疫区返村人员、宣传防控知识、劝导村民不要集聚，“她一干起工作来，就忘记了自己。”

不让乡村成为防疫“薄弱地带”，众多农村党员走村入户，从人情角度“讲感情”，从医学角度“讲专业”，从规定角度“讲政策”，从法制角度“讲法律”，誓将疫情阻击在青山绿水之外。

全力以赴、尽锐出战，勇当战疫前线的“急先锋”，只因人民至上——

出征有我，为生命“掌灯”。1 月 27 日（正月初三），接到长沙市第一医院北院需新增电源的请求，国网长沙城北客户服务分中心捞刀河供电所的党员们争先报名。一个小时后，一支共产党员突击队奔赴一线，制定电力增容方案、确保材料供应、快速展开现场施工，不到 3 天新增病房的供电保障到位。

直面疫情，长沙各单位各部门的广大党员结合自身职责，在保障运行、维护稳定、服务群众中倾力作为。

战“疫”有我，守护空中国门。凌晨，从比利时入境的一架货运航班落地长沙黄花国际机场，身穿白色防护服的机场海关旅检二科党员张贻旺已等候多时。登机检疫、检查健康申明卡、实时监测体温……从春节起，张贻旺与同事们一直战斗在抗疫一线，通宵值守是常事。

随着全球疫情形势变化，在内防反弹的同时，全面防控境外疫情输入成为另一重点。海关、边检、机场、疾控等坚守在航空口岸防疫一线的党员干部，毫不松懈，慎终如始，24 小时盯防严守空中大门。

大疫当前，大义向前，只因人民需要。

“疫情来势汹汹，急需研究新的试剂。”接到紧急电话后，圣湘生物的党员纪博知没有一丝迟疑，他和同事迅速成立试剂研发小组，仅仅 72 个小时便成功研制出新型冠状病毒核酸检测试剂盒。

“在实验室一泡一整天，实验服脱下时背都汗透了。”虽然辛苦，纪博知却不觉得苦。1 月 28 日试剂盒通过国家药品监督管理局审核，为抗击疫情赢得宝贵时间。

区域化党建联动，绘就防疫“最大同心圆”。长沙“两新”党组织纷纷请战，捐赠抗疫物资、参与驻地疫情防控，勠力同心、精忠报国，源自对这片土地至深至沉的爱。

逆行而上、不懈奋战，成为百姓群众的“主心骨”，只因人民至上——

再一次亲吻如花的小脸蛋，和 4 岁的乐乐（化名）挥手告别时，雨花区左家塘街道党员曹微一扭头，没能忍住眼眶中的泪水。家中 4 名大人先后确诊新冠肺炎后，乐乐和哥哥无人照料，雨花区两名干部主动请缨，与“落单宝贝”组建临时爱心小家。26 天贴身陪护，凝聚成一生难忘的特殊亲情。

没有谁生而英勇，只是他们选择了无畏。

背上药箱、戴上口罩，浏阳市甘棠村 63 岁老党员廖松林，逐户走进从疫区返村的务工者家中。当了多年乡村医生，参加过抗击非典的廖松林今年本已退休，此次临危受命，担负起对重点人员的排查任务。量体温、交代隔离事项、安抚对方情绪，脚步匆匆、晨出夜归，一件已经脱下的白大褂再次成为他的“战袍”。

前行者毅然扑身，后来者奋然前行。这，是无数共产党员的气度与风骨；这，更是中华民族生生不息的根基所在。

递交的申请书，就是请战书，甚至是生死状。没有硝烟的战场上，医护人员、基层干部、社区工作者……一批批表现突出、敢于担当的先进分子“火线入党”，发出最响亮的抗疫宣言，这是关键时候赤心向党的坚定表白。

人民利益高于一切！

堡垒无言，却能集聚强大力量；旗帜无声，却能鼓舞磅礴斗志。

一名党员一面旗，唤起群众千百万。“像党员一样去战斗”，在这场全民战“疫”中，居民群众迅速聚集在党的旗帜下，守望互助、守护家园。

芙蓉区东沙社区防疫服务点里，居民刘男记录的排查信息表、红袖章被整齐叠放，最上方是一朵绽放的白色山茶花。生命最后一个月还在参与防疫，邻居们含泪称赞：“她是春天里的一首诗。”

在望城区，热心居民组成“帮代办”服务队、“红袖章”疫情防控小区守护队，成为守卫平安的生力军；在长沙县，随着村里“红白理事会”的劝说，村民们婚礼延期、丧事简办，将移风易俗化成顾全大局的“大爱”。

每个人都在坚守，坚守本身就是战斗的武器。因为市民们的安心宅家，城市变得安静有序却不冰冷，反而更加彰显长沙人的自觉与自律。

来自你我他的平凡微光，汇集起全民战“疫”的万丈光芒。

党群一心、万众一心！每一份助力，都在增添抗击疫魔的力量；每一次拼搏，都在驱散疫情的阴霾；每一次奋起，都在加速战局的推进。

你看，按下“重启键”的城市，已回到正常倍速。乡村田野上，青苗茁壮、花开烂漫；都市商圈里，不夜的解放西路再溢欢笑，文和友里又见老长沙，茶颜悦色的清香飘荡在街巷……

历史不会忘记，有这样一个冬季，无数人热血与赤诚的守护，只为春暖花开；

人民不会忘记，有这样一场战役，红色旗帜始终飘扬在最高处，只因人民至上！

奉献至诚

通过医学显微镜可以看到，每当病毒入侵人体时，白细胞会迅速集聚，将病毒包围、吞噬、消灭。

当新冠病毒入侵城市“肌体”，无数爱的细胞以“志愿者”的名义集结，不令而行，向善而行，热血逆行！

一朵、两朵、三朵……家门口小花园里，黄色迎春花吐蕊绽放，当看到熟悉的身影，5 岁的麦子开心拍起小手：“爸爸回家了。”

“爸爸去打怪兽，花开时就回来。”2 月 12 日，在给家人留下一张纸条后，长沙雨花群英会志愿者李亮毅然逆行，驱车为武汉送去群英会筹集的防疫物资，并留在当地 50 天，投身志愿服务。

参与雷神山医院建设、支援协和武汉红十字会医院防疫工作，开着自己那辆贴有“众志成城　武汉加油”大字的小车奔波街头，当起医护人员上下班的“摆渡人”。当有受过帮助的人问起他的姓名时，李亮总是回答：我叫“长沙志愿者”。

一方有难、八方支援，这是五千年中华的传统美德。

回望来时路，艰难与坚守，与中华民族相伴而行。攻坚克难之际，同舟共济、百折不挠是熠熠生辉的精神力量，更是风雨无阻的奋进之源。

心忧天下、敢为人先！这场战“疫”中，长沙精神的脊梁，挺起英雄之城的穹顶。

34 年前的春风里，为患病孤女匿名捐赠医药费的“吴发秦”，感动城市。34 年后，“吴发秦”又一次现身长沙抗疫战场：一个装着万元现金的红色信封，一个转身离去的匆匆背影，一张写有“致敬每一位追梦人，加油，我最爱的中国”的字条……

“吴发秦”留下的不仅仅是一笔为医务人员购买口罩的善款，更点亮了长沙“好人之城”的绚丽夜空。

哪一场战役，少得了“好人群体”领衔的长沙志愿者身影？危急关头他们挺身而出，倾囊相助何止财与物，大义奉献更有身与心。

放弃春节休假计划，从老家河南毅然返回长沙，疫情期间，“中国好人”——天心区暮云小蜜蜂志愿者协会会长杨士泉忙得连轴转，他带领小蜜蜂志愿者给老人量体温，给居民发口罩，为困难家庭送物资。

热血衷肠，心系家园。抗疫时期血源需求加大，的哥彭友良当起义务司机，送爱心人士前往长沙血液中心献血，身为“湖南好人”的他更撸起衣袖加入献血队伍。

“非典时我9岁，是世界守护了我们，如今换我们来守护世界。”26岁的生日，没有鲜花没有蛋糕，长沙市青年志愿者联合会副秘书长向愈韩千里单骑奔赴杭州，好不容易找到厂家购买了10吨消毒液后，他连夜跟车将物资送抵长沙，为长沙市第四医院、高校所属医务所、社区卫生服务中心等近50家抗疫单位一解燃眉之急。

心有千千结，用爱来纾解。为疫情中的人们构筑“心灵港湾”，麓山枫社会工作服务中心联合心理咨询机构，开通24小时心理援助热线，50余名心理咨询师志愿服务，或在电话背后温情守护，或在与居民面对面的深谈中用情开解。

危难时刻，和衷共济更让人长久铭记：企业家来了、莘莘学子来了、“新市民”来了，捐赠爱心款和防疫物资，昼夜兼程、源源不断；帮扶居民群众，络绎不绝、暖人心扉。一场疫情，激扬起长沙人流淌在血液里不屈不挠、守望相助的性格基因。

一缕缕涓涓细流，汇成了浩瀚大海；一颗颗滚烫的心，铸成长沙战“疫”的钢铁长城。

民胞物与、家国大义，这场战“疫”中，长沙大爱在集聚，更在超越。

华夏一脉，唇齿相依；同江同湖，同舟共济。

漂泊在湘，暂时不能回家的湖北客人生活怎么办？仁义为怀的长沙第一时间公布12家对疫源地人员开放的定点服务场所，在寒冷中抚慰了他们茫然无助的心。

岳麓区港湾商务酒店成为定点酒店后，望城坡派出所民警陈瑶在干好排查工作之余，热情为湖北来客提供爱心服务。酒店内有武汉籍老人腰疼难忍，陈瑶赶紧将其送医治疗。“我在长沙，遇到另外一个温暖的家。”老人在微信朋友圈这样感慨。

热情好客的星城市民，纷纷伸出援助之手。“长沙人和武汉人手拉手”

“与武汉在一起”等一个个由市民组建的爱心微信群列阵，为在长的湖北来客帮解各类难题，群里不时响起的“嘀嘀”声，正是扫去阴霾的大爱密码。

万里归国，长沙是暖心第一站。“脚踏上祖国的土地，就像离别很久的孩子看到妈妈，想扑进她的怀里。”3月10日，在中国驻伊朗大使馆的帮助下，160名滞留伊朗的中国公民乘坐南航包机从德黑兰抵达长沙黄花机场。看到等候在舱门口的同胞那一刻，广东小伙子刘威龙心头一暖。

完成安检和健康检测后，机上乘客由专车送至长沙的隔离酒店。一声声“欢迎回家”的亲切问候，让不少人红了眼眶，长沙酒店工作人员的贴心照料，更让他们感慨星城有爱。

人之大者，为国为民；情至深处，舍生忘死。

心怀同袍之情，向英雄的城市逆行，为武汉战“疫”送去星城力量——

10天建成火神山医院，11天建成雷神山医院，这是一场与病毒、时间的赛跑。“两山”建设的奇迹背后，有岳麓山下长沙企业的给力驰援。

“除夕上午到达现场后，立即参与到工地建设中，晚上也是‘人歇机不歇’。”1月24日，中联重科第一时间紧急调集挖掘机、起重机、泵车等30余台大型设备驰援火神山医院建设，并配备一支经验丰富的服务工程师队伍，两班倒彻夜施工。1月25日，雷神山医院开建，中联重科设备凭借出色表现，又被选为雷神山医院吊装设备。

为战“疫”抢时间的，还有三一重工、山河智能、星邦重工、建益新材、中建五局……施工必需的大型机械设备、能起防渗隔离作用的土工膜土工布、用于排水的HDPE波纹管，带着“长沙制造”标签的设备物资火速应援，专业施工人员迅速到位，在“两山”建设现场，书写了令人动容的“中国速度”。

人要怎样活着，才能不负此生?

“知道此行凶险，已抱必死之心，始明不惧之志……”面对新冠病毒的肆虐，27岁的志愿者郑能量“似那黑夜里的一道光”，正月初一从长沙逆行奔赴武汉。

转运医疗物资、帮助有需要的市民出行甚至参与运送新冠肺炎病逝者遗体，冲到前线硬核抗疫65天的郑能量，传递着满满正能量，扛起了中国青年的担当。

更多平凡的长沙人，同样在非常时期挺身而出，用自己的点滴付出，助武汉点亮战胜疫情的希望之光。

一份倡议牵动全城爱心，仅仅 3 天时间，长沙市慈善总会就通过社会各界捐赠和网络筹款募集了爱心善款 1500 余万元。如今，这笔爱心款已捐赠给武汉市慈善总会，专项用于疫情防控工作。

防护服、呼吸机、病毒核酸检测试剂……长沙爱心企业各尽其能，将一批批急需的防疫物资、医疗设备送到武汉最需要支援的地方。

望城白箬铺镇的村民们摘下 40 吨新鲜蔬菜，浏阳沙市镇的种粮大户捐出近 20 吨大米，质朴的他们搓着手说：送给武汉的米菜要比自己吃的好！

大疫当前，长沙以厚德之城的名义向世界多个国家伸出援手。

3 月 20 日，由长沙市政府和爱尔眼科、友阿集团、熙迈机械等与意大利合作密切的长沙企业筹集的一批防疫物资，满载着长沙人民的诚挚慰问和坚定支持，正式启程前往欧洲疫情严重的意大利。

3 月 22 日，由远大科技集团交付的负压隔离病房发往韩国，驰援该国“火神山医院”建设。

多难兴邦。历史无数次证明，伟大的中华民族正是在风雨沧桑中不断发展、不断进步。

而 50 多年来，雷锋精神犹如一座永不熄灭的信念灯塔，始终屹立在山水洲城。崇德向善，早已渗入星城儿女不屈不挠的风骨里、无私奉献的奋斗中。

挺立传承火种的脊梁，铸就奉献之城的荣光。以爱之名，长沙谱写出感天动地的抗疫壮歌！

民生至高

如果说疫情防控是一场人民生命健康保卫战，那么复工复产就是一场经济发展保卫战，更是一场人民幸福生活保卫战。

疫情之下，长沙经济社会正常运转的齿轮拒绝停摆！

疫情防控必需，城市运行必需，群众生活必需……既是必需，就必须保障。疫情暴发初期，长沙就提出在防疫措施到位的前提下，必须对“必需”型企业开展全力帮扶。

1 月 27 日，正月初三，省委常委、市委书记胡衡华来到长沙芙蓉口罩厂，为企业员工的付出点赞，鼓励大家在抓好疫情防控、保证员工安全的前提下继续加大生产。

因为，有口罩才会有安心。

1 月 30 日，正月初六，严格遵守长沙市市场监管局“日清扫、日消毒、日巡查”要求，长沙 107 家农贸生鲜市场开市。

因为，保供应就是保民生。

1 月 31 日，正月初七，全市各级应急管理部门为医疗设备生产企业提供“保姆式”贴心服务，确保安全复工复产。

因为，有物资就有信心。

推动有序复工复产，是党中央统筹推进疫情防控与经济社会发展工作作出的重要部署。防疫线、生产线，两线作战为长沙经济社会发展减少疫情影响开启了无限可能。

2 月 3 日，中共中央政治局常委会会议召开。

会议明确，疫情严重的地区要集中精力抓好疫情防控工作，其他地区要在做好防控工作的同时统筹抓好改革发展稳定各项工作。

2 月 4 日，胡衡华主持召开市委常委会会议。他强调：“要一手抓好疫情防控，一手抓好社会秩序恢复。在做好疫情防控工作的前提下，稳妥推进企业复工复产。”

率先就是主动作为，要“把耽搁的时间抢回来，把疫情的影响降到最低”。一时间，全市各级各部门闻令而动、精准发力。

既要抓疫情防控，又要开工复工，企业“一拳难敌四手”时，4292 名驻企防疫联络员到了——

驻企防疫联络员深入企业，不分白天黑夜，成功搭起街道社区与企业之间沟通的桥梁，增进企业信心，促进复工复产，工作成效显著。

招工成为棘手难题，企业着急头疼时，61 支援企招工小分队出发了——

长沙人社系统牵头组建的 61 支援企招工小分队，奔赴省内部分贫困县开展援企招工、就业扶贫、对口支援，出家门、上车门、进厂门，产业生力军源源不断地输入长沙。一趟趟“返工专车”“复工专列”，精准破解了企业“用工难”，彰显了长沙决胜脱贫攻坚的智慧与担当。

生产经营资金成拦路虎，企业苦恼焦虑时，502 亿元的金融资金支持来了——

金融战“疫”银企对接会暨重点项目签约活动上，50 家企业与 14 家银行签约 48 个项目，签约金额共计 502 亿元，解了企业的燃眉之急。疫情期间，在长金融机构发挥“稳定器”的作用，共计向近 4000 家企业新增授信 1530 亿元，已发放贷款 890 亿元。

真心真情，真金白银，只为助力企业尽快复工复产。

——出台 20 条措施，从稳定用工就业、减轻企业负担、优化金融服务和支持持续发展四个方面，支持中小企业渡难关；

——发布 13 条“硬”措施，以“加减乘除”应对疫情援企稳岗，发放首批 1200 万元稳岗补贴，全力帮扶企业恢复生产、稳定发展；

——率先全国推出有效降低疫情影响稳定经济运行实施方案，包含七大重点任务 26 条具体措施，形成“1 + N”综合性惠企政策；

——推出系列措施帮扶具备条件的商贸企业尽快复工营业，做到防疫不打折、服务“不打烊”……

“这既是基于多年来双方良好的合作基础，更是对长沙在当前疫情防控大考中交出合格答卷充满信心。”2 月 21 日，比亚迪董事长兼总裁王传福，将疫情防控期间的项目洽谈第一站选在长沙。

当战“疫”进入新阶段，长沙紧锣密鼓地召开了经济运行调度会、投资工作电视电话会、“软件业再出发”调度会等，并启动“大干一百天实现双过半”竞赛活动，再次走出一步“先手棋”。

4 月 28 日上午，全省重大项目集中开工，长沙会场 80 个项目集中开工，总投资 388 亿元，再掀“抢机遇、抓项目、稳投资”的热潮。

5 月 5 日，全国首开 2020 年第一场大型车展在星城落下帷幕，六天卖出 23910 辆车，销售额 52.68 亿元，长沙再次以“敢为人先”的精神成功探索疫情防控常态化下举办大型展会的新路径，令世人瞩目，国际展览联盟官方杂志《展览世界》头条予以关注。

着眼当下，疫情防控形势积极向好，长沙主动作为稳住经济发展；放眼长远，经济复苏的信号不断释放，2020年既定目标坚定而清晰。

让商业复苏，让市民幸福。一碗米粉是长沙人最深沉的思念。

2月17日，天心区的新华楼、公交新村粉店、易裕和粉店、杨裕兴等12家米粉店，通过餐饮业复工申请恢复营业。

2月20日，开福区历史老街北正街也恢复了生机，玉楼东、马复胜、双燕楼等众多老店正式开门迎客。

湖南第一高楼国金中心以90%的复工率正式复市，友谊商店“直播带货”让顾客在家就可以消费购物……冷清了许久的五一商圈也逐渐热闹起来。

稳住经济“压舱石”，长沙奋进不止。

4月17日召开的中共中央政治局会议指出，要释放消费潜力，做好复工复产、复商复市，扩大居民消费。

放眼长沙广袤农村大地，春耕生产如期进行，乡村游和各景点也在清明节和“五一”小长假迎来了客流高峰，呈现出旅游安全有序、消费快速复苏的景象。

采茶、烘焙、品茗，清明时节的望城区乌山贡茶园里，市民陈女士一家正在慢节奏中享受田园生活；背竹篓、采蘑菇、住木屋，在长沙县以蘑菇为主题的地锦农场里，野趣十足的场景让城里来的孩童欢笑不断……

清明小长假，全市接待游客总量接近80万人次，恢复到去年同期水平的70%，高出全省平均水平28%以上，稳定恢复增长的势头明显。携程《2020清明小长假复苏报告》中，长沙更是位居出游最热的十大城市之列。

国内疫情形势持续向好，政府助力文旅产业复苏。“五一”小长假前夕，“山水洲城·快乐之都”长沙市“五一”节促消费活动火爆启动。

预约先行、限流排队、公筷公勺；和包助力、特惠年卡、“乡约长沙”、“嗨购星城”……热了旅游，火了经济。市民们被疫情压抑的情绪在青山绿水间得以释放，旅游业被压抑的消费也在欢声笑语中迎来“小阳春”。

最美人间四月天，不负春光不负卿。

校园琅琅的读书声再次回荡，孩子们安全归校。

“回到校园太开心了。”4月7日，长沙普通中学高三、高考补习学校补习班、中职学校毕业年级、初三年级正式开学，342所学校共有17.8万名学生、2.39万名教职工重返校园。

从复学前的全流程演练，到当天“最严”入校检查，从“一米文化圈”，到就餐“对号入座”……缜密细致的复学防疫细节里，凝聚着对孩子们的百般呵护。

截至4月30日，全市近110万中小学生回到学校；5月11日至15日，全市近30万学龄前儿童回归幼儿园；5月中旬起，在长高校陆续复学……一切如常，这是历时三月有余的共同期盼。

当青春的身影与美丽的校园再次邂逅，我们看到，在疫情防控常态化答卷上，人民至上的理念始终如一。

尾声

突如其来的新冠肺炎疫情一度按下了长沙经济社会发展的“暂停键”，但长沙人民挽手成林的伟力迅速重启了“倍速键”。

万众一心，没有翻不过去的山；心手相牵，没有跨不过去的坎。

一个灵动、生机勃勃的长沙回来了。

“没有任何力量能够阻挡中国人民和中华民族的前进步伐。”这是人民至上的坚定宣示。

湘江流日夜，慷慨歌未央。

在这个不一样的春节里，长沙人民经历了诸多艰辛，有过孤独，有过害怕。但在与新冠肺炎疫情正面交锋的日子里，那浓浓的守望相助，那深深的家国情怀，却比任何一次春节都让人怦然心动。

我们看到——

各级党委、政府主要负责人夙夜在公连轴转，没有丝毫懈怠，没有半句怨言；

医护人员不惧生死、不计报酬，奔赴抗疫最前线，只留下一个“最美逆行者”的背影；

广大党员召之即来、来之能战，用一句“我是党员我先上”写就最简洁有力的请战书；

无数志愿者不怕困难、不惧危险，哪里需要就奔向哪里，用大爱温暖了春寒……

我们看到——

医用物资紧缺，企业工人加班加点生产；

生活物资匮乏，农民下地摘菜无偿捐赠；

抗疫一线物资短缺，来自四面八方的一批批防疫物资和生活物资，源源不断送达……

我们看到——

当省会长沙的医护人员从湖北凯旋时，星城人民以最高的礼遇欢迎他们平安归来，一幕幕场景催人泪下……

当一年一度的清明节来临之际，习近平等党和国家领导人同14亿中国人民一起默哀3分钟，深切悼念抗击新冠肺炎疫情斗争牺牲烈士和逝世同胞……

这是一个民族对英雄的敬仰！这是一个国家对生命的敬重！

疫情面前，星城井然有序、同舟共济，释放着文明之光。刷屏的“此生无悔入华夏”，原来是如此感同身受，是如此刻骨铭心！

如果说，病毒挑战的是人的免疫机能，那么，疫情考验的是城市的“免疫系统”。

在凶险未知的新冠肺炎疫情面前，长沙这座英雄之城齐心战“疫”，淬炼了熠熠生辉的中国自信，展现了强大的凝聚力、动员力、执行力。

一切为了人民，一切依靠人民。

历史终将铭记，14亿中国人民用牺牲和奉献换来了岁月静好；

历史终将铭记，800多万长沙人民在庚子年春天里汇聚起磅礴力量，交出了一份令人满意的答卷；

历史的天幕上，正大写着四个字：人民至上。笔画钢筋铁骨，气贯长虹，同辉日月。

【感言】

人民至上，字字千钧

苏　毅

3 个月，这是团队写作的时间长度；

100 余人，这是采访对象的接触密度；

15000 多字，这是版面呈现的视觉深度；

500000 点击量，这是作品传播的即时热度……

2020 年初，800 多万长沙人民齐心抗疫的伟大斗争，虽已化作激昂的文字，尽在“纸”“指”之间，但其中奔涌的英雄气、家国情、干群心令我至今难以忘怀，真正让我懂得了“人民至上”四字的千钧分量。

2020 年 1 月 24 日，大年三十。按照以往的惯例，是忙碌了一年的编辑记者开始休息的时间，但在这天，我被召回报社，负责春节期间的报纸值班。也就在这天，我意识到大事来了，非同寻常。

1 月 25 日，大年初一，中共中央政治局常委会会议召开。此后，以平均不到 8 天一次的频率召开会议，习近平总书记亲自指挥、亲自部署，统筹推进疫情防控和经济社会发展工作。

中央运筹帷幄，湖南雷厉风行，长沙众志成城……报纸上、移动端，每天的新闻几乎都是齐心抗疫的内容。作为值班编委，一周之后，我脑海中时刻滚动着“人民至上”四个字。

结束值班，时间已是 2 月初。作为时政新闻部主任，我必须提前关注这一注定载入史册的事件。在鹏飞社长、万寅老总的精心指导下，一个创作团队迅速集结。

1 月 30 日，来自武汉市青山区的罗某成为长沙首例新冠肺炎治愈患例；2 月 20 日，长沙新增确诊患者清零；3 月 14 日，长沙市最后一名在院治疗的新冠肺炎确诊病例治愈出院……在长沙抗疫斗争不断取得新的阶段性胜利时，《人民至上》万字长文的创作也在强力推进中。

站位提升，接好天线胸怀大局；头脑风暴，立起文章四梁八柱；深入采访，紧抓细节讲好故事；情绪酝酿，感动他人先感动自己；精心写作，深度思考，一气呵成……创作团队3个月开了6次会议，五易其稿。

至5月初，稿件基本成型。全文分“为民至深”“生命至重”“担当至勇”“奉献至诚”“民生至高”和“尾声”6个章节，再现了800多万长沙人民齐心战“疫”的雄壮场景，“人民至上”的理念在文章中发出如炬的光芒。

但何时刊发，时度效的问题再次考验创作团队。

刊发时机来了！5月21日，中国进入“两会”时间。5月22日，十三届全国人大三次会议开幕，习近平总书记当天下午在参加内蒙古代表团审议时说：“必须坚持人民至上、紧紧依靠人民、不断造福人民、牢牢植根人民，并落实到各项决策部署和实际工作之中，落实到做好统筹疫情防控和经济社会发展工作中去。”

5月24日，《长沙晚报》果断打破常规编排，启用封面，推出万字长文《人民至上——2020长沙众志成城抗击新冠肺炎疫情纪实》，为正在召开的全国两会献上了一份厚礼。

“有一座城，叫众志成城；有一颗心，叫万众一心；有一种上，叫人民至上。”

2020年，渐行渐远，所幸家国无恙。

为人民立言，为时代立传，这是党报记者不变的初心与使命！

《长沙晚报》封面特稿

国内统一连续出版物号：CN43—0002
第 16193 号 今日 8 版

长沙晚报
CHANGSHA EVENING NEWSPAPER

掌上长沙 微信看晚报

2020年5月24日 农历庚子年闰四月初二 星期日
党的权威 / 人民的晚报
封面 长沙晚报官网 www.icswb.com 晚报热线 96333

责编/贺黎黎 美编/戴莹芳 校读/谈梁

习近平在看望参加政协会议的经济界委员时强调

坚持用全面辩证长远眼光分析经济形势 努力在危机中育新机于变局中开新局

1版

在习近平新时代中国特色社会主义思想指引下——新时代新作为新篇章

人民至上

——2020长沙众志成城抗击新冠肺炎疫情纪实

长沙晚报全媒体记者 李万寅 苏毅 唐江澎 李静 胡媛媛 彭放

有一座城，叫众志成城。

有一颗心，叫万众一心。

有一种上，叫人民至上。

3月31日，湖南省新冠肺炎疫情防控突发公共卫生事件应急响应级别，由二级调整为三级，星城长沙，奔走相告；

4月8日，武汉解除离汉离鄂通道管控，有序恢复对外交通，江城武汉，欢呼雀跃；

5月21日，中国进入"两会"时间，亿万人民，翘首以待……

无数个振奋人心的时间节点，彰显着人间正道。

"始终把人民群众的生命安全和身体健康放在第一位！"习近平总书记始终强调的这句话，更加掷地有声。

5月22日，十三届全国人大三次会议开幕。下午，习近平总书记在参加内蒙古代表团审议时，动情地说："必须坚持人民至上、紧紧依靠人民、不断造福人民、牢牢植根人民，并落实到各项决策部署和实际工作之中，落实到做好统筹疫情防控和经济社会发展工作中去。"

……

2020年，岁在庚子，历史会铭记！14亿中国人民用自己的坚韧、牺牲、奉献，展现了中国力量、中国精神，彰显中华民族同舟共济、守望相助的家国情怀；

2020年，岁在庚子，历史会铭记！在这场执政能力大考中，一个大党和大国以人民至上的信念交上了优异答卷。

湘江依旧滔滔北上，麓山依旧巍峨耸立。

山水洲城，生机勃勃：工厂车间内机器轰鸣，生产线加速运转；项目建设工地吊机长臂挥舞，挖掘机来回奔忙；街头巷尾商超小店开门迎客，"网红"城市人气回归……

坚韧不拔的长沙，正加速奔跑在夺取疫情防控和经济社会发展"双胜利"的每一分每一秒中……

为民至深

2020年，是脱贫攻坚的决胜之年；2020年，是全面建成小康社会的关键之年；2020年，是"十三五"规划的收官之年……2020年饱含着14亿中国人民的期待与希冀。

但时间，却在2020年春节前夕，以前所未有的方式定格。

来势汹汹！新冠肺炎疫情向全国各地迅速扩散。

2020年1月23日，除夕前一天，武汉封城。所有关乎春节的欢愉，仿佛在那一刻静止。

静止的时间里，既涌动着焦虑，也充满了期盼。

从1月25日（农历大年初一）开始，中共中央政治局常委会会议以平均不到8天一次的节奏召开，习近平总书记亲自指挥、亲自部署，统筹推进疫情防控和经济社会发展工作。高瞻远瞩的战略决策、坚如磐石的意志信念、一心为民的真挚情怀，提振着全民信心。

中央运筹帷幄，湖南雷厉风行，长沙众志成城。

1月21日，省委常委、市委书记胡衡华主持召开市委常委会会议，专题研究部署疫情防控工作，立即启动多部门联防联控机制。明确长沙市一医院为市级定点救治医院，长沙县、望城区、浏阳市、宁乡市本级人民医院为定点救治医院；市120急救中心承担负压运转工作。

1月22日，公布46家发热门诊医疗机构名单，在汽车站、火车站、高铁站、机场等9个重点交通枢纽设立临时医疗服务点；1月23日，成立防疫总指挥部，指挥机构高效运转；市委、市人大常委会、市政府、市政协领导马不停蹄奔赴医院、社区、车站、企业，调研督导指挥疫情防控工作，组织安排疫情中急需的物资生产。

1月24日，除夕，长沙启动重大突发公共卫生事件一级响应。胡衡华前往市新型冠状病毒肺炎防控指挥部现场调度。当天，《致长沙市民的公开信》在朋友圈刷屏。

启动应急机制，启动保障机制……

启动，启动，启动！应对措施急促而有序。这是市委市政府对人民生命安全的负责，这是一座英雄城市对人民生命安全的担当。

与时间赛跑，全市各区县（市）和各级职能部门立即启动相应程序，相关人员一律取消休假；

与时间赛跑，力量往重点卡口倾斜，做登记、测体温、严消毒……短短1天，长沙用谨慎和担当织密一张城市的"防护网"；

与时间赛跑，在城区，广大党员、基层干部、志愿者身体力行上门走访、摸排信息、监测疫情；

与时间赛跑，在农村，"村村响"喇叭及时发声，疫情防控措施通过热情亲切、充满创意的方式响彻阡陌……

除夕日起，博物馆、图书馆纷纷关闭，麓山景区、天心阁等景点纷纷暂停对外开放；元宵节，橘子洲焰火晚会活动应声取消；所有娱乐演艺场所、网吧停止对外营业，各商业影院宣告歇业。

关停，关停，关停！所有决策果断而迅速。这是一个成熟的城市应有的担当和最硬朗的模样。

每日新增确诊病例、每日新增重症病例、每日新增死亡病例、每日新增出院病例……疫情实时数据每日更新、公开透明。每天早晨醒来翻阅最新数据，成为普通百姓与外界最直接的联系。

疫情之下，最怕的是恐慌。2月7日，长沙首次公布确诊病例分布情况通报。人民群众的关切在第一时间得到最贴心的回应。

公布，公布，公布！所有信息及时公布。这是对老百姓知情权的最好回应，一切只为让人民放心！

2月11日下午，长沙召开领导干部大会。此后，履新长沙的市委副书记、代市长，湖南湘江新区党工委书记郑建新第一时间投入战斗，要求各相关部门以最强执行力抓实抓细疫情防控各项工作。

人民至上！与疫魔较量，说到底，就是救治！

挽救生命，不惜一切代价！

一座北院，是救治的希望。

17支施工队伍、400名施工人员，72个小时奋战……长沙完成了对市公共卫生救治中心（长沙市第一医院北院）3栋隔离病房楼栋的全部改扩建。

300张床位，呼吸机、吸氧仪等医疗设备全部配置到位。长沙"小汤山"是湖南抗击疫情的主战场，也是全省全市人民打赢疫情防控阻击战的信心和希望。

1月30日，来自武汉市青山区的罗某兰，走出了长沙市公共卫生救治中心的隔离病房。57岁的她，在向医护人员再三表达谢意时，几度哽咽。

她，是长沙首例新冠肺炎治愈病例。

救治，救治，救治！治愈率迅速攀升，出院率迅速攀升。

不再害怕，充满信心。

2月15日，长沙首次新增确诊病例为"零"！

2月20日，长沙新增确诊病例清零！

2月23日，湖南首次新增确诊病例为"零"！

3月14日，长沙市最后一名在院治疗的新冠肺炎确诊病例治愈出院。

历时54天，长沙住院确诊病例清零，湖南住院确诊病例清零。

每一个"0"，都是希望，都是信心。

站在"0"的起点回头看，疫情面前，每个人都是英勇的战士：机关企事业单位紧急行动，共产党员冲锋在前，医务人员日夜奋战，科研人员全力攻关，基层干部默默付出，劳动者坚守岗位，爱心企业慷慨解囊，普通群众宅家防护不聚集……

每个人，都在平凡的坚守中成为了英雄的模样。

大事难事看担当，担当彰显初心，担当彰显责任。

在疫情防控处于胶着对垒的紧要关头，面对企业复工、人员返程等新情况新变化，市委、市政府果断决策，坚决落实中央和省委的最新决策部署，吹响复工复产冲锋号。

下活先手棋，谋虑大气象。

长沙速度，又一次为夺取疫情防控和经济社会发展目标任务的"双胜利"赢得了主动。

疫情防控不松懈，经济发展不停步。

所有的努力与付出，所有的速度与激情，只为人民。

生命至重

突如其来的新冠肺炎疫情，传播速度之快、感染范围之广、防控难度之大，均为新中国成立以来所未有。

武汉告急！黄冈告急！孝感告急！湖北告急！

疫情发生之初，确诊人数不断增加，医护人员不断被感染。

"尽最大努力防止更多群众被感染，尽最大可能挽救更多患者生命。"疫情防控的人民战争、总体战、阻击战迅速打响！

湖北武汉，成为疫情防控的决胜之地。救治患者，成为刻不容缓的首要任务。

1月21日，腊月廿七。一张从长沙南到武汉的G404次高铁票，见证了三湘大地最坚毅勇敢的逆行。

高铁票上的名字是——吴安华。

他是首批援助湖北的医疗专家之一，湖南首位援助湖北的医务人员。他是中南大学湘雅医院感染控制中心教授，国家卫健委医院感染管理预防与控制专家组成员。

接到命令后，他来不及和同在一家医院工作的妻子道别，往旅行包里塞了几件换洗内衣，饿着肚子匆忙赶往高铁站，只身一人毅然北上。

这位年近花甲的专家，参加过汶川地震医疗队，参与过抗击非典。不为外人所知的是，他的身体并不好，2009年得过心梗，心脏里还放着支架。

到了武汉，吴安华了解到疫情远比他想象的严重，才委托一个从南京过来支援的同学，买了换洗的外套。

随后，长沙成千上万医护人员递上请战书，随时准备奔赴一线。

"我是党员，我先上！"

"我执行过援非抗击埃博拉任务，有传染病防控经验，我肯定要去前线！"

"我年轻，让我去！"

"一生所学，报效国家，是医生的责任。"

……

一封封催人泪目的请战书，写满白衣战士"我将无我"的忠诚底色、赤子情怀。

截至2月8日，湘雅系443位白衣战士前赴后继，追随吴安华的脚步驰援湖北武汉、黄冈；随着疫情发展，湘雅三家医院派出8人进入湖南省高级别救治专家组，31人参加湖南省巡回专家组赴14个市州指导防控救治工作，派出多名专家分赴广西、海南、黑龙江、吉林等地支援疫情防控工作。

"这个时候武汉太需要帮助了，我有11年重症医学科工作经验，义不容辞！"得知中医湘军即将出征湖北的消息，在北京进修已经5个月没有回家的浏阳市中医医院重症医学科主治医师甘廷俊，在从北京返长的高铁上写下请战书。2月10日，甘廷俊如愿以偿，和本院及宁乡市中医医院多名专家一道，加入湖南支援湖北国家中医医疗队，奔赴武汉。

2月21日，长沙市首批援助武汉抗击新冠肺炎医疗队集结，出征武汉。他们中有人是单亲妈妈，把一对双胞胎儿子交给姐妹，毅然出征；他们中有人是独生子女，在年迈的父母千般叮咛下勇敢北上。医者仁心，为危难中的湖北人民点亮希望之光！

"胜勇出征，早日凯旋！"2月22日，长沙市疾控中心择优选派检验专家张如胜、流行病学调查专家陈建勇两名得力干将，组成"胜勇组合"，驰援黄冈。从征集队员到集结出发，不到24个小时。

省会担当，融进一个个逆行的背影里……

其实，疫情之下，长沙也艰难。

长沙是距离武汉最近的省会城市之一，山水相连、道路相通、人文相亲。在武汉封城后，离城的人群中，湖南是全国第二大流入目的地。长沙的防控形势一度十分严峻。

1月21日，长沙首例输入性新冠肺炎患者确诊。

战斗打响！

有长沙"小汤山"之称的长沙市公共卫生救治中心（长沙市第一医院北院），承担了全省四分之一的新冠肺炎确诊患者、长沙全部重症和危重症患者的集中救治。

集中患者！集中专家！集中资源！集中救治！长沙坚持将优势兵力聚焦主战场。

先后有699位白衣战士自告奋勇，进驻长沙"小汤山"。

全市数千医务工作者以生命赴使命，日夜奋战在抗疫一线，用忠诚和奉献，为广大人民群众筑起了一道生命的防护之墙。

——他们与时间赛跑！

全市40家二级以上医疗机构设置发热门诊，集中收治发热病人，第一时间发现并隔离新冠肺炎患者；发热门诊24小时采样送检，疾控部门12小时内出具核酸检测结果；市120急救中心24小时转运确诊病人……

"谭念！谭念！"谭念慢慢睁开眼睛，一位同事站在了他眼前。他环顾四周，才意识到自己坐在走廊上，靠着墙壁睡着了。他赶紧起身进到办公室，吃了一碗泡面，换上新的防护服，继续投入工作。

36岁的谭念，是长沙市中医医院（长沙市第八医院）放射科主管技师。

这一幕，发生在除夕之夜。

长沙市疾控中心微生物检验科承担了全市新冠病毒核酸检测的艰巨任务。疫情高发期，科室领头人欧新华连续50天无休。不间断的病毒核酸检测任务，每天要等到凌晨三四时最后一批检测结果出来，她审核确认无误后才能休息几个小时。

在全省启动重大突发公共卫生事件一级响应期间，长沙市120急救电话总量5.45万个，急救出车0.91万趟次，接诊发热病人936名，接诊疑似病人200余人次。这是对急救战士50天来昼夜坚守、为爱护航的生动诠释。

——他们与疫魔较量！

1月29日至2月5日，确诊病例快速增加，每日平均收治15人，最多的2月5日收治了23人，隔离病区迅速增加到7个。

每一名重症、危重症患者的救治，都是一场与病魔的殊死较量。

长沙的确诊病例虽然已经清零两个多月了，但长沙市公共卫生救治中心隔离病房总负责人、长沙市第一医院呼吸内科主任医师周志国，对于每一位重症患者的救治至今仍历历在目。

每一位重症患者的救治，都离不开一个笨办法——守！夜以继日地守，一刻不停地密切观察病情的细微变化，随时调整救治方案。

2月下旬的一天夜里，刚过零时，死神的脚步逼近。

重症患者刘奶奶开始出现呼吸困难、心率加快，情况异常紧急。

插管！上有创呼吸机！

气管插管会导致患者气道分泌物的飞沫或气溶胶播散，进行操作的医护人员感染的风险比平常高出6倍。

"我来！"重症医学科医生黄康戴上笨重的正压头罩，小心地托起患者的下颌，进行给氧、麻醉诱导、气管插管、上呼吸机、支气管肺泡灌洗……一次成功！

然而，患者并没有出现预想中的好转。

继续俯卧位通气！

当晚，黄康在刘奶奶的病床前守了一夜。

然而，天亮后，刘奶奶再次出现险情。上ECMO（体外膜肺氧合）！这是挽救危重患者生命的"终极武器"。

来不及转入手术室，调拨ECMO主机进隔离病房，紧急配备专用耗材，多学科医护人员立刻集结……这一切只为和死神抢时间！

之后，重症病房医护人员连续7天24小时不间断密切监护，刘奶奶终于闯过了"鬼门关"。

"别人以为医生早已看淡生死、习惯了生离死别。其实，患者只要有百分之一的希望，我们都会付出百分之百的努力，看到患者转危为安，成功得到救治，才是我们行医的价值所在。"

从长沙首例新冠肺炎患者确诊，到在院治疗的确诊病例清零，周志国在隔离病房坚守了54天。

就在周志国忘我地救治新冠肺炎病人的时候，他做财务工作的妻子石磊，在微信朋友圈写下一段话："老爸结石手术，老妈心脏放支架，小娃发烧，娃她爸公共突发事件临时抽调。他说我们这行是管钱，他们是管命。在生命面前，我承认你比我高尚。"

医护人员也是父母的宝贝、孩子的父母，他们也是家庭的顶梁柱、家人的避风港，只因穿上一袭白衣，他们和周志国一样，大疫当前坚定逆行，舍弃小家选择奉献！

这个春天，一张张刷屏的照片，让我们泪流满面：

照片上，那一双双医护人员的手，粗如树皮、布满伤口，那是终日被消毒液、滑石粉浸泡侵蚀留下的伤痕；

照片上，那一张张医护人员的脸，满是压痕、血印，那是长时间佩戴口罩、眼罩留下的独特印记；

照片上，一个个疲惫的背影、蜷缩的睡姿，那是他们拼尽全力后的放松。

这个春天，一幕幕暖心的瞬间，让我们心生希望：

"回家，真好！"左手牵着爸爸，右手牵着妈妈，4岁的婷婷（化名）走出长沙县第一人民医院，在医护人员关爱的目送下，走上洒满阳光的回家路。

"我看不见你温柔面孔，却看得见你美丽的眼睛……我虽叫不出你的名和姓，却知道你神圣的使命……"在武汉协和医院西院区湘雅病房，治愈出院的陶女士自创诗歌《天使的身影》，对中南大学湘雅医院医护团队表达感谢和敬意。

这个春天，胜利的符号不是"V"，而是"0"！这是千千万万白衣战士，用医术和仁心、勇气和担当、坚守和奉献交出的满意答卷。

大勇背后有大爱，无畏背后是无私。从告别家人、星夜驰援的挺身而出，到闻令而动、坚守岗位的奋战身影；从无惧风险、直面病魔的英勇斗争，到科学严谨、任劳任怨的敬业奉献，广大医务工作者把白衣作战袍，把病房当战场，舍生忘死、顽强拼搏，彰显了医者的责任与担当。

疫病无情人有情，履职尽责见风骨。白衣战士以生命守护生命的壮举，给患者和全社会带来温暖和希望，激励着我们心手相牵、共克时艰。

多年以后，这些闪闪发光的普通人，他们中的每一个，无论是否被书写，都值得我们心怀感恩并铭记！

担当至勇

风和日丽，灿烂夏日如约而至。

湘江新区综合交通枢纽人流车流涌动，人们从这里奔赴新梦想。

可是，一个为长沙"西大门"守护平安的挺拔身影，却没有再归来。

从1月5日春运开始前5天起，市交通运输综合行政执法局岳麓大队大队长鲁力，就带领队员在枢纽开启"白加黑"工作模式。疫情防控期间，他更是连续作战，确保站场营运秩序井然，带队加强对车辆巡查抽检，督促落实各项防疫措施。

每天早上7时，鲁力总是第一个到达疫情控防点，晚上10时最后一趟班车进站，他才撤岗回家。有时为了能随时处置突发情况，他就在值班室的沙发上凑合一宿。

"大家都在给抗疫捐款，我要捐，这个交给谁？"微信群里留下的语音，是鲁力与同事最后的交流。2月29日，连续工作54天的他因劳累过度导致心脏骤停，42岁的生命定格在抗疫一线。

"随时准备为党和人民牺牲一切！"一句誓言，一生作答。

关键时刻冲得出来，危难关头豁得出来，这才是真正的共产党人！

越是风急浪高，越需中流砥柱。在战"疫"中践行初心与使命，接受深刻的党性洗礼。长沙向全市2万余个基层党组织、45万名党员发出了"最强动员令"。

最危急的关头、最危险的地方，一个个战斗堡垒巍然屹立，一位位共产党员挺身而出，一面面党旗在抗疫一线高扬。

他们有最刚强的骨，疫情当前攥指成拳，扛起责任，擎起希望。

他们有最柔软的情，赤诚之心温暖一城，传递群众最信任的力量。

下转封二

二

湘江北上 独领风骚

多彩长沙走新路

《长沙晚报》全媒体记者 李鹏飞 邬伟 吴鑫矾 伍玲 吴颖姝

蝉联“中国十大美好生活城市”、跻身“2020 网红城市百强榜”全国八强、连续 5 年位居中国新一线城市前十强……

“网红”长沙，再次刷爆朋友圈。

事非经过不知难。

今年，突如其来的新冠肺炎疫情，带来了前所未有的风险与挑战。面对疫情防控和经济社会统筹发展的大战、大考，长沙如何破解困局？

习近平总书记在中央全面深化改革委员会第十四次会议上，清晰地指明了破局之路：必须发挥好改革的突破和先导作用，依靠改革应对变局、开拓新局，坚持目标引领和问题导向，既善于积势蓄势谋势，又善于识变求变应变。

应对变局，开拓新局。长沙市委市政府精心谋划未来，坚决调结构、转模式、换赛道、走新路。

以心无旁骛的定力做长“长板”。

聚焦以制造业为代表的实体经济，树立打造世界级工程机械产业集群的雄心；围绕建设“国家智能制造中心”，推动工业企业从自动化、智能化向网络化、信息化、数字化迈进，智造之城长沙更加实至名归；推进产融结合，全市上半年新增 5 家上市企业，A 股上市公司数量居中部省会城市第一。

以破冰前行的毅力抢占先机。

长沙软件业再出发，重塑长沙产业生态产业格局；瞄准国家产业方向不遗余力主攻“三智一芯”；率先开办“全球第一展”，创新会展“长沙模式”；布局新基建、数字经济抢占换道超车先机。

以众志成城的合力激发活力。

“全市是个大战场，人人都是主力军”，3 月 9 日，省委常委、市委书记胡衡华宣布启动“大干一百天实现双过半”竞赛活动。活动聚焦工业、固投、项目建设、服务业、税收五大类指标，凝聚起众志成城谋发展的大合力。长沙各区县市和园区在同一赛场大展身手，各部门协同合作，不断刷新“长沙速度”。

……

多彩长沙走新路。

当前，长沙经济回暖、指标回升态势进一步巩固，正沿着高质量发展的新路加速前行。

新产业
从建楼转向建链

长沙主攻“三智一芯”推动产业链再升级，
展现打造世界级工程机械产业集群的雄心

城市 GDP 跻身“万亿俱乐部”，却是全国房价洼地。

熟悉长沙的人或许都有一个疑惑：一个不依赖卖地建楼、不依赖土地财政的城市，是如何创下了万亿级别的 GDP？

长沙亮出的答案是：聚焦以制造业为代表的实体经济，走出一条带有长沙印记的高质量发展之路。

求木之长者，必固其根本。

以制造业为代表的实体经济，就是长沙经济高质量发展的根基。

习近平总书记就做好中部地区崛起工作提出 8 点意见，第一条就是“推动制造业高质量发展”。长沙市委市政府始终坚信“长沙发展的基础在制造业，发展的优势在制造业，发展的出路还在制造业”，始终保持定力、深耕主业，以打造“国家智能制造中心”为目标，不断积蓄发展新动能，提升核心竞争力。

久久为功，一张蓝图干到底。

2015 年 5 月 19 日，国务院发布《中国制造 2025》。当年 7 月 29 日，长沙就在全国率先发布《长沙智能制造三年（2015—2018 年）行动计划》。

此后，长沙相继出台《长沙建设国家智能制造中心三年行动计划（2018—2020 年）》《中共长沙市委关于深入贯彻落实习近平总书记在推动中部地区崛起工作座谈会上的重要讲话精神大力推动制造业高质量发展的若干意见》等，吹响了打造国家智能制造中心的冲锋号。

目前，智能制造在长沙从星火燎原发展到铺天盖地。市级智能制造试点示范企业，从首批 28 家扩充到 230 家，如今又增至 668 家。其中，国家级智能制造试点示范和专项项目 27 个，位居省会城市第一。

今年年初，新冠肺炎疫情蔓延，交通阻断，工业企业员工到岗不畅，招工受阻，复工复产面临重重困难。

咬定青山不放松。面对疫情冲击，长沙初心不改，力度不减，推动智能制造加速奔跑。

2 月 20 日，长沙在国内率先出台系统性方案——《长沙市有效降低疫情影响稳定经济运行实施方案》，实施扩产转产支撑、供应链支撑、创新支撑、上市支撑等四大行动，在工业企业技术改造、本地产品配套、企业重大装备首台（套）、制造业企业技术交易等方面给予补贴补助。

这些举措，既着眼于“抗击疫情前线”，又着力于“经济发展前线”，为复工复产的工业企业恢复信心注入一针“强心剂”。

3 月初，长沙启动第七批长沙智能制造试点企业（项目）申报工作。到年底，长沙不同层级的智能制造试点企业将超过 1000 家。

这当中，三一重卡的成长是长沙智能制造理想照进现实的缩影，也将长沙企业的定力和毅力展现得淋漓尽致。

三一重卡董事长梁林河 2017 年筹划造重卡，初心是想给曾经是卡车司机的母亲“造一辆舒适的重卡”。

上市两年来，借助“互联网 + 卡车”的全新模式，三一重卡坚持高性价比，给行业刮来一股新风，屡屡创造销售奇迹。

今年，三一重卡遭遇重大危机——某供应商单方面毁约，断供重卡发动机，导致多款产品停产。

三一重卡迅速启动了“备胎计划”，与德国道依茨联合研制自有发动机，双方共同打造的智能生产线效能居世界前列。

中德合作结硕果。7 月 12 日，搭载道依茨发动机的新车型“王道 435”正式上市，三一重卡断供危机也正式解除。

数据显示，上市以来，三一重卡先后推出 7 款重卡产品，销量突破 20000 辆，成为近十年来中国重卡行业发展最快的“超新星”。

今年，中国迎来“新基建”时代。“新基建”一头连着巨大的投资与需求，另一头牵着不断升级的消费市场，是未来数字经济时代支撑中国经济社会繁荣发展的基石。

长沙以前瞻的眼光，抢抓“新基建”风口，大力发展 5G、大数据、人工智能、区块链等战略性新兴产业，积极推动 5G + 工业互联网应用，加快制造业高质量发展。

作为三湘第一园区，长沙经开区今年围绕 5G 网络建设和 5G 在头部企业的场景全流程应用，开始发力。

今年 6 月底，长沙经开区 5G 基站已建 975 个，到年底将实现 5G 网络园区全覆盖。

新型基础设施的建设与完善，让园区以智能制造推动产业升级的未来更富想象力。

今年，长沙经开区将投入 2 亿元，加快打造一批“5G + 工业互联网”标杆应用场景，并大力推进工业互联网扩面升级，建设工业互联网创新中心。

梧桐花开凤自来。

场景应用的构建，刺激一大批工业企业主动从自动化、智能化向网络化、信息化、数字化应用迈进，长沙智能制造进入新阶段。

中联重科启动产品 4.0 工程，快速推动产品智能化，建立大数据平台、上线“中联 E 管家”，如今工业互联网平台连接的设备数量已近 32 万台。

三一重工 18 号厂房被誉为“藏有中国工业未来蓝图”，今年又启动“灯塔工厂”建设。项目改造完成后，产能将提升 50%，人力减少 60%，场地压缩 30%。

楚天科技用工业机器人生产医药机器人，部分生产线可以适应 7 至 10 种产品的混线生产。企业的目标是不断验证工艺和系统集成，将高端医药智能制造新模式扩散到整个集团。

……

7月1日，胡衡华在调研时强调，要聚焦先进制造业，一届接着一届干，一棒接着一棒跑，突出抓好一批标志性、示范性产业项目，围绕智能制造做足存量文章，不断优化产业生态，促进制造业转型升级。

久久为功，必有所成。

今年，面对疫情后全球产业链重构的良好契机，作为长沙工业发展中最具代表性的龙头产业，长沙工程机械产业正迎来新的重大战略机遇期。

“加快推进长沙工程机械产业高质量发展、全力打造世界级工程机械产业集群”，长沙向世界展示了自己的抱负和雄心。

工程机械凭借“智造”的力量，已成长为参天大树。如何让更多的产业脱颖而出、茁壮成长，撑起长沙产业的茂盛森林呢?

2017年以来，长沙市委市政府深刻洞悉未来产业发展趋势，确定以22条工业新兴及优势产业链为抓手，全面推进产业转型升级。

沧海横流，方显英雄本色。今年，复杂的经济形势与严峻的疫情叠加，长沙产业链和链上企业表现出的韧劲、活力令人赞叹。

1至5月，全市产业链共引进投资过2亿元的重大项目46个，计划总投资601.7亿元，其中计划投资过50亿元的项目4个。

举网以纲，千目皆张。抓产业，就必须抓重点项目，抓龙头企业。

今年，长沙首提“制造业标志性项目”，在全市遴选了17个具有“代表性、带动性、标志性”的制造业标志性重点项目，进行高位推动、统筹调度、精细管理。

这17个入选项目预估总投资1457亿元，投资体量大、带动能力强、发展前景好，既契合中央“新基建”政策导向，又能为长沙高质量发展聚集强大动能。

随着一批又一批旗舰型、龙头型的标志性项目和企业落户长沙，今年长沙呈现出大项目顶天立地、小项目铺天盖地的火热景象，建链补链强链延链成效显著。

工程机械产业“王牌”地位更加稳固——三一集团、中联重科、山河智能、铁建重工4家主机企业再次跻身全球工程机械制造商50强，核心关键零部件国产化频频取得新突破，正向世界级先进制造业集群迈进。

汽车产业队伍持续扩容——吉利今年首次落子，比亚迪再度布局，燃油车和新能源车发展并驾齐驱，产品体系日益多元化、智能化，产业转型升级加速。

移动互联网及应用软件产业焕发新机——产业内涵愈加丰富，软件产业重新出发，今年有望成为千亿产业；从拥有几百家企业到现在3万余家，“移动互联网第五城”的口号更加响亮。

5G产业加速崛起——截至目前，长沙拥有5G链上企业71家，5G基础设施逐步完善，工业与5G技术融合加速，一批“5G+”项目为长沙未来经济发展蓄足新动力。

国内疫情持续向好，全球疫情仍相当复杂。长沙如何贯彻中央“六稳”“六保”的要求，在“国内国际双循环相互促进的新发展格局”中有所作为?

长沙用行动作答：滚石上山，推进产业链再升级、制造业再提升。

7月2日，全市产业链暨制造业标志性重点项目建设工作推进会召开。会议明确，以“三智一芯”（智能装备、智能汽车、智能终端和功率芯片）产业为主攻方向，抓牢制造业标志性重点项目建设“牛鼻子”，打好产业基础高级化、产业链现代化攻坚战。

其实，长沙对“三智一芯”的追逐，早有布局和行动。

去年以来，中美贸易摩擦频发，华为与伟创力在长沙合作的“蜜月期”戛然而止。

数万平方米的厂房，全新的手机生产线处于停摆状态，难题接踵而至，复杂局面前所未有。

关键时候，长沙敢啃硬骨头，将产业园的招商新目标瞄准了长沙的老朋友——比亚迪。

比亚迪自2009年落户湖南以来，长沙已成为其全球战略布局中产品线最齐全的新能源战略基地。

更重要的是，因造车而赫赫有名的比亚迪，还是国产手机行业的“隐形巨头”，华为一直是比亚迪电子最大的客户。

三方一拍即合，共同建设长沙智能终端产业园比亚迪电子工厂。

该工厂占地260亩，总建筑面积26万平方米，按照德国工业4.0标准建设，面向未来20年发展，规划产能为1.5亿台智能终端设备和泛网络产品。

如此大体量的项目，从去年6月15日签约，到首台手机下线，仅用时70天；再到大批量生产，也只用了86天。

此前，在智能终端领域，湖南一直缺乏带动力、引领力、辐射力强的智能终端龙头企业。

随着华为、比亚迪电子的到来，这一短板将被补齐。目前，华为已表示将把长沙望城作为其第二制造中心，重点建设“一仓、一园、一镇”。

长沙，正崛起一座“华为城”。

智能制造的稳步推进，产业链的升级建设，让长沙经济发展新路径中的智能化特征愈加凸显，而要全面建设现代化长沙，实现高质量发展，发展数字经济是大势所趋。

今年以来，长沙抢抓数字经济发展“窗口期”，积极推进数字产业化、产业数字化，引导数字经济和实体经济深度融合。

迎接“数字产业化”风口。长沙重点培育区块链、移动互联网、视频文创、智能驾驶、人工智能等新兴产业，不断催生新业态新模式，“四新经济”发展取得初步成效。

近年来，长沙推进“区块链+政务”“区块链+金融”“区块链+产业”等试点应用场景，并大力支持长沙区块链产业园和星沙区块链产业园的发展和建设。截至去年年底，长沙区块链注册企业近800家。

今年4月，星沙区块链迎来重大历史时刻。长沙经开区与三一汽车制造有限公司、树根互联技术有限公司签订战略合作框架协议，以三一云谷为载体，共建星沙区块链产业园，力争5年内形成千亿级数字经济产业，成为全国一流的以区块链技术为特色的综合性数字经济产业示范区。

开拓“产业数字化”战场。长沙利用现代信息技术对传统产业进行全方位、全角度、全链条的改造，工业企业安装“眼睛”和“耳朵”，设备联网，机器上“云”，未来工厂的模样呼之欲出。

转向“数字化管理”阵地。长沙有效运用大数据、云计算、人工智能等现代化手段，全面构建纵向贯通、横向协同、全面覆盖、统一接入的数字政府体系，打造高度智能化的“城市超级大脑”，这一成果在今年的疫情防控中大放异彩。

助力“数字化生活”习惯。随着移动支付的普及和各类电商平台的蓬勃发展，“动动手指，买遍全球”“一键下单，美食到家”已经成为很多长沙人的生活日常。

数据显示，2019 年数字经济对我国 GDP 增长的贡献率达到 67.7%，成为驱动中国经济增长的核心和关键。

多彩长沙走新路。

假以时日，长沙必将成长为中国数字经济发展的中坚力量。

新动能
从新基建到新结构

长沙锚定软件硬件两手抓的创新思路，通过“百日大竞赛”活动凝聚起众志成城谋发展的大合力

今年 5 月，中国专业 IT 社区 CSDN 总部落户长沙，轰动整个软件行业。

这是继百度、腾讯云、阿里云后，又一个登陆长沙的行业重点企业，进一步提升了长沙打造“中国软件名城”的态势。

CSDN 和长沙牵手，双方既是“郎情妾意”，也是各取所需。

长沙拥有较坚实的软件产业基础，长沙软件园是首批国家火炬计划四大软件基地之一。以工程机械为代表的制造业是长沙工业的骄傲，随着产业的升级，软件与硬件兼备成为大势所趋。

而从长沙大力推动 PK 生态、鲲鹏生态等能看出，长沙发展所锚定的方向就是软件硬件两手抓的创新思路，这些正是 CSDN 未来突破发展瓶颈的机会。

引进 CSDN，则是长沙深谋远虑的一步妙棋。

这是长沙加速落实“软件业再出发”行动的重要一环。

CSDN 覆盖了全球 90% 以上的中文开发者和 70% 以上的 IT 专业人士。落户长沙后，CSDN 由“长沙等你”变成了“长沙的你”。长沙，将成为全球软件开发者的“家”。

这更是长沙发展数字经济，开启“换道超车”的良机。

当前正处于人工智能、5G等核心技术变革期，大部分的技术变革都由开源技术体系驱动。CSDN落户长沙，随之而来的大量软件开发者将在核心技术上围绕开放的源代码在各方面协同贡献，快速迭代，继而助力数字经济发展。

同时，进一步发展的软件业，能与长沙22条工业新兴及优势产业链形成大循环，并为制造业创造更大空间，让长沙制造业获得更强竞争力、更强抗风险能力。

古人云：善弈者谋势。长沙深谙高质量发展的赢棋之道。

面对全球疫情之下阶段性的弱增长、负增长，长沙选择迎难而上，换道超车，首先瞄准的是软件产业。

3月21日，全市软件产业发展专题研究会召开，明确提出：集中力量和资源，打造应用场景、促进产业集聚、优化产业生态，推动长沙软件业再出发。

吹响“软件产业再出发”号角后，长沙迅速行动。

《长沙市软件和信息技术服务业发展三年行动计划（2020—2022年）》出炉，提出构建“一园五区两山”产业格局，部署六大任务，明确政策支持。

先后发布两批次共191个软件和信息技术服务业应用场景，重点围绕智慧城市、智能制造、智能产业三大领域率先发力。

……

不到半年时间，京东云、中国软件、万兴科技等一批软件行业头部企业纷纷入驻，长沙软件行业企业达到9000家，软件业营收超600亿元，有望崛起为长沙下一个千亿产业。

在长沙软件业快速发展过程中，有一组关键词透露出长沙推动新兴产业发展的秘诀：

汇聚生态，聚焦场景。

长沙智能网联汽车产业从追赶者变身领跑者，正是最好的佐证。

“结合‘新基建’发展方向，以5G应用为导向，加强智慧电网、物联网等新型基础设施布局。”市委副书记、市长、湖南湘江新区党工委书记郑建新在今年多次强调，要高度重视“新基建”，加大对“新基建”项目等投资力度，大力发展人工智能、数字经济、5G与大数据等新业态新模式，培育打造经济新的增长点。

智能网联汽车产业，就是长沙经济的新增长点。

“坐上自动驾驶出租车，太酷了!”7月8日，在麓谷某科技公司工作的王莹在梅溪湖东地铁站附近，用手机呼叫百度自动驾驶，随后一辆Apollo Robotaxi赶来，载着她驶往目的地，“无需人干预，车辆在行驶过程中十分聪明，碰上有行人过马路会非常‘乖巧’地减速刹车、礼貌避让。”

今年4月，Apollo Robotaxi在长沙全面开放试乘运营，成为国内首个向公众开放的Robotaxi服务。如今，它走进了越来越多长沙人的生活。

目前，长沙打造了模拟场景全国最多、综合性能全国领先、测试服务全国最全的国家智能网联汽车（长沙）测试区，启动了车路协同“两个100”项目，搭好了一个令其他城市羡慕的平台。

一个赛场，全国角逐，竞争激烈。难得的是，长沙在打造智能网联汽车产业生态中，一直相当冷静，在引进企业时没有一味求大，而是着力构建齐备的产业生态。

围绕车载及路侧通信设备，引入了华为；围绕自动驾驶底盘及线控转向，引入了舍弗勒；围绕人工智能处理器，引入了地平线；围绕传感器，引入了大陆集团；围绕云控平台，引入了启迪云控；围绕自动驾驶特种车辆，引入了希迪智驾、桑德新能源汽车、中联酷哇等等。

基础层企业、技术层企业、应用层企业各司其职，最终形成了一个“智慧的路—聪明的车—强大的云—灵活的网”的协同闭环。在这个过程中，长沙提前完成了智能汽车全栈技术的“新基建”，既为自动驾驶落地开路，又为产城融合、城市提质助力，充分体现出新技术、新产业带来的价值。

场景引导，落地为先，示范带动，复利向前。

“聪明”的车，“智慧”的路，在“新基建”发展浪潮之下，智能环卫车、物流重卡等一批批充满“智慧”的尖端产品加速落地应用，长沙成为中国智能网联汽车产业投资潜力城市前三名，“智能驾驶第一城”的梦想正变成现实。

先行一小步，便能领先一大步。

3 月，长沙疫情防控形势持续向好，复工复产进入纵深阶段。

3 月 9 日，在全市“大干一百天实现双过半”竞赛活动动员部署视频会议上，胡衡华提出：“号令正式吹响，全市是个大战场，人人都是主力军！”

这项产业竞赛活动，主要聚焦工业、固投、项目建设、服务业、税收五大类指标。内五区、高新区加长望浏宁两组共 10 位参赛“选手”站在同一起跑线上，朝着“双胜利”的目标，全力冲刺。

竞赛启动，规则至上。

对于这场产业竞赛，市委明确提出了“十六字”要求：守住底线、保持定力、主动作为、以长补短。

“守住底线”——底线是“1”，没有这个“1”，后面再多的“0”也是“0”。对于长沙来说，务必要守住疫情防控常态化、民生保障、安全生产、防范化解债务风险等方面的底线。

“保持定力”——看准的事、定下的事，就要坚定不移地干，不能东一榔头西一棒子。这次大竞赛聚焦的重点就是制造业、投资、消费、财税这几个方面，方向和方法非常明确，关键是保持定力、提升执行力。

“主动作为”——最好的防御不是躲闪，而是进攻。不论是疫情防控的“主动仗”，还是经济社会发展的“先手棋”，都需要发扬越是艰难越向前的精神，主动去抓、主动去干、主动去管。

“以长补短”——战时状态下，拉长长板比补齐短板更重要，所以要把拉长长板摆在优先位置。

这“十六字”总体要求，既是规则，又是引领。

长沙“大干一百天实现双过半”产业竞赛活动由此掀起一轮轮高潮，新项目、新模式、新动能交相涌现。

5G 应用、智能装备、数字经济、智能网联汽车……一大批新应用新业态在长沙焕发出新活力。

首台湘江鲲鹏服务器“长沙造”，全球首条 8.6 代 OLED 生产线即将建成……一大批长沙“智”造的国产尖端产品将惊艳世界。

大项目好项目纷纷落户——今年上半年，世界 500 强新加坡益海嘉里，中国 500 强爱奇艺科技、扬子江药业等 64 个“三类 500 强”投资项目落户长沙，总投资额729.1亿元，其中世界500强项目32个。

项目投资规模持续扩大——80亿元的上汽大众新能源车型项目、70亿元的长远锂科锂电池正极材料生产基地项目、57亿元的光环新网长沙绿色云计算基地、52亿元的中联重科汇智新城土方机械项目……今年上半年，长沙新引进投资额10亿元以上项目38个、投资额50亿元以上项目7个。

“高精尖”项目个个亮眼——投资5亿元，填补国内空白的半导体高端光掩模材料国产化项目；

投资5亿元，将打造国内模具行业首个智能热成型工厂的晓光模具超高强度钢智能热成型项目，还有湘江鲲鹏计算产业项目、腾讯云启产业基地等，将为长沙新经济带来源源不断的发展动力。

一批龙头项目开始投产见效——雨花经开区引进的大族激光等智能机器人装备企业，带动上下游配套项目加速落地形成集聚，中软国际蜂巢互联等12个项目落户，有力地促进了工业软件与智能机器人装备的深度融合；

长远锂科、三诺生物、威胜集团等行业龙头和骨干企业在长沙高新区增加投资，形成了长远锂科锂电池正极材料生产基地、三诺生物CGMS生产基地、威铭能源物联网等“二次招商”项目。

一批配套项目纷至沓来，加速长沙产业链条聚集成群——

瑶华科技测封、松森精材长沙生产基地、中邮物流智能终端配套等38个为智能终端产业链配套的项目集中落户望城经开区，总投资超75亿元；

浏阳经开区（高新区）围绕碳基产业链，引进长沙新一代半导体研究院、石墨烯和石墨烯基复合粉体材料生产线、半导体高端光掩模材料国产化等项目，进一步推动产业链补链强链；

……

志存高远，心有浩然。

长沙在项目招商上，紧盯新兴产业，瞄准产业价值链中高端，招大挖潜并重，进行强链补链型招商。

6月29日，2020湖南—长三角经贸合作洽谈周上，20个项目与长沙现场签约，总投资额173.3亿元。

疫情之下，这份成绩单精彩亮眼，更是含金量十足：“三类500强”项目多、产业项目占比大、外向型项目来势好。

长沙为什么能赢得国内外企业和企业家们的青睐？

“患难见真情，越是困难的时候，越能看出一个地方对企业的重视程度和营商环境的优劣。”2 月 21 日，比亚迪董事长兼总裁王传福将疫情防控期间的项目洽谈第一站选在长沙。

这既是基于多年来双方良好的合作基础，也是对长沙在疫情大战大考中积极作为的肯定，更是对长沙未来发展的信心。

信心加速双方的合作。

由华为和比亚迪联手打造的长沙智能终端产业园项目加速推进，投产后将为长沙高质量发展注入新动能；比亚迪 IGBT 项目开工建设，又一“卡脖子”技术落地，建设年产 25 万片 8 英寸新能源汽车电子芯片生产线，实现在长沙“大满贯式”布局……

疫情之下，稳住外贸外资基本盘刻不容缓。

在长沙北货场，一列列中欧班列（长沙）载着湘品出发，加速长沙与世界的往来。

今年上半年，中欧班列（长沙）逆势跑出加速度，发运国际货运班列 256 列，同比增长 68.1%；发运进出口货值 8.97 亿美元，同比增长 159%，各项指标在全国走在前列。

在长沙黄花国际机场，长沙先后恢复达卡、胡志明市、北美等定期货运航线，新开中国香港、列日等定期货运航线。目前长沙已开通 9 个全货机航班、6 个客改货航班，国际（地区）航空货运能力不断优化提高。

国际物流通道的畅通，让长沙外贸在危机中觅到了良机。

今年 1 至 5 月，长沙完成进出口额 124.21 亿美元，占全省外贸总量的 50.59%，同比增长 28.2%，长沙外贸展现了良好的韧性。

长沙外贸创新发展，离不开跨境电商、市场采购、外贸综合服务体等外贸新业态、新模式的助推。

其中，长沙跨境电商的爆发增长是重要引擎。

在长沙黄花综合保税区的长沙跨无止境电子商务有限公司仓库内，工作人员忙着拣货、分装打包、贴快递单。今年前 5 月，公司跨境电商订单量 92 万余单，进口贸易额 2534 万美元，分别是去年全年订单量的 5.4 倍、进口额的 4.7 倍。

跨无止境只是今年上半年长沙跨境电商爆发增长的一个缩影。

今年1至5月，长沙跨境电商进出口总额6.56亿美元，比去年同期增长327%，从三大核心园区拓展至内五区，长沙跨境电商形成百花齐放的局面。

开放崛起，蓝天助力。

7月初，随着红土航空在湖南长沙临空经济区挂牌，三湘大地结束了没有本土航空公司的历史，开启了全新的航空运输时代。

惟其艰难，方显勇毅；惟其磨砺，始得玉成。

多彩长沙走新路。

推动软硬兼施，坚持项目为王，抓住国家政策窗口期机遇主动调结构发力新经济，长沙行稳致远。

新内核

从“两山”到“两谷”

“智谷”岳麓山大科城和“云谷”马栏山视频文创园代表湖南和长沙角逐新经济赛场，成长为享有盛名的“明星选手”

湘江两岸，有两座“山”，一座是岳麓山，一座是马栏山。

岳麓山耸立湘江之畔，将河西大学城揽在怀抱；马栏山依偎着浏阳河，欣赏着近在咫尺的广电湘军叱咤风云。

新时代，新经济。湖南省和省会长沙如何在新经济时代实现“换道超车”，抢占先机，“两山”被寄予厚望。

代表湖南，代表省会长沙，“两山”未来的模样是怎样？

打造最美大学城、领先科技城、一流创业城，成为智力集聚的“智谷”，这是岳麓山国家大学科技城的模样；

建设领先全国、具有全球竞争力的媒体融合新地标，变身云模式视频产业汇聚的“云谷”，这是马栏山视频文创产业园的形象。

4月28日，省委书记杜家毫在专题调研岳麓山国家大学科技城和马栏山视频文创产业园时便强调，要抢抓机遇、顺势而为，加快把岳麓山大科城、马栏山文创园打造成为全省新经济发展的增长极和示范区。

“两山”肩负之责，可谓重如千钧！

“两山”奔跑之速，可谓创造奇迹！

如今，两座“山”在不同的赛道上，都已成长为闻名全国、享有盛誉的“明星选手”。2017 年至今的短短数年间，这里由长沙的旅游打卡地跃升为全省创新发展的新标杆，蜕变成长沙极具前瞻视野、引擎意义的两大新内核：智谷与云谷。

湘江西岸，岳麓山国家大学科技城树起新高度！

经过三年的建设，麓山南路成为名副其实的书香之路、文明之路；昔日违建院落扎堆的老旧小区，提质改造后成了品质小区；二里半消失多年的湖南师大老校门在期待中“回归”；曾经风格零乱的湖南大学天马忆街成为小清新、文艺范十足的“网红”景点；饱受诟病的后湖景区，从昔日的臭水塘蝶变为后湖国际文创小镇。

“最美大学城”的轮廓已清晰可见，让人眼前一亮。

今年即使面临疫情的冲击，岳麓山国家大学科技城依旧步履坚定：

1 月 1 日，大科城率先全市实现 5G 信号全覆盖。

1 月 21 日，大科城举行 2020 年第一批科创产业项目集中签约仪式，湖南省大学生创新创业服务平台、深圳火乐科技研究院正式入驻。

3 月 28 日，大科城软件产业生态圈共建计划启动，大科城软件和信息技术服务产业发展联盟同步成立。

5 月 28 日，由岳麓科创港与飞马旅联合打造的飞马旅岳麓路演中心启用。每年，在岳麓科创港举办的科技创新创业赛事、论坛、沙龙将超过 100 场。

……

今年，住在岳麓山国家大学科技城的居民发现，随着一堵堵围墙拆掉，大科城颜值在升级。

人们惊喜地发现，在一堵堵围墙倒塌的地方，一个个科创中心“站”了起来，一家家科创平台建了起来，一批批科创企业强了起来。

中南大学科技园（研发）总部实现了当年立项、当年拆迁、当年建设、当年基本竣工。2018 年 5 月 23 日开园当天，36 家企业完成在研发总部的工商注册，19 家企业现场集中签约。

建设正酣的中建智慧谷目前已引进深圳华锐金融、云天励飞、集商网、京东智联云等一大批科技企业项目。未来3至5年，项目将聚集万名高精尖人才，汇集院士工作站10个以上、高新技术企业100家以上，预计年产值达50亿元。

今年以来，文化艺术小镇、科创梦想小镇、创意设计小镇等一批“园中园”也在大科城加速崛起。

初尝中南大学科技园（研发）总部这种“一校一园”模式的甜头，长沙又趁势扩大战果——与湖南大学共建桃子湖人工智能小镇、阜埠河创意设计一条街；与湖南师范大学共建后湖国际艺术小镇，并加快推进湖南中医药大学中医药产业基地、湖南工商大学万创中国·湘江中心等建设。

与此同时，岳麓山国家大学科技城大力引进科创服务类平台，先后引进新净信、迈科技、聚仪网、飞马旅、博士科技等29个平台。

有形的围墙相继倒塌，无形的“围墙”逐渐瓦解。

一大批高校院所的科研发明快速流向企业，落地转化成生产力；实验室里的技术成果，开始变成产品、商品，批量化生产。

如今的岳麓山国家大学科技城，处处令人眼前一亮。环后湖知识经济圈、中南大学创新经济走廊、桃子湖高校双创街、西湖互联网58小镇和岳麓高新区等“一圈一廊一街一镇一区”的科创经济格局已初步形成。

2019年至今，岳麓山国家大学科技城已拓展150万平方米发展空间，新增科创企业1351家，总数达到3457家，“世界一流的大学城”的理想正照进现实。

湘江东岸，马栏山正立起文创新标杆！

今年以来，马栏山视频文创产业园站上数字时代的风口浪尖，聚焦视频文创领域，突出“5G＋视频”，狠抓头部企业，以高科技与新技术为支撑，“中国云谷”开足马力向前奔跑。

园区建设，道路先行。

东二环鸭子铺立交改造工程、马栏山公园等基础设施项目顺利复工复建，打通了交通“肠梗阻”，拉开经济发展骨架。

瞄大落小，招大引强。

马栏山视频文创产业园本着精明增长的理念，紧盯视频文创行业“独角兽”企业、头部企业招商引资。截至 6 月底，园区今年新引进市场主体 337 家，累计增至 1141 家。

政策助力，暖心扶持。

园区从房租减免、社保补贴、用电和宽带减免、贷款贴息、风险补偿等五个方面对企业进行政策支持，以降低疫情期间企业生产成本，支持中小企业共渡难关。

鸭子铺，位于马栏山视频文创产业园的核心区，这个长沙曾经最大的城中村，如今正华丽蝶变——文化在沉淀、创意在迸发、人才在集聚、企业在靠拢、产业在崛起。

目前，马栏山视频文创产业园拥有芒果超媒、中广天择、中南传媒等 3 家主板上市公司。陌陌科技、字节跳动（今日头条）、创梦天地、银河酷娱等一批头部企业的区域总部或重点板块相继落户。

芒果超媒被看作“湖南广电未来 20 年的希望”，旗下芒果 TV 长期占据着湖南互联网企业的头把交椅。进入 7 月，芒果超媒因一档热播综艺《乘风破浪的姐姐》备受市场关注，其市值也随之“水涨船高”并突破千亿大关，如今接近 1300 亿元，成为湖南首个“独角兽”企业。

今年，马栏山视频文创产业园呈现逆势增长的态势。

1—5 月，马栏山视频文创产业园实现企业营收 136. 17 亿元，预计增长 14. 9%；完成税收 9. 45 亿元，增长 26. 67%；固定资产投资 50. 9 亿元，增长 114%。

上半年，园区陆续引进爱奇艺华中总部、山海经动漫影视总部基地、创梦乐谷长沙动漫游戏产业园、快手、阿里直播基地、金龙科湖等一批头部企业和项目，起到了很好的示范引领效应。

东二环立交桥鸭子铺匝道提前通车，马栏山能源区能源站项目顺利封顶，芒果马栏山广场、中广天择总部基地等 11 个在建重大项目进展顺利。

继去年升级为湖南首家国家级广电产业园、中国新媒体大会永久落户后，今年 3 月以来，5G 高新视频多场景应用国家广播电视总局重点实验室等一批国家级平台也陆续落户马栏山。

6 月 28 日，马栏山视频文创产业园 23 个项目集中开工、签约，总投资 125. 8 亿元。其中，有两个项目居全省前列：一个是神幻九州动漫影视游戏总部基地，另一个是380米的绿地星城光塔，为目前全省第二高楼。

“中国云谷”，向阳而生！

多彩长沙走新路。

“智谷”“云谷”正引领长沙新经济乘风破浪！

新消费
从新供给到新业态

全球第一展的湖南车展，将信心和标准传递给全球会展业；直播带货、新零售等如浪如潮

网红长沙，愈夜愈精彩。

正是最热烈的长沙夏日，下午三四点钟起，位于海信广场的超级文和友门前就开始排起长队，叫号的吆喝声要持续到凌晨两点半店铺打烊后。这里已成为全国饕客潮人打卡的胜地。

不想排队怎么办？手机上点一点，美味小龙虾立马随着外卖快递小哥的腿奔赴五湖四海的餐桌。

自入夏以来，超级文和友的夜宵外卖订单量增长了20%，占店铺全天总订单的三分之一。随着文和友新店10月在星沙开业，这种线上线下的双重火爆将在长沙东城得到“复制”。

7月9日至11日，湖南国际会展中心，第20届湖南省安博会在此举行，智慧安防领域大咖云集、黑科技汇聚，来自省内外的经销商、代理商与厂商相谈甚欢。

据不完全统计，长沙自4月30日举办新冠肺炎疫情暴发后全球第一展——湖南车展后，两个月时间里已经陆续举办了近20个大中小型展会，成为激活城市消费和产能、保产业链供应链的重要载体。与此同时，包括很多国外知名会展城市在内，今年的展会成绩单上数字仍停留在“0”……

线下门店持续扩张，线上订单迅猛增长，文和友是长沙实体商业和线上消费双红的典型代表。

以展览项目的形式短时间汇聚大量人流、物流、资金流，带来成交量和订单的集中爆发，会展在疫情防控常态化条件下的高频活跃，是长沙经

济回暖百业兴旺的象征。

长沙，又恢复了它原本的美好样子，奔跑的姿态更加青春昂扬。

这一切来之不易，背后是说不尽的迂回曲折。

时间回溯到2月。17日，胡衡华专题调研，要求迅速恢复会展。

2月20日起，长沙每日新增确诊病例归零。但举行会展活动，其风险可想而知。就在3月3日，湖南车展的三家传统合作单位召开联席会议，作出一个艰难的决定：停办！

第一个转折出现在3月8日。当日起，长沙所有区县（市）被确定为疫情低风险地区，形势向好，市民消费信心也开始恢复。

3月22日，湖南车展的三家合作单位负责人重新召开三方联席会议，经过激烈的讨论，一致确定：4月30日，重启湖南车展！

这一艰难却坚定的选择，立即得到了市委市政府的鼎力支持。3月30日，一场特殊的新闻发布会举行，长沙市人民政府发布了今年第一批10个重大会展项目，并正式宣布：4月30日—5月5日，湖南车展如期举行。

一轮新的考验却在逼近。

4月6日，国务院联防联控机制发布《通知》，建议暂不开展各类展览及会展。同期在筹备“五一”档期的西安车展、南京车展、南昌车展，纷纷紧急叫停。

是继续前进还是黯然撤退？

此时，市委市政府的决定传来，掷地有声：有问题，我负责！

市政府前后高位协调组织召开八次调度会；市会展办全力以赴攻坚克难，市公安、市卫健、市疾控等部门责任上肩，任务到人……

4月30日上午，2020年全球疫情暴发后的“第一展”——湖南车展在湖南国际会展中心正式开幕。6天时间，6.238万人次进馆参观，销售车辆2.391万台，销售金额52.68亿元，新冠肺炎零感染。

在特殊的时代背景下举行的这一展会，被国际展览联盟（UFI）官方杂志，英国知名的《展览世界》作为头条新闻刊登。

随后的两个多月，中部建博会、湖南婚博会、长沙国际工程机械后市场交易大会、中部（长沙）印刷产业博览会等近20个展会陆续在长沙圆满举办。

6月底，以长沙会展经验作为蓝本编印的《展览活动与展览场所新冠病毒肺炎疫情防控指南》和《会议活动与会议场所新冠病毒肺炎疫情防控指南》，由中国会展经济研究会正式发布。

这两项《指南》为全球在艰难中复苏的会展业树立了标杆、传递了信心、提供了方法论。

如今，长沙一跃占据了国际会展舞台的C位。下半年，40余个重要会展项目正在紧锣密鼓地筹备中……

这已不是一场单纯的会展，这是一场属于长沙城的光荣。

2020年以来，这样曲折却坚定的胜利，在长沙不停地上演。

疫情蔓延，把最爱热闹的长沙人“宅”在了家里，城市寂静得让人陌生。

消费，是经济增长的持久动力，是城市活力的生动注脚，更是“六保”的重要支撑。

3月12日，长沙召开生活性服务业发展座谈会，面对面、点对点地为企业纾困解难。释放的信号只有一个：克服一切困难，复商复市！

街边的米粉店悄然开业，人们隔着一米的爱心距离品尝久违的长沙味道，文和友、冰火楼、火宫殿……一大批餐饮名店带头恢复堂食，唤回了城市久违的烟火气息。

拉一把，再扶一程，长沙打出促进消费回暖“组合拳”，按下百业复兴“快进键”。

一场场线上线下联动的消费节、购物节在各区县（市）拉开帷幕，政府搭台、企业让利，催热了区域消费市场。

一张张和包消费券覆盖万千商家，真金白银的优惠惠及百万市民的同时，在最短时间内激活了消费市场，提振了复苏信心。

千元消费大礼包、家电“以旧换新”、E口吃遍长沙……从“春天有约”走到“夏季有礼”，从“五一”劳动节七大举措力促消费回补，到端午节前夕全面启动假日消费系列活动。

信心层层传导，一个个行业迅速回暖。

疫情之下，行业洗牌，格局重整，新业态、新场景、新理念、新模式如浪如潮涌现，长沙消费市场开始呈现不一样的发展轨迹。

线上经济强势引领，与线下实体相互促进、相得益彰；首店、大牌蜂拥而至，与社区新零售互为补充、共建生态。

外卖小哥不停歇的双腿，是长沙夜经济繁荣的生动见证：

美团外卖数据显示，截至6月中旬，超过四分之一的长沙餐饮商家外卖订单量超越疫情前，不少知名商家外卖订单量占了营业额的“半壁江山”，晚上10时后仍有超半数餐饮商家在线营业。

摄像头前主播滔滔不绝，是长沙“直播带货”的风生水起：

打开“掌上长沙”APP看5分钟直播，一天后湘西龙山县的羊肚菌就被端上了长沙人的餐桌；

宁乡花猪、沩山毛尖、望城小龙虾，长沙的农特产品通过电商平台打开销路，飞往全国各地；

在海信广场、步步高、砂之船等商业综合体，“云直播”卖货成为传统百货业打通线上线下的突破口。

首店、大牌的扎堆入驻，是长沙城市商业魅力的最佳注解：

5月31日，7-ELEVEN湖南首店在长沙五一广场7Mall开门迎客，开业当天营业额突破50.7万元，成为其全球单日单店销售最高的店铺。

今年以来，长沙国金中心的Red Valentino、DEGAIA，悦方ID MALL的哥老官、苏阁鲜茶，国金街的THE COLORIST调色师，王府井百货潮牌集成馆PIAVE37陆续开业，下半年将有更多“新面孔”亮相五一商圈。

5月29日，第一财经·新一线城市研究所发布《2020城市商业魅力排行榜》，在较具代表性的大品牌青睐指数中，长沙名列全国各大城市前列。

首店、品牌的成规模入驻，也为长沙的消费生态和消费结构创新升级注入新活力。

快递小车的满城奔忙，是长沙物流业崛起的生动剪影：

今年1至5月，长沙快递业务量同比增长超40%，业务收入同比增长超26%，快递增速排名全国前列。

6月10日，湖南首个快递专业园区——长沙顺丰丰泰产业园在长沙临空经济示范区正式开园，为长沙物流产业的再提速打下坚实基础。

社区零售的资本争夺，是长沙消费转型升级的试验场：

6月16日，长沙盒马乐和城店开门迎客，至此，盒马在长沙已布局6

家店，到今年年底有望达到10家门店，配送范围将覆盖长沙主城区40%以上。

对新业态触角敏锐兼容并蓄的长沙，近几年来已成为社区新零售品牌化、连锁化的试验场，外来的钱大妈、谊品生鲜、本来鲜，本土的粮师益油、婆婆买菜、田园香、福玛特等遍地开花。

今年以来，突如其来的疫情更成为社区新零售火爆的推手。

不起眼的社区小店，品牌争抢的背后亦不乏资本的身影。钱大妈背后是京东的身影，腾讯入股谊品生鲜，步步高加持汇米生鲜。

资本加入战场，促使整个行业的经营能力、服务水平、供应链优化等全面升级，彻底打通城市零售最后一公里的微循环，消费者也将获得更好更便捷更实惠的“家门口”消费体验。

大疫如大考，更像一块试金石，检验着改革开放、城市发展的成色，更考验着城市管理者解题破局的智慧、定力和魄力。

无数的历史经验证明，危与机就像是一对孪生兄弟，更是破旧立新、重塑格局的巨大推手，那些心中有数、眼中有光，胆大心细、危中寻机的智者和勇者，将在新秩序和新格局中获得更大的空间和话语权。

多彩长沙走新路。

湘江之畔，古老而又年轻的长沙，用三千年的定力、中流击水的魄力和风华正茂的活力，走出了一条换道超车、谋新局、开新篇的道路，交出了一份无愧于时代、无愧于人民的恢弘答卷。

【感言】

新百年的长沙姿态

吴颖姝

2020年7月。星城长沙，车水马龙，百业兴旺。城市，正从疫情中加快复苏。

时值年中，一份份经济数据报表相继出炉——2020年上半年，长沙GDP总量5621.21亿元，同比增长2.2%，经济发展画出漂亮的V字曲线，高质量发展的路子越走越宽广；在《2020上半年民意调查报告》中，98.56%的市民对政府抗疫举措和民生工作表示满意……

长沙的城市治理水平和发展模式经受了重大疫情的严峻考验，成功逆袭！

成绩当前，宜喜悦，更宜思考。

大灾如大考，危与机总是如影随形。新时代新格局之下，人们迫切需要新的样本和示范以资借鉴参照，从而确立坐标，谋定启动。而此时此刻，率先化危为机大放异彩的长沙，成为恰逢其时的最佳样本，全世界探究的眼光聚焦于此：逆袭的长沙，凭什么？

回应时代关切人民关注，作为主流媒体，《长沙晚报》立即行动起来，试图为全世界寻找一个——长沙答案！

定思路，树主旨。《长沙晚报》掌上长沙中央厨房会议室里，编委会成员们围坐一桌，“金点子”策划会接二连三召开，主题主旨一次次推倒重来，报道策划方案数易其稿……社长、总编辑李鹏飞掷地有声地拍板：“封面特稿，多彩长沙走新路！”

下一线，走基层。记者们兵分数路，秉持着“解剖麻雀”的科学精神和真实客观的新闻精神，深入园区企业，走进车间厂房，和一线奋斗者对话，和街头老百姓交流，开展了广泛而深入的调查走访，获取了大量珍贵的数据、影像和资料；挑灯夜战，团队协作，打磨文字，笔尖凝注情感，键盘敲打初心，脚力、眼力、脑力、笔力，我们用自己的方式，倾尽媒体人对时代对城市的一腔热爱！

在思考中，在书写中，在我们的脚下、眼中，笔端，一个古老而青春的长沙呼之欲出：

着眼当下，吃得苦耐得烦霸得蛮，这一代长沙人写下了大疫大考特殊背景下惊艳世人的精彩篇章；

纵观历史，化危为机绝非偶然，只因敢为人先的奋斗精神已融入长沙人的基因，有守正创新的定力、中流击水的魄力，长沙换道超车走出高质量发展的多彩新路，既是时代的偶然，亦是历史的必然。

2020年7月14日晚，12000余字的晚报封面特稿《多彩长沙走新路》面世！

“叮！”凌晨12点半，李鹏飞的手机上传来了市委常委、市委宣传部部长陈刚的微信：为《多彩长沙走新路》点赞！文章有语感，有网感，有思想，有高度，贴近了市委市政府最关切的工作，反映了长沙特殊时期的特殊作为！时隔7天，在市委宣传部部务会上，陈刚部长再次为《多彩长沙走新路》点赞打call，“我最近逢人就推荐转发这篇稿子！”……

“多彩长沙走新路！”2020年，这一主题成为了长沙媒体宣传的集体和声，成为了长沙干部群众奔向高质量发展道路上的共同心声，成为了长沙对外宣传的鲜明标志，也成了崛起中的长沙递给世界的一张闪亮名片，脍炙人口，深入人心。

这也是840万长沙奋斗者呈现给下一个新百年的——长沙姿态！

长沙晚报
CHANGSHA EVENING NEWSPAPER
国内统一连续出版物号：CN43—0002
第16244号　今日12版
2020年7月14日　庚子年五月廿四　星期二
党的权威／人民的晚报
封面　长沙晚报微网站 www.icswb.com　晚报热线 96333
责编／贺攀黎　美编／王斌　校读／李乐

在习近平新时代中国特色社会主义思想指引下——新时代新作为新篇章

多彩长沙走新路

长沙晚报全媒体记者 李鹏飞 邬伟 吴鑫矾 伍玲 吴颖姝

蝉联"中国十大美好生活城市"、跻身"2020网红城市百强榜"全国八强、连续5年位居中国新一线城市前十强……

"网红"长沙，再次刷爆朋友圈。

事非经过不知难。

今年，突如其来的新冠肺炎疫情，带来了前所未有的风险与挑战。面对疫情防控和经济社会统筹发展的大战、大考，长沙如何破解困局？

习近平总书记在中央全面深化改革委员会第十四次会议上，清晰地指明了破局之路：必须发挥好改革的突破和先导作用，依靠改革应对变局、开拓新局，坚持目标引领和问题导向，既善于积势蓄势谋势，又善于识变求变应变。

应对变局，开拓新局。长沙市委市政府精心谋划未来，坚决调结构、转模式、换赛道、走新路。

以心无旁骛的定力做长"长板"。

聚焦以制造业为代表的实体经济，树立打造世界级工程机械产业集群的雄心；围绕建设"国家智能制造中心"，推动工业企业从自动化、智能化向网络化、信息化、数字化迈进，智造之城长沙更加实至名归；推进产融结合，全市上半年新增5家上市企业，A股上市公司数量居中部省会城市第一。

以破冰前行的毅力抢占先机。

长沙软件业再出发，重塑长沙产业生态产业格局；瞄准国家产业方向不遗余力主攻"三智一芯"；率先开办"全球第一展"，创新会展"长沙模式"；布局新基建、数字经济抢占换道超车先机。

以众志成城的合力激发活力。

"全市是个大战场，人人都是主力军"，3月9日，省委常委、市委书记胡衡华宣布启动"大干一百天实现双过半"竞赛活动。活动聚焦工业、固投、项目建设、服务业、税收五大类指标，凝聚起众志成城谋发展的大合力。长沙各区县市和园区在同一赛场大展身手，各部门协同合作，不断刷新"长沙速度"。

……

多彩长沙走新路。

当前，长沙经济回暖、指标回升态势进一步巩固，正沿着高质量发展的新路加速前行。

新产业　从建楼转向建链

长沙主攻"三智一芯"推动产业链再升级，展现打造世界级工程机械产业集群的雄心

城市GDP跻身"万亿俱乐部"，却是全国房价洼地。

熟悉长沙的人或许都有一个疑惑：一个不依赖卖地建楼、不依赖土地财政的城市，是如何创下了万亿级别的GDP？

长沙亮出的答案是：聚焦以制造业为代表的实体经济，走出一条带有长沙印记的高质量发展之路。

求木之长者，必固其根本。

以制造业为代表的实体经济，就是长沙经济高质量发展的根基。

习近平总书记就做好中部地区崛起工作提出8点意见，第一条就是"推动制造业高质量发展"。长沙市委市政府始终坚信"长沙发展的基础在制造业，发展的优势在制造业，发展的出路还在制造业"，始终保持定力、深耕主业，以打造"国家智能制造中心"为目标，不断积蓄发展新动能，提升核心竞争力。

久久为功，一张蓝图干到底。

2015年5月19日，国务院发布《中国制造2025》。当年7月29日，长沙就在全国率先发布《长沙智能制造三年（2015—2018年）行动计划》。

此后，长沙相继出台《长沙建设国家智能制造中心三年行动计划（2018—2020年）》《中共长沙市委关于深入贯彻落实习近平总书记在推动中部地区崛起工作座谈会上的重要讲话精神大力推动制造业高质量发展的若干意见》等，吹响了打造国家智能制造中心的冲锋号。

目前，智能制造在长沙从星火燎原发展到铺天盖地。市级智能制造试点示范企业，从首批28家扩充到230家，如今又增至668家。其中，国家级智能制造试点示范和专项项目27个，位居省会城市第一。

今年初，新冠肺炎疫情蔓延，交通阻断，工业企业员工到岗不畅，招工受阻，复工复产面临重重困难。

咬定青山不放松。面对疫情冲击，长沙初心不改、力度不减，推动智能制造加速奔跑。

2月20日，长沙在国内率先出台系统性方案——《长沙市有效降低疫情影响稳定经济运行实施方案》，实施扩产转产支撑、供应链支撑、创新支撑、上市支撑等四大行动，在工业企业技术改造、本地产品配套、企业重大装备首台（套）、制造业企业技术交易等方面给予补贴补助。

这些举措，既着眼于"抗击疫情前线"，又着力于"经济发展前线"，为复工复产的工业企业恢复信心注入一针"强心剂"。

3月初，长沙启动第七批长沙智能制造试点企业（项目）申报工作。到年底，长沙不同层级的智能制造试点企业将超过1000家。

这当中，三一重卡的成长是长沙智能制造蹚想照进现实的缩影，也将长沙企业的定力和毅力展现得淋漓尽致。

三一重卡董事长梁林河2017年筹划造重卡，初心是想给曾经是卡车司机的母亲"造一辆舒适的重卡"。

上市两年来，借助"互联网+卡车"的全新模式，三一重卡坚持高性价比，给行业刮来一股新风，屡屡创造销售奇迹。

今年，三一重卡遭遇重大危机——某供应商单方面毁约，断供重卡发动机，导致多款产品停产。

三一重卡迅速启动了"备胎计划"，与德国道依茨联合研制自有发动机，双方共同打造的智能生产线效能居世界前列。

中德合作结硕果。7月12日，搭载道依茨发动机的新车型"王道435"正式上市，三一重卡断供危机也正式解除。

数据显示，上市以来，三一重卡先后推出7款重卡产品，销量突破20000辆，成为近十年来中国重卡行业发展最快的"超新星"。

今年，中国迎来"新基建"时代。"新基建"一头连着巨大的投资与需求，另一头牵着不断升级的消费市场，是未来数字经济时代支撑中国经济社会繁荣发展的基石。

长沙以前瞻的眼光，抢抓"新基建"风口，大力发展5G、大数据、人工智能、区块链等战略性新兴产业，积极推动5G+工业互联网应用，加快制造业高质量发展。

作为三湘第一园区，长沙经开区今年围绕5G网络建设和5G在头部企业的场景全流程应用，开始发力。

今年6月底，长沙经开区5G基站已建975个，到年底将实现5G网络园区全覆盖。

新型基础设施的建设与完善，让园区以智能制造推动产业升级的未来更富想象力。

今年，长沙经开区将投入2亿元，加快打造一批"5G+工业互联网"标杆应用场景，并大力推进工业互联网扩面升级，建设工业互联网创新中心。

栽桐花开凤自来。

场景应用的构建，刺激一大批工业企业主动从自动化、智能化向网络化、信息化、数字化应用迈进，长沙智能制造进入新阶段。

中联重科启动产品4.0工程，快速推动产品智能化，建立大数据平台，上线"中联E管家"，如今工业互联网平台连接的设备数量已近32万台。

三一重工18号厂房被誉为"藏在中国工业未来蓝图"，今年又启动"灯塔工厂"建设。项目改造完成后，产能将提升50%，人力减少60%，场地压缩30%。

楚天科技用工业机器人生产医药机器人，部分生产线可以适应7至10种产品的混线生产。企业的目标是不断验证工艺和系统集成，将高端医药智能制造新模式扩散到整个集团。

……

7月1日，胡衡华在调研时强调，要秉持先进制造业一届接着一届干、一棒接着一棒跑，突出抓好一批标志性、示范性产业项目，围绕智能制造做足优势文章，不断优化产业生态，促进制造业转型升级。

久久为功，必有所成。

今年，面对疫情后全球产业链重构的良好契机，作为长沙工业发展中最具代表性的龙头产业，长沙工程机械产业正迎来新的重大战略机遇期。

"加快推进长沙工程机械产业高质量发展，全力打造世界级工程机械产业集群"，长沙向世界展示了自己的抱负和雄心。

工程机械凭借"智造"的力量，已成长为参天大树。如何让更多的产业脱颖而出、茁壮成长，撑起长沙产业的茂盛森林呢？

2017年以来，长沙市委市政府深刻洞悉未来产业发展趋势，确定以22条工业新兴及优势产业链为抓手，全面推进产业转型升级。

沧海横流，方显英雄本色。今年，复杂的经济形势与严峻的疫情叠加，长沙产业链和链上企业表现出的韧劲、活力令人赞叹。

1至5月，全市产业链共引进投资过2亿元的重大项目46个，计划总投资601.7亿元，其中计划投资过50亿元的项目4个。

举网以纲，千目皆张。抓产业，就必须抓重点项目、抓龙头企业。

今年，长沙首提"制造业标志性项目"，在全市遴选了17个具有"代表性、带动性、标志性"的制造业标志性重点项目，进行高位推动、统筹调度、销号管理。

这17个入选项目预估总投资1457亿元，投资体量大、带动能力强、发展前景好，既契合中央"新基建"政策导向，又能为长沙高质量发展聚集强大动能。

随着一批又一批旗舰型、龙头型的标志性项目和企业落户长沙，今年长沙呈现出大项目顶天立地、小项目铺天盖地的火热景象，建链补链强链延链成效显著。

工程机械产业"王牌"地位更加稳固——三一集团、中联重科、山河智能、铁建重工4家主机企业再次跻身全球工程机械制造商50强，核心关键零部件国产化频频取得新突破，正向世界级先进制造业集群迈进。

汽车产业队伍持续扩容——吉利今年首次落子，比亚迪再度布局，燃油车和新能源车发展并驾齐驱，产品体系日益多元化、智能化，产业转型升级加速。

移动互联网及应用软件产业焕发新机——产业内涵愈加丰富，软件产业重新出发，今年有望成为千亿产业；从拥有几百家企业到现在3万余家，"移动互联网第五城"的口号更加响亮。

5G产业加速崛起——截至目前，长沙拥有5G链上企业71家，5G基础设施逐步完善，工业与5G技术融合加速，一批"5G+"项目为长沙未来经济发展蓄足新动力。

国内疫情持续向好，全球疫情仍相当复杂。长沙如何贯彻中央"六稳""六保"的要求，在"国内国际双循环相互促进的新发展格局"中有所作为？

长沙用行动作答：滚石上山，推进产业链再升级，制造业再提升。

7月2日，全市产业链暨制造业标志性重点项目建设工作推进会召开。会议明确，以"三智一芯"（智能装备、智能汽车、智能终端和功率芯片）产业为主攻方向，抓牢制造业标志性重点项目建设"牛鼻子"，打好产业基础高级化、产业链现代化攻坚战。

其实，长沙对"三智一芯"的追逐，早有布局和行动。

去年以来，中美贸易摩擦频发，华为与伟创力在长沙合作的"蜜月期"戛然而止。

数万平方米的厂房，全新的手机生产线处于停摆状态，难题接踵而至，复杂局面前所未有。

关键时候，长沙敢啃硬骨头，将产业园的招商新目标瞄准了长沙的老朋友——比亚迪。

比亚迪自2009年落户湘南以来，长沙已成为其全球战略布局中产品线最齐全的新能源战略基地。

更重要的是，因造车而赫赫有名的比亚迪，还是国产手机行业的"隐形巨头"，华为一直是比亚迪电子最大的客户。

三方一拍即合，共同建设长沙智能终端产业园比亚迪电子工厂。

该工厂占地260亩，总建筑面积26万平方米，按照德国工业4.0标准建设，面向未来20年发展，规划产能为1.5亿台智能终端设备和泛网络产品。

如此大体量的项目，从去年6月15日签约，到首台手机下线，仅用时70天；再到大批量生产，也只用了86天。

此前，在智能终端领域，湖南一直缺乏带动力、引领力、辐射力强的智能终端龙头企业。

随着华为、比亚迪电子的到来，这一短板将被补齐。目前，华为已表示将把长沙基地作为其第二制造中心，重点建设"一仓、一园、一镇"。

长沙，正崛起一座"华为城"。

智能制造的稳步推进，产业链的升级建设，让长沙经济发展新路径中的智能化特征愈加凸显，而要全面建设现代化长沙，实现高质量发展，发展数字经济是大势所趋。

今年以来，长沙抢抓数字经济发展"窗口期"，积极推进数字产业化、产业数字化，引导数字经济和实体经济深度融合。

迎接"数字产业化"风口。长沙重点培育区块链、移动互联网、视频文创、智能驾驶、人工智能等新兴产业，不断催生新业态新模式，"四新经济"发展取得初步成效。

近年来，长沙推进"区块链+政务""区块链+金融""区块链+产业"等试点应用场景，并大力支持长沙区块链产业园和星沙区块链产业园的发展和建设。截至去年底，长沙区块链注册企业近800家。

今年4月，星沙区块链迎来重大历史时刻。长沙经开区与三一汽车制造有限公司、树根互联技术有限公司签订战略合作框架协议，以三一云谷为载体，共建星沙区块链产业园，力争5年内形成千亿级数字经济产业，成为全国一流的以区块链技术为特色的综合性数字经济产业示范区。

开拓"产业数字化"战场。长沙利用现代信息技术对传统产业进行全方位、全角度、全链条的改造，工业企业安装"眼睛"和"耳朵"，设备联网、机器上"云"，未来工厂的模样呼之欲出。

转向"数字化管理"阵地。长沙有效运用大数据、云计算、人工智能等现代化手段，全面构建纵向贯通、横向协同、全面覆盖、统一接入的数字政府体系，打造高度智能化的"城市超级大脑"，这一成果在今年的疫情防控中大放异彩。

助力"数字化生活"习惯。随着移动支付的普及和各类电商平台的蓬勃发展，"动动手指，买遍全球""一键下单，美食到家"已经成为很多长沙人的生活日常。

数据显示，2019年数字经济对我国GDP增长的贡献率达到67.7%，成为驱动中国经济增长的核心和关键。

多彩长沙走新路。

假以时日，长沙必将成长为中国数字经济发展的中坚力量。

新动能　从新基建到新结构

长沙锚定软件硬件两手抓的创新思路，通过"百日大竞赛"活动凝聚起众志成城谋发展的大合力

今年5月，中国专业IT社区CSDN总部落户长沙，轰动整个软件行业。

这是继百度、腾讯云、阿里云后，又一个登陆长沙的行业重点企业，进一步提升了长沙打造"中国软件名城"的态势。

CSDN和长沙牵手，双方既是"郎情妾意"，也是各取所需。

长沙拥有较坚实的软件产业基础，长沙软件园是首批国家火炬计划四大软件基地之一。以工程机械为代表的制造业是长沙工业的硬瓶，随着产业的升级，软件与硬件兼备成为大势所趋。

而从长沙大力推动PK生态、鲲鹏生态等能看出，长沙发展所锁定的方向就是软件硬件两手抓的创新思路，这些正是CSDN未来突破发展亟须的机会。

引进CSDN，则是长沙深谋远虑的一步妙棋。

这是长沙加速落实"软件业再出发"行动的重要一环。

CSDN覆盖了全球90%以上的中文开发者和70%以上的IT专业人士。落户长沙后，CSDN由"长沙等你"变成了"长沙的你"。长沙，将成为全球软件开发者的"家"。

这更是长沙发展数字经济，开启"换道超车"的良机。

当前正处于人工智能、5G等核心技术变革期，大部分的技术变革都由开源技术体系驱动。CSDN落户长沙，随之而来的大量软件开发者将在核心技术上围绕开放的源代码在各方面协同贡献，快速迭代，继而助力数字经济发展。

同时，进一步发展的软件业，能与长沙22条工业新兴及优势产业链形成大循环，并为制造业创造更大空间，让长沙制造业获得更强竞争力，更强抗风险能力。

古人云：善弈者谋势。长沙深谙高质量发展的赢棋之道。

面对全球疫情之下阶段性的弱增长、负增长，长沙选择迎难而上、换道超车，首先瞄准的是软件产业。

3月21日，全市软件产业发展专题研究会召开，明确提出：集中力量和资源，打造应用场景，促进产业集聚，优化产业生态，推动长沙软件业再出发。

吹响"软件产业再出发"号角后，长沙迅速行动。

《长沙市软件和信息技术服务业发展三年行动计划（2020—2022年）》出炉，提出构建"一园五区两山"产业格局，部署六大任务，明确政策支持。

先后发布两批次共191个软件和信息技术服务业应用场景，重点围绕智慧城市、智能制造、智能产业三大领域率先发力。

……

不到半年时间，京东云、中国软件、万兴科技等一批软件行业头部企业纷纷入驻，长沙软件行业企业达到9000家，软件业营收超600亿元，有望崛起为长沙下一个千亿产业。

在长沙软件业快速发展过程中，有一组关键词透露出长沙推动新兴产业发展的秘诀：

汇聚生态，聚焦场景。

长沙智能网联汽车产业从追赶者变身领跑者，正是最好的佐证。

"结合'新基建'发展方向，以5G应用为导向，加强智慧电网、物联网等新型基础设施布局。"市委副书记、市长、湖南湘江新区党工委书记郑建新在今年多次强调，要高度重视"新基建"，加大对"新基建"项目等投资力度，大力发展人工智能、数字经济、5G与大数据等新业态新模式，培育打造经济新的增长点。

智能网联汽车产业，就是长沙经济的新增长点。

"坐上自动驾驶出租车，太酷了！"7月8日，在麓谷某科技公司工作的王莹在梅溪湖东地铁站附近，用手机呼叫百度自动驾驶。随后一辆Apollo Robotaxi赶来，载着她驶往目的地。"无需人干预，车辆在行驶过程中十分聪明，碰上有行人过马路会非常'乖巧'地减速刹车、礼貌避让。"

今年4月，Apollo Robotaxi在长沙全面开放试乘运营，成为国内首个向公众开放的Robotaxi服务。如今，它走进了越来越多长沙人的生活。

目前，长沙打造了模拟场景全国最多、综合性能全国领先、测试服务全国最全的国家智能网联汽车（长沙）测试区，启动了车路协同"两个100"项目，搭好了一个令其他城市羡慕的平台。

一个赛场，全国角逐，竞争激烈。难得的是，长沙在打造智能网联汽车产业生态中，一直相当冷静，在引进企业时没有一味求大，而是着力构建齐备的产业生态。

围绕车载及路侧通信设备，引入了华为；围绕自动驾驶底盘及线控转向，引入了舍弗勒；围绕人工智能处理器，引入了地平线；围绕传感器，引入了大陆集团；围绕云控平台，引入了启迪云控；围绕自动驾驶特种车辆，引入了希迪智驾、桑德新能源汽车、中联酷哇等等。

基础层企业、技术层企业、应用层企业各司其职，最终形成了一个"智慧的路—聪明的车—强大的云—灵活的网"的协同闭环。在这个过程中，长沙提前完成了智能汽车全栈技术的"新基建"，既为自动驾驶落地开路，又为产城融合、城市提质助力，充分体现出新技术、新产业带来的价值。

场景引导，落地为先，示范带动，复利向前。

"聪明"的车，"智慧"的路，在"新基建"发展浪潮之下，智能环卫车、物流重卡等一批批充满"智慧"的尖端产品加速落地应用，长沙成为中国智能网联汽车产业投资潜力城市前三甲，"智能驾驶第一城"的梦想正变成现实。

先行一小步，便能领先一大步。

3月，长沙疫情防控形势持续向好，复工复产进入纵深阶段。

3月9日，在全市"大干一百天实现双过半"竞赛活动动员部署视频会议上，胡衡华提出："号令正式吹响，全市是个大战场，人人都是主力军！"

这项产业竞赛活动，主要聚焦工业、固投、项目建设、服务业、税收五大类指标。内五区、高新区加长株湘宁两组共10位参赛"选手"站在同一起跑线上，朝着"双胜利"的目标，全力冲刺。

竞赛启动，硝烟乍起。

对于这场产业竞赛，市委明确提出了"十六字"要求：守住底线、保持定力、主动作为、以长补短。

"守住底线"——底线是"1"，没有这个"1"，后面再多的"0"也是"0"。对于长沙来说，务必要守住疫情防控常态化、民生保障、安全生产、防范化解债务风险等方面的底线。

"保持定力"——看准的事、定下的事，就要坚定不移地干，不能东一榔头西一棒子。这次大竞赛聚焦的重点就是制造业、投资、消费、财税这几个方面，方向和方法非常明确，关键是保持定力、提升执行力。

"主动作为"——最好的防御不是躲闪，而是进攻。不论是疫情防控的"主动仗"，还是经济社会发展的"先手棋"，都需要发扬越是艰难越向前的精神，主动去抓、主动去干、主动去管。

"以长补短"——战时状态下，拉长长板比补齐短板更重要，所以要把拉长长板摆在优先位置。

这"十六字"总体要求，既是规则，又是引领。

长沙"大干一百天实现双过半"产业竞赛活动由此掀起一轮轮高潮，新项目新模式新动能竞相涌现。

5G应用、智能装备、数字经济、智能网联汽车……一大批新应用新业态在长沙焕发出新活力。

首台湘江鲲鹏服务器"长沙造"，全球首条8.6代OLED生产线即将建成……一大批长沙"智"造的国产尖端产品将惊艳世界。

大项目好项目纷纷落户——今年上半年，世界500强新加坡益海嘉里、中国500强爱奇艺科技、扬子江药业等64个"三类500强"投资项目落户长沙，总投资额729.1亿元，其中世界500强项目32个。

项目投资规模持续扩大——80亿元的上汽大众新能源车型项目、70亿元的长远锂科锂电池正极材料生产基地项目、57亿元的光环新网长沙绿色云计算基地、52亿元的中联重科汇智新城土方机械项目……今年上半年，长沙新引进投资额10亿元以上项目38个，投资额50亿元以上项目7个。

"高精尖"项目个个亮眼——投资5亿元，填补国内空白的半导体高端光掩模材料国产化项目；

下转封二版

青春之城

——谨以此文献给中华人民共和国成立70周年

《长沙晚报》全媒体记者　李万寅　苏毅　凌晴　吴鑫矾　胡媛媛　李静

长沙城东，浏阳河畔，东屯渡口，有一棵巨大的香樟，虽历经沧桑百年，仍生机盎然，枝繁叶茂，树冠如云。

时间上溯到70年前，1949年8月5日，也就是开国大典前56天，一支红旗招展的人民解放军队伍，从这里渡河、登岸、入城，从此，长沙宣告和平解放；从此，三千年历史古城长沙，史诗般翻开崭新的一页。

从此，这棵见证历史的香樟，有了一个特定的名字——“迎解树”。

穿过70年的时光隧道，总有一种初心在星城激荡；驰骋在长沙1.18万平方公里的红色土地，总有一种使命在前方召唤。

70年流金岁月，梦想拾级而上。

时代车轮滚滚向前，满载荣光而来，朝着梦想奔去：这里有青春长沙奋斗史最为生动的缩影；这里有青春长沙发展史最为深刻的印记；这里有青春长沙唱响未来，对新中国辉煌70年最为深情的表白与祝福……

第一章　跨越之变

长沙，历经三千年而城址不变。城市的发展，如同穿城而过的湘江，曲折却又充满青春活力。

走马楼，三国吴简发掘地。这里是昔日城史的起点，也是如今城市的高点。

站在452米的城市之巅国金中心俯瞰，美丽的长沙城市风景尽收眼底。

岳麓山俊秀，橘子洲碧透，林立的高楼仿佛一个巨大的、正在奋力拔节生长的春笋园。

仔细寻找，32 米的国货陈列馆，63 米的长沙火车站，曾经的地标，早已淹没在众多高层建筑中，默默诉说着城市的变迁。

从 32 米到 452 米，长沙 70 年长高了 14 倍。

走上橘子洲大桥，桥上车流如织，桥下江水奔腾。倚栏远眺，一座座过江大桥似彩虹飞越江面。

湘江浩荡北上，把长沙分为东西两半，过河是这座城市千百年来独特的印记。

在很长一段时间里，轮渡是长沙人过河的唯一方式。乘船过河，到橘子洲再换船前往对岸，小小的船舱夹裹着人生难言的况味。

1972 年，依靠“人海战术”，橘子洲大桥在一年内奇迹般建成。一桥横跨湘江，开启了长沙关于湘江大桥的历史篇章。

从一桥独架到“十龙卧江”，一江两岸，比翼齐飞。

湘江东岸，绿色环绕，天际线错落有致，以五一大道、芙蓉路为骨架，五一商圈、东塘商圈、芙蓉北商圈等提质升级，老城区有了新面貌。

湘江西岸，长沙版的“浦东”向上生长，湖南金融中心、岳麓山国家大学科技城、国家智能网联汽车（长沙）测试区等重点项目不断激发河西潜力，风头正劲。

地铁、城铁、磁浮、高架桥、快速路……多种交通方式零距离对接、内外循环，70 年增长了近 110 倍的公路总里程，让郊区变成城区，长沙从“单中心”结构向“多中心”结构蝶变。

一江两岸，东提西拓，南延北进……长沙城市建成区面积从 1949 年的 6.7 平方公里，增加到 2018 年的 567.32 平方公里，城镇化率从改革开放之初的 20.5%，提升至 2018 年的 79.12%，城镇人口达到 645.2 万人。

长沙，变大了！

梅溪湖。十多年前，这里还是一大片葡萄园。如今，它已具有现代化大都市一隅的恢弘气象。

在城东南，每天有超过 400 对高速列车呼啸而过。京广、沪昆两条高铁动脉的交会，已让曾经以种菜养鱼为主业的黎托乡蝶变为高铁会展新城。

周末，望城区乔口镇曹喜成的河鱼馆生意异常火爆。2011 年，望城撤县设区，拉近了城乡心理上的距离。如今，“靖港游古镇、乔口吃活鱼”成为市民周末游的新选择，曹喜成河鱼馆的年收入达到 50 万元。

城市化与工业化是一对孪生兄弟。城市化的进程，离不开工业化的发展推动。

10 秒制成一件铝轮毂，5 分钟下线一台挖掘机，1 小时灌装 3.6 万瓶酱油，1 天生产 6.1 万台手机……这，就是正在跨越变化中的长沙速度。

世界最长的钢制臂架泵车，世界最大吨位的全地面起重机，全球第一吊 3600 吨履带起重机……长沙工程机械站在了世界之巅。这，就是正在跨越变化中的长沙高度。

工程机械是长沙首个千亿级产业，它的发展历程曲折又澎湃。

二十多年前，省市两级党委、政府将工程机械确定为主导产业，全力推进。上世纪 90 年代末，长沙“工程机械之都”的霸气显露。然而，2008 年国际金融危机爆发，一路高歌猛进的工程机械行业，进入了长达 5 年的蛰伏期。

在此期间，国内一些城市的工程机械企业有的转向，有的停产甚至破产。而长沙，却始终保持“一张蓝图干到底”的定力，并以智能化改造推动产业迭代升级。

二十多年如一日的久久为功，让长沙工程机械行业浴火重生，实现了从跟跑、并跑到领跑的跨越发展，最终成就了长沙“中国工程机械之都”的美名。

如今，工程机械全球前 50 强，长沙有 4 家；全国前 5 强，长沙有 3 家。长沙工程机械产业规模从 2010 年起连续保持全国第一，2018 年达到 1639 亿元，占全国的近 28%，产品品种占全国的 70%。长沙，正在打造一个世界级产业集群。

“智造”撬动生产方式变革，传统产业老树发新芽，新兴产业生机勃发。

食品、新材料、电子信息、汽车……借力智能制造，一个个制造业产业实现了高质量发展，步入千亿大关。

长沙，因制造业而兴，因制造业而旺，因制造业而强。

数据显示，新中国成立初期，长沙地区生产总值不到 3 亿元，到 1990 年才突破 100 亿元。随后，长沙发展进入快车道，从百亿元到千亿元用了 13 年时间，突破万亿元大关用了 14 年时间。2018 年，全市地区生产总值站上 11000 亿元新高点，经济总量居全国省会城市第 6 位。

2016 年 8 月 18 日，国内权威财经媒体——《第一财经日报》推出了近 10 年城市经济竞逐的深度分析报道，相关数据显示，10 年间，在 33 个重点城市中，长沙以 460% 的增幅位居榜首。

经济总量不断实现跨越，“长沙速度”再次惊艳世人。

如今，长沙农业生产由靠天吃饭向现代化生产大步迈进，农产品供给由解决温饱向绿色健康转变。

服务业为城市增添新动能，文化创意、旅游成长为两大千亿产业。“电视湘军”“出版湘军”“动漫湘军”享誉国内外，“移动互联网第五城”“移动支付第三城”业界闻名，各种新业态在“互联网 +”带动下不断涌现。

经济高质量发展，给开放建立起自信；扩大开放，又进一步推动经济高质量发展。

冲破不沿边、不靠海的束缚，站上中部开放型高地，长沙是对外开放的实践者，更是受益者。

1989 年，长沙黄花机场通航，10 条航线开启翱翔蓝天的畅想。30 年后，黄花机场跻身全球百强，高峰期 1 小时航班起降达 41 架次，通航海内外 145 个机场。

2009 年，武广高铁让长沙挺进高铁时代。10 年时间，京广、沪昆两条高铁大动脉在城东南交会，全国高铁枢纽中心城市给长沙带来无穷红利。

人畅其行，货畅其流。2018 年长沙旅客周转量达 300. 37 亿人公里，货物周转量达 487. 42 亿吨公里，分别是改革开放初期的 30. 9 倍、57. 8 倍。铁、公、空、水立体交通网络，承载着长沙开放的无限生机与活力。

如今，在长沙坐上高铁，“贴地飞行”可前往全国 20 多个省会城市；在万米高空睡一觉，便直达世界五大洲……一场“说走就走”的旅行不再是梦。

波士顿龙虾、加拿大车厘子、肯尼亚鲜花……来自全球的优质商品飞进长沙市民的生活，足不出户就能“购”遍全球。

开放，重塑了长沙面貌，让长沙更具国际范。

大众、博世、沃尔玛、壳牌等世界500强企业，宜家、九龙仓等战略投资者，汇丰、花旗等外资银行……长沙成为诸多大牌布局中部的战略要地，越来越多巨擘企业将区域总部甚至中国总部设在长沙。

另一方面，越来越多的长沙企业以积极的姿态走出去。在“一带一路”沿线，阿治曼中国城、湖南尔康（柬埔寨）农产品加工园区、埃塞俄比亚—湖南工业园等海外园区建设如火如荼，凸显出“长沙力量”“湖南力量”。

长沙与全球的人才交流也越来越频繁。三一工学院里，来自阿尔及利亚、科特迪瓦等国的青年们纷纷在此留学深造；在长沙音乐厅，捷克、奥地利等国的顶级乐团，为长沙市民献上一场场视听盛宴。

数字见证辉煌，见证长沙开放崛起的坚定步伐：

——2018年，长沙进出口总额为193.8亿美元，是1995年的9.4倍，年均增长10.2%。

——2018年，长沙实际利用外资57.80亿美元，是1984年的1715倍，年均增长47.7%。

越自信，越开放；越开放，越有魅力。

“Hello，Welcome to Changsha!”在今年6月底举行的首届中非经贸博览会，东道主长沙用最浓烈的热情、最独特的创意、最诚挚的祝福，让上万名中外嘉宾感受到城市魅力。

万千霓虹灯的旖旎光影点亮夜的舞台，长沙人以山、水、洲、城为景，以焰火、激光、LED影像为笔，在湘江上空逐一画出金字塔、尼罗河、青花瓷、中国鼓……相距万里的中非文化，在长沙的夜空璀璨交融。

“真希望您能来长沙，亲自感受一下这座城市无与伦比的魅力。”去年给习近平主席写信的非洲姑娘汉娜·格塔丘，今年再次来到长沙，她给千里之外的妈妈写信，分享她的星城之旅并发出邀请。

连续三届“一带一路”青年创意与遗产论坛，让长沙与越来越多的外国青年擦出友谊的火花。在铜官窑、音乐厅、博物馆、美术馆，一大批不同肤色的“迷弟”“迷妹”，通过世界“媒体艺术之都”这扇窗口，深深爱上了长沙。

互联网岳麓峰会、世界计算机大会、中国（湖南）国际轨道交通产业博览会、中国国际食品餐饮博览会……长沙逐步成为国际中高端的会展高地，越来越多的行业大咖“打卡”长沙。

橘子洲焰火，如诗如画；太平街景致，古色古香……在互联网时代，一个个“长沙味”的短视频成为爆款，吸引了诸多“粉丝”。今年“五一”小长假，超过350万人次来到长沙，长沙一跃新晋为“网红城市”。

城市地标、产业地标、文化地标……一个个地标彰显着长沙的全面跨越，让充满个性与魅力的长沙对全球形成巨大的吸附效应。

正青春的长沙，在深度融入世界的过程中，既柔美优雅又充满力量。

第二章　创新之道

清晨，长沙第一缕新鲜阳光从湘东明珠大围山喷薄而出，自东而西，普照星城——

照亮了浏阳高新区，智慧工厂里的机械手臂早已井然有序地舒展；

照亮了长沙经开区，轰鸣的机器声早已唤醒了城乡大地；

照亮了湘江智谷，“国”字号测试区里无人驾驶车队早已集结完毕……

倾听着山水洲城的节奏，感受着高质量发展的律动。

70年，长沙以敢为人先的创新精神，不断弥补空白，刷新纪录，创造奇迹；70年，长沙以青春律动的鲜艳底色，快步赶超，引领潮流，惊艳世界。

哪里有超级工程，哪里就有机械湘军。

莫斯科地铁施工专家说，60多年前是苏联专家帮中国人建北京地铁，现在是中国人用长沙制造的盾构机帮助他们修地铁，中国很了不起。

对此赞誉，中国铁建重工集团股份有限公司党委书记、董事长刘飞香十分自豪：中国的地下工程装备从0到1，从无到有，从学生到老师，从进口到出口，实现了历史性的逆转。

据不完全统计，长沙工程机械已经覆盖了全球180多个国家和地区。曾经的愿景，因为创新的魔力一一成为现实。

天下事，非新无以为进。

唯有创新，才能创造奇迹。

1988 年，麓山风起，湘江云涌，肩负创新驱动发展重大使命的长沙高新区横空出世。

从曾经的弹丸之地到如今规划面积达 140 平方公里；从首批 30 余家入园企业到集聚六大主导产业，企业总数突破 29000 家、市场主体超 37000 家；从科技开发试验区到创造多个世界第一、引领区域发展的创新高地……长沙高新区，不断向“高”“新”处发力。

坚守创新的长沙高新区，与共和国发展的光辉历程、与改革开放的壮阔进程同频共振，创造了一个又一个“麓谷奇迹”。

青春活力的长沙，最不怕的就是刷新自己。

新中国成立之初的长沙街头，难得一见的汽车都是“洋疙瘩”。70 年过去了，国内首批量产 L4 级别自动驾驶出租车 Robotaxi——红旗 E · 界正式公开亮相长沙。

百度量产车的公开亮相，意味着长沙向“自动驾驶之城”再迈进一步，也意味着长沙市民有望在全国范围内率先体验自动驾驶出租车。

创新是现代社会的“发动机”，在新一轮区域竞争中，唯创新者进，唯创新者强，唯创新者胜。

——在上海大众长沙工厂的生产车间，随处可见一台台灵活的机器人、一条条全自动的生产线。长沙正在朝中国汽车产业第六极冲刺。

——在“博世长沙”马达生产车间，传统生产线上，9 名工人、12.5 秒生产一台马达；工业 4.0 生产线上，2 名工人、5 机器人，7.5 秒下线一台马达。

——在华曙高科的生产基地，一台台体形庞大的工业级 3D 打印机从这里下线，小到牙齿大到汽车房子，都能随心打印……

从传统的手工作坊、流水线，到新型的机器换人、人机共存，描绘的是人类由农耕文明向工业文明的发展史，也是长沙由“制造时代”向“智造时代”的创新发展之路。

世界运算速度最快的“天河二号”超级计算机，世界大面积亩产最高的超级杂交稻，中国首条拥有完全自主知识产权的中低速磁浮线路正式投入试运营……一系列世界领先、国内第一的重大创新成果在长沙呈井喷式涌现，填补空白。

从中部首个国家级新区，到长株潭自主创新示范区，再到“两山四谷”新技术、新产业、新业态、新模式的试验田，长沙正在创新中蝶变重生。

新则活，旧则堵；新则通，旧则滞。

长沙突破自主研发瓶颈、捅破技术发展“天花板”的答案，是创新，尤其是大刀阔斧的制度创新。

——引人才，不拘一格。

“长沙让我有机会将象牙塔中所学进行技术转化，开发高品质的分子诊断产品，为大众的健康保驾护航。”择一城兴业，长沙是湖南圣湘生物项目经理任小梅博士的最终选择。

2017 年 6 月，长沙推出“人才政策 22 条”，计划在 5 年内投入 100 亿元，吸引储备 100 万名青年人才在长沙就业创业。

政策突破带动制度创新，制度创新释放人才红利。人才政策推出两年多以来，累计发放奖补资金 3.71 亿元，新落户长沙的各类人才超过 20 万人。

任小梅正是这 20 万人之一。巧的是，一手将任小梅引进长沙的圣湘生物董事长戴立忠，正是长沙第一代人才政策“313 计划”引进的 102 位人才、17 个团队之一。

两代人才，在长沙生机盎然的人才环境中相遇。

——鼓干劲，“我将无我”。

“功成不必在我，功成必定有我。”长沙 70 年创新蝶变，有他们不负青春。

2018 年 7 月，懂招商、敢担当的李国军走上金霞经济开发区党工委书记岗位，新与他搭班子的是 80 后的党外干部康镇麟。

5 位专职班子成员调整了 4 位，干部干事创业的“精气神”更足。今年上半年，金霞经开区引进项目 35 个；1 至 7 月，园区税收 18.31 亿元，同比增长 25.84%。

把人才“挂”在产业链上，是长沙坚持用“能人”的又一创新。分为两个批次，从全市各级各部门选派的 110 名年富力强、专业对口的精兵强将被充实到产业链上；拥有专业背景，从中南大学、湖南大学等重点高校挑选的“80 后”博士、硕士走进各大园区“挂职”。

“不在工地车间，就在招商引资的考察路上。”这是大家对望城经开区党工委书记周剀的评价。

在去年8月提拔到望城之前，周剀扎根浏阳园区17年，特别是2014年担任浏阳高新区党工委书记后，3年内引进项目162个、引资350亿元，其个人和园区的业绩均在多次考核中名列前茅。

考核结果直接与干部的“面子”“位子”“票子”挂钩。不断完善的考核体系成为长沙治庸治懒的“紧箍咒”、推动落实的“策马鞭”。

率先出台《关于为敢于担当的干部担当为敢于负责的干部负责的若干意见》，释放了长沙支持改革者、鼓励创新者、宽容失误者、保护干事者的强烈信号。

——提效能，激发活力。

激发新时代创新活力，释放创新潜能，必须清除“拦路虎”：效能改革是长沙的答案。

“没想到这么便捷这么快。”在窗口递交一次材料，不到两小时，准备开一家特色书店的市民罗杰拿到了营业执照和出版物经营许可证，当上了老板。

截至目前，长沙企业开办的平均时间已压缩至1.86个工作日；本月底“网上办”“一次办”比例将达到95%以上。

2018年，长沙营商环境质量进入全国前十，“最多跑一次”改革跑出“加速度”，网上可办率、企业开办时间、工业项目行政审批时限达到国内先进城市水平。

率先全国出台“知识产权保护12条”，构建知识产权大保护格局；湖南湘江新区专利大数据平台上线，知识产权保护中心率先全国运营……

创新之路，所经之处，一路芬芳。

假山喷泉、青石板路、黑瓦白墙……走进芙蓉区丰泉古井社区，给人一种穿越回到“老长沙”小院的感觉。

“小区提质改造让我们的生活发生了天翻地覆的变化，真是满意得不得了！”去年7月，长沙市白果园化龙池有机更新棚改项目及历史步道建设启动。住了48年的家，一草一木、一砖一瓦都和原来不一样了，社区居民周罗生的喜悦之情溢于言表。

绝不搞“大拆大建”，长沙在老城区改造中的理念创新，有力推动城市有机更新。

出则繁华，入则宁静。该项目改造始终遵循“留改拆，以留为主”原则，以工匠精神、绣花功夫留住了“邻里间的记忆”，留住了“老长沙”山、水、洲、城的根脉，让千年古城重新焕发青春活力。

取一本心仪的书籍，捧一杯温热的咖啡，在绿意盎然的落地窗前选一个位置舒适地坐下，打开免费 Wi-Fi，慢慢品味悠闲时光……如此温馨的情调，你以为自己走进了咖啡馆？其实，这里是社区服务中心。

2018 年，“一圈两场三道”建设全力推进，建成“15 分钟生活圈”241 个，市民步行 15 分钟就可以享受到 14 类公共服务。新建公共停车场 137 个、停车位 2.68 万个。新改建自行车道 488.46 公里，新建和提质改造人行道 436.3 公里，新建历史文化步道 32.8 公里。

在城镇，开启“一圈两场三道”建设，时下如火如荼；在农村，开展“五治”（治厕、治垃圾、治水、治房、治风），时下风生水起。两大抓手，抓民生“小事”，成为推动社会治理创新的“大招”。

穿越了 70 年的星城大地，再次见证了新时代带来的荣光与幸福。

第三章 幸福之门

“幸福在哪里？朋友啊告诉你，它不在柳荫下，也不在温室里，它在辛勤的工作中，她在艰苦的劳动里，啊，幸福就在晶莹的汗水里！”1984 年春晚，一曲激昂的歌曲唱响大江南北，唱出了人们对幸福生活的向往，唱出了为之奋斗的激情。

然而幸福并非一蹴而就。镜头拉回到 40 多年前的那个夜晚，一盏煤油灯刺破夜幕，跳跃到黎明，也由此拉开了湖南“包干到户”的序幕，释放出长沙逐梦幸福的初始动力。

秋日阳光下，通往长沙县开慧镇葛家山村的公路两侧，连绵的青绿稻田正转向金黄色，一栋栋古朴雅致的小楼鳞次栉比，新农村的丰收图景跃入眼帘。

1978 年，发端于安徽小岗村的“大包干”成为改革开放一声春雷。9

个月后，800多公里外，长沙的开慧公社竹山大队张家塝生产队，队委会干部和23户社员就着煤油灯，在写有分田方案的褶皱纸片上立誓为盟，从当年晚稻开始，头一个包干到户。

“当时，我们就想不饿肚子，再把大队的设施环境搞好点。”曾是张家塝生产队指导员的罗池德说，那一年风调雨顺，大伙第一次吃上饱饭，家里也有了余粮。

更多好日子一步步走来，竹山大队如今已成为葛家山村，通过土地流转、引进农业龙头企业开展规模种植，湖南“小岗村”一跃成为省级农村综合改革试点村。

一盏煤油灯的亮光在前行中有如此强的穿透力，那么，一个村庄的海拔在发展中又可以有多高？

长沙最西部，宁乡市沩水源村以超过600米的平均海拔，标记了脱贫攻坚、奋力追赶幸福的精神高地。

青山环绕、清溪蜿蜒。曾为给妻子治病而一贫如洗的高胜春，在刚承包的蔬菜基地中忙碌。

“去年我在村里的黄桃基地帮工，自己还酿酒、制红薯粉销售，一个人的收入超过6万元。”甩掉贫困帽子的老高雄心勃勃，计划凭着特色种植、农产品销售走上致富路。

山如屏障，将沩水源村“锁”成省定贫困村。可纵使山高路远，哪怕道阻且长，小康路上一个也不能少！

黄桃、茶叶、砂梨、蔬菜四个基地建起来，“一帮一”扶贫模式亮出来，如今沩水源村脱贫出列，今年前9个月，村里新型集体经济纯收入超过百万元。

如同每一滴水珠，都蕴藏奔腾的力量。写进罗池德、高胜春心间这些幸福花开的故事，见证着70年来时代巨变的伟力，书写着长沙民生进步的温度，破解着一个城市的幸福密码。

2018年11月，“中国幸福城市论坛”如约举行，长沙第11次捧回“中国最具幸福感城市”的桂冠。

从2008年到2018年，长沙为何能一直站在“最具幸福感”的塔尖？省社科院智库办主任周湘智认为，秀美的山水洲城风貌、深厚的湖湘文化底蕴、澎湃的发展动能、持续的民生改革，无一不是长沙创建幸福之城的砝码。

时代洪流滚滚向前，民生改善驰而不息，长沙温度始终如一。这是温暖厚重的幸福底色——

长沙城镇和农村居民人均可支配收入，分别由1978年的327元、127元，增加到2018年的50792元、29714元；截至去年年底，全市84个省定贫困村全部摘帽，4.18万户12.55万名贫困人员实现脱贫。

一增一减之间，是长沙对全面小康的不懈追求。

长沙城镇居民人均居住面积，从1980年不到7.67平方米增加到目前的42.7平方米。近年来，长沙更通过全面打响“反炒房”攻坚战，营造“房价洼地”，稳定的房价与“稳稳的幸福”连线，这是对百姓安居梦的深切呼应。

医疗改革、教育惠民、扶残助困、社区提质……一项项民生工程接力赛跑，让长沙温度无处不在、触手可及：那是超过3000所学校中传来的琅琅书声；那是4523个医疗机构托举起的全民健康；那是3年来500个老旧社区蝶变舒展的绚丽图景……

从温饱到小康，从“有没有”到“好不好”，从更好到更加阳光公平。幸福的力量，将涓涓细流汇成江海，把点点纤尘积筑成山。

让人们既能获享丰厚的物质生活，又能遥望星空、看见青山、触摸绿水，这是沁人心脾的幸福“成色”——

天高云阔，湘江长沙段，两岸的高楼勾勒出壮美天际线。

湘江长沙综合枢纽旁，成群结队的青鱼、草鱼、鲢鱼、鳙鱼欢快地溯源洄游，在江面划出道道美丽的涟漪。

每年3月至7月，是湘江四大家鱼回上游产卵的季节。此时，通过综合枢纽内的电子大屏幕，你能看到万鱼洄游的壮观场景——一条541米长的鱼类洄游通道，能将水流速度控制在0.3至0.5米每秒，这是为四大家鱼繁衍精心打造的“回家之路”。

“鱼儿自由自在，不正是长沙对母亲河最好的表白吗?”在湘江长沙综合枢纽事务中心主任周立波眼中，有种光亮在闪动。

滔滔南来，汩汩北去，千里湘江不舍昼夜。

作为长江重要支流之一，奔腾不息的湘江滋养了辉煌灿烂的湖湘文明，却也曾在工业化和城市化的进程中，被重金属污染和“三废”排放烙下深深的伤痕。

如何让湘江不再惆怅、不再叹息？2013 年，湖南将湘江保护与治理列为“一号重点工程”，长沙更是以壮士断腕的决心、攻城拔寨的拼劲，打响“湘江保卫战”，誓还母亲河一泓碧水。

排污口截污改造，两岸畜禽退养，水域岸线强化管理与保护，水生态加紧修复……铁腕治污，湘江嬗变：河水清了，绿地多了，鱼儿来了。人们说，小时候见过的湘江又回来了。

人与自然的关系被不断重塑，天蓝、地绿、水净的美丽长沙款款走来。生态文明建设加速推进，环境法治日益完善，长沙的幸福“成色”越来越绿。

湘江流域，更多涅槃故事还在续写：昔日水体黑臭的“龙须沟”，已成为清波荡漾的大美圭塘河；被深深浅浅绿色点染的浏阳河畔，经过水体治理、生态修复、产业塑造，一条唯美的浏阳河文化旅游产业带正向世界讲述世界名河九道湾的动人故事。

一组自带“美颜”效果的数据，见证山水洲城的生态蝶变：近年来，长沙持续推进清霾、静音、净土行动，打响蓝天保卫战。今年前 8 个月，城区空气质量优良天数累计 198 天，空气质量优良率为 81.5%。

首个“三年造绿大行动”完美收官，2014 年至 2016 年长沙完成绿化建设面积 3.45 万公顷。“新三年造绿大行动”接力实施，目前长沙已完成绿化建设面积 6500 余公顷，实现市民出门 300 米见绿。

一如长沙 70 年来从未停止的时代大潮，浩浩汤汤的湘江，承载着一座城市的幸福愿景，正奔向更加壮阔的航程。她的前方，是大海，是喷薄的旭日，是照亮寰宇的万道霞光……

海纳百川、兼容并蓄，这同样也是长沙与先进文化碰撞、彰显的精神特质。

岳麓山上看万山红遍，橘子洲前赏百舸争流，白果园、化龙池、都正街……每条老街巷都浓缩着老城根记忆。有着 3000 年城史的长沙，从来都不缺少厚重的历史文化底蕴。

走进新世纪，更多文化标签闪耀星城：滨江文化园“三馆一厅”滨水绽放，梅溪湖国际文化艺术中心舒展“花姿”，一批重大文化设施成为市民热门打卡地；电视湘军、动漫湘军崛起，长沙金鹰艺术节、橘洲（国际）音乐节等一系列国际品质的文化节会此起彼伏，向世界传递长沙效应、彰显长沙风范、诠释长沙精神。

国际大舞台上，“东亚文化之都”、世界“媒体艺术之都”正演绎芳华。

人民在哪里，哪里就是中心；生活在哪里，哪里就是舞台，这是直抵心灵的幸福亮色——

一剪完成、一气呵成，“幸福”二字以连笔的方式出现在大红剪纸上。雨花非遗馆内，俄罗斯小伙子瓦西里是著名“一刀剪”传人洪源的洋徒弟，也是一名不折不扣的长沙女婿。

“我爱长沙的文化，这是一个来了不想走的地方。”瓦西里深情告白。

文化血液加速流淌，弦歌书香滋养城乡。加速公益文化体系建设的长沙，目前拥有图书馆总分馆113个，建成示范性乡镇文化站158个、示范性村社区文化活动中心800个，成为文化小康100%达标城市。

“欢乐潇湘·品质长沙”“舞动星城·歌涌湘江”等大型群众文化活动常态化举行，全市近2000支群众文艺团队竞秀，星城无处不飞歌！

青春长沙，在夜幕映衬下更加活力四射。

看电影、K歌、去解放西路小酌一杯，这座中部不夜城，曾因酒吧文化、歌厅文化声名远播。如今，夜文化带来的幸福感全面升华，在24小时书店悦读，到梅溪湖大剧院看晚场剧，去新晋网红景点铜官窑古镇夜游……长沙“新夜态”闪烁更多高光。

满足群众多元文化需求，星城荡起万叶轻舟。连著名学者于丹也不由感慨：“长沙，正用文化意识撬动幸福城市。”

“人在年轻时，一定要为幸福而奋斗吗?”“是的，一定要!”

一处知名论坛长沙站上的提问，浏览量超过50万。肯定的回答，几乎是一致的答案。

追求幸福生活的热血之所以澎湃不息，是因为奋斗之心始终强劲跳动。

这，是幸福长沙的青春宣言。

第四章　力量之源

历史不会随风而去，辽阔壮美的时代也不会凭空而来。幸福是奋斗出来的！

70 年众志成城，70 年砥砺奋进，70 年春风化雨。

万山磅礴看主峰。今天，我们郑重审视来时的路，百年大党，挽手成林的人民，正意气风发；今天，我们庆祝新中国成立 70 周年，最该铭记的，是初心；今天，我们踏上新长征路，最需担当的，是使命。

千年古城长沙，为何精神不老、青春常在？

“雄关漫道真如铁”，心忧天下、敢为人先，是青春长沙的自信与自觉！

浩浩湘江，南流向北。感受使命的力量，就要到初心起源的地方。

100 年前，中国和世界都发生着惊天动地的变化。辛亥革命、十月革命、新文化运动风起云涌。

彼时，常有三五青年，来到长沙的橘子洲头，畅游湘江而后小憩，纵论国事而后露宿，将一腔少年意气赋予江水共滔滔。

之中，一位怀揣赤子之心的青年——毛泽东，发起成立了新民学会，并于 1919 年 7 月一手创办了《湘江评论》，发出“湘江的怒吼”，“天下者我们的天下，国家者我们的国家，社会者我们的社会。我们不说，谁说？我们不干，谁干？”

两年后的 1921 年，中国共产党宣告正式成立，历史掀开了崭新的一页。

而播种在湘江之畔的初心力量，磅礴大气！

“问苍茫大地，谁主沉浮？”

32 岁的毛泽东独立橘子洲头，发出惊天一问，荡气回肠。

“前进！前进！前进进！”

36 岁的田汉在民族危亡之际发出震天一吼，全民同仇敌忾。

“我愿做一颗永不生锈的螺丝钉。”

22 岁的雷锋青春定格，把有限的生命投入到了无限的为人民服务之中，奉献一生……

惊天一问，震天一吼，奉献一生……这足以荣耀一城！

带着家国情怀，从烽火岁月中走来，这份共产党人的初心，成就了长沙这座城市最鲜明的精神标识。

“历史总是要前进的，历史从不等待一切犹豫者、观望者、懈怠者、软弱者。只有与历史同步伐、与时代共命运的人，才能赢得光明的未来。”

当下，“不忘初心、牢记使命”主题教育正在全党上下展开。主题教育在星城大地，实现了高质量开局。

“怎么理解初心和使命？”“怎么砥砺初心和使命？”“怎么践行初心和使命？”

就在上周，一场围绕“初心和使命”的主题党课在长沙人民会堂开讲。省委常委、市委书记胡衡华抛出的三个问题振聋发聩，重温初心，引领使命，汇聚成震荡长沙党员干部心灵的力量，激励青春长沙初心不改、永葆活力。

红色热土，接续奋斗；长沙姿态，一往无前。

“人间正道是沧桑”，解放思想、实事求是，是青春长沙的本色与担当！

时与势不断把中国推到一个个十字路口，长沙也曾多次面对这样那样的重要抉择。

历史一次次发问——

不实事求是，如何实现全心全意为人民服务？

不打破旧的桎梏，怎么“杀出一条血路来”？

上世纪60年代，我国国民经济出现了前所未有的严重困难。为了求得真话与真相，时任国家主席刘少奇回到家乡湖南长沙，在长沙县的天华山脚下蹲点调查18天。

这场调查，为解决农村公共食堂以及群众反映强烈的一系列问题提供了依据，并由此酝酿产生了“三自一包”“四大自由”的构想。而刘少奇坚持真理、实事求是、向人民负责的严肃态度，至今传为佳话。

改革开放初期，那场著名的真理标准大讨论，与浏阳人胡耀邦密不可分。

1978年5月，经胡耀邦审定刊发的《实践是检验真理的唯一标准》，在干部群众中引起强烈反响，掀起了席卷中国的真理标准大讨论。

从此，解放思想成为中国人民思想乐章的主旋律；从此，改革开放大潮在神州大地不断涌起。

在改革开放经济社会发展中，长沙人民始终坚持解放思想、实事求是。尤其在困境、逆境中，科学地研究新情况、新问题，灵活地解决新矛盾、新挑战，不驰于空想、不骛于虚声。

产业寒冬里，长沙清醒务实。

今年国庆前夕，中央广播电视总台高端访谈栏目《对话》播出了一组“中国产业地标”系列节目，剖析中国典型产业的历史和发展。

央视将这个系列的压轴之作，留给了长沙。它所感兴趣的，正是长沙不折腾、不动摇、不放弃、不懈怠的产业发展之路。20 多年如一日，哪怕在工程机械市场需求低迷时期，长沙市委、市政府与广大企业家一道，丝毫不动摇。

当这份难能可贵的坚定，穿过迷雾与寒冬，便迎来“高光时刻”。

屡“败”屡战中，长沙始终纯粹。

文明，是长沙城市的“最美名片”。“全国文明城市”荣誉，是全体长沙市民的骄傲。

但这份荣誉的背后，曾有过举全市之力、付出 9 年心血，却榜上无名铩羽而归的遗憾。

面对这样的结果，长沙市民表现出难能可贵的精神面貌：落榜不落志。

在“落榜”后，全城痛定思痛，迸发出更加执着的创建热情，展示出人民群众自我教育、自我加压、不断检视自我的独特风采。

2011 年，长沙首次获评全国文明城市荣誉称号；2015 年，长沙蝉联全国文明城市荣誉称号；2017 年，长沙以优异成绩再次获得全国文明城市荣誉称号。

今天，长沙虽早已跻身全国文明城市行列，但文明创建为民、创建靠民、创建惠民的行动永远在路上。

2019 年，长沙出台并实施《长沙市文明行为促进条例》，建立文明行为促进工作制度和长效机制，打造全国文明城市“升级版”。

抓铁有痕，踏石留印；长沙态度，一贯鲜明。

“长风破浪会有时”，省会担当，高质量发展，是青春长沙的责任与境界！

这座城市“精明增长”。

长沙从旧有的经营城市理念中走出来，始终坚持精准定位、精致建设、精细管理、精美品质。

湖南湘江新区产业、资本、人气不断集聚，引领全省产业转型升级的主战场“火力全开”。

在岳麓山国家大学科技城，这座“没有围墙的大学城”，宜居、宜业、宜学、宜行的愿景正变为现实。

马栏山优质项目争相落户，创新创业者纷至沓来，“北有中关村，南有马栏山”的格局值得期待。

临空经济示范区融空港、产业、新城于一体，插上腾飞的双翼，重大项目建设动力十足。

高铁新城建设以高铁经济和会展经济为主体的现代服务业集聚新区，打造中部会议会展高地、湖南对外开放高地、长沙国际化引领高地充满想象……

既有面子，更有里子；既有颜值，更有气质。

长沙将一块块责任田精耕细作，走出了一条人无我有、人有我优、人优我特的路子。

这座城市产业崛起。

不依靠建立在土地财政之上的虚假繁荣，而是一心一意谋求产业发展。

以智能制造为核心，打造22条工业新兴及优势产业链，激活一池春水。

世界500强企业争相落子，本土企业擦亮名片。

智能制造研究院、机器人研究院、新材料研究院等创新平台和产业联盟相继设立。

7大千亿产业集群，托举长沙进入“万亿俱乐部”。

长沙每万人拥有市场主体数超过京沪，接近杭州。

新经济、新业态，每天都有新长势，新模式、新动能，分分秒秒拔节成长。就在前不久，省委号召“外学华为、内学长沙”，这是一份荣誉、一种鼓励，这更是一份责任、一种鞭策。

这座城市创新迸发。

天河系列超级计算机、国内首台高性能3D激光打印机、首台大直径硬岩隧道掘进机等一批创新产品、高科技产品进入世界领先行列。

全球首台碳纤维臂架泵车、中国第一台高端选择性激光烧结3D打印机、第一个杂交水稻优化组合、第一例“克隆神经疾病基因”，科技创新成果不断涌现。

世界“杂交水稻之父”袁隆平、“试管婴儿之母”卢光琇、“3D打印世界标准制造者”许小曙等专家“智库”，为长沙自主创新注入无穷动力……

长株潭国家自主创新示范区、湖南湘江新区相继获批，长沙创新驱动发展多了一个又一个平台。

一个个标记“长沙智造”“长沙创造”的成果惊艳世界，世界投来注视的目光！

凡是过往，皆为序章。

70年来，长沙的城市面貌变了，但奋进的方向没变；生活方式变了，但幸福的真谛没变；发展的方式变了，但为民的初心没变。

拥抱新时代，共筑新梦想。

长沙，青春之城，风华正茂！

【感言】

青春长沙，风华正茂

胡媛媛

2019年是新中国成立70周年，一直在主题报道深度化方面创新突破的晚报，祭出了大招：以一篇万字长文，全景展示70年来长沙的沧桑巨变，在栉风沐雨的成长故事中解读一座城的发展密码。

这是《长沙晚报》史上的首篇封面特稿，意味着没有模板可以借鉴。70年来的风雨兼程中，什么才是长沙一以贯之的成长主线？面对海量信息，如何才能精选最能引起共鸣的内容，由此丰满文章的血肉？一篇上万字的重磅文章，采取怎样的行文方式，才能让其可读耐读，读罢更能回味隽永？

一个微信群、数十场讨论会，从当年6月开始，采写团队几乎是每周碰面，阐述思路、碰撞灵感。最终大家一致认为，古城长沙唯变不变，“青春向上”始终是她最鲜明的特性。

行文主线有了，在随后的一次晚上交流中，采写团队激情奔涌，一鼓作气敲定了文章框架、采写要点，走出会议室时时针已指向深夜11点。

要演绎好一座城市的成长史，既要有宏大深邃的叙述，也要有见微知著的娓娓道来。为了捕捉到最鲜活的现场、最动人的细节，采写团队的足迹几乎走遍长沙：在轰鸣的生产线旁，探寻智造之都的伟力；在呼啸的机场高铁站，记录开放之城的澎湃；在蝶变的市井街巷，寻找城市日新月异的注解；在摘掉穷帽的山村，捕捉动人的幸福表情。

许多故事来之不易。为寻找70年来百姓生活变迁的动情点，我们登上被称为长沙“小西藏”的宁乡市沩水源村，这里平均海拔超过600米。行走在弯弯山路，无意中发现一户村民家门前“感谢共产党　齐步奔小康”的对联时，大伙眼前一亮：“就是这里!”走进其中，果真有料，一名建档立卡贫困户的脱贫故事与感恩心声，让人动容。

而在湘江长沙综合枢纽的鱼类洄游通道前，当万鱼洄游的场景出现时，负责通道管理的一名中年汉子，眼中竟有了泪光。“鱼儿自由自在，这正是湘江生态治理交出的最好答卷。”他说。

历时数月、采访四五十人，正是因为掌握了丰富而动人的素材，并在其后的遣词造句、行文谋篇中细致打磨，几易其稿后，一篇超大体量的《青春之城》得以问世，一推出便广获社会各界好评。

纸短情长。一篇文章不足以呈现长沙的风华全貌，但这座城市的精神内核、奋斗之姿却鲜活在字里行间，成为她的成长注释，引发世界的关注与赞叹。

铭记历史的来路，才能锚定未来的出路。或许，这正是《青春之城》所要展现的要义，也是读罢这篇长文，所获得的最深邃启迪。

《长沙晚报》封面特稿

长沙晚报

CHANGSHA EVENING NEWSPAPER

国内统一连续出版物号：CN 43—0002
第15952号 今日24版
零售2元
2019年9月26日 农历己亥年 八月廿八 星期四
党的权威 / 人民的晚报
封面 长沙晚报官网 www.icswb.com 晚报热线 96333
责编/贺黎黎 美编/何朝霞 校读/唐英

习近平出席投运仪式并宣布

北京大兴国际机场正式投入运营

1版

习近平对“最美奋斗者”评选表彰和学习宣传活动作出重要指示强调

奏响新中国奋斗交响曲 高唱新时代奋斗者之歌
为实现中华民族伟大复兴的中国梦凝聚起强大精神力量

1版

湖南省庆祝中华人民共和国成立70周年大会在长举行

杜家毫发表讲话 许达哲主持 李微微乌兰等出席

1版

壮丽70年 奋斗新时代
庆祝新中国成立70周年特别报道

青春之城

——谨以此文献给中华人民共和国成立70周年

长沙晚报全媒体记者 李万寅 苏毅 凌晴 吴鑫钒 胡媛媛 李静

第一章 跨越之变

第二章 创新之道

下转封二

湘江！湘江！

《长沙晚报》全媒体记者 李鹏飞 邬伟 岳冠文 吴颖姝 聂映荣 陈焕明

金秋长沙，湘江北去；一江碧水，不舍昼夜。

湘水悠悠是故乡。她从永州蓝山的奇峰峻岭中涓涓汇聚而来，哺育了鱼米之乡的富庶，描摹着锦绣潇湘的姿容，激荡着湖湘文脉的湍流。千百年来，她昂首高歌流向八百里洞庭，注入长江奔赴大洋——从来百川归海，千古湘江一寸心。

湘水汤汤是远方。她从尧舜秦汉的沧海桑田中蜿蜒流淌而来，浸润着娥皇、女英多情的泪，涤荡着屈贾、李杜博大的魂。95 年前，青年毛泽东独立寒秋看湘江北去，发出“苍茫大地，谁主沉浮”的惊天一问——自此大江东去，无非湘水余波。

湘水殷殷是期许。她从近代百年的峥嵘岁月中奔腾翻涌而来，挟裹着惟楚有才的血性铁骨使命初心，承载着湖湘儿女百年复兴的中国梦。建设生态文明是中华民族永续发展的千年大计。2018 年，习近平总书记在长江岳阳段考察时，留下了“守护好一江碧水”的嘱托。

这是一条生态之江、人文之江、崛起之江，她广袤绵延的 844 公里岸线上，一片开放引领、创新崛起的湖湘热土正拔节生长；一座青春奋进的城市——长沙，正奏响新时代高质量发展的最强音——

中国高铁在这里“米”字形交会，临空经济区通达全球连接世界，5 小时高铁圈、4 小时航空圈覆盖当今世界经济增长最快、发展活力最足的地区；

第一台“长沙造”鲲鹏服务器下线，全国第一辆无人驾驶出租车上路，华为、腾讯、CSDN 纷纷落户，“冬有乌镇，春有岳麓”美名远扬，瞄准数字经济新赛道发力奔跑；

2020 年上半年，面临疫情大考，交出了一份 GDP 增速位居万亿城市第一位的精彩答卷。

湘江！湘江！

这是继往开来的 2020 年。湘江亘古的水，正涌动着新时代澎湃的潮。大浪奔涌的前方，是百年未有之大变局，是擘画未来的“十四五”，是现代化中国的新长征。

守护一江碧水

2015 年农历大年初二。时任省委副书记、省长的杜家毫骑上自行车，沿湘江一路骑行。

这是他多年来的习惯，“到哪里工作都会买一辆自行车，在长沙也买了一辆”。

这次，他的骑行之旅，目的是“想验证一下环保部门的报告”。

沿途，他看到江边有很多人垂钓，便问：“能钓到鱼吗?”

有钓叟笑答：“钓不到鱼，我干嘛在这里啊?”

杜家毫又笑着问：“你一天能钓到多少呢?”

垂钓者答：“少的时候十几斤，多的时候五十多斤。”

杜家毫听后非常欣慰，鱼多，说明湘江水质已有较大改善，与环保部门汇报的情况基本相符。

奔腾不息的湘江，孕育着一代代三湘儿女，创造了辉煌灿烂的湖湘文化。

然而，蜿蜒千里的母亲河也曾不堪重负：因为过度开发，污水无序排放，全省 60% 以上的污染集中在湘江流域。

时间回到 2013 年，习近平总书记来湘考察，叮嘱湖南“牢固树立尊重自然、顺应自然、保护自然的生态文明理念……真正把生态系统的一山一水、一草一木保护好”。

牢记总书记的嘱托，湖南开启了湘江保护治理新征程。履新湖南半年的杜家毫明确提出，将湘江保护与治理列为省政府“一号重点工程”，并滚动实施3个“三年行动计划”（2013年—2021年），订下“九年之约”，誓还湘江一江清水。

湘江两岸，号角声声。一场又一场攻坚战在沿线8市全面打响！

2013年至2018年，湖南累计投入588.2亿元用于湘江保护治理。2018年，湘江流域内Ⅰ—Ⅲ类水质断面比例较2012年提高10.5个百分点。

“决不以牺牲生态环境换取一时一地经济增长。”省委副书记、省长许达哲到湖南工作后，用“治水修路办学兴业”概括湖南要办的民生事业。而在这些民生大事中，“治水”亦排在第一位。

足不旋踵，闻风而动。自湘江保护与治理被列为省“一号重点工程”后，省会长沙迅速制订湘江污染防治第一个“三年行动计划”。就在这一年，长沙被确定为全国首批水生态文明建设试点市之一，这意味着护江治水的责任更大。

2014年，长沙护江治水举措快速升级，推出“碧水”行动，以湘江流域治理为核心工作，出台《长沙市水污染防治行动工作方案》，涵盖排污口整治、重金属治理、企事业单位废水治理、畜禽养殖污染治理等9大类67个项目。

一系列重拳出击的举措，表明了长沙壮士断腕的决心——

关！对92家重点涉水污染企业、66个涉重金属污染企业、124家污染严重的造纸厂实施关停并转。

引！引导、鼓励、推进城区工业企业向园区集中，实施中心城区“退二进三”，完成工业污染企业搬迁入园工作。

拒！2年否决掉近100亿元投资额的污染项目。

退！快速完成主城区生猪养殖退出和全市规模化养殖场治理。

治！2015年，长沙全面启动湘江库区违停趸船整治，先后取缔趸船93艘、迁移16艘、提质改造41艘，累计完成216艘船舶生活污水污染防治设施改造。

2013年至2015年，长沙先后投入近60亿元，完成主城区42公里截污干管建设，对城区101个排污口截污，实现城区段旱季无污水下河；拆除非法砂场140家，清退采砂船80条，整治采砂船649条。

2015年，第一个“三年行动计划”结束之时，湘江长沙段水质达到或优于相应水环境功能区标准要求，水质优良。

湘江变了，变的不只是水质，变的还有发展的思路和理念。长沙扛起职责使命，用行动作答：坚持守护绿水青山与开创金山银山相结合，着力推动绿色发展。

“尊敬的市长伯伯，建议增派人员对水质进行检测及保护，加强保护母亲河的宣传力度，鼓励市民参与公益活动。”2015 年 6 月，众多环保志愿者和中小学生通过写信、发电子邮件等多种形式，向时任市委副书记、市长的胡衡华提出意见和建议。

胡衡华在回复中感谢志愿者、学生们对湘江母亲河的关心和爱护，并要求环保、水务等部门进一步强化湘江保护和治理的举措，积极引导广大群众自觉保护湘江，共创共享碧水蓝天。

守护一江碧水，离不开长效机制的保障。长沙在打出“关、引、拒、退、治”等一套重拳之后，更在着手构建污染防治的长效机制。

“十三五”规划自 2016 年开启后，长沙从源头上加强涉水工业企业监管，安装在线监控系统；逐步构建再生水循环利用体系，鼓励中水回用，全面建设节水型社会；强力调整产业结构，对全市范围内“十小”企业进行全面排查……

长沙污染防治长效机制的构建远不止停留于湘江长沙段。

从 2014 年启动湘江综合枢纽库区长沙城区段“一江六河”截污工程建设，到后来全力推进“一江六河”综合治理；从湘江干流之前实施的禁渔期制度，到 2016 年开始对湘江长沙段及其支流部分水域实施常年禁渔，再到如今对全市“一江六河”等重点水域实施常年禁渔，长沙的决心不容置疑，长沙的力度震撼人心。

今年 9 月 3 日，市委副书记、市长、湖南湘江新区党工委书记郑建新调研禁捕退捕工作，强调要以高度的政治责任感和历史使命感，落实禁捕退捕工作责任，建立健全长效机制，抓细抓实各项措施；广泛发动群众，切实增强禁捕退捕和生态保护的自觉，共同守护好一江碧水，促进高质量发展。

守护一江碧水，更要有严格的责任体系来支撑。以往，一条河流分上游下游、水里岸上、水质水量，治理部门多，权责不清，该管的管不好，能管的管不了。

为了破解这个难题，2017 年 5 月，长沙加强顶层设计，出台了《关于全面推行河长制的实施意见》，定目标、建制度，一张张路线图、时间表密集出炉，从市委书记、市长开始，长沙用市县乡村四级河长，管住包括河湖塘沟渠等在内的所有水域。

每次打卡巡河后，望城区白沙洲街道的村干部吕宇峰都会把拍下的河道照片上传至“长沙市望城区河长制”微信群，定期“晒河”已成为一种日常生活习惯。“河水有问题，直接找河长”，已成为共识和习惯。

2019 年，全市四级河湖长巡河湖 106712 人次。

“现在湘江水清岸绿，看着都舒服!”傍晚时分，市民熊游主悠闲地散步在湘江风光带上。作为曾经的渔民，30 多年来，他亲眼见证了湘江的变化。

1987 年，10 多岁的熊游主跟着祖祖辈辈都是渔民的叔爷爷在湘江捕鱼为生，爷孙俩的捕鱼工具虽不先进，但江里鱼多，每天收获总不错，“有时一天能打 100 多斤!”

然而，随着湘江沿岸各类工厂的兴建、污水的排放以及电打鱼的猖獗，熊游主明显感觉到，江里水浊了、鱼少了，“一天能打二三十斤就不错了，而且鱼的味道也变差了!”

生活难以为继，熊游主不得不从 2009 年开始转型做水上餐饮，挂起了“船上吃鱼”的招牌，引来了不少食客。然而，餐厨垃圾污染了江水，2013 年，他响应号召退出了水上餐饮，在浏阳河附近的东方农贸市场内开了一家鱼虾店，继续和鱼打着交道。

如今，熊游主就住在浏阳河旁，女儿毕业当起了培训教师，儿子正在读大学。得闲的时候，熊游主会到湘江、浏阳河旁散散步，看着熟悉的江河里碧水流淌，他感慨万分：“保护好这一江水，既是为我们自己好，更是为子孙后代负责。”

他的感慨背后，既是一名“退役”渔民的直观感受，更是长沙践行守护一江碧水、履行千秋之约的朴素见证。

湘江！湘江！

从 2013 年到 2020 年，8 年磨一剑。长沙水生态治理交出了一份优异的成绩单：

今年上半年，全市 26 个国、省控考核断面平均水质优良率为 100%，浏阳河、捞刀河、靳江河、沩水河、龙王港、沙河、团头湖及湘江其他支流水质达标率亦为 100%。

共享和谐城市

岳麓山下、湘江边，后湖波光粼粼，美不胜收。

这里与中南大学、湖南大学、湖南师范大学等高校毗邻，是众所瞩目之地。

曾经，后湖是一处黑臭水体，周边违法建筑遍地、垃圾成堆、污水横流。

如今，这里已蝶变为一片风光旖旎、创意无限的科创文创产业园。

湖南师范大学美术学院院长、著名画家朱训德自大学毕业后就生活在后湖附近，一晃 40 多年。

在朱训德看来，后湖所发生的变化，要归功于湖南省、长沙市坚定打造岳麓山大学科技城的创举。他回忆说，省委书记杜家毫多次来到后湖，明确提出“通过整治和改造，让师生和市民眼前一亮”。省委常委、市委书记胡衡华也到访他的工作室，听取艺术家们的意见，叮嘱这里要少搞房地产，多搞文化艺术。

2015 年 9 月，后湖综合整治项目启动。截污治污、拆违提质、河湖连通、水生态修复……一系列标本兼治的举措，使得后湖及周边一年不到就大变样。目前后湖水质保持在地表水三类，鱼虾畅游，白鹭、野鸭也重返家园。

更令人欣喜的是，以后湖为中心的文化艺术高地正逐步成形。周边两公里范围内，聚集了湖南省美术馆、李自健美术馆、谢子龙影像艺术馆及 70 多位全国知名艺术家的工作室。

“江水清、两岸绿、城乡美……”近年来，长沙纵深推进生态文明城市建设工作，一幅人与城、城与生态和谐共生的锦绣画卷徐徐展开。

一艘摇橹船轻轻划过洋湖水面，惊起一群白鹭。

眼下又到秋季，对于摄影爱好者冯林来说，秋天到洋湖拍白鹭成了他每年的“保留节目”。

“洋湖湿地是摄影爱好者必去的一个景点，四季变化，花鸟虫鱼，各具韵味。”冯林说。

白鹭对生长环境很“挑剔”，既要水质好、空气好，也要食物丰富，被称为大气和水质状况的“监测鸟”。

白鹭回归洋湖，是长沙“山水洲城”亲水宜居环境的最好体现。

曾经，洋湖因为地势低洼，又临近湘江，成为湘江的泄洪垸，“十年九涝”成为真实写照。加上生活污水直排湘江，环境恶劣，当地居民叫苦不迭。

一场生态修复工程在万众期待下启动了：洋湖垸内1.1万人先后搬迁，退田还湿、退塘还湖一一实施；湿地内建起一座再生水厂，周边的生活污水被收集处理后，再排入湿地。经过净化后，水质达到了地表水Ⅲ类标准。

如今，7200亩的洋湖湿地公园内，鸟类超过130种，年接待游客超300万人次，昔日水患之地变身城市“绿肾”，公园正积极创建国家5A级景区。

栽下梧桐树，自有凤凰来。洋湖周边，一个总部经济区正加速崛起，德国卓伯根中国总部、和光集团全国总部、瑞典宜家集团湖南总部、映客互娱第二总部等30余家总部企业先后落户于此。中部地区总部产业聚集标杆示范高地呼之欲出。“洋湖是一块发展的热土，我们将把‘映客互娱第二总部’基地打造成移动互联网企业的标杆。”映客互娱董事局主席奉佑生表示。

洋湖，是湘江流域生态治理的成功案例，是长沙水生态文明建设的生动实践，也是长沙绿色发展的一张亮丽名片。

据统计，长沙境内共有335条流域面积10公里以上的支流，它们汇入湘江，奔向长江，是水韵星城的灵魂所在。

临水而居，择水而憩，这样的城市生活谁不向往？

水是城市的灵魂，也是城市的名片。治水，不仅要提升水质，还要加强河道岸线的治理，不断提升水的“颜值”。长沙的水生态文明建设，不仅在于将水留下来、使水净起来，还在于让水美起来。

“给水腾地、给水让道、给水出路”，将水生态文明建设与推进产业转型、增进民生福祉、建设品质长沙有机结合起来，这是长沙的成功实践。

给水腾地——在寸土寸金的城区中心位置，利用原有的地形地貌，长沙先后新建或扩建了梅溪湖、松雅湖、月湖、洋湖等12个湖泊，将拟用作商住开发的西湖渔场打造成西湖市民公园，全市累计扩展水域面积近2000公顷。

梅溪湖国际新城、洋湖生态新城等一大批滨水产业带和价值高地迅速崛起，形成“水带地升值，地生金带水”的城市发展新模式，实现了生态保护和经济发展的双赢。

给水让道——在河道整治和堤防提质改造过程中，采取堤防退让、缓坡防冲、河道拓展等方法，保留河流的自然蜿蜒性，给水留出了大面积行洪道。

浏阳河朝正垸改造时，将混凝土堤防拆除建成生态缓坡堤防，退堤还滩20多公顷，建设成了市民河滩公园。

浏阳河敢胜垸堤防后移20~80米，河道平均拓宽50米，解决了河道的卡口瓶颈，为高铁新城会展片区市民留下了更多的近水、亲水的城市生态空间。

给水出路——大力实施河湖连通、管网疏通、渠系打通等工程，使河相交、湖相通、水相连。

2020年4月30日，龙王港枯水期河道应急补水工程项目全线通水，一根5.34公里长的管道，将湘江水抽排至龙王港河道、梅溪湖和咸嘉湖，进行水源补充。今后，龙王港等地即使在枯水期也不会再喊“渴”。

近年来，长沙先后完成了雷锋湖—龙王港—梅溪湖水系连通、圭塘河生态引水、大众垸水系连通等一批水系连通工程，保障了河、湖、库的通达性，增强了水体流动性，筑起一道道生态“屏障”。

一面湖，犹如城市的一双秀目；一条河，就是城市的一窝笑靥。

让水美起来！长沙将水元素融入城市建设，打造精品亲水平台，使水更好地服务城市发展、百姓生活，实现人水和谐。

结合全市“一圈两场三道”建设，长沙加快推进河道堤防景观提质改造，实施了浏阳河、捞刀河、圭塘河等河流的城市绿道建设，建成滨水沿河步道120公里，昔日的“龙须沟”变成了“风景线”；

以湘江为轴线，长沙打造了各具特色的水景观廊道、水文化主题公园、洲岛景区等，建成国家级水利风景区5处、国家级湿地公园4处、市民亲水休闲场所200余处；

在湘江东岸，5.1公里长的湘江东岸堤岸防洪综合改造工程去年完工后，不仅在江岸筑起一道“铜墙铁壁”，还变身一道湖湘文化长廊；

在湘江西岸，集防洪、旅游、休闲于一体的江滩公园建成开放，40余公里的湘江风光带长沙城区段，成为市民休闲好去处。

数据显示，湘江风光带长沙城区段，每天有超过10万人次出入，成为长沙最大的“市民公园”。

绿水青山就是金山银山！

长沙牢记习近平总书记的指示，坚定“共抓大保护、不搞大开发”的发展理念，“让居民望得见山、看得见水、记得住乡愁”，成为长沙城市建设的不二法则。

2018年，长沙建成区园林绿地面积较2013年增长33.7%，基本实现“居民开门见绿、15分钟到达社区绿地公园”。截至今年3月，长沙现有林地面积60.39万公顷，森林覆盖率提升至55%，居全国省会城市第三。

开窗养眼，散步韵味！这是芙蓉区火星街道凌霄路附近居民的最大感受。这条新中式风格的道路“颜值飙升”：排排绿木与缤纷花箱相映成景，凌霄花架上绿萝青翠、群花吐艳，绿景芬芳一路随行；灰檐青瓦的道路墙面，让街巷倍添古韵，朵朵凌霄花雕“绽放”在墙上、地面，与街名呼应。

长沙还加快壮大节能环保产业、清洁能源产业，推动全市能源结构和产业结构转型升级；加强扬尘污染精细化管理，实现城区规模以上施工工地扬尘在线监测全覆盖。

今年上半年，长沙城区空气质量优良天数累计164天，较上年同期增加16天，优良率为90.1%，较上年同期增加8.3个百分点。

城区生机勃发，农村也在展现新颜。

“生活污水被接管，气味颜色全不见。”在长沙县金井镇蒲塘村，农村“五治”让乡风村貌焕然一新。村民谭雄伟家中建起了三格式化粪池，生活污水经过处理后，变成清水排放。四五平方米的空间，干净平整的水泥台，蹲便器、冲水箱配套齐全，下水管连到屋后建在地下的“三格式化粪池”，厕所更卫生了，如厕更方便了。“这下我 70 岁的老娘上厕所再也不用颤颤巍巍、穿堂过院了。”谭雄伟很满意。

绿水逶迤去，青山相向开。

乘风破浪的长沙，如何进一步提升城市“颜值”？

“精准规划、精美建设、精致管理、精明增长”“更加有颜值、有气质、有内涵、有格调、有品位”……长沙提出了“四精五有”的理念。

根据部署，长沙将进一步聚焦规划提升、风貌管控、特色塑造、形象提质等重点，用心塑造山水洲城特色区，提升“一江六河”沿线滨水空间品质；重点开展“增绿提质”“街美景靓”“街净巷洁”“治乱拆违”等专项行动，把城市建筑景观风貌品质提升与城市有机更新、城镇老旧小区改造等结合起来，全面提升城市形象品质。

湘江！湘江！

湘江自千年岁月里逶迤而来，缓缓穿长沙城而过，一座宜居宜业的千园之城、生态之城正舒展开美丽的容颜。

聚力绿色发展

湘江之滨，鲲鹏展翅。

“湘江鲲鹏”项目的到来，是长沙牵手华为等国内名企，迎接数字经济时代挑战的典型个案。

2019 年 7 月，华为宣布在未来 5 年内投资 30 亿元发展鲲鹏计算产业生态。这一消息，让紧盯数字经济发展大潮的长沙人看到了机遇。

2019 年 8 月初，长沙市领导带队赴深圳与华为高层会谈，就鲲鹏落地湖南合作事宜达成共识。

今年 1 月，湖南省政府与华为签署深化战略合作框架协议。华为将协助湖南在长沙落地鲲鹏计算产业，生产湖南自主品牌服务器及 PC 机，建设鲲鹏生态创新中心。

“湘江鲲鹏”开始展翅：1 天完成工商注册，10 天完成土地审批转让，120 天完成厂房建设……从决定引入鲲鹏到项目落地投产，仅用了 8 个月时间。

4 月 28 日，首台“湖南造”湘江鲲鹏服务器下线，湖南省鲲鹏生态创新中心落成，标志着湖南鲲鹏产业在硬件产线与软件层面取得重要进展。

如今，在湘江鲲鹏产业园的生产车间，服务器和 PC 机两条生产线正在加速运行，可日产湘江鲲鹏服务器 300 台、PC 机 1000 台。

“我们预计今年产能可达 6 万台，产值达 12 亿元，并计划 3 年内实现除华为芯片和主板外，上下游产业链研发和软硬件本地化配套，打造千亿鲲鹏产业集群。”湘江鲲鹏品牌部部长王志宇说。

在长沙“软件业再出发”的目标中，鲲鹏生态系统不仅承担着壮大长沙软件业的重任，还将为以“三智一芯”（智能装备、智能汽车、智能终端和功率芯片）为核心的长沙制造业等全面赋能。

艰难困苦，玉汝于成

今年，受新冠肺炎疫情影响，全球经济面临重构，给我国产业链带来冲击，也对产业链水平提出了更高要求。

长沙如何快速融入国内大循环为主体、国内国际双循环相互促进的新发展格局？

直面变局，谋划新局。长沙以滚石上山的决心和韧劲，心无旁骛，主动出击，优产业，调结构，换赛道，走新路。

软件产业是新一代信息技术的核心与关键，是长沙抢占新一轮产业发展制高点，推动产业转型升级和数字经济发展的新引擎。

软件业再出发成为全市上下的共识。长沙为此进行了一系列极具前瞻性的战略布局。

2 月 17 日，长沙召开专题会议研究软件产业，推动长沙软件业再出发。

3 月 21 日，长沙召开全市软件业发展专题研究会，明确软件产业“路线图”“时间表”。

敢想敢干，先行先试，长沙逐渐闯出软件产业再出发的一条新路。

市级统筹，中心城区先行先试。长沙内五区纷纷成立软件产业园，出台扶持政策，为软件产业发展提供阳光、雨露和土壤，提升产业集聚度。

规划出炉，描绘产业未来新蓝图。长沙出台软件产业三年行动计划，确定“一园五区两山”发展格局，掀起各区域竞相发展态势。

场景为王，推动软件应用迅速落地。今年，长沙紧扣“场所”和“场景”两个关键，先后发布191个软件应用场景，激发软件产业形成广阔市场。

生态构建，打造软件产业发展“舒适圈”。共建岳麓山大科城软件产业生态圈、成立长沙市软件和信息技术服务业促进会、引进CSDN总部，产业圈、高校圈、人才圈加速融合。

长沙正式迈入“软件定义硬件、软件定义制造”时代。

截至目前，长沙共有软件企业近万家，CSDN、上海爱数、京东云、万信科技等头部企业纷纷入驻，威胜信息、创智和宇、麒麟信安等一批本土骨干企业迅速成长。

抢抓机遇，乘势而上

7月2日，长沙创新性地提出以“三智一芯”产业为主攻方向，抓牢制造业标志性重点项目建设“牛鼻子”，打好产业基础高级化、产业链现代化攻坚战。

7月11日，国产首台新型敞开式TBM“北江号”和国产首台大直径敞开式TBM再制造同时在铁建重工下线，“大国重器”再现长沙力量。

7月20日，长沙三安第三代半导体项目开工建设，将在长沙建设形成长晶—衬底制作—外延生长—芯片制备—封装的碳化硅全产业链，打造长沙半导体产业的新名片。

7月22日，长沙惠科项目主厂房提前20天封顶，将投建全国首条8.6代大尺寸OLED面板生产线，打破大尺寸OLED面板被海外垄断的局面，实现国产替代，解决长沙显示功能器件产业发展过程中“缺芯少屏”之痛。

产业兴，则实体兴，这是“稳”的基础，“保”的前提。

2017年11月，市委市政府结合长沙实际，确定了22条工业新兴及优势产业链，将其作为长沙产业转型升级的主要抓手。

今年，长沙基于产业发展趋势和产业发展实际，新增了5G产业链和物流产业链。

闻“G”起舞，只争朝夕。长沙正抢抓“新基建”的政策窗口，加速布局5G应用、人工智能、大数据、工业互联网等新兴优势产业，形成先发优势。

今年上半年，长沙累计建成5G基站1.6万余个，核心城区、景区等重点区域5G网络全覆盖；63个项目入选湖南“数字新基建”标志性项目，为智能网联驾驶、智慧交通乃至智慧城市的发展奠定坚实基础。

思路对头天地宽。

长沙一方面招大引强，做大增量，推动招商引资向“挑商选资”转变，扩大亩产效益佳的企业梯队：

——通过“引资、引技、引智”联动发展，大力实施“领头雁”招引工程，将招商方向瞄准引进掌握核心技术、具有创新引领作用、能够显著带动产业转型、增强产业核心竞争力的项目或团队。

——围绕“精准、舍得、执著”六字方针，积极对接世界500强、中国500强、民营企业500强；强化产业链招商，重点引进产业关键链条、关键技术、关键环节，促进产业集群化、高端化、特色化发展。

4月30日，比亚迪IGBT项目动工，建成后可年产25万片新能源汽车电子芯片，实现核心部件的国产化。

6月29日，在“沪洽周”上，总投资20亿元的创梦乐谷（长沙）动漫游戏产业园项目实现“云签约”，将在马栏山文创园打造“动漫+游戏+影视”主题乐园……

今年上半年，全市引进“三类500强”企业投资项目64个，总投资额729.1亿元，完成湖南省下达年度目标任务的183%；引进世界500强企业项目32个，世界500强企业新加坡益海嘉里，中国500强企业爱奇艺科技、扬子江药业首次落户长沙。

另一方面，长沙注重盘活存量，推动产业智能化和智能产业化，培育新增长点，扶持和鼓励企业向数字化、网络化、智能化、绿色化转型：

——三一18号厂房今年近100台智能机器人上线运行，整体效率提升30%，“灯塔工厂”初具雏形，正由局部智能迈入全面智能。

——中联重科智慧城挖掘机园区建设正酣，投产后将每12分钟下线一台挖掘机。

设备上楼，集约发展，长沙向空中要生产力。

机器换人、产线升级，长沙向智能制造要效益。

8 月 3 日，盐津铺子发布上半年业绩报告，实现归母净利润 1.3 亿元，同比增长 96.44%。

从昔日小作坊发展为上市公司，盐津铺子顺应产业变革，布局 15 条全国最先进的智能制造烘焙生产线，核心工艺区基本实现无人作业。

今年，长沙智能制造“扩面”工作持续推进，第七批智能制造试点示范企业名单已启动申报。到年底，长沙各层次智能制造试点示范企业将达 1000 家。

推动长沙城市品质提升和产业转型升级，从“精明增长”到“以亩产论英雄”，从“做大增量”到“盘活存量”，长沙在高质量发展道路上，走出了一条绿色生态之路。

9 月 4 日，芒果超媒热播综艺《乘风破浪的姐姐》完美收官，“又飒又美，可盐可甜”的姐姐们成为整个夏天街头巷尾热议的话题，芒果超媒市值也随之水涨船高，突破千亿元大关，成为湖南首个“独角兽”企业。

9 月 8 日，“数字新经济　云开看未来”2020 互联网岳麓峰会在长沙开幕，来自全国的移动互联网大咖们齐聚一堂“湘江论剑”。7 年磨一剑。这一行业盛会让“冬有乌镇，春有岳麓”名扬海内外。

累计引进市场主体 1172 家，今年新注册企业 368 家，年产值约 400 亿元……马栏山视频文创产业园将建设成领先全国、具有全球竞争力的媒体融合新地标，变身视频产业汇聚的“云谷”。

新增科创企业 1327 家，总数达 3433 家，中南大学科技园就近转化企业 195 家……岳麓山大学科技城正朝着最美大学城、领先科技城、一流创业城的目标前进，立志成为创新科技集聚的“智谷”。

“两山”，从曾经的旅游打卡地，跃升为全省创新发展的新标杆，蜕变为名副其实的“金山银山”。

湘江！湘江！

长沙，已驶上了生态优先、绿色发展的高质量发展快车道。

一路奋进，一路执著，一路逐梦。

擘画美好生活

7月11日，湖南首个世界级大型综合旅游产业项目——湘江欢乐城璀璨绽放，迎接四方游客。

“地平线下的奇迹!”“世界唯一悬浮于百米深坑之上的主题乐园!”这是湘江欢乐城的标签。

故事要从上世纪50年代讲起。长沙近郊的坪塘曾有30余家建材化工企业聚集，带来了严重的环境污染，“天空都是灰蒙蒙的，连树上都积着一层水泥粉尘。附近的居民基本不能开窗户。”湖南湘江新区投资集团有限公司总裁助理廖文斌回忆。

2008年，长沙以壮士断腕的魄力与决心，先后关停了区域内污染严重的数十家水泥化工企业，喧嚣的坪塘终于归于平静。然而，历经数十年开采，这里留下一个100余米深、敞口面积18万多平方米的深坑，就像大地被撕裂，留下了一道狰狞的伤疤。“经过激烈的讨论，我们最终选择了在保护、修复工业遗址的基础上对矿坑加以利用。”湘江欢乐城建设者说。

2014年，世界唯一“悬浮”于深坑之上的冰雪主题乐园建设方案在这里落地。

七年的孜孜追求——“绿色”理念始终贯穿于湘江欢乐城的整个建设过程。项目巧妙地利用矿坑地形，减少近1000万立方米土方施工量；下沉式矿坑形成的天然保温效果，使综合节能率超过30%。

如今，湘江欢乐城成为长沙践行生态优先、绿色高质量发展最生动的样本。

这就是长沙，一个不断创造奇迹的地方——

2017年，长沙成功跻身国内GDP万亿俱乐部，迈上了新台阶新起点；

2018年，全市实现地区生产总值1.1万亿元，居全国省会城市第六位，人均GDP超过2万美元，经济社会发展向着更高质量、更高层次、更高水平迈进。

2019年，全市地区生产总值增长8%，居民人均可支配收入增长8.8%。

2020年，面对统筹疫情防控和经济社会发展的大战大考，长沙以超强的定力、魄力、努力，交出了一份精彩的答卷：上半年，全市市场主体总量达111.18万户，同比增长14.28%；新增7家上市公司，全市上市公司总数达76家，A股上市公司数量居中部第一；规模以上工业增加值增加3.9%，比全国高出5.2%；实现地区生产总值5621.21亿元，同比增长2.2%，增速位居全国GDP超万亿城市第一。

绿色映底蕴，山水见初心。践行习近平总书记生态文明建设思想，长沙正演绎着一个个高质量发展的精彩故事。

在长沙的南大门，与株洲、湘潭毗邻的区域，有一片战略要地——天心区暮云片区。在湖南推进长株潭一体化、建设全国两型发展引领区和长株潭国家自主创新示范区大背景下，这里成为长株潭融城的桥头堡、长沙南部新城建设的主阵地。

这里，也是一片归零再起步的土地。

2013年，《湖南省长株潭城市群生态绿心地区保护条例》颁布实施，提出实施绿心战略，发展绿色产业。暮云片区九成面积均属于绿心的范围，应退出的工业企业占长沙市绿心退出企业的2/3，一场大规模的退出行动势在必行。

2018年6月，天心经开区干部姚云拿着长沙久信科技服务有限公司的退出协议，不禁百感交集。2013年，因为家乡情结，创办于深圳的久信科技把公司搬到了暮云。“搬回来的时候，它们的家当用30吨的重型卡车拖了满满17车。”姚云回忆。

可是，谁也没有想到，5年后企业再次面临退出搬迁。当时，和久信一样需要退出绿心的天心区工业企业，总数达299家，难度可想而知。

狭路相逢勇者胜。短短三年，绿心工业企业紧锣密鼓地退出，释放出2880亩土地。退出的企业，大多另选了厂址，更新了设备，新建了高标准厂房，实现了产量和产值双提升。进退之间，收获一片更加广阔的天地。

退出之后，绿心如何发展？长沙交出的答案是：腾笼换鸟，乘胜追击。

抢抓大数据风口，长沙在绿心工业退出片区打造了一座天心“数”谷。湖南省地理信息产业园、湖南省人工智能产业园、湖南省大数据交易中心等如雨后春笋般涌现……一座未来之城正在湘江32公里黄金岸线上强势崛起，引领着长沙数字经济、智慧城市发展的新方向。

人不负青山，青山必百倍回馈于人。

“十三五”即将圆满收官。站在“十四五”的新起点上，长沙信心满满——

政策效应叠加，发展要素汇聚。湖南湘江新区、全国两型综合配套改革试验区、国家自主创新示范区等国家级战略平台密集布局。黄花综合保税区、临空经济示范区、跨境电商综试区等国家级开放平台先后落户。

平台优势叠加，长沙将在更大空间、更广范围内集聚资源要素，汇聚澎湃活力。

智能制造引领，产业链风起云涌。世界级工程机械产业集群崛起、22条新兴及优势产业链强势引领。今年2月，长沙吹响软件业再出发的号角，目前全市移动互联网企业达到2.6万家，移动互联网产业总产值超过1000亿元，中国移动互联网产业“第五城”实至名归。

城市宜业宜游，百姓幸福安居。目前，165家世界500强企业落子长沙，数量和市值稳居中部省会城市第一位，互联网等行业巨头相继入驻，总部经济效应显著；瞄准打造区域消费中心，长沙跻身中国十大夜间经济影响力城市第三位，成为国内外游客喜爱的网红城市。

你听，“十四五”雄浑的号角已响彻湘江两岸。

这是我国全面建成小康社会、实现第一个百年奋斗目标后，乘势而上开启全面建设社会主义现代化国家新征程、向第二个百年奋斗目标进军的第一个五年。长沙正蓄势待发：

——紧紧抓住制造业高质量发展这个“牛鼻子”，以“三智一芯”为主攻方向，加速布局人工智能等新兴产业项目建设；持续推动“软件业再出发”，持续提升产业链、供应链水平，强化数字赋能，推动集群式发展，实现由产业链向营造产业生态链转变，打好产业基础高级化、产业链现代化的主动仗。

——用好国际国内两个市场、两种资源，着力实施扩大内需战略。长沙将围绕构建国际消费中心城市、国家交通物流中心的目标，在以国内大循环为主体、国内国际双循环相互促进的新发展格局中，积极发挥中部枢纽的战略作用，积极发展旅游经济、会展经济，培育投资增长点，优化消费环境。

——发力智慧城市建设，打造“四精五有”品质长沙。把新型智慧城市建设作为全市经济社会高质量发展的重要引擎，坚持以人民为中心，深化新一代信息技术应用，实施精准规划，推动精美建设，推进精致管理，促进精明增长，将长沙打造成为有颜值、有气质、有内涵、有格调、有品位的全国新型智慧城市样板和标杆。

……

早在101年前，在长沙马王街28号的修业学校，诞生了一本刊物——《湘江评论》，毛泽东在创刊词上发出了这样的呐喊：“天下者，我们的天下；国家者，我们的国家；社会者，我们的社会。我们不说，谁说？我们不干，谁干?”这个声音，曾响彻九州，激荡风雷。

湘江！湘江！

百年恰是风华正茂，传承更有气象万千。今天，倾听伟人的叩问，面对第二个百年奋斗目标，这条英雄的河，再次给出了响亮的回答——

坚定不移地践行生态优先、绿色发展的新发展理念，创新、协调、绿色、开放、共享，迎难而进、久久为功；

万众一心弘扬“心忧天下、敢为人先”的长沙精神，于变局中开新局，于危机中育新机，以信念为舵、奋斗为帆；创新赋能，马力全开，驶向新百年的星辰大海。

【感言】

立意决定高度

邬　伟

大江东去，无非湘水余波。

《湘江！湘江!》一文从主题策划、素材搜集、采写提炼到刊发推广，可谓一波三折，堪称经典。

2020年初，新冠疫情突袭，全国上下在统筹疫情防控和经济社会发展的大战大考中众志成城，各显身手。长沙是其中的佼佼者，率先基本控制疫情，率先启动复工复产复市，率先以“三智一芯”为核心推动产业升级，其担当精神、前瞻眼光、发展成绩令全国瞩目。

作为市委机关报的《长沙晚报》主动发挥“新闻宣传主力军”的角色，通过“封面特稿”这一重磅栏目，先后推出了《人民至上》《全力以“复”》《多彩长沙走新路》三篇文章，分别聚焦抗疫、复工复产和经济建设，引起了广泛好评。

如何百尺竿头更进一步？下一篇特稿应该聚焦什么主题？2020 年 8 月，在一次业务讨论会上，长沙晚报社主要领导结合当时中央提出的“以人民为中心”的发展理念，以国内大循环为主体，国内国际双循环相互促进的新发展格局，以及开启十四五规划的时代大背景，提出要创作一个以湘江生态保护为引子，展现湖南和长沙落实习近平总书记“守护好一江碧水”的嘱托，下好经济发展与生态保护两手棋，提前擘画十四五蓝图的深度报道。

立意，决定了文章的高度。

《湘江！湘江！》在采写过程中，始终将文章定位为“湖南、长沙生态优先，绿色发展实践的真实记录”，全篇聚焦湘江治理保护的同时，巧妙串联起毛泽东主席和习近平总书记两位领袖的伟人情怀，将湘江保护、城市共享、绿色发展和十四五擘画的精彩画卷一一展现在读者面前。“桃李不言，下自成蹊”，立意高远，思想深刻，文章自然而然地散发出思辨的力量。

鲜为人知的是，文章在写作之初，却走了很长一段弯路。采写团队接到任务后，将目光聚焦在湘江治理和生态建设上，新闻素材的搜集，与职能部门的对接和采访写作都是围绕着这一主题。首先职能部门畏难，认为湘江保护治理 3 个三年行动计划尚未全部结束，不宜大张旗鼓地宣传；接着在写作过程中感觉素材捉襟见肘，几个部分很难避免重复。正当采写团队为此困惑苦恼之时，长沙晚报社主要领导召集大家开了个碰头会，帮助大家打开了思路，确定了“从湘江保护入笔，聚焦生态建设、人民城市为人民、绿色发展探索及‘十四五’长沙的未来”，四个部分层次分明，各有侧重。而且特别强调，前言和第四个部分要充满激情，要有诗意般的语言和深邃的思想。

思路一变天地宽。接下来的采写一路春风。

故事，决定了文章的魅力。《湘江！湘江！》在写作过程中，大家将选好故事讲好故事做为第一要务，力求让读者在阅读中产生和老朋友聊天一样的“亲近感亲切感愉悦感”。最后在成文时甚至打破了惯例，把讲故事放在了文章结构中最优先位置。

文章四个部分，每一个部分都是先讲故事，再进入主题。比如第一个部分“守护一江碧水”，开篇就讲了时任湖南省省长的杜家毫到任后，骑着单车在湘江边与渔民对话，了解湘江治理第一手情况的故事，很好地体现了省领导的为民情怀，达到了先声夺人的效果。

标题也是《湘江！湘江！》写作过程中非常重视的一个环节。标题要适合网络时代读者的阅读习惯，“接地气，有网感”。

“湘江！湘江！”这篇文章在策划之初，采写小组就对标题进行了反复的斟酌，最后敲定了现在这个极富动感、韵律，又让人过目难忘，甚至好像可以哼唱起来的标题。

文章刊发时机的选择也堪称神来之笔。9月初，《湘江！湘江！》基本成型。9月16日，文章在《长沙晚报》以封面特稿的形式推出。当天新华社发布消息，习近平总书记来湖南考察。

特殊的时机、特别的主题、独特的文风。《湘江！湘江！》见报后迅速引起了全网关注，风行一时。

“删繁就简三秋树，领异标新二月花。”新闻是遗憾的艺术，但追求永无止境。

国内统一连续出版物号：CN43—0002
第16308号　今日12版

长沙晚报

CHANGSHA EVENING NEWSPAPER
2020年9月16日 庚子年七月廿九 星期三
党的权威 / 人民的晚报
封面 长沙晚报掌网站 www.icswb.com 晚报热线 96333
掌上长沙 微信看晚报
责编/王金文　美编/王斌　校读/肖应林

《求是》杂志发表习近平总书记重要文章

构建起强大的公共卫生体系 为维护人民健康提供有力保障

1版

在习近平新时代中国特色社会主义思想指引下——新时代新作为新篇章

湘江！湘江！

近年来，湘江水质不断提升，一江碧水北上，与城市呼应，尽显山水洲城之美。长沙晚报全媒体记者 罗杰科 摄

长沙晚报全媒体记者 李鹏飞 邹伟 岳冠文 吴颖姝 聂映荣 陈焕明

金秋长沙，湘江北去；一江碧水，不舍昼夜。

湘水悠悠是故乡。她从永州蓝山的苍峰峻岭中涓涓汇聚而来，哺育了鱼米之乡的富庶，描摹着锦绣潇湘的姿容，激荡着湖湘文脉的潮流。千百年来，她昂首高歌涌向八百里洞庭，注入长江奔赴大洋——从来百川归海，千古湘江一寸心。

湘水汤汤是远方。她从尧舜秦汉的沧海桑田中蜿蜒流淌而来，浸润着娥皇、女英多情的泪，涤荡着屈贾、李杜博大的魂。95年前，青年毛泽东独立寒秋看湘江北去，发出"苍茫大地，谁主沉浮"的惊天一问——自此大江东去，无非湘水余波。

湘水殷殷是期许。她从近代百年的峥嵘岁月中奔腾翻涌而来，扶襄着惟楚有才的血性铁骨使命初心，承载着潇湘儿女百年复兴的中国梦。建设生态文明是中华民族永续发展的千年大计。2018年，习近平总书记在长江岳阳段考察时，留下了"守护好一江碧水"的嘱托。

这是一条生态之江、人文之江、崛起之江，她广袤绵延的844公里岸线上，一片开放引领、创新崛起的潇湘热土正拔节生长；一座青春奋进的城市——长沙，正奏响新时代高质量发展的最强音——

中国高铁在这里"米"字形交会，临空经济区通达全球连接世界，5小时高铁圈、4小时航空圈覆盖当今世界经济增长最快、发展活力最足的地区；

第一台"长沙造"鲲鹏服务器下线，全国第一辆无人驾驶出租车上路，华为、腾讯、CSDN纷纷落户，"冬有乌镇，春有岳麓"美名远扬，瞄准数字经济新赛道发力奔跑；

2020年上半年，面临疫情大考，交出了一份GDP增速位居万亿城市第一位的精彩答卷。

湘江！湘江！

这是徐徐开来的2020年。湘江亘古的水，正涌动着新时代澎湃的潮。大浪奔涌的前方，是百年未有之大变局，是擘画未来的"十四五"，是现代化中国的新长征。

守护一江碧水

2015年农历大年初二，时任省委副书记、省长的杜家毫骑上自行车，沿湘江一路骑行。

这是他多年来的习惯，"到哪里工作都会买一辆自行车，在长沙也买了一辆"。

这次，他的骑行之旅，目的是"想验证一下环保部门的报告"。

沿途，他看到江边有很多人垂钓，便问："能钓到鱼吗？"

有钓叟笑答："钓不到鱼，我干嘛在这里啊？"

杜家毫又笑着问："你一天能钓到多少呢？"

垂钓者答："少的时候十几斤，多的时候五十多斤。"

杜家毫听后非常欣慰，鱼多，说明湘江水质已有较大改善，与环保部门汇报的情况基本相符。

奔腾不息的湘江，孕育着一代代三湘儿女，创造了辉煌灿烂的湖湘文化。

然而，蜿蜒千里的母亲河也曾不堪重负：因为过度开发，污水无序排放，全省60%以上的污染集中在湘江流域。

时间回到2013年，习近平总书记来湘考察，叮嘱湖南"牢固树立尊重自然、顺应自然、保护自然的生态文明理念……真正把生态系统的一山一水、一草一木保护好"。

牢记总书记的嘱托，湖南开启了湘江保护治理新征程。履新湖南半年的杜家毫明确提出，将湘江保护与治理列为省政府"一号重点工程"，并推动实施3个"三年行动计划"（2013年—2021年），订下"九年之约"，誓还湘江一江清水。

湘江两岸，号角声声。一场又一场攻坚战在沿线8市全面打响！

2013年至2018年，湖南累计投入588.2亿元用于湘江保护治理。2018年，湘江流域内Ⅰ—Ⅲ类水质断面比例较2012年提高10.5个百分点。

"决不以牺牲生态环境换取一时一地经济增长。"省委副书记、省长许达哲到湖南工作后，用"治水修路办学兴业"概括湖南要办的民生事业。而在这些民生大事中，"治水"亦排在第一位。

足不旋踵，闻风而动。自湘江保护与治理被列为省"一号重点工程"后，省会长沙迅速制定湘江污染防治第一个"三年行动计划"。就在这一年，长沙被确定为全国首批水生态文明建设试点市之一，这意味着护江治水更大的责任。

2014年，长沙护江治水举措快速升级，推出"碧水"行动，以湘江流域治理为核心工作，出台《长沙市水污染防治行动工作方案》，涵盖排污口整治、重金属治理、企事业单位废水治理、畜禽养殖污染治理等9大类67个项目。

一系列重拳出击的举措，表明了长沙壮士断腕的决心——

关！对92家重点涉水污染企业、66个涉重金属污染企业、124家污染严重的造纸厂实施关停并转。

引！引导、鼓励、推进城区工业企业向园区集中，实施中心城区"退二进三"，完成工业污染企业搬迁入园工作。

拒！12年否决掉近100亿元投资额的污染项目。

退！快速完成主城区生猪养殖退出和全市规模化养殖场治理。

治！2015年，长沙全面启动湘江库区趸停趸船整治，先后取缔趸船93艘、迁移16艘、提质改造41艘，累计完成216艘船舶生活污水污染防治设施改造。

2013年至2015年，长沙先后投入近60亿元，完成主城区42公里截污干管建设，对城区101个排污口截污，实现城区段旱季无污水下河；拆除非法砂场140家，清退采砂船80条，整治采砂船649条。

2015年，第一个"三年行动计划"结束之时，湘江长沙段水质达到或优于相应水环境功能区标准要求，水质优良。

湘江变了，变的不只是水质，变的还有发展的思路和理念。长沙扛起职责使命，用行动作答：坚持守护绿水青山与开创金山银山相结合，着力推动绿色发展。

"尊敬的市长伯伯，建议增派人员对水质进行检测及保护，加强保护母亲河的宣传力度，鼓励市民参与公益活动。"2015年6月，众多环保志愿者和中小学生通过写信、发电子邮件等多种形式，向时任市委副书记、市长的胡衡华提出意见和建议。

胡衡华在回复中感谢志愿者、学生们对湘江母亲河的关心和爱护，并要求环保、水务等部门进一步强化湘江保护和治理的举措，积极引导广大群众自觉保护湘江，共创共享碧水蓝天。

守护一江碧水，离不开长效机制的保障。长沙在打出"关、引、拒、退、治"等一套重拳之后，更在着手构建污染防治的长效机制。

"十三五"规划自2016年开启后，长沙从源头上加强涉水工业企业监管，安装在线监控系统；逐步构建再生水循环利用体系，鼓励中水回用，全面建设节水型社会；强力调整产业结构，对全市范围内"十小"企业进行全面排查……

长沙污染防治长效机制的构建远不止停留于湘江长沙段。

从2014年启动湘江综合枢纽库区长沙城区段"一江六河"截污工程建设，到后来全力推进"一江六河"综合治理；从湘江干流之前实施的禁渔期制度，到2016年开始对湘江长沙段及其支流部分水域实施常年禁渔，再到如今对全市"一江六河"等重点水域实施常年禁渔，长沙的决心不容置疑，长沙的力度震撼人心。

今年9月3日，市委副书记、市长、湖南湘江新区党工委书记郑建新调研禁捕退捕工作，强调要以高度的政治责任感和历史使命感，落实禁捕退捕工作责任，建立健全长效机制，抓细抓实各项措施；广泛发动群众，切实增强禁捕退捕和生态保护的自觉，共同守护好一江碧水，促进高质量发展。

守护一江碧水，更要有严格的责任体系来支撑。以往，一条河流分上游下游，水里岸上，水质水量，治理部门多，权责不清，该管的管不好，能管的管不了。

为了破解这个难题，2017年5月，长沙加强顶层设计，出台了《关于全面推行河长制的实施意见》，定目标、建制度，一张张路线图、时间表密集出炉，从市委书记、市长开始，长沙用市县乡村四级河长，管住包括河湖塘沟渠等在内的所有水域。

每次打卡巡河后，望城区白沙洲街道的村干部吕宇峰都会把拍下的河道照片上传至"长沙市望城区河长制"微信群，定期"晒河"已成为一种日常生活习惯。"河水有问题，直接找河长"，已成为共识和习惯。

2019年，全市四级河湖长巡河湖106712人次。

"现在湘江水清岸绿，看着都舒服！"傍晚时分，市民熊游主悠闲地散步在湘江风光带上。作为曾经的渔民，30多年来，他亲眼见证了湘江的变化。

1987年，10多岁的熊游主跟着祖祖辈辈都是渔民的叔爷爷在湘江捕鱼为生。爷孙俩的捕鱼工具虽不先进，但江里鱼多，每天收获总不错，"有时一天能打100多斤！"

然而，随着湘江沿岸各类工厂的兴建，污水的排放以及电打鱼的猖獗，熊游主明显感觉到，江里水浊了，鱼少了，"一天能打二三十斤就不错了，而且鱼的味道也变差了！"

生活难以为继，熊游主不得不从2009年开始转型做水上餐饮，挂起了"船上吃鱼"的招牌，引来了不少食客。然而，餐厨垃圾污染了江水。2013年，他响应号召退出了水上餐饮，在浏阳河附近的东方农贸市场内开了一家鱼虾店，继续和鱼打着交道。

如今，熊游主就住在浏阳河旁，女儿毕业当起了培训教师，儿子正在读大学。得闲的时候，熊游主会到湘江、浏阳河旁散散步，看着熟悉的江河里碧水流淌，他感慨万分："保护好这一江水，既是为我们自己好，更是为子孙后代负责。"

他的感慨背后，既是一名"退役"渔民的直观感受，更是长沙践行守护一江碧水、履行千秋之约的朴素见证。

湘江！湘江！

从2013年到2020年，8年磨一剑。长沙水生态治理交出了一份优异的成绩单：

今年上半年，全市26个国、省控考核断面平均水质优良率为100%，浏阳河、捞刀河、靳江河、沩水河、龙王港、沙河、团头湖及湘江其他支流水质达标率亦为100%。

共享和谐城市

岳麓山下，湘江边，后湖波光粼粼，美不胜收。

这里与中南大学、湖南大学、湖南师范大学等高校毗邻，是众所瞩目之地。

曾经，后湖是一处黑臭水体，周边违法建筑满地，垃圾成堆，污水横流。

如今，这里已蝶变为一片风光旖旎、创意无限的科创文创产业园。

湖南师范大学美术学院院长、著名画家朱训德自大学毕业后就生活在后湖附近，一晃40多年。

在朱训德看来，后湖所发生的变化，要归功于湖南省、长沙市坚定打造岳麓山大学科技城的创举。他回忆说，省委书记杜家毫多次来到后湖，明确提出"通过整治和改造，让师生和市民眼前一亮"。省委常委、市委书记胡衡华也到访他的工作室，听取艺术家们的意见，叮嘱这里要少搞房地产，多搞文化艺术。

2015年9月，后湖综合整治项目启动。截污治污、拆违提质、河湖连通、水生态修复……一系列标本兼治的举措，使得后湖及周边一年不到就大变样。目前后湖水质保持在地表水三类，鱼虾畅游，白鹭、野鸭也重返家园。

更令人欣喜的是，以后湖为中心的文化艺术高地正逐步成形。周边两公里范围内，聚集了湖南省美术馆、李自健美术馆、谢子龙影像艺术馆及70多位全国知名艺术家的工作室。

"江水清，两岸绿，城乡美……"近年来，长沙纵深推进生态文明城市建设工作，一幅人与城、城与生态和谐共生的锦绣画卷徐徐展开。

一艘摇橹船轻轻划过洋湖水面，惊起一行白鹭。

眼下又到秋季，对于摄影爱好者冯林来说，秋天到洋湖拍白鹭成了他每年的"保留节目"。

"洋湖湿地是摄影爱好者必去的一个景点，四季变化，花鸟虫鱼，各具韵味。"冯林说。

白鹭对生长环境很"挑剔"，既要水质好、空气好，也要食物丰富，被称为大气和水质状况的"监测鸟"。

白鹭回归洋湖，是长沙"山水洲城"亲水宜居环境的最好体现。

曾几何时，洋湖因为地势低洼，又临近湘江，成为湘江的泄洪垸，"十年九涝"成为真实写照。加上生活污水直排湘江，环境恶劣，当地居民叫苦不迭。

一场生态修复工程在万众期待下启动了：洋湖垸内11万人先后搬迁，退田还湿、退塘还湖一一实施；湿地内建起一座再生水厂，周边的生活污水被收集处理后，再排入湿地。经过净化后，水质达到了地表水Ⅲ类标准。

如今，7200亩的洋湖湿地公园内，鸟类超过130种，年接待游客超300万人次，昔日水患之地变身城市"绿肾"，公园正积极创建国家5A级景区。

栽下梧桐树，自有凤凰来。洋湖周边，一个总部经济区正加速崛起，德国卓伯根中国总部、和光集团全国总部、瑞典宜家集团湖南总部、映客互娱第二总部等30余家总部企业先后落户于此。中部地区总部产业聚集标杆示范高地呼之欲出。"洋湖是一块发展的热土，我们将把'映客互娱第二总部'基地打造成移动互联网企业的标杆。"映客互娱董事局主席奉佑生表示。

洋湖，是湘江流域生态治理的成功案例，是长沙水生态文明建设的生动实践，也是长沙绿色发展的一张亮丽名片。

据统计，长沙境内共有335条流域面积10公里以上的支流，它们汇入湘江，奔向长江，是水韵星城的灵魂所在。

临水而居，择水而憩，这样的城市生活谁不向往？

水是城市的灵魂，也是城市的名片。治水，不仅要提升水质，还要加强河道岸线的治理，不断提升水的"颜值"。长沙的水生态文明建设，不仅在于将水留下来、使水净起来，还在于让水美起来。

"给水腾地、给水让道、给水出路"，将水生态文明建设与推进产业转型、增进民生福祉、建设品质长沙有机结合起来，这是长沙的成功实践。

给水腾地——在寸土寸金的城区中心位置，利用原有的地形地貌，长沙先后新建或扩建了梅溪湖、松雅湖、月湖、洋湖等12个湖泊，将拟用作商住开发的西湖渔场打造成西湖市民公园。全市累计扩展水域面积近2000公顷。

梅溪湖国际新城、洋湖生态新城等一大批滨水产业带和价值高地迅速崛起，形成"水带地升值，地生金带水"的城市发展新模式，实现了生态保护和经济发展的双赢。

给水让道——在河道整治和堤防提质改造过程中，采取堤防退让、减坡防冲、河道拓展等方法，保留河流的自然蜿蜒性，给水留出了大面积行洪道。

下转封二

面积仅有42.8平方公里的芙蓉区，聚焦种业硅谷、高端商业、文化创新、宜居品质，在深入实施“三高四新”战略、奋力打造现代化新长沙建设标杆区的进程中，精彩演绎——

芙蓉相对论

《长沙晚报》全媒体记者　李万寅　唐薇频　梁瑞平　胡媛媛　周　游　贺黎黎　周和平

芙蓉CBD里鳞次栉比的高楼，奏响城市上空韵律起伏的财富交响乐。452米的IFS国金中心，以大都会高度远眺麓山、俯瞰湘江。《长沙晚报》全媒体记者　邹麟　摄

风从东来。

穿过定王台上的汉时明月，醉品白果园里的诗酒年华，追抚东屯渡口的红旗漫卷——三千年长沙，城址未变，城心依旧。

大城之央，长沙厚度隽永深沉。走马楼出土的十万简牍里，斑驳的文字诉说着三国风云；苏家巷温润的麻石路间，唐宋大家伫立的身影似乎从

未远去。都正街、藩后街、文运街……楚文化和湖湘文化的传承，在老街的千年吟唱中一程程行深流远。

凌云之上，长沙气度自成风骨。452 米的 IFS 国金中心，以前所未有的大都会高度远眺麓山、俯瞰湘江；芙蓉 CBD 里鳞次栉比的高楼，奏响城市上空韵律起伏的财富交响。亿元楼宇、金融地标、产业矩阵演绎“万峰磅礴”。长沙，手可摘星辰。

浏河之滨，长沙温度上善若水。稻菽摇曳、绿浪翻滚，种业硅谷里耕种着“让天下人温饱”的梦想，孕育着城市高质量发展的基因。“千里稻花应秀色，五更桐叶最佳音”，当农耕文明和科技创新交相辉映，不断破解一个民族崛起最古老的密码。

历史的脉络自有逻辑，光阴的每一次交替，都在彰显初心的璀璨。

102 年前，年轻的毛泽东在长沙城东创办《湘江评论》，大声疾呼：“天下者，我们的天下；国家者，我们的国家；社会者，我们的社会。我们不说，谁说？我们不干，谁干？”呐喊间，一个开天辟地的新时代即将到来。

百年后，从伟人诗句“我欲因之梦寥廓，芙蓉国里尽朝晖”中走来的芙蓉区，叩响时代的足音，为长沙书写着荡气回肠的古城青春志。

此时此刻，今天的中国正站在历史交汇点上，距离中华民族伟大复兴目标从未如此之近。

此时此刻，今天的湖湘锚定发展新坐标，加速奔跑在大力实施“三高四新”战略、奋力建设现代化新湖南的征程上。

此时此刻，今天的芙蓉砥砺奋进新时代“赶考路”，聚焦种业硅谷、聚焦高端商业、聚焦文化创新、聚焦宜居品质，着力打造现代化新长沙建设的标杆区。

作为全国面积最小的城区之一，在古与今中历经革新嬗变，在西与东、城与乡中重塑发展格局，在大与小、高与低中展现辩证统一，于城市化浪潮中一路飞奔的芙蓉，始终不负浏水之托，不负城心之志。

从“本来”出发，向未来而去。

古与今

晨光熹微，IFS 国金中心迎来长沙城央的第一缕阳光。垂立的玻璃幕墙一如烟淡水阔的湘江，泛起粼粼波光，点亮跌宕起伏的城市天际线。

俯首却是千年。

翻开史书，自秦汉起，芙蓉区所辖区域便是古长沙核心。

西汉时期，长沙定王刘发择“众央之地”筑台望母。“一片夕阳春树绿，慈乌飞绕定王台。”历史或许会记得，每当夕阳西下，一个茕茕孑立的背影登高远眺，将思亲之情寄于一次次怅然北望中。

千年后高台虽已不在，但它所诠释的人伦温情，却穿越时空追逐着一个民族的道德走向。如今的定王台，以芙蓉街域之名得以传承，从这里发轫的中华孝道仍在泽被天下。

有人说，要读懂长沙，一定要走进它的老街深处，读那斑驳巷墙上刻下的光阴，读那湖湘文脉里浓缩的乡情，读那古今嬗变间不变的情怀。

芙蓉区 42. 8 平方公里的土地上，汇聚着 70 余条古街老巷。从某种意义上说，是星罗棋布的它们织就三千年长沙的原点。

这里，有看不够的风云际会、读不尽的家国传奇——

1100 多年前，马殷挥剑中原，马楚国成为历史上唯一以湖南为中心建立的独立王朝。

这个只存在了 55 年的小王朝，更与“湖湘”有着不可割离的亲缘性。有史书记载，最早称湖南为“湖湘”者，便是马楚余部周行逢。

千年前的家国故事，早已湮没在历史风尘里。而千百年来，“湖湘”之称却已融入湖南人的血脉，成为刻入灵魂的印记。

如今，行走在曾是马殷王宫所在地的马王街，商肆林立、百货繁陈。开“招商引资”先河的马楚国痕迹不再，这条毗邻五一商圈的老街，用氤氲的烟火气，诠释着城市繁华的基因。

“千年未变的城心，同样也是古长沙历代官署、郡府的驻地。”长沙著名文史学者陈先枢，曾用脚步丈量一条条芙蓉老街，追抚小巷风云：藩后街，因是清代湖南布政使司衙门的后街而得名，并有“三湘第一官巷”之称；府后街、县正街分别是曾经的长沙府府署、善化县县衙所在地；都正街里驻有掌握兵马的都司衙门……

遥想当年，指点关山的豪情、守护万民的柔情，激扬在这条条街巷间。如今它们早已滤去“官气”，彰显着文气、朝气和恬静的生活气息，仿佛在告慰走进历史的那些人与事：山河锦绣、国泰民安。

这里，被千年诗画的人文滋养，被湖湘文脉的厚重充盈——

苏家巷很短，240 米的距离哪怕悠悠慢行，转眼就能从巷口步至巷尾。

苏家巷很长，流淌于此的千载时光，悄然印证着湖湘文化的脉络：如果说宋代之前，湖湘学派承接更多的是忧国忧民的楚人情怀，那么自宋代以来，倡扬的则是经世致用的务实学风。

相传，位列唐宋八大家的苏洵、苏轼父子曾居长沙，苏家巷因此得名。别号“老泉”的苏洵更在宅院后开一小门，直入狭窄的岔道探幽寻趣，小道遂被称为“老泉别径”。

如今即便身处繁华街市间，清幽的苏家巷仍遗世独立。从苏家父子把酒吟诗的墙画前走过，与手握书笔的苏洵雕像邂逅，你会明白，苏轼为何在长沙留下“胜概直应吟不尽，凭君寄与画图看”的感怀。

在芙蓉，亘古而至的历史文脉处处可寻。化龙池巷中，仍保存着明嘉靖年间建造的善化学宫残墙，文运街则为清代贡院即会试考场所在地。行步之间，皆是湖湘厚重文化的鲜活注脚。

这里，“心忧天下”的精神品格历久弥坚，理想信念的光电直抵心灵——

静谧的白果园巷会记得，1919 年夏天，一份名为《湘江评论》的革命刊物在此问世。“时机到了！世界的大潮卷得更急了！洞庭湖的闸门动了且开了！浩浩荡荡的新思潮业已澎湃于湘江两岸了！”青年毛泽东在创刊号上的大声疾呼，如闪电划过苍穹。这份仅发行了 4 期的刊物，为推进湖南革命运动、探索中国未来命运，发挥了巨大作用。

沧桑的小红楼会记得，1937 年的徐祠巷多了一处八路军驻湘通讯处。徐特立等人奔走呼吁，宣传中国共产党的抗战方针，为八路军筹集物资，为抗日前线输送革命骨干。小小通讯处，成为推动建立湖南抗日统一战线的关键力量。

繁茂的“迎解树”会记得，1949 年 8 月 5 日，浩浩荡荡的解放军穿东屯渡口，经小吴门入城，和平解放的长沙，史诗般翻开崭新一页。“那年我 14 岁，站在渡口老樟树下看到红旗招展，眼泪怎么都止不住。”而今，手抚树冠如云的百岁樟树，86 岁的肖松隆湿了眼眶。

时序轮替，老渡口上已是虹桥飞架，老街巷旁已然广厦林立，曾经激荡于此的那些“开天辟地”的擘画，已成为铮铮现实。

但芙蓉土地上，热血记忆从未远去，红色基因薪火相传，信仰力量澎湃不息。这些光和亮，汇聚成古城鉴往知来的厚重路标。

历史是什么？是过去传到将来的回声。

沿着时间轴线回望，芙蓉见证了长沙栉风沐雨、涅槃重生的每一步，守护着这座城的原点与根脉，守望着她的古昔与今朝。

“芙蓉区的文化底蕴厚重，通过城市更新来实现文化传承创新，这是最宝贵的资源。文化的浸润滋养，能让这个城市有品质、有味道。”今年 3 月，穿行在老长沙味浓郁的白果园、登隆街，省委常委、长沙市委书记吴桂英殷切嘱托，要聚焦文化创新，放大传统的优秀文化，使其彰显新的时代价值，彰显精神的力量、文化的力量。

“万物有所生，而独知守其根。历史遗产中蕴含着城市的精神基因，隐藏着‘从哪里来，向何处去’的发展密码。”芙蓉区委书记周春晖说。

在他看来，留住古城长沙的历史记忆、留住湖湘文化的文脉精髓、留住城市发展的风格脉络，并将这份守护与增强老城区的宜居感、生命力相结合，是时代所托、民心所愿，也是芙蓉应尽之责、发展之要。

岁月飞驰，老街巷也需承受风雨的磨砺。里弄狭窄、房屋老旧、设施不全……昔日人文鼎盛之地，难免在现代化浪潮中黯然失色。

不能让老街孤独老去，也不能让星城底片只留下底色——多年前的一场大思辨，成就了芙蓉“方法论”。

彼时的都正街，穷阎漏屋、设施缺失，历史遗迹被违法建筑裹挟，小巷里处处是难言的人生况味。有人开始建议，将这里整体拆迁、全面开发。

老街何去何从？芙蓉区委区政府开展民意恳谈、请来专家研讨、展开现场调研，一次次头脑风暴把脉时代所需、呼应民心所向，最终果断决定放弃拆迁开发带来的眼前利益，在全省率先开展“有机棚改”：保护历史文脉、修复老街风貌，保留街巷的肌理不变、格局不变；完善基础设施、提质公共空间，实现人居环境和街区功能的全面提升。

同时，面对辖内与都正街类似的历史街巷，芙蓉不是“千街同策”，而是用好“有机代谢”的原理，根据其底蕴特质，为之量身打造“蝶变方程式”。

有机更新、融贯古今！在时代赋予的考题前，芙蓉答卷荡气回肠。

既要留住老城记忆，又要打造有滋有味、生机勃勃的生活空间，这是“有机”的要义。

由白果园巷、苏家巷、登隆街等诸多历史街巷组成的白果园片区，是古城记忆留存最多的地方之一。如今，蜿蜒向前的历史步道串联起千年时光：明清风貌的民居与民国时期的建筑呼应成景；历史人物的绘像跃然墙上，青翠欲滴的爬山虎沿墙舒展，为“古人”倍添生趣；利用光影技术打造的“虚拟现实戏台”，让长沙之夜曲声不断、弦歌不绝。

复原历史街巷的“形”，芙蓉以“精”来描画。对需要修复的历史建筑，拆下的一砖一瓦都要编号、按旧复位，精细到近乎苛刻的工艺让古街高度还原。

同时，拆除违建、拓展空间，清代进士贺长龄故居、上世纪50年代建设的省粮食厅门楼等诸多历史遗址，在遮蔽多年后再一次站在世人面前。20余座公馆修缮一新、10余处史迹被妥善修复和保存，留下了城市记忆的同时，也留住了人们的乡愁。

诠释老街市井的“神”，芙蓉以“情”来应答。高大的漆门敞开，飞檐翘角、小桥流水的庭院风景，让来白果园巷觅景的游客忍不住探头。“进来坐！”72岁的庭院居民周罗生热情招手。

白果园片区内，三五人家组成的庭院众多，简陋的生活环境曾让人叹息。芙蓉把宜居放在改造的首位，从水电气、地下管网、小巷交通等14个内容入手为老街施行“手术”，并为庭院量身设计景观。“老街巷变脸，我也将自家装修一新。”

周罗生曾“傲娇”地拒绝了别人开出的万元月租，“舍不得这些风景，我要自己住。”

不是打造静止的“街巷博物馆”，而是要激活历史空间的当代活力，这是“更新”的内涵。

穿越都正街的麻石牌楼，时光在这里仿佛慢下来。巷口处吹拉弹唱的铜雕小品，以“无为”为名静静伫立的书屋，汉服店镂空门窗里不经意露出的儒裙一角，手工酒坊里飘来的桃花酿清香……顾盼之间，处处写意怡情。

有机更新让老街建筑恢复了历史气息，芙蓉更以产业之手，为其注入时代之魂。非遗手工业、汉文化产业的入驻，使之变身国潮街区迅速“出圈”。

两年前，无意中走进都正街，金发碧眼的玛德琳再也忘不了汉服的那份轻柔典雅。如今，爱着广袖儒裙的她，每月都会来集聚上十家汉文化小店的老街打卡，“从这，我看到古老中国的美。”

静享完都正街的慢时光，怎能不去毗邻的化龙池巷，感受夜的风情万种？

作为芙蓉区打造的“清吧一条街”，古朴与现代的碰撞、怀旧与时尚的共舞，让这里韵味独具。大红灯笼将古色古香折射在玻璃酒杯上，坐在老宅木窗前品味酒的醇香，聆听民谣浅唱低吟，有别于解放西的热闹喧嚣，这里是夜长沙的另一面。

以文化和产业的神来之笔，续写老街新变，再绘城央新景。

蔡锷中路两厢，占地178亩的棚改项目建设火热，古朴优雅的民国风情悄然呈现。芙蓉区因势利导，对特色迥异的六处片区量身改造，既留住老长沙建筑风格，又彰显现代商业风貌。

时代在发展，在文化创新这条路上，芙蓉人总是乐此不疲。

立起“长沙文化艺术会客厅”新坐标的袁家岭，吹响再出发的号角，为“世界媒体艺术之都”再添一张熠熠生辉的“文化”新名片。八大产业项目谋篇布局、辖内文化商务企业串珠成链，品牌书店、文化创意、特色演艺等多元业态纷纷落子，世界排名第一的施坦威钢琴、全国前10位的北京东融电影、湖南省演艺集团、长沙交响乐团等多家知名文化品牌签约，让芙蓉的满身诗意荡漾开来。

过往与当下，只是时间的两个驿站，却接力见证着城市的韧性与活力。

什么是芙蓉生生不息最好的注解？那座写着“天下都正”的老街牌楼，于沉静中昭示着答案：古与今，都正好。

小与大

“北冥有鱼，其名为鲲。鲲之大，不知其几千里也。”两千年前，庄子写《逍遥游》，论述宇宙的大小之辩，阐述了泰山之大和秋毫之末的大小之别，立足于道之至大的角度，点出大与小的并立存在哲学。

面积仅 42. 8 平方公里的芙蓉区，其本身就是研究大小相对论的最好样本，一组数据可为佐证：据统计，芙蓉区以全市 1/276 的土地创造了近 1/10 的经济总量，以中心城区 1/28 的面积贡献了近 1/6 的经济总量，单位效益稳居长沙前列。

浏阳河畔的隆平高科技园，也是这样一个以小博大的园区样本。论面积，它是全市乃至全省最小的园区，规划面积 18 平方公里，可用土地面积不足 3 平方公里。论效益，它位居全市园区之首。去年，隆平高科技园实现税收增长 20%，亩均税收 44 万元、亩均产值 582 万元，在 7 个省级园区中均位列第一。

小空间，大效益，是“亩产论英雄”的豪情，是芙蓉区精耕细作、精雕细琢、精准发力，演绎经济大戏的奇迹。

拥有 20 多条商业街、2 万多个商业网点，商业综合体占全市 2/3 以上的五一商圈，涉及多种主体、多元业态——如何让它们走向相融共生，这是一个大工程，更是一根“硬骨头”。

要问有什么法宝，芙蓉区给出的答案是：城市基层党建共同体。2019 年，五一商圈成立联合党委，区委统筹、街道主抓，商圈建党委、入驻单位建支部的区域性党组织架构基本形成，组织共建、活动共联、资源共享得以实现。

近年来，随着五一商圈不断提质升级，城市管理也随之更严格，沿街商铺主体墙外不许停车，这让周边的商户犯难——车库车位不足，街面不让占道，以后车往哪儿停？在五一商圈例行的网格化联盟会议上，浦发银行的代表提出了这一困惑。综合考量交通因素、停车需求和场地条件后，商圈党委协调了周边的湖南省供销合作总社等单位共享车位，难题迎刃而解。

位于老城区韭菜园社区的新富城小区，建于上个世纪90年代初。随着年深日久，不少问题困扰着小区。芙蓉区文艺路街道推动成立新富城小区党支部，开启“小区党支部+业委会+物业”的治理模式，继推动小区全部17台“高龄”电梯更换后，又完成了小区电力由供电向专电改进，水改完成，消防整改，“硬伤”不断消除。现在新富城小区的整体品质实现全面提升，小区面貌焕然一新，不少搬出去的居民相继回迁。

以党建创新激发服务效能，芙蓉实践无处不在。地处中心城区、省委驻地，党建资源得天独厚，2018年，芙蓉区吸纳辖区内省厅级机关事业单位、在湘央企和省市大型国企等百家成员单位，精心打造“芙蓉先锋共同体”，城市基层党建从“独角戏”变成了“交响乐”，100家先锋共同体单位，累计为基层群众办实事约700项2800余件。

小支部，大党建，是四两拨千斤的智慧。

亚里士多德曾说，人们为了生活来到城市，为了生活得更好居住在城市。自世界上第一个真正意义上的城市——雅典城邦诞生以来，城市家园一直承载着人们对幸福生活的无限向往，成为梦想升腾的载体。

4月30日，赛迪顾问公布2021年幸福百强区名单，芙蓉区以全省第一、全国第十八的名次幸福领跑。

幸福生活需要安居，幸福城市必须宜居。芙蓉区深知，一个区域的和谐发展，既要有标志性建筑等大项目，也要有与老百姓切身利益息息相关的小项目。

手机扫码开单元门、摇一摇打开路灯、云喇叭实时喊话、人脸识别智慧停车、视频监控垃圾分类……这样充满科技感的场景并非高档小区专属。2020年，文艺路街道乔庄社区完成“智慧社区”建设，大数据、云管理给老旧小区插上了智慧翅膀，智能门禁、智能路灯、智能感应等八大功能让居民们的幸福感、获得感、安全感飙升。

答好“宜居”这道考题，芙蓉区从社区提质提档切入，2016年该区启动社区提质提档工作，又在全市率先出台了《芙蓉区社区全面提质提档工作三年行动计划（2016—2018年）》，明确了工作目标、重点任务、工作要求和推进措施。

2018年底，芙蓉区完成61个社区提质提档，宜居梦想照进现实。

2019 年，芙蓉区再次刷新“宜居”定义，全力推进城市体检、城市更新、历史文化街区保护，建设美丽宜居芙蓉，共完成老旧小区改造 10 个。2020 年，芙蓉区对 2 个片区、8 个小区进行有机更新和提质改造，惠及 5000 多户居民。今年，还有 22 个老旧小区正在蝶变。

学位、厕位、床位、车位……一头连着高质量发展，一头连着高品质生活，芙蓉区用心用情抓，抓一件成一件。

芙蓉区始终保持区域经济和教育资源的同步发展。在“十三五”期间，全区累计新增义务教育学位 1.7 万余个，基本建成了小学、幼儿园“15 分钟入学圈”。浏阳河西片区有大同、育才、育英等老牌名校。浏阳河东片区，育英西垅小学已完成扩建，育英三小建设如火如荼，师大附中芙蓉中学即将启动建设，今年 9 月东雅中学即将开门迎新……加上早已落户浏阳河东片区的东郡二小、大同瑞致小学、长郡芙蓉实验中学等优质学校，芙蓉区的一河两岸，正朝着更均衡的发展态势稳步前进，让学生在家门口就能“上好学”。

破解“停车难”，是治理“大城市病”的重要举措，也是为群众办实事的重要内容之一。5 年来，芙蓉区新增停车场 35 个、停车位 15820 个。

家门口就能挂上专家号，不用再去大医院排队，让市民李灿感受到浓浓的幸福感。通过全力推动“城市医联体”建设和分级诊疗的顺利实施，芙蓉区将中南大学湘雅二医院、省人民医院等“三甲”医疗资源送进社区，让市民在家门口看病不再难。

作为一个小城区，芙蓉区不仅有湖南最高的楼，还有最大的养老机构。芙蓉区社会福利中心建筑总面积 6.2 万平方米，总投资 5.2 亿元，集治疗、康复、养老服务于一体，是全省建筑面积最大、床位数最多的养老机构。全区目前拥有养老福利机构 4 家、街道社区居家养老服务中心（站）47 家，能提供床位近 2700 张。

每年财力的七成用于民生事业；全区低保家庭人均年救助补助金额逾 1.2 万元，保障水平居全省区县首位；率先成为全省义务教育均衡区；率先全省实现高中免费；率先全省消除大班额……一个个“率先”，诠释着“民生有温度　幸福有质感”的芙蓉故事。

小城区，大民生，是“一枝一叶总关情”的温暖。大写民生，为幸福加码！

天下难事，必作于易；天下大事，必作于细。

积小可以成大，化大可以为小。小而有为，则虽小实大。

芙蓉虽小，傲然自开。

高与低

在历史与现代的交集中，一个新的命题是：如何在保留城市记忆的基石上，定义一座城市的高度？

452 米高的“湖南第一高楼”长沙国金中心、343 米的世茂环球金融中心……长沙与星空最接近的制高点，就在芙蓉！

哈利法塔让迪拜闪耀在世界版图之上，被誉为“国人仰视的建筑”；双子塔让吉隆坡与各种美好不期而遇……每座城市的建筑，都会成为阅读和识别城市的“二维码”。长沙国金中心之于长沙乃至湖南，何尝不是如此？

452 米，商业面积 24 万平方米，为九龙仓国金中心系列中建筑高度最高、商业面积最大，创下九龙仓在香港和内地的最新纪录。

长沙，这座具有 3000 多年历史的古城，也从此有了全新的城市阅读感。

人潮涌动中，鳞次栉比的高楼见证着城市变迁。流金淌银里，高耸入云的大厦蕴藏着经济动能。

高，不仅是高度，更是高端业态。

聚焦高端商业，2018 年，长沙国金中心启航，集购物、餐饮、娱乐、生活时尚于一体，HERMES、DIOR、PRADA……近 400 家品牌云集于此，其中近 70 家是首次进入湖南，约 20 家更为华中地区首店。即使深夜，五一商圈也依然霓虹闪烁、人潮涌动，一派繁华热闹之景。有数据为证，九龙仓发布的《2020 年全年业绩公告》显示，即使遭遇了疫情，长沙国金中心全年收入仍然增加 25%，营业盈利增加 55%。

聚焦高端商业，芙蓉区以长沙国金中心为轴，不断丰富芙蓉五一商圈商业业态。商圈东侧的建湘路以“长沙黄金街”的新姿态在五一商圈里崭露头角。芙蓉区在这里布局打造“长沙黄金街”，建设黄金珠宝产业综合体“黄金之城”，百亿增长极特色街区悄然崛起。

每当夜幕降临，晚风拂去白天的喧嚣，漫步芙蓉街头，盏盏车灯与万家灯火交相辉映，长沙国金中心、长沙世茂环球金融中心夜灯如昼，平和堂、新世界百货人流如织，化龙池老街酒吧里轻歌曼妙，汉服店、民宿店、茶社在这里依次排开，沁园夜宵街的夜生活才刚刚开始，夜购、夜娱、夜宵……多种业态构成多姿多彩的都市夜生活，万般风情中，尽展芙蓉高端商贸服务业的活力与繁荣。

聚焦高端商业，芙蓉区不仅仅满足于坐拥五一商圈，五一大道上的另一大老牌商圈——袁家岭商圈即将满血复活！这里交融着这座时代“星城”的文脉与商脉，曾承包了长沙人40多年的自信。而今，随着袁家岭中央商务文化区的打造，见证时代变迁的袁家岭再次迎来新的发展加速期，敬天广场、佳兆业广场、友谊东三大地标建筑，最高348米，为芙蓉区高端商务商业打开新空间、注入新动力。

聚焦高端商业，未来，芙蓉区将以高端商务“掐尖”、国际总部“破零”为目标，重塑中央商务区。

高，不仅仅是高度，更是高质量发展。

2018年，芙蓉区每平方公里实现地区生产总值接近40亿元，经济密度居长沙各区县第一。因是全市面积最小的区，加之城市化进程较早、较为成熟，芙蓉区城市承载能力几近饱和、发展空间严重受限。

然而，芙蓉上下“坚定一条心　下好一盘棋”，近五年来，芙蓉区地区生产总值年均增长8%。

从2018年开始，连续三年入选赛迪顾问全国高质量发展百强区，芙蓉区凭什么？

楼宇经济，正是芙蓉区精明增长、高质量发展的生动注脚。

美国城市规划学家沙里宁说，城市是一本打开的书，从书中可以读到它的抱负。

的确，在芙蓉，透过高耸入云的楼宇，不难读到凌云壮志。

小城区，有大格局；老城区，有新活力。

正是坚持“两眼向上”，芙蓉区在“空间换地”和“腾笼换鸟”中大力发展楼宇经济，以楼宇为载体培育现代商贸业，闯出了一片新天地。如今芙蓉区辖内五一大道、芙蓉路、韶山路、车站路、万家丽路等路段，已形成一条条楼宇经济带。

作为湖南省商务楼宇密度最大、品质最高、活力最强的发展热土，芙蓉区在2020年这个特殊之年，就新培育人瑞潇湘国际、湖南投资大厦等税收亿元楼宇5栋；4600多家软件信息企业拔节成长，行业龙头在这里抱团发展；工、农、建、交等10家省一级总部金融机构在芙蓉区集聚，金融机构数量占全市的44.73%，金融业税收贡献率达42.6%，“长沙曼哈顿”精彩崛起，势如长虹，勾勒出一道壮美的城市天际线；这里，资本、人才等要素汇集叠加，每平方公里市场主体3000余家……数据显示，2020年，芙蓉区第一、第二、第三产业占比为0∶12.8%∶87.2%，第三产业占比为全省最高。

“城市高度”集聚高端产业，高端产业引领高质量发展。

何以成就高？是“低”成就了高！

低，是低姿态服务。

2019年，区内23个遗留项目中，闲置5年或5年以上的项目达17处，其中10年或10年以上就达9处。

芙蓉区实行县级领导联点社会投资遗留项目制度，发挥县级领导的信息与资源优势，为企业破解资金需求、手续办理、遗留问题处理等方面难题。

超高层城市核心双塔地标建筑新楚敬天广场、坐拥30万平方米公园综合体的万象时代、呈现约38万平方米精奢亲水样板的名士豪庭……随着这7个遗留项目实现新生，高楼高质量发展天际线即将呈现。

这些联点的县级领导，有一个名字叫“楼长”。早在4年前，芙蓉区在全省首推“楼长制”，由29名县级干部担任“楼长”。楼宇去化面积要提升，楼宇税收目标有突破，楼宇发展解难题，优化服务密切政企感情……都是“楼长”分内事。

今年，芙蓉区还选取了364名干部为辖区18个重点项目、43栋重点楼宇、434家“四上”企业提供“一对一”服务。实现涉企问题“闭环管理”，企业“获得感”得到提升。

芙蓉向上，寻光而往。楼宇经济不仅立起“芙蓉高度”，更折射出“芙蓉温度”。

低，是低成本投资洼地。

2019 年，芙蓉区率先将 5 月 20 日定为“企业服务日”，喊出“芙蓉 520，我来服务您”，向全区市场主体热情告白。连续三年，芙蓉区以“企业服务日”为载体，送出系列政策“大礼包”。

作为全省乃至全国唯一同时开展“相对集中行政许可权”改革和“相对集中行政执法权”改革的行政区，芙蓉区从推行“多证合一、一照一码”商事登记模式，到率先全市推出“限时办结制”“服务代办制”等一系列政策红包；从“芙蓉区优化营商环境 20 条”，到今年发布的“打造‘最省’营商环境的实施方案”，包括发展“楼宇经济”，芙蓉区优化营商环境持续发力。

“以前得花 3 天办完的事，如今 3 小时就搞定了，芙蓉区办事效率真高！”雄狮网络科技有限公司联合创始人万阳春领取到了自贸试验区长沙芙蓉片区的第一本营业执照，他告诉记者，在办理过程中，如果有不清楚的地方，还有专员在一旁详细指导，十分省心。

从企业催着办，到政府审批“加速办”；从群众多跑腿，到大数据“多跑路”；从企业自己办，到专员“帮代办”……折射的正是芙蓉区服务理念、服务手段、服务态度的转变。

“在‘十四五’期间，要打造最省、最简、最快的营商环境‘芙蓉样板’，建设国际化营商环境标杆区。”芙蓉区委副书记、代区长崔晓说。

营商环境好不好，企业会“用脚投票”、市场用数据“说话”。

2020 年，芙蓉区新增市场主体 1.6 万户，其中新增企业 8890 户，同比增长 6.2%；

2020 年，新增软件和信息服务企业约 2300 家、从业人员 2.2 万人，实现软件产业营业收入 40 亿元；

2021 年 1 月 1 日，交通银行湖南省分行从其他地段回迁至芙蓉区五一大道。此次迁址意味着 20 年后该分行重回芙蓉这片“发祥地”。“芙蓉中央商务区地处长沙中心地段，是长沙经济发展的核心引擎，为银行业的发展提供了绝佳的机遇和平台。芙蓉区政府对我们常常是有求必应，服务周到，我们搬回来，就像搬回自己家一样，十分省心。”交通银行湖南省分行相关负责人说。

宾至如归，近悦远来。一大批高质量企业将芙蓉区作为资本“避风港”和转型升级的根据地。

高与低之间，尽显芙蓉人用创新实干把大地踩热的英雄情怀。

西与东

一条河，一座城。

拥有一条穿城而过的河，对一座城市来说，是一种得天独厚的幸运。巴黎与塞纳河，布拉格与伏尔塔瓦河……名城与河流相互守望，酿造出多少文化与繁华，哲思与梦想？

大江大河交响季，百里画廊百年歌。随着长沙市建党百年交响合唱季系列活动登台，一首首红色经典旋律激荡起浏阳河这“一身挂满音符的河”。

上天对芙蓉区是慷慨的，境内 10 公里浏阳河水岸，遍地都是历史的珍珠。

马王堆汉墓的神秘，引人入胜；五代十国马楚王国的遗址，依稀可辨；神道古碑，饱经流离重见天日；东沙古井，历经千年井水未涸……芙蓉区倍加珍惜这天赐之美，以前瞻目光抓顶层规划设计，以对“母亲河”的特殊情感、对文化品位的准确把握来打造浏阳河文化旅游产业带的特色。

随着“百里画廊”的规划建设，浏阳河文旅产业带入诗入画。而敢为人先的芙蓉区，早已沿河筑梦。

以汉文化为核心，芙蓉区打造马王堆文化历史街区和汉文化广场，建设汉桥；以爱情文化为核心，进一步开发浏阳河婚庆文化园；以浏阳河为轴线，加快两岸风光带建设，深度挖掘休闲文化；以稻种文化为核心，建设隆平水稻博物馆，填补国内空白。

“青山不墨千年画，浏水无弦万古琴。”每逢春日正好，来自埃塞俄比亚的留学生贝拉丘总爱来汉桥走走。远看宛若条条琴弦，月牙形的平面外观，暗合长沙童谣“月亮粑粑”的意蕴。2019 年，长沙第一座跨河景观桥汉桥开放通行，从此浏阳河上再添一道令人沉醉的景致。

你看，10 公里水岸人文荟萃，与自然美景交相辉映。

汉文化广场内，通过4D技术，还原长沙国丞相利苍及其夫人辛追的生活场景，2000多年前的历史仿佛复活；更有湖湘名人雕塑群、赛龙舟雕塑、定王思母台、梅园、橘园等文化艺术景观，构成了风光带上的新“浏河十景”。

你看，浏阳河畔何其浪漫又何其有烟火气息。作为芙蓉浏阳河文旅产业带的开篇之作，浏阳河婚庆文化园占地122亩、投资3亿元，可提供恋爱、婚姻、育婴全产业链一站式服务，从浪漫的婚纱，到喜庆的婚礼；从其乐融融的亲子游，到温习爱情的结婚纪念日，都能在这里实现。

你看，浏阳河走俏红火了，不再仅仅因歌而闻名了。随着芙蓉浏阳河文旅产业带建设的逐步推进和日益完善，文化艺术、传媒音乐以及数字动漫等文创产业不断集聚，这里将成为艺术家的梦想工坊。

2011年，芙蓉区启动东岸片区概念性规划设计；2013年进一步加强对浏阳河文旅产业带规划的顶层设计；2015年，成立了芙蓉浏阳河文化旅游产业带项目工作领导小组；2016年，完成“浏河之心·芙蓉滨水文化产业带”设计；2021年初，芙蓉区再度加码，成立芙蓉区浏阳河文旅产业带规划建设领导小组，将浏阳河文旅产业带建设工作纳入本年度十大重点工作……

如今，在一期工程的基础上，浏阳河文旅产业带二期工程进一步向北延伸，芙蓉区文体中心、浏阳河隆平公园配套项目、浏阳河东湖湿地公园、中国红瓷器浏阳河文旅产品体验基地、保利中环浏阳河文体产业项目星罗密布，今日的芙蓉浏阳河文旅产业带，每一段河流、每一寸热土都承载着光荣与梦想。

曾几何时，蜿蜒的浏阳河，一度成为阻碍芙蓉区东西两边交流的屏障：西边是寸土寸金的长沙核心区，东边却成为城市化进程中的后进区。

城市内部均衡发展与区域协调发展，是现代化城市的必经之路。从世界范围来看，国际化大都市几乎都是从“单中心”向“多中心”布局转变的，伦敦、巴黎、东京、莫斯科均有类似的发展轨迹。

跨河东进，再造一个新芙蓉！

东进篇章，从连通两岸起笔。将视野拉高至云端，蜿蜒曲折的浏阳河芙蓉段，远大路大桥、人民路大桥、营盘路大桥等四座大桥互联互通。2023

年，一座南起和丰路北接望龙路的新大桥还将飞架东西，成为芙蓉跨河东进的又一通途。浏阳河以东这片热土上，京港澳高速、京广高铁纵横交错，轨道交通 6 号线即将横贯……

在浏阳河芙蓉段的一河两岸，西与东的距离从未像今天那么近。

2013 年底，人民路东延线通车，向东直通黄花国际机场。去年底，营盘路三期建成通车。自此，芙蓉区南北两端皆可直达长沙县，成为实至名归的长沙东大门。

“跨河东进”不只是基础设施的东进，更是城市品质、人居环境、高端产业、优质服务的东进和城市发展新格局的再造。

站在自家宽敞的阳台上，将简欧风格的电梯高楼、现代智能的电子门禁、曲径通幽的绿地花园、功能完善的配套服务一一指过来，54 岁的湛建伟怎么也看不够。他的家在全省首个“国家康居示范工程”农民安置房项目——东岸梅园内，这处被征地农民的安置区竟与市中心高品质小区无异。

城市化的浪潮卷过浏阳河东岸，湛建伟的小家正是一个缩影。

保障区域民生事业发展均等普惠，是区域协同发展的基本要求。而今的浏阳河东岸，东岸城邦商圈、望龙商圈加速崛起，城市公园、小游园点缀其中，育英西陇小学、大同瑞致小学让优质教育资源不再是西岸专属……

如果城市化缺少有效产业支撑，就难以自我“造血”，陷入有“面子”缺“里子”的尴尬。

2020 年 9 月，随着 1.86 平方公里区域被纳入中国（湖南）自由贸易试验区长沙片区范围，浏阳河东片区再次迎来重大发展机遇。芙蓉区确定“一主一特一新”产业定位，致力于将其打造成高端现代服务业集聚区、现代农业科技创新引领区、中非经贸深度合作示范区。

“一主”，是指放大中心城区服务业优势，打造高端现代服务业集聚区；“一特”是指擦亮袁隆平院士这一“金字招牌”，打造国内顶尖、国际领先的现代农业科技创新引领区；“一新”则指搭上中非贸易“快车”，打造中非经贸深度合作示范区。

东进号角吹响，声声催人奋进。

半年来，湖南自贸区芙蓉片区累计新引进雄狮科技、可世代、天兆猪业、百润供应链等重点企业 90 多家，占长沙片区同期新注册企业数的近 1/

13；国际产业创新与交流中心、非洲特色产业科技创新示范园、湖南中非跨境电商（B2B）示范平台等产业功能平台加快搭建，预计年内将引进符合“一主一特一新”产业定位的企业500家以上……

开放创新的脚步越走越远，扬帆逐梦的道路越走越宽，对外交流的朋友圈越来越广。

基于和非洲多年的深厚友谊，芙蓉区在浏阳河东片区加速建设对非经贸高地。

去年底，非洲特色产业科技创新示范园项目建设单位——可世代科技有限公司，顺利领到营业执照，将为双方友谊写下划时代的新篇章。从一期规划的非洲可可精深加工中心、非洲可可产业技术创新中心、农业科技产权交易中心，到下一阶段非洲非资源型产品等产业，将力争在浏阳河东岸打造一个千亿级的非洲特色产业集群。

国际产业创新与交流中心、中非跨境电商平台和综合服务中心等项目蓝图已绘，非洲国家离岸（中国）产业创新与交流中心、非洲国家行业10强企业、跨国企业总部等抢先入驻。一个个项目一触即发，一篇篇故事精彩待续。

标准是世界通用的语言，也是国际市场的“通行证”。全国自贸试验区首个以标准化产业为元素的芙蓉标准化小镇正在蓬勃建设，未来将搭起湖南产品和标准走向世界的桥梁，让内陆城区进一步打开国际视野，为东西半球经济交流打通连接。

浏水汤汤，不舍昼夜。而今，西岸，452米的国金中心傲然耸立五一商圈，代言芙蓉蓬勃活力的今天；东岸，种业硅谷、自贸区芙蓉片区强势崛起，昭示芙蓉开放自信的未来。

大水如歌，潮起潮落，将中华文化从古时唱到了今日。芙蓉区以自身实践证明，西与东既互为坐标，也相互依存，只有错位发展、优势互补，才能同频共振、合力共赢。

一往无前，无问西东。

城与乡

自2012年乡建制退出舞台，芙蓉区成了长沙第一个没有“乡”的城区，是全省城市化水平最高、城市发育最成熟的城区。

芙蓉没有乡，却影响着全世界的“乡”，因了一粒种子。

无人机飞上长沙上空，镜头扫向芙蓉区浏阳河东岸，一组建筑如几颗饱满的稻粒，在阳光下闪耀着金色光泽，这是隆平水稻博物馆。

“袁隆平院士一生有两个梦想：一是‘禾下乘凉梦’，二是‘杂交水稻覆盖全球梦’。”正值周末，在袁隆平与杂交水稻展厅，一群眼中有光的小学生，跟随讲解员的介绍，走近袁隆平的追梦人生。

从三系杂交稻、两系杂交稻发展到超级杂交稻，水稻博物馆的“种子墙”给参观者以强大的视觉震撼，袁隆平的“禾下乘凉梦”正在步步成真。

“杂交水稻覆盖全球梦”，也是袁隆平多年的奋斗目标。在隆平水稻博物馆展厅尾声部分，有一个“杂交水稻世界”联动装置，可以看到，已有40多个国家和地区被点亮。

这意味着，截至去年底，全球已有40多个国家和地区种植了超过700万公顷的杂交水稻。

没有乡的芙蓉区，正在向这一美好蓝图奋进——建一个造福世界的“种业硅谷”。

种业是国家战略性、基础性核心产业。党中央、国务院高度重视种业发展，习近平总书记反复强调，“中国人的饭碗任何时候都要牢牢端在自己手上，我们的饭碗应该主要装中国粮”“要下决心把民族种业搞上去，抓紧培育具有自主知识产权的优良品种，从源头上保障国家粮食安全”。

位于芙蓉区的隆平高科技园，在2020年9月23日上午迎来了一个历史性时刻：“长沙·中国隆平种业硅谷”标志性工程——隆平生物种业产业园正式开工，这表明，由世界级育种大师、杂交水稻之父袁隆平院士倡议的长沙“种业硅谷”梦想迈出了至关重要的一步。

走进隆平高科技园，“杂交水稻之父”袁隆平、“油菜院士”官春云、

“生猪院士”印遇龙、“辣椒院士”邹学校、“茶叶院士”刘仲华和“水产院士”刘少军6位院士的故事令人久久回味。

“农院士天团”领衔，隆平高科技园集聚着市级以上高精尖人才90余人、副高以上专家2500余名。这里拥有中国科学院亚热带农业生态研究所、湖南农业大学、省农业科学院、省杂交水稻研究中心等高校科研院所25家。

在常人眼中产业园以制造业为主打，往往需要大量的土地空间作为支撑，但芙蓉区的土地资源稀缺，寸土寸金，隆平高科技园的面积已占据芙蓉区40%的面积，这个园区要在18平方公里的土地上发展农业，做出农业的最强大脑种子“芯片”。

在人民东路与合平路交会处，崛起一座国家级育种研发平台——华智水稻分子育种中心。大门口，由袁隆平院士题写的“国家水稻分子育种中心”一行大字引人注目。华智生物致力于打造行业一流的国家分子育种中心，通过一系列举措助力先进育种技术攻关。

5月9日传来消息，湖南杂交水稻研究中心海南省三亚市海棠湾基地，袁隆平院士的“超优千号”超级杂交稻高产攻关进行现场测产验收，平均亩产1004.83公斤。

与袁隆平院士团队合作，助力“超优千号”改良的，正是华智生物。

“我很看好‘种子创新＋’的无限可能，希望为国家及全人类的粮食安全贡献自己的力量。”华智生物技术有限公司作物种质创新利用中心总监彭俊华博士是一位“种业硅谷”追梦人，从美国归来的他带领团队仅仅花费3年时间，就成功对超高产水稻品种“超优千号”的白叶病和稻瘟病抗性实现了定向改良，达到了抗性强、产量更高的目标。

“雄鹰”振翅，打造种业“中国芯”。华智生物技术有限公司和岳麓山种业创新中心联合分子育种重点实验室的博士李乐说：“加快种源‘卡脖子’技术攻关，让中国碗装更多中国粮，这是我们工作的意义所在。”

岳麓山种业创新中心挂牌，加强“卡脖子”技术攻关，启动了分子育种技术、生物育种智能大数据2个共性技术研究中心和水稻、油菜等8个专业研究中心建设，计划5年内创造100多个具有重大应用价值的新基因、新材料、新品系、新品种，实现种业年产值超过500亿元。

全国首家智慧农业创新中心挂牌成立，拓展种业在5G、AI、物联网等领域应用。

“种业硅谷”核心平台——总投资110亿元的隆平生物种业产业园破土动工，计划建设国家级、省级创新平台10个，引进和培育优质生物种业及智慧农业企业800余家，实现年产值300亿元……种业硅谷，大步流星。

以“农”立园，以“种”强园。

杂交水稻、杂交谷子和杂交食葵市场占有率全球第一，杂交黄瓜、杂交玉米、杂交辣椒市场占有率全国第一……目前，隆平高科技园聚集着生物种业产业链上中下游企业超200家，成为我国生物种业尖端人才最密集、生物种业研究院所最密集、生物种业企业最密集的区域之一。

一粒种子改变世界。

打造粮食中国“芯”，其时已至，其势已成。芙蓉，站在了世界舞台的C位。

芙蓉的“城”，是对接世界的城。这里城水相依、绿意相融，城区精美、内外兼修，不仅有国际范的高楼大厦勾勒的优美天际线，更有品质老街。麻石小径、青砖老宅、雕花窗门，浓缩了光阴的故事。

芙蓉的“乡”，是影响世界的乡。这里没有田野，却孕育着无限希望。园区、科研院校、实验室和厂房里，“科”的高端、“农”的厚重，造福着全世界。

尾声

没有什么能够阻挡，人们对美好幸福的向往。

近日，习近平总书记在考察广西时深情地说，让人民生活幸福是“国之大者”。

站在新时代高质量发展的历史方位，在2021的初夏，我们忍不住以此为坐标，察流变、明大势，深刻领悟发展的脉络与规律，始知“风口”稍纵即逝，机遇不容错失，发展的紧迫感既催人奋进，更予人动力。

千年不过一瞬，但历史给芙蓉区留下的积淀，毕竟夯实了底气与自信，也指引了发展的独特方向。

面积是相对的，但是，以小博大的信念与豪情是绝对的。

区域是相对的，但是，根植大地的发展是绝对的。自我革新、寻求良策，孜孜以求、永不言弃，正是这种精神根柢，让这片长沙最小的区域，始终迸发活力。

海拔是相对的，但是，万物奋力向上的生长是绝对的。

城乡是相对的，但是，人与自然和谐的生态发展是绝对的。

时间是相对的，但是，历史始终奔腾向前是绝对的。苟日新，又日新，敢拼、善拼、能拼的人，终将在历史上留下不可磨灭的痕迹。

一江浏河北上，无论东岸西岸，必能同频共振。

一粒种子播下，给予阳光雨露，必定灿然花开。

品质立区，产业兴区，人才强区。

创新驱动，融合带动，实干推动。

未来五年，一个经济更具动力活力的新芙蓉、城市更加精致精美的新芙蓉、社会更为文明和谐的新芙蓉、人民更感安全幸福的新芙蓉，将谱写新时代“春天的故事”。

【感言】

心中的“芙蓉”

唐薇频

芙蓉区是长沙面积最小的城区，在立项讨论的时候，我有点担心：这么一个小城区，能够有这么多丰富的内容撑起一个封面特稿吗？

另一个担心就是：我们刚做完天心封面特稿《大城之南》不久，同是中心城区，芙蓉区的特色和天心区高度相似，有机更新、商贸软件、楼宇经济，角度选得不好的话，会写成又一个《大城之南》。如何写出每个区的辨识度？

这时，执行总编辑李万寅抛出了他的初步想法，他认为芙蓉区很有特色，是最小的城区，全省最高的楼也在芙蓉区。是否可以从相对论的眼光出发，以“小与大”“高与低”这几组词语来采写。

事实证明，激情高效的执行，总是取决于精巧的策划以及独特的角度。有了这个很有创意的“抛砖”，我们迅速成立了芙蓉特稿小分队。

值得一提的是，这次特稿的写作，能在较短的时间内高质量完成，还取决于高质量的采访。接受采访的芙蓉人，从领导干部到普通群众，对芙蓉区区情都很了解，对芙蓉区有一份特别的热爱。根据采访，我们又提炼了“古与今”“西与东”“城与乡”几组关键词，来解读芙蓉区，并取名“芙蓉相对论”。

鉴于《封面特稿》已经成为《长沙晚报》的品牌，虽然大家都知道，封面特稿特烧脑，要付出远数倍于一般的重头报道，甚至有的记者开玩笑说“珍爱生命，远离封面特稿”，但是《长沙晚报》的记者和编辑从内心已经以参与封面特稿的写作为荣，因此，这次，有编辑的力量参与了这次封面特稿的写作，编辑也首次成为特稿写作的生力军。

记得我们刚试水封面特稿的时候，认为封面特稿就是没有角度，现在看来，角度太重要了。

特稿刊发以后，不仅赢来了芙蓉区干部群众的一致认可，认为我们写出来的芙蓉区，就是他们“心中的芙蓉区”。还引发了朋友圈的自动刷屏，有一条朋友圈这样评论：“爱因斯坦看了会流泪——古老的东方，一群神秘的东方人，竟然，懂他”；还有一条朋友圈这样点赞这篇特稿：“美学叙事，理性思辨，诗意呈现——在纸质印刷品和纸质阅读终将成为奢侈品的未来，这或许是报纸最可能存在的样子之一”。

学习强国平台也第一时间转发了这篇特稿。

国内统一连续出版物号：CN43-0002
第16548号　今日12版

长沙晚报

CHANGSHA EVENING NEWSPAPER
掌上长沙　微信看晚报
2021年5月20日　辛丑年四月初九　星期四
封面　长沙晚报官网站 www.icswb.com　晚报热线 96333
责编/贺黎黎　美编/易昊　校读/李乐

习近平同普京共同见证中俄核能合作项目开工仪式

1版

湘江永远记得

——习近平总书记到过的红色圣地之广西篇

6版

2021长沙国际工程机械展览会开幕　许达哲毛伟明出席

近千种产品首次在展会中亮相

1版、4版

长沙市常住人口首破1000万

3版

面积仅有42.8平方公里的芙蓉区，聚焦种业硅谷、高端商业、文化创新、宜居品质，在深入实施"三高四新"战略、奋力打造现代化新长沙建设标杆区的进程中，精彩演绎——

芙蓉相对论

长沙晚报全媒体记者 李万寅 唐徽頻 梁瑞平 胡媛媛 周游 贺黎黎 周和平

风从东来。

穿过定王台上的汉时明月，跳跃白果园里的诗酒年华，追袭东屯渡口的红旗漫卷——三千年长沙，城址未变，城心依旧。

大城之央，长沙厚度隽永深沉。走马楼出土的十万简牍里，斑驳的文字诉说着三国风云；苏家巷温润的麻石路间，唐宋大家伫立的身影似乎从未远去。都正街、藩后街、文运街……楚文化和湖湘文化的传承，在老街的千年吟唱中一程程行深致远。

凌云之上，长沙气度自成风骨。452米的IFS国金中心，以前所未有的大都会高度远眺麓山、俯瞰湘江；芙蓉CBD里鳞次栉比的高楼，奏响城市上空韵律起伏的财富交响。亿元楼宇、金融地标、产业矩阵演绎"万峰磅礴"。长沙，手可摘星辰。

浏河之滨，长沙温度上善若水。稻菽摇曳、绿浪翻滚，种业硅谷里耕种着"让天下人温饱"的梦想，孕育着城市高质量发展的基因。"千里稻花应秀色，五更桐叶最佳音"，当农耕文明和科技创新交相辉映，不断破解一个民族崛起最古老的密码。

历史的脉络自有逻辑，光阴的每一次交替，都在彰显初心的璀璨。

102年前，年轻的毛泽东在长沙城东创办《湘江评论》，大声疾呼："天下者，我们的天下；国家者，我们的国家；社会者，我们的社会。我们不说，谁说？我们不干，谁干？"呐喊间，一个开天辟地的新时代即将到来。

百年后，从伟人诗句"我欲因之梦寥廓，芙蓉国里尽朝晖"中走来的芙蓉区，叩响时代的足音，为长沙书写着荡气回肠的古城青春志。

此时此刻，今天的中国正站在历史交汇点上，距离中华民族伟大复兴目标从未如此之近。

此时此刻，今天的湖湘锚定发展新坐标，加速奔跑在大力实施"三高四新"战略、奋力建设现代化新湖南的征程上。

此时此刻，今天的芙蓉砥砺奋进新时代"赶考路"，聚焦种业硅谷、聚焦高端商业、聚焦文化创新、聚焦宜居品质，着力打造现代化新长沙建设的标杆区。

作为全国面积最小的城区之一，在古与今中历经革新嬗变，在西与东、城与乡中重塑发展格局，在大与小、高与低中展现辩证统一，于城市化浪潮中一路飞奔的芙蓉，始终不负浏水之托、不负城心之志。

从"本来"出发，向未来而去。

芙蓉CBD里鳞次栉比的高楼，奏响城市上空韵律起伏的财富交响乐。452米的IFS国金中心，以大都会高度远眺麓山、俯瞰湘江。长沙晚报全媒体记者 邹麟 摄

古与今

晨光熹微，IFS国金中心迎来长沙城央的第一缕阳光。垂立的玻璃幕墙一如倒映水阔的湘江，泛起粼粼波光，点亮跌宕起伏的城市天际线。

俯首却是千年。

翻开史书，自秦汉起，芙蓉区所辖区域便是古长沙核心。

西汉时期，长沙定王刘发择"众央之地"筑台望母。"一片夕阳春树绿，马鸟飞绕定王台。"历史或许会记得，每当夕阳西下，一个孩子孑立的背影登高远眺，将思亲之情寄于一次次怅然北望中。

千年后高台虽已不在，但它所诠释的人伦温情，却穿越时空扭逆着一个民族的道德走向。如今的定王台，以芙蓉街城之名得以传承，从这里发轫的中华孝道仍在泽被天下。

有人说，要读懂长沙，一定要走进它的老街深处，读那些斑驳老墙上刻下的光阴，读那湖湘文脉里浓郁的乡情，读那古今嬗变间不变的情怀。

芙蓉区42.8平方公里的土地上，汇聚着70余条古街老巷。从某种意义上说，是星罗棋布的它们[illegible]三千年长沙的原点。

这里，有着不够的风云际会，读不尽的家国传奇——

1100多年前，马殷挥剑中原，马楚国成为历史上唯一以湖南为中心建立的独立王朝。

这个只存在了55年的小王朝，更与"湖湘"有着不可割离的渊缘。有史书记载，最早称湖南为"湖湘"者，便是马殷[illegible]。

千年前的家国故事，早已湮没在历史风尘里。而千百年来，"湖湘"之称却已融入湖南人的血脉，成为刻入灵魂的印记。

如今，行走在曾是马殷王宫所在地的马王街，商铺林立、百货繁陈。开"招商引资"先河的马楚国繁盛不再，这条紧邻五一商圈的老街，用鼎盛的烟火气，诠释着城市繁华的基因。

"千年未变的城心，同样也是古长沙历代官署、邸宅的驻地。"长沙著名文史学者陈先枢，曾用脚步丈量一条条芙蓉老街，坦陈小巷风云：藩后街，因是清代湖南布政使司衙门的后街而得名，并有"三湘第一官巷"之称；府后街、县正街分别是曾经的长沙府府署、善化县县衙所在地；都正街里驻有掌握兵马的都司衙门……

遥想当年，指点关山的豪情，守护万民的柔情，游离在这条条街巷间。如今它们早已褪去"官气"，却氤氲着文气、灵气和恬静的生活气息，仿佛在告慰走进历史的那些人与事：山河锦绣，国泰民安。

这里，被千年诗画的人文滋养，被湖湘文脉的厚重充盈——

苏家巷很短，240米的距离哪怕悠悠慢行，转眼就能从巷口步至巷尾。

苏家巷很长，流淌于此的千载时光，悄然印证着湖湘文化的脉络：如果说宋代之前，湖湘学派承接更多的是忧国忧民的诗人情怀，那么自宋代以来，倡导的则是经世致用的务实学风。

相传，位列唐宋八大家的苏洵、苏轼父子曾居长沙，苏家巷因此得名。别号"老泉"的苏洵更在宅院后开一小门，直入狭窄的巷道探幽寻趣，小道遂被称为"老泉别径"。

如今即使身处繁华街市间，清幽的苏家巷仍遗世独立。从苏家父子把酒吟诗的墙画前走过，与手握书笔的苏洵雕像邂逅，你会明白，苏轼为何在长沙留下"湘舣直应吟未尽，凭君寄与画图看"的感怀。

在芙蓉，亘古而至的历史文脉处处可寻。化龙池巷中，仍保存着明嘉靖年间建造的善化学宫残垣，文运街则为清代贡院乡试考场所在地。行步之间，皆是湖湘厚重文化的鲜活注脚。

这里，"心忧天下"的精神品格历久弥坚，理想信念的光电直抵心灵——

静谧的白果园巷会记得，1919年夏天，一份名为《湘江评论》的革命刊物在此问世。"时机到了！世界的大潮卷得更急了！洞庭湖的闸门动了且开了！浩浩荡荡的新思潮业已奔腾于湘江两岸了！"青年毛泽东在创刊号上的大声疾呼，如闪电划过苍穹。这份仅发行了4期的刊物，为推进湖南革命运动、探索中国未来命运，发挥了巨大作用。

沧桑的小红楼会记得，1937年的徐树洼多了一处八路军驻湘通讯处。徐特立等人奔走呼吁，宣传中国共产党的抗战方针，为八路军筹集物资，为抗日前线输送革命骨干。小小通讯处，成为推动建立湖南抗日统一战线的关键力量。

繁茂的"迎解树"会记得，1949年8月5日，浩浩荡荡的解放军穿东屯渡口，经小吴门入城，和平解放的长沙，史诗般翻开崭新一页。"那年我14岁，站在渡口老樟树下看到红旗招展，眼泪怎么都止不住。"而今，手抚树冠如云的百岁樟树，86岁的肖桥隆湿了眼眶。

时序轮替，老渡口上已是虹桥飞架，老街巷旁已然广厦林立，曾经激荡于此的那些"开天辟地"的壮阔，已成为铮铮现实。

但芙蓉土地上，热血记忆从未远去，红色基因薪火相传，信仰力量绵延不息。这些光和亮，汇聚成古城迈往未来的厚重路标。

历史是什么？是过去传到将来的回声。

沿着时间轴线回望，芙蓉见证了长沙栉风沐雨、浴火重生的每一步，守护着这座城的原点与根脉，守望着她的古貌与今颜。

"芙蓉区的文化底蕴厚重，通过城市更新来实现文化传承创新，这是最宝贵的资源。文化的浸润滋养，能让这个城市有品质、有味道。"今年3月，穿行在老长沙味浓郁的白果园、登隆街，省委常委、长沙市委书记吴桂英殷切嘱托，要聚焦文化创新，放大传统的优秀文化，使其彰显新的时代价值，彰显精神的力量、文化的力量。

"万物有所生，而独知守其根。历史遗产中蕴含着城市的精神基因，隐藏着'从哪里来，向何处去'的发展密码。"芙蓉区委书记周春晖说。

在他看来，留住古城长沙的历史记忆，留住湖湘文化的文脉精髓，留住城市发展的风格脉络，并将这份守护与增强老城区的宜居感、生命力相结合，是时代所托、民心所愿，也是芙蓉应尽之责、发展之要。

岁月飞驰，老街巷也饱受风雨的侵蚀。里弄狭窄，房屋老旧，设施不全……昔日人文荟萃之地，难免在现代化浪潮中黯然失色。

不能让老街孤独老去，也不能让[illegible]只留下黑色——多年前的一场大思辨，成就了芙蓉"方法论"。

彼时的都正街，房屋漏风，设施缺失，历史遗迹被违法建筑裹挟，小巷里处处是难言的人生况味。有人开始建议，将这里整体拆迁、全面开发。

老街何去何从？芙蓉区委区政府开展民意[illegible]，请来专家研讨，展开现场调研，一次次头脑风暴把脉时代所需，呼应民心所向，政府果断决定放弃拆迁开发带来的眼前利益，在全省率先开展"有机更新"：保护历史文脉，修复老街风貌，保留街巷的肌理不变、格局不变；完善基础设施，提质公共空间，实现人居环境和街区功能的全面提升。

同时，面对辖内与都正街类似的历史街巷，芙蓉不是"千街同策"，而是用好"有机代谢"的原理，根据其本底特质，为之量身打造"蝶变方程式"。

有机更新，融贯古今！在时代赋予的考题前，芙蓉答卷荡气回肠。

既要留住老城记忆，又要打造有滋有味、生机勃勃的生活空间，这是"有机"的要义。

由白果园巷、潘家巷、登隆街等诸多历史街巷组成的白果园片区，是古城记忆留存最多的地方之一。如今，蜿蜒内韵的历史步道串联起千年时光；明清风貌的民居与民国时期的建筑呼应成景；历史人物的绘像跃然墙上，青翠欲滴的爬山虎沿墙舒展，为"古人"倍添生趣；利用光影技术打造的"虚拟现实戏台"，让长沙之夜曲声不断，弦歌不绝。

复原历史街巷的"形"，芙蓉以"精"来描画。对需要修复的历史建筑，拆下的一砖一瓦都要编号，按旧复位，精雕细琢近乎苛刻的工艺让古街高度还原。

同时，拆除违建，拓展空间，清代进士贺长龄故居、上世纪50年代建设的省粮食厅门楼等诸多历史遗址，在遮蔽多年后再一次站在世人面前。20余座公馆修缮一新，10余处史迹被妥善修复和保存，留下了城市记忆的同时，也留住了人们的乡愁。

诠释老街市井的"神"，芙蓉以"情"来应答。高大的漆门敞开，飞檐翘角、小桥流水的庭院风景，让来白果园巷觅景的游客忍不住探头。"进来坐！"72岁的庭院居民周梦生热情招手。

白果园片区内，三五人家组成的庭院众多，简陋的生活环境曾让人叹息。芙蓉把宜居放在改造的首位，从水电气、地下管网、小巷交通等14个内容入手为老街施行"手术"，并为庭院量身设计景观。"老街巷变身，我也将自家装修一新。"

下转封二

大城之南

《长沙晚报》全媒体记者　李万寅　唐薇频　胡媛媛　颜开云　王斌

天心区长沙外滩，坐拥黄金岸线。《长沙晚报》全媒体记者　陈飞　摄

天心的人文之厚、生态之美、产业之兴、人气之旺，诠释长沙城市魅力

“指点潭州好风景，万家烟雨画图中。”

400余年前，明末善化廪生俞仪携友登高天心阁。透过蒙蒙细雨，青山城郭、古城烟火跃入眼帘。从此，在中华浩如烟海的诗词宝库里，留下《天心阁眺望》的佳作；从此，“天心”二字闪亮于史册，在历史长河中历久弥新。

长沙因星而得名，却很少有一座城如长沙这般，历经3000年风云而城址不变。

这是一座韵味悠然的城市，太平街可以为证。麻石板路旁温润的青苔与贾谊故居里积淀的时光，把千年历史文化展现于世人面前，长沙因而动人心弦。

这是一座烟火氤氲的城市，坡子街可以为证。逛一回火宫殿的庙会、品一口茶颜悦色的醇香，质朴的生活气息里升腾着快乐梦想，长沙因而风情万种。

这是一座厚积薄发的城市，长沙外滩可以为证。鳞次栉比的楼宇集群、活跃多元的金融业态、迎风飞扬的数字经济，让湘江东岸成为黄金之弧。千百年来无限贴近母亲河活力的源头，长沙因而动能澎湃。

这是一座果敢创新的城市，长株潭一体化的脚步可以为证。交通相连、资源共享、产业互补、环境同治。南进！南进！高质量发展的脉动与融城心脏同步，长沙因而一往直前。

在长沙的奋进史中，地处南城的天心区从来举足轻重。奔涌之势如湘江之水，惊涛拍岸。

108 年前，年轻的毛泽东走进湖南第一师范，以“恰同学少年”的豪情，探求救国救民的真理。108 年后的今天，青年毛泽东的巨型雕像屹立于橘子洲头，坚定向南的炯炯目光，不断融入新的内涵。

站在“两个一百年”的历史交汇点，大力实施“三高四新”战略、奋力建设现代化新湖南锚定了湖湘新发展的目标。

从历史街区到文化新都，从“不夜南城”到“网红天心”，从融城核心到生态绿心，从治理革新到服务创新，山和水在变、路与城在变，不变的是“南城无难事”的闯劲与韧劲。

古朴而又时尚，厚重而又灵气，古老而又青春。再沐烟雨登高处，南城新景画图中。

文化之美

半部历史在天心

“青砖小瓦马头墙，回廊挂落花格窗，自古城南多故事，长沙南城亦如是。”天心公园的青砖古城墙上，手持彩灯的孩童嬉戏奔跑，清亮的童谣由远及近。

千盏红火的灯笼，映照着沧桑城墙，在这个春节，拨动着人们的心弦。

华灯初上，城墙脚下的老街古巷与周边鳞次栉比的摩天大厦时光交错；日落月升，天心阁下万家灯火与城市温暖情怀弥漫升腾。

“文化软实力是一座城市的魂。千百年来，说起唐朝，人们第一印象往往是李白杜甫。”天心区委书记刘汇娓娓道来，数千年文化洗礼，让天心人愈发尊重历史、敬畏文化，更因此不断守护和传承、创新和创造。

天心区因天心阁而得名。西汉初年，长沙王吴芮筑土城墙，明代加固为砖墙。

雄踞墙垣之上的天心阁朱瓦飞檐，历史上最早记载见于俞仪诗作中，很长一段时间都是城中最高点。此后的它穿越历史风云，虽饱经战火，却屡毁屡建。

一如血性长沙的坚韧，无论经历怎样的过往，墙与阁始终沉毅挺立、直望苍穹。

有人说，以天心阁为轴心，方圆几公里内，一口气就能将数千年长沙找回来。

也有人说，天心的灵与韵、厚与美，正浓缩在那些历史文化符号里，赋予其笃定的力量。

天心，从积蕴千年的厚重情怀中走来。

“因为贾谊和杜甫，太平街的长度不再是300多米，而是2000年。一线文脉过来，沉且厚，就像雨洗过的街石一样鲜明。”省作家协会主席王跃文说。

西汉时期，杰出政论家、文学家贾谊被贬长沙，居于太平街，留下《吊屈原赋》《鵩鸟赋》等名篇，这里由此成为“湖湘文化之源”。如今，推开位于老街南端的那扇深色木门，贾谊故居内竹影交织，石碑古井默默讲述着千年往事，恍然又“见”贾谊心系苍生、忧国忧民的历史背影。

来到长沙，怎能不去杜甫江阁，看一场璀璨烟花的倚天作画。然而你可知道，这处有着碑廊诗墙的古朴江阁所在地，1200余年前曾陪伴诗人走过其漂泊人生的最后岁月。

“夜宿长沙酒，晓行湘水春”“不见定王城旧处，长怀贾傅井依然”……杜甫在湘留下诗作近百首，他走到哪里，诗就跟到哪里。一代诗圣，将人生最后的时光和情怀，留在了天心、留给了长沙。

天心，从绵延千年的书墨馨香中走来。

南宋大儒朱熹、张栻和诗于湘水，因而留下朱张渡；张栻父子在此创办城南学院，使“湖湘学派，为一时最盛”。

穿越时空，城南学院已成为湖南第一师范，妙高峰下书声依旧。百年前，年轻的毛泽东、蔡和森、何叔衡等入校求知，以此为起点走向革命道路。百年后，教育文脉仍在这里薪火相传，青春“后浪”奔涌不息。

天心，从流淌千年的汩汩清源中走来。

清晨来到白沙古井旁，用老旧沉手的木柄长勺掬水入壶，临走前再聊几句家常，居民赵龙辰觉得，这才是一天打开的方式。

从战国时期的一眼泉，到千年不涸的一口井，它滋养的不仅是水土与民众，还有“长沙沙水水无沙”的清白做人道理。

天心区集聚了长沙60%的历史文化景点，这里有着古城长沙的根、湖湘文化的历史本源。

碧湘街、青山祠、西文庙坪……不仅仅是工作中，闲暇时刘汇也常走过那一条条古街老巷，随身携带的笔记本里，会记下老街的历史与现貌、发展的亮点与痛点，还有居民对留住根脉、家园宜居的深切期许。

要奔向未来，也要找到回家的路——天心怎么做?

用好增与减的辩证方法，实现新与旧的深度融合，踏准守与创的时代节奏——天心这样做。

西文庙坪，镌刻着“道冠古今”四字的重檐牌坊，屹立在敞亮的麻石广场中央。然而10余年前，这处旧时长沙最高学府——学宫的标识，却被层层违法建筑包围，难见天日。

老旧斑驳的房屋、乱如蛛网的电线、走到哪都是死胡同，彼时的西文庙坪，清学衙门故址、陶侃射蟒台等诸多历史遗址同样被逼仄空间裹挟，发出沉重叹息。

遇围突围，面壁破壁！天心区启动西文庙坪老街复古改造，拆除所有违法建设，增设麻石广场，提质民居恢复其明清建筑风貌。四柱三间的老牌坊修缮如初，再一次“站”到世人面前。

岁月的磨砺能让历史老巷黯然失色，但人们对美好生活的向往，却一直在生长。

多年来，天心区始终用好增与减的辩证法，一方面减少开发强度、拆除违法搭建；另一方面增加街区的基础配套、绿化设施、公共空间等，强化对辖内历史遗迹的保护，让老街既能留下记忆，又能宜居宜业。

老牌坊重见天日10余年后，又一道选择题摆在西文庙坪面前。

位于人民路旁一处近百亩的土地上，有知名地产公司拟打造高层商务楼宇。建设一旦展开，不仅片区内梅公馆、唐家湾公馆群等老建筑将不复存在，古潭街等诸多老街也将失却熟悉的气息。

在长沙黄金地段，一栋摩天大楼创造的税收可能过亿元。

“不建高楼，放弃的只是眼前利益，却为后人留下更厚重的家底。”天心区果断停止对该地块的腾地建设，将其控高定在18米。有机更新随即展开，改善人居环境、打通“毛细血管”，守护好老街老建筑，千年街区实现“逆生长”。

近两年，天心区基本完成了包括天心阁、南门口、火宫殿周边区域在内的七大片区12个有机更新项目，老城区更有长沙味，老百姓更具幸福感。

当传统与现代交织，如何留住天心历史文化中的精髓？

“这碗酒，你与我同饮否？”轻轻一扫码，一幕湘剧在手机中上演，婀娜挥袖的汉朝小姐一颦一笑，便让俄罗斯姑娘莉娅醉了。

从青山祠巷口的“刘海砍樵”石雕走过，生旦净末丑的脸谱绘于墙上，仿佛让你置身曲艺大观园。小小街巷，曾云集长沙花鼓戏剧院、长沙湘剧院等，是全国有名的“戏窝子”。

光阴荏苒，剧团与剧场陆续搬离了青山祠。但那些让人沉醉的曲声戏影，却被凝固的建筑艺术和科技方式得以保留——天心在此打造戏剧文化一条街，戏剧唱段跃然墙上，扫码就能欣赏音频视频节选。

“老戏窝”不再余音绕梁，但本土戏曲仍在天心掌声四起。距离青山祠约1.3公里的湘江剧院，天心区与市级文化部门合作，使老戏窝子里的“好戏天天演”在这里延伸，每年演出260余场，惠及群众8万人次。

老城唱出新腔调，“有戏”的天心更有滋味。

历史文化的生命力，就在坚守与创新的碰撞中。

“走过2000年，它仍是最潮的那条街。”从7年前起，一点一滴打理出一个太平里文创社区，“85后”张丹丹看中的正是太平街古朴背后的新锐气质。引领潮流的美术馆、用旧物留住时光的咖啡厅、风格多变的VR体验馆……20多家文创机构入驻，这里，是太平街的另一面。

让创新与文化齐飞。天心区从未忘记对文化创意产业的探索。往南，站在数字经济、广告设计等风口，天心文化（广告）产业园跻身国家队，辐射效应不断凸显；往北，贺龙体育中心、嘉盛国际广场、恒力卡瑞尔中心等组成的文创矩阵已经形成，创意火花点亮南城。

让历史与未来对话。未来五年，天心区将高标准建设西文庙坪等历史文化街区，联动湖南第一师范、贾谊故居、天心阁、田汉大剧院等文化旅游资源，精心打造长沙历史文化步道，全力保护城市文脉，留住城市记忆，让历史文化和现代生活融为一体。长沙“老”的底蕴与“新”的魅力，将在这里得到更为和谐的展现。

今天的作为，就是明天难忘的历史。半部历史在天心！这里，有古城长沙的风华，有网红长沙的当下，有现代长沙的未来。

转型之美

半城烟火在天心

夜幕降临，从长沙最中心的五一广场到书院路，深深浅浅的灯光勾勒出唯美江岸线。

昼夜不熄的灯火里，来来往往的人群寻找着舌尖的诱惑、扫货的洒脱、娱乐的最新定义，与弥漫的城市烟火融为一体。

奔涌不息的江流，既赋予城市灵动的人文，也带来不散的繁华。

没有汴河，就没有北宋东京城 168 年的兴盛，没有惊艳传世的《清明上河图》。繁忙的漕运、热闹的街市，千年后再展画卷，因水而兴的市井文化鲜活依旧。

跨越万里，塞纳河畔接踵的画廊、咖啡馆、百货商街以及历史建筑，让艺术与生活交融，浪漫的巴黎左岸由此闻名于世。

因为湘江的滋养，长沙的开放与繁华，天心的热辣与烟火，古往今来生生不息。

天心商脉之兴，自西汉始。一处南湖港鼎盛千年，湘江之上舟楫连樯，使长沙南城“商贾云集于四方，市井数盈于万户”。

在发黄的史册里，在历史的遗存中，至今仍可触摸到天心的商脉传承：从南门口至八角亭短短的距离，千百年来都留下“商肆林立、百货繁陈”的记载；如今的太平街上，保存完好的乾益升粮栈、利生盐号，仍在无声讲述着城南演绎的财富传奇。

或许当年，超级“文青”贾谊立于江畔，看迁艘云集、易货者众时，诗人杜甫穿行街巷，吟出“著处繁花务是日，长沙千人万人出”时，也会叩问：千百年后，脚下这片土地会是怎样一番景象？

穿越三千年，这里依然是未曾断绝的烟火人间！

2020年年初，新一线城市研究所公布的报告中，解读2019年全国最受欢迎人气商圈得主，拥有2万余个商业网点、日均客流量突破50万人次的五一商圈毫无悬念入选。

网红城市、“中国最美夜景十大城市”、连续13年获评“中国最具幸福感城市”……在天心“爆款”的助攻下，长沙已是当之无愧的人气之王。

“网红长沙”红在天心。顺应人们不断丰富与多元的物质文化需求，实现食购娱游的融合消费，这里已然汇聚长沙半城烟火——

烟火气，随着红旺的炉火升腾而起。食在天心最打动人心的，不仅是美食的诱惑，还有岁月的味道。

火宫殿里，腾跃的庙火千年不熄。对许多老长沙人来说，每天的烟火时光从一顿早茶开始。

清晨6时刚过，老茶客就已坐满店堂，就着香茶和包点读报聊天，转眼就是半天光阴。茶尽了不用吆喝，揭盖将杯一举，穿梭的茶倌便会提着大壶赶来，氤氲热气让灯光也变得朦胧。

640米的坡子街上，火宫殿、杨裕兴等老字号与炊烟时代、费大厨等新湘菜品牌并肩而立，积淀和创新绘就了湖湘饮食文化的剪影。这个春节，老街庙会为长沙带来最浓郁的年味——两手举着美食的吃客，常要小心翼翼侧身，才能从一排排民俗摊点和熙攘人群中穿过。

将“食”的包容与张力释放到极致，天心更打造了一个个超级城市IP：五一商圈里，每隔百米就能遇到的茶颜悦色，即便排队半小时才能喝上一杯，也让人甘之如饴；在土味砖房、老式电话亭旁品尝小吃，哪怕一号难求，也阻拦不了人们去超级文和友打卡的热情。

烟火气，在熙攘的商街中愈渐浓郁。购在天心带来的不仅是“买买买”的愉悦，还有厚实生活的暖意。

“晚上8点，步行街黄兴铜像下见！”有多少人还记得，19年前黄兴南路步行街开街，此后很长一段时间，立于街口的铜像成为爱shopping一族的接头地点。

两个多月前，央视《买遍中国》在此直播，见证了天心的超强“带货力”：3 个小时的观看量超 600 万，湖湘特产销售额达 2.15 亿元。

千米步行街集聚千家商铺，橱窗里不断变化的品牌潮服、百货云集的特色小店、街头艺人的浅唱低吟，频频引人驻足。店门前大喇叭的“吆喝”早已成为过去，店主们变身网红主播，让好货搭上互联网快车走四方。

在天心的未来商业版图上，这条延续千年商脉的年轻“老街”，将担纲“千年湖湘，烟火长沙”的 C 位。善抓机遇的天心人，正扭住扩大内需战略基点，主动融入中国（湖南）自由贸易试验区建设，推动传统商贸业创新扩容、转型升级，推动黄兴南路步行街创建国家级示范步行街。

步行街的温润可亲，让它拥有了大批“南粉”。而在天心，平和堂、春天百货、王府井等“高大上”商业体同样扎堆，长沙人不再需要趁新年去香港等地血拼大牌名品，行步南城就能装满整个“购物车”。

这边厢，五一商圈长盛不衰，排名在重庆、西安、南京、武汉等老牌都市商圈之前；那边厢，长株潭商圈强势崛起，成为南城经济增长新引擎。

在友阿奥特莱斯，两处“风景”最让人津津乐道：品牌服鞋店前常排起长队，因为折扣给力，购鞋者出手总是两双以上。这处 10 年前在一片菜园间崛起的商业体，拉动起一个长株潭商圈，成为“购在天心”最生动的注脚：2020 年国庆黄金周期间，8 天销售额就突破 1.3 亿元，吸引客流 70 万 + 。

烟火气，舞出夜幕下的自由与浪漫。娱在天心熨帖的不仅是你的身心，更演绎人与城的亲密无间。

“你见过凌晨三点的车水马龙吗？来解放西吧。”长沙酒吧 KTV 行业商会秘书长廖文彬说。

这几年，解放西的酒吧进行了一轮又一轮的淘汰赛。重新洗牌的解放西路迎来一批新鲜血液的注入。

晚上 6 时后，解放西路灯红酒绿的市井气息更加浓厚。近 50 家酒吧 KTV 汇聚成一个五光十色的大夜场：有的主打电音派对，在 DJ 的煽情带动下，人人挥动双臂热舞，与灯光一起沸腾；有的走起怀旧风，霓虹镶边的老式招牌与《夜上海》歌声交融，手持酒杯的人们未饮先醉；有的晒出清新范，民谣歌手吉他弹奏不停，年轻的女孩听了一首又一首……

夜天心让人欲罢不能，新业态可以为证。五一商圈里的上百家夜妆店，同样火爆。夜妆师唐红最忘不了一名每半个月就来化次妆的女孩，“本以为她是长沙人，问了才知道，是专门从北京打‘飞的’来的。”

这就是长沙的夜，无惧岁月洗礼，永远活色生香。

在中国，有两类城市是烟火气最浓郁的，其一是码头城市，其二是历史古城。

长沙半城烟火在天心，为何是天心？除了厚重的历史底蕴，更离不开政府的主动作为。

“天心自古就是商贸重镇，天心人快乐热情、求新求变。”在天心区委副书记、区长黄滔看来，不仅有这二者融合产生的叠加效应，近年来天心区一系列大手笔，更加速生活性服务业向便利化、精细化、品质化发展。

2020 年 2 月中旬，黄滔就为这一产业当了回“代言”：其在牛聋子粉店嗍粉的照片，刷屏长沙本土朋友圈，给疫情下的生活性服务业注入了“强心剂”。

烟火味，是最亲民、最直接的城市品位，于钢筋混凝土的城市而言，有烟火的城市才灵气、才温馨。

浓厚城市烟火味，天心从来敢为人先。

该区率先全市为生活性服务业制定发展方案，从增强有效供给、优化消费结构、提升服务水平等方面着手，确定发力点，先后出台服务夜间经济十二条、力促服务业发展二十八条等。近年来更加速 5G + AI 智慧商圈建设，用大数据、物联网以及应用场景助力消费。

去年疫情期间，一碗粉是长沙人最深切的想念。天心最先为长沙带来久违的烟火味，率先全国开放农贸市场、大型商超及文娱场所，率先全国推动早餐店、理发店复工复产，率先全省启动有奖促销购物消费季。其背后，是严谨的防疫措施、科学的运行机制在托底，是浓浓的人情味在流动。

呵护城市烟火味，天心更是体贴入微。

2019 年，天心区在黄兴南路步行街设立全省首个夜间经济服务中心，晚上 8 时至次日凌晨 2 时，游客来此可咨询信息，感受便民医疗、雨伞提供等服务。在区领导带队下，33 个区直部门和相关街道工作人员轮流值班，变身“夜间管家”，85812345 热线更是 24 小时不打烊。

“政府提供的‘保姆式’服务很暖心。”文和友相关负责人叶鑫记忆尤深：2019 年国庆假期，文和友每天有数千桌客人，产生大量厨余垃圾。正当他们一筹莫展时，天心区夜间经济服务中心协调城管、环卫部门，派来一辆辆餐厨垃圾清运车，为企业解了燃眉之急。

主动作为带来天心区生活性服务业井喷式增长：2020 年，五一商圈、长株潭商圈“四上企业”商品零售额同比增长 7% 和 23.3%。

20 世纪 80 年代，南区（天心区）的工业是当时长沙东、南、西、北四区的“老大”。工业最强，地方税收最多，造就了当时“南帝”的说法。如今，激荡四十年的南城，产业不断转型升级，以“半城烟火”的繁华惊艳于世，现代服务业发展领跑全市，占该区地区生产总值七成。

半城烟火，满目春风。

数字之美

半场接力在天心

一年新招引 875 家软件企业，新增 1.4 万软件业人才；全国软件企业 50 强分（子）公司落户数量和全省互联网企业 50 强上榜数量全省区县（市）最多；

当很多人还觉得地理信息只是一个生僻的学术名词时，湖南地理信息产业园年产值已悄然达到 85 亿元；

数字经济相关企业达到 4775 家；

……

2020 年，天心区俨然上演了“数字经济魔法”。

当人们还在惊艳于网红长沙的“半城烟火”时，天心人底气十足地喊出了新的口号：互联网的下半场在天心！

天心，既要网红的外在，还要网红的内里。

天心，要做互联网之“心”！

你看，大城之心，热战正酣——

在新基建方面，天心区形成了 5G 领跑之势，率先在中部地区实现了 5G 基础网络全域覆盖，拨通了湖南省首个 5G 电话，开建了湖南首个标准化 C－RAN 汇聚机房，陆续推出了湖南省首个 5G 及 AI 应用场景示范街区和首个 5G 人工智能示范社区。

投入使用的5G基站占全省五分之一，5G网络覆盖率和网络质量居全省第一……天心区在5G基础设施上的优势，为数字经济发展铺就一条“高速公路”。天心区曾通过5G网络一次性组织106个重大新基建项目进行“云开工”，集中开工的新基建项目总投资近30亿元，涵盖5G、特高压、充电桩、大数据、人工智能、工业互联网等多个领域，彰显了天心经济的底气和活力。

你看，机器轰鸣，弧光闪耀——

时值年初，春寒料峭。但在长沙第五谷“天心数谷”，一幅幅景象热火朝天，一股股力量奔流涌动，一串串数据汇集成“海”。全省唯一的数据要素与数字资产交易场所——湖南大数据交易中心项目建设如火如荼，规划总建筑面积达4.5万平方米。中交国际中心、湖南精英健康城、青年人才公寓、金色阳光等项目正拔地而起。

在百度微算互联，全国最大云手机总部基地运行着3000多万台云手机；在新天地物联监控大厅，大数据和人工智能监控着全省80%的武装押钞车、70%的混凝土车；在新时空大厦，蔬东坡数智化管理平台为省内外多个城市提供互联网+生鲜蔬菜产品分拣配送。“天心数谷”正“烹制”着一场数字盛宴。

你看，智慧场景，可触可及——

让我们走进一个普通天心人的一天：

清晨，走在先锋街道的马路上，市民会被一台台小型无人驾驶清扫车所吸引。“不看不知道，一看真奇妙”，原来，这些自动驾驶机器人的内部装置中，每台车配备3个激光雷达传感器、2个毫米波雷达传感器、6个摄像头和12个超声波传感器，让它们变得“耳聪目明手脚快”。

上午，在天心区自助政务服务厅一楼，市民正在刷脸或持有效证件登录自助终端，完成自助查询、证照打印、费用缴纳等业务。10台自助办事终端设备24小时“不打烊”，供市民全天候自助查询依申请类政务服务事项624项，自助办理首批高频服务事项86项。

夜间，在坡子街，市民可安心逛吃。AI智能安防系统正在发挥它的“巡警”功效。“太平坡子街”智能安防系统具有人群密度监测、交通流量监测人脸识别、形体识别、云计算和超夜视功能，并能够在重点路段人流超负荷前发出预警。

机器人与市民现场飙诗，城市综合体“领路人”应用场景可解决车辆引导、安全停车、临时关闭、一键找车、轻松到达等出行中室内最后一公里导航难题……率先发布21个人工智能和大数据应用场景，智场景让数字美起来。“来天心 看未来”“数字经济看天心”声名鹊起。

数字经济于大城之南拔地而起、坐地起飞。谁能想到，就在两年前，“天心数谷”尚未出世，其核心区域还是暮云工业园区，外界惊呼天心经开区仅用两年时间就上演了一场蝶变。

秘诀在哪？关键在于“舍得”二字。

两年前，一道严峻的时代考题出现了：为保护长株潭城市群“绿肺”，位于三市绿心区域内的天心区暮云片区361家工业企业，必须全部退出。

这也是一个巨大的现实难题：这意味着天心区将减少工业产值近100亿元；波及产业工人1.5万人；需要兑现搬迁奖补资金7亿元。

敢舍！

“保护绿心，工业退位，需要背水一战，更要以壮士断腕的勇气，探索转型升级之路，走向重生。”天心区“知难不畏，有苦不言”，经过两年多艰辛的努力，361家工业企业全部退出，腾出了3000多亩孕育新机的土地。

“退”有退的责任和担当！

绿心工业企业退出，不是一退了之。退一步，扶一把，送一程。为帮助退出企业，天心区制定了“一企一策”“一对一”服务，积极联系协调，为企业新厂建设开辟“绿色通道”，把退出企业一家一家送至长沙经开区、宁乡经开区、湘潭、娄底等地。2018年的一天，天心区两型中心主任杨科应拿着湖南向维彩印公司的一纸退出协议，百感交集。向维彩印公司成立于2000年，在当时的暮云经开区有近40亩用地，是湖南省最大的软包装生产企业之一。董事长方亮告诉记者，公司是最早迁出绿心的企业之一，目前总部搬迁至湘潭，并已与天易经开区签约，在此打造数码印刷基地新项目。进退之间，企业收获更广阔的天地；而天心，彰显了长株潭一体化进程中的“融城核心”担当。

善谋！

“进”有进的智慧和勇气。

习近平总书记强调，要抓住产业数字化、数字产业化赋予的机遇，加快5G网络、数据中心等新型基础设施建设，抓紧布局数字经济、生命健康、新材料等战略性新兴产业、未来产业，大力推进科技创新，着力壮大新增长点、形成发展新动能。

一场重塑全球经济格局的数字革命蓄势待发。从国家到省市，纷纷以新基建筑牢经济社会发展的新“地基”。

“千年商都”广州正建设数字经济引领型城市。桨声灯影背后的乌镇，已成为镶嵌于数字世界的“样板间”，感知互联网脉动的“活标本”。

“‘去’是为了‘立’，腾笼换鸟的新空间一定要滋养新兴产业。”天心区在本就拥有湖南地理信息产业园，早已抢占地理信息这一极具前景的高新技术产业先机的前提下，果敢布局“人工智能、大数据、地理信息服务”等数字经济产业并高起点规划“天心数谷”。

2019 年 6 月，总面积 15 平方公里的“天心数谷”高起点规划出台。

2019 年 7 月，湖南省工信厅为天心区的湖南省大数据产业园授牌，湖南大数据交易中心同日开工建设。

2019 年 8 月，湖南省首个人力资源产业园获批升级为国家级产业园，发挥人才“强磁场”效应，为天心区招才引智提供“源头活水”、直通渠道。

2019 年 12 月，湖南首家人工智能产业园授牌。

2020 年 2 月 17 日，长沙市委、市政府吹响“长沙软件业再出发”的号角，天心区闻令而动，领跑“再出发”接力棒。

仅一周后，天心区在全市率先挂牌成立长沙天心软件产业园，率先成立软件产业协会，率先发布了《天心区支持软件产业发展的十条措施》，实施“天心区大力发展软件产业三年行动计划”。此外，还设立不低于 1 亿元的软件产业发展专项扶持资金以及软件产业投资基金，支持软件产业发展。

……

以“智”谋政，凸显蓬勃新态势。在天心区，有个响亮的提法：“像呵护眼睛一样呵护营商环境、像善待亲人一样善待辖区企业、像兑现军令状一样兑现政府承诺。”没有足够优越的硬环境，天心区就用软环境的最优化来赢得竞争。

引进数字经济，天心人正以钉钉子的精神，一个个项目去落实、一家家企业去落地，37 位区级领导定点对口联系 400 家企业，1000 个服务专员服务 1000 家企业，天心软件产业园从 2 月底挂牌到 5 月底投入运营只用了 3 个月时间，湖南人工智能产业园（长沙天心）从去年 5 月筹备到挂牌只用了7个月时间。

有得！

数字经济一路快马疾行。在天心，一个覆盖数据获取、处理、应用、服务等完整大数据+地信产业链的“最强天团”已经形成。

相比“体量”生长，更深刻的变化在于肌理。高端要素正以前所未有的密度在南城集聚。

湖南省自然资源卫星应用中心、湖南省高分气象卫星应用中心相继建成，湖南省大数据交易中心、湖南省能源大数据中心正在建设当中，再加上早几年建成的湖南地理空间大数据应用中心等平台，天心区形成了“天、空、地”一体化的数据支撑和“上、中、下游”全产业链格局的产业生态。这些响当当的重量级平台，为“天心数谷”增加了沉甸甸的砝码。

中国互联网BAT企业百度来了，全球最大投资基金软银来了，红杉资本对计支宝B轮融资发起领投，网安领军企业绿盟在天心区设立区域总部，全国火电领域最大软件企业大唐先一来了，字节跳动生态圈中的明星企业顺凯传媒来了。目前，千视通正着手将总部从外地搬到天心区，着力打造湖南省第一个人工智能上市公司……

“退”有魄力，“引”有魅力，“进”有动力。2020年，天心引进投资过亿元项目31个，“三类500强”项目10个，新增“四上”企业118家，新增高新技术企业65家，高新技术总产值突破1000亿元。

“建设智慧天心　融城核心！”刘汇豪情满怀地擘画着天心未来，抢抓数字产业化和产业数字化的风口，天心这块古老而文运深厚的大地，风起云涌，大势已成。

有舍有得，善守善得。

半场接力，满园生机。

绿色之美

半条江岸在天心

湘江，迤逦南来，于暮云片区开始进入长沙段，在天心留下32公里绝美江岸线，奔流向北。

这里，曾被世界银行评为“最有价值地段”；这里，曾被龙永图期盼为崛起的“长沙外滩”。

在长沙市民罗先生珍藏的两张对比照片中，近5年间，湘江东岸天心区段呈现出一派华丽的蜕变：

航拍机下，湘江路繁花似锦，风光带游人如织。一幢幢拔地而起的现代建筑屹立在湘江之畔，那高低错落、造型别致、凸显现代城市风格的金融总部、城市综合体镶嵌在湘江东岸、城市之南。

航拍机下，贾谊故居、西文庙坪、天心阁……天心区厚重的历史文化景点，星罗棋布“镶嵌”在长沙外滩，杜甫江阁正对着橘子洲心，湘江那一边就是岳麓山。有妙对曰：“橘子洲，洲旁舟，舟行洲不行；天心阁，阁中鸽，鸽飞阁不飞。”好一幅山水洲城的动人画卷。

湘江长沙段的菁华恰在于天心区，这里是长沙山水洲城魅力的最佳展示区域。天心，倍加珍惜这天赐之美，从城市建设、产业布局到改善民生、改造旧城，从不“搁浅”对母亲河的敬畏和礼赞。

为了展示长沙外滩之美，天心区将外滩用地统一规划，天心阁视觉走廊、第一师范城南书院历史街区周边均限高，且精心设计沿江水景线、岸际线。

这是绿意盎然的江岸线！它串起了长沙望江公园、长沙南郊公园、天心滨江公园和一系列生态公园，一直向南，串联起长株潭绿心——这里是长沙市的绿肺；它隔江对望的天心区兴马洲，是湘江进入长沙段的第一洲岛。

这是流金淌银的江岸线！“把滨江最优质的资源留给最高端的产业！”它坐拥长沙“湘江金融外滩”、长沙最火商圈五一商圈、长沙“一江两岸、东提西拓”战略重要片区南湖片区、国家级长沙天心文化产业园的长沙外滩片区，一个集“金融＋商贸＋文化产业＋现代服务业”于一体的新星正冉冉升起，资本大佬纷纷聚焦湘江东岸。

这是幸福美丽的江岸线！“把滨江最优美的环境留给广大人民群众！”天心区以棚户区改造为抓手，撬动临江巨变：加速推进火宫殿城、西文庙坪、太平老街二期、碧湘街等历史文化街区建设。随着27个棚改征收项目的全面完成，长沙外滩板块释放60万平方米的土地。既腾出了巨大的发展空间，又让9430户棚户区居民告别“蜗居”，搬进了宽敞明亮的新家。

湘江奔涌，日夜倾诉着一个又一个高质量发展的天心故事：

暮云片区并入天心区，使天心江岸线向南延伸 10 公里。以前，20 多家企业的工业污水使暮云片区沿江村 5000 多名居民饱受污染之苦。工业企业退出绿心以后，随之登场的，不仅有在“风口”起飞的数字经济，还有一场污染水域生态修复攻坚战。如今，村内所有河道及鱼塘护坡完成绿化，土壤污染得到生态修复治理，昔日的工业污染村落，蝶变成湖南省级美丽乡村。今天的暮云片区，市级四星、五星美丽屋场就有 6 个，坐享绿水青山的红利，“山有舍”等一批精品民宿“点亮”南部片区。

金融产业，成为长沙外滩“第一生产力”。

在寸土寸金的沿江宝地，天心区的决策者信念坚定：绝不搞一寸房产开发，所有土地用于金融产业总部基地建设。傍水生财、聚集发展，两个核心要素，促使外滩成为一个资本逐鹿的金融中心。各类资本来了。华融湘江银行、方正证券的全国总部，国家开发银行、进出口银行、东亚银行、北京银行的区域性总部等纷纷抢滩布局。目前，全区共有各类金融机构 400 余家。到 2020 年，天心区金融业税收占比从“十二五”末的 21. 7% 跃升至 40% ，成为全区第一大税源。

外滩板块，大大激发了楼宇经济的崛起。

华远 · 华中心是长沙外滩江岸线上第一个建成的大型综合体，除商业和住宅外，其中 5A 的甲级写字楼华远国际中心面内有重点企业 79 家，楼宇年税收总额最高达 7. 29 亿元。像这样的亿元楼宇，天心区有 19 栋，亿元楼宇数量居全市首位。

由五一商圈沿湘江路向南，长沙外滩、省府新区、暮云片区三大板块日新月异，汇景发展环球中心、保利国际中心新近建成，正在建设中的华融湘江银行营业用房、平安财富中心、中澳广场、爱尔总部、五江广场等项目不断拔节生长，在天际线中弹奏出 150 米、200 米、238 米跳动的音符，成为展示南城现代繁荣的新地标。

高质量发展从来都是民生为先。

几年前，地处老城区的长沙外滩，还有大面积的棚户区、低矮的危旧房，与繁荣美丽的外滩形象格格不入。百姓的福祉，也要与决策的红利紧扣。

“过去，我们一家三口挤在顶层一套 42 平方米的一室一厅。一到下雨天，外面下大雨，屋里下小雨。老厨房是两家人共用，厕所是一层四户共用，楼梯间天窗长期漏雨，大雨天无法上下楼。”62 岁的长沙“老口子”周定安的老房子，就在长沙老城最核心的南门口一带。碧湘二期的棚户区改造，改变了这一切。老周得以买下了一套碧湘佳苑 80 多个平方米回购房，还有余钱搞好了装修。他的新家距离湘江也就两百多米，出门就望得见岳麓山、看得见湘江水。

高质量发展从来都离不开“匠心筑梦”。

天心区的亿元楼宇为什么这么多？区现代服务业发展中心负责人告诉记者，天心区为 19 栋重点楼宇配备了名誉楼长、楼长、党建指导员、市监专员、税务专员、服务专干、网络长、物业负责人等一整套人马，形成了“问题收集、问题解决、信息反馈”楼宇服务机制。仅今年下半年华远国际中心“政企互动空间”试点以来，已办结事项 28 件，为企业解决实际问题 32 个。

疫情期间，不少企业出现了用工难、周转难、融资难的情况。天心区迅速出台《天心区应对疫情金融助力实体经济发展举措》，设立天心赢商学院，搭建“天心金融”线上对接平台，并现场举办签约仪式。截至目前，全省首创的“天心金融”小程序，共为 200 多家企业提供了融资对接服务，受理并开展融资服务 100 多单，授信金额数十亿元。

卓别林曾言，“时间是伟大的作者，她能写出未来的结局。”为未来准备的天心，正在收获时间的玫瑰。

商贸物流、现代金融、文化创意、地理信息、健康医疗、旅游休闲六大产业快速发展，总部经济、数字经济、楼宇经济、夜间经济、网红经济走在全市前列。

5 年来地区生产总值突破千亿元大关，由 700 亿元增长至 1100 亿元；一般公共预算收入由 102 亿元增长至 147 亿元，走在内五区前列。

上市企业达 10 家，总市值占全市 30. 6%，其中爱尔眼科市值成为湘股冠军。

……

串串数据恰如行行诗句，书写的是天心上下沿江建设、绿色发展的智慧和实干。

半条江岸，满城盛景。

融城之美

半小时经济圈在天心

18分钟！从友阿奥特莱斯，沿着刚刚完成快速化改造的芙蓉大道，开车到湘潭株易路口，薛宏远特意看了下时间。

“比以前快太多了。”他有些感慨，11年来变化翻天覆地，往事还历历在目。

2010年初，薛宏远负责筹建友阿奥特莱斯，选址在天心区芙蓉南路与环保路交会处。

“从地理位置来说这是长株潭三市的中心点，但当时就是一片黄土地，周边连一趟公交车都没有。”薛宏远回忆说，最初往返株洲、湘潭招商，芙蓉路南延项目没完工，开车七拐八绕得1个小时才能到株易路口。

不久后，芙蓉南路直通湘潭，但因为红绿灯多，单程也得40分钟。

直到2020年10月23日，“三干”通车——经过改造后的芙蓉大道、洞株路、潭州大道通行时间均缩短至30分钟内，城际快速道，全程无红绿灯。

“三干”通车，“半小时交通圈”全面形成，是长株潭一体化的大事件，也意味着“半小时经济圈”的逐步形成。

审视长株潭地图，可见三座城市沿湘江呈“品”字形分布，市中心分别相距不足50公里。而天心区，正处于“品”字格局的核心。

天心，拥有无可比拟的融城优势。

湖南省、长沙市释放出了推进长株潭一体化的强大定力和决心，政治、经济、文化等各类发展要素在城南快速聚合。

2004年10月，省政府驻地南迁至天心区湘府路新址。

2015年，暮云片区并入天心，其城区面积由72平方公里增至141平方公里，“大城之南”格局渐显。

2016年6月，地铁1号线运营，纵贯南北。同年底，城际铁路自西而来，在暮云分岔，串起株潭。

到2020年，地铁1号线、2号线、4号线和长株潭城际铁路、芙蓉南路快速化改造项目顺利通车，在南城，“长株潭半小时通勤圈”已然形成。

……

从全局谋划一域，以一域服务全局。

一任接着一任干，一张蓝图绘到底，天心区始终对标省会定位，承担融城重任。

融城，首先是聚人气。

2014 年，天心区首次提出打造“长株潭商圈”的概念，并在 3 年内大手笔投入 20 亿元提质“南大门”。

商圈核心区域以芙蓉南路、韶山南路延长线交会处为核心，北至和平路，南至万家丽路，沿芙蓉南路两厢区域面积共 8. 32 平方公里。

昔日黄土地，今成“聚宝盆”。

现任友阿股份有限公司副总裁、友阿奥特莱斯总经理的薛宏远，亲身见证了巨变。

“当时很多人看不懂，说这荒郊野外的地方能开商场？不仅顾客看不懂，业内人士也不相信，招商遇到很大难题。”薛宏远摇摇头说，“人家上门一看，一声叹息就走了。”

谁也想不到，开业后生意居然连年火爆：从 2011 年的 2 亿元、2012 年的 5 亿元，一直到 2019 年突破 20 亿元。2020 年，尽管受到疫情影响，但依然实现 20 亿 +，友阿奥莱 10 年累计实现销售 130 多亿元，并连续多年进入全国奥莱十强。

随着友阿奥特莱斯购物公园的拔节生长，长株潭商圈在城南崛起，并培育了中海环宇城、鑫悦汇、德盛欢乐广场等一批“优等生”。如今，该商圈总建筑面积已超 230 万平方米，2020 年，长株潭商圈整体营收突破 280 亿元。

融城，还要融产业。

根据 2018 年出炉的《长沙南部片区规划纲要》，南部片区坚持城乡一体规划、一体建设、一体发展，形成“一心、一核、三组团”的城乡空间布局。

“一心”即长株潭城市群生态绿心，“一核”即解放垸和大托铺，“三组团”即雨花经开区、牛角塘、暮云三个组团。

绿心自不必说，“一核”中的解放垸和大托铺，“三组团”中的牛角塘、暮云，都在天心。可以说，在市委、市政府的推动下，天心区在这片区域

“圈”出了一个南部新城。

由此，总面积 82.5 平方公里的南部新城，就像一张整洁的白纸，等待设计者勾勒出高端、高新现代产业体系的蓝图。

地理信息产业园、人工智能产业园、软件产业园阔步向前，“天心数谷”强势启航。

如今，天心区项目铺排的一半以上，都在南边。

南托街道牛角塘村，这个最邻近主城区、拥有约 5000 亩可开发土地的区域，春节前后一片繁忙。原本到处是低端仓储、小作坊、机械租赁场的“散乱污”景象即将成为过去式。

“107 国道以东的 1200 亩土地已完成签约，西边的 120 亩土地正在征拆中。”村干部陈云说，牛角塘终于要像个城区的样子了。

这里是长沙两大“融城起步区”之一，也是长株潭生态绿心地区第一个成片开发的城中村改造项目。

牛角塘正在迎接“牛气”的未来。

按照产业规划，这里将大力发展工业设计、规划设计、建筑设计、工程设计、平面设计、时尚设计等业态，培育一批国家级设计中心，打造“设计方谷”。

融城，更要融人心。

商圈不仅是商圈，它还是一座“路通商成人安居”的全新新城；长株潭融城不再停留在城区交通接轨等层面，还融入了生活、商业、文化交流等丰富内涵。

31 岁的黄晴晴，在先锋街道一家公司上班，典型的“朝九晚五”，老公在株洲上班，家住株洲市石峰区田心。

每天早上 8 时 30 分，她从长株潭城铁田心站上车，8 时 46 分到达先锋站，步行几分钟就可到公司。下午 5 时许那一趟车稍慢点，但 5 时 30 分也能到家门口。

“我们公司有很多同事像我一样，每天从长沙往返株洲或湘潭。”黄晴晴说，大家都说过着“双城记”生活，其实心里早就融成了“一座城”。

长株潭一体化的最终目的，是为三市人民创造更加幸福美好的生活。

南部新城区域位处城乡接合部，基础设施欠账较多。2020 年 11 月，《暮云控规》进行批前公示，其中“干货”满满：聚焦于解决民生配套短板问题，规划20所小学、13所中学、2所九年一贯制学校，可容纳约2.7万名小学生、2.9万名中学生就读。此外，规划8家医院、4处养老机构、4处体育场所……

天心，将继续展现作为核心的融城担当。

2020年12月10日，省委书记许达哲“下沉”到长沙市宣讲党的十九届五中全会精神，围绕“加快推进长株潭一体化”，他对长株潭三市特别是长沙寄予厚望——

“要以更实举措来推进长株潭一体化，努力当好实施‘三高四新’战略的领头雁，成为建设现代化新湖南的示范区。”

来湖南履职4年多来，许达哲高度关注长株潭一体化，曾多次进行调研，指出要把长株潭城市群打造成中部地区崛起的重要支撑。

2月10日，赴长沙履新当天，省委常委、副省长、市委书记吴桂英就强调，要以更大格局和更广视野推动长株潭一体化发展，紧扣一体化和高质量两个关键词，聚焦一年一个新台阶、一年一个大变样，带头唱好“三城记”。

如此信号，彰显时代趋势、传递融城大势！

如何主动作为、承担时代之责？

天心决策者铿锵作答：“十四五”期间，将主动在长株潭一体化建设中当先锋、打头阵，全力彰显三市融城核心省会中心城区担当，全面建设长株潭一体化引领区。

引领，辐射，带动！

这是一份责任清单，更是一张融城路线图：

强化区域联动合作，探索建立三市接壤城区联席会议制度，加强横向对接交流；

围绕“产业协作、创新协同”两个重点，充分发挥上市公司、总部企业集聚优势，引导其在株洲、湘潭跨区域配置产业链；

充分发挥“天心数谷”众多高科技数字化企业与数据平台优势，助推长株潭制造业企业数字化转型；

强化绿心同保共育，落实“两山”理念，探索建立保护山水资源、修复生态系统、建设生态家园、发展绿色产业的协同推进机制，实现区域环境联防共治。

……

著名作家茨威格说过："一个人生命中最大的幸运，莫过于他在年富力强的时候，发现了自己生活的使命。"一个人有使命，便有无穷的力量和永恒的斗志；一个区域有使命，更有排山倒海的力量和无坚不摧的斗志。

情怀之美

"半条被子"在天心

太平街上的贾谊故居，两千年前贾太傅"以民为命　富民利民"的民本思想仍闪耀火花。

城中心的天心阁上，数百年前"四面云山皆入眼，万家灯火总关心"的楹联仍脍炙人口。

妙高峰下的湖南一师，青年毛泽东忧国忧民、救国救民的初心仍映照天地。

情怀总是一脉相传，初心必将历久弥新。

今天，天心阁下的人们，将这种民生情怀化作实干苦干巧干，"干部天天用心　百姓天天开心"的城南故事接续演绎。

在天心，急难愁盼的事儿有人挺身而出。

"四个人的14天"，是2020年长沙战疫故事中特别暖心的一个。"我们天天想你们来!"金盆岭街道狮子山社区的一栋居民楼里，78岁的刘元喜和83岁的老伴陈创杰在跟一双"儿女"拉家常。2020年2月初，因为疫情防控的原因，爹爹娭毑的女儿陈女士，得居家隔离两周。时任社区党总支书记肖锦峰和主任黄蓉晖足足给两位老人当了14天的"儿女"，结下的这份亲情延续至今。

正是因为有了一个个挺身而出的凡人，长沙战"疫"中的天心荣誉成色十足，2个先进集体、5名先进个人荣获国家、省级表彰。

在天心，当你老了，有人呵护。

这里不仅有步行街、酒吧街，还有养老一条街。白沙路上，不到500米的距离，竟有5家品牌养老机构扎堆。各养老机构之间形成了良性竞争，形成了集聚效应，最重要的是地方政府非常重视养老机构，结合和挖掘传统文化，将白沙井周边及白沙路沿线打造为富有地方特色的长寿养老街区。

在天心，派出所也能火出圈。

《守护解放西》在B站走红后，坡子街派出所罕见地成为一座城市的网红打卡地。爆红的背后，是一个个有担当有理性更有人情味的人民警察，一幕幕走心温情的纠纷调解、一次次家长里短的平凡处警，无言地诠释着什么是“万家灯火总关情”。

事非经过不知难。其实，这些年，大建设大征拆大融合的南城，正处在社会矛盾凸显期。

既要高楼大厦，又要背街小巷，温暖天心、爱心天心是怎么炼成的？

从民意出发，以民生落脚，天心，始终用心作答为民“考卷”。

这是一份诚意满满的答卷，“足国之道，节用裕民”。天心区以政府的紧日子换取人民群众的好日子，压减政府一般性支出20%、“三公”经费30%。区级财政八成以上用于民生，年均增长7.4%。

不仅把钱花在老百姓身上，还要把钱花在老百姓心坎上。2019年12月27日，天心区首次实施民生实事项目人大代表票决制，通过一张张选票，将区委、区政府为民办事的决心和广大人民群众的意愿有机结合。新增学位6040个；完成5家社区居家养老服务中心建设任务；实施“爱心天心”帮扶工程，出台百岁老人特别关爱政策，完成困难帮扶5810户，发放帮扶资金1975万元，建成坡子街和大托社区卫生服务中心、落实结对帮扶1014户……

前不久闭幕的区五届人大第七次会议上，193名人大代表再次对12个民生实事候选项目进行票决。这是探索从“为民做主”到“由民做主”，让“民声”决定“民生”的生动实践。

这是一份新意迭出的答卷，创新铸魂，温暖民生。从党建创新到社会治理创新，一个个细节创新聚沙成塔，汇聚成一往无前的天心力量。

“没想到长沙人不出长沙，就能近距离感受青年习近平的七年知青岁月，学习总书记坚定的信仰、苦干的精神和为民的情怀。”距陕北的梁家河1300公里外，桂花坪街道金桂社区，有一个“心中的梁家河”党性教育微基地，全国、全省各地前来参观的人，无不为长沙人的创意击节叫好。

时光回溯到六七年前，金桂社区在全市却是因为“后进生”而闻名。社区是典型的农民安置区，鸡鸭到处养、违章四处见、麻将声不绝于耳，各类矛盾交织聚集。2014 年 3 月，80 后范雪清被派到当时的金桂小区，筹建社区居民委员会。“金桂是多好的名字啊!”范雪清想，既然来了，就要打个漂亮的“翻身仗”。

2015 年，金桂社区党支部看到梁家河的深刻内涵，组织党员两赴梁家河追寻习近平青年时代足迹、感受总书记的初心和为民情怀，大家心潮澎湃、深感震撼，最终在市、区党委组织部门指导下，创建了“心中的梁家河”党性教育微基地，小展厅发挥了大作用，不仅社区大变样，还为长沙市党性教育摸索了一条可复制的有效途径。如今，“心中的梁家河”成了党员领悟初心使命的丰富宝藏，社区群众的精神家园。走进金桂社区到处金桂飘香，昔日的金桂小区实现了由脏、乱、差向高、富、美的蝶变。

一个在社区“复制”的党性教育展馆，影响何以如此深远?

“因为梁家河代表着一种理想、信念和情怀，这种情怀是共通的。”天心区的党员干部说，每个人心中都应该有这样一个“梁家河”，有一份为人民谋幸福的初心和情怀。

前不久，天心区举行《半条棉被》学习观影活动，刘汇感慨道，从“半条被子”到“梁家河”，映照出共产党人百年不变的初心，传承的是以民为本、真挚为民的情怀。

在城市社区、网格、小区以及商圈、楼宇搭建党建引领“有事好商量”基层协商议事平台，“解锁”社会治理难题；创新形成区长企业接待日等“一日一制一景三中心”的天心模式，“解锁”企业发展难题，相关案例成功入选《中国营商环境报告 2020》……

勇于创新的天心人，正是以这样的初心和情怀，塑造着一座温暖、幸福之城。

民生连着民心，民心凝聚民力。

上榜全国综合竞争力百强城区，天心区两年时间强势上扬 21 个位次，位居第 64 位。

赛迪营商环境百强区排行榜上，天心区名列第 43 位。

市场主体总数突破 11 万户大关，相比 2019 年逆势增长 23.8%，“营商环境最佳”成为天心核心软实力和最亮新名片。

全国社区治理和服务创新试验区、全国义务教育发展基本均衡区等荣誉纷纷加冕在这个古老而又年轻的城区身上。

……

“来到天心、天天开心”，一句呼唤简简单单，一座南城至真至情。

“半条被子”，满怀深情。

尾声

“天问”在飞往火星，“嫦娥”已带回月壤，光阴之箭穿越年轮，抵达2021。

立于天心阁城楼，俯仰之间，你会发现，在风的无形流转中，有一种内在的力量，推动着天心，顺势而为，勇往直前地成长着、美丽着、幸福着，让人不仅爱她的旖旎风光，更爱她历经繁华和沧桑后气质长存的风华。

立于天心阁城楼，眺望前方，你会发现，黄金时代在我们面前而不在我们背后。以“智慧天心、融城核心”为总目标，坚持“北优南融、数字赋能、民生为本”三大战略，全面建设具有国际影响力的社会主义现代化大都市示范区、中部一流的现代服务业集聚区、长株潭一体化引领区。湘江奔涌，更多“春天的故事”，将在大城之南续写。

穿行32公里湘江天心段岸线，半城烟火半城绿。

俯瞰141平方公里天心大地，满目繁华满眼春。

【感言】

“老”的底蕴与“新”的魅力

唐薇频

这是第一次，以封面特稿的形式，深度解读一个城区；这是关键节点，以晚报智造的品质，塑造区域品牌和党报影响力的双赢。

为什么是天心？

这里有长沙“老”的底蕴，与“新”的魅力；

这里有着长沙最厚重的历史，最浓郁的烟火味；

这里有长沙最前沿的数字经济、最前沿的融城位置；

这里有最长的江岸线、最长情的告白——“来到天心　天天开心”……

怎么样写出一个“人人心中有　个个笔下无”的南城，写透她的韵味、她的活力、她的动能、她的未来？

我到过这个城区数十次，以记者、吃货、麦霸、游客等各种身份，我以为已经很了解这个城区了。

当6个人的采写团队，历时41天完成2万字的封面特稿时，我才知道：以前，我从未真正走进过她的内心。

这是传统媒体以“慢”应“快”的又一次慢工出细活：

一场十几位部门负责人参加的座谈会，发言踊跃，但对于思考者而言，只言片语足以激发灵感。更何况那么多热爱天心的实干者，用他们的亲历以及所思所想在讲一个个故事。

一个6位采访者的创作前碰头会。执行总编辑慢言细语：转型之美——半城烟火，数字之美——半壁江山，绿色之美——半条江岸；天心的特色在于软实力……虽然架构没有完全搭建好，但是灼热的思维触角所到之处，一个独特视角下的天心呼之欲出。

一个耗时一周才出炉的写作提纲。思考三四天，无法下笔。在腾冲休假的时候，民宿的老板娘看我记挂提纲而无法全身心休假，逼着我熬夜加班写完写作提纲。

然后是三位执笔者历时一周的采访，历时一周的写作，历时10天的修改统稿。从高楼大厦到背街小巷，从园区到街区，我们寻访个性故事；从至少40万字的相关报道、资料中，我们抓取极端数据、典型案例。

不疯不成魔，不悟不成佛。终于，我们还原出一座这样的南城，这里的人们用这样的语言点赞我们的报道：你们写活了一座新时代的南城，提炼出了她的精气神。

国内统一连续出版物号：CN43-0002
第16457号 今日8版

长沙晚报
CHANGSHA EVENING NEWSPAPER

2021年2月18日 辛丑年正月初七 星期四

封面 长沙晚报网站 www.icswb.com 晚报热线 96333

掌上长沙 微信看晚报

责编／王全文 美编／何朝霞 校读／肖应林

许达哲在长沙调研时强调

发扬“三牛精神” 在实施“三高四新”战略中干在实处走在前列

1版

吴桂英调研山河智能、马栏山视频文创产业园时强调

落实习近平总书记考察湖南重要讲话精神 当好实施“三高四新”战略领头雁

1版

传承红色基因 接续奋斗前行 奋力谱写长沙高质量发展新篇章

吴桂英调研中国共产党长沙历史馆和长沙规划展示馆、看望慰问老红军和退休市级老同志

1版

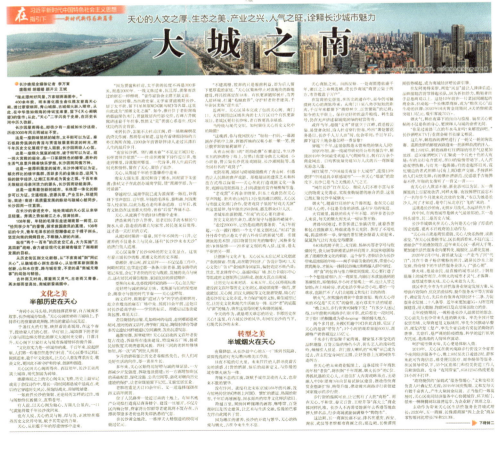

在习近平新时代中国特色社会主义思想指引下——新时代新作为新篇章

天心的人文之厚、生态之美、产业之兴、人气之旺，诠释长沙城市魅力

大城之南

长沙晚报全媒体记者 李万寅 唐薇频 胡媛媛 颜开云 王斌

“指点潭州好风景，万家烟雨画图中。”

400余年前，明末善化庠生俞仪携友登高天心阁。透过蒙蒙细雨，青山城廓、古城烟火跃入眼帘。从此，在中华浩如烟海的诗词宝库里，留下《天心阁眺望》的佳作；从此，“天心”二字闪亮于史册，在历史长河中历久弥新。

长沙因星而得名，却很少有一座城如长沙这般，历经3000年风云而城址不变。

这是一座韵味悠然的城市，太平街可以为证。麻石板路旁温润的青苔与贾谊故居里积淀的时光，把千年历史文化展现于世人面前，长沙因而动人心弦。

这是一座烟火氤氲的城市，坡子街可以为证。逛一回火宫殿的庙会、品一口茶颜悦色的醇香，质朴的生活气息里升腾着快乐梦想，长沙因而风情万种。

这是一座厚积薄发的城市，长沙外滩可以为证。鳞次栉比的楼宇集群、活跃多元的金融业态、迎风飞扬的数字经济，让湘江东岸成为黄金之弦。千百年来无限贴近母亲河活力的源头，长沙因而动能澎湃。

这是一座果敢创新的城市，长株潭一体化的脚步可以为证。交通相连、资源共享、产业互补、环境同治。南进！南进！高质量发展的脉动与融城心脏同步，长沙因而一往直前。

在长沙的奋进史中，地处南城的天心区从来举足轻重。奔涌之势如湘江之水，惊涛拍岸。

108年前，年轻的毛泽东走进湖南第一师范，以“恰同学少年”的豪情，探求救国救民的真理。108年后的今天，青年毛泽东的巨型雕像屹立于橘子洲头，坚定向南的炯炯目光，不断融入新的内涵。

站在“两个一百年”的历史交汇点，大力实施“三高四新”战略、奋力建设现代化新湖南锚定了湖湘新发展的目标。

从历史街区到文化新都，从“不夜南城”到“网红天心”，从融城核心到生态绿心，从治理革新到服务创新，山和水在变、路与城在变，不变的是“南城无难事”的闯劲与韧劲。

古朴而又时尚，厚重而又灵气，古老而又青春。再沐烟雨登高处，南城新景画图中。

文化之美
半部历史在天心

“青砖小瓦马头墙，回廊挂落花格窗，自古城南多故事，长沙南城亦如是。”天心公园的青砖古城墙上，手持彩灯的孩童嬉戏奔跑，清亮的童谣由远及近。

千盏红火的灯笼，映照着沧桑城墙，在这个春节，拨动着人们的心弦。华灯初上，城墙脚下的老街古巷与周边鳞次栉比的摩天大厦时光交错；日落月升，天心阁下万家灯火与城市温暖情怀徐徐升腾。

“文化软实力是一座城市的魂。千百年来，说起岳麓，人们第一印象往往是李白杜甫。”天心区委书记刘汇娓娓道来，数千年文化洗礼，让天心人愈发尊重历史、敬畏文化，更因此不断守护和传承，创新和创造。

天心区因天心阁而得名。西汉初年，长沙王吴芮筑土城墙，明代加固为砖墙。

建璀墙垣之上的天心阁朱瓦飞檐，历史上最早记载见于俞仪诗作中，很长一段时间都是城中最高点。此后的它穿越历史风云，虽饱经战火，却屡毁屡建。

一如血性长沙的坚韧，无论经历怎样的过往，墙与阁始终沉毅挺立，直举苍穹。

有人说，以天心阁为轴心，方圆几公里内，一口气就能将数千年长沙找回来。

也有人说，天心的灵与韵，厚与美，正浓缩在那些历史文化符号里，赋予其笃定的力量。

天心，从积蕴千年的厚重情怀中走来。

“因为贾谊和杜甫，太平街的长度不再是300多米，而是2000年。一线文脉过来，沉且厚，就像雨洗过的街石一样鲜明。”省作家协会主席王跃文说。

西汉时期，杰出政论家、文学家贾谊被贬长沙，居于太平街，留下《吊屈原赋》《鵩鸟赋》等名篇，这里由此成为“湖湘文化之源”。如今，推开位于老街南端的那扇深色木门，贾谊故居内竹影交织，石碑古井默默讲述着千年往事，恍然又“见”贾谊心系苍生、忧国忧民的历史背影。

来到长沙，怎能不去杜甫江阁，看一场璀璨烟花的绛天作画。然而你可知道，这处有着碑廊诗墙的古朴江阁所在地，1200余年前曾陪伴诗人走过其漂泊人生的最后岁月。

“夜宿长沙酒，晓行湘水春”“不见定王城旧处，长怀贾傅井依然”……杜甫在湘留下诗作近百首，他走到哪里，诗就跟到哪里。一代诗圣，将人生最后的时光和情怀，留在了天心，留给了长沙。

天心，从绵延千年的书墨馨香中走来。

南宋大儒朱熹、张栻和诗于湘水，因而留下朱张渡；张栻父子在此创办城南学院，使“湖湘学派，为一时最盛”。

穿越时空，城南学院已成为湖南第一师范，妙高峰下书声依旧。百年前，年轻的毛泽东、蔡和森、何叔衡等人校求知，以此为起点走向革命道路。百年后，教育文脉仍在这里薪火相传，青春“后浪”奔涌不息。

天心，从流淌千年的甘甜清澈中走来。

清晨来到白沙古井旁，用老旧氖子的木柄长勺掬水入壶，临走前再聊几句家常，居民彭龙辰觉得，这才是一天打开的方式。

从战国时期的一眼泉，到千年不涸的一口井，它滋养的不仅是水土与民众，还有“长沙沙水水无沙”的清白做人道理。

天心区集聚了长沙60%的历史文化景点，这里有着古城长沙的根、湖湘文化的历史本源。

登湘街、青山祠、西文庙坪……不仅仅是工作中，闲暇时刘汇也常走过那一条条古街老巷，随身携带的笔记本里，会记下老街的历史与现貌、发展的亮点与痛点，还有居民对留住根脉、家园宜居的深切期许。

要奔向未来，也要找到回家的路——天心怎么做？

用好增与减的辩证方法，实现新与旧的深度融合，踏准守与创的时代节奏——天心这样做。

西文庙坪，镌刻着“道冠古今”四字的重檐牌坊，屹立在敞亮的麻石广场中央。然而10余年前，这处旧时长沙最高学府——学宫的标识，却被层层违法建筑包围，难见天日。

老旧斑驳的房屋、乱如蛛网的电线，走到哪都是死胡同，彼时的西文庙坪，清学衙门故址、陶侃射蛟台等诸多历史遗址同样被逼仄空间裹挟，发出沉重叹息。

遇困突围，面壁破壁！天心区启动西文庙坪老街复古改造，拆除所有违法建设，增设麻石广场，提质民居恢复其明清建筑风貌。四柱三间的老牌坊修缮如初，再一次“站”到世人面前。

岁月的磨砺虽让历史老巷黯然失色，但人们对美好生活的向往，却一直在生长。

多年来，天心区始终用好增与减的辩证法，一方面减少开发强度、拆除违法搭建；另一方面增加街区的基础配套、绿化设施、公共空间等，强化对辖内历史遗迹的保护，让老街既能留下记忆，又能宜居宜业。

老牌坊重见天日10余年后，又一道选择题摆在西文庙坪面前。

位于人民路旁一处近百亩的土地上，有知名地产公司拟打造高层商务楼宇。建设一旦展开，不仅片区内梅公馆、唐家湾公馆群等老建筑将不复存在，古潭街等诸多老街也将失却熟悉的气息。

在长沙黄金地段，一栋摩天大楼创造的税收可能过亿元。

“不建高楼，放弃的只是眼前利益，却为后人留下更厚重的家底。”天心区果断停止对该地块的商业建设，将其控高定在18米。有机更新随即展开，改善人居环境、打通“毛细血管”，守护好老街老建筑，千年街区实现“逆生长”。

近两年，天心区基本完成了包括天心阁、南门口、火宫殿周边区域在内的七大片区12个有机更新项目，老城区更有长沙味，老百姓更具幸福感。

当传统与现代交织，如何留住天心历史文化中的精髓？

“这碗酒，你与我同饮否？”轻轻一扫码，一幕湘剧在手机中上演，婀娜挥袖的汉朝小姐一颦一笑，便让俄罗斯姑娘莉娜醉了。

从青山祠巷口的“刘海砍樵”石雕走过，生旦净末丑的脸谱绘于墙上，仿佛让你置身曲艺大观园。小小街巷，曾云集长沙花鼓戏剧院、长沙湘剧院等，是全国有名的“戏窝子”。

光阴荏苒，剧团与剧场陆续搬离了青山祠。但那些让人沉醉的曲声戏影，却被凝固的建筑艺术和科技方式得以保留——天心在此打造戏剧文化一条街，戏剧唱段跃然墙上，扫码就能欣赏音频视频节选。

“老戏窝”不再余音绕梁，但本土戏曲仍在天心掌声四起。距离青山祠约1.3公里的湘江剧院，天心区与市级文化部门合作，使老戏窝子里的“好戏天天演”在这里延伸，每年演出260余场，惠及群众8万人次。

老城唱出新腔调，“有戏”的天心更有滋味。

历史文化的生命力，就在坚守与创新的碰撞中。

“走过2000年，它仍是最潮的那条街。”从7年前起，一点一滴打造出一个太平里文创社区，“85后”张丹丹看中的正是太平街古朴背后的新锐气质。引领潮流的美术馆、用旧物留住时光的咖啡厅、风格多变的VR体验馆……20多家文创机构入驻，这里，是太平街的另一面。

让创新与文化齐飞。天心区从未忘记对文化创意产业的探索。往南，站在数字经济、广告设计等风口，天心文化（广告）产业园跻身国家队，辐射效应不断凸显；往北，贺龙体育中心、嘉盛国际广场、恒力卡瑞尔中心等组成的文创矩阵已经形成，创意火花点亮南城。

让历史与未来对话。未来五年，天心区将高标准建设西文庙坪等历史文化街区，联动湖南第一师范、贾谊故居、天心阁、田汉大剧院等文化旅游资源，精心打造长沙历史文化步道，全力保护城市文脉，留住城市记忆，让历史文化和现代生活融为一体。长沙“老”的底蕴与“新”的魅力，将在这里得到更为和谐的展现。

今天的作为，就是明天难忘的历史。半部历史在天心！这里，有古城长沙的风华，有网红长沙的当下，有现代长沙的未来。

转型之美
半城烟火在天心

夜幕降临，从长沙最中心的五一广场到书院路，深深浅浅的灯光勾勒出唯美江岸线。

这夜不熄的灯火里，来来往往的人群寻找着舌尖的诱惑、打货的新颖、娱乐的最新定义，与弥漫的城市烟火融为一体。

奔涌不息的江流，既赋予城市灵动的人文，也带来不散的繁华。

没有汴河，就没有北宋东京城168年的兴盛，没有惊艳传世的《清明上河图》。繁忙的漕运、热闹的街市，千年后再展画卷，因水而兴的市井文化鲜活依旧。

跨越万里，塞纳河畔搂踵的画廊、咖啡馆、百货商街以及历史建筑，让艺术与生活交融，浪漫的巴黎左岸由此闻名于世。

因为湘江的滋养，长沙的开放与繁华，天心的热辣与烟火，古往今来生生不息。

天心商脉之兴，自西汉始。一处南湖港码头盛千年，湘江之上舟楫连樯，使长沙南城“商贾云集于四方，市井繁盈于万户”。

在发黄的史册里，在历史的遗存中，至今仍可触摸到天心的商脉传承：从南门口至八角亭短短的距离，千百年来都留下“商肆林立、百货繁荣”的记载；如今的太平街上，保存完好的乾益升粮栈、利生盐号，仍在无声讲述着城南演绎的财富传奇。

或许当年，超级“文青”贾谊立于江畔，看迁客云集、易货者众时，诗人杜甫穿行街巷，吟出“茅处繁花务是日，长沙千人万人出”时，也会叩问：千百年后，脚下这片土地会是怎样一番景象？

穿越三千年，这里依然是未曾断绝的烟火人间！

2020年初，新一线城市研究所公布的报告中，解读2019年全国最受欢迎人气商圈得主，拥有2万余个商业网点、日均客流量突破50万人次的五一商圈毫无悬念入选。

网红城市、“中国最美夜景十大城市”，连续13年获评“中国最具幸福感城市”……在天心“爆款”的助攻下，长沙已是当之无愧的人气之王。

“网红长沙”红在天心。顺应人们不断丰富与多元的物质文化需求，实现食购娱游的融合消费，这里已然汇聚长沙半城烟火——

烟火气，随着红旺的炉火升腾而起。食在天心最打动人心的，不仅是美食的诱惑，还有岁月的味道。

火宫殿里，腾跃的庙火千年不熄。对许多老长沙人来说，每天的烟火时光从一顿早茶开始。

清晨6时刚过，老茶客就已坐满店堂，就着香茶和包点慢慢聊天，转眼就是半天光阴。茶尽了不用吆喝，揭盖将杯一推，穿梭的茶倌便会提着大壶赶来，氤氲热气让灯光也变得朦胧。

640米的坡子街上，火宫殿、杨裕兴等老字号与炊烟时代、费大厨等新湘菜品牌并肩而立，积淀和创新绘就了湖湘饮食文化的剪影。这个春节，老街霸会为长沙带来最浓郁的年味——两手举着美食的吃客，需要小心翼翼侧身，才能从一排排民俗摊点和熙攘人群中穿过。

将“食”的包容与张力释放到极致，天心更打造了一个个超级城市IP：五一商圈里，每隔百米就能遇到的茶颜悦色，即便排队半小时才能喝上一杯，也让人甘之如饴；在土味砖房、老式电话亭旁品尝小吃，哪怕一号难求，也阻挡不了人们去超级文和友打卡的热情。

烟火气，在熙攘的商街中愈渐浓郁。购在天心带来的不仅是“买买买”的愉悦，还有厚实生活的惬意。

“晚上8点，步行街黄兴铜像下见！”有多少人还记得，19年前黄兴南路步行街开街，此后很长一段时间，立于街口的铜像成为爱shoping一族的接头地点。

两个多月前，央视《买遍中国》在此直播，见证了天心的超强“带货力”：3个小时的观看量超600万，湖湘特产销售额达2.15亿元。

千米步行街集聚千家商铺。橱窗里不断变化的品牌潮服、百货云集的特色小店、街头艺人的浅唱低吟，频频引人驻足。店门前大喇叭的“吆喝”早已成为过去，店主们变身网红主播，让好货搭上互联网快车走四方。

在天心的未来商业版图上，这条延续千年商脉的年轻“老街”，将抓牢“千年潮圈，烟火长沙”的C位。善抓机遇的天心人，正抓住扩大内需战略基点，主动融入中国（湖南）自由贸易试验区建设，推动传统商贸业创新扩容、转型升级，推动黄兴南路步行街创建国家级示范步行街。

步行街的偏隅可亲，让它拥有了大批“南粉”。而在天心，平和堂、春天百货、王府井等“高大上”商业体同样扎堆。长沙人不再需要趁新年去香港等地血拼大牌名品，行步南城就能装满整个“购物车”。

这边厢，五一商圈长盛不衰，排名在重庆、西安、南京、武汉等老牌都市商圈之前；那边厢，长株潭商圈强势崛起，成为南城经济增长新引擎。

在友阿奥特莱斯，两处“风景”最让人津津乐道：品牌服鞋店前常排起长队，因为折扣给力，购鞋者出手总是两双以上。这处10年前在一片菜园间崛起的商业体，拉动起一个长株潭商圈，成为“购在天心”最生动的注脚：2020年国庆黄金周期间，8天销售额就突破1.3亿元，吸引客流70万+。

烟火气，释出夜幕下的自由与浪漫。娱在天心黏贴的不仅是你的身心，更演绎人与城的亲密无间。

“你见过凌晨三点的车水马龙吗？来解放西吧。”长沙酒吧KTV行业商会秘书长廖文彬说。

这几年，解放西的酒吧进行了一轮又一轮的淘汰赛。重新洗牌的解放西路迎来一批新鲜血液的注入。

晚上6时后，解放西路灯红酒绿的市井气息更加浓厚。近50家酒吧KTV汇聚成一个五光十色的大夜场：有的主打电音派对，在DJ的煽情带动下，人人挥动双臂热舞，与灯光一起沸腾；有的走起怀旧风，霓虹镶边的老式相框与《夜上海》歌声交融，手持酒杯的人们未饮先醉；有的晒出清新范，民谣歌手吉他弹奏不停，年轻的女孩听了一首又一首……

夜天心让人流连不能，新业态可以为证。五一商圈里的上百家夜妆店，同样火爆。夜妆师唐红最忘不了一名每半个月就来化次妆的女孩，“本以为她是长沙人，问了才知道，是专门从北京打‘飞的’来的。”

这就是长沙的夜，无惧岁月洗礼，永远活色生香。

在中国，有两类城市是烟火气最浓郁的，其一是码头城市，其二是历史古城。

长沙半城烟火在天心，为何是天心？除了厚重的历史底蕴，更离不开政府的主动作为。

“天心自古就是商贸重镇，天心人快乐热情，求新求变。”在天心区委副书记、区长黄滔看来，不仅有这二者融合产生的叠加效应，近年来天心区一系列大手笔，更加速生活性服务业向便利化、精细化、品质化发展。

2020年2月中旬，黄滔就为这一产业当了回“代言”：其在牛食子粉店嗦粉的照片，刷屏长沙本土朋友圈，给疫情下的生活性服务业注入了“强心剂”。

烟火味，是最亲民、最直接的城市品位。于钢筋混凝土的城市而言，有烟火的城市才灵气，才温馨。

浓厚城市烟火味，天心从来敢为人先。

该区率先全市为生活性服务业制定发展方案，从增强有效供给、优化消费结构、提升服务水平等方面着手，确定发力点，先后出台服务夜间经济十二条、力促服务业发展二十八条等。近年来更加速5G+AI智慧商圈建设，用大数据、物联网以及应用场景助力消费。

去年疫情期间，一碗粉是长沙人最深切的想念。天心最先为长沙带来久违的烟火味，率先全国开放农贸市场、大型商超及文娱场所，率先全国推动早餐店、理发店复工复产，率先全省启动有奖促销购物消费季。其背后，是严谨的防疫措施、科学的运行机制在托底，是浓浓的人情味在流动。

呵护城市烟火味，天心更是体贴入微。

2019年，天心区在黄兴南路步行街设立全省首个夜间经济服务中心，晚上8时至次日凌晨2时，游客来此可咨询信息、感受便民医疗、雨伞提供等服务。在区领导带队下，33个区直部门和相关街道工作人员轮流值班，变身“夜间管家”，85812345热线更是24小时不打烊。

“政府提供的‘保姆式’服务很暖心。”文和友相关负责人叶鑫记忆尤深：2019年国庆假期，文和友每天有数千桌客人，产生大量厨余垃圾。正当他们一筹莫展时，天心区夜间经济服务中心协调城管、环卫部门，派来一辆辆餐厨垃圾清运车，为企业解了燃眉之急。

主动作为带来天心区生活性服务业井喷式增长：2020年，五一商圈、长株潭商圈“四上企业”商品零售额同比增长7%和23.3%。

下转封二

不靠海不沿边的内陆城区，如何逐梦开放高地，怎样在新一轮城市竞争中脱颖而出，长沙市雨花区以竞跑者的姿态和韧劲，折射了长沙这座千年古城蓬勃向上的发展内涵——

领跑之路

《长沙晚报》全媒体记者　胡建红　胡媛媛　刘捷萍

清波荡漾的圭塘河两岸高楼林立，洋溢现代气息的雨花款款走来。

2 月 3 日，农历腊月二十二，立春。

《尔雅》有云："春者，天之和也。又春，喜气也，故生。"

伴随着又一个春天到来，长沙这座三千年古城又开始书写新的逐梦故事。

有梦想相随，便有力量滋长。

圭塘河畔一处精美别致的图书馆里，一场记录雨花发展成就的图片展，将人们带进时光隧道，真切感受到梦想的力量：黄土地生长出的通衢路网，生产线上的机器人矩阵，林立高楼里年轻创客的奔忙身影，城市内河生态修复后回归的蹁跹白鹭……

图片展的最中央，百名不同年龄者的笑脸，汇聚成一个动人心弦的字："梦"。

圆梦的笑容，最灿烂，也最动人！去年12月，国内知名智库"壹城智库"发布"2020中国城区高质量发展报告"，雨花区位列全国百强区（地级城市）第十八，排名中部第一。

从荒野纵横的长沙郊区，到综合实力领跑的中部强区，这一逐梦之旅，雨花走了25年。

梦想盛开，才有雨润花开！

雨花的逆袭成长，为长沙的蓬勃生长，写下了生动而丰盈的注解。

注解的背后，是一行行踏路而行的深深脚印；脚印的后面，是一次次怀揣梦想的跋涉远行。

对年轻的雨花而言，逐梦远方的行囊中，总会装上几个不得不回答的问题——

既不靠海又不沿边的内陆城区，怎样才能突破地域局限，寻找属于自己的开放突破点？

先天不足的城郊接合地，怎样才能走上逆袭之路，实现由跟跑者到领跑者的转型跨越？

洗脚上田后的郊区人，在融入城市化发展的时代大潮时，怎样才能实现城市的增长与人的成长同频共振？

……

这是需要一批又一批追梦者、一代又一代奋斗者接续回答的"时代之问"。

当时代考题与区域答卷深切呼应，长沙城东南，无数梦想的种子生根发芽，无数追梦圆梦的故事精彩演绎。

一个多月来，记者走进这里不停探寻，破解雨花逆袭而上的密码——因为过往追梦不息，才有当下盛世华章！

第一章

由边缘到前沿　追逐转型之梦

1300年前的唐朝，一座飞檐六角亭在长沙城落成，名曰“雨花亭”。

因地势高峻，在清嘉庆进士罗瑛所作的《雨花台双桂》中，立此览景可见“山郭恣幽讨，一径穿苍烟”。

当时，谁也不会想到，一座亭台会与一个城区的崛起关联，但历史总会给有准备者以舞台。

1996年，长沙进行区划调整，因古亭而得名的雨花区，走到时代的面前。

此时，拥有诗意美名的雨花，全身却散发着“土气”：115平方公里的区域面积中，城区仅占1/10；作为昔日的郊区，这里土地肥沃，一直是城市“菜篮子”“米袋子”，但粗犷生产的乡镇企业散落，“小鸡吃米、粒粒下肚”的工业模式举步艰难；城市化脚步滞后，除了屈指可数的三条城市干道，放眼望去处处是低矮的楼群、简陋的乡村路……

岁月的车轮驶入21世纪，新一轮区域竞争大幕开启。

环顾周边，同在长沙的兄弟城区，要么因历史底蕴深厚而声名在外；要么因临水而生，拥有通江达海的便捷；要么因产业基础雄厚，享誉三湘大地。

放眼中部，地处湖北、安徽、江西等省份的城区，挟交通大枢纽、新能源基地、科技创新策源地之势能，在全国城市之林中风生水起、各有千秋。

征途漫漫，唯有奋斗！

“时代前行的迅猛步伐，让我们等不得；日趋激烈的竞争态势，让我们慢不得；不容忽视的现实问题，让我们拖不得。”这是雨花一届又一届决策者们形成的共识。

没有天时地利，却不扼腕叹息；缺乏基因优势，却未踟蹰不前。

“从泥土中站起来的雨花人，汲取了大地之力，自古就有一种拼劲与韧劲。”雨花区委书记张敏生动而接地气地揭示了“雨花力量”：正是因为摒弃了“郊区意识”、跳出了思维定势、打破了眼界局限，顺应时代变革大势的城东南，催生出现代化建设之梦、高质量发展之梦。

有了充满激情的远行之心，雨花之梦的轮廓日渐清晰——

“东山辣椒边山藕，侯照丝瓜哪里有”，黄土地上歌谣犹在，如何才能摆脱小农经济的发展固式，抢抓现代产业和科技变革机遇，打造经济跨越赶超的基点？

“行路难觅景，城郊盼芳菲”，粗犷的城市风貌留下声声叹息，如何才能摒旧立新，为长沙东南重塑一座国际化、现代化新城？

“有女莫嫁洞井铺，三年磨穿九条裤”，昔日的贫瘠难以滋生幸福，如何才能做好告别落后的减法、奔向全面小康的加法，将人们对美好生活的向往变为现实？

如今，行走在城东南，昔日城市的边缘之地，已处处可见繁华盛景；往日落后而零散的产业，一步一个脚印走向全国乃至全球的前沿！

10 秒，一台长步道工业相机电路板制成；60 秒，一台比亚迪乘用车下线；1 小时；一台驰众机器人诞生……

从一片空白到光华灿烂，今日雨花，已迎来先进制造业的高光时刻。

从 245 年前英国人瓦特改良蒸汽机起，回顾世界历史，每次工业革命都是人类社会的一次跃升。在新一轮全球竞争中，工业革命同样启示发展的航向。

在雨花，工业变革却是一条曲折的上行线。

进入新世纪，加速新旧动能转化的雨花，开始探索产业制胜之道。从传统的机械配套到热门的环保产业，“捡到篮子都是菜”带来的却是生产粗放、能耗率高、集约化低、同质化明显的困境。

一次次头脑风暴精准研判时代需求、科学考量区域实际，雨花找到了破局的关键：毅然舍弃前期带来一定经济效益的部分业态，推动环保产业向新能源汽车及配套转型；淘汰小规模的传统机械企业，大力发展细分领域的高端智能制造业。

为此，该区先后婉拒不符合产业发展定位的企业 100 余家，其中不乏上市公司。

壮士断腕之后，拐点悄然出现。

比亚迪来了。2009 年，比亚迪电动大巴项目落户雨花，仅一年后，在巴菲特与比尔・盖茨的现场见证下，全球第一款纯电动大巴比亚迪 K9 下线。

“大象兵团”迎风起舞，晓光模具、海福来等配套企业乘势而上，雨花一跃成为新能源汽车及零配件产业中心。

机器人来了。当“AI 之父”艾伦・图灵取代蒸汽机先驱瓦特，成为最具国际影响力杂志的封面人物，昭示人工智能的世界“风口”已经来临。

雨花再次抢占“先”机，强引入、强孵化、强研发，中南智能、驰众等机器人企业龙头，长沙智能机器人研究院等研发智库争先入驻，雨花被授牌为全省唯一的“机器人产业集聚区”。

下好先手棋，带来新境界。目前雨花区拥有智造型企业近 3000 家，新能源汽车及零配件产业链、人工智能及机器人产业链产值年均增长超过 20%。

在这里，呈现的不只是现在，还有未来。

晓光模具智能工厂内，上百名机器人“焊工”列阵，在光与火中精准完成汽车零部件总成焊接；湖南人工智能科技公司里，萌态十足的迎宾机器人不仅能热情引路，还能为你端茶送咖啡；大族智能装备制造基地内，攻克核心组件“卡脖子”技术后，激光加工设备率先实现全国产化……

从借力到借鉴，从制造到创造，从跟跑到领跑，雨花为长沙先进制造业发展释放扛鼎之力。诸多成长型企业变身“参天大树”，新兴工业实体携手成林。

爱拼敢闯的雨花人，对市场经济有着与生俱来的敏锐性。

上世纪 90 年代末起，雨花各类市场如雨后春笋般涌现，最多时有 50 余家。由于缺少规划、涉域过广，“野蛮生长”的 1.0 版市场群，不仅缺乏对经济的拉动力，还伤害了城市的肌理。

从以量占市场，到以质求发展！

雨花全面探索市场转型，以拓荒牛精神突破旧体制约束，淘汰一批、整合一批、转型一批后，特色鲜明的 22 家专业市场加速成长。以红星、高桥为龙头的综合性 2.0 版市场群更是蜚声全国，“湖南市场看雨花”实至名归。

青山如画、客商如织。20 天前在红旗路与时代阳光大道交会处，红星全球农批中心一期开市。

从田野边崛起的红星大市场，走过从小到大、从粗到精的轨迹，如今已是中部规模最大农产品交易集散地的它，从未忘记自我革新。现代化的全球农批中心内，实体采购 + 电商模式，让市民一站式淘遍海内外优质农产品，充满智慧气息的 3.0 版市场群呼之欲出。

从 1.0 到 3.0，这是市场群蝶变的惊艳节奏。一个“转”字，更让雨花现代服务业写尽风流。

地铁 3 号线开通带来巨大人气，作为长沙历史悠久的“头部商圈”，东塘商圈一手强化线下服务，一手探索线上引流，友谊商城一场直播最多时吸引 20 万人观看，单场销售额超过 200 万元。

去年国庆假期，由复地星光天地打造的 24 小时开放式商街迎客，为彰显娱乐时尚内核、倡导情景式消费的德思勤商圈注入新血液。缤纷的百货、不打烊的书店、燃情的酒吧，让城东南之夜有了 N 种选择。

老牌商圈加速蝶变，新型商圈厚积薄发，雨花确立商贸大区地位，商业版图为之一新。

现代金融、文化产业、交通物流形成矩阵，工业设计、信息技术、软件产业开花结果。经济发展方式的华丽“转身”，为雨花塑造集聚效应强大的现代服务业之芯，当前第三产业占 GDP 比重六成以上。

“革故”为“鼎新”腾出空间，“鼎新”为“革故”注足底气。从结构优化到培育经济新动能，从腾笼换鸟到破茧成蝶，久久为功的产业嬗变和升级，成就了梦想腾飞的基底。

夜幕降临，沿着韶山路行驶，中机国际大厦、顺天国际金融中心、潇影大厦……一路高楼林立、流光溢彩，城市犹如舒展的璀璨画卷，勾勒出壮丽天际线。

这条 20 公里长的大道，见证区域的光荣与梦想，更昭示雨花发展之路越走越宽广。

1996 年雨花成立时，该区唯一一条国道，便是韶山路 107 线洞井铺到大托段 10 公里。20 余年来，韶山路不仅北延南拓，新花侯路、长沙大道、木莲冲路、时代阳光大道等一条条城市主轴也接踵亮相，“七纵八横”的路网骨架，让区域挺立起硬气的脊梁。

伴随道路延伸的，是区域边界的拓展、城市风貌的巨变、发展要素的抵达。

不断“长大”的雨花，区域面积从115平方公里扩展到如今292平方公里。通衢两侧，高层楼宇群并肩接踵，奏响城市上空韵律起伏的交响；建筑与道路之间，点点绿园星罗棋布。昔日郊区抖落“土气”，为长沙定制了一张国际化封面。

产业转型、城市发展的过程，也是雨花重塑基因的过程。在解构与重构城东南经济社会版图的历程里，雨花每向前一步，都付出了无数艰辛。经过20余年的追寻，梦想终于照进现实！

伴随着经济的转型增长，雨花的民本情怀更为深沉。

从以前打零工、吃低保勉强维持生计，到如今在扶贫干部帮助下，种植容器苗有望实现10万元的年收益，跳马镇三仙岭村贫困户彭仲文为他的苗园起了一个动情的名字：“共康园”。

“意思就是‘感谢共产党，同步奔小康’。”老彭说。

时代洪流滚滚向前，社会进步一日千里，雨花温度恒暖入心。

该区坚持将每年新增财力八成以上用于民生，“十三五”期间，一项项民本工程接力赛跑，让幸福触手可及：那是新增的4.6万个学位，为孩子带来的阳光成长；那是建成的125万平方米保障性住房，为群众托举起的安居之梦；那是361户建档立卡贫困户全部摘帽后，洋溢的笑声与信心……

更多保障、更显公平、更具尊严、更有希望，雨花人的多姿生活汇成雨花梦的多彩底色。

过去的筚路蓝缕，成就今日的玉汝于成。一组又一组数字，刷新前行的速度。

“十三五”期间，雨花区GDP在全省率先突破2000亿元大关，2020年GDP达2193亿元；去年市场主体总量达19.2万户，每万人拥有市场主体2018户，均为中部城区第一。

不久前由壹城智库发布的“2020中国城区高质量发展报告”，从创新发展、协调发展、共享发展、安全发展等多个维度进行评估，雨花紧随广东、江苏、浙江等沿海发达地区城区，强势打榜全国百强区（地级城市）第18

位，勇夺中部之冠。

志之所趋，无远弗届。

沧桑巨变，换了人间！

第二章

由内陆到外向　寻找开放之梦

千百年来，开放的因子一直流淌在长沙人的血脉里。

时光回溯到唐朝，巧夺天工的铜官窑匠人自信地将文字和画作绘于瓷器之上，惊艳了世界的目光，也让绵亘万里的海上丝绸之路，始终闪耀着湖湘文化的光芒。

即便身处内陆地，长沙从未停止赶海的步伐。

即便偏隅城东南，雨花始终有着向海的梦想。

浏阳河从雨花穿境而过，留下了宛若梨形的第六弯。

浏水悠长，梨湾景美。或许，正是世代静卧在此的这道河湾，滋养了雨花人对“在水一方”的向往。

雨花的诗和远方在哪里？

昔日立于梨湾，放眼望去皆是阡陌田野，即使距离最近的出海水路湘江，也有 20 余公里路程。雨花，犹如一名“宅”在城市中的美丽少女，对远方的世界有着无尽想象和期盼。

雨花的赶海之行，从一处小小的埠口开始。

位处浏阳河畔的东山埠口，为雨花打开了一张窄窄的联通四方之门。从最初“日仅数舟”，到后来商船如织，小码头用坚守换来繁华。新中国成立后很长一段时间，这里都是江西萍乡、湖南株洲和醴陵等地进出长沙的水陆要道、商埠要地。

水的灵动，加速了内陆城区与世界的互动。

1950 年秋，省湘江文工团土改工作队来到东山，创作了一部《双送粮》小歌舞剧，《浏阳河》便是其中一个唱段。此后《浏阳河》经过多次改编，“五十里水路到湘江”的嘹亮歌声，将长沙的开放气度传唱天下，也成为世界认识雨花的鲜明印记。

光阴荏苒，水运码头慢慢退出了历史舞台。

雨花清晰地看到，只有不断探求由河入海的路径，才能找准成长的契机。否则在全球化时代，雨花仍将“宅”在长沙城市一隅，裹足难行。

开放的决心坚如磐石。

时代的机遇说来就来！

2009 年 12 月 26 日，一列最高时速 350 公里的高速列车驶入长沙火车南站。

从此，长沙步入高铁时代；从此，雨花有了对接世界的快行线。

11 年弹指一挥间，如今每天超过 200 对列车在雨花呼啸而过。从这里出发，你可以东到上海、西至昆明、北到长春、南到香港。跨长江、穿南岭、衔珠江，“贴地飞行”直达全国 24 个省会、直辖市和特别行政区。

开放的胸襟海纳百川。

雨花的国际“朋友圈”不断扩大。

“Welcome to Gaodiao!”当首届中非经贸博览会在长沙举行，作为重要分会场的湖南高桥大市场，用浓烈的热情、红火的贸易，让中外嘉宾感受到长沙这座网红城市的独特魅力。

20 余年的精耕细作，如今已是全国第三大综合市场的高桥，仍在追求更高远的对接全球贸易之路。“高桥要有逐梦‘世界商港’的雄心与抱负!”市场董事总经理罗晓信心满满。

随着国家级市场采购贸易方式试点落子高桥，带来的免征不退、简化归类、快捷通关、结汇创新等系列利好，让高桥商户在家门口轻松实现“卖全球”。

试点两年来，商户刘海长见证了太多改变。其店里的酒杯、餐具，此前只在湖南本土销售，如今已经“飞”到巴西、阿联酋、澳大利亚、加拿大等多个国家和地区。

高桥身影活跃于全球市场，去年其市场采购贸易出口额实现 9.9 亿美元，同比增长 53%。

高铁飞驰、高桥跃升，内陆城区的底气和信心，在不断扩大开放中找准了价值链新坐标。

越自信，越开放；越开放，越发展。

2020 年 9 月，中国（湖南）自由贸易试验区正式获批，其中 79.98 平方公里的长沙片区，突出临空经济，打造全球高端装备制造业基地、内陆地区高端现代服务业中心、中非经贸深度合作先行区和中部地区崛起增长极。

随着 0.6 平方公里高桥区块、4.5 平方公里高铁新城区块列入自贸试验区范围，雨花也由此迎来历史性的发展机遇。

强化数字化支撑、完善全链条金融、推出全方位服务、探索立体化物流，一系列要素保障和政策保障体系积极构筑，雨花奋楫向前，加速融入自贸试验区建设的浩荡大潮！

开放者，不以山海为远。

从正在建设的浏阳河国际文化科创基地望去，一面是奔涌不息的滔滔浏水，一面是宛若浪花起伏的火车南站。

去年 9 月，总建筑面积 45 万平方米的基地一期启建，如今展示中心已投入使用。步入其中，科技手段、多元文化演绎着移步换景的奇妙组合，让人们仿佛置身于万丈星河的浩瀚宇宙。

每一段追梦的旅途，都期望拥抱星辰大海。

位于雨花高铁新城区块的浏阳河国际文化科创基地，志在打造“中国的百老汇”。未来其将以文化产业 IP 为内核，以科技、金融为两翼，为文化名城长沙再添一处国际 IP 产业运营中心。

“2018 年，我们将风靡全球的加拿大太阳马戏引入长沙，110 个货柜上万件演出道具，经历了一个复杂的进出关过程。”基地项目打造方、深圳容德文化传媒集团董事长钟烨感慨。

乘着自贸试验区建设的东风，钟烨看到动人的未来：以浏阳河文创基地为龙头，联动马栏山视频文创产业园，对接湘粤港澳创意产业，高铁新城区块欲成为全球领先的 5G 视频和电子竞技产业基地、国际文化创新交易平台。同时，积极探索国际演艺审批“一网通办”、国外演艺团体道具简易监管等新模式，“世界优秀文化，将以更快的速度来到你我身边”。

日前，长沙市政府同意在高铁新城区块打造自贸试验区“国际文化科创基地”“高端现代服务业总部经济中心”，未来在这里，文化创意、总部经济、国际商务、科技金融将携手共舞。

志合者，不以路遥为阻。

白炽灯下，一件醴陵釉下五彩瓷瓶被稳稳举起，润泽如玉的瓶身上，一幅花鸟工笔画精巧而传神，轻轻叩瓶更能发出婉转清音……这一场景，被万里之外的尼日利亚客商通过视频看得真切。“So Beautiful！”老外与高桥商户热聊起商品交易的相关事宜。

作为我国自贸试验区中第一个中非合作先行区的先锋板块，高桥迎来“非品入湘”和“湘品出海”叠加发展的黄金期。

随着李瑞凯的巧手翻飞，埃塞俄比亚原生种咖啡豆被研磨冲泡，浓郁的醇香在非洲咖啡街飘逸开来。

扎根高桥20年，李瑞凯已成为湖南最大的咖啡整合服务商。但此前在采购咖啡豆等非洲资源型产品时，他也曾遇到难题：因信息不通、对非贸易通道不完备和配套支持体系不完善等制约因素，进口咖啡原料多委托上海、深圳的贸易公司，转运时间长、流通成本高。

去年，非洲咖啡街亮相高桥大市场，一站式集聚来自肯尼亚、卢旺达、坦桑尼亚等地的优质咖啡原料。在雨花区和市场共同推动下，入驻咖啡街的商户实现原产地直采。“不仅成本降低，运输时间也缩短一半以上。”李瑞凯难抑兴奋。

星光不负赶路人。

5个月的光阴，雨花高桥区块已为中非经贸深度合作写下生动一笔。

产业共融——非洲咖啡街、非洲可可中国营销中心、非洲坚果交易中心相继迎客，15万平方米的中非经贸合作促进创新示范园一期建成投用。今年1月，中非跨境电商综合服务平台等82家企业及机构入驻示范园，新增企业有望年内带来进出口贸易额20亿美元。

服务升级——高桥建成一站式全程代办服务中心，在此可享商事登记、外贸服务、创业辅导、税务服务、品牌建设等16项管家式服务；中非跨境人民币中心落成，中非贸易企业在家门口就能获得全环节的跨境结算、融资和担保服务。

智囊集聚——中非经贸合作研究会成立，其汇聚大批专家院士和深耕非洲的研究员，将重点围绕十个国家、十个课题、十大产业展开研究，为深度合作提供智力支撑。

4年前，坦桑尼亚客商伊玛第一次来到长沙，便爱上这个城市。如今，远在非洲的他与高桥贸易频繁，还有了一个深情的中文名字：念沙——思念长沙。

情感在这里沟通、合作在这里交融，走向国际舞台的雨花，朋友越来越多，不断收获友谊与精彩。

敞开的大门，让雨花自带“磁场”和“气场”，去年全区外贸进出口额增长23.5%。

在开放中创造机遇，在合作中谋求共赢。

大开大合的背后，是重信守诺的风范品格，是命运与共的博大胸襟，是自信包容的文化气度，是天下大同的理想追求，更是一个内陆城区的气质与格局再造。

放眼全球，新一轮大竞争大发展势不可挡。

身处新的时代方位，雨花将推开更高水平对外开放大门：积极承接并完成湖南自贸试验区长沙片区113项改革事项中的96项，并推出自主创新改革十余项；协调推进长沙火车南站货运中心建设；着力打造国际化、全链条的中非经贸合作综合服务平台，加速构筑全域开放新高地……

不以雨花为世界，而以世界谋雨花——这便是雨花人向往和追求的开放格局！

第三章
由解构到重构　担当改革之梦

逐梦远方，一切要从脚踏实地开始。

如何建立与区域经济社会发展相匹配的善治体系，雨花走过了一条从解构到重构区域治理方式的改革之路。

碧波荡漾，白鹭翩跹起舞，偶尔低飞，在圭塘河上划出道道涟漪。

“鸟儿知道哪儿是最美的地方。”为圭塘河拍摄了上万张照片的生态摄影师刘科感慨。在其身后，缤纷花木拥簇廊桥，流淌在高楼“丛林”间的清澈河水，被夕阳染上一层光辉。

从跳马镇鸭巢冲水库出发，圭塘河一路欢歌28公里后，汇入浏阳河。

这是长沙唯一的城市内河，是一条从“龙须沟”到景观带的变迁之河，更是一条雨花推进改革实践与生态治理创新的见证之河。

逐水而居的人们，从五代十国的马楚王国开始，就接受着圭塘河的馈赠。《宋史》记载：“初，五代马氏于潭州东二十里，因诸山之泉，筑堤潴水，号曰龟塘，溉田万顷。”龟塘，即今日雨花区之圭塘。

遥想千余年前，流水叮咚，引入青翠稻田。圭塘河为一代又一代河畔居民带来安乐与美好。

岁月更迭，生于斯长于斯的老长沙人，对这条河依然爱得深沉。

47 岁的刘科至今记得，小时候河水很清，自己最喜欢去那摸螺蛳。累了，倒在河畔草地小睡一会；渴了，捧起河水往嘴里送。

然而，就是这样一条母亲河，也曾遭遇成长的阵痛：从上世纪 90 年代开始，随着城市化进程加快，大量生活污水和工业废水直排入河，岸边越来越多的菜市场、化工厂宛若“钢牙”紧咬河流。水体黑臭、重金属超标的圭塘河，成为人们叹息的“龙须沟”。

彼时的圭塘河，其实并非个案。当时的中国，生产力飞速发展与建设“两型社会”之间的尴尬，是诸多城市都面临的难题。如何寻找到生态保护与区域发展的共振点，成为新时代必须破解的问题。

“如果唯一的内河黯然失色，城市也将少了活力与灵气。”20 余年来，区域发展的思路在变、奋斗的路径在变，但“还母亲河一湾碧水”的誓言却始终没变。雨花区委区政府以一届接着一届干的坚持，实现生态治水驰而不息，为全国“两型社会”建设探路。

合！圭塘河流经雨花 8 个街镇，涉及的治理部门 10 余个。打破各自为政的碎片化治理模式，该区成立圭塘河流域综合治理指挥部，变“九龙治水”为“一龙统筹”。

关！截断污染源，以攻城拔寨的拼劲，关停整改圭塘河沿线排污企业上百家，拆除违法建筑近 300 万平方米。

治！为实现“正本清源”，圭塘河源头跳马片区地下干支管网完成改造，河流沿线 119 个排水口全部截污；率全省之先引进“食藻虫 + 沉水植物”生态技术，实现水体修复；为河道实施常态化清淤疏浚，累计外运淤泥总量 20 万方，大大提升了河道防洪排涝能力。

护！以国际化视野守护母亲河，雨花区邀请德国汉诺威水协编制圭塘河流域总规，同时打造三级河长制，出台《圭塘河流域管理办法》，推动全民护水。

圭塘河彻底“苏醒”了：2017 年黑臭水体全面消除，2018 年成为全国水环境生态修复样本，2020 年平均水质达到Ⅲ类标准，为有监测记录以来最好水平。

走过沧桑是春光。

如今漫步河畔，风光带聚胜览景、休闲产业带缤纷多元。今年 5 月，全长 2.3 公里的井塘段城市双修及海绵示范公园将开园迎客。当这座重拾城市记忆、洋溢智慧气息的滨水公园敞开胸襟，圭塘河还将迎来无限可能。

在时代赋予的考题前，留下荡气回肠的答卷！

“以改革创新精神贯穿发展始终，以竞跑者姿态冲刺赛场全程，这才是雨花不断跨越的密码。”雨花区委副书记、区长刘素月一语中的，新时代的改革，面对更多的是新课题，不少改革已突入“无人区”，只有以更加硬核的创造，更多从 0 到 1 的突破，雨花才能在逐梦圆梦的火热实践中脱颖而出。

改革精神一脉相承，其背后是滴水穿石的韧劲，是勇于担当的干劲。

挺进体制机制改革的深水区！

十年，在光阴长河中只是一瞬，却在高升村演绎刻骨铭心的巨变。

从 2009 年建起 25 层的商务楼，到 2019 年总建筑面积 12 万平方米的城市综合体开业，高升村里的一群“泥腿子”，写就让土地“点石成金”的传奇。

打破机制“藩篱”，雨花积极探索现代农村集体经济产权制度，将村集体资产量化为股份，村民变“股民”。盘活集体资源后，红星村、高升村、井塘村……昔日偏于东南一隅的小村庄，一跃成为远近闻名的“先富村”。

如今，作为全国农村集体产权制度改革试点区的雨花，仍在农村新型集体经济的探索中大步流星，“希望的田野”新歌嘹亮。

挺进基层治理创新的深水区！

一个弹丸之地的小社区，要挂 84 块各类招牌，承接 500 余项大小行政事项。如此繁复的任务，“小巷总理”如何不叹一声“压力山大”？

“将‘小巷总理’还给小巷，让社区回归服务居民的本位。”雨花区在全省率先实施社区职能减负增效改革，将原来社区承担的558项事项，大刀阔斧精简至104项。同时，公布社区工作事项、社区限定性事项、社区证明性盖章等六张清单，明晰责权、提升效能。

基层轻装上阵，服务提质升级。如今，居民们走进雨花区政务大厅、各街道社区服务大厅，会发现原来一字排开的卫计、综治、民政等多个服务窗口，已被“综合窗”取代。全面推行的基层办事点“一口受理”集成服务，一窗能办理数十甚至上百件事项，群众排一次队、填一回资料，就能完成多项所需。

挺进营商环境优化的深水区！

高效便捷的办事、优质到位的服务、及时有力的帮扶，对企业来说，真切感受胜过千言万语。

去年，雨花区新增市场主体2.77万户，强大的引力波从何而来？一条率先全省打造的“企业全生命周期”服务链，给出了答案。

企业开办推进“双通道”改革，线上即传即办，线下2小时办结；

工程建设项目水电气报装外线审批实现“一张表单+联合踏勘”，减环节、减材料，3个工作日内完成；

常态化推出“企业（项目）服务日”，企业和政府面对面，发展诉求、生产经营难题快帮快解；

企业注销一窗办结，实现简易注销全程网办、一次都不用跑，普通注销部门联动、一窗告知、最多跑一次。

……

从企业新创到良性退市，“保姆式服务”贯穿其成长的每一个环节，带来的是海纳百川、百鸟聚林。

“大到企业发展要素的保障，小到员工子女入学，雨花无微不至的帮扶，深深打动了我，打动了我的股东和全体员工。”去年，作为国内精密光学领域的龙头企业，长步道创始人李四清毅然将公司总部从广州迁址长沙，当前正积极推进上市事宜。

在敢为人先中寻求突破，在“摸着石头过河”的探索中实现突进。雨花以标志性的创新驱动，赋予了追梦不竭的动力。

搭建覆盖到城市末梢的立体网格，智慧手段信息技术助力，网格化管理走在全省前列；率先推动物业服务改革、率先试点社区和居家养老，让“改革为人民”的价值取向始终鲜明……这些年，雨花“首创”不胜枚举，汇聚成区域前进的浩浩大潮。

风雨兼程。面对世界百年未有之大变局，面对前所未有的竞争与挑战，改革也进入攻坚期，需要有更大的勇气和智慧啃硬骨头、涉险滩。

对此，雨花的回答依然响亮：坚持大胆试、大胆闯、自主改，紧盯科技驱动、现代化治理、民生改革等重点领域，突破陈旧禁区，跨越问题雷区，走出“小富即安”的舒适区，开辟全面深化改革的新境界。

第四章

由城长到成长　共圆出彩之梦

“平凡铸就伟大，英雄来自人民。每个人都了不起!”

在 2021 年的新年贺词中，习近平总书记为全国人民点赞。一语唤来三春，温暖满溢心间。

一个国家、一座城市的成长，最关键的因素是人的成长。每一段奋发赶超的历程，都是人人筑梦、追梦、圆梦的过程。

人民，从来都是历史的推动者、时代的创造者。

1930 年 8 月，长沙城郊炮声隆隆。刚成立的中国工农红军第一方面军，按中央指示要求进攻长沙，总部设在郊区的肖家祠堂。在“困长沙十六天、大战数昼夜”的激战中，郊区人民冒着枪林弹雨，送物资、抬担架，给予红军极大援助。

半个多月的攻城，红军在局部地区给予敌人重创。随着对方援军不断增多，面对敌强我弱的形势，毛泽东做出撤长沙之围的果断决策，保存了红军实力。这次战略性转兵，也最终让中国革命走向“以农村包围城市”的正确路线。

金戈铁马的身影已经远去，如今的雨花区环保东路旁，静立的红一方面军总前委指挥部遗址标志碑，告诉着来来往往的人群：这是一片曾交织着英勇奋战、真理探索和军民深情的红色热土。

信仰力量赓续，奉献精神传承！

距离标志碑仅 4 公里，一处名为“新聚园”的家园，正写就新时代的“鱼水情深”。

清晨的小花园里，悠扬二胡声传来，暖暖阳光映照着品茶老人的笑脸，也融入邻里相聚的笑声。

眼前的岁月静好，让你很难想到：这是一个有着全省最大公租房小区，居住近 2000 户低保家庭、2000 余名老人的特殊社区；也是一个实现居民零上访、安全零事故、治安零发案的“三零”社区。

爱的土壤滋养了平安文明。一支百人组成的“微爱服务队”，集聚社区所有党员，志愿者来自雨花各行各业。风雨无阻的治安巡逻、对特殊家庭的一对一帮扶，“每个奉献者内心都燃着一团熊熊的火，照亮他人，也升华了自己。”老党员夏明芳说。

走过千山万水，精神灯塔始终指引方向；克服千难万险，“城市之魂”最能凝聚力量。

作为一个老居民多、新市民多、拆迁安置农民多的城区，如何才能找到全民努力、凝心聚力的支点？

在向中部领先、全国一流迈进的征程中，雨花区始终坚定一条发展主线：既要有“仓廪实衣食足”的物质文明，又要有“崇礼节知荣辱”的社会风气。

深情的承诺背后，是温暖而朴素的追求：区域现代化，不仅是“物”的现代化，更是“人”的现代化。要实现城与人同成长、共进步，让雨花人成为有信仰、有信念、有信心的新时代追梦者！

红色引领一以贯之。

从全域推进的“三零”社区建设，到“雨花合伙人”行动，围绕一个和谐家园的目标，党员干部率先作为，引导越来越多雨花人以主人翁姿态，参与城市建设、共享城市发展。让人人皆愿为、人人皆能为，成为城东南的鲜明特质。

价值引领一以贯之。

雨花积极推进社会主义核心价值观培育、未成年人思想道德建设、示范阵地品牌打造、文明行为倡导等重点工程。对全区 246 家志愿服务组织、近 11 万名志愿者摸底建档，建立精准分类的志愿服务平台。实现文明风尚定向传播、崇德向善蔚然成风，升华了市民的素质和城市气质。

文化引领一以贯之。

奏响文化惠民的主旋律，加强传统文化传播与非物质文化遗产挖掘，积极为市民打造演有舞台、唱有设备、跳有广场、读有书屋的公共文化服务新格局。先进文化的滋养，为雨花追梦积蕴更厚重、更持久的动能。

精神家园的愈渐丰盈，让百万雨花人立足沃土奋力拔节。

在爬坡过坳的关键期，他们始终坚持解放思想、实事求是。尤其在困境逆境中，科学地研究新情况、新问题，灵活地解决新矛盾、新挑战，不驰于空想、不骛于虚声。

在经济社会发展的飞速期，他们在时代变化中积淀了定力和勇气，在市场经济大潮洗礼下练就了眼界与胆识，在对外开放的博大视野里养成了胸怀与气度。

跨出“农门”闯“城门”，失地农民舞活新生活。

“以前面朝黄土背朝天，那叫一个辛苦，现在舞起来唱起来，精气神好得不得了！”将一把绸扇舞得行云流水，烫着时尚发型的常俊伟很难让人相信，这是一名 65 岁的失地农民。

黎锦苑社区，雨花区最早的拆迁安置农民集中居住点。当 6 个村的村民走进都市家园，困惑也随之而来。

一道道防盗门隔开了人与人之间的距离，原本熟于走门串户的乡邻变得陌生；家家都有几套安置房，日子好过了，时间难打发，一些人学会了搓麻的“手艺”；农民变市民，身份变了但生活习惯没变，花园小区里的绿地被开垦成菜地……

改变观念、转变习惯、提升技能、丰富文化，雨花区为失地农民量身打造的“成长工程”，引导他们成为了新生活的导演和演员。

如今的黎锦苑，楼洁街净、花香袭人。拿惯锄头镰刀的双手，忙起了吹拉弹唱；昔日毁绿种菜的身影，变成家园美洁的守护者。“我们文艺队在长沙几个区县很有名呢，好多地方都请我们去。”常俊伟笑得骄傲。

无数感动与温暖的粒子汇聚，常人善举也能微光成炬。

“别人帮助了我，我也应该帮助别人，这是感恩。”“好人多粉店”的墙上，这段话成为最温暖的装饰。9 年前，小店老板刘国兴想开一家米粉店，街坊邻居帮他凑了启动资金。为报答恩情，这些年他坚持为“三无老人”、学龄前儿童提供免费米粉，迄今为止已经送出 3 万余碗。

“人不能决定生命的长度，却可拓展生命的宽度。”25 岁高位截瘫后，肖卓作创立“美人鱼公益演讲团”，励志演讲影响近 10 万人，并成立公益服务中心帮扶残障人士。坐在轮椅上的她游弋成“快乐美人鱼”，带领身残志坚的“同梦人”在呼唤中自强、在勉励中奋起。

走入街巷，善德之风扑面而来；推开门窗，总有好人比邻而居。

当雷锋精神犹如一座永不熄灭的灯塔、一段难以割舍的血脉，流淌在雷锋家乡长沙，无数普通的雨花人用奉献，奔跑出一场爱的马拉松。

更宽广的舞台、更精彩的赛道，青春“后浪”只争朝夕。

跋涉山区，乡亲们对乡村医疗更完善的渴求，让 28 岁的雨花小伙郑陆一难以忘怀。3 年间，他带领一群“90”后，研发出 10 余件用于基层诊所和乡村卫生所的新型诊疗设施，服务范围遍布全国，其公司更获得总计上亿元的风投资本。

创技 + 巧思，一线工人也能勇夺状元。休息日总是一头扎在车间、泡在图书馆，23 岁的雨花经开区产业工人张海兵，能将工业机器人“指挥”得团团转，维护水平更是一流。当他捧起长沙“十行状元”的奖杯时，布满厚茧的双手最让人动容。

在最好的年华，最佳的打开方式就是向着梦想攀登；身处最好的时代，最大的珍惜就是为时代发展贡献力量。

“决心就是我们的资源，信念就是我们的未来。”追梦人的世界，从没有“容易”二字，但雨花人始终未曾忘记自己的“座右铭”。

无论是庚子年春疫情最吃紧的时候，还是当前防疫进入常态化，3 万名党员冲锋在前，百万雨花人勠力同心。

他们是逆行出征、以生命护使命的白衣战士；他们是牢牢守住长沙火车南站，确保外防输入最关键防线不漏一人的抗疫“尖兵”；他们是日夜坚守一线，对全区 63.4 万套房屋零遗漏排查的社区干部；他们是开展爱心行动逾千次，从湖南到湖北挺身奉献的志愿者……

当人的力量汇聚成“众”，同舟共济的城市释放文明之光。

因为在这里，人们共同享有人生出彩的机会、共同享有梦想成真的机会、共同享有和时代一起成长的机会。

所以在这里，无数奋斗者用自己的日夜兼程，挺立起城市风雨无阻向前行的雄伟身姿。

纵有关山万千重，且去攀登！

尾声

历史的脉络自有逻辑，光阴的每一次交替，都在彰显初心的璀璨。

1921 年 1 月 1 日，长沙大雪满城，毛泽东主持新民学会会员新年大会，讨论如何“改造中国与世界”，一个开天辟地的时刻即将到来。

2021 年伊始，我们站在全新的时代起点上。百年大党风华正茂，新时代中国朝气蓬勃，我们从未像现在这样充满自信、意气风发地奔向远方。

梦想启于当下，答案则在未来。

浏河之畔新绿蔓发，吐露生机书写向往。

向往，是跨越过往的力量！当“十四五”大幕开启，新的追梦季已经来临。从此刻，向未来。雨花将以“三高四新”战略为引领，坚定不移走高质量发展之路，向产业变革的制高点挺进，向改革创新的最前沿进发，勇当扩大开放的先行者，回答好一个个“时代之问”，实现从全国一流城区到全国一流强区的大步迈进。

没有比人更高的山，没有比脚更长的路。

【感言】

雨花的领跑之路

胡媛媛

一篇万字长文，将一个区域的前世今生娓娓道来；一条领跑之路，将一个区域的披荆斩棘、破冰前行鲜活刻画。

《领跑之路》见报后，采写团队接到了一名读者的短信，直言：“不容易！”简简单单三个字，是对雨花区奋进历程的感慨，也是这篇特稿从构梁架柱到谋篇行文全过程的写照。

这是晚报第一次为区县作封面特稿。相较起此前特稿的宏大主题，一个小城区如何才能扛起大任？要怎样的立意和破题，才能将跳出雨花写雨花，从解剖小城区的发展中，见证长沙的蓬勃生长？

采写团队数十次碰头，在不断地挖掘、否定、再挖掘之后，终于找到了一条清晰的行文主线：从荒野纵横的长沙郊区到综合实力领跑的中部强区，雨花逐梦而行，终于用25年的拼搏，实现了一场令人动容的逆袭。而围绕“梦”的主线，转型、开放、改革以及人的成长四个分主题，也一鼓作气得以敲定。

精心推敲的，不仅是文章的立意。在行文过程中，一不小心就会落入“站在区域写区域”的俗套，万字长文中的每一个部分，采写团队都数易其稿。

特别是前言，其作为统领全文的精彩开篇，最初开言即谈雨花，经过修改后虽然有了较高一点的站位，但还不够。采写团队在一个周末，从白天讨论到深夜，最终决定以“回答时代之问”为切入点，将雨花置身于大时代的视野中，由此撰写出的前言既意义深远又启迪深邃。

标题是全文之眼。虽然此前行文时，已在集聚集体智慧的30余个备选标题中选用了相对最好的一个，但在稿件编排当天，报社党委主要负责人、采写团队、编辑环节，近十人仍热议到凌晨，出谋献策、反复打磨，最终亮相的《领跑之路》一题，既响亮大气，彰显了区域特性，更彰显了长沙这座千年古城蓬勃向上的姿态。

区域的成绩来之不易，一篇好特稿同样来之不易。

区域只有不断地自我革新、加速奔跑，才能在时代竞技场上写就风流；我们唯有自我突破、精益求精，才能用好手中的笔，留下心中的情怀。

国内统一连续出版物号：CN43-0002
第16449号 今日12版

长沙晚报
CHANGSHA EVENING NEWSPAPER

2021年2月4日 庚子年十二月廿三 星期四 | 封面 | 长沙晚报掌网站 www.icswb.com | 晚报热线 96333

责编/王金文 美编/王斌 校读/肖应林

中共中央关于全面加强新时代少先队工作的意见

1版

本报受权发布长沙市《政府工作报告》

1版

在习近平新时代中国特色社会主义思想指引下 ——新时代新作为新篇章

不靠海不沿边的内陆城区，如何逐梦开放高地，怎样在新一轮城市竞争中脱颖而出，长沙市雨花区以竞跑者的姿态和韧劲，折射了长沙这座千年古城蓬勃向上的发展内涵——

领跑之路

清波荡漾的圭塘河两岸高楼林立，洋溢现代气息的雨花款款走来。 长沙晚报通讯员 谢望东 摄

长沙晚报全媒体记者 胡建红 胡媛媛 刘捷萍

2月3日，农历腊月二十二，立春。

《尔雅》有云："春者，天之和也。又春，喜气也，故生。"

伴随着又一个春天到来，长沙这座三千年古城又开始书写新的逐梦故事。

有梦想相随，便有力量滋长。

圭塘河畔一处精美别致的图书馆里，一场记录雨花发展成就的图片展，将人们带进时光隧道，真切感受到梦想的力量：黄土地生长出的通衢路网，生产线上的机器人矩阵，林立高楼里年轻创客的奔忙身影，城市内河生态修复后回归的翩跹白鹭……

图片展的最中央，百名不同年龄者的笑脸，汇聚成一个动人心弦的字："梦"。

圆梦的笑容，最灿烂，也最动人！去年12月，国内知名智库"壹城智库"发布"2020中国城区高质量发展报告"，雨花区位列全国百强区（地级城市）第十八，排名中部第一。

从荒野纵横的长沙郊区，到综合实力领跑的中部强区，这一逐梦之旅，雨花走了25年。

梦想盛开，才有雨润花开！

雨花的逆袭成长，为长沙的蓬勃生长，写下了生动而丰盈的注解。

注解的背后，是一行行踏路而行的深深脚印；脚印的后面，是一次次怀揣梦想的跋涉远行。

对年轻的雨花而言，逐梦远方的行囊中，总会装上几个不得不回答的问题——

既不靠海又不沿边的内陆城区，怎样才能突破地域局限，寻找属于自己的开放突破点？

先天不足的城郊接合地，怎样才能走上逆袭之路，实现由跟跑者到领跑者的转型跨越？

洗脚上田后的郊区人，在融入城市化发展的时代大潮时，怎样才能实现城的增长与人的成长同频共振？

……

这是需要一批又一批追梦者、一代又一代奋斗者接续回答的"时代之问"。

当时代考题与区域答卷深切呼应，长沙城东南，无数梦想的种子生根发芽，无数追梦圆梦的故事精彩演绎。

一个多月来，记者走进这里不停探寻，破解雨花逆袭而上的密码——因为过往追梦不息，才有当下盛世华章！

第一章
由边缘到前沿 追逐转型之梦

1300年前的唐朝，一座飞檐六角亭在长沙城落成，名曰"雨花亭"。

因地势高峻，在清嘉庆进士罗瑛所作的《雨花台双桂》中，立此览景可见"山郭添幽讨，一径穿苍烟"。

当时，谁也不会想到，一座亭台会与一个城区的崛起关联，但历史总会给有准备者以舞台。

1996年，长沙进行区划调整，因古亭而得名的雨花区，走到时代的面前。

此时，拥有诗意美名的雨花，全身却散发着"土气"：115平方公里的区域面积中，城区仅占1/10；作为昔日的郊区，这里土地肥沃，一直是城市"菜篮子""米袋子"，但粗犷生产的乡镇企业散落，"小鸡吃米、粒粒下肚"的工业模式举步艰难；城市化脚步滞后，除了屈指可数的三条城市干道，放眼望去处处是低矮的楼群、简陋的乡村路……

岁月的车轮驶入21世纪，新一轮区域竞争大幕开启。

环顾周边，同在长沙的兄弟城区，要么因历史底蕴深厚而声名在外；要么因临水而生，拥有通江达海的便捷；要么因产业基础雄厚，享誉三湘大地。

放眼中部，地处湖北、安徽、江西等省份的城区，挟交通大枢纽、新能源基地、科技创新策源地之势能，在全国城市之林中风生水起、各有千秋。

征途漫漫，唯有奋斗！

"时代前行的迅猛步伐，让我们等不得；日趋激烈的竞争态势，让我们慢不得；不容忽视的现实问题，让我们拖不得。"这是雨花一届又一届决策者们形成的共识。

没有天时地利，却不扼腕叹息；缺乏基因优势，却未踟蹰不前。

"从泥土中站起来的雨花人，汲取了大地之力，自古就有一种拼劲与韧劲。"雨花区委书记张敏生动而接地气地揭示了"雨花力量"：正是因为摒弃了"郊区意识"，跳出了思维定势，打破了眼界局限，顺应时代变革大势的城东南，催生出现代化建设之梦、高质量发展之梦。

有了充满激情的远行之心，雨花之梦的轮廓日渐清晰——

"东山辣椒边山藕，候照丝瓜哪里有"，黄土地上像遍食在，如何才能摆脱小农经济的发展固式，抢抓现代产业和科技变革机遇，打造经济跨越赶超的落点？

"行路难觅景，城郊鲜芳华"，粗犷的城市风貌留下声声叹息，如何才能除旧立新，为长沙东南重塑一座国际化、现代化新城？

"有女莫嫁洞井铺，三年磨穿九条裤"，昔日的贫瘠难以滋生幸福，如何才能做好告别落后的减法、奔向全面小康的加法，将人们对美好生活的向往变为现实？

如今，行走在城东南，昔日城市的边缘之地，已处处可见繁华盛景；往日落后而零散的产业，一步一个脚印走向全国乃至全球的前沿！

10秒，一台长步道工业相机电路板制成；60秒，一台比亚迪乘用车下线；1小时，一台集众机器人诞生……

从一片空白到光华灿烂，今日雨花，已迎来先进制造业的高光时刻。

从245年前英国人瓦特改良蒸汽机起，回顾世界历史，每次工业革命都是人类社会的一次跃升。在新一轮全球竞争中，工业革命同样启示发展的航向。

在雨花，工业变革却是一条曲折的上行线。

进入新世纪，加速新旧动能转化的雨花，开始探索产业制胜之道。从传统的机械配套到热门的环保产业，"捡到篮子都是菜"带来的却是生产粗放、能耗率高、集约化低、同质化明显的困境。

一次次头脑风暴精准研判时代需求、科学考量区域实际，雨花找到了破局的关键：毅然舍弃前期带来一定经济效益的部分业态，推动环保产业向新能源汽车及配套转型；淘汰小规模的传统机械企业，大力发展细分领域的高端智能制造业。

为此，该区先后婉拒不符合产业发展定位的企业100余家，其中不乏上市公司。

壮士断腕之后，拐点悄然出现。

比亚迪来了。2009年，比亚迪电动大巴项目落户雨花，仅一年后，在巴菲特与比尔·盖茨的现场见证下，全球第一款纯电动大巴比亚迪K9下线。

"大象兵团"迎风起舞，晓光模具、海福来等配套企业乘势而上，雨花一跃成为新能源汽车及零配件产业中心。

机器人来了。当"AI之父"艾伦·图灵取代蒸汽机先驱瓦特，成为最具国际影响力杂志的封面人物，昭示人工智能的世界"风口"已经来临。

雨花再次抢占"先"机，强引入、强孵化、强研发，中南智能、集众等机器人企业龙头，长沙智能机器人研究院等研发智库争先入驻，雨花被授牌为全省唯一的"机器人产业集聚区"。

下好先手棋，带来新境界。目前雨花区拥有智造型企业近3000家，新能源汽车及零配件产业链、人工智能及机器人产业链产值年均增长超过20%。

在这里，呈现的不只是现在，还有未来。

晓光模具智能工厂内，上百名机器人"焊工"列阵，在光与火中精准完成汽车零部件总成焊接；湖南人工智能科技公司里，萌态十足的迎宾机器人不仅能热情引路，还能为你端茶送咖啡；大族智能装备制造基地内，攻克核心组件"卡脖子"技术后，激光加工设备率先实现全国产化……

从借力到借鉴，从制造到创造，从跟跑到领跑，雨花为长沙先进制造业发展释放扛鼎之力。诸多成长型企业变身"参天大树"，新兴工业实体携手成林。

爱拼敢闯的雨花人，对市场经济有着与生俱来的敏锐性。

上世纪90年代末起，雨花各类市场如雨后春笋般涌现，最多时有50余家。由于缺少规划、涉域过广，"野蛮生长"的1.0版市场群，不仅缺乏对经济的拉动力，还伤害了城市的肌理。

从以量占市场，到以质求发展！

雨花全面探索市场转型，以拓荒牛精神突破旧体制约束，淘汰一批、整合一批、转型一批后，特色鲜明的22家专业市场加速成长。以红星、高桥为龙头的综合性2.0版市场群更是蜚声全国，"湖南市场看雨花"实至名归。

青山如画、客商如织。20天前在红旗路与时代阳光大道交会处，红星全球农批中心一期开市。

从田野边崛起的红星大市场，走过从小到大、从粗到精的轨迹，如今已是中部规模最大农产品交易集散地的它，从未忘记自我革新。现代化的全球农批中心内，实体采购+电商模式，让市民一站式淘遍海内外优质农产品，充满智慧气息的3.0版市场群呼之欲出。

从1.0到3.0，这是市场群蝶变的惊艳节奏。一个"转"字，更让雨花现代服务业写尽风流。

地铁3号线开通带来巨大人气，作为长沙历史悠久的"头部商圈"，东塘商圈一手强化线下服务，一手探索线上引流。友谊商城一场直播最多时吸引20万人观看，单场销售额超过200万元。

去年国庆假期，由复地星光天地打造的24小时开放式商街迎客，为影视娱乐时尚内核、倡导情景式消费的德思勤商圈注入新血液。缤纷的百货、不打烊的书店、燃情的酒吧，让城东南之夜有了N种选择。

老牌商圈加速蝶变，新型商圈厚积薄发，雨花确立商贸大区地位，商业版图为之一新。

现代金融、文化产业、交通物流形成矩阵，工业设计、信息技术、软件产业开花结果。经济发展方式的华丽"转身"，为雨花塑造集聚效应强大的现代服务业之芯，当前第三产业占GDP比重六成以上。

"革故"为"鼎新"腾出空间，"鼎新"为"革故"注足底气。从结构优化到培育经济新动能，从腾笼换鸟到破茧成蝶，久久为功的产业嬗变和升级，成就了梦想腾飞的基底。

夜幕降临，沿着韶山路行驶，中机国际大厦、湘天国际金融中心、潇影大厦……一路高楼林立，流光溢彩，城市犹如舒展的璀璨画卷，勾勒出壮丽天际线。

这条20公里长的大道，见证区域的光荣与梦想，更昭示雨花发展之路越走越宽广。

1996年雨花成立时，该区唯一一条国道，便是韶山路107线洞井铺到大托段10公里。20余年来，韶山路不仅北延南拓，新花侯路、长沙大道、木莲冲路、时代阳光大道等一条条城市主轴也接踵亮相，"七纵八横"的路网骨架，让区域挺立起硬气的脊梁。

伴随道路延伸的，是区域边界的拓展、城市风貌的巨变、发展要素的抵达。

不断"长大"的雨花，区域面积从115平方公里扩展到如今292平方公里。通衢两侧，高层楼宇群并肩接踵，奏响城市上空韵律起伏的交响；建筑与道路之间，点点绿园星罗棋布。昔日郊区抖落"土气"，为长沙定制了一张国际化封面。

产业转型、城市发展的过程，也是雨花重塑基因的过程。在解构与重构城东南经济社会版图的历程里，雨花每向前一步，都付出了无数艰辛。经过20余年的追寻，梦想终于照进现实！

伴随着经济的转型增长，雨花的民本情怀更为深沉。

从以前打零工、吃低保勉强维持生计，到如今在扶贫干部帮助下，种植荞麦苗有望实现10万元的年收益，跳马镇三仙岭村贫困户彭仲文为他的苗圃起了一个动情的名字："共康园"。

"意思就是'感谢共产党，同步奔小康'。"老彭说。

时代洪流滚滚向前，社会进步一日千里，雨花温度恒暖人心。

该区坚持将每年新增财力八成以上用于民生。"十三五"期间，一项项民本工程接力奔跑，让幸福触手可及：那是新增的4.6万个学位，为孩子带来的阳光成长；那是建成的125万平方米保障性住房，为群众托举起的安居之梦；那是361户建档立卡贫困户全部摘帽后，洋溢的笑声与信心……

更多保障、更显公平、更具尊严、更有希望，雨花人的多姿生活汇成雨花梦的多彩底色。

过去的筚路蓝缕，成就今日的玉汝于成。一组又一组数字，刷新前行的速度。

"十三五"期间，雨花区GDP在全省率先突破2000亿元大关，2020年GDP达2193亿元；去年市场主体总量达19.2万户，每万人拥有市场主体2018户，均为中部城区第一。

不久前由壹城智库发布的"2020中国城区高质量发展报告"，从创新发展、协调发展、共享发展、安全发展等多个维度进行评估，雨花紧随广东、江苏、浙江等沿海发达地区城区，强势打榜全国百强区（地级城市）第18位，勇夺中部之冠。

志之所趋，无远弗届。

沧桑巨变，换了人间！

第二章
由内陆到外向 寻找开放之梦

千百年来，开放的因子一直流淌在长沙人的血脉里。

时光回溯到唐朝，巧夺天工的铜官窑匠人自信地将文字和画作绘于瓷器之上，惊艳了世界的目光，也让绵亘万里的海上丝绸之路，始终闪耀着湖湘文化的光芒。

即便身处内陆地，长沙从未停止赶海的步伐。

即便偏隅城东南，雨花始终有着向海的梦想。

浏阳河从雨花穿境而过，留下了宛若梨形的第六弯。

浏水悠长，梨湾景美。或许，正是世代静卧在此的这道河湾，滋养了雨花人对"在水一方"的向往。

雨花的诗和远方在哪里？

昔日立于梨湾，放眼望去皆是阡陌田野，即使距离最近的出海水路湘江，也有20余公里路程。雨花，犹如一名"宅"在城市中的美丽少女，对远方的世界有着无尽想象和期盼。

雨花的赶海之行，从一处小小的埠口开始。

位处浏阳河畔的东山埠口，为雨花打开了一张窄窄的联通四方之门。从最初"口仅数舟"，到后来商船如织，小码头用坚守换来繁华。新中国成立后很长一段时间，这里都是江西萍乡、湖南株洲和醴陵等地进出长沙的水陆要道、商埠要地。

水的灵动，加速了内陆城区与世界的互动。

1950年秋，省湘江文工团土改工作队来到东山，创作了一部《双送粮》小歌舞剧，《浏阳河》便是其中一个唱段。此后《浏阳河》经过多次改编，"五十里水路到湘江"的嘹亮歌声，将长沙的开放气度传唱天下，也成为世界认识雨花的鲜明印记。

光阴荏苒，水运码头慢慢退出了历史舞台。

雨花清晰地看到，只有不断探求由河入海的路径，才能找准成长的契机。否则在全球化时代，雨花仍将"宅"在长沙城市一隅，裹足难行。

下转封二

大河西

纪红建

一座座飞越江上的桥梁
一条条穿梭江底的隧道
犹如一条条血管
感触着西岸的气息与律动
见证着西岸的发展历程……
如今在“有机更新”政策呵护下
古老的长沙焕发出新生机

——题记

1 湘江帆影

“过河了，要过河的就上船咯！”

1949 年 10 月 1 日，天刚蒙亮，21 岁的吴旺顺冲着西岸溁湾码头上的人们吆喝着。

溁湾码头早已人山人海。为了庆祝中华人民共和国成立，长沙要举行一系列庆典活动，西岸人争相过江去见证这一伟大的历史时刻。

长沙五百来个划工，都做好了准备。他们要以“双飞燕”的姿势庆祝新中国的成立。

橘子洲土生土长的吴旺顺，祖辈世代行船讨生活。那时过江主要靠小船，也就是长沙人所称的“划子”。划子不大，宽不到 3 米，长约 10 米，中间有个大仓可装载货物和人员。划工站船尾，手握桨柄划动船只前行，长沙人俗称“双飞燕”。

“不能再上了，不能再上了，等下一趟吧！”吴旺顺焦急地说，划子上坐了 20 多个人了，已经超载。

天色渐亮，江面呈现百船竞渡的壮观场景。

约 3 个小时后，吴旺顺第二趟来到西岸。溁湾码头依旧人头攒动，人们满脸焦急。

“我要过河！我要过河！”“师傅，停一下！”“师傅，求求您啦！”……身后的呼喊声、哭叫声，让他既无奈又愧疚。

特别是那些不能坐上划子到东岸长沙城见证新中国成立的老人，急得跺脚痛哭的场景，更是令他一辈子刻骨铭心。

图为当年湘江上的船工。

“天下行业有三苦，撑船打铁磨豆腐”，撑船是首位。旧长沙民谣说，“养女莫嫁驾船郎，驾船老了无下场，生来工作无保障，死了埋葬无地方，朝生暮死谁知道，一片伤心哭断肠。”但吴旺顺知道，这个行当即便苦，但也担当着使命，承载着梦想。

1949年后，情况渐渐好转。1950年，长沙市划驳船联合运输服务社成立，共有驳船、划子400多艘，服务社统一承揽货源、统一运输价格。1951年，长沙新建石阶码头于大西门，省航运公司用蒸汽轮渡船定时运送人员过河。轮渡船一次可运送几百人，速度快，稳定性好，比划子安全，坐的人越来越多……

但，没有桥，西岸人的梦想依然充满酸楚。

在西岸的火炬城社区，有一位名叫张国良的大爷，他对西岸现在的美好与过去的辛酸有着深刻的体会。

上个世纪60年代末，还是毛头小伙的张国良，往西岸的坪塘铁厂工作。刚上岸，张国良就感受到了西岸的荒凉。从船码头到铁厂是条不到一公里的泥巴路，泥泞不堪。那晚，他在日记中写道：“湘江，突然拉远了我与家的距离，东岸的家，让我牵挂与思念。要是湘江上有座像武汉那样的长江大桥该有多好啊！”

“没有桥，不仅不便，有时还会死人。”张国良说。一天下午，一个同事药物中毒，他和几个年轻职工抬着就往附近的一家小医院跑。医生一看，病情严重，情况不妙。打了一针后，医生叫他们赶紧送河东的市区医院。于是，他们抬着同事赶紧往江边码头跑。跑到码头，船已开往江中，他们声嘶力竭地叫喊着，但在汹涌的波涛声面前，却是那么的无力与微弱。下一趟船来到码头时，已是两个多小时后。此时，已是傍晚，同事的病情愈发严重，眼睛和指甲都呈现绿色。中毒同事紧紧抓着张国良的手说：“国良，你一定要救我，我不想死！”张国良眼里噙着泪水，不停地点着头。此时，他是多么希望船能长上翅膀飞过湘江，他又是多么希望有一座大桥横跨湘江，小轿车可以飞驶而过。当他们抬着同事跑到省人民医院时，同事已经停止了呼吸。

辛酸的感受，但凡生活在西岸的老人都有。那时西岸也有企业，但只有寥寥几家因水而生的企业，比如船舶厂、裕湘纱厂等。长沙船舶厂退休工人廖德顺老人，与共和国同龄，现住西岸银桥社区船舶厂小区。虽然他曾经工作过的船舶厂早已搬离长沙城，西岸几十年翻天覆地的变化，都让他无法想象出当年的模样了，但辛酸的记忆依然印在他脑海中。“那时西岸沿河连条像样的马路都没有，船舶厂周围全是杂草丛生。每到雨季，洪水泛滥，船舶厂就要被水淹。”廖德顺说，“除了几个厂子，什么都没有了，当年我结婚时，还是租用的农房。”

住西岸银星社区的赵延生，是裕湘纱厂最后一任总经理和法人代表。1952 年出生的他，是个老河西人，也是裕湘世家。“没桥之前，整个西岸，没有一条水泥路，也没有一条像样的公路。一条黄泥路通往我们裕湘纱厂，天晴扬灰路，下雨水泥路。除了几个厂子，老百姓家连电都没通，也没有自来水。”赵延生说，“那时大部分职工住河东，每天上下班，进出都是船。船不大，要面对波浪和激流，非常危险，还要绕过橘子洲才能到河东，非常费时。”

以前的轮渡码头情景。

以前的轮渡码头情景。

2 走向繁华

1972 年 7 月 2 日傍晚的那一幕，顾庆丰现在依然历历在目。

当时他正上小学五年级，那天学校组织他们到湘江大桥（现在的橘子洲大桥）建设现场参加义务劳动。劳动一整天的顾庆丰，感觉不到丝毫疲惫，蹦蹦跳跳地回来了。

“丰伢子，过来，快过来！”外婆突然从胡同的拐角处冒了出来。

顾庆丰吓得一激灵，说：“外婆，您在这里干什么呀？”

外婆佝偻着身子，拄着拐杖，迈着小脚，麻利地抓住顾庆丰的胳膊，神秘兮兮地问道：“我都在这里等了一下午了，就等着你回。赶紧告诉外婆，那个湘江大桥长什么样？”

顾庆丰想了想，然后用手在空中划了一个长长的横线说：“很长，很长，很宽，很宽。”

“到底有多长，有多大？”外婆穷追不舍地问道。

顾庆丰想了想后，说：“从河东的五一路到河西的溁湾镇，从橘子洲上空飞过。”

后来，顾庆丰从史料中得知，湘江大桥 1971 年 9 月开始建设，1972 年

9月竣工通车。当时长沙城只有50多万人口，却有近百万人次参加义务劳动。

改革开放后，长沙飞速发展。1987年长沙开始兴建湘江上的第二座大桥——银盆岭大桥。2000年猴子石大桥建成通车……一座座横跨湘江的大桥先后冒了出来。桥不仅圆了梦想，方便了群众，增添了新的长沙图景，更是点燃了荒芜西岸的激情与梦想。

随着一座又一座大桥的建成，溁湾码头处很快就变成了一个繁华小镇，临江工厂顿时风生水起……但对于后来的“大河西”来说，这些都还是小儿科。

当然，“大河西”理念与格局的最终形成，也非一蹴而就。

上个世纪80年代中后期，为促进科技与经济结合，全国不少大城市纷纷设立科技开发试验区（即后来的高新区）。虽然当时长沙的经济实力不强，全市地区生产总值不到60亿元，财政收入不到10亿元，人们的科技意识也不强，各方面条件均不成熟。但“敢为天下先”的长沙人，从来不乏创新精神。

“别人能干成，我们长沙人凭什么就不能!”长沙人紧握拳头，抱着坚定不移的决心。这一历史重任，落到了时任长沙市科委副主任张祥龙以及后来任长沙市委副书记、市人大常委会主任易希文等人的身上。1988年年底，由张祥龙挂帅的小分队开始选址。

受“宁要河东一张床，不要河西一间房”“岳麓山就是最后一道屏障”等老观念的影响，他们一开始并没有将西岸作为试验区的首选地。

“张主任，我们是不是去河西看看，自从湘江大桥建成后，有些单位已经考虑往河西发展了。现在正在修第二座湘江大桥，以后去河西会更方便。”看到在河东转了一圈都觉得不理想的张祥龙，有人便提议说。

“是啊，我们怎么不到河西看看呢，不是有桥了吗，不需要坐船了呀!”张祥龙说。

说干就干，张祥龙立即打电话求助时任长沙市规划办副主任的吴振斌，请求他明天一道去西岸考察。第二天一早，张祥龙、吴振斌、易希文等人，骑着自行车，通过湘江大桥，风尘仆仆地赶往西岸。他们从龙王港开始，沿着银盆路，一路往北。沿线都是菜地、鱼塘、稻田、山丘等，全是未开发的“处女地”。

“这真是长沙的‘西伯利亚’啊！”吴振斌说。

“我们应该在‘西伯利亚’干一番事业！”张祥龙说。

他们走到路的尽头——银盆岭后，便往回走。

“吴主任，这是附三的生活用地吗？”在路过湖南医科大学附属第三医院（今中南大学湘雅三医院）建设工地时，张祥龙突然发现右边有一块几百亩的平地，便问吴振斌。

“不是附三的，是市城建公司开发的，已三通一平，有三四百亩土地，那边还有一块已征购但未三通一平的土地，有五六百亩。”吴振斌说。

“在哪里？”张祥龙欣喜地问道。

“就在六沟垅。”吴振斌指着不远处说，“这块地叫南充，但这一大片的总地区叫茅坡。”

“我们去六沟垅看看。”张祥龙都迫不及待了。

一到六沟垅，张祥龙马上就找到了灵感。

“这里才是建试验区的最佳地点！”张祥龙兴奋地说。

附近除了一家采石场，一家建筑机械研究院，全是可开发的土地。沿西岸往南走，便是岳麓山区的高校区，是长沙智力最密集的地区。

“我看集中建设区就可定在茅坡，在六沟垅建科技一条街。”张祥龙说，“吴主任，这需要你的支持呀！”

“我全力支持！”吴振斌说。

……

令人始料未及的是，西岸的飞速发展，还是远远超出了张祥龙他们的想象。随着茅坡科技园不断发展壮大，当时的规划已经完全不能适应发展的需要。1997 年 4 月，长沙市委市政府决定建岳麓山科技园，也就是现在长沙人熟悉的麓谷，科技园集中建设从六沟垅、茅坡一带到西边的望城坡。再后来，再往西，岳麓山科技园发展成了长沙国家高新技术产业开发区……

宋捷，长沙高新区原主任助理，来高新区之前，他在益阳地委当过团委书记、地委办公室主任。虽然他比易希文他们晚到几年，但却同样有着深刻的感受和深厚的情感。

“当年很多朋友都觉得我应该留在益阳，但我从未觉得后悔，因为我投向了一项让我一辈子都自豪的事业，亲历了河西的巨变，也见证着这个美好的时代。”宋捷说，“30 年来，我们在河西 0.5 平方公里的‘不毛之地’，艰苦奋斗，将高新区发展到如今的 140 平方公里；从刚开始的 20000 元开办费起家，2019 年实现企业总收入 5000 亿元……长沙高新区今天的发展成就，不仅是长沙人创新创业的生动实践，更是河西对共和国 70 年波澜壮阔的奋斗历史的生动证明。”

高新区的发展，自然带动河西的迅猛发展，高楼大厦如雨后竹笋般冒了出来。

此西岸，已非彼西岸了。

3　品质河西

西岸不再荒芜，不再是农田、菜土与山丘，她与东岸共同构成长沙城心脏的左右心房。

左右心房，需要更有活力的血脉相连。营盘路隧道为“湘江第一隧”，位于橘子洲大桥和银盆岭大桥之间，是连接湘江两岸的过江主干道。工程于 2009 年 9 月 20 日开工建设，2011 年 10 月 29 日通车运营。但营盘路隧道的修建，并非一帆风顺，犹如一场心脏搭桥手术。

钟可，营盘路隧道建设时的经理。之前他在中铁五局工作，2008 年 6 月调到长沙轨道公司。来后不久，就担当重任，着手建设营盘路隧道。“那时河西的发展日新月异，湘江两岸逐渐高度融合，光建桥，已经不能满足河西的发展需求了，必须建过江隧道。”回想起 10 年前的情景，钟可感慨万分，“当时我们的压力非常大，一是时间紧，市委市政府只给我们两年建设时间，二是工程难度异常大。”

钟可说，时间紧不怕，加班干就是，长沙人吃得苦、霸得蛮。隧道建设时，光从地上是看不到人的，但在繁忙时，有 50 多个作业面，近 6000 人在江底热火朝天地干活。要攻克工程难度，光能吃苦还不行，还需要智慧。

在城市核心区域施工，注定了营盘路隧道建设的艰难与复杂。

如何解决？打造一个水下立体！也就是隧中建隧。办法是好，但难度空前。

“没有其他省事的办法吗？”我问钟可。钟可说：“有是有，但都不利于城市的发展。作为建设者，我们必须对历史负责，最终，我们本着节省土地的原则，从解决隧道出入口拥堵的交通难题出发，选择了这个方案。要求是苛刻，挑战是大，但这有利于长沙的发展，特别是河西品质的提升。”

如何打造？钟可说，让营盘路湘江隧道的匝道和主线全部在江底穿行，包括南北两线主线，其中南线长 2851 米，北线长 2843 米；4 条匝道，合计长 2752 米。这条“立交隧道”8 次穿越湘江大堤，6 次穿越断层破碎带。其间需攻克长距离过圆砾流沙层段、过湘江大堤段、江底断层破碎带段、上下交叉段、超浅埋段等复杂技术难题，需要对隧道全过程的风险进行分析控制，以确保隧道施工安全。特别是 4 条匝道与两条主线共形成了 4 个江底分叉大跨段，其中最大的开挖断面宽 27 米，高 17 米。这也是当时国内江底隧道中跨度最大的一个断面，在隧道施工领域称得上世界级难题。

还有一件让钟可记忆深刻的事。

“钟总，隧道河西出口刚好在王陵公园南边。怎么办？”那天，80 后小伙、营盘路隧道现场负责人肖衡急匆匆地找到钟可说。

“走，看看去。”说着，钟可他们驱车直奔王陵公园。

来到现场，他们进行了认真分析。如果按原设计，只要削去王陵公园内山的南坡，一切将迎刃而解。但眼前的王陵公园，是省级重点文物保护单位，园内西汉长沙王吴芮家族墓群闻名遐迩。“调整方案！”钟可果断地说，“我们既要建好隧道，也要保护好文物。”

不久后，肖衡与专家一起，研究出路桥隧堤一体的独特的组合结构，不仅避开了王陵公园，还完美地保护了隧道出口处的龙王港，以及龙王港上的桥。

10 年后的 2019 年，4 月 12 日，当钟可在北京捧上营盘路湘江隧道获得的第十六届中国土木工程詹天佑奖奖杯时，这个向来刚强坚毅的汉子顿时热泪盈眶。

其实在营盘路隧道开工建设的同月，即 2009 年 9 月 28 日，连接长沙河东河西的地铁 2 号线也宣布开工，并于 2014 年 4 月 29 日一期开通试运营。

这不仅宣布长沙的轨道交通发展已经步入了快车道，更是首条从河东深入河西腹地的地铁，东西两岸从此同频共振。

西岸乘势而上，向高品质方向发展。

饶国祥，湘江新区国土规划局规划编制处处长。2010 年调到湘江新区，之前一直在长沙规划勘察院工作。他也是西岸建设的参与者和见证者。

2007 年，国务院批准设立长株潭城市群为资源节约型和环境友好型社会建设综合配套改革试验区，要求加快形成节约资源和保护环境的空间格局、产业结构、生产方式、生活方式。长沙决定率先成立先导区。

“当时我还在长勘院工作，是市规划局下属单位，承担了选址工作。”饶国祥说，“到底放在哪里？长沙城的东南西北都考察过，最后市委市政府决定放在河西。为什么？两个原因，一是因为资源节约型和环境友好型社会建设是生态文明体制改革的重要内容，河西虽然交通条件相对河东弱一点，但生态特色明显，好绘制蓝图。二是长沙人的发展战略和担当精神，这时长沙不再是沿五一大道的发展战略了，而是跨江发展，沿湘江西岸发展，甚至还要通过河西向益阳等周边地市辐射，体现省会担当。”

2008 年 6 月，长沙大河西先导区成立。

但大河西先导区时代的河西，是手掌形式的空间布局发展，在产业发展上着笔不够。进入新时代后，这种发展布局落后于时代发展的需要。

2015 年 4 月 8 日，国务院正式批复同意设立湖南湘江新区。全区位于湘江西岸，包括长沙市岳麓区、望城区和宁乡市部分区域，面积 1200 平方公里。这是中国第 12 个、中部地区首个国家级新区。设立和建设湖南湘江新区，是打造“一带一路”核心增长极的重大举措，也是推动长沙在更高起点上融入“一带一路”倡议和长江经济带国家战略的重要平台。

河西，由此进入一个全新的发展时代！

“进入新时代，社会各方面发生了变化，到了该对 2008 版的先导区进行整体升级的时候了。我们主要对空间发展战略规划进行了提升，更加注重产业对河西发展的支撑。”饶国祥说。

随后，饶国祥又豪情满怀地介绍起河西的美好图景来："全区分两廊三轴、一主三副。两廊，一个是南北向湘江西岸现代服务业走廊，包括滨水新城、滨江新城、大学城、洋湾镇等地的金融服务业、文创、商业、现代服务业等；一个是东西向319国道战略性新兴产业走廊，包括长沙高新区、宁乡高新区、宁乡经开区……"

在饶国祥的讲述中，梅溪湖、洋湖、大王山、金融中心、高铁西城、湘江智谷等重点发展板块，犹如夜空中耀眼的星星，闪烁着现代与浪漫的光芒。

此时，西岸已勇立新时代潮头！

图为大河西的繁荣景象。

4 国际风范

这天，漫步在长沙高新区管委会大院内的国际科技服务平台，我有一种前所未有的惊喜与豪迈。

这个平台有国际咖啡屋，有外国企业服务中心，有进出口商品展示中心，还有北欧可持续发展协会、俄中友好协会、印度中国经济文化促进会、韩中友好交流协议会、以色列创新中心湖南代表处等数十个外国非政府组织。每个组织有两个办公室，还有一个大展厅。

多种肤色，多个民族，各种语言，共同目标，构成了西岸的"国际化"。

“平台的各国组织，有各个外国协会优秀的代表，以及在各自领域都颇有成就的外国专家，他们每个人都在非常真诚热情地宣传长沙，为长沙的企业发展贡献他们的力量。大家互帮互助，像个‘联合国’的大家庭一样，相处得非常愉快。”外国企业服务中心负责人、“海归”周方舟告诉我说，“不光引进来，长沙高新区的企业更要走出去。区内多家企业在世界各地设立办事处，特别大力加强了与‘一带一路’沿线国家的合作。”

……

在外国企业服务中心，我还遇到了大高个汗斯。他是德国人，72 岁，曾在大型跨国公司担任过主要负责人。10 年前，他来到长沙，来到河西，来到长沙高新区，成为这里的商务顾问。

汗斯很开朗，也很健谈。我们谈到中国与外国，谈到园内的企业，还谈到了长沙城的发展与品位。

“纪先生，您去过河西梅溪湖国际文化艺术中心吗?”汗斯问，“那可是伊拉克裔英国女建筑师扎哈·哈迪德设计的，无疑是国际一流的国际文化艺术中心，高端文化艺术平台。”

“没有。”我摇着头说。

“河西洋湖的李自健美术馆呢?”汗斯又问。

我不好意思地继续摇头。

汗斯双手摊开，他耸耸肩，说：“虽然他落叶归根，回到家乡，但他的艺术属于世界。”

“洋湖国际雕塑园呢?”汗斯再问。

我微笑着点头，并介绍起来。

洋湖国际雕塑园是从长沙走出的著名雕塑家、马丁·路德·金雕像作者雷宜锌发起并组织的“中国（长沙）国际雕塑文化艺术节”邀请来自世界各地的雕塑家献给长沙的艺术财富。在园里，雕塑与湖面、白鹭、湿地景观相互融合，在时光中共同成长，石、水、鸟、景等元素共同构成一幅优美画卷。

“中国雷，超级棒!”汗斯举起大拇指夸奖道。

7 月 11 日，我省首个世界级大型综合旅游产业项目——湘江欢乐城在长沙开门迎客，这个从废弃大矿坑中诞生的“欢乐城”是一个令人叹为观止的世界奇迹。湘江欢乐城是大河西的新地标，是长沙的新地标！大河西呈现更加绚丽迷人的美景！

图为河西胜景。

（本版老照片均由作者提供）

【感言】

品读大河西

纪红建

岂止一个“大”字能够概括的，厚重的文化，延绵的历史，拼搏的精神，现代化建设，高质量发展……都写在了这片火热的土地上。

我不仅深深地爱着这片土地，更是从心底里仰视她，仰视她的博大与精深，仰视她的源远与流长。

正因为此，打算创作《大河西》时，我有过犹豫和纠结。

写，还是不写？

千年的文脉传承，发展的“西引擎”，创新的“西高地”。崛起的大河西呼唤着文艺家们来见证和记录，最终我鼓足勇气拿起了笔。

8500 字左右的短篇，何以汇聚这片土地的厚重、传承和创新等元素？

唯有深入采访，总结规律，提炼精髓。

在近半个月的时间里，我先后采访见证过橘子洲、溁湾镇、银盆岭等地变迁的老人，采访过橘子洲大桥、营盘路隧道、地铁 2 号线、高新区麓谷科技新城、湘江新区，以及梅溪湖和洋湖建设的参与者和见证者。

采访时，许多鲜为人知的感人故事让我明白：原来我并不熟悉这片土地，也从未走入她温暖而壮阔的内心。

我采访了 20 余人，采访笔记达 4 万余字，还阅读了 10 多本关于大河西发展的书籍。

随后几天，我一边消化采访资料，一边用心灵与这片土地对话。让故事烂熟于心，与这片土地融会贯通。

之后，我才静静地坐在办公室，用心灵讲述这片土地的故事，以及我对这片土地的认识与理解。

她是一本辽阔而厚重的书籍。虽然倾注着真情实感，但我知道，《大河西》还只是写了这片土地的一个局部，一个方面，还不全面，也不立体。

她还在呼唤，呼唤着我们走近她，走进她，去认识和理解，去记录和书写。

10版　2020年7月14日　星期二　文体副刊部主编　责编/张辉东　美编/吴志立　校读/钟卓嘉

橘洲｜报告文学

长沙晚报

一座座飞越江上的桥梁
一条条穿越江底的隧道
犹如一条条血管
感触着西岸的气息与律动
见证着西岸的发展历程……
如今在"有机更新"政策呵护下
古老的长沙焕发出新生机
——题记

图为当年湘江上的船工。

图为大河西的繁荣景象。罗杰科 摄

大河西

纪红建

老长沙新味道

1 湘江帆影

2 走向繁华

3 品质河西

4 国际风范

以前的轮渡码头情景。　本版老照片均由作者提供

图为河西的胜景。罗杰科 摄

风雨无阻　铿锵前行

——长沙市“大干一百天实现双过半”竞赛活动述评

长　宜

湘江北去，不舍昼夜；长沙发展，一路向前。

然而，事物发展在遵循恒常规律之下，有时难免碰到非常状态，犹如滚滚江流遭遇回旋或顶托，经济发展遇上阻碍或迟滞。

2020 年，注定是极不平凡的一年。岁末年初，一场新冠肺炎疫情突袭大江南北，成为新中国成立以来在我国发生的传播速度最快、感染范围最广、防控难度最大的一次重大突发公共卫生事件。在决胜全面小康、决战脱贫攻坚的关键时刻，中华民族又一次面临严峻考验。

防疫，就要守得住！疫情就是命令，防控就是责任，生命重于泰山。作为距离武汉最近的中部省会城市之一，长沙抗疫始终严格按照中央“全国一盘棋”的周密部署，按照省委和市委关于防控疫情的具体要求，根据疫情不同阶段的特点，科学防控，精准施策，确保疫情防控措施的落实落细和有序高效。

发展，就要冲得上！2 月 3 日，中央召开政治局常委会会议，明确提出要在做好防控工作的前提下，全力支持和组织推动各类生产企业复工复产，切实维护正常经济社会秩序。长沙市委市政府第一时间贯彻落实中央和省委精神，在市委机关报刊发评论员文章，率先全省乃至全国旗帜鲜明地提出“一手抓疫情防控，一手抓生产发展”，加快推进复工复产复业，向夺取疫情防控和实现经济社会发展目标“双胜利”吹响了冲锋号。

风雨中保持定力

一手抓疫情防控，一手抓经济发展。这是改革开放几十年来从未有过的复杂情势。防疫，是大战；发展，如大考。前者事关人民生命安全和身体健康，后者事关第一要务和百年目标。大战大考，二者均系“国之大者”，只能成功，不容有失，如何破阵解题？

“事必有法，然后可成。”形势越是复杂，任务越是艰巨，就越需要我们不断增强辩证思维能力，发扬“照辩证法办事”的优良传统，更好地把握时代脉搏、协调各种关系。应对大战大考，长沙拿出的办法就是：以超常规举措抢抓非常时期的经济发展，以开展“大干一百天实现双过半”竞赛活动为抓手，抢抓三月和第二季度，力求夺回疫情所造成的损失，或将疫情带来的损失降至最低，确保最终实现半年和全年经济社会发展目标。这其中体现了变和不变的辩证法——不变的，是发展定力；改变的，是发展的手段和措施。就是要在疫情影响风云突变的环境下，改变过去按部就班的常规发展措施，以超常规的、竞赛式的、上紧发条式的紧绷状态来推进经济发展。

说白了就是两点：一是要扎硬寨、打硬仗，严防疫情来添乱；二是要霸得蛮，耐得烦，守得住，冲得上。既然天不帮忙，人就要加倍努力，要同时间赛跑，以赛促干，以赛激智，危中寻机，化危为机，争分夺秒千方百计把损失夺回来，打赢长沙经济保卫战。总之，就是全市上下矢志不移，坚持年初既定目标不动摇，坚持制造业高质量发展不动摇，以超常规举措应对非常时期的困境，在危机中育新机，于变局中开新局，书写长沙经济社会发展在非常时期的新篇章。

发展目标就是一个城市的志向。也正是因为决策层面抢抓机遇，抢先布局，谋定而动，全市上下咬定目标，笃定志向，精准发力，“大干一百天实现双过半”竞赛活动启动以来，长沙各区县（市）、各园区、各行各业“八仙过海、各显神通”，一些超常规的办法和措施赋能发展，迅速激发了长沙经济建设主战场的竞争热情和活力。

风雨中另辟蹊径

《孙子兵法》云：兵无常势，水无常形，水因地而制流，兵因敌而制胜。流水受阻，自然改道前行；发展受阻，就需另辟蹊径。

3 月 9 日，在“以超常应对非常”战略思想指导下，长沙市独具一格，打响了“大干一百天实现双过半”竞赛活动的“发令枪”。内五区是一组，高新区、长望浏宁是一组，两组共 10 位参赛“选手”，朝着“双胜利”的目标，全力起跑。

节点决定起点，开局关系全局。干事创业，精气神最宝贵；战胜困难，信心和态度最重要；力争上游，激情与干劲最关键。百日竞赛就是一场大考，多个科目出题，几套试卷登场。省委常委、市委书记胡衡华在 3 月 9 日的动员会上强调，全市上下要围绕补损失、稳增长、保目标，做到赛时间、比干劲、拼能力、考作风。“补、稳、保”3 字，指明了方向；“赛、比、拼、考”4 字，画出了路径。全市迅速形成你追我赶、力争上游的火热竞赛氛围。

百日竞赛，“快”字当先。快，就是与时间赛跑，就是要先人一步、快人一拍、胜人一秒。百日竞赛“发令枪”一响，全市 631 支青年突击队、7952 名青年突击队员就迅速集结，冲向各行各业的最前线。所有“参赛者”都在第一时间闻令而动、遵令而行。有的区县甚至要求以分和秒为时间尺度来抓工作，确保每一天都有新进展、新变化、新成就。全市各个项目建设工地上，更是热火朝天：位于湖南湘江新区的洋湖人才公寓项目，被誉为以“超速度”建成，最多时有 800 多人同时在现场施工；湘江鲲鹏计算产业软硬件生产线建设项目从筹建到一期厂房交付，从产线安装到产品下线，可谓以“鲲鹏之势”两次刷新“长沙速度”。

春风浩荡战鼓急，百舸争流自当先。截至 4 月中旬，全市已复工的规模工业企业就有2591家，规上工业企业复工率99.9%；1810家规上服务业企业复工，复工率达97.1%。快，成了衡量干劲的标尺；快，成了迸发激情的出口；快，成了年轻活力的象征。

百日竞赛，关键是措施上精准聚焦，在见效快、补短板、利长远之处发力，以求事半功倍。对于企业和项目来说，“准”就是找到它们的薄弱环节，对症下药；就是找到它们的迫切所需，送去“及时雨”；就是助其把准市场脉搏，提出加快发展的“金点子”。为此，全市派出4292名驻企联络员，实行“一企一策”精准帮扶，做到精细“扫楼”，上门服务。

5月8日，“大干一百天实现双过半”赛程过半。在竞赛活动讲评会上，胡衡华强调“守住底线，保持定力，主动作为，以长补短”这“16字战术”，使战略思想和主攻方向变得更为明确。“守住底线”，就是守住疫情防控常态化、民生保障、信访维稳、安全生产等方面的底线，确保“底板”不穿。“保持定力”，就是看准的事，坚定不移地去做，百日竞赛的重点就是制造业、投资、消费、财税这几个方面。“主动作为”，就是迎难而上，越是硬仗越向前。“以长补短”，就是战时状态下，把拉长长板摆在优先位置。

风雨中另辟蹊径，需要市委市政府运筹帷幄的“指挥棒”，也需要“参赛单位”的党组织发挥“火车头”作用。长沙高新区党工委以互联网思维打造“红芯链”赋能产业链。百日竞赛中，他们向101家重点互联网企业派出驻企联络员，帮助解决了涉及上下游材料及水电气要素供应、人才引进及员工招聘、防疫物资购买和矛盾纠纷调处等方面的上千个问题。4月24日上午，望城区丁字湾街道金云村举行167项目征拆临时党支部成立仪式。临时党支部党员分组联户，全面快速推进征拆工作顺利完成，在百日竞赛中跑出了征拆“丁字速度”。

一个党员就是一面旗帜，一个党支部就是一个堡垒。百日竞赛中，党员干部的先锋模范作用，渗透到每一个工地、每一个车间、每一个角落。高高飘扬的党旗，就是号召力、凝聚力、引导力。

在这场另辟蹊径的比赛中，我们充分认识到下好先手棋、打好主动仗的重要性。干任何工作，抓与不抓大不一样，早抓与晚抓大不一样，快抓与慢抓大不一样，往往一步先，就步步先。只有与时间赛跑，才能抢占先机；只有精准施策，才能事半功倍；只有强化堡垒，才能形成强大战斗力。

风雨中开拓新局

掌握运用唯物辩证法，是提高驾驭复杂局面、处理复杂问题本领的不二法门。

任何事物都有它的两面，就如一枚硬币。疫情固然是危机，但翻过来，它的另一面是契机，可以说克服了危即是机。从某个角度上说，危中寻机、化危为机的过程，就是充分发挥自身优势、努力挖掘发展潜能的过程；也是查找检视自身差距、不断补长短板的过程。长沙开展“大干一百天实现双过半”竞赛活动，正是将此作为推进创新驱动、优化产业结构的一次契机。

投资、消费、出口，是拉动经济增长的“三驾马车”。每一驾“马车”都是冲破发展瓶颈的突破口。如何稳投资？长沙市抓好项目建设的“牛鼻子”，以项目促投资，以投资稳增长。3 月 25 日，长沙高新区就有 20 个重大项目集中开工。4 月，长沙会场 80 个项目集中开工。6 月，马栏山视频文创产业园举行重大项目集中开工、签约仪式，马栏山动漫影视游戏总部基地等 23 个项目集中开工或签约，总投资 125. 8 亿元。

抓项目就是抓发展。项目兴则产业兴，项目强则经济强，项目开花结果则民生幸福升级。6 月 28 日，长沙地铁 3 号线、5 号线项目正式载客运营，标志着长沙市轨道交通开启“全面网络化”地铁时代。7 月 11 日，湖南首个世界级大型综合旅游产业项目——湘江欢乐城正式开园，被誉为“地平线下的欢乐奇迹”，成为世界级文旅新地标。长沙，在清明、五一两个假期入选全国十大最受欢迎出游目的地城市之后，又位列端午旅游消费全国夜间旅游热门城市榜第一位。而今，因为欢乐城项目的竣工，长沙旅游业人气迅速飙升，带动行业复苏进入了快车道。

重担压快步，风雨催征程。放眼全市诸多抢先开工的项目，不只是抢得先机，下好了“先手棋”，有的还经过“跳一跳”摘到了桃子。比如，长远锂科车用锂电池正极材料扩产项目，原本是经年欲上而未上的项目，经此一“跳”提前上马；更多原本感觉层峦叠嶂、困难重重的项目，经此一“跳”破茧而出；很多原本感觉山穷水尽的企业，经此一“跳”变得柳暗花明。

化危为机开新局，要与时俱进，找到发展的“风口”。要着力培育和壮大新动能，不断推动转方式、调结构、增动力。长沙紧紧抓住国家加快发展5G、数据中心、智能电网、智慧城市等新基建的巨大机遇，寻找新产业拓展新领域，加大投资推动产业升级，同时加大全产业链的布局，打造产业国际竞争力，向高质量、高科技、国际化方向迈进。

拓维信息区域在线学习中心联合华为云，通过“互联网+教育”平台，向全国上万所中小学校提供名师在线直录播课堂、在线教学与网络教研课堂等，业务较去年成倍增长。这是在风口中开新局。

步步高超市、百货、家电联合同步开启多场线上直播活动，其线上业务开启疯狂倍增模式。这是在转型中开新局。

长沙市发改委牵头，集中组织五一、端午等系列促消费节会活动，各区县（市）纷纷出台刺激消费政策。这是以政策杠杆撬动来开新局。

长沙首提“制造业标志性项目”，在全市遴选了17个具有“代表性、带动性、标志性”的制造业标志性重点项目，进行高位推动、统筹调度、精细管理。这是以拉长长板来开新局。

习近平总书记告诫广大年轻干部，“大事难事看担当，逆境顺境看襟度”。担当，如同支撑建筑物的钢梁。只有钢梁坚实，方能成就楼房之高、桥梁之固；只有担当勇毅，方能成就事业之大，开辟局面之新。百日竞赛，是新机遇的喷涌口，更是担当者的大舞台。

2020湖南车展“五一”期间在长沙隆重登场，成为国内汽车行业第一个恢复的大型展会，6天销售金额52.68亿元，并在疫情防控中创造了多个“全国第一次”，吸引全国40多个观摩团前来考察、学习。疫情期间，中欧班列（长沙）开不停，上半年发运国际货运班列256列，同比增长68.1%；发运进出口货值8.97亿美元，同比增长159%，各项指标在全国走在前列。这都是以担当开新局的典型。

这些成果深刻启示我们，“狭路相逢勇者胜”，有担当才有迎难而上的斗志；“不破楼兰终不还”，有担当才有奋战到底的决心；“丹心未泯创新愿”，有担当才有改革创新、开辟新局面的胆魄。

风雨中重现彩虹

道虽迩，不行不至；事虽小，不为不成。这是永恒的道理。

百日竞赛，不管处于哪个“赛道”，不管采用何种技能，它归根到底比的是实干、苦干、巧干，追求的是实绩、实效。在“3·23”长沙市党员领导干部廉洁从政警示教育活动上，胡衡华要求党员领导干部以作风“赶考”促进和保障发展“大考”。如何完成作风“赶考”？关键就在实干。

千忙万忙，不抓落实就是瞎忙；千招万招，不抓落实就是没招；千条万条，不抓落实就是白条。实干，就是一砖一瓦绵绵用力，就是一针一线久久为功。它落实在行动上，体现在细节中，也许看上去不是那么轰轰烈烈抢眼球，但持久必有成效，持久必开新局。

实干体现在行动上，更体现在为民解难、为企纾困的情怀中。

企业缺工怎么办？市人力资源和社会保障局紧急组成61支援企招工小分队赴全省贫困地区，直接为长沙各企业招聘1.28万人；企业没资金怎么办？在市发改委、市政府金融办等部门积极协调下，12家银行机构主动送贷上门；企业没交水电费怎么办？全市水电气企业严格执行“欠费不断供”措施；企业税费负担重怎么办？市人力资源和社会保障局落实国家减税降费举措，减免收取社会保障费52亿元；市税务局依法及时办理延期申报或延期缴税；长沙县还对中小微企业推出19条奖补政策……

无数事实证明，不管顺境逆境，历史只会眷顾坚定者、奋进者、搏击者，而不会等待犹豫者、懈怠者、畏难者。实干必出成果，付出总有回报。经历风雨之后的彩虹，尤其绚丽、温暖，振奋人心。

上半年，长沙复工复产政策兑现总办件量为39220件，为企业减免各类费用金额3.31亿元，财政奖补金额15.8亿元；12家银行机构对长沙地区疫情防控重点保障企业发放贷款金额190.9亿元，财政贴息后实际融资成本低于1.4%；全市企业开办时间压缩至1个工作日，市场主体增加到111万户，同比增长14.28%。

上半年，全市重大项目累计完成投资2142亿元，占年度计划的59.6%；315个产业链重大项目累计完成投资473.8亿元，占年度计划的62.7%；新建项目开工622个，占计划数的97.4%，其中286个新建项目实现提前开工。

上半年，长沙进出口总值1045.6亿元，同比增长25.1%，其中，出口企稳回升，由一季度负增长5.6%回升到半年正增长13.5%。

上半年，长沙新增5家上市企业，增量为中西部最多。长沙上市企业总数达到73家，进一步扩大了在中部地区的领先优势……

在时间过半的嘀嗒声中，一份份捷报汇成一个强烈信号：长沙经济长期向好的基本面没有改变，经济回暖、指标回升态势进一步巩固。

从摸着石头过河到满怀信心大步走，从筚路蓝缕到行稳致远，长沙探索出了统筹做好疫情防控与经济社会发展工作的特色经验，从逆境中闯出了一条“稳健之路”。风雨过后的彩虹，如此璀璨夺目，进一步坚定了我们化危为机开新局、推动高质量发展的初心。

正是因为以抓好“六稳”“六保”为主线，我们在百日竞赛中，才能准确地找到问题导向和发展抓手。坚持以人民为中心，坚持在发展过程中补齐民生短板，满足人民日益增长的美好生活需求，是我们打开新局面的金钥匙。

正是因为在风雨中开拓新局，创造性部署开展“大干一百天实现双过半”竞赛活动，长沙各大项目建设现场机声隆隆，市民生活“烟火味”越来越浓、“夜经济”超级火爆，长沙经济社会发展活力迸发，人民日报、新华社和央视等央媒，纷纷将长沙作为夺取“双胜利”的典型城市进行推介，予以点赞。

正是因为我们风雨无阻，铿锵前行，在近日国家统计局长沙调查队发布的《2020年上半年民意调查报告》中，民众对政府抗疫举措满意度为98.56%，90%以上的受访者对上半年政府民生工作表示满意。

雄关漫道真如铁，而今迈步从头越。2020年是大战大考之年，一仗接着一仗打，百日竞赛是其中一个关键战役。经此一役，我们创造的不仅是物质财富，还有精神财富。艰难困苦，玉汝于成。竞赛中形成的攻坚克难、谋事创业的好氛围、好机制、好方法，将照亮我们继续前行，激励我们奋斗不息。

风雨无阻启新程，征袍重整再出发。夺取“双胜利”，决战决胜全面建成小康社会，我们犹在冲刺阶段。气可鼓不可泄，让我们继续发扬吃得苦、霸得蛮，扎硬寨、打硬仗的优良传统，以只争朝夕、力争上游的姿态，狠抓三季度、奋战下半年，为奋力实现全年经济社会发展目标再谱华章。

【感言】

敢为人先的精气神

李　辞

历史终将记住2020年这个非比寻常的年份。年初，因为新冠肺炎疫情突如其来的暴发和流行，人们深陷疫情阴霾当中。尽管各地战疫工作在党中央的坚强领导下，按照全国“一盘棋”的部署，有条不紊地进行，但疫情给经济社会发展所带来的影响，仍令人颇为担心。

疫情不分地域，疫情没有国界。疫情之下，全国休戚与共，寰球同此凉热。令我们特别感动的是，在绝大多数地区深感“江头未是风波恶，别有人间行路难”的时候，长沙这座城市，却在第一时间深入领会并贯彻落实中央政策和省委省政府部署要求，以风雨兼程的姿态，以“大干一百天、实现双过半”大竞赛活动的形式，率先全国吹响了“一手抓疫情防控、一手抓经济发展”的集结号，擂响了双线作战的战鼓。

在确保疫情防控万无一失的前提下，率先复工复产复业复市，率先恢复城市的烟火气，率先恢复正常经济社会秩序……一步领先，步步领先，长沙在风雨中铿锵前行的步伐，极大地提振了全市上下夺取“双胜利”的信心和决心，体现了“心忧天下、敢为人先”的长沙精神，展现了这座城市的勇毅担当。

“文章合为时而著，诗歌合为事而作。”抗疫的慷慨战歌，发展的壮美史诗，正是我们评论的主题。非常时期有非常举措，非常时期有非凡担当，这是公众的评价。风雨中保持发展定力，风雨中另辟蹊径，风雨中开拓新局，风雨中重现彩虹，这是发展的内在逻辑。正是善于在危机中育新机，我们才能于变局中开新局。所感良多，因有此论。

长沙晚报
CHANGSHA EVENING NEWSPAPER
国内统一连续出版物号：CN43—0002
第16252号 今日20版
掌上长沙 微信看晚报
2020年7月22日 庚子年六月初二 星期三
党的权威 / 人民的晚报
封面 长沙晚报网站 www.icswb.com 晚报热线 96333
责编/贺黎黎 美编/王斌 校读/李乐

习近平主持召开企业家座谈会强调

激发市场主体活力弘扬企业家精神 推动企业发挥更大作用实现更大发展

1版

风雨无阻 铿锵前行

——长沙市“大干一百天实现双过半”竞赛活动述评

● 长宣

湘江北去，不舍昼夜；长沙发展，一路向前。

然而，事物发展在遵循恒常规律之下，有时难免碰到非常状态，犹如滚滚江流遭遇回旋或顶托，经济发展遇上阻碍或迟滞。

2020年，注定是极不平凡的一年。岁末年初，一场新冠肺炎疫情突袭大江南北，成为新中国成立以来在我国发生的传播速度最快、感染范围最广、防控难度最大的一次重大突发公共卫生事件。在决胜全面小康、决战脱贫攻坚的关键时刻，中华民族又一次面临严峻考验。

防疫，就要守得住！疫情就是命令，防控就是责任，生命重于泰山。作为距离武汉最近的中部省会城市之一，长沙抗疫始终严格按照中央“全国一盘棋”的周密部署，按照省委和市委关于防控疫情的具体要求，根据疫情不同阶段的特点，科学防控，精准施策，确保疫情防控措施的落实落细和有序高效。

发展，就要冲得上！2月3日，中央召开政治局常委会会议，明确提出要在做好防控工作的前提下，全力支持和组织推动各类生产企业复工复产，切实维护正常经济社会秩序。长沙市委市政府第一时间贯彻落实中央和省委精神，在市委机关报刊发评论员文章，率先全省乃至全国旗帜鲜明地提出“一手抓疫情防控，一手抓生产发展”，加快推进复工复产复业，向夺取疫情防控和实现经济社会发展目标“双胜利”吹响了冲锋号。

风雨中保持定力

一手抓疫情防控，一手抓经济发展。这是改革开放几十年来从未有过的复杂情势。防疫，是大战；发展，如大考。前者事关人民生命安全和身体健康，后者事关第一要务和百年目标。大战大考，二者均系“国之大者”，只能成功，不容有失，如何破阵解题？

“事必有法，然后可成。”形势越是复杂，任务越是艰巨，就越需要我们不断增强辩证思维能力，发扬“照辩证法办事”的优良传统，更好地把握时代脉搏、协调各种关系。应对大战大考，长沙拿出的办法就是：以超常规举措抢抓非常时期的经济发展，以开展“大干一百天实现双过半”竞赛活动为抓手，抢抓三月和第二季度，力求夺回疫情所造成的损失，或将疫情带来的损失降至最低，确保最终实现半年和全年经济社会发展目标。这其中体现了变和不变的辩证法——不变的，是发展定力；改变的，是发展的手段和措施。就是要在疫情影响风云突变的环境下，改变过去按部就班的常规发展措施，以超常规的、竞赛式的、上紧发条式的紧绷状态来推进经济发展。

说白了就是两点：一是要扎硬寨、打硬仗，严防疫情来添乱；二是要霸得蛮、耐得烦、守得住，冲得上。既然天不帮忙，人就要加倍努力，要同时间赛跑、以赛促干，以赛激智，危中寻机，化危为机，争分夺秒千方百计把损失夺回来，打赢长沙经济保卫战。总之，就是全市上下矢志不移，坚持年初既定目标不动摇，坚持制造业高质量发展不动摇，以超常规举措应对非常时期的困境，在危机中育新机，于变局中开新局，书写长沙经济社会发展在非常时期的新篇章。

发展目标就是一个城市的志向。也正是因为决策层面抢抓机遇，抢先布局，谋定而动，全市上下咬定目标，笃定志向，精准发力，“大干一百天实现双过半”竞赛活动启动以来，长沙各区县（市）、各园区、各行各业“八仙过海、各显神通”，一些超常规的办法和措施赋能发展，迅速激发了长沙经济建设主战场的竞争热情和活力。

风雨中另辟蹊径

《孙子兵法》云：兵无常势，水无常形，水因地而制流，兵因敌而制胜。流水受阻，自然改道前行；发展受阻，就需另辟蹊径。

3月9日，在“以超常应对非常”战略思想指导下，长沙市独具一格，打响了“大干一百天实现双过半”竞赛活动的“发令枪”。内五区、高新区是一组，长望浏宁是一组，两组共10位参赛“选手”，朝着“双胜利”的目标，全力起跑。

节点决定起点，开局关系全局。干事创业，精气神最宝贵；战胜困难，信心和态度最重要；力争上游，激情与干劲最关键。百日竞赛就是一场大考，多个科目出题，几套试卷登场。省委常委、市委书记胡衡华在3月9日的动员会上强调，全市上下要围绕补损失、稳增长、保目标，做到赛时间、比干劲、拼能力、考作风。“补、稳、保”3字，指明了方向；“赛、比、拼、考”4字，画出了路径。全市迅速形成你追我赶、力争上游的火热竞赛氛围。

百日竞赛，“快”字当先。快，就是与时间赛跑，就是要先人一步、快人一拍、胜人一秒。百日竞赛“发令枪”一响，全市631支青年突击队、7952名青年突击队员就迅速集结，冲向各行各业的最前线。所有“参赛者”都在第一时间闻令而动、遵令而行。有的区县甚至要求以分和秒为时间尺度来抓工作，确保每一天都有新进展、新变化、新成就。全市各个项目建设工地上，更是热火朝天：位于湖南湘江新区的洋湖人才公寓项目，被誉为以“超速度”建成，最多时有800多人同时在现场施工；湘江鲲鹏计算产业软硬件生产线建设项目从筹建到一期厂房交付，从产线安装到产品下线，可谓以“鲲鹏之势”两次刷新“长沙速度”。

春风浩荡战鼓急，百舸争流自当先。截至4月中旬，全市已复工的规模工业企业就有2591家，规上工业企业复工率99.9%；1810家规上服务业企业复工，复工率达97.1%。快，成了衡量干劲的标尺；快，成了迸发激情的出口；快，成了年轻活力的象征。

百日竞赛，关键是措施上精准聚焦，在见效快、补短板、利长远之处发力，以求事半功倍。对于企业和项目来说，“准”就是找到它们的薄弱环节、对症下药；就是找到它们的迫切所需，送去“及时雨”；就是助其把准市场脉搏，提出加快发展的“金点子”。为此，全市派出4292名驻企联络员，实行“一企一策”精准帮扶，做到精细“扫楼”，上门服务。

5月8日，“大干一百天实现双过半”赛程过半。在竞赛活动讲评会上，胡衡华强调“守住底线，保持定力，主动作为，以长补短”这“16字战术”，使战略思想和主攻方向变得更为明确。“守住底线”，就是守住疫情防控常态化、民生保障、信访维稳、安全生产等方面的底线，确保“底板”不穿。“保持定力”，就是看准的事，坚定不移地去做，百日竞赛的重点就是制造业、投资、消费、财税这几个方面。“主动作为”，就是迎难而上，越是硬仗越向前。“以长补短”，就是战时状态下，把拉长长板摆在优先位置。

风雨中另辟蹊径，需要市委市政府运筹帷幄的“指挥棒”，也需要“参赛单位”的党组织发挥“火车头”作用。长沙高新区党工委以互联网思维打造“红芯链”赋能产业链。百日竞赛中，他们向101家重点互联网企业派出驻企联络员，帮助解决了涉及上下游材料及水电气要素供应、人才引进及员工招聘、防疫物资购买和矛盾纠纷调处等方面的上千个问题。4月24日上午，望城区丁字湾街道金云村举行167项目征拆临时党支部成立仪式。临时党支部党员分组联户，全面快速推进征拆工作顺利完成，在百日竞赛中跑出了征拆“丁字速度”。

一个党员就是一面旗帜，一个党支部就是一个堡垒。百日竞赛中，党员干部的先锋模范作用，渗透到每一个工地、每一个车间、每一个角落。高高飘扬的党旗，就是号召力、凝聚力、引导力。

在这场另辟蹊径的比赛中，我们充分认识到下好先手棋、打好主动仗的重要性。干任何工作，抓与不抓大不一样，早抓与晚抓大不一样，快抓与慢抓大不一样，往往一步先，就步步先。只有与时间赛跑，才能抢占先机；只有精准施策，才能事半功倍；只有强化堡垒，才能形成强大战斗力。

风雨中开拓新局

掌握运用唯物辩证法，是提高驾驭复杂局面、处理复杂问题本领的不二法门。

任何事物都有它的两面，就如一枚硬币。疫情固然是危机，但翻过来，它的另一面是契机，可以说克服了危即是机。从某个角度上说，危中寻机、化危为机的过程，就是充分发挥自身优势、努力挖掘发展潜能的过程；也是查找检视自身差距、不断补长短板的过程。长沙开展“大干一百天实现双过半”竞赛活动，正是将此作为推进创新驱动、优化产业结构的一次契机。

投资、消费、出口，是拉动经济增长的“三驾马车”。每一驾“马车”都是冲破发展瓶颈的突破口。如何稳投资？长沙市抓好项目建设的“牛鼻子”，以项目促投资，以投资稳增长。3月25日，长沙高新区就有20个重大项目集中开工。4月，长沙会场80个项目集中开工。6月，马栏山视频文创产业园举行重大项目集中开工、签约仪式，马栏山动漫影视游戏总部基地等23个项目集中开工或签约，总投资125.8亿元。

抓项目就是抓发展。项目兴则产业兴，项目强则经济强，项目开花结果则民生幸福升级。6月28日，长沙地铁3号线、5号线项目正式载客运营，标志着长沙市轨道交通开启“全面网络化”地铁时代。7月11日，湖南首个世界级大型综合旅游产业项目——湘江欢乐城正式开园，被誉为“地平线下的欢乐奇迹”，成为世界级文旅新地标。长沙，在清明、五一两个假期入选全国十大最受欢迎出游目的地城市之后，又位列端午旅游消费全国夜间旅游热门城市榜第一位。而今，因为欢乐城项目的竣工，长沙旅游业人气迅速飙升，带动行业复苏进入了快车道。

重担压快步，风雨催征程。放眼全市诸多抢先开工的项目，不只是抢得先机，下好了“先手棋”，有的还经过“跳一跳”摘到了桃子。比如，长远锂科车用锂电池正极材料扩产项目，原本是经年欲上而未上的项目，经此一“跳”提前上马；更多原本感觉层峦叠嶂、困难重重的项目，经此一“跳”破茧而出；很多原本感觉山穷水尽的企业，经此一“跳”变得柳暗花明。

化危为机开新局，要与时俱进，找到发展的“风口”。要着力培育和壮大新动能，不断推动转方式、调结构、增动力。长沙紧紧抓住国家加快发展5G、数据中心、智能电网、智慧城市等新基建的巨大机遇，寻找新产业拓展新领域，加大投资推动产业升级，同时加大全产业链的布局，打造产业国际竞争力，向高质量、高科技、国际化方向迈进。

拓维信息区域在线学习中心联合华为云，通过“互联网+教育”平台，向全国上万所中小学校提供名师在线直录播课堂、在线教学与网络教研课堂等，业务较去年成倍增长。这是在风口中开新局。

步步高超市、百货、家电联合同步开启多场线上直播活动，其线上业务开启疯狂倍增模式。这是在转型中开新局。

长沙市发改委牵头，集中组织五一、端午等系列促消费节会活动，各区县（市）纷纷出台刺激消费政策。这是以政策杠杆撬动来开新局。

长沙首提“制造业标志性项目”，在全市遴选了17个具有“代表性、带动性、标志性”的制造业标志性重点项目，进行高位推动、统筹调度、精细管理。这是以拉长长板来开新局。

习近平总书记告诫广大年轻干部，“大事难事看担当，逆境顺境看襟度”。担当，如同支撑建筑物的钢梁。只有钢梁坚实，方能成就楼房之高、桥梁之固；只有担当勇毅，方能成就事业之大，开辟局面之新。百日竞赛，是新机遇的喷涌口，更是担当者的大舞台。

2020湖南车展“五一”期间在长沙隆重登场，成为国内汽车行业第一个恢复的大型展会，6天销售金额52.68亿元，并在疫情防控中创造了多个“全国第一次”，吸引全国40多个观摩团前来考察、学习。疫情期间，中欧班列（长沙）开不停，上半年发运国际货运班列256列，同比增长68.1%；发运进出口货值8.97亿美元，同比增长159%，各项指标在全国走在前列。这都是以担当开新局的典型。

这些成果深刻启示我们，“狭路相逢勇者胜”，有担当才有迎难而上的斗志；“不破楼兰终不还”，有担当才有奋战到底的决心；“丹心未泯创新愿”，有担当才有改革创新、开辟新局面的胆魄。

风雨中重现彩虹

道虽迩，不行不至；事虽小，不为不成。这是永恒的道理。

百日竞赛，不管处于哪个“赛道”，不管采用何种技能，它归根到底比的是实干、苦干、巧干，追求的是实绩、实效。在“3·23”长沙市党员领导干部廉洁从政警示教育活动上，胡衡华要求党员领导干部以作风“赶考”促进和保障发展“大考”。如何完成作风“赶考”？关键就在实干。

千忙万忙，不抓落实就是瞎忙；千招万招，不抓落实就是没招；千条万条，不抓落实就是白条。实干，就是一砖一瓦绵绵用力，就是一针一线久久为功。它落实在行动上，体现在细节中，也许看上去不是那么轰轰烈烈抢眼球，但持久必有成效，持久必开新局。

实干体现在行动上，更体现在为民解难、为企纾困的情怀中。

企业缺工怎么办？市人力资源和社会保障局紧急组成61支援企招工小分队赴全省贫困地区，直接为长沙各企业招聘1.28万人；企业没资金怎么办？在市发改委、市政府金融办等部门积极协调下，12家银行机构主动送贷上门；企业没交水电费怎么办？全市水电气企业严格执行“欠费不断供”措施；企业税费负担重怎么办？市人力资源和社会保障局落实国家减税降费举措，减免收取社会保障费52亿元；市税务局依法及时办理延期申报或延期缴税；长沙县还对中小微企业推出19条奖补政策……

无数事实证明，不管顺境逆境，历史只会眷顾坚定者、奋进者、搏击者，而不会等待犹豫者、懈怠者、畏难者。实干必出成果，付出总有回报。经历风雨之后的彩虹，尤其绚丽、温暖，振奋人心。

上半年，长沙复工复产政策兑现总办件量为39220件，为企业减免各类费用金额3.31亿元，财政奖补金额15.8亿元；12家银行机构对长沙地区疫情防控重点保障企业发放贷款余额190.9亿元，财政贴息后实际融资成本低于1.4%；全市企业开办时间压缩至1个工作日，市场主体增加到111万户，同比增长14.28%。

上半年，全市重大项目累计完成投资2142亿元，占年度计划的59.6%；315个产业链重大项目累计完成投资473.8亿元，占年度计划的62.7%；新建项目开工622个，占计划数的97.4%，其中286个新建项目实现提前开工。

上半年，长沙进出口总值1045.6亿元，同比增长25.1%，其中，出口企稳回升，由一季度负增长5.6%回升到半年正增长13.5%。

上半年，长沙新增5家上市企业，增量为中西部最多。长沙上市企业总数达到73家，进一步扩大了在中部地区的领先优势……

在时间过半的嘀嗒声中，一份份捷报汇成一个强烈信号：长沙经济长期向好的基本面没有改变，经济回暖、指标回升态势进一步巩固。

从摸着石头过河到满怀信心大步走，从筚路蓝缕到行稳致远，长沙探索出了统筹做好疫情防控与经济社会发展工作的特色经验，从逆境中闯出了一条“稳健之路”。风雨过后的彩虹，如此璀璨夺目，进一步坚定了我们化危为机开新局、推动高质量发展的初心。

正是因为以抓好“六稳”“六保”为主线，我们在百日竞赛中，才能准确地找到问题导向和发展抓手。坚持以人民为中心，坚持在发展过程中补齐民生短板，满足人民日益增长的美好生活需求，是我们打开新局面的金钥匙。

正是因为在风雨中开拓新局，创造性部署开展“大干一百天实现双过半”竞赛活动，长沙各大项目建设现场机声隆隆，市民生活“烟火味”越来越浓、“夜经济”超级火爆，长沙经济社会发展活力迸发，人民日报、新华社和央视等央媒，纷纷将长沙作为夺取“双胜利”的典型城市进行推介，予以点赞。

正是因为我们风雨无阻，铿锵前行，在近日国家统计局长沙调查队发布的《2020年上半年民意调查报告》中，民众对政府抗疫举措满意度为98.56%，90%以上的受访者对上半年政府民生工作表示满意。

雄关漫道真如铁，而今迈步从头越。2020年是大战大考之年，一仗接着一仗打，百日竞赛是其中一个关键战役。经此一役，我们创造的不仅是物质财富，还有精神财富。艰难困苦，玉汝于成。竞赛中形成的攻坚克难、谋事创业的好氛围、好机制、好方法，将照亮我们继续前行，激励我们奋斗不息。

风雨无阻启新程，征袍重整再出发。夺取“双胜利”，决战决胜全面建成小康社会，我们就在冲刺阶段。气可鼓不可泄，让我们继续发扬吃得苦、霸得蛮、扎硬寨、打硬仗的优良传统，以只争朝夕、力争上游的姿态，狠抓三季度、奋战下半年，为奋力实现全年经济社会发展目标再谱华章。

千年梦圆时

——《长沙晚报》2020 年度年终特稿

《长沙晚报》全媒体记者　李万寅　苏毅　凌晴　李静　陈登辉　匡春林

此刻，2021 年新年的钟声，即将敲响。

此刻，满载新梦想的中国号巨轮，又将远航。

2000 多年前的《诗经》，将“小康”作为丰衣足食、安居乐业的代名词。“民亦劳止，汔可小康”，寄托着中华民族追求美好生活的朴素愿望。

千年一梦！一梦千年！

“到 2020 年全面建成小康社会，实现第一个百年奋斗目标，是我们党向人民、向历史作出的庄严承诺。”习近平总书记的坚定话语掷地有声。

经过百年大党和亿万人民接力奋斗，全面建成小康社会胜利在望，中华民族孜孜以求的千年梦想，照进了现实。

……

一

万古江河，奔腾不息。

溯源而上，小康之梦在历史的长河中浮浮沉沉。

屈原放逐，徘徊湘楚，嗟叹“长太息以掩涕兮，哀民生之多艰”；

贾谊贬谪，星城北望，常念“夫民者，万世之本也，不可欺”；

杜甫流落，漂泊长沙，愁吟“饥籍家家米，愁征处处杯”；

……

古往今来，天下百姓“久困于穷，冀以小康”，仁人志士“四海为忧，思欲小康”。

彼时的小康，无非“年谷屡登”“百姓滋殖”，并无太多要求。然而，这份简单朴素的愿望，千百年来一直远在天边。

直到 1919 年，千年梦想迎来破题。湘江之滨，古城长沙，一位伟岸的青年在昏黄的油灯下，时而凝神静思，时而激情难抑。

在他的笔下，《湘江评论》横空出世，一个声音振聋发聩：

“世界什么问题最大？吃饭问题最大。什么力量最强？民众联合的力量最强。”

从此，青年毛泽东踏上人生“赶考”的旅程；从此，他带领中国人民开天辟地。

这种宣示，在历史的天空久久回荡。

这番问答，在湘江之畔点燃初心。

时光流逝，岁月如歌。

“这个目标对发达国家来说是微不足道的，但对中国来说，是一个雄心壮志，是一个宏伟的目标。”1979 年，中国共产党人第一次用“小康”来诠释中国式现代化。

“人民生活总体上达到小康水平。”上世纪末，中华民族第一次达成千年宏愿，一脚迈进小康门槛。

“顽强奋斗、艰苦奋斗、不懈奋斗，就一定能在中国共产党成立一百年时全面建成小康社会。”从“全面建设”到“全面建成”，2012 年，党的十八大，以习近平同志为核心的党中央对实现小康社会目标作出了全新部署。

“中国已经进入全面建成小康社会的决定性阶段。”2014 年，全面小康目标升华成中华民族复兴的重要里程碑。

“‘十三五’规划目标任务即将完成，全面建成小康社会胜利在望。”2020 年，党的十九届五中全会发出了向第二个百年奋斗目标进军的动员令。

……

风云激荡，栉风沐雨。我们党带领全国各族人民砥砺奋进，一茬接着一茬干，一棒接着一棒跑，实现了从站起来、富起来到强起来的伟大飞跃。

彩云长在有新天，芙蓉国里尽朝晖。

展望三湘大地，在湖南省委、省政府的坚强领导下，一代又一代湖南人励精图治、艰苦奋斗，人民生活和各项建设事业谱写“喜看稻菽千重浪，遍地英雄下夕烟”的壮阔画卷。

从“省强民富”的开路之旅，到“富民强省”的快车之道，富饶美丽幸福新湖南的美好图景徐徐展开，建设现代化新湖南的新征程号角嘹亮。

深冬时节，捞刀河源头，和煦的阳光穿过枫林湖畔浓密的竹林，映照在浏阳市淳口镇孔小江家门前的贫困户信息牌上。这是一块特殊的门牌，记录着这户贫困人家的基本信息和帮扶干部的名字、电话。

老孔曾是深度贫困户。搭帮政策好，加上人努力，他在后山刨出了一条养殖“产业带”，年产值40余万元。

随着现行标准下农村贫困人口实现脱贫，长沙数万块建档立卡贫困户信息牌将成为历史。

家是最小国，国是千万家。

回到新中国成立初期，彼时的长沙，城中最高建筑只有7层楼，可谓一穷二白，百废待兴。奋起直追的长沙人民，以全市地区生产总值年均4.7%的增速，从1952年的不到3亿元，一路赶超到1978年的16亿元。

但实事求是地说，长沙依然底子薄、身板弱。在“小康”目标提出初期，长沙形势不容乐观：370元的人均GDP，在全国省会城市中居于殿后阵列。此外，人口多、人均资源少、发展不平衡不充分的矛盾十分突出。

在这样的条件下，长沙怎样走出“小康”之路？走出了一条怎样的“小康”之路？

四十多年来，长沙坚持在改革中发展、在开放中提高，先后提出“致力于改革开放发展经济”“全面建成小康社会”“全面建设现代化长沙”等阶段性奋斗目标，加快推动经济社会持续健康发展，经济总量持续翻番，星城大地变化翻天覆地。

特别是党的十八大以来，长沙市委、市政府深入学习贯彻习近平新时代中国特色社会主义思想，始终坚持以人民为中心，将满足人民群众对美好生活的向往作为奋斗目标。

功夫不负有心人——2015年，长沙获湖南省委、省政府全面建成小康社会达标认定。

二

璀璨星城，潮涌湘江。

踏实奋进的长沙人清楚地知道：达标，不是终点，而是全新的起点！

长沙市委、市政府着眼“经济更加发展、民主更加健全、科教更加进步、文化更加繁荣、社会更加和谐、人民生活更加殷实”，牢记使命、不负嘱托，全力跑好高水平全面小康的“最后一公里”，蹚出一条显本色、明底色、添亮色、高成色的“长沙路子”，奋力书写经得起人民和历史检验的高水平全面小康的时代答卷。

——这是经济高质量发展的高水平全面小康。

全面小康，发展是第一要务。

数据为证！2012 年以来长沙经济总量年均增长 9.6%，增速居中部省会城市首位；2017 年挺进“万亿俱乐部”；2019 年长沙地区生产总值比上年增长 8.1%，今年上半年实现增长 2.2%，两个数据在全国 17 个“万亿”城市中均位居第一。

人民群众的口袋殷实起来了、生活富起来了，居民消费结构加快从生存型向发展型进而向享受型转变。到 2019 年，长沙人均 GDP 逾 2 万美元，经济跨越发展释放的红利惠及 800 多万长沙人民。

全面小康，制造业挺起高质量发展的脊梁。

长沙突出把推动制造业高质量发展作为经济主抓手，以智能制造统领产业转型升级。一方面，许多传统产业完成智能化改造；另一方面，围绕智能装备、智能汽车、智能终端和功率芯片，精准发力，抓新兴产业智能化培育。

不搞土地财政，深耕制造业，深耕实体经济，着眼培植壮大财源，提高财政质量，彰显了长沙市委市政府的战略眼光。

近两年来，长沙保持“每 2.3 天新签约 1 个投资额过亿元的项目、每 15 天新引进 1 个‘三类 500 强’项目、每 30 天新引进 1 个投资额过 50 亿元项目”的速度，催生出高质量发展的新动能，为高水平全面建成小康社会奠定了重要的物质基础。

——这是“人民幸福”的高水平全面小康。

长沙将公共财政支出向民生领域倾斜，民生支出占一般公共预算比例70%以上，长沙市城镇居民、农村居民人均可支配收入分别从2012年的30288元、15057元提升至2019年的55211元、32329元，均居中部省会城市首位。与此同时，就业、教育、医疗、住房、养老、社保等民生福祉持续改善。

坚持“房住不炒”更是映照着这座城市初心为民的本色与情怀。

长沙大力开展“反炒房、反暴利、反捂盘”集中整治行动，房价收入比保持在6.4左右，为全国35个主要城市最低，近4年长沙人口累计净流入近100万人。房价的比较优势既是市民幸福感的重要源泉，也成为推动创新创业、持续发展的竞争优势。

长沙第三产业“蛋糕”持续做大，现代服务业日益成为经济增长的新引擎，“网红长沙”蜚声海内外。金融、文化、旅游休闲、夜间经济、新兴消费等加快发展，全市商贸载体更加丰富，高桥大市场等6家市场入选2019年中国商品市场综合百强榜。

——这是城乡区域协调发展的高水平全面小康。

打好脱贫攻坚战，是全面建成小康社会的底线任务。

84、134529——这是脱贫攻坚战打响以来，长沙全部摘帽的省定贫困村数和全部达到脱贫退出条件的建档立卡贫困人口数；40589、119528792——这是长沙累计帮扶城市特殊困难群体人次和发放的帮扶资金数额。

农业强不强、农村美不美、农民富不富，决定着全面小康社会的成色。

长沙大力实施乡村振兴战略，不大造“盆景”，不搞“一锤子买卖”，探索一条普遍适用的新型村级集体经济发展之路，持续改善农村人居环境，让高水平全面小康在乡村振兴中成色更足。目前全市954个村级集体经济组织年收入全部超过5万元，半数以上超过20万元。

——这是社会各领域全面进步的高水平全面小康。

一个城市，既需要遍地林立的高楼大厦，更需要巍然耸立的精神大厦。

多年来，得益于坚定不移实施文化强市战略，长沙的文化软实力不断增强、持续走在全国前列。尤其值得骄傲的是，长沙连续三届举办“一带一路”青年创意与遗产论坛并获习近平总书记回信，成功加入联合国教科文组织“创意城市网络”，成为中国首个摘得世界“媒体艺术之都”桂冠的城市。人民群众实实在在感受到文化获得感，高水平全面小康的文化含金量持续提升。

良好的生态环境是高水平全面小康的底色。

长沙市坚持绿色发展理念，采取有效措施守护绿水、青山、蓝天。2019年，全市现有林地60.39万公顷；森林覆盖率提升至55%，居全国省会城市第三位；“一江六河”水质创有监测记录以来最好水平；空气质量不断改善，2020年上半年，城区空气质量优良率90.1%。

俯瞰长沙版图，绿色画卷在星城大地徐徐展开，从持续减排到防治大气污染，从持续增绿到环境整治……长沙的“颜值”更靓，“气质”更好，高水平全面小康的成色更纯。

三

全面建成小康社会，一个也不能少。共同富裕路上，一个也不能掉队。

党的十八大以来，中国开辟精准扶贫新时代。

经过8年持续奋斗，新时代脱贫攻坚目标任务如期完成，现行标准下农村贫困人口全部脱贫，贫困县全部摘帽，消除了绝对贫困和区域性整体贫困，近1亿贫困人口实现脱贫，取得了令全世界刮目相看的重大胜利。

2020年新年前夕，国家主席习近平通过中央广播电视总台和互联网，发表了2020年新年贺词，也吹响了2020年脱贫攻坚决战决胜的冲锋总号角。“我们要万众一心加油干，越是艰险越向前，把短板补得再扎实一些，把基础打得再牢靠一些，坚决打赢脱贫攻坚战，如期实现现行标准下农村贫困人口全部脱贫、贫困县全部摘帽。”

加油干、补短板、坚决打赢、如期实现……共和国领袖的铿锵话语激荡神州大地。

长沙始终以“不破楼兰终不还”的如虹气势，始终奋战在三个脱贫攻坚“战场”，用一场场势如破竹的“战役”，一串串硕果累累的“战果”，在星城大地奏响脱贫攻坚的凯歌。

那山，那水，总是最牵动人心。

朝天椒红红火火，青皮柚长势喜人，猕猴桃挂果累累，再细看林间树下，是一群群散养的鸡鸭……近两年来，每到金秋时节，宁乡横市镇合金村向阳河畔，胡建国的种植基地里，总会上演活色生香的“丰收图”。

“今年收入预计能超过40万元。”2020年年末，回望疫情大考之年的收成，胡建国言语间充满喜悦。

谁曾想到，他可是曾因幼年伤及右脚，连正常行走都困难的残疾人；两年前，因夫妻俩双双残疾，劳动力缺失，他们是村里的建档立卡贫困户。

未来在哪里？希望在何方？胡建国和妻子一度十分迷茫。直到驻村第一书记熊正洪和工作队带来为他家量身定制的“脱贫计划”，致富之门才徐徐打开。

2018年，在工作队的帮扶下，胡建国瞄准了猕猴桃、辣椒种植，成立了长沙凤建农业发展有限公司。

土地从来不辜负汗水。

当年，辛勤耕耘种植基地的他年纯收入达20万元，顺利“脱贫出列”。第二年，在种植上尝到甜头的他，还被评为宁乡市“脱贫攻坚典型”。

和胡建国一样，从贫困到脱贫，再成为当地致富带头人的，还有浏阳市达浒镇建档立卡贫困户李忠国。

他用一把油纸伞，不仅撑起自家的“脱贫伞”，打开了50多户乡邻的“致富伞”，还靠着这样的“脱贫传奇”，作为湖南唯一全国脱贫攻坚奋进奖获奖代表，站上了2020年全国脱贫攻坚奖表彰大会的领奖台。

5年前，在驻村帮扶工作队、支村两委的鼓励支持下，李忠国重拾制作油纸伞这门祖传手艺，开办达兴工艺品厂，打造“可体验”“能定制”的油纸伞工艺品。仅用1年多时间，他就成功摘掉“穷帽子”。

“一个人富不算富，大家一起富才算富。”李忠国主动与椒花新村50多户贫困户签订帮扶协议书，让他们在家门口找到稳定的活计。2019年，他的工艺品厂实现年销售额500余万元，带动贫困户年均增收万元以上。

与集中连片特困地区不同，长沙属典型的“插花贫”：84个贫困村、13.4万余名贫困人口相对分散，70%的贫困户“插花”分布在84个省定贫困村外。这也意味着，要解像胡建国、李忠国这样的贫困户之困，要有更精确精准的脱贫之策。

“虑于民也深，则谋其始也精。”

扶贫开发贵在精准，重在精准，成败之举在于精准。

你有“插花贫”，我有“绣花针”；一针一线间，乡野消贫声。

多年来，长沙瞄准“精”，精准破解“插花贫”，在农村脱贫攻坚主战场上用心绘就“致富图”。

在长沙，“精准”二字始终贯穿脱贫攻坚全过程，从一村一策、一户一法，工作到村、扶贫到户，长沙精准打出产业扶贫、旅游扶贫、易地搬迁、危房改造等14个专项扶贫“组合拳”，确保村村有产业，户户有项目，人人能增收。

贫有千种，困有百样，全面脱贫解困，还需有高招、新招。

只要老乡能脱贫，创新举措我能行！长沙创新构建专项扶贫、行业扶贫、社会扶贫“三位一体”的大扶贫格局，让千种贫、百样困同迈致富路。

在长沙遍布乡野的“扶贫车间”里，机器轰鸣，产业扶贫如火如荼；如潮涌现的“就业扶贫车间”中，469场就业扶贫专场招聘会，助力全市4.65万名贫困劳动力就业率超过8成；2016年至2019年年底，累计安排各级产业扶贫资金4.8亿元，带动9.37万名贫困人口每年人均增收3000元以上。

贫在乡野有人帮。

当2020年即将挥手告别，那山、那水已唱响“脱贫歌”、奔向“致富路”：全市84个贫困村均在2017年前实现脱贫出列；至2020年6月30日，全市建档立卡贫困户全部达到脱贫退出条件。

农村脱贫攻坚“主战场”上“捷报”频传，城区的“特殊困难群体帮扶战场”上也“火力全开”。

城市的霓虹灯下，有人享受稳稳的幸福，也有人因为突如其来的意外，还在命运泥沼里挣扎。

那家，那人，总让人时刻牵挂。

高昂的医药费，一家六口“零就业”，对久居长沙的益阳安化人丁海军来说，小儿子天佑突患重症，成为了压垮这个家庭的一根稻草：带着孩子四处奔波求医，甚至不得不和妻子先后辞去工作；年迈的父母困在家中照顾正在读书的大儿子，再也无力像以往一样靠摆摊卖菜贴补家用了。

曾经有过多少希望，此时就有多少绝望。这个贴着“低保”“无助”标签的普通打工家庭，引起了长沙市委市政府派出的、正在摸排走访者的关注。

不久，温暖的消息接踵而至：丁海军所在的开福区四方坪街道胜利社区党总支书记王卓，第一时间将4000元帮扶金送到了丁海军手中；社区还为这个家庭量身订制了“激活计划”，夫妻俩通过就业帮扶双双就业上岗，小儿子在社区“家庭医生”帮助下开展定期康复训练并顺利走进幼儿园，大儿子还得到志愿者的上门学业辅导。

因病而贫，因病而困，这也是天心区文源街道状元坡社区小沐家庭两年来最刻骨铭心的记忆。去年，小沐不幸查出急性白血病，高昂的医疗费用，压得这个曾经平静幸福的家庭气喘吁吁。

家中存款悉数用尽，小沐的家人无奈之下，想起了卖房救命。他们的境况，让街道社区的工作人员分外揪心。

特事特办，暖心帮扶。

不久后，街道社区在为小沐家庭实施现有社会救助政策之外，还为孩子争取到急难、医疗、基本生活帮扶金一万余元，并发动志愿者为她开展心理疏导。

如今，在家人陪伴下正安心治疗的小沐，特意录制了一段感谢短视频，她说：“叔叔、阿姨们给予的鼓励和帮助，让我们倍感幸福，也鼓起了我与病魔决斗的勇气。”

相较于乡间连片贫困地区，城市霓虹灯下的贫困，显得相对隐性和分散，很多像丁海军、小沐家庭这样的城市特殊困难群体，困顿于命运的突变，单靠自己的力量，难以与社会一起大踏步向前。

长沙对准霓虹灯下的城市特殊困难群体，开辟脱贫攻坚的“第二战场”。

2019年7月至8月，长沙整合市、区、街道、社区四级党员干部力量，派出6个工作组，在全市选取朝阳社区、封刀岭社区等多个具有代表性的社区，走访调研25324户62218人，摸清隐匿在繁华都市里的城市特殊困难群体“底数”。

当年9月初，7份沉甸甸的调研报告出炉。同月，长沙市委、市政府出台《关于开展城市特殊困难群体帮扶活动的实施方案》，对城市困难群体实施以“急难、医疗、住房、就业和基本生活”帮扶为主的“五帮扶”活动，兜牢、兜准、兜实城市特殊困难群众之底。

这场帮扶不仅及时、暖心，还创新、高效——在市、区、街道、社区四级联动协调机制下，对困难帮扶对象的帮扶从发现到审批完结，最多5个工作日完成。

2019年9月至今，这场“五帮扶”行动已累计帮扶40589人次，共发放帮扶资金119528792元。今年疫情期间，全市针对急难情形先行帮扶17686人次，发放3583万元，有效缓解了困难群众的“疫中之困”。

“加大对城市特殊困难群体的帮扶力度，让城市建设者、奉献者感受到党和政府的关怀，感受长沙的厚道，共享城市发展成果，最终实现城乡同步奔小康。”这是长沙脱贫攻坚“城市战场”上的铿锵誓言，更是长沙践行以人民为中心理念的生动注脚。

农村脱贫攻坚“主战场”战绩醒目，城市脱贫攻坚“第二战场”常态铺展，长沙还将脱贫攻坚的战斗力，源源不断输入500公里外的龙山。

那城，那地，早已血脉相融、心手相牵。

每到7月黄桃成熟季，龙山县洗车河镇支家村黄桃种植专业户秦德荣的果园里，总会迎来觅果而至的“忠实粉丝”，鲜美的果实让订单如雪片般飞来。

熟悉的季节、熟悉的场景，到今年已经整整延续了4载。若不是有了望城区帮扶工作队的帮助，昔日的贫困户秦德荣大概也想不到，人到中年的他还能有如此的风光。

如今，这个已年过五旬的农民，不仅因为致富焕发青春，还与时俱进赶潮流玩起“抖音”，用地道的龙山话网上叫卖自家的黄桃。

因为脱贫而重新找到人生目标的，还有轮椅上的90后龙山姑娘吴添春。

“以前人人帮的丫头，现在成了要帮人的姑娘。”在天心区驻洛塔乡帮扶工作队的帮助下，这个一年能为乡亲“带货”百万元的姑娘，不仅注册了“湘春丫头”商标，还和其他几户因残致贫的农户一起成立锥栗电商合作社，当起了专营店的“掌柜”。

……

26年来，这场“非常9+1”行动，将省会长沙与边陲龙山紧紧连在一起，也为秦德荣、吴添春等龙山曾经的贫困户们燃起美好生活的希望之火。

26年来，长沙坚持把龙山县作为自己的第10个县，当作脱贫攻坚“第三战场”，先后投入资金12亿多元，帮助实施产业发展、民生改善、劳务协作等七大工程，帮扶各类项目近900个，为龙山构建起全方位、多层次、多领域对口帮扶新模式。

2020 年 2 月 29 日，龙山县正式退出贫困县序列。

一城三“战场”，频奏凯歌还。2020 年末，长沙用三份“脱贫攻坚喜报”，唱响了脱贫攻坚战场上的省会担当，走出了脱贫攻坚路上的“长沙路径”，也为高水平全面小康垒起了最为坚实的底座。

四

山水洲城日日新，全面小康入梦来。

近年来，作为中部省会城市的长沙乘风破浪，一路赶超，昂首迈入“新一线”行列。

在你追我赶的城市竞速中，长沙深知，不能只争经济增长的“单科状元”。

“人民对美好生活的向往，就是我们的奋斗目标!”

人民至上，民生为大。

在长沙，一项项着眼高水平全面小康的民生项目相继布局。

摩天大楼的高度，并不代表着小康质量的程度。街巷才是一座城市最基本的单元，市井民生更能折射出高水平全面小康的成色。

“话说 1888 年光绪年间，长沙一个守城小兵，汨罗人马复生，为赚外快下班后炸点油货，提篮沿街叫卖……”在“老街故事”讲坛上，70 岁的杨云老人从老油货铺“马复胜”的前世今生谈起，不知不觉将大家的思绪带回了当年的“城北第一街”。

美西司电影院、北协盛药号、百花村南货店、吴恒泰酱园、湘华斋茶馆……云集多家长沙商业老字号的北正街曾经名噪一时，又在历史车轮下走向“没落”——时代加速前进，老街巷、老社区的步调逐渐跟不上城市发展的进程，停车难、下水堵、屋顶漏等问题成为居民的“心病”，更是长沙不少老街古巷和老旧社区的“通病”。饱受困扰之下，一些老居民只得依依不舍地离开住了大半辈子的家园。

热闹了大半个世纪，又沉寂了几十年的北正街，在经历了“微手术”后，于 2019 年开街复业。

麻石地板、红墙青瓦、窄巷深宅……扑面而来的是老长沙的新气质。

这条昔日老长沙城北唯一的商业街，已经成为潮宗街历史文化街区重要板块，玉楼东等31家老字号及知名餐饮品牌入驻，在北正街续写新时代的传奇。

大道向前，时光流转。

北正街的蜕变，是长沙对老城区有机更新的一个缩影。从现代城市发展趋势来看，“大拆大建”正成为历史，小规模、渐进式的有机更新取而代之，成为城市延续其生命力、实现“逆生长”的重要拔节点。

黛瓦青墙、木制窗门、仿古屋檐……这里是白果园化龙池，这里不仅是游客纷至沓来的网红打卡点，对于丰泉古井社区的杨正香来说，这里更是她和其他600多户居民期盼已久的新家——改造由表及里，从居民生活功能需求出发，水、电、路、气、网等与居民生活息息相关的14项内容逐项完善升级。

相比古街古巷循序渐进地更新，老旧小区的改变让人感到日新月异。近年来，长沙以全国城镇老旧小区改造试点为契机，一大批“70后”“80后”小区旧貌换新颜。仅2019年，长沙就有94个老旧小区迎来“新生”，2020年这一数字进一步扩大到了123个。

从河东到河西，从城北到城南，太平街、潮宗街、坡子街、都正街……长沙一大批历史街巷和老旧社区，在提质提档和有机更新中重焕生机，更让老城区在快速发展中留住记忆，让乡愁在历史街巷中得以延续。

这是一条保护与发展的“双赢之路”！

民生无小事，枝叶总关情。

在长沙，高水平全面小康从来都不是“抽象派”。

“菜食住行购、教科文卫体、老幼站厕园”——长沙将老百姓的这些“小事”化作一个个支点，撑起这座幸福之城。

“在家门口就可以享受‘五星级’养老服务，好方便嘞！”73岁的市民罗国斌家住开福区湘雅路街道百善台社区，只要得空，他便去社区综合文化服务中心，与老邻居们一起阅读、锻炼。从家里出发，不过五六分钟路程。

看书、下棋、学书法、打太极——在长沙，老人们的晚年生活愈加“韵味”。

而这，恰恰是“15分钟生活圈”圈出的幸福。停车场、农贸市场，人行道、自行车道、历史文化步道——长沙启动“一圈两场三道”建设后，短短两年时间，共建成“15 分钟生活圈”438 个，新增 10.44 万个停车位、133 个生鲜市场、777.1 公里人行道、914.06 公里自行车道、67.7 公里历史文化步道……

在寻求发展“最大公约数”上，长沙运用有机更新、“一圈两场三道”、老旧小区改造等多根杠杆撬动了老城区提质升级，实现人居环境改善、群众幸福感提升和城市高质量发展的多赢局面。

“南门到北门，七里又三分。”这句老话，说的是长沙老城从南走到北，大约只有 7.3 华里。

新中国成立后，70 多年间长沙城市建成区面积由 6.7 平方公里增加到 567.32 平方公里，扩大了 84.7 倍。而过去四年间，长沙人口年均净流入超过 20 万，与深圳、广州、杭州处于同一梯队。

人口不断涌入，民生需求“缺口”有待填补。其中，住房的地位尤为重要。为迎接每年超过 20 万的“新市民”，长沙准备了充足的保障性住房。

已经在长沙生活了 6 年的朱伟，此前在其他大城市打工。一家人租住在 10 平方米的一间民房里，月租金 1500 元，生活压力不小。

如今，朱伟所住的麓城印象小区，按标准化小区建设，不但品质良好，而且租金也很低，60 平方米两居室月租金只要 800 元，是周边市场价的一半。朱伟的孩子也和当地孩子一样，就近入了学。

麓城印象小区是长沙市近年来新建的公租房项目之一，面积约 10 万平方米，有公租房 1500 多套，由政府投资建设，主要解决高新区产业工人、外来务工人员的住房问题。

有了稳定住所，朱伟对这个城市也有了归属感。经过几年打拼，他承包了附近的菜鸟驿站快递业务，妻子也开了小超市，日子越过越好。

近年来，长沙市坚持每年新建保障性公租房近 2 万套，现共有公租房 23.78 万套，基本满足全市中低收入群体的住房需求。

这些保障性住房虽然不能为地方财政带来收入，反而需要大量投入，但关乎百姓的根本福祉，深入贯彻以人民为中心理念的长沙对此从未含糊。

民生底色彰显高质量发展成色，高水平全面小康的幸福高地在不断刷新。

2020 年 11 月 18 日，“2020 中国最具幸福感城市”榜单新鲜出炉，长沙再次上榜。这也是长沙连续 13 年捧回“中国最具幸福感城市”称号。

幸福像花儿一样，不止绽放于都市，同样惊艳乡间。

位于长沙县金井镇的小乡村——蒲塘村，每年会产生约 500 吨生活垃圾。

“几年前，村里是垃圾遍地。”村民们说，如今再去村里转一转，比城里还干净！

3000 多只分类的垃圾桶下发到户，村民们将剩菜剩饭等餐厨垃圾埋进土里当肥料，其他垃圾进行初次分类，扔进门前的垃圾桶。随后，保洁员上门进行二次分类，按照塑料类、衣料类、纸品类、玻璃类、橡胶类、金属类、有毒有害垃圾等进行分拣，最后送往镇上的环保合作社处理。

如今，蒲塘村里的垃圾从每月 50 车降到 15 车，垃圾分类减量近七成。

其实，治垃圾只是长沙农村“五治”的一个方面，同步推进的还有治厕、治水、治房、治风。

“农村人居环境治理，是一个系统，要走出头痛医头、脚痛医脚的怪圈。”针对个别地方出现的重眼前轻长远、重治标轻治本等“跑偏”，长沙的主政者们拿出了这一针对性举措。

厕所改造、垃圾分类、移风易俗……长沙县金井镇蒲塘村用一年多的时间，全力推进农村“五治”工作，乡风村貌焕然一新，离人居环境“洁净美”的目标越来越近。

在长沙农村“五治”的背后，农村的高水平全面小康有着这样“内外兼修”的逻辑：面子、里子一齐抓，既抓治厕、治垃圾、治房、治水“塑形”，扮靓美丽乡村“脸面”，又抓乡风文明“铸魂”，注重文化涵养、思想培植、心灵塑造和乡风传承，打造纯净、善美的精神家园，让美丽乡村外在的颜值与内在的气质并重。

“五治”同步推进，乡村面貌发生了脱胎换骨的变化，有力的佐证是：长沙乡村一日游持续升温，古镇游、红色游、研学游、采摘游成为市民休闲度假新选择。

不论是城市变靓，还是乡村变美，这块土地最为夺目的，永远是那山、那水、那洲、那城，那一万余平方公里的红色土地。

在“十四五”开局之际，长沙审思明辨：城市规划建设管理水平与市民对美好生活的向往如何更相适应？如何百尺竿头、更进一步？

2020 年 12 月 15 日，在全市建筑业发展大会暨精美长沙建设论坛上，坚持“四精五有”标准，加快打造美丽舒适宜居现代化大都市，成为全市上下的共识。

“四精五有”：精准规划、精美建设、精致管理、精明增长；有颜值、有气质、有内涵、有格调、有品位。这既是一种理念，也是一个标准，更是高水平全面小康在城市建设管理规划方面更高的跃升，目标直指美丽舒适宜居的现代化大都市。

全面小康胜利在望，全面建设现代化长沙全新起航。

下足“绣花功夫”，做活“精”字文章，实现城乡更高质量、更高水平发展。品质长沙，未来可期！

五

麓山添锦绣，湘江映初心。

从《诗经》里对安定幸福的最初憧憬，到千百年来对吃饱穿暖的恒久渴望，小康社会是中国人民不懈追求的梦想。

全面建成小康社会，是中国共产党第一个百年奋斗目标，是党向中华民族和中国人民订立的一份“军令状”，也是一份庄严的“历史契约”。

承诺，从一开始就是为了兑现。

2020 年，遥远的“小康”梦想，照进了现实。

2020 年，并非“天选之年”。

2020 年，是党和人民接力奋斗的必然。

一路走来，汗水与鲜花相伴：长沙跻身“万亿俱乐部”，长沙成为“世界工程机械之都”，长沙荣膺中国首个世界“媒体艺术之都”，长沙获评中国国际化营商环境建设标杆城市，长沙连续 13 年获评中国最具幸福感城市，长沙蝉联全国文明城市……

在这场接力奋斗的赛道上，沿着高水平全面建成小康社会轨道加速奔跑，长沙目标坚定、步履铿锵。

登临天心阁，“四面云山皆入眼　万家烟火总关心”的对联赫然在目，城南的阁楼巍然耸立。俯仰之间，家国之情油然而生；

走进马王街 28 号，青年毛泽东主办的《湘江评论》的创刊词上呐喊声犹在耳旁。“天下者，我们的天下；国家者，我们的国家；社会者，我们的社会。我们不说，谁说？我们不干，谁干？”

年终岁末，信步橘子洲头，湘江“漫江碧透，百舸争流”，麓山“万山红遍，层林尽染”，美不胜收，“中流击水，浪遏飞舟”的豪迈尽在今朝挥洒。

天心阁——马王街28号——橘子洲头，三点一线，直线距离不过数十公里，但这些城市地标苍劲有力地见证了老长沙的沧桑、记录了新时代的辉煌，长沙兑现着地方党委政府对一方百姓的承诺。

精神底色从未褪去，建成高水平全面小康社会，长沙始终孜孜以求。

坚持改革开放，是决定中国实现“全面小康”的关键一招。全面小康胜利在望，是中国特色社会主义道路自信、理论自信、制度自信、文化自信的集中体现。

1978年，发端于安徽小岗村的“大包干”成为改革开放一声春雷。

9个月后，800多公里外的长沙县开慧公社竹山大队张家塝生产队，亮起一盏煤油灯。灯下，是一张褶皱的纸片，上面写的是一个“敢为人先”的盟约——从当年晚稻开始，队委会干部和23户社员包干到户！

就在那一年，社员们第一次吃上饱饭，家里有了余粮。“家中有粮”，是社员们在党的领导下，走出的“奔小康”路上最为坚实的步伐。

只有打破桎梏，才能“杀出一条血路”。这，是改革的力量。

如今，竹山大队早已成为葛家山村。名字改了，闯劲不变，通过土地流转、引进农业龙头企业开展规模种植，湖南“小岗村”一跃成为省级农村综合改革试点村，高水平全面小康的大美画卷在这里徐徐展开。

改革中，长沙一路披荆斩棘；开放中，长沙一路不甘人后。

1989年，长沙黄花机场通航，10条航线开启翱翔蓝天的畅想，挑起长沙对外开放、走出去引进来的“大梁”；31年后的2020年，长沙机场改扩建暨综合交通枢纽工程正式启动，改扩建后的长沙黄花国际机场旅客吞吐量将达6000万人次，实现千倍增加。被命名为“长沙之星”的T3航站楼，也将成为促进长沙对外开放的“明日之星”。

“不在中国争地位，要为中国争地位。”长沙登高望远，看到整个世界，也让整个世界看到。

在“一带一路”沿线，阿治曼中国城、湖南尔康（柬埔寨）农产品加工园、埃塞俄比亚—湖南工业园等海外园区建设如火如荼，越来越多的长沙企业以积极的姿态走出去，凸显“长沙力量”。

大众、博世、沃尔玛、壳牌等世界500强企业，宜家、九龙仓等战略投资者，汇丰、花旗等外资银行……越来越多巨擘企业将区域总部甚至中国总部设在长沙。

2020年，是全面建成小康社会的关键之年，但时间却在庚子年春节前夕以前所未有的方式定格：新冠肺炎疫情来势汹汹！

筑成捍卫高水平全面小康成果的“钢铁防线”，全市上下万众一心，长沙在这场大考中经受住了考验，党建引领基层治理，凝聚起强大的“红色力量”，守护一座城市的幸福安宁。

一手抓防疫、一手抓经济。在特殊的赛道上，长沙市委科学研判，向全市发出了“百日大竞赛”的最强动员令。

一时间，全市各级党员干部甩开膀子干、全力抓落实，在全市形成了比学赶超、奋勇争先的浓厚氛围，创造了令人振奋的亮眼成绩，实现了特殊年份中稳步起跑、就势抢跑、成功领跑，成为了名副其实的复苏先锋，凝聚了长沙干部群众战胜任何艰难险阻的必胜信念。

2020年9月17日，这是一个平常但不平凡的日子。习近平总书记来到长沙，来到山河智能的生产车间，来到马栏山的文创+科创企业，来到岳麓山下的千年学府。

“创新是企业经营最重要的品质，也是今后我们爬坡过坎必须要做到的。”山河智能的创新精神给总书记留下深刻印象。

如今，这家装备制造领域龙头企业正朝着行业技术创新“世界高地”的目标攀登；

“一定要牢牢把握正确导向，坚持守正创新，确保文化产业持续健康发展。”守正创新是习近平总书记对马栏山的殷切嘱托。

如今，这座物理海拔只有38米的无峰之“峰”正在讲好中国故事、弘扬中国精神、传播中国价值；

“同学们一定要不负时代重托，不负青春韶华，为建设社会主义现代化强国、实现中华民族伟大复兴贡献智慧和力量。”面对热情洋溢的青年学子，习近平总书记饱含深情地说。

如今，这座青春之城正在坚定不移沿着习近平总书记指引的方向前进……

殷殷嘱托，厚望如山。

总书记来湘考察，为新时代长沙发展擘画了蓝图、指明了方向，也赋予了这座历史古城新的重大使命。

从“温饱不足”到“高水平全面小康”，星城巨变，生动地浓缩了新中国从站起来、富起来到强起来的主题脉络。

“如果再生为人，博士愿意生在哪个国家，做什么工作?”1973 年，日本社会活动家池田大作向英国历史学家汤因比提出了著名的世纪之问。

“我愿意生在中国。因为我觉得，中国今后对于全人类的未来将起到非常重要的作用。要是生为中国人，我想自己可以做到某种有价值的工作。”汤因比的回答没有丝毫迟疑。

抚今追昔，激情满怀。

2020 年 12 月 31 日，这是大战大考之年的最后一天。站在全面小康社会胜利在望的历史节点上，我们比历史上任何时期都更接近实现中华民族伟大复兴的目标!

2020 年 12 月 31 日，这是大战大考之年的最后一天。站在“十四五”时期开局起步的新起点上，长沙正以一往无前的奋斗姿态，坚决在实施“三高四新”战略、建设现代化新湖南中发挥核心引擎、辐射带动作用!

2020 年 12 月 31 日，这是大战大考之年的最后一天。站在“两个一百年”奋斗目标的历史交汇点上，带着为全面建成小康社会而奋斗的宝贵经验与精神财富，青春长沙已开启现代化建设的新征程!

【感言】

梦想照进现实

凌　晴

即便创作小组成员都是多次参与《长沙晚报》特稿写作的“老口子”，哪怕深知晚报特稿这一金字品牌篇篇养眼、次次闪光背后的苦功夫、硬骨头，但我们依然低估了《千年梦圆时》的采写难度。

话题宏大，超越以往。

这是一个跨越千年的命题。自2000多年前"小康"一词首现《诗经》，到第一个百年奋斗目标实现、千年梦想照进现实——该特稿话题之宏大，超越写作小组此前参与的任何一个题材。

政治站位，极为突出。

创作小组提前三个月策划，计划在2020年12月31日，在"两个一百年"历史交汇的关键节点，在决胜全面建成小康社会、决战脱贫攻坚、开启全面建设社会主义现代化国家新征程的关键时刻，在收官"十三五"、谋划"十四五"的重要节点，予以刊发。

此次还有一个特殊背景，2020年9月习近平总书记来湘考察，为新时代长沙发展擘画了蓝图、指明了方向。它承载着推动习近平总书记考察湖南系列重要讲话精神入脑入心的政治责任，体现的是主流媒体、机关党报的担当作为。

重要节点！

重要版面！

重要稿件！

带着压力和使命，创作团队三个月内深度酝酿、全情投入，大到一个标题、一个立意，小到一个句子、一个表述，不断斟酌、打磨、完善，努力提炼"高光点"，确保文章高质量。

可以说，最终呈现的作品，精准把握了历史发展规律，在展示长沙全面小康成就的基础上，分析、研判产生变化的原因，从古至今、由远到近、由表及里，讲理透彻、言之有物，力透纸背，闪耀着思想的光辉，是一个带着思考、关注现实、饱蘸感情的"大部头""大手笔"。

国内统一连续出版物号：CN43—0002
第16414号　今日24版

长沙晚报
CHANGSHA EVENING NEWSPAPER

掌上长沙　微信看晚报

2020年12月31日
庚子年十一月十七　星期四

封面　长沙晚报网站 www.icswb.com　晚报热线 96333

责编/贺蓉蓉　美编/王斌　校读/符卓斐

习近平主持召开中央全面深化改革委员会第十七次会议强调

坚定改革信心汇聚改革合力　推动新发展阶段改革取得更大突破

1版

习近平同德国、法国、欧盟领导人举行视频会晤

中欧领导人共同宣布如期完成中欧投资协定谈判

1版

国家主席习近平将发表二〇二一年新年贺词

新华社北京12月30日电 国家主席习近平将于31日晚7时通过中央广播电视总台和互联网，发表二〇二一年新年贺词。中央广播电视总台所属中央电视台综合频道、新闻频道、中文国际频道、4K频道，中国国际电视台各外语频道，中央人民广播电台，中国国际广播电台，以及人民网、新华网、央视新闻客户端等中央主要新闻媒体所属网站、新媒体平台将准时播出。

千　年　梦　圆　时

——长沙晚报2020年度年终特稿

长沙晚报全媒体记者 李万寅 苏毅 凌晴 李静 陈登辉 匡春林

此刻，2021年新年的钟声，即将敲响。

此刻，满载新梦想的中国号巨轮，又将远航。

2000多年前的《诗经》，将“小康”作为丰衣足食、安居乐业的代名词。“民亦劳止，汔可小康”，寄托着中华民族追求美好生活的朴素愿望。

千年一梦！一梦千年！

“到2020年全面建成小康社会，实现第一个百年奋斗目标，是我们党向人民、向历史作出的庄严承诺。”习近平总书记的坚定话语掷地有声。

经过百年大党和亿万人民接力奋斗，全面建成小康社会胜利在望，中华民族孜孜以求的千年梦想，照进了现实。

……

一

万古江河，奔腾不息。

潇湘洞上，小康之梦在历史的长河中浮浮沉沉。

屈原放逐，徘徊湘楚，嗟叹“长太息以掩涕兮，哀民生之多艰”；

贾谊贬谪，栖城北里，常念“夫民者，万世之本也，不可欺”；

杜甫流落，漂泊长沙，愁吟“饥借家家米，愁征处处杯”；

……

古往今来，天下百姓“久困于穷，冀以小康”，仁人志士“四海为忧，思致小康”。

彼时的小康，无非“年谷屡登”“百姓滋殖”，并无太多奢求。然而，这份简单朴素的愿望，千百年来一直远在天边。

直到1919年，千年梦想迎来破题。湘江之滨，古城长沙，一位伟岸的青年在昏黄的油灯下，时而凝神静思，时而激情难抑。

在他的笔下，《湘江评论》横空出世，一个声音振聋发聩：

“世界什么问题最大？吃饭问题最大。什么力量最强？民众联合的力量最强。”

从此，青年毛泽东踏上人生“赶考”的旅程；从此，他带领中国人民开天辟地。

这种宣示，在历史的天空久久回荡。

这番回答，在湘江之畔点燃初心。

时光流逝，岁月如歌。

“这个目标对发达国家来说是微不足道的，但对中国来说，是一个雄心壮志，是一个宏伟的目标。”1979年，中国共产党人第一次用“小康”来诠释中国式现代化。

“人民生活总体上达到小康水平。”上世纪末，中华民族第一次达成千年宏愿，一脚迈进小康门槛。

“艰苦奋斗，艰苦奋斗，不懈奋斗，就一定能在中国共产党成立一百年时全面建成小康社会。”从“全面建设”到“全面建成”，2012年，党的十八大，以习近平同志为核心的党中央对实现小康社会目标作出了全新部署。

“中国已经进入全面建成小康社会的决定性阶段。”2014年，全面小康目标升华成中华民族复兴的重要里程碑。

“‘十三五’规划目标任务即将完成，全面建成小康社会胜利在望。”2020年，党的十九届五中全会发出了向第二个百年奋斗目标进军的动员令。

……

风云激荡，栉风沐雨。我们党带领全国各族人民砥砺奋进，一茬接着一茬干，一棒接着一棒跑，实现了从站起来、富起来到强起来的伟大飞跃。

彩云长在有新天，芙蓉国里尽朝晖。

展阅三湘大地，在湖南省委、省政府的坚强领导下，一代又一代湖南人励精图治、艰苦奋斗，人民生活和各项建设事业谱写“喜看稻菽千重浪，遍地英雄下夕烟”的壮阔画卷。

从“省强民富”的开路之旅，到“富民强省”的快车之道，富饶美丽幸福新湖南的美好图景徐徐展开，建设现代化新湖南的新征程号角嘹亮。

深冬时节，拂刀河源头，和煦的阳光穿过枫林湖畔浓密的竹林，映照在浏阳市淳口镇孔小江家门前的贫困户信息牌上。这是一块特殊的门牌，记录着这户贫困人家的基本信息和帮扶干部的名字、电话。

老孔曾是深度贫困户。搭帮政策好，加上人努力，他在后山创出了一条养殖“产业带”，年产值40余万元。

随着现行标准下农村贫困人口实现脱贫，长沙数万块建档立卡贫困户信息牌将成为历史。

家是最小国，国是千万家。

回到新中国成立初期，彼时的长沙，城中最高建筑只有7层楼，可谓一穷二白，百废待兴。奋起直追的长沙人民，以全市地区生产总值年均4.7%的增速，从1952年的不到3亿元，一路赶超到1978年的16亿元。

但实事求是地说，长沙依然底子薄，身板弱。在“小康”目标提出初期，长沙形势不容乐观：370元的人均GDP，在全国省会城市中居于倒后阵列。此外，人口多，人均资源少，发展不平衡不充分的矛盾十分突出。

在这样的条件下，长沙怎样走出“小康”之路？走出了一条怎样的“小康”之路？

四十多年来，长沙坚持在改革中发展，在开放中提高，先后提出“致力于改革开放发展经济”“全面建成小康社会”“全面建设现代化长沙”等阶段性奋斗目标，加快推动经济社会持续健康发展，经济总量持续攀升，星城大地变化翻天覆地。

特别是党的十八大以来，长沙市委、市政府深入学习贯彻习近平新时代中国特色社会主义思想，始终坚持以人民为中心，将满足人民群众对美好生活的向往作为奋斗目标。

功夫不负有心人——2015年，长沙获湖南省委、省政府全面建成小康社会达标认证。

二

璀璨星城，潮涌湘江。

踏实奋进的长沙人清楚地知道：达标，不是终点，而是全新的起点！

长沙市委、市政府着眼“经济更加发展、民主更加健全、科教更加进步、文化更加繁荣、社会更加和谐、人民生活更加殷实”，牢记使命、不负嘱托，全力跑好高水平全面小康的“最后一公里”，蹚出一条显本色、明底色、添亮色、高成色的“长沙路子”，奋力书写经得起人民和历史检验的高水平全面小康的时代答卷。

——这是经济高质量发展的高水平全面小康。

全面小康，发展是第一要务。

数据为证！2012年以来长沙经济总量年均增长9.6%，增速居中部省会城市首位；2017年挺进“万亿俱乐部”；2019年长沙地区生产总值比上年增长8.1%，今年上半年实现增长2.2%，两个数据在全国17个“万亿”城市中均位居第一。

人民群众的口袋殷实起来了，生活富起来了，居民消费结构加快从生存型向发展型进而向享受型转变。到2019年，长沙人均GDP逾2万美元，经济蓬勃发展释放的红利惠及800多万长沙人民。

全面小康，制造业撑起高质量发展的脊梁。

长沙突出把推动制造业高质量发展作为经济主抓手，以智能制造统领产业转型升级。一方面，许多传统产业完成智能化改造；另一方面，围绕智能装备、智能汽车、智能终端和功率芯片，精准发力，抓新兴产业智能化培育。

不搞土地财政，深耕制造业，深耕实体经济，着眼培植壮大财源，提高财政质量，彰显了长沙市委市政府的战略眼光。

近两年来，长沙保持“每2.3天新签约1个投资额过亿元的项目，每15天新引进1个‘三类500强’项目，每30天新引进1个投资额过50亿元项目”的速度，催生出高质量发展的新动能，为高水平全面建成小康社会奠定了重要的物质基础。

——这是“人民幸福”的高水平全面小康。

长沙将公共财政支出向民生领域倾斜，民生支出占一般公共预算比例70%以上，长沙市城镇居民、农村居民人均可支配收入分别从2012年的30288元、15057元提升至2019年的55211元、32329元，均居中部省会城市首位。与此同时，就业、教育、医疗、住房、养老、社保等民生福祉持续改善。

坚持“房住不炒”更是映照着这座城市初心为民的本色与情怀。

长沙大力开展“反炒房、反暴利、反捂盘”集中整治行动，房价收入比保持在6.4左右，为全国35个主要城市最低。近4年长沙人口累计净流入近100万人。房价的比较优势既是市民幸福感的重要源泉，也成为推动创新创业、持续发展的竞争优势。

长沙第三产业“蛋糕”持续做大，现代服务业日益成为经济增长的新引擎，“网红长沙”蜚声海内外。金融、文化、旅游休闲、夜间经济、新兴消费等加快发展，全市商贸载体更加丰富，高桥大市场等6家市场入选2019年中国商品市场综合百强榜。

——这是城乡区域协调发展的高水平全面小康。

打好脱贫攻坚战，是全面建成小康社会的底线任务。

84、134529——这是脱贫攻坚战打响以来，长沙全部摘帽的省定贫困村数和全部达到脱贫退出条件的建档立卡贫困人口数；40689、119528792——这是长沙累计帮扶城市特殊困难群体人次和发放的帮扶资金数据。

农业强不强、农村美不美、农民富不富，决定着全面小康社会的成色。

长沙大力实施乡村振兴战略，不大造“盆景”，不搞“一阵子买卖”，探索一条普遍适用的新型村级集体经济发展之路，持续改善农村人居环境，让高水平全面小康在乡村振兴中成色更足。目前全市964个村级集体经济组织年收入全部超过5万元，半数以上超过20万元。

——这是社会各领域全面进步的高水平全面小康。

一个城市，既需要遍地林立的高楼大厦，更需要巍然耸立的精神大厦。

多年来，得益于坚定不移实施文化强市战略，长沙的文化软实力不断增强，持续走在全国前列。尤其值得骄傲的是，长沙连续三届举办“一带一路”青年创意与遗产论坛并获习近平总书记回信，成功加入联合国教科文组织“创意城市网络”，成为中国首个摘得世界“媒体艺术之都”桂冠的城市。人民群众实实在在感受到文化获得感，高水平全面小康的文化含金量持续提升。

良好的生态环境是高水平全面小康的底色。

长沙市坚持绿色发展理念，采取有效措施守护绿水、青山、蓝天。2019年，全市现有林地60.39万公顷；森林覆盖率提升至55%，居全国省会城市第三位；“一江六河”水质创有监测记录以来最好水平；空气质量不断改善，2020年上半年，城区空气质量优良率90.1%。

俯瞰长沙版图，绿色画卷在星城大地徐徐展开。从持续减排到防治大气污染，从持续增绿到环境整治……长沙的“颜值”更靓，“气质”更好，高水平全面小康的成色更纯。

三

全面建成小康社会，一个也不能少。共同富裕路上，一个也不能掉队。

党的十八大以来，中国开辟精准扶贫新时代。

经过8年持续奋斗，新时代脱贫攻坚目标任务如期完成，现行标准下农村贫困人口全部脱贫，贫困县全部摘帽，消除了绝对贫困和区域性整体贫困，近1亿贫困人口实现脱贫，取得了令全世界刮目相看的重大胜利。

2020年新年前夕，国家主席习近平通过中央广播电视总台和互联网，发表了2020年新年贺词，也吹响了2020年脱贫攻坚决战决胜的冲锋总号角。“我们要万众一心加油干，越是艰险越向前，把短板补得再扎实一些，把基础打得再牢靠一些，坚决打赢脱贫攻坚战，如期实现现行标准下农村贫困人口全部脱贫、贫困县全部摘帽。”

加油干，补短板，强弱项，坚决打赢，如期实现……共和国领袖的铿锵话语激荡神州大地。

长沙始终以“不破楼兰终不还”的如虹气势，始终奋战在三个脱贫攻坚“战场”，用一场场势如破竹的“战役”，一串串硕果累累的“战果”，在星城大地奏响脱贫攻坚的凯歌。

那山，那水，总是最牵动人心。

朝天椒红红火火，青皮柚长势喜人，猕猴桃挂果累累，再细看林间树下，是一群群散养的鸡鸭……近两年来，每到金秋时节，宁乡横市镇合金村向阳河畔，胡建国的种植基地里，总会上演活色生香的“丰收图”。

“今年收入预计能超过40万元。”2020年末，回望疫情大考之年的收成，胡建国言语间充满喜悦。

谁曾想到，他可是曾因幼年伤及右脚，连正常行走都困难的残疾人；两年前，因夫妻俩双双残疾，劳动力缺失，他们是村里的建档立卡贫困户。

未来在哪里？希望在何方？胡建国和妻子一度十分迷茫。直到驻村第一书记熊正洪和工作队带来为他家量身定制的“脱贫计划”，致富之门才徐徐打开。

2018年，在工作队的帮扶下，胡建国瞄准了猕猴桃、辣椒种植，成立了长沙凤建农业发展有限公司。

土地从来不辜负汗水。

当年，辛勤耕耘种植基地的他年纯收入达20万元，顺利“脱贫出列”。第二年，在种植上尝到甜头的他，还被评为宁乡市“脱贫攻坚典型”。

和胡建国一样，从贫困到脱贫，再成为当地致富带头人的，还有浏阳市达浒镇建档立卡贫困户李忠国。

他用一把油纸伞，不仅撑起自家的“脱贫伞”，打开了50多户乡邻的“致富伞”，还靠着这样的“脱贫传奇”，作为湖南唯一全国脱贫攻坚奋进奖获奖代表，站上了2020年全国脱贫攻坚奖表彰大会的领奖台。

5年前，在驻村帮扶工作队、支村两委的鼓励支持下，李忠国重拾制作油纸伞这门祖传手艺，开办达兴工艺品厂，打造“可体验”“能定制”的油纸伞工艺品。仅用1年多时间，他就成功摘掉“穷帽子”。

“一个人富不算富，大家一起富才算富。”李忠国主动与椒花新村50多户贫困户签订帮扶协议书，让他们在家门口找到稳定的活计。2019年，他的工艺品厂实现年销售额500余万元，带动贫困户年均增收万元以上。

与集中连片特困地区不同，长沙属典型的“插花贫”：84个贫困村、13.4万余名贫困人口相对分散，70%的贫困户“插花”分布在84个省定贫困村外。这也意味着，要帮像胡建国、李忠国这样的贫困户之困，要有更精确精准的脱贫之策。

“虑于民也深，则谋其始也精。”

扶贫开发贵在精准，重在精准，成败之举在于精准。

你有“插花贫”，我有“绣花针”；一针一线间，乡野消贫声。

多年来，长沙瞄准“精”，精准破解“插花贫”，在农村脱贫攻坚主战场上用心绘就“致富图”。

在长沙，“精准”二字始终贯穿脱贫攻坚全过程。从一村一策、一户一法，工作到村、扶贫到户，长沙精准打出产业扶贫、旅游扶贫、易地搬迁、危房改造等14个专项扶贫“组合拳”，确保村村有产业，户户有项目，人人能增收。

贫有千种，困有百样，全面脱贫解困，还需有高招、新招。

▶下转封二

全力以“复”

——长沙复工复产奋力转型发展纪实

《长沙晚报》全媒体记者　李万寅　邬伟　伍玲　吴鑫矾　陈登辉　曹开阳

历史的演进，有时惊心动魄。

庚子年春，一场新冠肺炎疫情席卷全球，人类面临前所未有的挑战。

当此之时，以习近平同志为核心的党中央带领14亿中国人民迎难而上，以“生命至上”凝聚万众一心，以举国之力对决重大疫情，以“人类命运共同体”共克时艰。

果断决策，众志成城。

在统筹推进新冠肺炎疫情防控和经济社会发展工作部署会议上，习近平总书记强调毫不放松抓紧抓实抓细防控工作，统筹做好经济社会发展各项工作，并对有序复工复产提出8点要求。

长沙遵令而行，全力以“复”，重启经济复苏引擎。

工业经济打头阵。政府和企业齐心协力打通招工链、物流链、供应链和资金链，释放企业活力；招商引资和项目建设重现往日火热场面。

消费按下“快进键”。“菜篮子”“米袋子”“油罐子”“果盘子”，量足价稳；餐饮店、理发店、生鲜店、商业综合体，店店开张，长沙从复业复市走向百业兴旺。

……

春去夏来，万物繁茂。

当前，长沙经济企稳回升态势进一步巩固。站在历史的新方位，面对严峻复杂的国际疫情和世界经济形势，长沙立足当前、精准施策，全力书写属于长沙的篇章，奋力交出一份精彩的答卷。

长沙自信

担当的勇气、前瞻的眼光、产业的厚度，是长沙率先全国推动复工复产的信心之源

2月3日，农历正月初十。

这一天，原本是春节假期结束后上班的首日。

但在新冠肺炎疫情阴霾的笼罩下，企业停工、机器停摆、市场歇业……流动的中国按下了“暂停键”，消费处于“冷冻期”。

事非经过不知难。

回望当时，疫情防控仍是主基调。如何在疫情有所好转时有序推动复工复产复市，如何找回企业生产的动力，如何激发市场的活力，如何提振市民消费的信心……一道道难题，等着我们去应对。

万山磅礴必有主峰，龙衮九章但挚一领。关键时刻，2月3日，习近平总书记主持召开中央政治局常委会会议强调：“疫情特别严重的地区要集中精力抓好疫情防控工作，其他地区要在做好防控工作的同时统筹抓好改革发展稳定各项工作。”

2月12日，习近平总书记在中央政治局常委会会议上，再次明确指出：“统筹做好疫情防控和经济社会发展，既是一次大战，也是一次大考。”

大战正紧，大考当前。长沙“战疫”迅速进入新阶段。

2月15日，长沙确诊病例单日“零新增”。

3月14日，长沙市在院确诊病例全部清零。

疫情防控形势持续向好，湘江两岸，复工复产吹响“冲锋号”。

2月13日，省委常委、市委书记胡衡华主持召开全市企业上市工作座谈会。在与7家拟上市企业负责人座谈时，他表示，长沙继续保持帮扶企业的决心不改、措施不变、力度不减。

胡衡华的一席话，向企业家们发出了春天的邀约。这是担当，是市委市政府推进高质量发展、向企业和企业家们放出的“定心丸”；这是自信，它来源于长沙扎实的措施让疫情可防可控，来源于产业底蕴的厚积薄发；这更是鲜明的信号，长沙抓经济抓发展的思路坚如磐石。

作为毗邻武汉的省会城市，长沙的底气从何而来？

来自于长沙市委市政府担当的勇气、前瞻的眼光，以及长沙产业的厚度。

担当不是蛮干。企业复工，长沙既没有一哄而上，也没有畏手畏脚，而是有着实事求是的铺排和合理的节奏。

早在 1 月底，长沙就开始部署企业的复工复产，尤其对于疫情防控必需等四类企业，在做好疫情防控的前提下，全力予以帮扶。

这一步“先手棋”走在了全国前列。

企业生产缺乏原料，长沙高新区、宁乡高新区通力配合，形成帮扶链；员工未复岗，生产人手不够，雨花经开区当起了招聘员，招工启事全网流转；运送防疫物资，市工信局与相关部门协商解决问题，为车辆办理通行证。

……

进入 2 月，三一集团、中联重科、蓝思科技、比亚迪等一批龙头企业顺利复工，并带动了部分配套企业陆续复产。之后复工复产形成大潮之势，百分之百到岗、百分之百复工的“双百”企业越来越多。

前瞻眼光来自科学预判。长沙作为“智造之城”，企业的智能化改造早已铺开。

截至目前，长沙已有 668 家企业进行了智能化改造，整体效率提升了 30%。同时，长沙拥有 27 个国家级智能制造试点示范企业和应用专项项目，数量居全国省会城市第一。

这是长沙率先复工复产的优势，也是底气所在。正是这批技术先进、自动化程度高的企业，受冲击小且率先复工。

体力活机器人干，任务由系统分配，运送物料有无人车……机器替代人，不仅减少了人与人的接触，企业复工的压力减轻许多，同时面对市场的信心也增强了许多。

这样令人振奋的局面，看似偶然，实则必然。

这些年，长沙一以贯之积极推动制造业高质量发展，长沙“智能制造”已成为企业抗风险的利器；

这些年，长沙以 22 条工业新兴及优势产业链为抓手，引导招商项目向智能装备、智能汽车、智能终端和信息安全及自主可控等“三智一自主”

领域集中，抢占产业发展制高点，移动互联网、大数据、人工智能等新兴产业蓬勃发展；

这些年，长沙全力打造“立起来的园区”，以亩产论英雄，提高亩均投资额，增加亩均税收，践行“精明增长”理念；

这些年，长沙着力培育产业发展生态，相继出台了“工业30条”“人才政策22条”“知识产权12条”等政策，保障实体经济、科技创新、现代金融、人力资源协同发展；

这些年，长沙全市上下齐心协力营造“对企业家很友好、对投资人很保护”的产业发展环境，通过构筑营商环境的“高地”，成为降低营商成本的“洼地”，从而带来产业的集聚与壮大；

……

这些，正是长沙一步步赢得大战大考的优势和力量所在！

“患难见真情，越是困难的时候，越能看出一个地方对企业的重视程度和营商环境的优劣。”2月21日，比亚迪董事长兼总裁王传福将疫情防控期间的项目洽谈第一站选在长沙。

这既是基于多年来双方良好的合作基础，更是对长沙在疫情大战大考中的信心之举。

2月23日，人民大会堂东大厅，一场特殊的电视电话会议召开。

面对全国17万名县团级以上干部，习近平总书记坦言：“新冠肺炎疫情发生后，如何在较短时间内整合力量、全力抗击疫情，这是很大的挑战；在疫情形势趋缓后，如何统筹好疫情防控和复工复产，这也是很大的挑战。”

面对“两个挑战”，长沙迎难而上，精准施策。

一个个专题会议密集召开——“与时间赛跑，下好先手棋，打好主动仗，奋力夺取疫情防控和经济社会发展双胜利！”全市先后召开经济运行调度会、产业链建设推进会，以及企业上市、用工、软件、会展、投资、财税、生活性服务业、外资外贸外经等会议，专题部署复工复产。

一项项暖心政策密集推出——制定20条措施从四个方面支持中小企业渡难关；出台应对疫情影响援企稳岗“13条”，发放首批1200万元稳岗补贴；率先全国出台《关于有效降低疫情影响稳定经济运行的实施方案》，明确26条具体举措，形成“1+N”综合性惠企政策。

一项项贴心举措摁下“快进键”——4292 名驻企防疫联络员深入企业，当好企业复工复产的“战斗员”“信息员”“宣传员”；“春风行动”走进全省劳务输出大县，强化“三门式”（出家门、上车门、进厂门）招工；金融战“疫”银企对接会举行，银行频频为企业输送金融活水……

陌上花开，春暖星城。

“主要经济指标增速呈逐月回升态势，经济恢复好于预期!”4 月 13 日召开的市委一季度经济形势分析会议，这一消息让所有人振奋。

2020 年，是一个特殊年份，是一个大考之年。

站在“两个一百年”奋斗目标历史交汇点，决胜脱贫攻坚、高质量全面建成小康社会、“十三五”规划收官等各项任务本就繁重。

个个都是“必答题”，且必须交出优异的答卷。

新冠肺炎疫情突然来袭，实现全年三大目标任务的挑战进一步增多、难度进一步加大。

这道“加试题”，绕不开、躲不过。

特殊时期需要特殊状态，大考之年呼唤赶考之为。

在“3·23”长沙市党员领导干部廉洁从政警示教育活动上，胡衡华要求党员领导干部以作风“赶考”促进和保障发展“大考”，坚决夺取疫情防控和经济社会发展双胜利，向党和人民交出一份满意答卷。

长沙正以担当为笔、以初心为墨，做好这道疫情“加试题”，答好发展“必答题”。

长沙韧劲

全市一盘棋，稳定产业链供应链，让世界看到中国经济的韧劲

“开工!”4 月 28 日，长沙特地为 80 个项目举行了集中开工仪式，预计总投资 388 亿元。

传递的意思不言自明：长沙要把疫情耽误的时间补回来，把疫情造成的损失抢回来。

年初以来的疫情，让长沙的经济社会发展一度进入冰冻期。经济下行压力的延续，本土疫情造成的生产生活停摆，境外疫情蔓延引发的外贸冲

击，重重困难如乌云压顶。

能不能在确保稳固防控成效的同时，实现发展提速，已不仅是摆在城市管理者眼前的难题，也关乎每位市民的预期和信心。

2 月初，国内疫情还处在胶着状态。

市新冠肺炎疫情防控工作指挥部视频调度会结合长沙实际，明确提出："当前疫情防控仍处在最紧要关头。城市功能、社会秩序正逐步恢复……从战时状态向平战结合状态转变。"

2 月 16 日，全市经济运行调度会更进一步要求："全力以赴抓好疫情防控和经济社会发展工作，实现上半年经济社会发展'时间过半、任务过半'。"

在长沙 1.18 万平方公里的土地上，一场轰轰烈烈的复工复产战役徐徐拉开大幕。

"长沙远大住宅工业集团股份有限公司一周口罩需求量 8000 个。""湖南维胜科技有限公司一周口罩需求量 1000 个。"

……

战"疫"初始阶段，随着企业相继申请复工，防疫物资库存告急，向外采购又无稳定渠道，企业纷纷向政府部门求援。

"增产、转产，不惜一切代价筹措防疫物资。"湖南省决策层迅速下达指令，向数十家防疫物资重点生产企业派驻工作组，为开足马力生产排忧解难。

急企业所急，解企业所困。长沙迅速行动，市工信局、市发改委、市商务局等多部门联动，想方设法从国内和海外筹集防疫药品、口罩、消毒液、温度计和防护服等防疫物资，向工业企业倾斜、向生产一线倾斜。

一些企业在关键时刻挺身而出，勇担社会职责，利用现有产线或重新投资，改产线、购设备、寻原料，纷纷转产口罩、防护服和防疫设备，为复工复产注入"长沙力量"。

从正月初三开始，比亚迪迅速整合资源，仅用七天就完成了口罩机生产设备的研发制造。通过整合长沙和深圳工厂的产能，目前口罩日产量已超 5000 万只。

复工第二天，丽臣实业便将 1000 多公斤消毒液捐赠给长沙经开区 50 余家企业，前后累计捐赠近 5 吨。

湖南恒昌医药紧急转产，投资1300万元建22条生产线，口罩日产能达到250万个，并实现长沙儿童口罩生产“零”的突破。

从图纸设计到正式下线，山河特装造出口罩机，一共花了25天。

这份“情义榜”上，还有梦洁家纺、尔康制药、盛士新材料、中南智能、盈峰中联环境……

一个个企业紧急转产，纾困解难的背后，依靠的是长沙制造、彰显的是长沙担当、弘扬的是长沙精神。

与此同时，全市4292名驻企联络员沉到复工复产一线，督查指导疫情防控、收集汇总企业诉求、筹集发放防疫物资，当好战斗员、信息员和宣传员。

危难时刻，政府与企业的心紧紧相连。

防疫物资日渐充足，工人返岗困难重重。

彼时，交通停滞，卡口密布，众多产业工人困守在家，企业复工复产面临订单无人生产、机器缺人操作的困境。

面对危机，长沙勇于作为，主动出击，化被动为主动。

从2月7日开始，望城经开区安排10辆大巴车分赴娄底、怀化、张家界、湘西等市州，接比亚迪长沙电子有限公司员工返岗。

解决企业普遍的“用工难”问题，长沙又施展出硬核实招巧招。

2月17日，胡衡华在全市疫情防控期间企业用工事项调度会上强调，要重点解决企业“用工难”问题，要把上门招工与脱贫攻坚战、就业扶贫、长沙对口支援扶贫进行有机结合。

一声令下，全市动员。

2月18日，9支招工小分队前往长沙对口帮扶地区、省内脱贫攻坚的重点地区和务工人员较为集中的9个劳务输出地，开展劳务对接活动。

2月20日，市人社局再下发紧急“动员令”。各区县（市）人社部门迅速组织辖区内缺工企业联合成立招工小分队，赶赴全省51个县招聘工人，尽占先机。

“在长沙就业的好处是‘多快好省’，‘多’就是长沙工作岗位多，‘快’就是交通方便离家近，‘好’就是长沙环境优、工作氛围好，‘省’就是生活成本低。”第2招工小分队队员王雨果在介绍情况时如数家珍。

半个月内，一支支带着使命的招工小分队走进劳务输出重点区县，一辆辆满载而归的大巴车驶离九曲崇山，一个个心怀梦想的产业工人踏上脱贫之路。

自2月中旬以来，蓝思科技已累计招聘3.8万人，比亚迪电子累计招聘4500人，基本满足了现阶段用工需求。

经济重启和复苏并非凭一企之力、一城之力可以实现，必须推动各环节协同复工复产。

道路不通，物流不畅，复工复产就会龟速爬行。

长沙急企业之所急，忧企业之所忧，第一时间协调好相关部门，保障应急物资优先通行，确保货运车辆和货物运输贯通到企业、园区、工地，坚决打通“最后一公里”。

2月17日下午4时26分，一支来自湖北荆门的货运车队被滞留在了随岳高速服务区的防疫站点，因缺少资质证明，这批广汽菲克的汽车零部件无法通关运抵长沙。

这让2月19日准备开工生产的广汽菲克焦急万分。

驻企联络员郭英接到信息后，立即向上级部门汇报，仅用1小时就完成了资质审批，随后企业收到资质文件。

这样的“通行证”，在复工复产初期，长沙开具了一张又一张。

湖南中大、浏阳三力等18家单位急需运输物资，工信部门积极协调，帮助企业办理了43张省内防疫物资运输车辆通行证。

物流链的打通是复工的前提，产业“不掉链”更是至关重要。复工复产初期，畅通产业链、供应链的堵点迫在眉睫。

“我们申请提前复工，但是缺乏原材料，请求支持。”1月28日，呼吸机面罩生产商比扬医疗拨通了岳麓高新区管委会的电话。

收到求助信息后，一条“产业帮扶链”在长沙市、岳麓区、宁乡市之间搭建起来。应急、工信部门上门服务，组织技术骨干和工人返厂，为原材料供应商开启复产绿色通道。

1月29日，比扬医疗全面恢复生产。“我们不分昼夜运转，产品刚下线就送往急救一线。”企业负责人说。

经济重启离不开“毛细血管”的通畅。供应链越往上游走，越细化，配套企业往往都是中小企业，牵一发而动全身。

2 月 4 日，岳阳市工信局收到了来自长沙市工信局的信函。

来函表示，长沙高新区重点企业盈峰中联环境生产的各式水车、抑尘车已作为消毒清洁车广泛运用于城乡消菌杀毒，由于其结构复杂、部件多，因此涉及的外部协作厂较多，其中就包含岳阳的一家企业。长沙市工信局希望这家岳阳企业尽快复工，投入生产。很快，盈峰中联环境得到了对方复工的答复。

在省市区的合力推动下，盈峰中联环境的 21 家配套企业，在 20 小时内全部接到复工通知，两天内全面复工。

资金是企业的血脉，更是决定企业复工复产从“摸着石头过河”到“满怀信心大步走”的重要因素。

2 月 29 日，一场由市委市政府举办的规模庞大的金融战“疫”银企对接会举行，50 家企业与 14 家银行签约 48 个项目，签约总金额 502 亿元。

长沙金融机构也主动作为，发挥稳定器作用，3 个月时间共计向近 4000 家企业新增授信 1530 亿元，已发放贷款 890 亿元。

长沙资本市场今年更是好戏连台。6 月 9 日，位于宁乡市的松井新材料股份有限公司成功上市，成为继威胜信息、南新制药、和顺石油、宇新股份之后，长沙今年新增的第 5 家上市公司。目前，长沙已有 73 家上市企业，其中 A 股上市企业 66 家，排名中部省会城市第一。

防疫物资日益充足，用工需求逐渐满足，物流链、供应链、资金链陆续畅通，展示了长沙经济的强大韧劲。

在全国复工复产的大潮中，长沙站上了浪头。

如何抓住经济发展的窗口期，百尺竿头更进一步?

——抓项目投资。疫情期间，长沙发布了今年的重大项目建设计划，共铺排重大项目 1320 个，总投资 16245 亿元，年度预计投资 3592 亿元。

今年 1 至 4 月，长沙累计完成投资 1324 亿元，占年度计划的 36.9%。其中 34 个在长省重大产业项目累计完成投资 154.8 亿元，占年度计划的 30.2%。

在惠科项目建设现场，6000 余名建筑工人、500 余台机械设备日夜奋战，上演速度与激情。这是目前湖南工业厂房单体面积最大的项目。项目总投资 320 亿元，主要生产超高清大尺寸显示面板，建成后将有效打破国外大尺寸 OLED 面板垄断，是推动省、市制造业高质量发展的“新动能”。

中联智慧产业城项目现场，施工工人 1000 人以上，现场施工设备 100 多台，工地一天一个样。

4 月 28 日，比亚迪 IGBT 项目动工建设，建设年产 25 万片 8 英寸新能源汽车电子芯片生产线，投产后可满足年装车 50 万辆新能源汽车的产能需求。

……

——抓外贸发展。3 月 24 日下午 4 时，伴随着响亮的汽笛声，中欧班列（长沙）首列莫斯科班列从长沙货运北站出发。今年截至 3 月 23 日，长沙共发运中欧班列 67 列、6054 个标准集装箱，运输货物货重 4.92 万吨，货值约 2.8 亿美元。各项指标在全国走在前列，成为疫情期间全国为数不多的“天天班”城市，有力保障了进出口货物贸易通道的畅通。

进入 3 月，长沙复工复产行动再次提速，进入纵深阶段。

3 月 9 日，轰轰烈烈的“大干一百天实现双过半”竞赛活动拉开序幕。

在全市动员部署视频会议上，胡衡华提出：“号令正式吹响，全市是个大战场，人人都是主力军!”

这项产业竞赛活动，主要聚焦工业、固投、项目建设、服务业、税收五大类指标，成为长沙复工复产的主旋律。

内五区、高新区加长望浏宁两组共 10 位参赛“选手”站在同一起跑线，全力冲刺，朝着“双胜利”的目标，不断刷新着“长沙速度”。

对于这场产业竞赛，市委明确提出了“十六字”要求：守住底线、保持定力、主动作为、以长补短。

“守住底线”——底线是“1”，没有这个“1”，后面再多的“0”也是“0”。对于长沙来说，务必要守住疫情防控常态化、民生保障、信访维稳、安全生产、防范化解债务风险等方面的底线。

“保持定力”——看准的事、定下的事，就要坚定不移地干，不能东一榔头西一棒子。这次大竞赛聚焦的重点就是制造业、投资、消费、财税这几个方面，方向和方法非常明确，关键是保持定力、提升执行力。

“主动作为”——最好的防御不是躲闪，而是进攻。不论是疫情防控的“主动仗”，还是经济社会发展的“先手棋”，都需要发扬越是艰难越向前的精神，主动去抓、主动去干、主动去管。

“以长补短”——“长板理论”提出，当木桶的木板长短不一，斜过来装水也能装得更多，这就需要“拉长长板”。战时状态下，拉长长板比补齐短板更重要，所以要把拉长长板摆在优先位置。

围绕“十六字”总体要求，长沙“大干一百天实现双过半”产业竞赛活动掀起一轮轮高潮。

从岳麓山脚到浏阳河畔，从工业园区到民生领域，在百米深坑、在智能车间、在建设工地……星城大地处处呈现出项目建设全面加速的生动场景。

复工复产，企业是当仁不让的“主角”。一批“尖子生”善于在危机中育新机、于变局中开新局，迎来了发展的“小阳春”。

中伟新能源今年前两个月产能比去年同期增长42%，出口总额达5600万美元；

长沙比亚迪电子的华为订单不断增加，3月订单比去年12月增加50%；

中联泵车第一季度产品销量同比增长25%，3月更是达到近年来销售最高峰；

三一重工市值超越小松，位列世界工程机械市值排行榜第二，仅次于卡特彼勒；

三一重卡上市2年，销量突破2万辆，从默默无闻到成为“重卡超新星”。

……

重点企业是经济“驱动器”，重点项目是发展“压舱石”。长沙一手抓企业复工复产，一手抓项目“招引复建”。

“共克时艰”的特殊时期，往往也是安商稳商甚至招商引商的特殊时机。

长沙坚持招商引资“不下线”，派出多路招商小组，并通过“网上”推介、“线上”招商、“云上”签约等形式创新开展招商引资。

2月9日，金霞经开区第一批10支招商小分队，分赴长三角、珠三角、湖南省内等地展开“小分队招商”，成为全省第一个从防疫阻击战场开辟“新战场”的园区。

4月10日，市委副书记、市长、湖南湘江新区党工委书记郑建新率领“招商男神团”，到广州、珠海、东莞、深圳，走访企业，考察招商。

精心筹备，精准招商，赢得满堂喝彩。

广州市委市政府主要领导得知长沙南下广东考察行程，不禁赞叹：长沙的招商团队，真是今年来得最早的一批。

据统计，1—4月，长沙引进2亿元以上项目58个，总投资801亿元，“三类500强”项目34个，占全省引进数的51.5%，其中产业项目29个，总投资额433.3亿元，为长沙未来的高质量发展之路打下坚实基础。

长沙活力

扛住了疫情带来的压力后，长沙激发强劲的消费活力

圆的、扁的、汤的、干的，米粉的香味和辣椒的辛味，长沙人从舌尖开始新的一天。

卤虾、蒜蓉虾、油爆虾、麻辣虾，“深夜食堂”里的虾壳，见证了不夜城的热闹繁华。

人间烟火味，最抚凡人心。

越冬、经春、入夏，疫情带来了压力，更激发了长沙的活力。

这种活力，来自稳定的民心、消费的信心。

疫情暴发初期，长沙即提出在防疫措施到位的前提下，对涉及保障疫情防控必需、城市运行必需、群众生活必需等“四类”企业全力帮扶。

为稳住“菜篮子”，长沙启动生活必需品市场监测日报制度，制定了海吉星、红星、大河西三大蔬菜批发市场保供应奖励，以及全市大型商超、农贸市场、生鲜门店开业经营的奖励政策，打通市场终端环节，保障消费需求。

长沙地区沃尔玛的配送中心位于武汉，因武汉封城导致7家门店库存告急，唯一的方法是改从广东东莞、浙江嘉兴发货，然而路途遥远，每一条路都可能遇到阻塞。幸运的是，在长沙商务和交警部门协助下，沃尔玛及时拿到了运输车辆“绿色通行证”，48小时内打通了物流生命线。

拎稳“菜篮子”，压实“米袋子”，政府“有形之手”和市场“无形之

手”联袂，激发起整座城市的战“疫”合力。

作为湖南最大的“菜篮子”，长沙黄兴海吉星市场第一时间动员市场内的经营户多举措对接蔬菜渠道，落实保供货源。

湖南粮食集团旗下的“金健”“裕湘”等品牌企业加大马力，保障米、面、油等产品量足价稳。

复工复产复业，交通是先行官。

在疫情防控初期，长沙城区的常规公交维持着正常运营，巡游出租车、网约出租车为市民紧急出行提供门到门服务，定制交通用车为医疗、电力、通信等行业提供员工上下班通勤服务，保障全市米、粮、蔬菜供应顺畅。

在湖南物流总部、红星冷链物流园等物流园区，政府与企业形成合力，为防护物资、民生食品等物品做好交通运输保障。

民生稳，人心聚，战“疫”胜！

“最大限度促进消费回补和潜力释放”，是促经济回暖的必要手段，是对冲疫情影响的重要着力点之一。但能不能搔到消费者痒处，发力发在点子上，考验管理者的破题功夫。

2 月中旬，长沙，重新开市！

在烟火升腾中，“刘聋子”“易裕和”等粉店打开大门，推出“堂食一人一桌一凳”服务。

茶颜悦色、超级文和友、火宫殿……越来越多的“网红”打卡点陆续开门迎客。

吃一碗米粉、喝一杯奶茶、理一个头发，老百姓的日常生活走向正轨。

释放被抑制、被冻结的消费，信心当然比黄金更重要。

3 月 12 日，长沙召开生活性服务业发展座谈会，给企业家们现场纾解难题。

乡村旅游、美容美发、养生保健……除了宅在家，爱玩爱生活的长沙人有了更多去处。

长沙国金中心、友阿百货、保利 MALL……一家家商业综合体回到正常营业时间，给市民消费带来了信心。

拉一把，再扶一程，长沙打出“组合拳”，按下百业复兴的“快进键”。

一个个消费节、购物节在各区县（市）拉开帷幕，通过政府搭台、企业让利，催热了区域消费市场。

长沙率先通过发放电子消费券的形式，激活5万多个覆盖“吃喝玩乐、衣食住行”的签约商家，引导市民走出家门消费。

4月4日，清明小长假首日。作为复工复产后首个小长假，长沙迎来消费“小阳春”。

消费券、抽奖、特价……丰富多彩的利好刺激，让市民纷纷走出家门，激活了长沙消费市场，提振了消费信心。

批发零售、文旅休闲、住宿餐饮、美容美发……一个个行业逐渐回暖。

长沙新港1至4月件杂散货吞吐量同比增长25%，其中4月件杂散货量创下单月历史新高，节节攀升的货物吞吐量，见证了长沙在新冠肺炎疫情防控常态化下的强劲发展脉搏。

一列列中欧班列载着湘品出发，加速长沙与世界的往来。今年1至4月，中欧班列（长沙）发运班列超110列，同比增长超110%。

在长沙黄花国际机场，长沙先后恢复达卡、胡志明市、北美等定期货运航线，新开香港、列日等定期货运航线，国际（地区）航空货运能力不断优化提高。

提升国际货运能力，是稳住外贸外资基本盘的重要保障。

一季度，长沙外贸顶住压力逆市飘红，1至3月长沙进出口总值406.7亿元，占全省48.7%，同比增长9.8%，增速高于全省、全国，其中3月实现进出口“双增长”，全市进出口总值196.7亿元，增长65.8%。

宁乡花猪、沩山毛尖、望城小龙虾……疫情期间，电商平台成为农产品打开销路的重要渠道，为加快农村电商发展，让越来越多的长沙农特产品搭上“互联网+”的快车。今年一季度，长沙实现农村网络零售额44亿元，占全市网络零售额比重15.3%；实现农产品网络零售额12.7亿元，占全省比重46.8%，同比增长5.8%。

信心层层传导，复苏步步加快。

被抑制、被冻结、被延后的消费需求，在长沙“五一”假期被彻底点燃引爆。

4月30日至5月5日，被称为“全球第一展”的2020湖南汽车展览会暨长沙市首届汽车消费节成功举办。在全球经济面临疫情冲击的大背景下，敢为人先的长沙人打响了会展业信心恢复的第一枪。

第一次在湖南用实名制办展，第一次用健康码和行程码管理参展和观展人员，第一次采用智能防疫机器人360度无死角消毒……长沙人创新推出金点子、好办法，为疫情防控常态化下展会模式和形式探索出了新路子。

长沙拿出3000万元用于购车补贴，组委会和汽车品牌及经销商推出诸多实惠活动，展会巧用汽车消费的杠杆作用，撬动整个社会消费。

“简直卖疯了!”据不完全统计，车展6天时间，销售车辆超2.3万辆，销售金额超50亿元。平均每三个观众就有一辆新车订单，成交比率达到38%，创下历届最高。

与此同时，长沙文旅市场也迎来了小高峰，展现出强劲复苏势头。

“夏之恋·在长沙”、“五一”文旅主题活动、“乡约长沙”休闲农业与乡村旅游主题活动、“嗨购星城”、“五一”促消费主题活动等轮番登场，通过景区畅游体验、文博活动、非遗活动、文艺活动、创建文化旅游消费示范点等方式，长沙消费市场全面复苏。

今年“五一”假期，长沙成为全国“十大最受欢迎出游目的地”城市，共接待游客超360万人次，实现旅游总收入超35亿元，已达到去年同期水平的80%左右，游客人数和旅游收入比清明假期分别增长10%和20%以上。

千元消费大礼包、家电“以旧换新”、E口吃遍长沙……从“春天有约”走到“夏季有礼”，长沙消费季的精彩仍在继续，将覆盖近10万家企业、商户。

盒马鲜生第五店让河西市民住上了“盒区房”，7－ELEVEN湖南首店在五一商圈开门……一批首店、新店在后疫情时期迅速布局长沙，加速升温长沙消费活力。

风过雨停，百业复兴；网红长沙，已然回归。

5月29日，第一财经·新一线城市研究所发布《2020城市商业魅力排行榜》，长沙连续第五年稳居“新一线”城市前十之列。

长沙梦想

在危机中乘势壮大新动能，找到高质量发展的新路径

从项目筹建到厂房交付用时120天，从设备安装到产品下线用时20

天……

4 月 28 日，由长沙本土企业湘江鲲鹏公司研发制造的首台“长沙造”湘江鲲鹏服务器正式下线，跑出长沙“新基建”建设加速度。

自动行驶、转弯、启停，360 度显示障碍物……

4 月 30 日，长沙首批 10 台 315 线智慧公交正式面向长沙市民开放运营，“智能交通”走进老百姓的日常生活，成为长沙的新名片。

“加强新型基础设施建设，发展新一代信息网络，拓展 5G 应用，建设充电桩，推广新能源汽车，激发新消费需求、助力产业升级。”今年的政府工作报告，预示着“新基建”“新消费”成为未来发展的“新风口”。

“每次重大危机都可能是一次重新洗牌，都会有脱颖而出者。”这是商战的现实写照，同时也道出长沙寻求“逆势”突围的关键：抢抓风口，努力成为新经济的领跑者。

危中寻机，长沙首先瞄准的是软件产业。

这背后，是长沙对经济发展趋势的科学预判和准确评估。

众所周知，以工程机械为代表的制造业是长沙工业的骄傲，通过推进智能制造，一个世界级的工程机械产业集群正在长沙崛起。

长沙的梦想不止于此。随着产业的发展，软件与硬件兼备成为大势所趋。推进 PK 生态、鲲鹏生态发展，长沙所锚定的方向正是软件硬件两手抓的创新思路。

为了实现软件产业赋能制造业、反哺产业链的目标，长沙吹响了“软件产业再出发”的号角。

3 月 21 日，全市软件产业发展专题研究会召开，明确提出：集中力量和资源，打造应用场景、促进产业集聚、优化产业生态，推动长沙软件业再出发。

思路迅速转化为行动。

《长沙市软件和信息技术服务业发展三年行动计划（2020—2022 年）》出炉，提出构建“一园五区两山”产业格局，部署六大任务，并在人才引进、场景应用、企业培育等方面明确政策支持。

市区上下联动，长沙内五区纷纷制定了软件产业长远规划，以产业政策刺激推动软件产业的快速集聚和发展壮大。

扎实的政策，为长沙软件业垒出坚实地基。

同时，长沙不断厚植软件产业发展的沃土，其中的关键便是应用场景。

3 月 31 日、5 月 8 日，长沙先后发布两批共 191 个软件和信息技术服务业应用场景，重点围绕智慧城市、智能制造、智能产业三大领域率先发力，引发国内外软件行业的高度关注。

长沙紧抓应用场景这个“牛鼻子”，构建完善的产业链生态体系，以应用为导向促进产业集聚，为市场注入了源源不断的“新动能”。

行动在提速，成果更喜人。

4 月 19 日，百度在长沙全面开放 Apollo Robotaxi 自动驾驶出租车服务，市民只要点一点手机，一台自动驾驶的出租车就能载你抵达目的地。

4 月 27 日上午，腾讯云启产业基地（长沙）启动仪式暨腾讯生态项目签约仪式举行。

5 月 8 日，阿里云与长沙市芙蓉区签署合作协议，成为推动当地数字产业的首批公司，阿里云将对新芙蓉商业圈进行智能化改造，打造具有全国影响力的数字商圈标杆。

5 月 9 日，长沙携手 CSDN 打造“中国软件开发者产业中心城市”，CSDN 全国总部签约落户长沙高新区，将力争 3 年聚集开发者 1 万人落户长沙，服务开发者 100 万人，助推长沙构建软件产业新生态。

……

长沙以开放的姿态，积极引进外部项目和品牌，与华为、百度、腾讯、阿里等科技巨头携手合作成为常态，产业汇聚的加速趋势愈发明显，为产业发展进一步突破奠定了基础。

不到半年时间，长沙软件产业在产业布局、产业规模、企业引进等方面均呈现出了后劲十足的态势，有望崛起为长沙下一个千亿产业。

化危为机，危机就是实现弯道超车的契机。

5 月 15 日，赛迪顾问发布《2020 年中国智能网联汽车产业投资潜力城市百强榜研究》白皮书。长沙名列全国城市百强榜第 3 名，力压上海和广州，仅次于北京和深圳。

智能网联汽车产业深度融合多个高新技术产业，是推动传统产业向高端化升级的重要抓手，也是“新基建”成果的集中体现。

长沙在智能网联汽车产业的布局不是最早的，但赢在定力和差异化。

即使受新冠肺炎疫情影响，长沙智能网联汽车产业仍动作不断：发布扶持政策、发放测试路牌、推进应用落地……

4 月 1 日，长沙发布“火炬计划”和“头羊计划”，以湖南湘江新区为重点，在全市打造智能汽车产业生态，打造“智能汽车与智慧交通融合发展长沙模式”。

4 月初，长沙发放 2020 年首批智能网联汽车开放道路测试牌照，截至目前共发放 55 张智能网联汽车开放道路测试牌照。

4 月 30 日，长沙首条智慧公交 315 线上线，在智能网联的加持下，公交车装上了“聪明的大脑”，市民出行更加便捷。

……

先行一小步，便能领先一大步。

危机中育新机，变局中开新局。

疫情暴发后，长沙抢抓“新基建”风口，精准发力。

目前，长沙制定发布了《推进新型基础设施建设三年（2020－2022 年）行动计划》，部署了第一批拟建设的通信网络、信息技术、城市轨道交通等四大类 80 个“新基建”项目，预估总投资 1700 亿元。

同时，长沙正大力实施通信网络基础设施建设行动、信息技术基础设施建设行动、创新基础设施建设行动、一体化融合基础设施建设行动等“四大行动”，重点推进 5G 网络、下一代互联网、宽带数字集群专网、工业互联网建设。

作为“新基建”的重要内容，5G 网络建设和发展成为引领新兴产业发展、促进经济社会转型升级的“加速器”。

眼下，长沙正大力推动中国联通大数据中心、中移支付大数据产业园、湖南地理空间大数据应用中心、城市轨道交通等“新基建”项目建设，今年长沙还将与中国移动、中国联通、中国电信等企业合作新建 5G 基站 3 万个左右。

不畏浮云遮望眼。如今，全球抗疫进入下半场，经济复苏成为主旋律。

“大干一百天实现双过半”，长沙正步履铿锵，锚定目标，坚定前行！

【感言】

全力以赴　全力以“复”

陈登辉

接到这个选题已是年中六月。长沙疫情防控平稳，企业生产如常，紧锁数月的愁容与口罩一同被摘下，“烟火气”“网红范儿”全都回来了。

然而短短半年之前，新冠肺炎疫情快速扩散。原本处于春节放假状态的企业，绝大部分只能选择继续“休眠”，城市按下暂停键。

生产供应难以为继，市场需求持续疲软——即便是最具活力的市场经济也陷入泥潭。

在市委召开的企业家座谈会上，几位女性代表一度泣不成声——期盼已久的春节消费旺季，转眼变得连淡季都不如。

回想起来，那明明是个没有雾霾的冬天，却让人感到无比迷茫。

但勇气、担当与坚韧又被一个个瞬间重新照亮：常委会议室里，决策者们作出科学研判，复工复产“冲锋号”传遍湘江两岸；企业生产一线，驻企防疫联络员指导抗疫、帮助复产；比亚迪董事长兼总裁王传福2月飞抵长沙，用实际行动为长沙点赞；74岁的何清华“绕地式出差”，让世界知道这座城市依然安好……还有那些招工小分队的离别背影、项目建设现场设备的咆哮轰鸣、快递小哥脸上的口罩勒痕，这些瞬间，就像黑夜里冲天而起的光。

全力以赴，全力以“复”！

思如泉涌笔如飞：多少次泪目，多少声加油，多少个“最美”，多少夜不眠不休刷屏，多少回揪心接力，让多少微弱的力量在巨大的灾难与恐惧面前汇聚成墙，彼此依偎着迎向那未知的未来。

“风过雨停，百业复兴；网红长沙，已然回归。”

文中所言，一语成谶。

报道刊发一个月后，长沙上半年经济数据出炉：地区生产总值以2.2%的增速暂列万亿城市第一位。在大战大考之年，这座城市为它的人民交上了一份优异答卷。

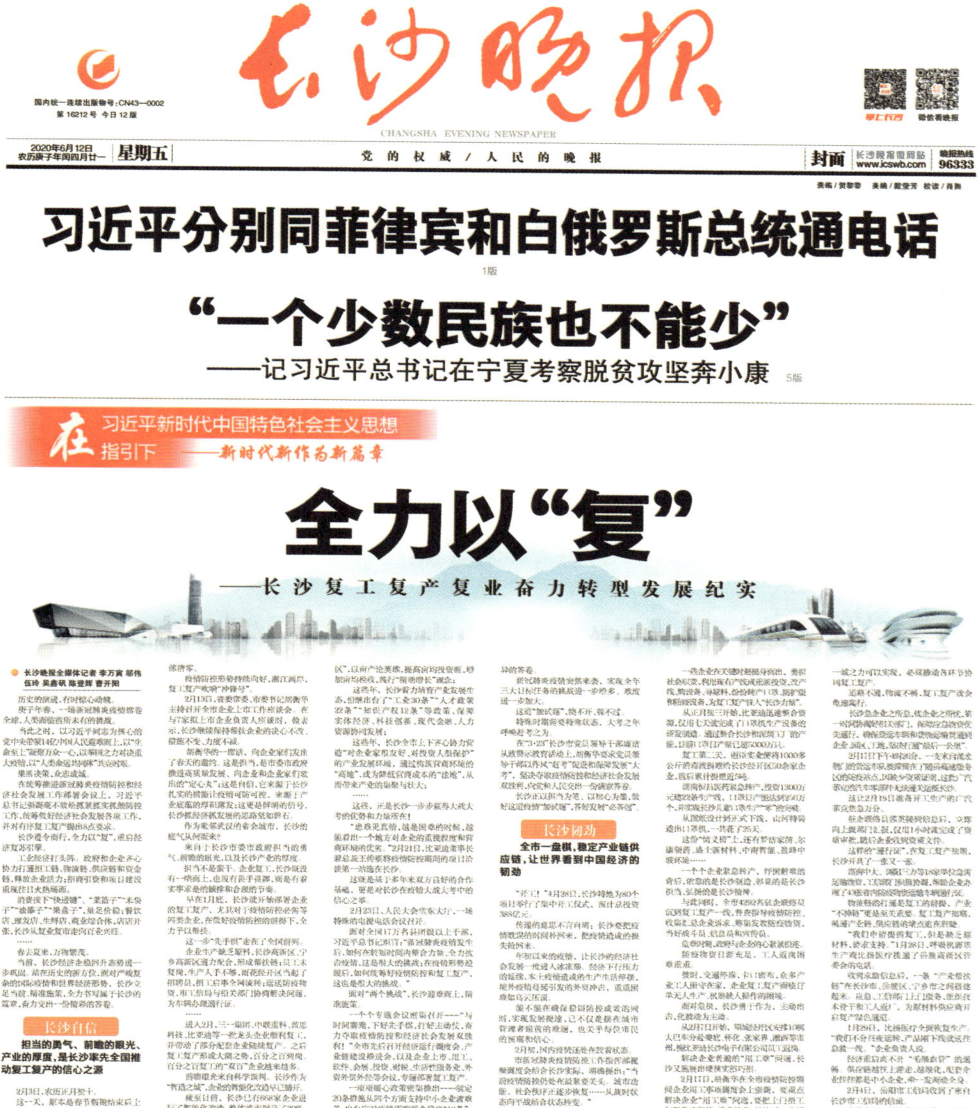

长沙晚报

CHANGSHA EVENING NEWSPAPER

国内统一连续出版物号：CN43—0002

第16212号 今日12版

2020年6月12日 农历庚子年闰四月廿一 星期五

党的权威 / 人民的晚报

封面

长沙晚报掌上长沙 微信看晚报

长沙晚报官网 www.icswb.com

晚报热线 96333

习近平分别同菲律宾和白俄罗斯总统通电话

1版

“一个少数民族也不能少”

——记习近平总书记在宁夏考察脱贫攻坚奔小康

5版

在习近平新时代中国特色社会主义思想指引下 ——新时代新作为新篇章

全力以“复”

——长沙复工复产复业奋力转型发展纪实

长沙晚报全媒体记者 李万寅 邬伟 伍玲 吴鑫矾 陈登辉 曹开阳

历史的演进，有时惊心动魄。

庚子年春，一场新冠肺炎疫情席卷全球，人类面临前所未有的挑战。

当此之时，以习近平同志为核心的党中央带领14亿中国人民迎难而上，以“生命至上”凝聚万众一心，以举国之力对决重大疫情，以“人类命运共同体”共克时艰。

果断决策，众志成城。

在统筹推进新冠肺炎疫情防控和经济社会发展工作部署会议上，习近平总书记强调毫不放松抓紧抓实抓细防控工作，统筹做好经济社会发展各项工作，并对有序复工复产提出8点要求。

长沙遵令而行，全力以“复”，重启经济复苏引擎。

工业经济打头阵。政府和企业齐心协力打通用工链、物流链、供应链和资金链，释放企业活力；招商引资和项目建设重现往日火热场面。

消费按下“快进键”。“菜篮子”“米袋子”“油瓶子”“果盘子”，量足价稳；餐饮店、理发店、生鲜店、商业综合体，店店开张，长沙从复业复市走向百业兴旺。

……

春去夏来，万物繁茂。

长沙自信

担当的勇气、前瞻的眼光、产业的厚度，是长沙率先全国推动复工复产的信心之源

长沙韧劲

全市一盘棋，稳定产业链供应链，让世界看到中国经济的韧劲

下转封二

“链”接世界

——来自长沙产业链风云的深度解码

长　宜

赤橙黄绿青蓝紫，谁持彩“链”当空舞?

就在今天，岳麓山下，湘江之滨，一场“链”接世界的盛会——2020互联网岳麓峰会如约开启，这是长沙第七次以互联网头脑风暴牵引全球互联网和软件产业界灼热的目光。

与之相伴相生的，是长沙一条蔚蓝色产业链的强势崛起。而舞动这条移动互联网产业链的“无形巨手”，则是长沙推进高质量发展的执着理念、创新驱动开放崛起的战略、以及打造“网络强市”“数字长沙”的决心信心和扎实行动。

多彩长沙走新路，最近7年来，长沙创造了许多精彩发展故事。而在长沙互联网业界发生的风云变幻更是令人荡气回肠。7年，岳麓峰会不断迭代升级——从“湖湘汇”小规模论坛，到云集万人的“国际展”，规模越来越大，人气越来越旺；从论剑O2O、AR、移动生活、共享经济、人工智能，到聚焦数字新经济，观点越来越新，主题越来越潮。岳麓峰会，已然成为移动互联网行业性盛会和品牌。7年，伴随着岳麓峰会大放光彩的，是长沙移动互联网产业的强势起飞。数据显示，从2014年到2019年，长沙移动互联网产业链从建链、补链，到强链、延链，产值从70亿元增长到1050亿元，增长了15倍；企业总数从400多家增长到3万多家，增长超80倍；2019年长沙互联网发展指数为271，在全国直辖市及省会城市中排名第六，稳居中部第一。

台前，是讨论未来大数据化生活和数字中国社会的顶级盛会；幕后，是一条集聚相关项目、企业、人才的产业链不断做全做大做强。这绝不是巧合！而是一个中部省会城市“链”接世界、着眼未来的生动实践；是省委省政府运筹帷幄，长沙“闻G起舞”，以产业链发展和项目建设为抓手推进高质量发展，一跃成为继北京、上海、深圳、杭州之后的“移动互联网产业第五城”的发展密码。

回首2014年，春节过后不久，省委省政府召开移动互联网产业会议，要求尽快出台鼓励移动互联网产业发展的意见和政策。仅仅5天，湖南省政府就发布了《关于鼓励移动互联网产业发展的意见》，又5天后，《关于鼓励移动互联网产业发展的若干政策》新鲜出炉。紧接着，省、市、区各级政府推出了“柳枝行动”等“真金白银”的扶持政策，连续5年每年提供4亿元产业扶持专项资金……

自此，湖南移动互联网产业发展按下“快进键”，开启“新征程”。长沙更是成为全国移动互联网产业的创新高地，大大小小的移动互联网企业如赶海一般涌向湘江之滨，落户岳麓山下，拓维信息、威胜信息、映客直播、御家汇、兴盛优选、安克创新等一大批国内外知名互联网企业，将星城作为创业梦想地，长沙软件园、中电软件园、芯城科技园等一批优秀园区形成协同发展效应……

好风凭借力，送我上青云。长沙移动互联网产业站在时代的“风口”上，以政策的大力支持为主导，以营商环境的不断改善为依托，从无到有、从小到大形成吸聚效应，硬碰硬地创造出先发优势，在“链”接世界的舞台上，舞出了自己的风采。它以壮志凌云的气势拉开大幕，以敢为人先的举措大步向前，以神奇的速度巍然崛起。

这是长沙22条产业链抢抓机遇发展壮大的一个典型，也是长沙高质量发展的一个缩影。

一叶知秋，春华秋实。7月27日，全国14个城市公布了上半年GDP和增速，长沙以2.2%的经济增速，位居已经公布的万亿GDP城市增速排行榜第一名。上半年，长沙工业经济的增长累计达到3.9%，在中部省会城市中排名第一，全国排名第七位。辉煌的成绩背后，22条产业链创造的年产值逾7000亿元，对长沙经济发展的贡献率近七成。可以说，这22条产业链犹如22个强力引擎，驱动着长沙这辆经济快车在高质量发展轨道上行稳致远。而解开长沙产业链风云的密码，就能更清晰地聆听长沙新时代的跫音。

上下“链”通，寻找长沙的远方

诗人说：“寻找远方的自己，就是开创圈外的生命。”人生旅途，要想看到更好的风景，遇到更好的自己，必须志存高远，不断超越自我，冲破羁绊脚步的桎梏。城市发展又何尝不如是?

长沙虽是得天独厚的山水洲城，且有“屈贾之乡”美誉，但从地理位置来看，既不靠海也不沿边，与众多兄弟城市相比，经济发展上并无特别的先天优势，长沙的诗和远方在哪里?怎样去寻找?这是历届城市管理者需要面对和思考的宏大命题，也是探索内陆城市“破壁”之道、探寻新型开放之路的历史使命。

历史上的长沙，曾因积极开放、大胆创新，诞生过一个辉煌的品牌——长沙窑。走进长沙博物馆，考察铜官窑遗址，走近打捞出来的唐代“黑石号”沉船，于古香古色、斑驳陆离的瓷器中，我们依然可感受到，千年前的长沙人，在不具备地理和原料优势的背景下，依靠敢闯敢试的勇气和创新求变的智慧，将长沙造瓷器远销到东南亚、中东、西非等地区，实现了瓷器产业的“逆袭”。这是古代长沙制造业踏着海上丝绸之路“链”接世界的一个缩影。

时光轴转到2016年12月，中央经济工作会议召开。习近平总书记在会上强调，着力振兴实体经济，要坚持以提高质量和核心竞争力为中心，坚持创新驱动发展，扩大高质量产品和服务供给。“实体经济”4个字，再次被响亮地“敲黑板”，成为各级党委政府铺开工作的重点、焦点所在。

众所周知，实体经济的基础是制造业，从省委、省政府的战略部署中，可见湖南对制造业的高度重视。2017年8月11日，省委书记杜家毫在主持省委常委会会议时强调，产业兴、湖南兴，产业强、湖南强。当年，湖南选取20个新兴优势产业链作为推动制造业发展的着力点，并要求各地各部门要以产业链为重要抓手，以重点企业为核心，向上下游延伸，围绕产业链提升价值链、部署创新链、完善资金链。

作为省会，作为湖南经济的“火车头”，长沙率先行动，在原有的工程机械、航天航空（含北斗）等16条产业链的基础上，新增汽车、生物医药、食品及农产品加工、移动互联网及应用软件、检验检测、大数据（含地理信息）共6条产业链，明确发展22条工业新兴及优势产业链，全市的产业链建设工作由此大幕开启。

打通产业链上下游，是思路的相承相合，是因时而动、因势而起的坚定决心，是决胜于千里之外的运筹帷幄。3年来，在长沙产业链风云里，在强链、补链、延链、稳链的华丽蝶变中，我们看到了从中央到省、市以及区县（市）、园区的层层部署、层层落实一气呵成，环环相扣。

“长沙发展是由政府自上而下驱动的。龙头企业为主导，智能制造为抓手，带动产业上下游生态链协同发展的典型，与德国模式非常相似。”中国工程院制造业研究室首席专家董景辰表示，相比之下，长沙市委、市政府的主导性更为明显，这种自上而下的推动，再加上智能制造的产业基础和科教资源，形成了长沙高质量发展的独特模式。

是的，正是这种自上而下的驱动，更好地催发了干部队伍的强担当、善作为、高效率。古人云，“上下同欲者胜”，这种心心相连的链接最结实、最富激情与活力；这种“上接天线，下接地气”的链接，最容易达到政通人和的理想境界，调动一切积极因素，激发社会的创造力。它来自于市场内生动力与时代脉搏的高度契合，同时也来自于城市管理者的深度调研、精准施策。

可以说，3年前，长沙产业链重整旗鼓再出发，是一块里程碑，更是一个新起点。它沿着“敢为人先”的历史足迹，去寻找新时代长沙的远方；它秉承长沙窑的开放气度、创新精神，去寻找长沙实体经济的“破壁”之法、“逆袭”之路。

优势“链”接，升级产业的梦想

“链”接，是资源整合，是优势互补，是聚力共赢，是长袖善舞。

如果把一辆汽车拆分开，就有成千上万个零部件，而每一个零部件，都代表着一个生产厂家。这些厂家，可能分布在天南海北，相隔千里。它们分开是一盘散沙，没有什么活力与潜力，而用一条完善的产业链串起来，则立马生龙活虎，身价百倍。

个人离开平台，可能什么都不是；企业离开产业链，常常是举步维艰。一条完整的产业链，使一个个优点扩大为整体的优势，而优势的叠加，必然升级产业的梦想。

就汽车而言，零部件厂商的本地集聚度大不大，决定着一家汽车主机厂的生产效率高不高，决定着一个城市汽车产业的发展速度快不快。就产业链而言，能否以龙头项目为“磁极”，推动优势产业链上中下游贯通融合，吸附各类配套企业实现集聚集合，构建优势产业“生态圈”，决定着产业基础能否迈向高端化，决定着高质量发展的步子稳不稳。

十个手指各有长短。长沙 22 条产业链中，有的历史悠久，规模庞大，根基深厚；有的后来居上，发展迅猛，来势喜人；有的扼住行业咽喉，举足轻重，潜力无穷……每一条产业链的现状、优势和特性都不一样，在推进时既不能“一刀切”，也不能各自为战；既不能“眉毛胡子一把抓”，也不能蜻蜓点水，更不能坐井观天。

一个方案揽全局，一根竿子插到底。长沙的产业链布局，一开始就是把基础做扎实，摸清每条产业链的“前世今生”，以资因链施策。各产业链办公室迅速行动，摸底排查，明确了各条产业链的重点细分领域、关键节点承载的重点园区、重点企业、重点产品及主要创新平台，还有全球、全国范围内的主要招商对象。之后又深入分析某一产业链全球、全国及全省发展现状，对标全国先进城市、领先企业，弄清了长沙的产业链优势和短板、存在的问题等。

知己知彼，百战不殆，在全方位“体检”“家访”的基础上，各产业链办公室总结出各自产业链的全景图、现状图，进而分析出招商目标客商库、项目库。根据“两图两库”，市委、市政府对分析排查出的优势细分领域采取强链措施，对基础薄弱的细分领域采取补链措施，对有发展潜力的细分领域采取建链措施，对交叉融合发展的细分行业采取延链措施，最终形成了一链一策的产业链推进方案。

一把钥匙开一把锁。基于此，长沙还建立了产业链工作评价机制，将 22 条产业链分为优势产业链、新兴产业链和服务型制造产业链三大类，从七个方面进行分类评价。

优势链接，就是要链接优势产业、优势项目、优势细分领域，尽可能拉长长板。在今年上半年全市“大干一百天实现双过半”竞赛活动中，省委常委、市委书记胡衡华提出十六字方针——守住底线、保持定力、主动作为、以长补短。为何要以长补短？就因为，“长板理论”认为，要集中注意长板，找出最长的长板，甚至把长板加长，让其作用发挥到极致；就因为，对冲疫情冲击，用足长板要比补短板见效更快。

那么，长沙的长板是什么？显而易见，就是深耕多年的制造业。早在20多年前，长沙市委、市政府就将工程机械确定为主导产业。即使在2011年至2015年工程机械行业的困难时期，长沙仍展现出惊人的定力，坚持不懈推动产业升级。

春种一粒粟，秋收万颗子。今年疫情肆虐之时，长沙制造业显示了坚毅的担当，成为经济复苏的中流砥柱。当很多地区很多行业正为无米下锅而愁眉紧锁时，在三一长沙产业园，来自全球的订单早已排到了下半年。

而三一重卡遭遇的一场重大危机，更是生动诠释了优势链接的内涵。今年，某供应商单方面毁约，断供重卡发动机，导致三一重卡多款产品停产。三一重卡迅速启动了“备胎计划”，与德国道依茨联合研制自有发动机，双方共同打造的智能生产线效能居世界前列。7月12日，搭载道依茨发动机的新车型“王道435”正式上市，三一重卡断供危机正式解除，湖南迎来卡车动力关键核心部件“自给自足”时代。

什么叫优势链接？什么叫化危为机？什么叫以长补短？三一重卡与外企强强联手的这个故事，就是一个生动例证。

今年，长沙首提“制造业标志性项目”，在全市遴选了17个具有“代表性、带动性、标志性”的制造业标志性重点项目，总投资额达到1457亿元。集中优势资源，通过优中选优，把好钢用在刀刃上，形成更强的竞争力，是优势链接的长板效应。

长沙工业经济展现出的强劲韧性，也吸引了互联网巨头的关注，助力长沙将长板越做越长。而在软件业赋能之下，长沙加速布局人工智能、大数据、轨道交通、工业互联网等新兴优势产业，形成更大的先发优势。这是优势链接的粘合效应。

诗人说，“明月装饰了你的窗子，你装饰了别人的梦”。优势资源既是企业“稳坐钓鱼台”的资本，也是成就他人、打造避风港、补强产业链的支撑力。可以说，优势链接，无时无刻不在升级着产业的梦想。

谱写“链”曲，奏响合唱的和音

“夫五指之更弹，不若卷手之一挃；万人之更进，不如百人之俱至也。”五个手指轮流弹击，不如攥紧成拳捣砸有力；一万个人轮流上阵，不如百人一齐上阵。

产业建设也是如此，在任何一条链上，单兵突进都成不了气候，走不了多远；只有各个环节齐头并进，才能谱下悦耳的“链”曲，奏响合唱的和音。

自然界中的生物链，任何一个环节缺失就会累及其他环节，甚至造成一些物种的濒危、整个链条的断裂，产业链又何尝不是这样。不同的是，生物链的平衡、稳定，依靠的是物竞天择的自然法则，而产业链的稳健发展，除了市场这双“看不见的手”起调节作用之外，还需要政府这双“看得见的手”来引导、扶持。

5 月中旬，战“疫”正酣，长沙市优秀年轻干部参加产业链推进工作总结暨动员部署会召开，71 名专业能力强、综合素质高的优秀年轻干部奔赴长沙 22 条产业链工作。这只是“看得见的手”挥舞的一个片段。事实上，自 2017 年长沙产业链建设工作全面铺开以来，紧紧围绕“瞄高落小”，初步形成了“链长牵总、盟长搭台、校长支撑、行长帮扶”的“四长联动”体系。

“链长牵总”，就是创新性地设立市领导联点制度，即“链长制”。市委书记、市长“挂帅”，担任“总链长”，其他市领导担任“链长”，每人联系一条产业链。与此同时，确定每条产业链的牵头园区，并在牵头园区组建 22 个产业链办公室。自 2018 年起，市委组织部已先后选派 3 批共 181 名优秀年轻干部，专职从事产业链精准招商和服务。

“盟长搭台”，通过各个产业联盟、技术联盟的横向沟通，将产业链相关企业紧密团结起来，促进行业企业抱团发展。

“校长支撑”，充分发挥驻长高校的科研人才优势，加强与高校、链办、园区、企业的多方联动，探索合作共赢的模式。

“行长帮扶”，引导银行积极推进产业链金融服务，一链一行、一链一方案，全程介入，帮助企业解决融资问题。

“四长联动”，恰如握指成拳，充分调动了来自政府、社会、高校、银行等各方面的资源，有效推动了产业链与创新链、人才链、资金链的协同发力和有机融合，构建了产业最强“帮帮团”。

链接，是创新的活力，是合唱的和音，是青春的激情，是绵延的希望。

如果说，长沙经济高质量发展是一首动人的“链”曲，那么，22 条产业链宛如 22 根弦，在无数双有形或无形的手的演奏下，演绎着时代最激昂的旋律、最优美的乐章。“四长联动”，就是用“有形之手”引导着“链”曲的主基调，强化着“链”曲的主旋律，拨动着“链”曲的快节奏。

作为长沙市显示功能器件产业链建设的牵头园区，浏阳经开区以蓝思科技为龙头，引进了惠科、豪恩声学等一批重点企业，“磁吸效应”下，上下游 200 多家企业选择湖南，集面板、显示、触控等为一体的产业链在长沙生成。这是众多企业在“看不见的手”指挥下，合奏而成的美妙“链”曲。

没有核心技术的“破茧”，就没有智能制造的“成蝶”。继“两山”崛起，“四谷”裂变之后，今年以来，长沙突出精准发力，以“三智一芯”产业为主攻方向，盘活上下游，聚合产业链，构筑新平台，建设具有行业引领性、前沿性、带动性的项目，引领产业高质量发展。这是着眼长远、以寻求新突破主题而谱写的创新“链”曲。

长沙努力以智能制造撬动制造业发展，推进关键核心技术攻关，打造“智造之城”。数据显示，上半年，这 22 条产业链引进投资额过 2 亿元的重大项目 63 个，计划总投资额超过一千亿元；核心城区、景区和园区等重点区域 5G 网络全覆盖；全市软件业企业新增从业人员约 4 万人，阿里巴巴等知名企业纷纷落户。

风雨多经志弥坚，关山初度路犹长。近 3 年来，长沙始终保持着“每 2.3 天新签约 1 个投资额过亿元的产业链项目、每 15 天新引进 1 个‘三类 500 强’产业链项目、每 30 天新引进一个投资额过 50 亿元产业链项目”的高速度，共筑产业链新生态。当前的长沙，正围绕产业链部署创新链、围绕创新链布局产业链，推动经济高质量发展迈出更大步伐。

挥动“链”条，舞出古城的新韵

链接是一种魔力，是促使经济逆势而上的风帆，是推进经济高质量发展的引擎，也是提升百姓幸福感的美丽风景线。

当今长沙，22 条产业链精彩律动，风云激荡，带动产业发展，其成果更渗透进城市肌理、百姓生活，舞出了长沙这座千年古城的新韵。诸多改变正在大街小巷悄然发生，一场场“链”接生活、“链”接世界的好戏正陆续上演。

“链”接世界的“点”，有时看上去很小，却有着很大的吸引力，就因为它的创新性，因为它对未来生活方式的探索与引领。

4 月 19 日，疫情阴霾依然笼罩着神州，“网红城市”长沙，却因一件很小的事，吸引了全国乃至世界的目光：百度在岳麓区投入了 45 辆无人驾驶网约车。这是继去年 9 月长沙在全国率先进行自动驾驶批量载人测试之后，正式上线无人驾驶，标志着长沙在打造“智能驾驶第一城”的品牌之路上又迈进了一大步，标志着“无人驾驶”正由科幻走向现实，驶向未来。

4 月 30 日，长沙智慧公交 315 线首发，这是国内首条面向市民运营的智慧公交线。智能网联、车路协同、信号优先等技术实现落地，市民享受到了技术迭代、产业链发展带来的红利。与此同时，长沙在场景应用、产业生态、行业品牌上初步形成比较优势。

站在更高层次观察，自动驾驶背后是智慧交通，智慧交通背后是智慧城市。在智慧城市的线程上，22 条产业链或多或少、或直接或间接参与其中。比如，物流产业链发展，今年上半年长沙快递业务量城市排名大幅提升，其背后是市民寄收快递、企业运营的高效便利。

比如，5G 产业应用链，从实验室到走进百姓生活，今年已然是真正意义上的 5G 商用元年，其衍生出来的产品、服务，正改变业态，也改变我们的生活。

产业链甚至能拯救生命。7 月，湖南正值汛期，也是地质灾害高发期。北斗高质量地质灾害检测预警系统精准预警常德石门县南北镇潘坪村雷家山山体滑波，当地及时组织村民紧急撤离，助33名当地村民躲过一劫。小露身手便救人于危难，惊艳世人。随着北斗导航全球组网，其应用只受想象力限制。而这，同样是航空航天（含北斗）产业链的成果。长沙是全国北斗卫星导航应用三大示范区域之一，北斗卫星导航向大众化、服务型普及，长沙市民将第一时间获益。

产业链属于经济学范畴，市民生活则从属于社会学领域。这两者之间，是如何互通的呢？就靠搭建应用场景，构筑良好生态。

胡衡华强调，要以智能制造为引领，以“三智一芯”为主攻方向，强化数字赋能，推动集群式发展，实现由抓产业链向营造产业生态转变，打好产业基础高级化、产业链现代化的主动仗。这将是长沙产业链实现更高水平发展的关键一步。

牵一发而动全身。“链”条挥舞带来的，不只是经济的逆势上扬，不只是生活方式的变革，还有人们精神面貌的改观。

人才是第一资源。产业链要实现长足发展，关键靠人才、尤其是高端人才的推动。他们为产业链发展所做的贡献，除了自身直接参与，还表现在国际化的视角和理念能熏陶和影响一批人。比如，与他打交道的政府部门工作人员。我们发现，凡是大企业聚集、高科技行业汇聚的区域，其公共服务、行政能力必定是更高效的。有园区职能部门负责人就说，为什么我们要对标国际水平，要建国际学校，就是因为园区企业有需求，想要留住产业链，留住这些企业，就倒逼我们改进服务质量。

很多的改变在潜移默化中发生。随着长沙产业链建设，不断引进优势项目、优秀人才来长投资发展，长沙的国际因素正越来越多，国际范正越来越明显。长沙“链”接世界的“触角”，变得越来越多，越来越长。

“链”接世界的“环”，有时不那么耀眼，却有不可忽视的力量。就因为它的畅通性，因为它在无声无息当中，对世界经济血脉的润泽和营养。

6月13日和14日，央视新闻联播连续点赞长沙。其一是即使在疫情最严重的时候，长沙也没有暂停中欧班列发运；其二是湖南湘江新区高新技术行业努力克服疫情不利影响，以突出举措实现逆势增长。这不同行业中的两个“环”，以各自的担当和坚守，向世界传递出信心与希望。

链”接世界的“链”，分开看是一堆纱，拧起来却是一股绳。因为凝聚，所以产生强大合力；因为坚韧，所以百折不挠。

在三一重工 18 号厂房里，近 100 台智能机器人每日不停运作，取货、搬运、装配零部件。看过相关视频的人们想必对这间“聪明的工厂”不会陌生。现在，5G 在这里几乎实现全覆盖。长沙正在通过“5G + 工业互联网”让享誉国内外的传统工程机械产业更加强大。

山无累土，则不能成其高；链无环节，则不能成其长。在疫情全球化冲击下，在世界经济下行压力加大的背景中，长沙 22 条产业链就像 22 条巨龙，乘风起舞，叱咤风云。可以说，产业链越长，长沙的竞争力就越强，链接世界的端口就越多；产业链的成长有多快，长沙经济高质量发展的步子就跨得有多大。

雄心不与岁月老，激情常伴事业新。产业链风云激荡之下，长沙正成为干事创业的热土、大胆创业者的乐土。许多产业链高端人才追逐事业和梦想来到长沙，来了就不想走。其中一个最根本的原因，就是因为长沙这座“青春之城”，始终秉承“敢为人先”的城市精神，到处充满着创新激情和发展梦想，不断为“千里马”拓展“骐骥一跃”的舞台和空间，永远盯着世界产业变革更新的最前沿。

当前世界正经历百年未有之大变局，我国正以畅通国民经济循环为主构建新发展格局，未来一个时期，国内市场主导国民经济循环特征会更加明显，经济增长的内需潜力会不断释放。一些权威经济学家预言，在新的国际形势影响下，我们的一些产业链条可能要转移出去，一些产品也可能要将主要目光转向国内市场。于长沙而言，这是产业链向两端延伸，抢占微笑曲线两端，实现更高水平发展的契机，也意味着产业链将向市场输出更多、更优质的产品和服务。

风正时济，自当破浪前行；任重道远，更需快马加鞭。变局之时，风云际会，正是我们迎接挑战抢得先机的发展机遇期。让我们在习近平新时代中国特色社会主义思想指引下，按照省委省政府和市委市政府的决策部署要求，以多彩长沙走新路的激情和创造，以时不我待的紧迫感和功成必须有我的责任担当，牢牢攥紧产业链建设这个抓手，奋力书写出长沙高质量发展的精彩篇章！

【感言】

从“烫手山芋”到一发不可收

袁云才

2020年8月上旬，《长沙晚报》编委会向新闻评论部布置任务，要求写一篇关于长沙产业链建设的述评特稿，署名“长宜”（主创人员：胡建红、李辞、袁云才、庹新岗），月底交稿。时值酷暑，由于我们没在采访一线，对于全市产业链情况了解甚少，更谈不上有什么感性认识，接到这个“烫手山芋”，就如老虎咬天——不知从何下口。尤其担任主笔的我，感到压力山大，夏天游泳的爱好也被暂时搁置了。

在零零碎碎搜集了一个多星期的新闻素材之后，我制订了一个写作提纲，连同提炼的素材，有七八千字。主管领导胡建红召集评论部3位主创人员和时政新闻部、经济新闻部、园区新闻部的几位一线记者吴鑫砚、陈登辉、伍玲，召开了一个研讨会，每人发一份写作提纲，请大家提思路、说看法、补素材，每个人都作了充分的发言。最后，胡总拍板确定文章题目和框架。题目就是《“链”接世界》，全文分为上下“链”通、优势“链”接、谱写“链”曲、挥动“链”条四个主要部分，并定下每部分的小标题。其中，由我负责前面三个部分的初稿写作。

尽管在5月份时，评论部三位主创人员曾合作完成另一篇关于全市抗疫的述评特稿，但面对这一写作任务，仍感十分艰难。就因为，长沙22条产业链涉及的面很广，材料的收集和取舍就如沙里淘金，颇费思量。除了网上搜集的，我还在记者陈登辉处用手机拍了三四十页关于22条产业链布局的纸质资料，以便写作时可随时查核。

这篇述评，原计划6000字左右，因前期酝酿比较充分，开笔后夹叙夹议，思路清晰，于是一发而不可收。写作过程中，我根据需要，还临时找了3位与会记者，请求提供补充素材，得到大力支持。就这样一口气写下去，统稿后，全文超过11000字。后几经增删，胡总、编委李辞又进行了修改、润色，篇幅确定在9200字左右，正好发《长沙晚报》封面一个整版。

《“链”接世界》见报见网后，好评如潮，人称是长沙产业链建设的扛鼎之作，被评为2020年9月《长沙晚报》月度传播效果奖，并在市委宣传部组织的“狠抓三季度　奋战下半年·多彩长沙走新路”好新闻季度赛中，荣获“突出影响奖”。

10月，这篇特稿被长沙市委宣传部微宣讲活动选为演讲题材，经我再次取材、改写，成为一篇近两千字的演讲稿，题为《谁持彩“链”当空舞》，由“亚坤夜读”主播罗亚坤在全市宣讲，进一步扩大了传播效果。

路是一步步走出来的，织锦是一针针绣出来的，好的述评特稿，是一个个贴切的素材与思想火花交织而成的；而团队合作，往往能产生“1+1>2”的效果。

国内统一连续出版物号：CN43—0002
第16299号　今日8版

长沙晚报
CHANGSHA EVENING NEWSPAPER

2020年9月7日　庚子年七月二十　星期一

党的权威／人民的晚报

封面　长沙晚报官网站 www.icswb.com　晚报热线 96333

掌上长沙　微信看晚报

责编／王珂　美编／王斌　校读／肖应林

全国抗击新冠肺炎疫情表彰大会8日上午在京隆重举行

习近平将向国家勋章和国家荣誉称号获得者颁授勋章奖章并发表重要讲话

新华社北京9月6日电　全国抗击新冠肺炎疫情表彰大会将于9月8日上午10时在北京人民大会堂隆重举行。中共中央总书记、国家主席、中央军委主席习近平将向国家勋章和国家荣誉称号获得者颁授勋章奖章并发表重要讲话。

大会还将对全国抗击新冠肺炎疫情先进个人、先进集体，全国优秀共产党员、全国先进基层党组织进行表彰。

中央广播电视总台、新华网将对大会进行现场直播，人民网、央视网、中国网等中央重点新闻网站和人民日报客户端、新华社客户端、央视新闻客户端等新媒体平台同步转播。

同舟共济战“疫”记

——中国抗击新冠肺炎疫情全纪实

1版

在习近平新时代中国特色社会主义思想指引下——新时代新作为新篇章

“链”接世界

——来自长沙产业链风云的深度解码

长宣

赤橙黄绿青蓝紫，谁持彩“链”当空舞？

就在今天，岳麓山下，湘江之滨，一场“链”接世界的盛会——2020互联网岳麓峰会如约开启。这是长沙第七次以互联网头脑风暴牵引全球互联网和软件产业界灼热的目光。

与之相伴相生的，是长沙一条蔚蓝色产业链的强势崛起。而撬动这条移动互联网产业链的“无形巨手”，则是长沙推进高质量发展的执着理念、创新驱动开放崛起的战略，以及打造“网络强市”“数字长沙”的决心信心和扎实行动。

多彩长沙走新路，最近7年来，长沙创造了许多精彩发展故事。而在长沙互联网业界发生的风云变幻更是令人荡气回肠。7年，岳麓峰会不断迭代升级——从“湖湘江”小规模论坛，到云集万人的“国际展”，规模越来越大，人气越来越旺；从论剑O2O、AR、移动生活、共享经济、人工智能，到聚焦数字新经济，观点越来越新，主题越来越潮。岳麓峰会，已然成为移动互联网行业性盛会和品牌。7年，伴随着岳麓峰会大放光彩的，是长沙移动互联网产业的强势起飞。数据显示，从2014年到2019年，长沙移动互联网产业链从建链、补链，到强链、延链，产值从70亿元增长到1050亿元，增长了15倍；企业总数从400多家增长到3万多家，增长超80倍；2019年长沙互联网发展指数为271，在全国直辖市及省会城市中排名第六，稳居中部第一。

台前，是讨论未来大数据化生活和数字中国社会的顶级盛会；幕后，是一条集聚相关项目、企业、人才的产业链不断做全做大做强。这绝不是巧合！而是一个中部省会城市“链”接世界、着眼未来的生动实践；是省委省政府运筹帷幄，长沙“闻G起舞”，以产业链发展和项目建设为抓手推进高质量发展，一跃成为继北京、上海、深圳、杭州之后的“移动互联网产业第五城”的发展密码。

回首2014年，春节过后不久，省委省政府召开移动互联网产业会议，要求尽快出台鼓励移动互联网产业发展的意见和政策。仅仅5天，湖南省政府就发布了《关于鼓励移动互联网产业发展的意见》，又5天后，《关于鼓励移动互联网产业发展的若干政策》新鲜出炉。紧接着，省、市、区各级政府推出了“柳枝行动”等“真金白银”的扶持政策，连续5年每年提供4亿元产业扶持专项资金……

自此，湖南移动互联网产业发展按下“快进键”，开启“新征程”。长沙更是成为全国移动互联网产业的创新高地，大大小小的移动互联网企业如赶海一般涌向湘江之滨，落户岳麓山下，拓维信息、威胜信息、映客直播、御家汇、兴盛优选、安克创新等一大批国内外知名互联网企业，将星城作为创业梦想地，长沙软件园、中电软件园、芯城科技园等一批优秀园区形成协同发展效应……

好风凭借力，送我上青云。长沙移动互联网产业站在时代的“风口”上，以政策的大力支持为主导，以营商环境的不断改善为依托，从无到有、从小到大形成吸聚效应，硬碰硬地创造出先发优势，在“链”接世界的舞台上，舞出了自己的风采。它以壮志凌云的气势拉开大幕，以敢为人先的举措大步向前，以神奇的速度巍然崛起。

这是长沙22条产业链抢抓机遇发展壮大的一个典型，也是长沙高质量发展的一个缩影。

一叶知秋，春华秋实。7月27日，全国14个城市公布了上半年GDP和增速，长沙以2.2%的经济增速，位居已经公布的万亿GDP城市增速排行榜第一名。上半年，长沙工业经济的增长累计达到3.9%，在中部省会城市中排名第一，全国排名第七位。辉煌的成绩背后，22条产业链创造的年产值逾7000亿元，对长沙经济发展的贡献率近七成。可以说，这22条产业链犹如22个强力引擎，驱动着长沙这辆经济快车在高质量发展轨道上行稳致远。而解开长沙产业链风云的密码，就能更清晰地聆听长沙新时代的足音。

上下“链”通，寻找长沙的远方

诗人说：“寻找远方的自己，就是开创国外的生命。”人生旅途，要想看到更好的风景，遇到更好的自己，必须志存高远，不断超越自我，冲破羁绊脚步的桎梏。城市发展又何尝不如是？

长沙虽是得天独厚的山水洲城，且有“屈贾之乡”美誉，但从地理位置来看，既不靠海也不沿边，与众多兄弟城市相比，经济发展上并无特别的先天优势，长沙的诗和远方在哪里？怎样去寻找？这是历届城市管理者需要面对和思考的宏大命题，也是探索内陆城市“破壁”之道、探寻新型开放之路的历史使命。

历史上的长沙，曾因积极开放、大胆创新，诞生过一个辉煌的品牌——长沙窑。走进长沙博物馆，考察铜官窑遗址，走近打捞出来的唐代“黑石号”沉船，于古香古色、斑驳陆离的瓷器中，我们依然可感受到，千年前的长沙人，在不具备地理和原料优势的背景下，依靠敢闯敢试的勇气和创新求变的智慧，将长沙造瓷器远销到东南亚、中东、西非等地区，实现了瓷器产业的“逆袭”。这是古代长沙制造业踏着海上丝绸之路“链”接世界的一个缩影。

时光轴转到2016年12月，中央经济工作会议召开。习近平总书记在会上强调，着力振兴实体经济，要坚持以提高质量和核心竞争力为中心，坚持创新驱动发展，扩大高质量产品和服务供给。“实体经济”4个字，再次被响亮地“敲黑板”，成为各级党委政府铺开工作的重点、焦点所在。

众所周知，实体经济的基础是制造业，从省委、省政府的战略部署中，可见湖南对制造业的高度重视。2017年8月11日，省委书记杜家毫在主持省委常委会会议时强调，产业兴、湖南兴，产业强、湖南强。当年，湖南选取20个新兴优势产业链作为推动制造业发展的着力点，并要求各地各部门要以产业链为重要抓手，以重点企业为核心，向上下游延伸，围绕产业链提升价值链、部署创新链、完善资金链。

作为省会、作为湖南经济的“火车头”，长沙率先行动，在原有的工程机械、航天航空（含北斗）等16条产业链的基础上，新增汽车、生物医药、食品及农产品加工、移动互联网及应用软件、检验检测、大数据（含地理信息）共6条产业链，明确发展22条工业新兴及优势产业链，全市的产业链建设工作由此大幕开启。

打通产业链上下游，是思路的相承相合，是因时而动、因势而起的坚定决心，是决胜于千里之外的运筹帷幄。3年来，在长沙产业链风云里，在强链、补链、延链、稳链的华丽蝶变中，我们看到了从中央到省、市以及区县（市）、园区的层层部署、层层落实一气呵成、环环相扣。

“长沙发展是由政府自上而下驱动的。龙头企业为主导，智能制造为抓手，带动产业上下游生态链协同发展的典型，与德国模式非常相似。”中国工程院制造业研究室首席专家董景辰表示，相比之下，长沙市委、市政府的主导性更为明显，这种自上而下的推动，再加上智能制造的产业基础和科教资源，形成了长沙高质量发展的独特模式。

是的，正是这种自上而下的驱动，更好地催发了干部队伍的强担当、善作为、高效率。古人云，“上下同欲者胜”，这种心心相连的链接最结实、最富激情与活力；这种“上接天线，下接地气”的链接，最容易达到政通人和的理想境界，调动一切积极因素，激发社会的创造力。它来自于市场内生动力与时代脉搏的高度契合，同时也来自于城市管理者的深度调研、精准施策。

可以说，3年前，长沙产业链重整旗鼓再出发，是一块里程碑，更是一个新起点。它沿着“敢为人先”的历史足迹，去寻找新时代长沙的远方；它秉承长沙窑的开放气度、创新精神，去寻找长沙实体经济的“破壁”之法、“逆袭”之路。

优势“链”接，升级产业的梦想

“链”接，是资源整合，是优势互补，是聚力共赢，是长袖善舞。

如果把一辆汽车拆分开，就有成千上万个零部件，而每一个零部件，都代表着一个生产厂家。这些厂家，可能分布在天南海北，相隔千里。它们分开是一盘散沙，没有什么活力与潜力，而用一条完善的产业链串起来，则立马生龙活虎，身价百倍。

个人离开平台，可能什么都不是；企业离开产业链，常常是举步维艰。一条完整的产业链，使一个个优点扩大为整体的优势，而优势的叠加，必然升级产业的梦想。

就汽车而言，零部件厂商的本地集聚度大不大，决定着一家汽车主机厂的生产效率高不高，决定着一个城市汽车产业的发展速度快不快。就产业链而言，能否以龙头项目为“磁极”，推动优势产业链上中下游贯通融合，吸附各类配套企业实现集聚集合，构建优势产业“生态圈”，决定着产业基础能否迈向高端化，决定着高质量发展的步子稳不稳。

十个手指各有长短。长沙22条产业链中，有的历史悠久，规模庞大，根基深厚；有的后来居上，发展迅猛，来势喜人；有的扼住行业咽喉，举足轻重，潜力无穷……每一条产业链的现状、优势和特性都不一样，在推进时既不能“一刀切”，也不能各自为战；既不能“眉毛胡子一把抓”，也不能蜻蜓点水，更不能坐井观天。

一个方案揽全局，一根竿子插到底。长沙的产业链布局，一开始就是把基础做扎实，摸清每条产业链的“前世今生”，以资因链施策。各产业链办公室迅速行动，摸底排查，明确了各条产业链的重点细分领域、关键节点承载的重点园区、重点企业、重点产品及主要创新平台，还有全球、全国范围内的主要招商对象。之后又深入分析某一产业链全球、全国及全省发展现状，对标全国先进城市、领先企业，弄清了长沙的产业链优势和短板、存在的问题等。

知己知彼，百战不殆，在全方位“体检”“家访”的基础上，各产业链办公室总结出各自产业链的全景图、现状图，进而分析出招商目标客商库、项目库。根据“两图两库”，市委、市政府对分析摸查出的优势细分领域采取强链措施，对基础薄弱的细分领域采取补链措施，对有发展潜力的细分领域采取建链措施，对交叉融合发展的细分行业采取延链措施，最终形成了一链一策的产业链推进方案。

一把钥匙开一把锁。基于此，长沙还建立了产业链工作评价机制，将22条产业链分为优势产业链、新兴产业链和服务型制造产业链三大类，从七个方面进行分类评价。

优势链接，就是要链接优势产业、优势项目、优势细分领域，尽可能拉长长板。在今年上半年全市“大干一百天实现双过半”竞赛活动中，省委常委、市委书记胡衡华提出十六字方针——守住底线、保持定力、主动作为、以长补短。为何要以长补短？就因为，“长板理论”认为，要集中注意长板，找出最长的长板，甚至把长板加长，让其作用发挥到极致；就因为，对冲疫情冲击，用足长板要比补短板见效更快。

那么，长沙的长板是什么？显而易见，就是深耕多年的制造业。早在20多年前，长沙市委、市政府就将工程机械确定为主导产业。即使在2011年至2015年工程机械行业的困难时期，长沙仍展现出惊人的定力，坚持不懈推动产业升级。

春种一粒粟，秋收万颗子。今年疫情肆虐之时，长沙制造业显示了坚毅的担当，成为经济复苏的中流砥柱。当很多地区很多行业正为无米下锅而愁眉紧锁时，在三一长沙产业园，来自全球的订单早已排到了下半年。

而三一重卡遭遇的一场重大危机，更是生动诠释了优势链接的内涵。今年，某供应商单方面毁约，断供重卡发动机，导致三一重卡多款产品停产。三一重卡迅速启动了“备胎计划”，与德国道依茨联合研制自有发动机，双方共同打造的智能生产线效能居世界前列。7月12日，搭载道依茨发动机的新车型“王道435”正式上市，三一重卡断供危机正式解除，湖南迎来卡车动力关键核心部件“自给自足”时代。

什么叫优势链接？什么叫化危为机？什么叫以长补短？三一重卡与外企强强联手的这个故事，就是一个生动例证。

今年，长沙首提“制造业标志性项目”，在全市遴选了17个具有“代表性、带动性、标志性”的制造业标志性重点项目，总投资额达到1457亿元。集中优势资源，通过优中选优，把好钢用在刀刃上，形成更强的竞争力，是优势链接的长板效应。

长沙工业经济展现出的强劲韧性，也吸引了互联网巨头的关注，助力长沙将长板越做越长。而在软件业赋能之下，长沙加速布局人工智能、大数据、轨道交通、工业互联网等新兴优势产业，形成更大的先发优势。这是优势链接的黏合效应。

诗人说，“明月装饰了你的窗子，你装饰了别人的梦”。优势资源既是企业“稳坐钓鱼台”的资本，也是成就他人、打造避风港、补强产业链的支撑力。可以说，优势链接，无时无刻不在升级着产业的梦想。

谱写“链”曲，奏响合唱的和音

“夫五指之更弹，不若卷手之一挃；万人之更进，不如百人之俱至也。”五个手指轮流弹击，不如攥紧成拳捣砸有力；一万个人轮流上阵，不如百人一齐上阵。

产业建设也是如此，在任何一条链上，单兵突进都成不了气候，走不了多远；只有各个环节齐头并进，才能谱下悦耳的“链”曲，奏响合唱的和音。

自然界中的生物链，任何一个环节缺失就会累及其他环节，甚至造成一些物种的濒危、整个链条的断裂。产业链又何尝不是这样。不同的是，生物链的平衡、稳定，依靠的是物竞天择的自然法则，而产业链的稳健发展，除了市场这双“看不见的手”起调节作用之外，还需要政府这双“看得见的手”来引导、扶持。

5月中旬，战“疫”正酣，长沙市优秀年轻干部参加产业链推进工作总结暨动员部署会召开，71名专业能力强、综合素质高的优秀年轻干部奔赴长沙22条产业链工作。这只是“看得见的手”挥舞的一个片段。事实上，自2017年长沙产业链建设工作全面铺开以来，紧紧围绕“瞄高落小”，初步形成了“链长牵总、盟长搭台、校长支撑、行长帮扶”的“四长联动”体系。

“链长牵总”，就是创新性地设立市领导联点制度，即“链长制”。市委书记、市长“挂帅”，担任“总链长”，其他市领导担任“链长”，每人联系一条产业链。与此同时，确定每条产业链的牵头园区，并在牵头园区组建22个产业链办公室。自2018年起，市委组织部已先后选派3批共181名优秀年轻干部，专职从事产业链精准招商和服务。

“盟长搭台”，通过各个产业联盟、技术联盟的横向沟通，将产业链相关企业紧密团结起来，促进行业企业抱团发展。

“校长支撑”，充分发挥驻长高校的科研人才优势，加强与高校、链办、园区、企业的多方联动，探索合作共赢的模式。

“行长帮扶”，引导银行积极推进产业链金融服务，一链一行、一链一方案、全程介入，帮助企业解决融资问题。

“四长联动”，恰如握指成拳，充分调动了来自政府、社会、高校、银行等各方面的资源，有效推动了产业链与创新链、人才链、资金链的协同发力和有机融合，构建了产业最强“帮帮团”。

链接，是创新的活力，是合唱的和音，是青春的激情，是绵延的希望。

如果说，长沙经济高质量发展是一首动人的“链”曲，那么，22条产业链宛如22根弦，在无数双有形或无形的手的演奏下，演绎着时代最激昂的旋律、最优美的乐章。“四长联动”，就是用“有形之手”引导着“链”曲的主基调，强化着“链”曲的主旋律，拨动着“链”曲的快节奏。

作为长沙市显示功能器件产业链建设的牵头园区，浏阳经开区以蓝思科技为龙头，引进了惠科、豪恩声学等一批重点企业，“磁吸效应”下，上下游200多家企业选择湖南，集面板、显示、触控等为一体的产业链在长沙生成。这是众多企业在“看不见的手”指挥下，合奏而成的美妙“链”曲。

没有核心技术的“破茧”，就没有智能制造的“成蝶”。继“两山”崛起，“四谷”裂变之后，今年以来，长沙突出精准发力，以“三智一芯”产业为主攻方向，盘活上下游，聚合产业链，构筑新平台，建设具有行业引领性、前沿性、带动性的项目，引领产业高质量发展。这是着眼长远、以寻求新突破主题而谱写的创新“链”曲。

长沙努力以智能制造拔动制造业发展、推进关键核心技术攻关，打造“智造之城”。数据显示，上半年，这22条产业链引进投资额过2亿元的重大项目63个，计划总投资额超过一千亿元；核心城区、景区和园区等重点区域5G网络全覆盖；全市软件业企业新增从业人员约4万人，阿里巴巴等知名企业纷纷落户。

风雨多经志弥坚，关山初度路犹长。近3年来，长沙始终保持着“每2.3天新签约1个投资额过亿元的产业链项目、每15天新引进1个‘三类500强’产业链项目、每30天新引进一个投资额过50亿元产业链项目”的高速度、共筑产业链新生态。当前的长沙，正围绕产业链部署创新链、围绕创新链布局产业链，推动经济高质量发展迈出更大步伐。

挥动“链”条，舞出古城的新韵

链接是一种魔力，是促使经济逆势而上的风帆，是推进经济高质量发展的引擎，也是提升百姓幸福感的美丽风景线。

当今长沙，22条产业链精彩律动，风云激荡，带动产业发展，其成果更渗透进城市肌理、百姓生活，舞出了长沙这座千年古城的新韵。诸多改变正在大街小巷悄然发生，一场场“链”接生活、“链”接世界的好戏正陆续上演。

“链”接世界的“点”，有时看上去很小，却有着很大的吸引力，就因为它的创新性，因为它对未来生活方式的探索与引领。

4月19日，疫情阴霾依然笼罩着神州，“网红城市”长沙，却因一件很小的事，吸引了全国乃至世界的目光：百度在岳麓区投入了45辆无人驾驶网约车。这是继去年9月长沙在全国率先进行自动驾驶批量载人测试之后，正式上线无人驾驶，标志着长沙在打造“智能驾驶第一城”的品牌之路上又迈进了一大步，标志着“无人驾驶”正由科幻走向现实、驶向未来。

4月30日，长沙智慧公交315线首发，这是国内首条面向市民运营的智慧公交线。智能网联、车路协同、信号优先等技术实现落地，市民享受到了技术迭代、产业链发展带来的红利。与此同时，长沙在场景应用、产业生态、行业品牌上初步形成比较优势。

站在更高层次观察，自动驾驶背后是智慧交通，智慧交通背后是智慧城市。在智慧城市的线程上，22条产业链或多或少、或直接或间接参与其中。比如，物流产业链发展，今年上半年长沙快递业务量城市排名大幅提升，其背后是市民寄收快递、企业运营的高效便利。

比如，5G产业应用链，从实验室到走进百姓生活，今年已然是真正意义上的5G商用元年，其衍生出来的产品、服务，正改变业态，也改变我们的生活。

产业链甚至能拯救生命。7月，湖南正值汛期，也是地质灾害高发期。北斗高质量地质灾害检测预警系统精准预警常德石门县南北镇潘坪村雷家山山体滑波，当地及时组织村民紧急撤离，助33名当地村民躲过一劫。小露身手便救人于危难，惊艳世人。随着北斗导航全球组网，其应用只受想象力限制。而这，同样是航空航天（含北斗）产业链的成果。长沙是全国北斗卫星导航应用三大示范区域之一，北斗卫星导航向大众化、服务型普及，长沙市民将第一时间获益。

产业链属于经济学范畴，市民生活则从属于社会学领域。这两者之间，是如何互通的呢？就靠搭建应用场景，构筑良好生态。

胡衡华强调，要以智能制造为引领，以“三智一芯”为主攻方向，强化数字赋能，推动集群式发展，实现由抓产业链向营造产业生态转变，打好产业基础高级化、产业链现代化的主动仗。这将是长沙产业链实现更高水平发展的关键一步。

牵一发而动全身。“链”条挥舞带来的，不只是经济的逆势上扬，不只是生活方式的变革，还有人们精神面貌的改观。

人才是第一资源。产业链要实现长足发展，关键靠人才，尤其是高端人才的推动。他们为产业链发展所做的贡献，除了自身直接参与，还表现在国际化的视角和理念能熏陶和影响一批人。比如，与他打交道的政府部门工作人员。我们发现，凡是大企业聚集、高科技行业汇聚的区域，其公共服务、行政能力必定是更高效的。有园区职能部门负责人就说，为什么我们要对标国际水平，要建国际学校，就是因为园区企业有需求，想要留住产业链，留住这些企业，就倒逼我们改进服务质量。

很多的改变在潜移默化中发生。随着长沙产业链建设，不断引进优势项目、优秀人才来长投资发展，长沙的国际因素正越来越多，国际范正越来越明显。长沙“链”接世界的“触角”，变得越来越多，越来越长。

“链”接世界的“环”，有时不那么耀眼，却有不可忽视的力量。就因为它的畅通性，因为它在无声无息当中，对世界经济血脉的润泽和营养。

6月13日和14日，央视新闻联播连续点赞长沙。其一是即使在疫情最严重的时候，长沙也没有暂停中欧班列发送；其二是湖南湘江新区高新技术行业努力克服疫情不利影响，以突出举措实现逆势增长。这不同行业中的两个“环”，以各自的担当和坚守，向世界传递出信心与希望。

“链”接世界的“链”，分开看是一堆沙，拧起来却是一股绳。因为凝聚，所以产生强大合力；因为坚韧，所以百折不挠。

在三一重工18号厂房里，近100台智能机器人每日不停运作，取货、搬运、装配零部件。看过相关视频的人们想必对这间“聪明的工厂”不会陌生。现在，5G在这里几乎实现全覆盖。长沙正在通过“5G+工业互联网”让享誉国内外的传统工程机械产业更加强大。

山无累土，则不能成其高；链无环节，则不能成其长。在疫情全球化冲击下，在世界经济下行压力加大的背景中，长沙22条产业链就像22条巨龙，乘风起舞，叱咤风云。可以说，产业链越长，长沙的竞争力就越强，链接世界的端口就越多；产业链的成长有多快，长沙经济高质量发展的步子就跨得有多大。

雄心不与岁月老，激情常伴事业新。产业链风云激荡之下，长沙正成为干事创业的热土、大胆创业者的乐土。许多产业链高端人才追逐事业和梦想来到长沙，来了就不想走。其中一个最根本的原因，就是因为长沙这座“青春之城”，始终秉承“敢为人先”的城市精神，到处充满着创新激情和发展梦想，不断为“千里马”拓展“骐骥一跃”的舞台和空间，永远盯着世界产业变革更新的最前沿。

当前世界正经历百年未有之大变局，我国正以畅通国民经济循环为主构建新发展格局，未来一个时期，国内市场主导国民经济循环特征会更加明显，经济增长的内需潜力会不断释放。一些权威经济学家预言，在新的国际形势影响下，我们的一些产业链条可能要转移出去，一些产品也可能要将主要目光转向国内市场。于长沙而言，这是产业链向两端延伸，抢占微笑曲线两端，实现更高水平发展的契机，也意味着产业链将向市场输出更多、更优质的产品和服务。

风正时济，自当破浪前行；任重道远，更需快马加鞭。变局之时，风云际会，正是我们迎接挑战抢得先机的发展机遇期。让我们在习近平新时代中国特色社会主义思想指引下，按照省委省政府和市委市政府的决策部署要求，以多彩长沙走新路的激情和创造，以时不我待的紧迫感和功成必须有我的责任担当，牢牢攥紧产业链建设这个抓手，奋力书写出长沙高质量发展的精彩篇章！

大潮起潇湘

——写在中国（湖南）自由贸易试验区获批之际

《长沙晚报》全媒体记者　邬伟　伍玲　吴鑫矾　刘捷萍

2000 多年前，我们的先人扬帆远航，穿越惊涛骇浪，闯荡出连接东西方的海上丝绸之路。

22 年前，“黑石号”沉船在印尼海域被打捞出水，67000 余件精美的瓷器中有 56500 余件出自千余年前、唐朝时期的湖南长沙望城铜官窑，成为海上丝绸之路的最有力见证，也是湖南开放之路的最有力见证。

2013 年，习近平总书记首次提出构建人类命运共同体的倡议。如今，构建人类命运共同体的理念在世界各国越来越深入人心：人类只有一个地球，各国共处一个世界，唯有开放合作，才能应对世界经济面临的挑战。

9 月 16 日至 18 日，习近平总书记在湖南考察时强调，湖南要主动服务国家开放战略，深度融入共建“一带一路”，推动对外贸易创新发展。要着力打造国家重要先进制造业、具有核心竞争力的科技创新、内陆地区改革开放的高地。

殷殷嘱托，言犹在耳。

如今，喜讯再次传来。

9 月 21 日，中国（湖南）自由贸易试验区正式获批，涵盖长沙、岳阳、郴州三大片区共 119.76 平方公里，其中长沙片区 79.98 平方公里。

大风起兮云飞扬。

湖南进入了开放崛起的新时代，加速驶向世界经济的大海，一个更开放、更现代、更具国际范的新长沙加速向我们走来！

追梦

“加快实施自由贸易区战略，是我国积极参加国际经贸规则制定、争取全球经济治理制度性权力的重要平台，我们不能当旁观者、跟随者，而是要做参与者、引领者。”

“建设自由贸易试验区是党中央在新时代推进改革开放的一项战略举措，在我国改革开放进程中具有里程碑意义。”

“自由贸易试验区建设的核心任务是制度创新。”

……

2013 年 9 月 29 日，上海自贸区挂牌成立。至 2019 年，全国共有 18 个自贸区先后成立。

习近平总书记对我国自贸区建设高度重视，发表了一系列重要讲话，宣示中国改革开放的决心，强调要把自由贸易试验区建设成为新时代改革开放的新高地。

此前，地处中部，不沿边、不靠海的湖南在建设富饶美丽、开放创新新湖南的道路上奋力疾驰，“自贸区梦”更是思虑很深、渴盼已久。

2015 年 10 月，湖南省委召开座谈会，就科学编制好湖南省“十三五”规划，征求各民主党派省委、省工商联负责人和无党派代表人士的意见建议。

时任农工党湖南省委副主委的杨翔建议，申报建设“中国内陆（两湖）自由贸易试验区”，由湖南、湖北两省共同申报，撬动长江中游城市群崛起，培育全国经济新的增长极。

当年 10 月，湖南省政府办公厅印发的《2015 年湖南省推动长江经济带发展工作要点》明确，要积极推进自由贸易区的研究论证和申报建设。

这是湖南第一次旗帜鲜明地提出申报建设自贸区。

心之所向，勇往直前。申报国家自贸区，湖南拿出了“结硬寨、打硬仗”的精神。

自贸区申报的第一枪打响后，多年来，在湘全国人大代表、政协委员和省人大代表、政协委员在全国两会、省两会期间，坚持不懈地提交议案和建议，为湖南申报建设自贸区贡献智慧和力量。

“内陆地区更需要自贸区。”全国人大代表、步步高集团董事长王填在2016年全国两会期间，提交了《关于在湖南设立中国中西部内陆自贸区的建议》。他在接受《长沙晚报》记者采访时表示，相对沿海地区而言，内陆地区更需要通过自贸区的建立来促进发展，接轨世界，缩小中西部地区与沿海地区的差异。

2016年12月，湖南省政府向国务院报送《关于设立中国（湖南）自由贸易试验区的请示》，次年1月，国务院正式将请示批转至商务部。彼时，这一进展被看作是湖南拿到了申报的第一张“通行证”。

随着国内自贸区建设提速，数量不断增加，湖南申报自贸区的呼声越来越高涨。

2017年，湖南申报自贸区的议案提案和建议井喷式出现。

先有时任岳阳市委书记胡忠雄等43名省人大代表联名提出《关于加强推动湖南自贸区申报的建议》、谢春生代表提出《关于将岳阳纳入申报湖南自贸区笼子的建议》，后有张世愚代表提出的《关于将岳阳纳入湖南省自贸区申报范围的建议》、张早平代表提出的《关于以湖南湘江新区为核心1+2模式申报建设湖南自贸试验区的建议》。

这些建议被省人大常委会确定为2017年重点处理建议。

当年3月，全国两会如期而至。湖南代表团召开第一次全体会议决定，拟以全团名义向十二届全国人大五次会议提交两件建议，其中一件就是《关于设立中国（湖南）自由贸易试验区的建议》。

2019年3月，全国两会召开，湖南代表团以全团名义再次建议和吁请，希望批准设立中国（湖南）自由贸易试验区，为湖南的发展添一把柴、加一把火。

念念不忘，必有回响。

2020年9月21日，国务院正式同意设立中国（湖南）自由贸易试验区，着力打造世界级先进制造业集群、联通长江经济带和粤港澳大湾区的国际投资贸易走廊、中非经贸深度合作先行区和内陆开放新高地，涵盖长沙、岳阳和郴州三大片区，长沙更是成为核心片区。

艰难困苦，玉汝于成；五年追梦，一朝梦成。

五年来，一份份议案提案和建议直达全国两会现场，展现了7000万湖南人民的心声。

为何湖南对“自贸区”如此念念不忘，奋力追逐？

首先，这是湖南面对新时代的主动作为，也是迈向高质量发展、建设富饶美丽幸福新湖南的必由之路。

早在2013年11月，习近平总书记在湖南考察期间，对湖南作出了“一带一部”的崭新定位，从战略高度重构湖南经济发展新坐标，湖南成为促进经济增长空间从沿海向沿江内陆拓展的重要转换中枢，是联结江海两大对外开放通道的重要经济走廊。

这意味着，湖南的开放事关新一轮开放大局，是构建沿海与中西部相互支撑、良性互动的新棋局中的一方“活眼”，是实现我国新一轮开放的空间转换和动力转换的关键一环。

2017年，伴随着“创新引领、开放崛起”战略的实施，湖南迈向转换发展动能、重塑经济空间、形成竞争新优势、奋力走在中部崛起最前列的发展新时期。

面对国家和时代为湖南设立的新坐标、赋予的新使命，湖南快速融入服务于国家战略发展的大局，集聚和提升发展优势，就比以往任何一个时期都更加需要高水平开放平台的有力支撑。

同时，湖南主动对接长江经济带、粤港澳大湾区战略，也应该到广阔天地中大展拳脚。

其次，从已经设立实施的18个自贸区来看，各地充分享受制度改革先行、简化外资进入程序、更多开放更少限制、保税区政策、金融改革等红利，自贸区获得了看得见的发展优势。

以我国2013年设立的首个自贸区——中国（上海）自由贸易试验区为例，截至2018年6月，上海新设外商投资企业8696个，吸引合同外资1102.4亿元，实到外资221.33亿美元。

据商务部数据统计，截至2018年9月底，各自贸区累计新设企业约56万家，外资企业3.2万家，以不到全国万分之二的面积，吸收了12%的外资，创造了12%的进出口。

更重要的是，通过多年来的砥砺奋进，湖南交通区位优势明显、开放平台日益完善、产业发展基础雄厚、改革创新深入推进，具备了设立中国（湖南）自由贸易试验区的有利条件：

湖南具备四通八达的交通运输体系。已形成“三纵三横”的“田”字形普速铁路网，京广高铁、沪昆高铁、渝厦高铁等多条高铁线路在境内交会；开通了长沙至欧洲、中亚的国际货运班列“湘欧快线”；长沙更是依托各类园区、口岸不断提升开放水平，拥有水陆空一体江海联运的立体交通区位优势；

湖南各类口岸及口岸作业区数量居中西部前列，拥有7个海关特殊监管区。依托长株潭两型试验区，不断深化两型社会改革试验，积极推进生态文明改革建设，加快“五化同步”发展，绿色发展成为湖南发展的主色调；

湖南工业门类齐全，形成了工程机械、电子信息及新材料、汽车及零部件等优势产业集群，特别是在工程机械和轨道交通制造业方面优势突出，拥有长沙经开区、长沙高新区等4个千亿级产业园区；

湖南复制推广和先行先试成效显著。截至2019年，国家已确定的153项自贸试验区经验中，湖南已复制推广完成109项，正加快复制推广33项，中国（长沙）跨境电商综试区、高桥大市场市场采购贸易方式试点、岳阳城陵矶港汽车平行进口试点、郴州综保区一般纳税人资格试点等先行先试工作相继获批并取得初步成效。

长沙片区作为中国（湖南）自由贸易试验区面积最大的片区，使命光荣，责任如磐。

2017年底，长沙经济规模迈上新台阶——GDP实现10535.51亿元，成为我国第14座破万亿元的城市。

站在新起点，省会长沙如何发挥主力军作用，助力湖南赓续辉煌?

必须聚焦制造业，尤其是高端制造业，这是提升一个城市核心竞争力的“加速器”，更是城市发展的“明珠”。长沙市委市政府明确，要向制造业创新链、供应链和价值链高端持续发力，推动产业链再升级、制造业再提升。

目前，长沙已拥有工程机械、汽车制造及零部件、新材料、食品、电子信息等多个千亿产业。工程机械产业更是冠绝全国，诞生了三一重工、中联重科、山河智能、铁建重工4家全球工程机械制造商50强企业。

今年，长沙聚焦做大做强做优产业集群，以“三智一芯”产业为主攻方向，抓牢制造业标志性重点项目建设“牛鼻子”，以滚石上山的决心和韧劲，打好产业基础高级化、产业链现代化攻坚战，推动长沙制造业高质量发展迈上更高水平。

面对日益复杂的国内外经济环境，长沙正进一步加快制度创新，发展高端制造业，提升开放水平，借助“自贸区”的发展优势，让更多的“长沙造”产品走出湖南、走向全国、走向全球。

筑梦

潮涌湘江，开放以兴。

不沿边、不靠海，长沙开放“靠蓝天”。

1986 年 6 月，坐落在长沙市东郊的黄花机场破土动工。历经 3 年建设，1989 年 8 月 29 日，长沙黄花机场正式通航，从此，作为内陆城市的长沙插上了翱翔蓝天的翅膀。

首航典礼上，一架广州至长沙的波音 757 大型客机准时降落在黄花机场。由此，湖南结束了不能起降大中型客机的历史。

30 年时间里，长沙黄花机场跻身全球百强，实现从单航站楼、单跑道到双航站楼、双跑道，由单一的小飞机到庞大的机型，从以北京、上海、广州为主到航线网络全球覆盖的完美蝶变。

作为地区经济发展的“晴雨表”，长沙黄花机场年旅客吞吐量达到 1000 万人次用了 20 年的时间，而从 1000 万人次跃升至 2000 万人次只用了不到 7 年。

2019 年，长沙黄花机场旅客吞吐量达 2691 万人次，国际旅客吞吐量 273 万人次，均居全国前列。

让长沙走向世界，让世界了解长沙，长沙不断织密国际航空网络，从亚洲延伸至全世界。

2014 年，湖南开通长沙至法兰克福航线，这是湖南首条洲际航线，成为湖南与欧洲的空中桥梁，以往遥不可及的欧洲，如今睡一觉便能到达。

现在，长沙黄花机场拥有飞达卡、胡志明市、北美等多条定期货运航线，构建了辐射国内国际、连接五大洲的航线网络。

面对新冠肺炎疫情带来的复杂困难局面，长沙积极作为，用实际行动“推动形成以国内大循环为主体、国内国际双循环相互促进的新发展格局”。

今年，长沙已开通至列日、香港、莫斯科、纽约等定期货运航线和不定期航线，成功化危为机，初步构建了湖南通达全球的国际货运网络，全面对接欧盟、美国、东盟三大贸易体。

如今，湖南正加速构建长沙“四小时航空经济圈”，以长沙为中心，覆盖我国31个省（区、市）和港澳台地区，到达东亚、东南亚、南亚主要国家的四小时航线网络，其中涵盖了大量重要旅游目的地以及当今世界经济增长速度最快、发展活力最足的地区。

天上飞、地上跑、水里行……长沙加速与世界往来联通。

1977年，长沙火车站开站通车，成为当时全国第二大火车站；2009年，武广高铁掀开了中国高速铁路新的一页，也让长沙迈入了高铁时代；2014年，京广、沪昆两条高铁大动脉交会，长沙高铁从“一”发展成为“十”字形，放大了长沙的区位优势。

从内燃机车、电力机车到和谐号、复兴号，长沙的高速发展与越来越快的火车同步脉动。速度的提升，不仅便捷了市民出行，更提升了长沙在整个国家战略层面的位置，造就了长沙的全国高铁枢纽中心城市地位，为城市未来发展打开了想象空间。

在长沙新港，一件件湘品登上集装箱货轮，通江达海，物流全球。

在长沙北货场，中欧班列（长沙）载着湘品“贴地飞行”。特别是在今年疫情期间，中欧班列（长沙）逆势跑出加速度，上半年发运国际货运班列256列，同比增长68.1%；发运进出口货值8.97亿美元，同比增长159%，各项指标在全国走在前列。

立体式国际物流大通道，为长沙发展临空经济、跨境电商等新经济新业态提供了良机。

“我们今年的订单远超去年同期水平。”在长沙黄花综合保税区的长沙“跨无止境”电子商务有限公司仓库内，工作人员忙着拣货、分装打包、贴快递单。今年上半年，该公司跨境电商订单量达114万单，比去年全年增长571%。

“跨无止境”公司只是长沙跨境电商爆发增长的一个缩影。

今年1至6月，长沙跨境电商进出口总额8.5亿美元，比去年同期增长218%，从三大核心园区拓展至内五区，长沙跨境电商形成百花齐放的局面。

跨境电商的爆发式增长，是“长沙速度”的另一种演绎，背后是长沙营商环境的持续优化。

通过多次优化扩容，长沙跨境电商“单一窗口”通道申报能力提升了12倍。今年上半年，长沙进出口企业通过“单一窗口”申报货值350.88亿元，同比上升20%。

今年9月起，长沙等全国12个直属海关开展跨境电商B2B出口监管试点。对于企业来说，试点意味着可实现大批量出口以及享受优先查验、允许转关等系列便利政策；对于长沙来说，试点既标志着长沙已进入国家跨境电商综合试验区第一方阵，更意味着新一轮跨境电商产业高速发展的时机即将到来。

“我们原计划把燕麦加工中心放在海南，现在湖南也是自贸区了，加工中心肯定落在湖南！”湖南北欧投资管理有限公司负责人唐勇多年来致力于北欧食品进口贸易，去年进口猪肉、燕麦、海产品、乳制品等超过1000万美元。在他看来，湖南自贸区的获批将为加工贸易带来重大利好。

“我们现在是在芬兰对燕麦深加工后再进口到国内，芬兰人工成本高，占总成本的30%。如果将加工基地搬回湖南，不但能同步开拓境内外市场，而且人工成本可以降低50%~70%，利润大大增加。”唐勇还告诉记者，自贸区或将加速推进中欧班列长沙至芬兰线路的开通，届时运输时间将从海运45天缩短到20天左右。贸易规模将进一步扩大，长沙市民将品尝到更多、更新鲜、更实惠的优质进口食品。

跨境电商、外贸综合服务体等新业态新模式，助力长沙实现了外贸逆势增长。今年上半年，长沙进出口总值1045.6亿元，同比增长25.1%，其中，出口企稳回升，由一季度负增长5.6%回升到半年正增长13.5%。

开放，重塑了长沙经济面貌，让长沙更具国际范。

大众、博世、沃尔玛、壳牌等世界500强企业，宜家、九龙仓等战略投资者……长沙成为诸多大牌布局中部的战略要地，越来越多巨擘企业将区域总部甚至中国总部设在长沙。

另一方面，越来越多的长沙企业以积极的姿态走出去。在“一带一路”沿线，阿治曼中国城、湖南尔康（柬埔寨）农产品加工园区、埃塞俄比亚—湖南工业园等海外园区建设如火如荼，凸显出“长沙力量”“湖南力量”。

来自长沙县黄花镇的曹军汉就是最早一批到非洲埃塞俄比亚闯荡的湖南人。

2001 年 2 月，曹军汉来到埃塞，从做电工开始谋生。做了 10 年电工后，他做起了设备租赁、维修以及项目承包的生意。后来，他建起了摩托车厂，又从国内引进首款纯电动三轮客车到埃塞，大受市场欢迎。

19 年来，曹军汉从最初的一名电工做起，到现在能流利地说英语和埃塞语，并在当地开设了自己的摩托车厂和食品厂，年销售额两三千万元。

曹军汉的经历是敢闯敢干的湖南人不断走向世界的一个精彩片断。

现在，长沙与全球的交流越来越频繁，长沙成为全国乃至全球青年梦想的打卡地。

“一带一路”青年创意与遗产论坛、互联网岳麓峰会、世界计算机大会、中国（湖南）国际轨道交通产业博览会、中国国际食品餐饮博览会……长沙逐步成为国际中高端的会展高地，越来越多的行业大咖“打卡”长沙。

其中，湘非之间的情谊最被人津津乐道。

1982 年，布拉柴维尔市成为长沙第一个国际友好城市，这是中国与非洲国家的第一对友好城市。如今，在长沙市档案馆收藏的相关档案，就见证了这段跨越万里的情谊。

长布友谊让非洲朋友看在眼里、记在心里，加速了彼此间的良好互动。

在埃及、加纳、尼日利亚、阿尔及利亚……一批批长沙人把梦筑在非洲大陆每个角落，一个个长沙企业活跃在非洲重大项目建设中，为“中非一家亲”写下生动注脚。

从 2001 年起，威胜集团对埃及、坦桑尼亚、南非、马里等非洲国家开展贸易，出口智能电表、水表等，并针对非洲市场自主研发出多个产品系列，对非业务占到其海外业务的七成以上。

中建五局、中国水电八局、湖南建工、湖南路桥等一批工程企业，已在埃塞俄比亚、马里、肯尼亚等国打开了工程承包市场，参与非洲国家的公路、隧道、桥梁、发电厂等建设，进一步带动工程机械、海工设备、建筑材料等关联产品出口。

由长沙经开区负责的埃塞俄比亚—湖南工业园项目是“中非十大合作计划”的重点项目。园区将重点发展机械制造、汽车及零部件、家具家电、建筑建工、轻工纺织等产业，成为湖南省在非洲建立的第一个样板开发区。

数据显示，目前湖南在非洲投资的企业已超过 120 家，合同投资总额近 10 亿美元，长沙企业成为湖南对非投资主力军，分布在赞比亚、埃塞俄比亚、阿尔及利亚、埃及、安哥拉、尼日利亚、乌干达、乍得等 26 个国家。

相比沿海沿边的“一带一路”省份，长沙布局非洲似乎并不具有明显优势。为何长沙与非洲的合作之路却越走越长、越走越宽、越走越顺？

扎实的合作基础、较强的产业互补性和广阔的发展前景，使得长沙与非洲的合作呈现出越来越炫目的色彩。

长沙正在努力打造内陆开放新高地，而非洲则是长沙优势产业、优秀企业和优质产品“走出去”的重要目的地。为了把“长沙优势”与“非洲禀赋”更好地结合，近年来长沙率先出台深化对非友好交流合作 3 年（2018—2020 年）行动方案、推动对非经贸合作 3 年（2018—2020 年）行动计划，对长沙企业在非投资、对非承包工程、对非劳务派遣、扩大对非进出口规模、在非洲建设国际营销网络等方面进行支持。

进一步完善的航空网络拉近了长沙与非洲的距离。随着长沙直飞内罗毕的定期航班开通，长沙与非洲人流、物流都可一站直达，湘非之间再也没有难以完成的旅程。

在“一带一路”倡议下，中非经贸博览会永久落户湖南，将湘非情谊推向新高潮。

“Hello，Welcome to Changsha！”在首届中非经贸博览会上，东道主长沙用最浓烈的热情、最独特的创意、最诚挚的祝福，让上万名中外嘉宾感受到城市魅力。

万千霓虹灯的旖旎光影点亮夜的舞台，长沙人以山、水、洲、城为景，以焰火、激光、LED 影像为笔，在湘江上空逐一画出金字塔、尼罗河、青花瓷、中国鼓……相距万里的中非文化，在长沙的夜空璀璨交融。

今年，中非经贸合作促进创新示范园作为中非经贸博览会的线下常态化平台落户湖南高桥大市场，项目总规划面积55万平方米，已签约入驻80余家企业，并吸引了越来越多的中非经贸企业入驻。

埃及的羊毛毯、肯尼亚的乌木雕、非洲的纯天然草本护肤品……示范园将围绕非洲的特色产品打造非洲“一国一品”展销馆，将让更多的非洲产品通过示范园平台进入中国市场。

越自信，越开放；越开放，越有魅力。

站上内陆开放新高地，长沙不断迈出对外开放的新步伐。

圆梦

长沙是湖南产业升级的领头羊、高质量发展的排头兵，在建设富饶美丽幸福新湖南的征程中，正不断地展现出省会担当。

近年来，长沙以智能制造为统领，推动传统产业转型升级，培育壮大新兴产业，着力打造22条工业新兴及优势产业链，产业发展呈现出“百舸争流”的盛景。

如今，中国（湖南）自由贸易试验区获批，为长沙的改革开放注入强劲动力，为经济发展插上腾飞之翼。

自贸区是新时代湖南高质量开放的高能级平台，是引领湖南“十四五”时期实现开放崛起战略的有力抓手。

建设好自贸区任重道远——对制度规则标准、平台载体能级、产业开放合作水平、高端要素聚集程度等都提出了更高要求；121项改革政策需要操作细则……

唯改革者进，唯创新者强，唯改革创新者胜。

按照习近平总书记的要求，长沙片区如何主动服务国家开放战略，深度融入共建“一带一路”，推动对外贸易创新发展？

区位布局已经划定——79.98平方公里核心功能区+8.13平方公里联动发展区，长沙经开区区块、黄花综合保税区区块、高铁新城区块和高桥区块，铺就长沙自贸区主战场。

功能划分已经清晰——根据国务院批复，长沙片区将突出临空经济，重点发展高端装备制造、新一代信息技术、生物医药、电子商务、农业科技等产业，打造全球高端装备制造业基地、内陆地区高端现代服务业中心、中非经贸合作促进创新示范区和中部地区崛起增长极。

路线图时间表已经制定——长沙将根据战略定位和发展目标，在建设国际化一流营商环境、建立多元高效的金融服务、构建贸易高质量发展促进体系、打造全球高端装备制造业基地、形成内陆高端现代服务业中心、建设中非经贸深度合作先行区、打造区域联动发展核心区等七大领域先行先试，对标国际先进规则，形成更多有国际竞争力的制度创新成果。

春江水暖，企业先知。

2019 年，首届中非经贸博览会在长沙成功举办，并长期落户湖南，这是习近平总书记亲自谋划推动的中非经贸盛会。

高桥大市场，中非经贸合作促进创新示范园正加速崛起。其中一期面积 15 万平方米，将于今年 9 月建成；二期规划总面积 40 万平方米，10 月份启动建设。

“自贸区是推动企业转型发展，实施走出去战略的强力引擎。”高桥大市场董事、总经理罗晓相信，对进入自贸区的企业来说，行政审批和服务的提速，可有效降低企业成本，而科技创新能力和产业的聚集，又可帮助企业吸纳人才，提档升级。

8 月 18 日，湖南—非洲三国贸易合作推介会在长沙举行。同时，落户高桥大市场的非洲咖啡街、非洲可可中国营销中心同步开业。

长沙人民在家门口的非洲可可中国营销中心，就可以吃到美味的巧克力，还可以买到以可可粉、可可油等多种以可可作为原材料开发的非洲食品以及日用产品。

“既有产品展示，也有 DIY 体验，采用线上、线下相结合的国家馆特许运营商模式，提供非洲可可厂商品牌在中国市场孵化的可复制推广的全套方案。”非洲可可中国营销中心相关负责人曹怡安恬介绍，市民看中商品后可以扫描二维码在网上下单，商品会从长沙黄花机场的综合保税仓直邮到家。

在大多数中国人心目中遥远而神秘的非洲大陆，在曹怡安恬这个 90 后女孩眼中却熟悉而亲切。2011 年，她的父亲“闯非洲”，来到加纳从事矿产开采。2014 年，她也开始做起了湖南对非贸易和旅游。如今她的足迹已经踏遍非洲十余个国家，非洲成为了她的第二故乡。

曹怡安恬是湘非经贸往来日益密切的缩影。今年1至6月，湖南对非进出口额18.3亿美元，同比增长10.4%，全国排名第八位，中部六省第一位。其中，湖南从非洲进口7.7亿美元，同比增长36%。

“我们正着力建设对非经贸合作长效机制，探索形成中国地方对非经贸合作的‘湖南模式’。”省商务厅厅长徐湘平介绍，湖南将以中非经贸合作促进创新示范园为中心，由长沙金霞经济开发区、岳阳城陵矶综合保税区、长沙黄花综合保税区提供物流、仓储、加工、集散等辅助配套服务，构建1个中心3个基点的格局，打造非洲可可、腰果、咖啡、芝麻、花生、木材、鳀鱼、棉花、干辣椒、海鲜、橡胶等非资源性产品的集散交易加工中心、对非经贸企业的汇聚中心、对非出口产品的展示交易中心。

“自贸区获批后，在长沙做非洲生意一定会越来越方便。”曹怡安恬告诉记者，以前去加纳，要在广州、香港转机。去年长沙至肯尼亚内罗毕空中直航开通，在长沙登机，一觉醒来已经身处非洲，“相信长沙会开通更多直飞非洲的航班，非洲国家也会来长沙设置签证中心。”

中非“湘”约，前景可期，而自贸区带来的机会远不止于此。

“我们生产的脚手架、建筑模板等工程物资，主要出口欧美和东南亚。”长沙湘佳金属材料有限公司负责人游炎明认为，随着自贸区的成立，企业的运输和清关时间会大大减少，为企业扩大海外市场、投资并购提供更多便利途径。

自贸区获批不是终点，而是长沙开放的新起点。

“湖南作为内陆省份，获批自贸试验区毫无疑问是一个非常大的利好。”王填21日在接受记者采访时表示，作为曾经提出过相关议案的在湘全国人大代表，看到湖南终于圆梦，他非常高兴。

王填认为，当前全球经济已经高度融合，你中有我、我中有你，对外开放没有回头路，只能更上一层楼。近年来湖南外贸发展很快，出口增长迅速，但进口相对比较慢。很多商品我们都是通过沿海地区的口岸进口。湖南获批自贸区后，长沙市民可以在步步高买到更多的价廉物美的进口商品。

乘风破浪，正当其时。

长沙企业将在全球范围内展开新竞合。自贸区由于减少了审批、税费以及若干现行法律法规限制，将在很大程度上缩减区内企业对外贸易的中间环节，降低企业的各项成本，提高企业在整个市场上的竞争力。自贸区以其特殊政策、区域优势和丰富的产业资源，将会吸引更多的跨国公司参与到长沙资源转化与价值链升级当中。

长沙将在全球产业链中实现再定位。自贸区的投融资便利化和人民币跨境使用等改革，将吸引国外高端生产要素汇集而来。长沙的装备制造、新材料、电子信息、食品等特色产业，也将借助自贸区更深地融入到全球价值链体系中。

长沙市民将在全球视野下享受到更多新便利。如果你是海淘爱好者，将能买到更丰富更便宜的进口商品；如果你是追星族，将能在自贸区看到更多原汁原味的海外文艺演出；如果你是理财达人，将能获得更便利的全球配置资产的机会；如果你正在求职，随着更多外资企业的设立，将有更多国际化的职业发展平台等着你……

弄潮儿勇向潮头立。未来，长沙将牢记习近平总书记的嘱托，更加深度融入世界经济发展格局，以自贸区获批为契机，朝着打造国家重要先进制造业、具有核心竞争力的科技创新、内陆地区改革开放的高地的目标奋力前行，闯出新路子，展现新作为，彰显新担当，作出新贡献。

【感言】

弄潮儿勇立潮头

伍　玲

2020 年 9 月 21 日，一个喜讯传遍潇湘大地——湖南正式获批中国（湖南）自由贸易试验区，长沙成为湖南自贸区核心片区。

对于每一个湖南人而言，这是一个值得铭记的日子——不沿边、不靠海的湖南，在开放崛起的历史进程中，拥有了属于自己的高光时刻。

不占地利，几经波折，湖南长沙却能。

坚持五年时间，苦苦求索，这是怎样的精神?

正是我们“吃得苦、耐得烦、霸得蛮”的湖湘精神，让夙愿终成。

无论是一件铭记史册的时代大事，还是这种深入骨髓的地域精神，都值得我们用鸿篇巨制来记录、来呈现湖湘人士对开放的追求。

早在清末民初，就有湖南人魏源“睁眼看世界”，时至当下，又是哪些人在为长沙乃至湖南的开放崛起在奔走吁请?

因此，我们将目光对准了湖南申报自贸区的曲折过程，从中看到了5年来一批批的在湘全国人大代表、政协委员和省人大代表、政协委员奔走吁请，坚持不懈地提交议案和建议，为湖南申报建设自贸区贡献智慧和力量。

时代在变，人心不变，追逐不止。

我们也将目光瞄准了核心片区——长沙。

我们看到了一个个迫切想要开放崛起、与国际接轨的长沙，看到了长沙开放“靠蓝天”“靠深港”“靠中欧列车”等立体式的开放格局，看到了长沙与世界的距离日益缩短。

一个更开放、更现代、更具国际范的新长沙正加速向我们走来。

采访后，我们将所见所闻、所思所想化为热血的精神、炽热的感情和滚烫的字词，精巧构思，精心行文，较为全景式地描绘了湖南长沙申报自贸区的逐梦、筑梦、圆梦历程。

我们也深知，成功获批，只是自贸区建设的万里长城第一步，路漫漫其修远兮，我们期待继续见证湖南自贸区、长沙片区的快速成长和美好未来。

国内统一连续出版物号：CN43—0002
第16314号　今日12版

长沙晚报

CHANGSHA EVENING NEWSPAPER

2020年9月22日
庚子年八月初六　星期二

党的权威 / 人民的晚报

封面　长沙晚报网站 www.icswb.com　晚报热线 96333

掌上长沙　微信看晚报

责编/贺黎黎　美编/王斌　校读/李乐

习近平在联合国成立75周年纪念峰会上发表重要讲话

强调后疫情时代联合国应主持公道、厉行法治、促进合作、聚焦行动

重申中国将始终做多边主义的践行者，积极参与全球治理体系改革和建设，推动构建人类命运共同体

1版

在第三个“中国农民丰收节”到来之际，习近平向全国广大农民和工作在“三农”战线上的同志们致以节日祝贺和诚挚慰问，强调在全社会形成关注农业关心农村关爱农民的浓厚氛围

让乡亲们的日子越过越红火

1版

牢记嘱托　谱写华章

深入学习贯彻习近平总书记在湖南考察时的重要讲话精神

聚焦湖南自贸区特别报道

大潮起潇湘

——写在中国（湖南）自由贸易试验区获批之际

长沙晚报全媒体记者 邬伟 伍玲 吴鑫矾 刘捷萍

2000多年前，我们的先人扬帆远航，穿越惊涛骇浪，闯荡出连接东西方的海上丝绸之路。

22年前，“黑石号”沉船在印尼海域被打捞出水，67000余件精美的瓷器中有56500余件出自千余年前、唐朝时期的湖南长沙望城铜官窑，成为海上丝绸之路的最有力见证，也是湖南开放之路的最有力见证。

2013年，习近平总书记首次提出构建人类命运共同体的倡议。如今，构建人类命运共同体的理念在世界各国越来越深入人心：人类只有一个地球，各国共处一个世界，唯有开放合作，才能应对世界经济面临的挑战。

9月16日至18日，习近平总书记在湖南考察时强调，湖南要主动服务国家开放战略，深度融入共建“一带一路”，推动对外贸易创新发展。要着力打造国家重要先进制造业、具有核心竞争力的科技创新、内陆地区改革开放的高地。

殷殷嘱托，言犹在耳。

如今，喜讯再次传来。

9月21日，中国（湖南）自由贸易试验区正式获批，涵盖长沙、岳阳、郴州三大片区共119.76平方公里，其中长沙片区79.98平方公里。

大风起兮云飞扬。

湖南进入了开放崛起的新时代，加速驶向世界经济的大海，一个更开放、更现代、更具国际范的新长沙加速向我们走来！

追梦

“加快实施自由贸易区战略，是我国积极参加国际经贸规则制定、争取全球经济治理制度性权力的重要平台，我们不能当旁观者、跟随者，而是要做参与者、引领者。”

“建设自由贸易试验区是党中央在新时代推进改革开放的一项战略举措，在我国改革开放进程中具有里程碑意义。”

“自由贸易试验区建设的核心任务是制度创新。”

……

2013年9月29日，上海自贸区挂牌成立。至2019年，全国共有18个自贸区先后成立。

习近平总书记对我国自贸区建设高度重视，发表了一系列重要讲话，宣示中国改革开放的决心，强调要把自由贸易试验区建设成为新时代改革开放的新高地。

此前，地处中部、不沿边、不靠海的湖南在建设富饶美丽、开放创新新湖南的道路上奋力疾驰，“自贸区梦”更是思虑很深、期盼已久。

2015年10月，湖南省委召开座谈会，就科学编制好湖南省“十三五”规划，征求各民主党派省委、省工商联负责人和无党派代表人士的意见建议。

时任农工党湖南省委副主委的杨翔建议，申报建设“中国内陆（两湖）自由贸易试验区”，由湖南、湖北两省共同申报，撬动长江中游城市群崛起，培育全国经济新的增长极。

当年10月，湖南省政府办公厅印发的《2015年湖南省推动长江经济带发展工作要点》明确，要积极推进自由贸易区的研究论证和申报建设。

这是湖南第一次旗帜鲜明地提出申报建设自贸区。

心之所向，勇往直前。申报国家自贸区，湖南拿出了“结硬寨、打硬仗”的精神。

自贸区申报的第一枪打响后，多年来，在湘全国人大代表、政协委员和省人大代表、政协委员在全国两会、省两会期间，坚持不懈地提交议案和建议，为湖南申报建设自贸区贡献智慧和力量。

“内陆地区更需要自贸区。”全国人大代表、步步高集团董事长王填在2016年全国两会期间，提交了《关于在湖南设立中国中西部内陆自贸区的建议》。他在接受长沙晚报记者采访时表示，相对沿海地区而言，内陆地区更需要通过自贸区的建立来促进发展，接轨世界，缩小中西部地区与沿海地区的差异。

2016年12月，湖南省政府向国务院报送《关于设立中国（湖南）自由贸易试验区的请示》，次年1月，国务院正式将请示批转至商务部。彼时，这一进展被看作是湖南拿到了申报的第一张“通行证”。

随着国内自贸区建设提速，数量不断增加，湖南申报自贸区的呼声越来越高涨。

2017年，湖南申报自贸区的议案提案和建议井喷式出现。

先有时任岳阳市委书记胡忠雄等43名省人大代表联名提出《关于加强推动湖南自贸区申报的建议》，谢春生代表提出《关于将岳阳纳入申报湖南自贸区笼子的建议》，后有张世燕代表提出的《关于将岳阳纳入湖南省自贸区申报范围的建议》、张早平代表提出的《关于以湖南湘江新区为核心1+2模式申报建设湖南自贸试验区的建议》。

这些建议被省人大常委会确定为2017年重点处理建议。

当年3月，全国两会如期而至。湖南代表团召开第一次全体会议决定，拟以全团名义向十二届全国人大五次会议提交两件建议，其中一件就是《关于设立中国（湖南）自由贸易试验区的建议》。

2019年3月，全国两会召开，湖南代表团以全团名义再次建议和吁请，希望批准设立中国（湖南）自由贸易试验区，为湖南的发展添一把柴、加一把火。

念念不忘，必有回响。

2020年9月21日，国务院正式同意设立中国（湖南）自由贸易试验区，着力打造世界级先进制造业集群，联通长江经济带和粤港澳大湾区的国际投资贸易走廊、中非经贸深度合作先行区和内陆开放新高地。涵盖长沙、岳阳和郴州三大片区，长沙更是成为核心片区。

艰难困苦，玉汝于成；五年追梦，一朝梦成。

五年来，一份份议案提案和建议直达全国两会现场，展现了7000万湖南人民的心声。

为何湖南对“自贸区”如此念念不忘，奋力追逐？

首先，这是湖南面对新时代的主动作为，也是迈向高质量发展、建设富饶美丽幸福新湖南的必由之路。

早在2013年11月，习近平总书记在湖南考察期间，对湖南作出了“一带一部”的崭新定位，从战略高度重构湖南经济发展新坐标。湖南成为促进经济增长空间从沿海向沿江内陆拓展的重要转换中枢，是联结江海两大对外开放通道的重要经济走廊。

这意味着，湖南的开放事关新一轮开放大局，是构建沿海与中西部相互支撑、良性互动的新棋局中的一方“活眼”，是实现我国新一轮开放的空间转换和动力转换的关键一环。

2017年，伴随着“创新引领、开放崛起”战略的实施，湖南迈向转换发展动能、重塑经济空间、形成竞争新优势、奋力走在中部崛起最前列的发展新时期。

面对国家和时代为湖南设立的新坐标、赋予的新使命，湖南快速融入服务于国家战略发展的大局，集聚和提升发展优势，就比以往任何一个时期都更加需要高水平开放平台的有力支撑。

同时，湖南主动对接长江经济带、粤港澳大湾区战略，也应该到广阔天地中大展拳脚。

其次，从已经设立实施的18个自贸区来看，各地充分享受制度改革先行、简化外资进入程序、更多开放更少限制、保税区政策、金融改革等红利，自贸区获得了看得见的发展优势。

以我国2013年设立的首个自贸区——中国（上海）自由贸易试验区为例，截至2018年6月，上海新设外商投资企业8696个，吸引合同外资1102.4亿元，实到外资221.33亿美元。

据商务部数据统计，截至2018年9月底，各自贸区累计新设企业约56万家，外资企业3.2万家，以不到全国万分之二的面积，吸收了12%的外资，创造了12%的进出口。

更重要的是，通过多年来的砥砺奋进，湖南交通区位优势明显、开放平台日益完善、产业发展基础雄厚、改革创新深入推进，具备了设立中国（湖南）自由贸易试验区的有利条件：

湖南具备四通八达的交通运输体系，已形成“三纵三横”的“田”字形普速铁路网，京广高铁、沪昆高铁、渝厦高铁等多条高铁线路在境内交会；开通了长沙至欧洲、中亚的国际货运班列“湘欧快线”；长沙更是依托各类园区、口岸不断提升开放水平，拥有水陆空一体江海联运的立体交通区位优势；

湖南各类口岸及口岸作业区数量居中西部前列，拥有7个海关特殊监管区。依托长株潭两型试验区，不断深化两型社会改革试验，积极推进生态文明改革建设，加快“五化同步”发展，绿色发展成为湖南发展的主色调；

湖南工业门类齐全，形成了工程机械、电子信息及新材料、汽车及零部件等优势产业集群，特别是在工程机械和轨道交通制造业方面优势突出，拥有长沙经开区、长沙高新区等4个千亿级产业园区；

湖南复制推广和先行先试成效显著。截至2019年，国家已确定的153项自贸试验区经验中，湖南已复制推广完成109项，正加快复制推广33项。中国（长沙）跨境电商综试区、高桥大市场市场采购贸易方式试点、岳阳城陵矶港汽车平行进口试点、郴州综保区一般纳税人资格试点等先行先试工作相继获批并取得初步成效。

长沙片区作为中国（湖南）自由贸易试验区面积最大的片区，使命光荣，责任如磐。

2017年底，长沙经济规模迈上新台阶——GDP实现10535.51亿元，成为我国第14座破万亿元的城市。

站在新起点，省会长沙如何发挥主力军作用，助力湖南赓续辉煌？

必须聚焦制造业，尤其是高端制造业，这是提升一个城市核心竞争力的“加速器”，更是城市发展的“明珠”。长沙市委市政府明确，要向制造业创新链、供应链和价值链高端持续发力，推动产业转型升级，制造业再提升。

目前，长沙已拥有工程机械、汽车制造及零部件、新材料、食品、电子信息等多个千亿产业。工程机械产业更是冠绝全国，诞生了三一重工、中联重科、山河智能、铁建重工4家全球工程机械制造商50强企业。

今年，长沙聚焦做大做强做优产业集群，以“三智一芯”产业为主攻方向，抓牢制造业标志性重点项目建设“牛鼻子”，以滚石上山的决心和韧劲，打好产业基础高级化、产业链现代化攻坚战，推动长沙制造业高质量发展迈上更高水平。

面对日益复杂的国内外经济环境，长沙正进一步加快制度创新，发展高端制造业，提升开放水平，借助“自贸区”的发展优势，让更多的“长沙造”产品走出湖南、走向全国、走向全球。

筑梦

潇湘湘江，开放以兴。

不沿边、不靠海，长沙开放“擎蓝天”。

1986年6月，坐落在长沙市东郊的黄花机场破土动工。历经3年建设，1989年8月29日，长沙黄花机场正式通航，从此，作为内陆城市的长沙插上了翱翔蓝天的翅膀。

首航典礼上，一架广州至长沙的波音757大型客机准时降落在黄花机场。由此，湖南结束了不能起降大中型客机的历史。

30年时间里，长沙黄花机场跻身全球百强，实现从单航站楼、单跑道到双航站楼、双跑道，由单一的小飞机到庞大的机型，从以北京、上海、广州为主到航线网络全球覆盖的完美蝶变。

作为地区经济发展的“晴雨表”，长沙黄花机场年旅客吞吐量达到1000万人次用了20年的时间，而从1000万人次跃升至2000万人次只用了不到7年。

2019年，长沙黄花机场旅客吞吐量达2691万人次，国际旅客吞吐量273万人次，均居全国前列。

让长沙走向世界，让世界了解长沙，长沙不断织密国际航空网络，从亚洲延伸至全世界。

2014年，湖南开通长沙至法兰克福航线，这是湖南首条洲际航线，成为湖南与欧洲的空中桥梁，以往遥不可及的欧洲，如今睡一觉便能到达。

现在，长沙黄花机场拥有飞达卡、胡志明市、北美等多条定期货运航线，构建了辐射国内国际、连接五大洲的航线网络。

面对新冠肺炎疫情带来的复杂困难局面，长沙积极作为，用实际行动“推动形成以国内大循环为主体、国内国际双循环相互促进的新发展格局”。

今年，长沙已开通至列日、香港、莫斯科、纽约等定期货运航线和不定期航线，成功化危为机，初步构建了湖南通达全球的国际货运网络，全面对接欧盟、美国、东盟三大贸易体。

如今，湖南正加速构建长沙“四小时航空经济圈”，以长沙为中心，覆盖我国31个省（区、市）和港澳台地区，到达东亚、东南亚、南亚主要国家的四小时航线网络，其中涵盖了大量重要旅游目的地以及当今世界经济增长速度最快、发展活力最足的地区。

天上飞、地上跑、水里行……长沙加速与世界往来联通。

1977年，长沙火车站开站通车，成为当时全国第二大火车站；2009年，武广高铁掀开了中国高速铁路新的一页，也让长沙迈入了高铁时代；2014年，京广、沪昆两条高铁大动脉交会，长沙高铁从“一”发展成为“十”字形，放大了长沙的区位优势。

从内燃机车、电力机车到和谐号、复兴号，长沙的高速发展与越来越快的火车同步脉动。速度的提升，不仅便捷了市民出行，更提升了长沙在整个国家战略层面的位置，造就了长沙的全国高铁枢纽中心城市地位，为城市未来发展打开了想象空间。

在长沙新港，一件件湘品登上集装箱货轮，通江达海，物流全球。

在长沙北货场，中欧班列（长沙）载着湘品“贴地飞行”。特别是在今年疫情期间，中欧班列（长沙）逆势跑出加速度，上半年发运国际货运班列256列，同比增长68.1%；发运进出口货值8.97亿美元，同比增长159%，各项指标在全国走在前列。

立体式国际物流大通道，为长沙发展临空经济、跨境电商等新经济新业态提供了良机。

“我们今年的订单远超去年同期水平。”在长沙黄花综合保税区的长沙跨无止境电子商务有限公司仓库内，工作人员忙着拣货、分装打包、贴快递单。今年上半年，该公司跨境电商订单量达114万单，比去年全年增长571%。

“跨无止境”公司只是长沙跨境电商爆发增长的一个缩影。

今年1至6月，长沙跨境电商进出口总额8.5亿美元，比去年同期增长218%，从三大核心园区拓展至内五区，长沙跨境电商形成百花齐放的局面。

跨境电商的爆发式增长，是“长沙速度”的另一种演绎，背后是长沙营商环境的持续优化。

通过多次优化扩容，长沙跨境电商“单一窗口”通道申报能力提升了12倍。今年上半年，长沙进出口企业通过“单一窗口”申报货值350.88亿元，同比上升20%。

今年9月起，长沙等全国12个直属海关开展跨境电商B2B出口监管试点。对于企业来说，试点意味着可实现大批量出口以及享受优先查验、允许转关等系列便利政策；对于长沙来说，试点既标志着长沙已进入国家跨境电商综合试验区第一方阵，更意味着新一轮跨境电商产业高速发展的时机即将到来。

“我们原计划把燕麦加工中心放在海南，现在湖南也是自贸区了，加工中心肯定落在湖南！”湖南北欧投资管理有限公司负责人唐勇多年来致力于北欧食品进口贸易，去年进口猪肉、燕麦、海产品、乳制品等超过1000万美元。在他看来，湖南自贸区的获批将为加工贸易带来重大利好。

“我们现在是在芬兰对燕麦深加工后再进口到国内，芬兰人工成本高，占总成本的30%。如果将加工基地搬回湖南，不但能同步开拓境内外市场，而且人工成本可以降低50%~70%，利润大大增加。”唐勇还告诉记者，自贸区或将加速推进中欧班列长沙至芬兰线路的开通，届时运输时间将从海运45天缩短到20天左右，贸易规模将进一步扩大，长沙市民将品尝到更多、更新鲜、更实惠的优质进口食品。

跨境电商、外贸综合服务体等新业态新模式，助力长沙实现了外贸逆势增长。今年上半年，长沙进出口总值1045.6亿元，同比增长25.1%，其中，出口企稳回升，由一季度负增长5.6%回升到半年正增长13.5%。

开放，重塑了长沙经济面貌，让长沙更具国际范。

大众、博世、沃尔玛、壳牌等世界500强企业，宜家、九龙仓等战略投资者……长沙成为诸多大牌布局中部的战略要地，越来越多巨擘企业将区域总部甚至中国总部设在长沙。

另一方面，越来越多的长沙企业以积极的姿态走出去。在“一带一路”沿线，阿治曼中国城、湖南尔康（柬埔寨）农产品加工园区、埃塞俄比亚-湖南工业园等海外园区建设如火如荼，凸显出“长沙力量”“湖南力量”。

来自长沙县黄花镇的曹军汉就是最早一批到非洲埃塞俄比亚闯荡的湖南人。

2001年2月，曹军汉来到埃塞，从做电工开始谋生。做了10年电工后，他做起了设备租赁、维修以及项目承包的生意。后来，他建起了摩托车厂，又从国内引进埃塞首款纯电动三轮客车，大受市场欢迎。

19年来，曹军汉从最初的一名电工，到现在能流利地说英语和埃塞语，并在当地开设了自己的摩托车厂和食品厂，年销售额两三千万元。

曹军汉的经历是敢闯敢干的湖南人不断走向世界的一个精彩片断。

现在，长沙与全球的交流越来越频繁，长沙成为全国乃至全球青年梦想的打卡地。

“一带一路”青年创意与遗产论坛、互联网岳麓峰会、世界计算机大会、中国（湖南）国际轨道交通产业博览会、中国国际食品餐饮博览会……长沙逐步成为国际中高端的会展高地，越来越多的行业大咖“打卡”长沙。

其中，湘非之间的情谊最被人津津乐道。

1982年，布拉柴维尔市成为长沙第一个国际友好城市，这是中国与非洲国家的第一对友好城市。如今，在长沙市档案馆收藏的相关档案，就见证了这段跨越万里的情谊。

长布友谊让非洲朋友看在眼里、记在心里，加速了彼此间的良好互动。

在埃及、加纳、尼日利亚、阿尔及利亚……一批批长沙人把梦筑在非洲大陆每个角落，一个个长沙企业活跃在非洲重大项目建设中，为“中非一家亲”写下生动注脚。

从2001年起，威胜集团对埃及、坦桑尼亚、南非、马里等非洲国家开展贸易，出口智能电表、水表等，并针对非洲市场自主研发出多个产品系列，对非业务占到其海外业务的七成以上。

中建五局、中国水电八局、湖南建工、湖南路桥等一批工程企业，已在埃塞俄比亚、马里、肯尼亚等国打开了工程承包市场，参与非洲国家的公路、隧道、桥梁、发电厂等建设，进一步带动工程机械、海工设备、建筑材料等关联产品出口。

由长沙经开区负责的埃塞俄比亚—湖南工业园项目是“中非十大合作计划”的重点项目。园区将重点发展机械制造、汽车及零部件、家具家电、建筑建工、轻工纺织等产业，成为湖南省在非洲建立的第一个样板开发区。

数据显示，目前湖南在非洲投资的企业已超过120家，合同投资总额近10亿美元，长沙企业成为湖南对非投资主力军，分布在赞比亚、埃塞俄比亚、阿尔及利亚、埃及、安哥拉、尼日利亚、乌干达、乍得等26个国家。

相比沿海沿边的“一带一路”省份，长沙布局非洲似乎并不具有明显优势。为何长沙与非洲的合作之路却越走越长、越走越宽、越走越顺？

扎实的合作基础、较强的产业互补性和广阔的发展前景，使得长沙与非洲的合作呈现出越来越炫目的色彩。

长沙正在努力打造内陆开放新高地，而非洲则是长沙优势产业、优秀企业和优质产品“走出去”的重要目的地。为了把“长沙优势”与“非洲禀赋”更好地结合，近年来长沙率先出台深化对非友好交流合作3年（2018—2020年）行动方案，推动对非经贸合作3年（2018—2020年）行动计划，对长沙企业在非投资、对非承包工程、对非劳务派遣、扩大对非进出口规模、在非洲建设国际营销网络等方面进行支持。

进一步完善的航空网络拉近了长沙与非洲的距离。随着长沙直飞内罗毕的定期航班开通，长沙与非洲人流、物流都可一站直达，湘非之间再也没有难以完成的旅程。

在“一带一路”倡议下，中非经贸博览会永久落户湖南，将湘非情谊推向新高潮。

“Hello, welcome to Changsha!”在首届中非经贸博览会上，东道主长沙用最浓烈的热情、最独特的创意、最诚挚的祝福，让上万名中外嘉宾感受到城市魅力。

万千霓虹灯的旖旎光影点亮夜的舞台，长沙人以山、水、洲、城为景，以焰火、激光、LED影像为笔，在湘江上空逐一画出金字塔、尼罗河、青花瓷、中国鼓……相距万里的中非文化，在长沙的夜空璀璨交融。

今年，中非经贸合作促进创新示范园作为中非经贸博览会的线下常态化平台落户湖南高桥大市场，项目总规划面积55万平方米，已签约入驻80余家企业，并吸引了越来越多的中非经贸企业入驻。

埃及的羊毛毯、肯尼亚的乌木雕、非洲的纯天然草本护肤品……示范园将围绕非洲的特色产品打造非洲“一国一品”展销馆，将让更多的非洲产品通过示范园平台进入中国市场。

越自信，越开放；越开放，越有魅力。

站上内陆开放新高地，长沙不断迈出对外开放的新步伐。

圆梦

长沙是湖南产业升级的领头羊、高质量发展的排头兵，在建设富饶美丽幸福新湖南的征程中，正不断地展现出省会担当。

下转5版

致敬，长沙制造

——《长沙晚报》2019年度年终特稿

《长沙晚报》全媒体记者　李万寅　苏毅　凌晴　伍玲　陈登辉

在广汽菲克长沙工厂，机器人远比产业工人多，目前89秒可下线一台新车。

10秒，一件铝轮毂制成；

80秒，一台发动机面世；

5分钟，一台挖掘机下线；

1小时，3.6万瓶酱油灌装；

1天，6.1万台手机诞生；

1 年，一个企业营收破千亿元；

……

当金属的光泽与智慧的光芒交相辉映，当机器的轰响与头脑的风暴激荡共鸣，长沙，迎来制造业的高光时刻。

从一片空白到光华灿烂，从没有一个产业到形成五大千亿产业集群，从名不见经传到蜚声全球，新时代的长沙制造，正演绎着践行新发展理念的恢弘大剧。

党的十八大以来，快速崛起的长沙制造，日臻形成自我突破、拥抱世界、引领未来的全新格局，开启了这座历史文化名城高质量发展、全面现代化建设的新征程，赢得行业内外乃至世界的认可和尊重。

发展不设限，未来犹可期。

2020 年的钟声即将敲响，在全面建成小康社会决胜之年、“十三五”规划收官之年即将来临之际，回望长沙制造来时之路，展望长沙制造未来之道，让我们道一声：

致敬，长沙制造！

自我突破之路

如今，长沙千亿产业的版图已达 7 块，其中 5 块属于制造业

243 年前，1776 年，瓦特改良蒸汽机，人类社会跨入蒸汽时代，英国开始占据工业文明的中心。

18 世纪末 19 世纪初，第一次工业革命迅速蔓延到欧洲大陆、北美大陆和日本等地，机器大生产时代的大幕徐徐开启，催生了欧洲中心论。

两百年内，世界先后掀起三次工业革命，欧洲建起了历史最长的制造产业链中心。二战结束，美国后来居上，青出于蓝，建立起世界第二制造产业链中心。

无工不富，无工不强。这是经济的规律，也是历史的铁律。尤其是制造业，是国民经济的主体，是立国之本、兴国之器、强国之基。

中华人民共和国成立初期，长沙经济结构单一，农业唱主角，工业几乎一片空白。长沙从扶持民族工业、改造私营手工业入手，工业经济迅速

恢复至历史最佳水平。

党的十一届三中全会以后，长沙重点发展轻纺工业，轻工业比重开始上升，工业内部比例得到改善。

党的十八大以来，长沙制造业百花齐放，高新产业迅猛发展，工业不断攀登智能制造新高点。

不负人民，不负时代，长沙制造负重前行、向阳而生——

2010 年，长沙提出打造千亿产业集群，工程机械产业率先“撞线”；

2011 年，食品、新材料两大产业共同跨过千亿门槛，一业独大变为多点支撑；

2014 年，电子信息产业加入“千亿俱乐”；

2017 年，汽车产业成为最新一块“拼图”；

加上文化创意产业和旅游产业，如今，长沙千亿产业的版图已达 7 块。而这其中，有 5 个属于制造业。

然而，如果把长沙制造的发展放到坐标轴里，它并不是一条平滑上扬的曲线。

2015 年年初，长沙气温接近零摄氏度。对于工程机械行业来说，这场寒冬不仅冰冷，而且漫长。

各大工程机械公司陆续公布 2014 年的业绩预报。与预期相符，净利润普遍出现了大幅度下滑，有的甚至下滑 80%。

柳工董事长曾光安是湖南新化人，当时他曾直言：“工程机械行业过去 15 年只有夏天，没有秋天。现在从夏天突然进入冬天，大家都感到日子不好过了。”

长沙的工程机械产业同样蒙上了一层冰霜，大家心事重重，面色凝重。

三一重工、中联重科等龙头企业元气大伤，巨额亏损、大幅裁员是当时行业的普遍现象。

摆脱困境，摆在面前的只有一条路，那就是高质量发展。

当此之时，国家出台宏大计划，为中国制造业未来 10 年规划了顶层设计和路线图，目标是推动中国到 2025 年基本实现工业化，迈入制造强国行列。

3 个月后，长沙怀着舍我其谁的责任心和“人一之、我十之”的执行力，率全国之先发布《长沙智能制造三年（2015—2018 年）行动计划》，率先开展智能制造试点示范，提出了“三个30%”的目标，即试点示范企业（项目）运营成本降低30%、产品生产周期缩短30%、不良品率降低30%。

对此大局大势，省委常委、市委书记胡衡华在多个场合掷地有声地表示：对于长沙而言，发展的基础在制造业，发展的优势在制造业，发展的出路还是在制造业。没有高质量的制造业，长沙的高质量发展就难以为继。

曲线的拐点，悄然出现。

长沙“智造大军”从最初的28家，转眼扩充到了668家。

大企业顶天立地，中小企业铺天盖地，智能制造的“长沙模式”蜚声全国。

给你89秒，你能干什么？

刷一下朋友圈？拍一条抖音视频？

在广汽菲克长沙工厂里，89秒，能够下线一台汽车！

走进这座智能化厂房，机器人远比产业工人多。

491台意大利进口柯马机器人，焊接自动化率达到75%；总装车间采用全自动、柔性化合车线体，可实现高节拍自动混流生产，目前生产节拍达到89秒下线一台新车。

与广汽菲克长沙工厂相隔约10公里，是上汽大众长沙工厂。

这是一座年轻的工厂，车身车间里，约900台机器人演奏出飞快的生产节拍，按照上汽大众计算标准，自动化率已接近90%，一分钟就能下线一台合格整车，被称为“分钟工厂”。

流水线上，“不知疲倦”的机器人动作凌厉，精准到位；智能化物流系统自动取件、发货……走进博世长沙，一场数据与机器带来的变革，正在颠覆着传统的生产模式。

需要协作完成的绕线工序，考验着多台机器人的默契程度。传统做法是由工程师掐秒表做计算，再一次次试验调整；而现在有了各环节实时而详尽的生产数据，工程师们能够更加专注于分析和设计，创新和优化生产流程。

这条工业4.0示范生产线与传统生产线相比，生产效率提高30%，质量损失减少30%，换型时间减少30%。

“机器换人并不意味着要减少人力，而是通过机器把人从过去简单、重复的岗位上解放出来，专注于研究分析和服务，从而促进生产效率进一步提升。”博世长沙副总经理李永寿说。

在这三家智能工厂所处的园区里，超过80%的企业实现了生产线自动化部分或全部覆盖。

以智能制造为统领，加快新旧动能转换，这是市委市政府强力推进工作的导向，也是近年来长沙各园区齐步向前的方向。

速度与激情的“大片”，每天都在长沙的大小厂房和车间上演。

2017年11月，长沙提出打造22条工业新兴及优势产业链。

今年上半年，长沙加快推进产业链建设的成绩十分亮眼：平均每天引进一个产业链项目、有4.5亿元投资注入；产业链平均每天实现产值17.2亿元……

“长沙速度”，还在不断刷新着纪录。

今年9月9日上午，位于望城经开区的长沙智能终端产业园，由长沙比亚迪电子有限公司生产的首批华为手机正式下线。

这座湖南最大电子类超级工厂，年产手机4000万台。

而从签约到第一台手机下线，仅仅用时70天。

这些，都是看得见的速度，还有些速度，是肉眼无法观察的。

超级计算机。这不仅是长沙的名片，也是“中国名片”。

1983年12月22日，我国首台每秒钟运算1亿次以上的“银河”计算机在长沙研制成功。

2013年5月，峰值速度达每秒5.49亿亿次的“天河二号”亮相，并先后6次登上世界超算500强榜首。

今年11月21日，在美国丹佛举行的世界超算大会SC上，湖南大学国家超计级算长沙中心天河超算存储系统凭借209.43GIB/S的得分获IO－500总榜单带宽第一名，成为全球最快的存储系统。

同样成为“中国名片”的，还有轨道交通设备，这其中也有长沙的身影。

今年3月，位于长沙高新区的中国通号（长沙）产业园内，一辆100%低地板、5模块有轨电车缓缓驶出，发运至甘肃天水市。

目前，通号车辆的生产基地拥有100%低地板有轨电车生产线、完整的高仿真有轨电车试验线，智能化率达到80%。

与通号生产基地同处湘江西岸的，还有国家智能网联汽车（长沙）测试区。

在这里，我们能体验到的不只是现在，还有未来。

自2016年起，湖南湘江新区打造模拟场景全国最多、综合性能全国领先、测试服务全国最全的智能网联汽车测试区，并获得“国家智能网联汽车（长沙）测试区”牌照。目前，中车、一汽解放、阿里巴巴、三一集团、酷哇中联、百度、京东、赢彻、福田戴姆勒等企业共在测试区开展测试业务1000余场。

今年8月2日，由百度联合中国一汽红旗生产的国内首批量产L4级别自动驾驶出租车Robotaxi－红旗E·界正式公开亮相长沙。

不只是自动驾驶出租车，自动驾驶环卫车、清扫机器人等6款不同款式的环卫机器人已在长沙橘子洲“上岗”；能认路、会避让车辆行人的“超影”无人快递车，在长沙的高校里当起了快递小哥……

坐拥三千年历史文化的古城长沙，以“心忧天下，敢为人先”的精神，正在“智造”加速中，不断实现着自我突破。

未来已来，将至已至。

拥抱世界之路

如今，落户长沙的世界500强企业已经超过150家

亿万年前，板块漂移碰撞，地壳隆起，青藏高原崛起于洪荒之力中；时至今朝，在“工业荒漠”中白手起家，长沙制造业从无到有、从有到强，一片茂盛的“工业森林”成长于智慧之力中。

不沿边、不靠海，身居内陆，开放型经济先天不足。这对长沙制造业走出国门、拥抱世界无疑是一个天然的瓶颈。

早在1200多年前，正是李唐王朝。

长沙窑出产的釉下多彩瓷，源源不绝地跟随我们的先辈，从铜官古镇扬帆远航，走湘江，入洞庭，越长江，经历大洋中的无数惊涛骇浪，抵达阿拉伯地区。当时的长沙铜官窑，成为产品远销中东的“世界工厂”。

这是祖先留下的优良基因，也是长沙与世界交互的生动篇章。

筚路蓝缕，攻克一个个技术难点，攀上一个个行业高峰，一次次定义中国高度，长沙制造不断吸引着世界关注的目光。

2018 年 10 月，世界 500 强企业德国大陆集团与长沙市政府签约，将中央电子工厂、智慧城市和智能出行示范等项目落户长沙。

沃尔玛、西门子、ABB、博世、施耐德、三菱等世界 500 强企业也频频关注长沙，或在长沙布局重要板块。

目前，落户长沙的世界 500 强企业已经超过 150 家。世界 500 强企业数量的增加，是衡量长沙经济外向度的重要标尺。得益于此，世界对长沙的陌生感、距离感，正一步步消弭。锐意改革，扩大开放，主动拥抱世界，长沙经济外向度一路攀升。

2014 年 10 月，中欧班列（长沙）首次开行。物理上的铁路大动脉，将长沙与世界的心理距离进一步拉近。短短 5 年内，电子产品、陶瓷、服饰、机械配件、化工、纺织品、食品、钢铁等制造业企业快速集聚长沙，继而走向世界。

如今，中欧班列（长沙）已有运营线路 11 条。多条线路如明斯克、德黑兰、蒂尔堡、布达佩斯等已进入常态化开行。

车来车往，班列沿途的杜伊斯堡、塔什干、莫斯科、汉堡、华沙、明斯克、布达佩斯、德黑兰、蒂尔堡等欧亚城市，也感受着长沙制造的魅力。

轨道上的列车将地球的两端连接，蓝天上的航线把世界串成一个整体。

截至目前，已有 56 家航空公司（其中外航 23 家）在黄花机场执行 195 条定期客货运航线，通达国内外 112 个机场。

和 2018 年冬季航季相比，黄花机场新增至内罗毕、名古屋、加德满都、斯里巴加湾市、静冈、槟城、济州等 8 个国际或地区航线。

航线增多的同时，是人流、物流、资金流、信息流在长沙的加速汇聚，让长沙制造业的发展内修于心、外化于行。

“要努力占领世界制高点，掌控技术话语权，就要加大投入、加强研发、加快发展，让长沙制造业在世界舞台上长袖善舞，参与全球竞争。”历届市委、市政府始终坚持工业立市、工业强市的方向不动摇，一以贯之走新型工业化之路，推动实体经济迈向高质量发展。

2013 年，中国提出共建“一带一路”倡议，对长沙乃至湖南而言，这是一个走向世界的历史性契机。

两年后，湖南以长沙为节点城市，重点实施装备产能出海等“六大行动”，建设 82 个重大项目，总投资 3600 多亿元，将湖南打造成“一带一路”的重要腹地和内陆开放的新高地。

6 年来，长沙在“一带一路”沿线建设了东帝汶农业高新技术开发区、中白工业园、北欧湖南农业产业园、埃塞·湖南工业园等海外园区。

长沙制造业，尤其是长沙工程机械产业等龙头企业的崛起，用自主研制、推陈出新的国之重器，不仅填补国内空白、打破国际垄断，更让世界为之一振。

三一集团将三一装备卖遍全球，并在美国、德国、印度、巴西设立了四大产业研制基地，以及覆盖非洲、亚太、中东、拉美等地区的十个销售大区。

中联重科借助“本地化”海外发展战略，让中联重科品牌在海外深获人心，成为越南、新加坡、菲律宾、马来西亚、印尼、泰国、伊朗、哈萨克斯坦、巴基斯坦等国家的“宠儿”。

“一带一路”倡议提出后，山河智能在沿线重要节点的布局速度明显加快，先后建立越南、柬埔寨、老挝、印尼、新加坡、马来西亚等子公司，静力压桩机在东盟市场占有率一直排名第一。

铁建重工“出海”时间虽晚，但成为国产盾构机品牌的典范，不仅占据国内行业第一的地位，更将盾构机“掘进”土耳其、斯里兰卡，再扩展到俄罗斯、韩国和印度。

位于长沙高新区的安克创新，用 7 年时间成长为国内营收规模最大的科技型跨境出口品牌企业之一，目前 98% 的业务来自海外市场，拥有 100 多个国家和地区的 3000 多万用户……

从太平洋东岸美国到地中海东岸土耳其，从印度洋南岸澳大利亚到北冰洋南岸俄罗斯，长沙制造业的身影遍布全球。

这是长沙制造业在世界竞争中打下的“一片江山”，也是长沙制造业融入世界经济的必然格局，更是在中国推动构建人类命运共同体进程中，担当的应有使命、贡献的长沙力量。

品牌塑造之路

如今，长沙“智造之城”的城市品牌，已成为对外展示的一道最靓丽风景

放眼全球产业之林，已有长沙之席；放眼全球城市阵列，已有长沙之位。

有颜值、有实力、有品质的“智造之城”，正散发出无穷魅力，展现在世界舞台的聚光灯下。

这其中，最具代表性的，就是长沙地下装备制造业。

1953 年，我国开始筹建第一条地铁。但修建地铁是一项非常复杂而且庞大的系统工程，这对于百废待兴的新中国来说，是个极大的挑战。

为了圆国人的地铁梦，我国请来了 5 位苏联专家帮忙。然而，随着当时国际局势的风云变化，苏联专家全部撤走，只留下了一句话：“没有我们的帮助，中国人不可能修建起自己的地铁。”

这句话，犹如一根尖刺，扎在了中国地下装备制造者的心里。

时光飞逝，斗转星移。

2017 年 6 月，5 台全新的能够抵御极寒的盾构机，从长沙的铁建重工正式出厂，它们穿越太平洋、北冰洋，经陆路转运，于 2017 年底全部顺利抵达莫斯科施工现场。

随后，这批盾构机成功钻入莫斯科的地层深处，开足马力向前掘进。

今年 8 月，中国铁建承建的莫斯科地铁第三换乘线西南段阿米尼至米丘林盾构区间右线顺利贯通，整套盾构施工方案有效破解了 4 项重大风险源。

中国在欧洲首个地铁工程，博得满堂喝彩。

俄方以当地家喻户晓的电视剧《爸爸的女儿们》中 5 个女儿的名字，为这 5 台盾构机命名为玛利亚、达利亚、加丽娜、波丽娜和叶甫盖宁。

“俄罗斯专家对我说，以前是我们帮中国修地铁，现在是中国帮我们修地铁，这种变化很大，中国很了不起!”每当提及此事，铁建重工党委书记、董事长刘飞香的自豪之情就溢于言表。

今年央视《对话》栏目在长沙录制，刘飞香现场展示了一张图纸。

“这个编号001的图纸，就是我们铁建重工第一台盾构机的设计总装图。”刘飞香回忆说，“我们开始进行盾构机研发设计的时候，技术全部掌握在国外公司的手中，所以研制过程蛮艰辛的，办公楼还没有建好，工厂也没有建好，大家加班加点，玩命地工作，不到一年的时间我们就把盾构机研制成功了。”

北上能破冰，南下可碎岩。

今年11月，由铁建重工自主研制的3台出口印度的盾构机在长沙通过工厂验收、顺利下线。

其中，一台超大直径泥水平衡盾构机是目前印度最大直径盾构机，打破了发达国家对海外大直径盾构机市场的垄断，标志着我国大直径盾构机的设计研发能力达到了世界先进水平。

这位“土行孙”开挖直径12.19米，整机长度80米，总重量2300吨，装机功率7280千瓦，具备350米水平转弯能力和50‰爬坡能力，它将服务于印度孟买沿海公路隧道的建设。

在验收过程中，印度客户邀请的英国专家对铁建重工研制的盾构机竖起了大拇指，说道：“很好，这是我见过最好的隧道掘进机！”

人类对地下的探索，除了基础设施建设外，还有对资源的需求。

然而，大自然对人类的索取，并非总是温柔。

2010年10月，在700米深井之下被困了68天之后，当首位获救的智利矿工弗洛伦西奥·阿瓦洛斯走出搭载舱，亲吻拥抱妻儿的时候，世界上无数双关注的眼睛湿润了。

在他身后的矿井边，飘扬着中国、加拿大、美国等国国旗，不远处围绕在一台履带起重机旁边的工作人员，爆发出了震耳欲聋的欢呼，这一刻是智利的感动，也是中国的骄傲！

时间倒回2个月前，这场矿难引发了世界各国的共同参与营救。

“一切正常！”现场唯一参与救援的亚洲人——三一工程师郝恒，顺手擦了擦额头的汗水，24小时待命的他已经几天几夜没合眼了。

作为救援现场的“左膀右臂”之一，被誉为“神州第一吊”的三一SCC4000型履带起重机，以其独特的设计和卓越的性能，超越其他国际品牌入选救援方案。

完成救援后，当郝恒回国，智利机场的工作人员看到他，纷纷亲切地与他打招呼，嘴里高呼着“谢谢”，还一路把他送到安检口。

在法国巴黎转机时，机场的工作人员也认出了他，执意送给他两盒巧克力作为礼物，表达感谢与敬意。

2010 年 10 月 22 日，智利政商界人士组成的代表团专程访问三一，当看到头戴熟悉的红色安全帽、身穿深蓝色工装的郝恒时，他们像见到亲人一般情不自禁地与他紧紧拥抱。一位获救矿工的家属激动地说：“感谢您把世界最好的技术与产品带到智利，您是我在中国的亲人！”

除了陆地，在海洋深处，长沙制造同样大显身手。

2018 年，一艘托运了 70 亿美元物资的英国货轮，在海上不幸遭遇风暴，最终搁浅港口。

由于体积过于庞大，加上十分沉重，以英国现有的设备，根本无法完成打捞。万般无奈之际，他们先后向美国和日本请求援助，但这两个国家也没能解决问题。

而让英国人没有想到的是，带给他们“奇迹”的是中国人。只用了 3 天时间，“中国设备”就帮他们解了燃眉之急。

这其中就有来自三一重工的起重机。

看似轻描淡写、举重若轻，但在过去，像这类大型履带式起重机基本依赖进口，一台千吨级履带式起重机价格就过亿元，2500 吨级售价高达 2.5 亿元。

为了不再受制于人，三一、中联等多家国内工业集团强强联手，誓要突围突破。

——终于，2009 年 9 月，中联重科举行了 1000 吨履带式起重机隆重的下线仪式，标志着国产超大吨位履带式起重机跨入千吨级时代。

世界经济大潮浩浩荡荡，奔腾向前。站在长沙这艘巨轮的甲板上，遥望远方，“长沙制造”“长沙智造”的城市品牌已为这座城市的未来发展描绘了无限可能，成为这座城市对外展示的最靓丽风景：

这里有长沙机甲铁臂勾勒的天际线——

252 米、461.5 米、632 米、828 米，从尼罗河畔到湄公河岸，从中国到沙特阿拉伯，三一泵车用实力粉碎质疑，一次次刷新混凝土泵送高度纪录。

对三一泵车来说，不是在创造泵送纪录，就是在刷新浇筑高度。

帝国大厦是印度最高的建筑，有 60 层，高 252 米。三一拖泵将混凝土泵送至 215 米，泵送量达 60000 立方米。

迪拜塔高828米，160层，三一泵车把混凝土垂直泵上606米的高度，打破上海环球金融中心大厦建造时的492米纪录。

“三一创造了很多世界第一，来满足工程行业的发展，现在的口号是，你的房子建多高，我的混凝土就给你打多高。”三一重工总裁向文波自信地说。

这里有长沙装备克服的高纬度——

南极的气候特点是酷寒、风大和干燥，年平均气温为零下25摄氏度，极端最低气温曾达零下89.8摄氏度，为世界最冷的陆地，也是世界上风力最强和最多风的地区。

2014年2月，中联重科工程起重机公司QY25V汽车起重机随中国第30次南极科学考察队出征南极，在中山站熊猫码头进行物资卸运工作。极地严寒，长沙设备运转自如。

这里有长沙遨游太空的高精尖——

今年12月7日16时52分，由长沙企业天仪研究院自主研制的天仪TY16/17及天仪TY18三颗卫星搭载快舟一号甲运载火箭在太原卫星发射中心成功发射。这是天仪研究院在长沙成立3年来的第10次太空任务，至此已成功发射18颗卫星。

仰望星空，在离地面数百公里高的地方，18颗“长沙星”正在轨道运行，遨游太空……

高质量发展之路

如今，“外学华为、内学长沙”的赞誉，是对长沙产业生态最好的印证

“长沙?”

“长沙!”

20年前，你若要将长沙放在中国制造业版图上论资排位，人们的第一反应，也许是满脸狐疑。一个工业薄弱的城市，没人记住姓名。

今天，那个曾经弓起身子的问号，早已换成了腰板挺直的感叹号。

既叹为观止，亦感慨万千。

一个原本不起眼的中部城市，过去十几年经济总量的“飙车之路”，已

然是一部制造业发展的逆袭史。

更不用说当前面对交织的结构性、体制性、周期性问题，长沙坚定不移将制造业高质量发展作为关键选择，转变发展方式、优化经济结构、转换增长动力，给人带来的是冲击与深思。

这份力量带来的思考，力透纸背，穿过历史，直击当下，启迪未来。

今年，央视《对话》栏目推出的系列节目“中国产业地标”，将收官之地定在长沙。对话中，这句话让人印象尤其深刻——“我们一定牢记习近平总书记对中部崛起和制造业高质量发展的嘱托，咬定目标，持续发力，为建设制造强国贡献长沙力量。”

长沙制造，长沙力量，长沙高质量发展之路，这其中到底蕴藏着怎样的逻辑关系？

它是笨与巧之间的大智慧。

长沙从不掩饰自己在制造业发展上的“笨功夫”。

“制造业赚不得快钱，不能有短期思维。”省委常委、市委书记胡衡华的话平实而有力量。他同时强调，“必须久久为功、一以贯之、一抓到底。”

平平一言，字字千钧，道破的，是历届党委政府班子“功成不必在我”的接力，是长沙制造一路披荆斩棘的“死磕”，是一代企业家转眼青丝成白发的坚守。

成功从无捷径可走。三一、中联、山河智能……无论哪家巨头，都是历经了百折不挠的发展，才修得今日累累硕果。

罗马不是一天建成的。一任接着一任干，一锤接着一锤敲，长沙市委、市政府才成就了“咬定青山不放松，立根原在破岩中。千磨万击还坚劲，任尔东西南北风”的佳话。

当年，面对工程机械市场需求低迷、产能过剩的漩涡时，长沙亦未有过丝毫动摇；

在“传统制造业的寒冬已经来临”“实体经济无足轻重”等“去制造业”论调甚嚣尘上之时，长沙亦不为之所扰。

政如农功，日夜思之。

2019 年金秋，令长沙主政者“日夜思之”的，是一份名为“长沙制造业高质量发展 20 条”的文件。

它的全称是《中共长沙市委关于深入贯彻落实习近平总书记在推动中

部地区崛起工作座谈会上的重要讲话精神大力推动制造业高质量发展的若干意见》。它在市委全会上横空出世，着眼长沙制造业“十四五”“十五五”“十六五”发展需要，推出了一系列重大目标、重大工程、重大措施。

其中，总目标十分眼熟——长沙曾在第十三次党代会上部署“打造国家智能制造中心”，这次只是多了“率先”二字——“率先打造国家智能制造中心”。

一个“率先”，这是一块自我加压的砝码，更是一种矢志不渝、接续奋斗的精神。

“长沙制造业高质量发展20条”将目光投向16年后，明确通过实施七大工程和20条措施，到2035年，“形成1—2个世界级先进制造业集群”“制造业综合实力进入全球先进城市前列”。

没有锲而不舍的量变，就没有水滴石穿的质变。

一路走来，凭着一股子长沙人的“犟脾气”“笨功夫”，驰而不息、无惧无悔，才成就了今天的“长沙制造”。

它是新与旧之间的大决心。

制造业由大变强的必由之路，是智能制造。

长沙积蓄发展新动能、提升核心竞争力的关键之策，也是智能制造。

坚持“两手抓”，长沙推动企业“入规、升高、上市”和智能化改造“扩面”，激发内生动力，形成集聚效应，把产业智能化、智能产业化推向更高层级。

“巨无霸”深度拥抱国内国际两个市场，“老树发新芽”重回历史最好水平——

三一新投资220亿元建设智联重卡项目，同步落地道依茨柴油发动机、柴油发动机关键部件、三一重卡驾驶室等子项目，将成为智能制造的全球样板。

中联投资1000亿元建设中联智慧产业城，建成后将成为工程机械行业国际领先的、规模最大的单体园区，成为环保、生态的高端装备智能制造基地和人工智能研究应用基地。

“小而美”大刀阔斧，由工业1.0到2.0、3.0、4.0不断迭代升级——

一瓶酱油，自动化贯穿生产全流程有多达2000个在线传感器，实时数据采集进行检测、诊断、预测与控制优化。

一套家纺四件套，在生产线上15分钟就能轻松出货。

一栋楼几天之内平地而起，盖房子像搭积木，既快速又环保……

主导产业历久弥新，新兴产业也不甘示弱。

眼下，“三智一自主”正借助速度、资本、市场的力量，抢占产业发展制高点。

数字是枯燥的，也是最有说服力的：自启动市级智能制造试点工作以来，长沙获批国家级智能制造试点示范和专项 27 个，数量在全国省会城市中排名第一。

它是快与慢之间的大生态。

长沙的快，有目共睹。

“进门递资料，出门当老板。”“雨花区在全省率先推出”“一号申领、一厅受理、一套材料、一次办结”的并联式集成办理服务新模式，使得开办企业“一日办结”成为现实，开创了“雨花速度”。

长沙智能终端产业园比亚迪工厂项目从签约到首台华为手机下线仅用 70 天，再次刷新“望城速度”。

三一智联重卡项目所需 2000 亩地，仅用 42 天就实现拆迁腾地，见证了项目拆迁的“长沙县速度”。

荷兰夸特纳斯项目从签约到建设不到 90 天、征拆仅用 19 天，亮出了“金霞速度”。

全市平均每 2. 8 天引进一个投资额 2 亿元以上的产业链项目，比去年提速 0. 2 天。

……

有爆发力的速度源自哪里?

它来自头脑的战略定力，不能这山望着那山高。

它来自手上的慢工细活，产业生态需要悉心培育。

不妨聚焦智能网联汽车这片产业“热带雨林”。看它如何经过精耕细作，既能让“大象”起舞，也能让“蚂蚁雄兵”穿梭——

培植肥沃“土壤”，建成了国内已投入运营的顶级智能网联测试区，并成功获批国家级。

导入明媚“阳光”，长沙发布《长沙市关于进一步促进人工智能产业发展的若干意见》和以《长沙市智能网联汽车道路测试管理实施细则（试行）V2. 0》为核心的 6 项管理规程，辅以人才、创新等优惠政策。

引得充沛的“雨露”，有长沙智能驾驶研究院等项目为产业赋能助力，有长沙电网供电能力提升“三年行动计划”（即“630攻坚”行动）为企业激活潜能……

今年9月6日，在中德两国总理的共同见证下，湖南湘江新区管理委员会与舍弗勒集团在北京人民大会堂签署合作框架协议。时隔4天，9月10日，华为也将目光锁定长沙，携手湖南湘江新区共建智能网联汽车产业云。

长沙拥抱自动驾驶之城，产业生态每一天都更充沛繁茂、更丰富多样。

车载及路侧通信设备方面，引入华为；自动驾驶底盘及线控转向方面，引入舍弗勒；人工智能处理器方面，引入地平线；传感器方面，引入大陆集团；云控平台方面，引入启迪云控；自动驾驶特种车辆方面，引入桑德新能源汽车、酷哇中联、希迪智驾……

水美则鱼肥，土沃则稻香。

放眼全市，长沙以22条产业链为抓手，深耕细分领域，通过“四长联动”工作体系，打出了产业的“组合拳”，发挥了政策的“协同力”，便有了效果的“能见度”。

“链长牵总”推进产业链。市领导担纲22条产业链“链长”，既挂帅又出征，千方百计推动产业链高质量发展。

“盟长搭台”聚集创新链。借助产业联盟、技术联盟、产销对接会等，推进平台企业共性技术难题突破、科技成果转化。

“校长支撑”打造人才链。发挥在长高校科研人才优势，推动“产学研政金”协同发展。

“行长帮扶”壮大资金链。市产业链办公室积极对接长沙银行等金融机构，搭建融资桥梁，有效解决了拥有产业链关键技术的企业在快速扩张阶段的资金紧张难题。

你若盛开，芳香自来。“外学华为、内学长沙”的赞誉，便是对长沙产业生态最好的印证。

它是虚与实之间的大担当。

一个制造业大市，必然有一个庞大的工程师群体奋斗于此。

近三年，包括他们在内的20万以上年均新增人口，都是长沙“温柔房价”的受惠者。

一座城市缘何自断财“路”？这条“路”，可从无样板啊！

的确，不赚卖地的“快钱”，反倒主动“限地价、限房价”，听起来不可理喻，但长沙决策层心中自有一杆秤——虽然从短期来看影响了财政收入，是一种“劣势”，但从长期来看抑制住了房价的非理性上涨，对实体经济尤其是制造业高质量发展大有裨益。

走在抑制房价“虚火”、做大实体经济、做强制造业这条路上，目前长沙财政对土地的依赖不到40%。中指研究院发布的今年11月“百城价格指数”显示，长沙房价在省会城市中继续排名靠后。

一座产业强市，必然有一群坚守实业的企业家群体为此奋力托举。

多年来，长沙市委书记每年邀请民营企业家进行一到两次的面对面交流，已成为常态。这不仅打开了一扇政企间畅所欲言的大门，更坚定了大家实实在在、心无旁骛坚守实业的决心，提振了抢抓机遇大发展的信心。

165.5亿元，这是截至9月全市累计新增减税降费额。据国家税务总局长沙市税务局统计，其中制造业新增减税降费48.5亿元，在各行业中新增减税幅度最大。

一个“最大”，体现出长沙市委市政府“实实在在”的执行力，更折射出企业和企业家“满满当当”的获得感。

笨与巧，新与旧，快与慢，虚与实……

独立而不对立的存在，简约而不简单的关系，神奇的变量组合在长沙制造业高质量发展中不断演绎着精彩，这是一个基于现实的关键大选择，更是一个面向未来的智慧大抉择！

长沙制造，高质量发展的车轮，正滚滚向前。

【感言】

“长沙制造”的速度与激情

伍　玲

机器，是人类工业文明的产物。冰冷的外表下，却赋予人类创造未来更多的可能性。

当世界各国开始从简单的机器换人迈入智能制造之时，中国也顺应世界潮流提出了“中国制造2025”战略。

时代潮流、产业升级、高质量发展，都是这场“产业革命”爆发的诱因。

“敢为天下先”的长沙，自清末民初以来，就未曾在时代洪流中缺位。近几年中，长沙智能制造潮涌湘江，拥有国家级智能制造试点（专项）27个，推动智能制造“长沙模式”蜚声全国、甚至在全球市场大放异彩。

智能制造的发展也带动城市经济体量的持续攀升——在长沙实施智能制造战略的过程中，长沙GDP在2017年突破万亿元，并改善和优化着长沙产业结构的面貌——由“一业独大”向“多点支撑”转变。

面对长沙这一翻天覆地的变化，我们如何立体式、有层次地呈现，又要闪烁着金属的光泽和智慧的光芒，考验着采写团队的每个人。

于是，我们提前2个月筹划，多次召开头脑风暴会，搜集十余万字资料，与多位长沙企业家对话，探寻智能制造在长沙扎根、蔓延、席卷的痕迹。

可喜的是，每一次的搜集、每一次的对话，让我们加深了对长沙智能制造的认识，看到了智能制造正在改变着产业、改变着生活，也改变着我们的未来。

在自我突破之路、拥抱世界之路、品牌塑造之路、高质量发展之路四个章节中，我们对已有资料和采访笔记去芜存精，揉碎再造，以细腻的笔触，鲜明的观点与生动的故事相结合，展现了长沙制造业的崛起壮大，以及智能制造在长沙波澜壮阔的发展之路。

在电影中，被注入人类思维和意识的机器人，曾一度让我们“谈机色变”。

如今，机器的大量应用正让我们的经济变得更智能、生活变得更便利。

我们也坚信，智能制造，就是长沙的未来。

长沙晚报
CHANGSHA EVENING NEWSPAPER
国内统一连续出版物号：CN 43—0002
第16047号 今日16版
零售2元
2019年12月30日 农历己亥年 十二月初五 星期一
党的权威 / 人民的晚报
封面 长沙晚报网站 www.icswb.com 晚报热线 96333
掌上长沙
责编／王珂 美编／易昊 校读／唐英

致敬，长沙制造

——长沙晚报2019年度年终特稿

长沙晚报全媒体记者 李万寅 苏毅 凌晴 伍玲 陈登辉

10秒，一件铝轮毂制成；
80秒，一台发动机面世；
5分钟，一台挖掘机下线；
1小时，3.6万瓶酱油灌装；
1天，6.1万台手机诞生；
1年，一个企业营收破千亿元；
……

当金属的光泽与智慧的光芒交相辉映，当机器的轰响与头脑的风暴激荡共鸣，长沙，迎来制造业的高光时刻。

从一片空白到光华灿烂，从没有一个产业到形成五大千亿产业集群，从名不见经传到蜚声全球，新时代的长沙制造，正演绎着践行新发展理念的恢弘大剧。

党的十八大以来，快速崛起的长沙制造，日臻形成自我突破、拥抱世界、引领未来的全新格局，开启了这座历史文化名城高质量发展、全面现代化建设的新征程，赢得行业内外乃至世界的认可和尊重。

发展不设限，未来犹可期。

2020年的钟声即将敲响，在全面建成小康社会决胜之年、"十三五"规划收官之年即将来临之际，回望长沙制造来时之路，展望长沙制造未来之道，让我们道一声：

致敬，长沙制造！

在广汽菲克长沙工厂，机器人远比产业工人多，目前89秒可下线一台新车。 长沙晚报全媒体记者 王志伟 摄

自我突破之路

如今，长沙千亿产业的版图已达7块，其中5块属于制造业

243年前，1776年，瓦特改良蒸汽机，人类社会跨入蒸汽时代，英国开始占据工业文明的中心。

18世纪末19世纪初，第一次工业革命迅速蔓延到欧洲大陆、北美大陆和日本等地，机器大生产时代的大幕徐徐开启，催生了欧洲中心论。

两百年内，世界先后掀起三次工业革命，欧洲建起了历史最长的制造产业链中心。二战结束，美国后来居上，青出于蓝，建立起世界第二制造产业链中心。

无工不富，无工不强。这是经济的规律，也是历史的铁律。尤其是制造业，是国民经济的主体，是立国之本、兴国之器、强国之基。

新中国成立初期，长沙经济结构单一，农业唱主角，工业几乎一片空白。长沙从扶持民族工业、改造私营手工业入手，工业经济迅速恢复至历史最佳水平。

党的十一届三中全会以后，长沙重点发展轻纺工业，轻工业比重开始上升，工业内部比例得到改善。

党的十八大以来，长沙制造业百花齐放，高新产业迅猛发展，工业不断攀登智能制造新高点。

不负人民、不负时代，长沙制造负重前行，向阳而生——

2010年，长沙提出打造千亿产业集群，工程机械产业率先"撞线"；

2011年，食品、新材料两大产业共同跨过千亿门槛，一业独大变为多点支撑；

2014年，电子信息产业加入"千亿俱乐部"；

2017年，汽车产业成为最新一块"拼图"；

加上文化创意产业和旅游产业，如今，长沙千亿产业的版图已达7块。而这其中，有5个属于制造业。

然而，如果把长沙制造的发展放到坐标轴里，它并不是一条平滑上扬的曲线。

2015年年初，长沙气温接近零摄氏度。对于工程机械行业来说，这场寒冬不仅冰冷，而且漫长。

各大工程机械公司陆续公布2014年的业绩预报。与预期相符，净利润普遍出现了大幅度下滑，有的甚至下滑80%。

柳工董事长曾光安是湖南新化人。当时他曾直言："工程机械行业过去十五年只有夏天，没有秋天。现在从夏天突然进入冬天，大家都感到日子不好过了。"

长沙的工程机械产业同样蒙上了一层冰霜，大家心事重重，面色凝重。

三一重工、中联重科等龙头企业元气大伤，巨额亏损、大幅裁员是当时行业的普遍现象。

摆脱困境，摆在面前的只有一条路，那就是高质量发展。

当此之时，国家出台宏大计划，为中国制造业未来10年擘划了顶层设计和路线图，目标是推动中国到2025年基本实现工业化，迈入制造强国行列。

3个月后，长沙怀着舍我其谁的责任心和"人一之，我十之"的执行力，率全国之先发布《长沙智能制造三年（2015—2018年）行动计划》，率先开展智能制造试点示范，提出了"三个30%"的目标，即试点示范企业（项目）运营成本降低30%，产品生产周期缩短30%，不良品率降低30%。

对此大局大势，省委常委、市委书记胡衡华在多个场合掷地有声地表示：对于长沙而言，发展的基础在制造业，发展的优势在制造业，发展的出路还是在制造业。没有高质量的制造业，长沙的高质量发展就难以为继。

曲线的拐点，悄然出现。

长沙"智造大军"从最初的28家，转眼扩充到了668家。

大企业顶天立地，中小企业铺天盖地，智能制造的"长沙模式"蜚声全国。

给你89秒，你能干什么？

刷一下朋友圈？拍一条抖音视频？

在广汽菲克长沙工厂里，89秒，能够下线一台汽车！

走进这座智能化厂房，机器人远比产业工人多。

491台意大利进口柯马机器人，焊接自动化率达到75%；总装车间采用全自动、柔性化合车线体，可实现高节拍自动混流生产。目前生产节拍达到89秒下线一台新车。

与广汽菲克长沙工厂相隔约10公里，是上汽大众长沙工厂。

这是一座年轻的工厂，车身车间里，约900台机器人演奏出飞快的生产节拍。按照上汽大众计算标准，自动化率已接近90%，一分钟就能下线一台合格整车，被称为"分钟工厂"。

流水线上，"不知疲倦"的机器人动作凌厉，精准到位；智能化物流系统自动取件、发货……走进博世长沙，一场数据与机器带来的变革，正在颠覆着传统的生产模式。

需要协作完成的焊线工序，考验着多台机器人的默契程度。传统做法是由工程师掐秒表做计算，再一次次试验调整；而现在有了各环节实时而详尽的生产数据，工程师们能够更加专注于分析和设计，创新和优化生产流程。

这条工业4.0示范生产线与传统生产线相比，生产效率提高30%，质量损失减少30%，换型时间减少30%。

"机器换人并不意味着要减少人力，而是通过机器把人从过去简单、重复的岗位上解放出来，专注于研究分析和服务，从而促进生产效率进一步提升。"博世长沙副总经理李永寿说。

在这三家智能工厂所处的园区里，超过80%的企业实现了生产线自动化部分或全部覆盖。

以智能制造为统领，加快新旧动能转换，这是市委市政府强力推进工作的导向，也是近年来长沙各园区齐步向前的方向。

速度与激情的"大片"，每天都在长沙的大小厂房和车间上演。

2017年11月，长沙提出打造22条工业新兴及优势产业链。

今年上半年，长沙加快推进产业链建设的成绩十分亮眼：平均每天引进一个产业链项目，有4.5亿元投资注入；产业链平均每天实现产值17.2亿元……

"长沙速度"，还在不断刷新着纪录。

今年9月9日上午，位于望城经开区的长沙智能终端产业园，由长沙比亚迪电子有限公司生产的首批华为手机正式下线。

这座湖南最大电子类超级工厂，年产手机4000万台。

而从签约到第一台手机下线，仅仅用时70天。

这些，都是看得见的速度，还有些速度，是肉眼无法观察的。

超级计算机，这不仅是长沙的名片，也是"中国名片"。

1983年12月22日，我国首台每秒钟运算1亿次以上的"银河"计算机在长沙研制成功。

2013年5月，峰值速度达每秒5.49亿亿次的"天河二号"亮相，并先后6次登上世界超算500强榜首。

今年11月21日，在美国丹佛举行的世界超算大会SC上，湖南大学国家超级计算长沙中心天河超算存储系统凭借209.43GiB/s的得分获IO-500总榜单带宽第一名，成为全球最快的存储系统。

同样成为"中国名片"的，还有轨道交通设备，这其中也有长沙的身影。

今年3月，位于长沙高新区的中国通号（长沙）产业园内，一辆100%低地板、5模块有轨电车缓缓驶出，发运至甘肃天水市。

目前，通号车辆的生产基地拥有100%低地板有轨电车生产线、完整的高仿真有轨电车试验线，智能化率达到80%。

与通号生产基地同处湘江西岸的，还有国家智能网联汽车（长沙）测试区。

在这里，我们能体验到的不只是现在，还有未来。

自2016年起，湖南湘江新区打造模拟场景全国最多、综合性能全国领先、测试服务全国最全的智能网联汽车测试区，并获得"国家智能网联汽车（长沙）测试区"牌照。目前，中车、一汽解放、阿里巴巴、三一集团、酷哇中联、百度、京东、霖椤、福田戴姆勒等企业共在测试区开展测试业务1000余场。

今年8月2日，由百度联合中国一汽红旗生产的国内首批量产L4级别自动驾驶出租车Robotaxi-红旗E·界正式公开亮相长沙。

不只是自动驾驶出租车，自动驾驶环卫车、清扫机器人等6款不同款式的环卫机器人已在长沙橘子洲"上岗"；能认路、会避让车辆行人的"超影"无人快递车，在长沙的高校里当起了快递小哥……

坐拥三千年历史文化的古城长沙，以"心忧天下，敢为人先"的精神，正在"智造"加速中，不断实现着自我突破。

未来已来，将至已至。

拥抱世界之路

如今，落户长沙的世界500强企业已经超过150家

亿万年前，板块漂移碰撞，地壳隆起，青藏高原崛起于洪荒之力中；时至今朝，在"工业荒漠"中白手起家，长沙制造业从无到有、从有到强，一片茂盛的"工业森林"成长于智慧之力中。

不沿边、不靠海，身居内陆，开放型经济先天不足。这对长沙制造业走出国门、拥抱世界无疑是一个天然的屏障。

早在1200多年前，正是李唐王朝。

长沙窑出产的釉下多彩瓷，源源不绝地跟随我们的先辈，从铜官古镇扬帆远航，走湘江，入洞庭，越长江，经历大洋中的无数惊涛骇浪，抵达阿拉伯地区。当时的长沙铜官窑，成为产品远销中东的"世界工厂"。

这是祖先留下的优良基因，也是长沙与世界交互的生动篇章。

筚路蓝缕，攻克一个个技术难点，攀上一个个行业高峰，一次次定义中国高度，长沙制造不断吸引着世界关注的目光。

2018年10月，世界500强企业德国大陆集团与长沙市政府签约，将中央电子工厂、智慧城市和智能出行示范等项目落户长沙。

沃尔玛、西门子、ABB、博世、施耐德、三菱等世界500强企业也频频关注长沙，或在长沙布局重要板块。

目前，落户长沙的世界500强企业已经超过150家。世界500强企业数量的增加，是衡量长沙经济外向度的重要标尺。得益于此，世界对长沙的陌生感、距离感，正一步步消弭。锐意改革，扩大开放，主动拥抱世界，长沙经济外向度一路攀升。

2014年10月，中欧班列（长沙）首次开行。物理上的铁路大动脉，将长沙与世界的心理距离进一步拉近。短短5年内，电子产品、陶瓷、服饰、机械配件、化工、纺织品、食品、钢铁等制造业企业快速集聚长沙，继而走向世界。

如今，中欧班列（长沙）已有运营线路11条。多条线路如明斯克、德黑兰、蒂尔堡、布达佩斯等已进入常态化开行。

车来车往，班列沿途的杜伊斯堡、塔什干、莫斯科、汉堡、华沙、明斯克、布达佩斯、德黑兰、蒂尔堡等欧亚城市，也感受着长沙制造的魅力。

轨道上的列车将地球的两端连接，蓝天上的航线把世界串成一个整体。

截至目前，已有56家航空公司（其中外航23家）在黄花机场执行195条定期客货运航线，通达国内外112个机场。

和2018年冬季航季相比，黄花机场新增至内罗毕、名古屋、加德满都、斯里巴加湾市、静冈、槟城、济州等8个国际或地区航线。

航线增多的同时，是人流、物流、资金流、信息流在长沙的加速汇聚，让长沙制造业的发展内修于心、外化于行。

"要努力占领世界制高点，掌控技术话语权，就要加大投入、加强研发、加快发展，让长沙制造业在世界舞台上长袖善舞，参与全球竞争。"历届市委、市政府始终坚持工业立市、工业强市的方向不动摇，一以贯之走新型工业化之路，推动实体经济迈向高质量发展。

2013年，中国提出共建"一带一路"倡议，对长沙乃至湖南而言，这是一个走向世界的历史性契机。

两年后，湖南以长沙为节点城市，重点实施装备产能出海等"六大行动"，建设82个重大项目，总投资3600多亿元，将湖南打造成"一带一路"的重要腹地和内陆开放的新高地。

6年来，长沙在"一带一路"沿线建设了东帝汶农业高新技术开发区、中白工业园、北欧湖南农业产业园、埃塞·湖南工业园等海外园区。

长沙制造业，尤其是长沙工程机械产业等龙头企业的崛起，用自主研制、推陈出新的国之重器，不仅填补国内空白、打破国际垄断，更让世界为之一振。

三一集团将三一装备卖遍全球，并在美国、德国、印度、巴西设立了四大产业研制基地，以及覆盖非洲、亚太、中东、拉美等地区的十个销售大区。

中联重科借助"本地化"海外发展战略，让中联重科品牌在海外深获人心，成为越南、新加坡、菲律宾、马来西亚、印尼、泰国、伊朗、哈萨克斯坦、巴基斯坦等国家的"宠儿"。

"一带一路"倡议提出后，山河智能在沿线重要节点的布局速度明显加快，先后建立越南、柬埔寨、老挝、印尼、新加坡、马来西亚等子公司，静力压桩机在东盟市场占有率一直排名第一。

铁建重工"出海"时间虽晚，但却成为国产盾构机品牌的典范，不仅占据国内行业第一的地位，更将盾构机"掘进"土耳其、斯里兰卡，再扩展到俄罗斯、韩国和印度。

位于长沙高新区的安克创新，用7年时间成长为国内营收规模最大的科技型跨境出口品牌企业之一，目前98%的业务来自海外市场，拥有100多个国家和地区的3000多万用户……

从太平洋东岸美国到地中海东岸土耳其，从印度洋南岸澳大利亚到北冰洋南岸俄罗斯，长沙制造业的身影遍布全球。

这是长沙制造业在世界竞争中打下的"一片江山"，也是长沙制造业融入世界经济的必然格局，更是在中国推动构建人类命运共同体进程中，担当的应有使命，贡献的长沙力量。

下转封二

三

生死危情 赤胆忠心

中国青年

李鹏飞　范亚湘

“知道此行凶险，已抱必死之心，始明不惧之志。如果我命数至此，死在了武汉，请将我的骨灰通过无菌化处理后撒在长江里……”面对新冠病毒的肆虐，27 岁的志愿者郑能量“似那黑夜里的一道光”，正月初一从长沙逆行奔赴武汉，冲到前线硬核抗疫，扛起中国青年的责任，还原中国青年的模样。

一

1 月 27 日，正月初三，武汉“封城”的第五天深夜。因公共交通均已停止运营，偌大的城市浸没于一片寂静之中。

一辆挂着“湘 A”牌照的白色别克小汽车，载着一个刚刚从医院下班的护士缓慢地穿过一条小巷，耀眼的车灯之光划过湿漉漉的夜空，将小巷照得通亮。

“谢谢你，我到家了！”车子稳稳地停在一个小区门口，目送着有些疲惫的护士走进小区，27 岁的司机郑能量伸展了一下双臂，掉转头将车开到了一座立交桥下。

郑能量用矿泉水简单地洗漱了一下，裹着一床薄薄的毯子，在车里沉沉地睡去。这已是他第三夜露宿街头了，“我什么也不去想，因为天一亮就要再次上路。医护人员、患者、市民，只要他们需要，作为志愿者的我就立刻出发。”

街头冷清得让人有些害怕，不时，有救护车呼啸着打身边疾驰而过。

此情此景，完全超出了郑能量对武汉的想象。道路上人车稀少，两旁的所有店面紧闭，虽然已到武汉两天，但人生地不熟的他找不到过夜的落脚点，只能在车里将就。

时间回溯到 1 月 24 日，大年三十。租住在长沙市岳麓区含浦车塘河小区的郑能量一家聚在一起，吃了一顿丰盛的团圆饭。“女友第一次来我们家里团年，这顿团年饭比往年多了好几个菜，摆了满满一桌。”

而远在 300 多公里外的武汉，人们此刻正在进行一场悲怆而坚韧的城市保卫战，面对的敌人，是看不见的传染力超强的新冠病毒。1 月 23 日，武汉累计确诊新冠肺炎病例 495 例，其中包括部分医护人员。为了防控病毒进一步扩散，这座拥有 1100 万常住人口的中南重镇宣布“封城”。

这一天，开启了对武汉史无前例的大拯救，同时打响了人类迄今最大规模遏制病毒的战斗。

“滴”的一声，郑能量的微信群里推送了一条消息：武汉“封城”，亟须招募志愿者……

去还是不去？伴随着窗外淅淅沥沥的小雨，郑能量在床上辗转了一夜。

天亮了，春节到了。

郑能量和家人一道吃了一顿热气腾腾的饺子，开车准备把女友送回衡阳老家过年。去长沙火车南站的车上，女友高秋兰觉得向来活泼阳光的郑能量有些怫然不悦，言语少了，“大过年的，还以为是他舍不得我离开咧，当时也就没怎么在意。”

但是，细心的高秋兰还是感觉到了郑能量的异样，“换在平时，他会看着我过安检才离去。这次他却借故乘高铁的人少，只是将我送到安检大厅。”

南下的高铁进站了。列车刚出长沙，心里忐忑不安的高秋兰接到了郑能量的电话：“我已经上了京港澳高速，去武汉疫区当一名志愿者。”

“为什么要去冒这个险？”武汉因病毒肆虐“封城”，高秋兰早就听说了新型冠状病毒的厉害，但身在高铁上的她对郑能量逆行而去武汉只能无奈兴叹，“他喜欢做公益，做起来爱玩命，不大顾及自己……”

电话那头传来高秋兰嘤嘤的啜泣声，郑能量说话的语气却依然坚定、有力。“这个时候我如果还在电话里劝他不去武汉，不但起不到任何作用，相反还会影响他开车……他明显就是来真的，已经容不得我反对了！”高秋兰明白。

绵绵细雨中，一路北上。郑能量边开车边不断地反问自己：前路未知，是否已做好了迎接一切困难、危险的准备？“其实，我也有些怕，不是怕死，而是担心病毒藏身，今后祸及家人……”

车过京港澳高速羊楼司收费站，进入了湖北境内。郑能量把车泊在服务区，掏出手机，微信里除了拜年的信息外，就是女友和家人、朋友的一连串问号：那是病毒，安全吗？你可以不想我们，但想过自己吗？你得告诉我，这是为什么？……

郑能量按摩了一会紧蹙的眉头，清点了一下车上携带的物品和装备：6粒拉米夫定片、6粒依非韦伦片、30粒维生素C、120粒维生素B族、3根生命吸管、1把折叠军刀、1把长剪、4个打火机、1000克葡萄糖……

清点完毕，深感此行凶险叵测的郑能量在微信朋友圈写下了一条近乎“疯狂”的“生死状”，算是给家人、女友和关心他的人们一个完整的交代：“忠孝自古难全，我郑能量决定进入武汉疫区做一名志愿者，自愿接受最脏最累的一切工作，哪怕就是扛尸体，这都是我的选择……请放心，我定会在武汉尽绵薄之力的同时保护好自己，不给医护人员添麻烦、不占用医疗资源，会在自救的同时再救人。我自己具备一定的医疗、护理、生化知识，如果不幸被感染，紧要关头，我会自行了结生命以避免病毒扩散。我的行为所导致的一切后果，皆由我郑能量自己承担，与其他任何组织或者个人无关。作为一个中国青年，我不怕死，只怕今生有憾……知道此行凶险，已抱必死之心，始明不惧之志。如果我命数至此，死在了武汉，请将我的骨灰通过无菌化处理后撒在长江里，让它漂回湖南，以此报答、陪伴我的家人、老师、朋友，还有我的祖国、理想。”

郑能量的文字也许不优美，甚至略显粗糙，但必然是发自内心的诚实独白。这种诚实最值得信赖，也最让人心安。当人们还处在对新冠病毒的无知而滋生的惊惧之中时，郑能量却用行动和大白话宣告什么是生命的尊严，什么是中国青年的热血与担当！因而，郑能量的“交代”出来后，他周围的人们对于病毒的恐惧刹那间减弱了。这个普通的长沙伢子即将直面生死，他那由内而外散发出的火一样的青春力量温暖着疫区的人们，也鼓舞着忌惮病毒的人们去诚实地面对病毒、战胜病毒。

路边的风景一闪而过，车子继续北上。蹙额舒展，郑能量紧绷的身体轻松了许多，踩在油门或刹车上的脚格外平稳。

二

1 月 26 日凌晨 1 时许，郑能量顺利地进入了武汉市区。

满城皆是高楼林立、霓虹闪烁。不尽长江波浪滚滚，两岸的霓虹折射到江水中，泛起层层彩色的涟漪，江城武汉美丽得仿若童话里的城市。然而，一场突如其来的新型冠状病毒肺炎疫情，似是给武汉按下了暂停键。烟雾蒙蒙的江上，空空荡荡的街头，安静得令人心痛。

“长江我来了！武汉我来了！”郑能量对着空旷的长江猛吼了一声。此刻，他意识到了即将面临的必是一场大战，也是人生的一次大考。只要踏上征程，就意味着同时间赛跑，与病毒较量，争分夺秒，不分昼夜。

枕着江涛，郑能量在车上蜷缩了一夜，天刚亮，他开车跟着导航到了附近的一家医院。谁需要帮助？不知道该如何联系需要帮助的人，郑能量只好采用去医院门口蹲点这个最原始的“笨方法”。

“我是从长沙来的志愿者，您需要帮助吗？”每遇到一个医生模样的人，郑能量就会主动上去询问。功夫不负有心人，他接到了第一单：送一个下班的男医生回家。

“8 公里多的路程，我跑了二十来分钟，等到达目的地时，后座上的医生已经睡着了。”郑能量不忍心叫醒酣然入睡的医生，是的，在与病毒的这场艰巨的拔河赛中，每一个医护人员都在牢牢地拽着绳子这一端，他们那么使劲、用力，实在是太辛苦了。

医生下车后，郑能量又把车开回了医院门口。由于他只是戴着一个口罩，而且不懂得询问技巧，又操一口长沙话，很多被询问的人远远地避着他。郑能量没能再次接到单，夜幕已经降临，他只得恹恹地将车开到一个僻静的地方去休整。

第一天的奔忙，让郑能量深切体会到了身边的压抑气氛，以及莫测的风险和无边的孤独。既来之，则安之。天一亮，郑能量就给车消了毒，开到医院门口继续蹲点。

这次，他很幸运，遇到了一个武汉当地的志愿者，并加入了其所在的武汉抗疫公益志愿者联盟 123 志愿车队。“就像一个散兵游勇找到了组织。”在这座陌生的城市里，郑能量不再孤单。

在微信群里，郑能量随时准备着接受各种任务：帮助有需要的市民出行、接送医护人员上下班、运送医疗物资……“我很自豪，成为一名抗疫的摆渡人!”

为了接到更多的单，郑能量一口气加入了好几个志愿者群，同时经常在各医院、酒店群推送自己的信息：“大家好！我是中国青年郑能量，是一名从长沙来的志愿者……如果您需要出行，我将免费为您服务，我的电话号码是……”

疫情前期的武汉的确非常危险，时刻有被感染的可能，这让志愿者们的行动难上加难，他们在精神上、物质上、体力上都面临着前所未有的挑战。但是，志愿者们毅然选择了向险而行，可以这样说，郑能量的每一次点火、踩油门，都是一次逆行。

正常情况下，市民如果有用车需求，会将求助信息发到志愿者微信群内，不到半个小时就会有人接单。一次，郑能量所在的群里接到了家住蔡甸区的一个女孩的求助信息。那个女孩的妈妈患了癌症，一直在做化疗，这次却因疑似新冠肺炎而急着要去医院做检测。

好几个志愿者都不敢接，大家都清楚，这是极度高危的病患，上谁的车，谁就有可能“中标”。“当时我正跑在武昌区的路上，我想，如果我拒绝，她妈妈很有可能就会死在家里，一家人都可能感染上病毒。”郑能量的内心也有过犹豫、挣扎，但他还是果敢地去了蔡甸区。

与疑似患者、医护人员接触，特别是运送新冠肺炎病逝者遗体，被感染的风险要比平时跑单高出好几倍。2 月 3 日，同为武汉抗疫志愿者的司机何辉，就因感染病毒经抢救无效离世。许是这个原因，郑能量在志愿者群里发现，运送新冠肺炎病逝者遗体的单几乎没人敢接，不少司机都会害怕、忌讳。

“不论病逝者是什么身份，我们都应该尽力让病逝者最后的时刻拥有尊严。”抱着这样的信念，郑能量将年前新买的车卸掉后座，多次把新冠肺炎病逝者遗体运送到殡仪馆。“家属也害怕接触遗体，没有办法，我只好上去一起抬。每逢这时，我根本就没有时间去多想，有的只是悲痛。因为我知道，那个袋子里包裹着的是一个完整家庭的破损。当然，做这些的前提是我一定要保护好自己，因为我还想帮助武汉更多需要帮助的人咧……不过后来好了，这些工作都交给专业人士去做了。”

当然，每一次出行不见得只有危险，有时，背后就隐藏着一个质朴的动人故事。郑能量说，一次，他接到一位医生的求助，她一直奋战在武昌区一家医院抗疫最前线，她的丈夫不幸感染了病毒，住在江夏区的一家医院。因抽不出时间去探望丈夫，她只好委托郑能量给丈夫送去一套洗漱用品。“从武昌到江夏，跑了足足 57 公里。但这趟下来，我真的好开心。我带去的何止是洗漱用品，难道不正是人间的温情吗？即使在灾难面前，情依旧，爱依然。”

三

在这场没有硝烟的战斗里，许多中国青年在践行着爱的理想和使命，“早一秒送到，多一分希望！”与武汉的人们同呼吸、共命运，唯有坚持、坚定、坚守，因为除了胜利，别无选择！

虽然疫情凶猛，但并不只有郑能量一个人在战斗。武汉当地的热心人士听说郑能量的故事后，主动为他提供住宿，并支援能量补给和防护装备。他和一个武汉当地青年创建的 007 救援车队，从最初的两个人，发展到了近百名司机、30 多名后勤人员。

“总有人问我，做志愿者图个什么？我也不知道我图什么。我一直在想，作为一个中国青年，在这种时候，能做点什么就做点什么。我要用我的车护送他们平安抵达战场或者温馨的家园。”郑能量的心里有热血，身上有股火，肩上敢担当，站直了就坚挺，似一个披甲执锐的战士，唯有向前！

难道郑能量真的不怕吗？

“知责任者，大丈夫之始也；行责任者，大丈夫之终也。”面对汹涌的病毒，没有一个人不怕。郑能量也是肉体凡胎，但就是怕，还得挺上去！

不完全是因为勇猛，而是因为一个中国青年的使命！在最危急的关头，秉持一颗赤诚的心，直立在最前沿，咬紧牙关坚守着不低头、不退缩，用生命坚毅地守护生命。

没日没夜，即便铁打的人也会疲惫不堪，但郑能量无论干什么都开开心心、认认真真去做。“我不但要为武汉出力，还要让经受病毒侵扰的人看到我年轻的笑脸。只要我们都在，武汉就会有热度。”正是有大量郑能量这样的中国青年的坚守和奉献，“封城”后的武汉人不再焦躁、恐慌，同样能享受到阳光的温暖。

“我记得清清楚楚，那天武汉下着鹅毛大雪。”郑能量的微信群里突然来了一个求助的信息，“她是一名与我同龄的护士，是第一批因感染病毒而离开战场的战士。她说她在医院住了20多天，现在已经康复可以出院了，问有没有人愿意送她回家。当时我的防护装备还不齐全，只有一个一次性口罩。说实话，我也有些担心，毕竟不知道她的身上带不带病毒。但我还是发动了汽车，因为在那样寒冷的大雪天，我不想让一个刚治愈出院的战士心寒……接到她时，我瞬间震惊了，她竟然一个人从医院里走了出来，神态是那样从容、淡定。上车后我问她，你身体恢复后最想做的一件事是什么？她莞尔而笑，说：‘我想再上前线，和战友们一起从病毒手里抢回生命！’听完这话，顿时觉得我郑能量实在是太微不足道了，我在武汉所做的一切真的不好意思提起，这也是我不太愿意接受媒体记者采访的原因。在武汉，有很多像这位护士一样的中国青年，他们不惧危难，忘我地和病毒争夺时间、挽救生命！他们不求回报，用坚实的臂膀保障着‘封城’后千万武汉人的日常生活所需。”

“不要以为在武汉做志愿者只有苦和险，这其中也有委屈、尴尬。”那天，为了将新疆捐赠的两万箱乳制品及时转运到一家方舱医院，郑能量和队友们从早上一直忙到下午4时，”刚扒了几口中饭，微信群里就有了一条新的求助信息：一个身在一线的护士紧急请求援助卫生巾。在场的几位队友年龄都比我大，齐茬茬地推荐我去完成这个任务。我开着车到附近的超市买了几包卫生巾，结账的时候，那个收款员女生怔怔地看着我，‘刷’地一下，我的脸热烘烘的。不过，当我把卫生巾送到护士的手里后，她立刻给我的微信推送了一首歌："灿烂星空，谁是真的英雄？平凡的人们给我最多感动……"

郑能量从不忌讳说出曾经有过的苦闷和彷徨，但不管什么时候，他都会乐观地去面对，"没有怨恨，唯有积极地去争取、创造。"

1993 年，郑能量出生在长沙雨花区的一个低保家庭，母亲长年身患重病，父亲又不在身边，他自小由外婆带大，甚至因为贫困而没能读完初中。"辍学后，我就去街上擦皮鞋、做搬运工，尽己所能生存下去。"同时，郑能量时刻想重返校园，"一个初中都没毕业的人，能够做什么？"他边在街头擦皮鞋，边自学了初中和高中的课程，"2013 年 6 月，我通过招生考试，考入了湖南工业职业技术学院，接着，我又考上了湖南第一师范学院，完成了本科阶段的学习。"

在郑能量看来，如果没有社会的救助和众多好心人的帮助，他的人生不可能迎来这样的转变。每年，学校都会给他发奖学金和助学金，让他一门心思读书。"大三那年，我决定把名字改为'郑能量'，这样就能时刻提醒自己，有了社会的关爱，才会有自己的今天！我想以这样的名字，激励自己给社会带去更多的正能量！"

大学毕业后，郑能量成了湖南建工集团的一名员工，"每天在项目上与那些农民工打交道，我特喜欢他们身上的那种质朴。人应该懂得回报社会，国家有难，我自然不会去做看客，而想做一个温暖、有力量的人，尽最大的努力做一些力所能及之事。"

疫情之下，每一份温暖，莫不是一盏灯，每一个温暖的人，莫不是传灯者。对于郑能量来说，逆行去武汉做一名志愿者就是出于他的本能。"我没想太多，只是想这是我需要去做的事。这次战'疫'对我们青年是一个难得的锻炼机会。当年'非典'时我们还小，是受保护的对象，现在我们已经长大了，可以扛起中国青年的责任，担当家国天下。"

四

时间飞驰，不知不觉，郑能量到武汉已近 40 天，似上紧了发条的陀螺，不停地在武汉打转。他和他那挂着"湘 A"牌照的白色别克小汽车，不知疲倦地奔行在江城的大街小巷，成为街头一道靓丽的风景。

武汉是一座英雄的城市，更是一座有温度的城市。

来到武汉的第二天，郑能量就体验到了“被爱”的感觉。这天，武汉下着大雨，夜深了，奔跑了一天的郑能量正饿着肚子，一位市民瞒着家人，冒雨给他送来了一碗武汉热干面。离开时，那位市民说了一句地道的武汉话：“不七东西身子亏得很（不吃东西身体容易累）。”这是郑能量第一次听到正宗的武汉方言，也是第一次感受到了武汉的温情。

有一次，郑能量送一位军队医院的护士去上班，当时是早上 7 点不到，他有些“饥寒交迫”的感觉。这位护士上车后，拿出一个煮熟的鸡蛋递给他，说那是她家里最后一个鸡蛋了，“七（吃）了填下肚子。”而且，护士比划着胜利的手势，主动和他在车上拍了一张合影。这是他来到武汉后，拍下的第一张合影，“我会珍藏一辈子”。

1 月 29 日，收工后的郑能量给车子做全面消毒，在车内发现了一个装着 200 元钱的红包。这是谁留下的？郑能量想不起了，只好拍照发了一条朋友圈：“您的好意我心领了，但这个钱真的不能拿。”

一位身患癌症的陌生患者，主动添加郑能量的微信，非要给他转 666 元钱；一位感染新冠病毒的老人，下车后送给他一个面包，并告诉他“这个面包没有病毒，你要多吃东西，增强免疫力，中国还需要像你这样的青年”。……如此感动着郑能量的故事还有好多，“那些点点滴滴的光，不断地支撑着我去坚守”。

抗疫犹酣，逆行者郑能量“我不怕死，只怕今生有憾”之悲壮誓言，令无数人泪奔。只要一提到抗疫逆行者，人们自然而然地就会想到郑能量，新华社、人民日报、中央电视台等媒体多次报道其抗疫事迹。

“少年强则国强。”郑能量这个长辈眼中的孩子，却冲在了抗疫前线，“这就是一个中国青年该有的模样”。他若前行，便是中国历程；他若屹立，就是中国脊梁；他若讲述，则是中国故事。

这辆“湘 A”的牌照在武汉大街小巷穿梭，这是一名逆行来到疫情暴风眼的外乡来客……“90 后”的热血在涌动，奉献的情怀没有地域隔阂。他的名字叫郑能量，一份奖励，实至名归！2 月 9 日，阿里巴巴天天正能量授予郑能量“天天正能量特别奖”，并颁发 2 万元奖金。

2 月 17 日，湖南省国资委对郑能量赴武汉新冠肺炎疫情防控一线开展志愿服务的情况进行通报表彰，号召省国资委系统广大干部职工向郑能量学习。

2 月 25 日，腾讯基金会给郑能量捐助 5 万元的战“疫”人物慰问金。

“你是我们湖南建工 3 万员工的榜样！我们是你坚强的后盾！”郑能量的工作单位湖南建工集团党委书记、董事长叶新平为他手书一封，给他加油鼓劲。

“逆险而行的你是我心里最明媚的阳光，唯愿疫情早点结束，你能安全回归，别无所求。”女友高秋兰只希望“亲爱的他”平安回到身边。

如今，郑能量和其他志愿者们，仍然不舍昼夜地在抗疫一线逆行。正如一篇报道里所说：“郑能量虽然平凡，但他是一个响当当的中国青年，一个舍身忘我的抗疫英雄，似那黑夜里的一道光。”

3 月 2 日，国家卫健委新闻发言人米锋在国务院联防联控机制新闻发布会上说：武汉疫情快速上升态势得到控制，湖北除武汉外，局部暴发的态势也得到控制，湖北以外省份疫情形势积极向好……

这天，武汉久雨方晴，郑能量一大早就接到了一个求助信息：到武昌区一家医院接一位母亲和新生儿回家。郑能量仔细地给座驾消了毒，穿上一件崭新的防护服，戴上唯一一个舍不得用的 N95 口罩，准时赶到了医院。

回来的时候，车过武汉大学樱花大道，早樱花已经绽放，灼灼的煞是鲜艳。郑能量有意放缓了车速，从后视镜里，他看到后座上的母亲深情地注视着怀中的孩子，笑得如同樱花般灿烂……

久违了，这是武汉人的笑，那么真挚，那么甜蜜。

大颗大颗的泪珠从郑能量的眼眶里滚落了下来，或许，想看到众多武汉人像这位母亲一样开心地笑，就是郑能量当初从长沙逆行来武汉的初衷。

胜利就在眼前，疫情必将过去。郑能量说，接下来他要做的是，用社会给他颁发的奖金和慰问金，去帮助那些因疫情而成为单亲家庭的孩子，早早地在他们心中种下一颗正能量的种子。

【感言】

展现中国青年的责任担当

范亚湘

2020年初，一场突如其来的新冠肺炎疫情成为了人们关注的焦点。3月，疫情新闻成了各大媒体争先报道的重中之重，作为远离疫情风暴中心武汉的媒体人，我只好一边静静地关注，一边等待“具有冲击力的新闻”出现。

“知道此行凶险，已抱必死之心，始明不惧之志。如果我命数至此，死在了武汉，请将我的骨灰通过无菌化处理后撒在长江里……”面对新冠病毒的肆虐，27岁的志愿者郑能量正月初一从长沙逆行奔赴武汉抗疫。湖南乃至全国一些媒体都做了报道，遗憾的是，这些报道不能让我们“提神”，我们觉得，如果仅仅只是从一个志愿者的角度切入，实则是把这个题材浪费了。

长沙晚报社社长、总编辑李鹏飞极具新闻敏感，当人们还在过春节时，他却将郑能量的报道资料完完整整地收集起来转给了我，并说：“老范，你看看这个题材能够写一篇有分量的文章不？”

没敢轻易接这个活，我回答社长说：“我先试试吧。”

仔细读了郑能量的报道，发现大都停留在“感恩”“献爱心”阶段，这样的报道当时媒体上铺天盖地，如何能够打动读者？确实是个大难题。

辗转找到在武汉奔忙的郑能量，我说：“如果你有时间，就请你讲讲你在武汉的所见所闻，我只想听故事，故事讲得越细越好。”郑能量说：“您是唯一一个只要我讲故事的记者！”郑能量还挺能讲故事的，的确，他在武汉所做的事情很感人，他在感动武汉人，武汉人也在感动他。可几个回合下来，我还是有些迷茫，如果我们写郑能量，到底要表达什么？

我把我的进程和苦恼和社长做了沟通，社长说：“我一直在想，这篇文章更多的还是应该通过郑能量的故事，来写一个中国青年是如何冲到前线硬核抗疫，扛起中国青年的责任、担当，进而还原当代中国青年的模样。”

社长一席话，让我茅塞顿开，思路一下子打开了。只用了一个晚上，我拖出了8000多字的初稿。

疫情早已经过去，现在回过头来读《中国青年》，我们还是觉得有一股力量在内心震荡。《中国青年》一稿开了《长沙晚报》乃至党报封面刊发报告文学的先河。“我读了三遍，每读一遍就感动得流泪一遍。”一位评论家如此评价《中国青年》。作品采用平实的笔调，娓娓道来，亲切感人，推出几个小时迅速成为10万+爆款，两天访问量达到40多万，网友留言出现了难得一致的肯定、褒奖。而且，《中国青年》刊发后，我留意到媒体在报道年轻人抗疫时，自觉或是不自觉地几乎都转向到了当代青年的责任和担当上来，仿佛一下子让青年抗疫报道有了筋骨。

报纸是平的，唯有报道可以立起来。

长沙晚报
CHANGSHA EVENING NEWSPAPER
国内统一连续出版物号：CN 43—0002
第16114号　今日12版
零售2元
2020年3月6日
农历庚子年　二月十三　星期五
党的权威 / 人民的晚报
封面　长沙晚报掌网　www.icswb.com
晚报热线 96333
掌上长沙
责编 / 范亚湘　美编 / 王斌　校读 / 唐英

中共中央　国务院
关于深化医疗保障制度改革的意见

1版

胡衡华主持召开市委常委会会议
传达学习习近平总书记重要讲话重要指示精神
研究部署“大干一百天、实现双过半”竞赛活动

1版

“知道此行凶险，已抱必死之心，始明不惧之志。如果我命数至此，死在了武汉，请将我的骨灰通过无菌化处理后撒在长江里……”面对新冠病毒的肆虐，27岁的志愿者郑能量“似那黑夜里的一道光”，正月初一从长沙逆行奔赴武汉，冲到前线硬核抗疫，扛起中国青年的责任，还原中国青年的模样

中国青年（报告文学）

李鹏飞　范亚湘

十七勇士

《长沙晚报》全媒体记者　胡建红　唐江澎　彭放

“中国人总是被他们之中最勇敢的人保护得很好。”无论遭遇什么困境，无论面临什么危险，总有那么一群最勇敢最担当的人，在关键时刻挺身而出。在长沙抗击新冠肺炎的战“疫”中，有17名白衣勇士，直面生死危情，率先扑向最危险的地方，走上没有硝烟的战场，他们用责任和担当、勇敢和智慧、仁爱和温暖，筑起了一道抗击疫魔的生命之墙——

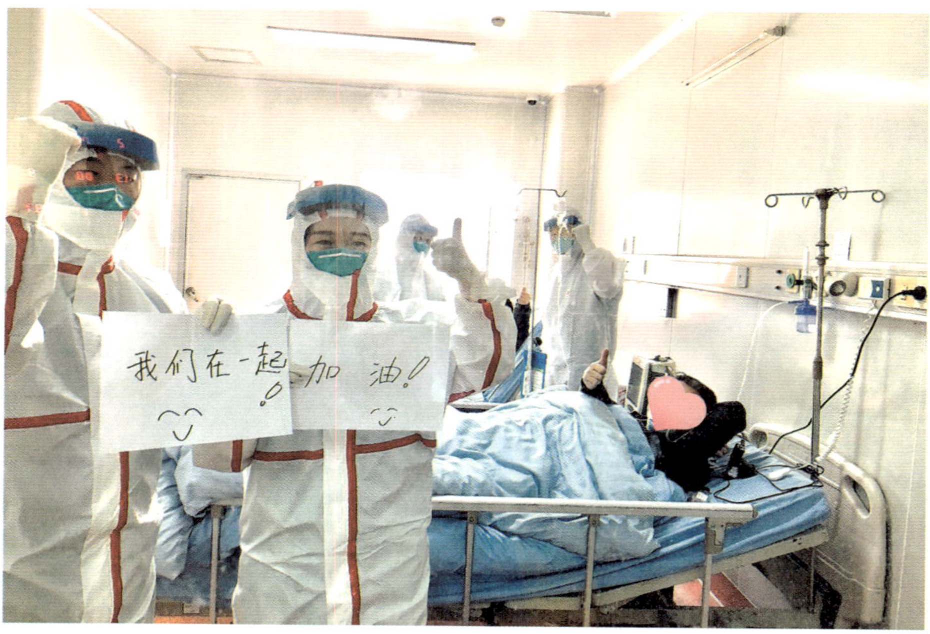

长沙市公共卫生救治中心，医护人员在隔离病房为患者加油鼓劲。

长沙向北，湘江之畔，有一处静谧的所在。这里三面环山，树木葱翠，绿色满目，清幽秀美，让人感觉仿佛是个度假胜地。

这个从外面看起来颇为安静的所在，有一个并不为许多人熟悉的名字——长沙市公共卫生救治中心。可是，正是这里，成为长沙年末岁初最牵动人心的地方！因为，一场与新冠病毒争夺生命的阻击战在这里打响，这个1.4万平方米的院落，成为长沙战“疫”的最前线！

第一批进入这个战场的先遣军，是17名自告奋勇、挺身而出的白衣战士……

“医护人员是守护生命的最后一道防线，我不上前线，谁上前线！”

1月16日，农历腊月二十二，再过两天就是南方传统的小年了。

购年货、挂灯笼、贴春联……长沙的大街小巷到处洋溢着迎接新春到来的气息。如果没有意外，长沙的春节将会像往年一样，在万家团聚的热闹、祥和、喜庆中到来。

然而，就在这一刻，一场“意外”，改变了长沙人过春节的模样！

长沙市第一医院呼吸科副主任周志国主任医师，是长沙最早直面这场“意外”的人。

今年41岁的周志国，出身于医生家庭，从小耳濡目染，立下治病救人的志愿。2000年，周志国从中南大学湘雅医学院毕业，成为长沙市第一医院呼吸医学中心呼吸内科医生。作为一名有着丰富的突发公共卫生救治经验的年轻“老革命”，周志国曾参加过抗击非典的战役，也组织过阻击甲流的战斗。20多年的从业经验，培养了他高度的职业敏感。

2019年12月，武汉出现不明原因肺炎的新闻，从不同渠道传播出来，周志国已经在全国呼吸科、感染科医生交流学习群里，与同行进行经验交流。

2020年1月14日下午，在新冠肺炎疫情还未明朗之时，周志国与长沙市第一医院其他科室主任、护士长、院感专干、医院急救队员共256人参加了医院组织的紧急培训。这场培训如同战前动员，让医院提前进入了备战状态。

当湖南首例输入性新冠肺炎确诊病例出现在长沙时，周志国注定要成为那个冲在最前线的人。

1 月 16 日那天，身经百战、老练沉稳的他，看到急诊科送来的一张肺部 CT 影像图时，心里一沉，面部表情顿时变得格外凝重。

至今过去 50 多天了，周志国还清晰地记得那天的场景：当日快到晚饭时间，连日加班的他准备脱下白大褂回家休整休整。刚上车，急诊科来电话了。电话那头说，下午接诊了一名发热患者，57 岁，姓罗，是从武汉青山区来长沙探亲的，影像学检查结果显示，肺部 CT 显示磨玻璃样改变，片子已通过微信发给周志国，想请他看看。

“发热”“武汉”“磨玻璃影”……这几个刺耳的词，让周志国立马警觉起来。他迅速看了片子，几乎来不及迟疑，马上作出回答：“高度怀疑新型冠状病毒肺炎，建议立即隔离观察，并按规程上报。”

几分钟后，医院组织呼吸、感染等科室的专家会诊。结合患者罗女士来自疫源地的流行病史，专家们一致认为，病人感染新型冠状病毒的可能性很大。院长刘激扬、副院长谢元林当即决定，第一时间对患者予以单间隔离，对症治疗，同时启动医护人员二级防护，并立即向开福区和长沙市疾病预防控制中心报告。

“志国主任，市疾控中心的核酸检测结果出来了，阳性！”17 日上午，长沙市第一医院再次就疫情防控开展培训，刚散会，周志国接到医务部主任陈东的电话。按照有关传染病管理办法规定，省内首个病例须经省疾控中心初筛全基因组测序，并由国家疾控中心复核，才能最终确诊。新冠肺炎是一种全新的传染病，为了保护其他患者的安全，医院领导研究决定，将高度疑似患者罗女士尽早转移至长沙市公共卫生救治中心（长沙市第一医院北院）隔离病房救治。

随着长沙首例输入性新冠肺炎病例的出现，一个必须解决的问题来了：谁来牵头负责组织对患者的救治？周志国，这位有着 20 年党龄的医生，平静但不容置疑地说：“抗击非典和甲流我都参加过，我来！”

确定周志国为隔离病房总负责人后，长沙首支救治新冠肺炎病人的团队随即组建。动员令发出后，“我报名！”“我报名！”成为长沙市第一医院最响亮的声音，呼吸科的来了，重症科的来了，感染科的来了，急诊科的来了……短短1个小时，便有100多名医护人员报名参加首批救治团队。

“疫情面前，医护人员是守护生命的最后一道防线，我不上前线，谁上前线！”这是一位医护人员在报名表上写下的一段话。根据工作需要，医院最后确定包括5名党员在内的17名骨干，组成奔赴抗疫最前线的首批医疗队员。

32岁的儿科护士何洁，娇小的身躯内藏着一个能量巨大的“小宇宙”。2015年埃博拉疫情在西非爆发时，她曾作为中国政府派出的第五批援塞抗疫医疗队队员出征塞拉利昂。接到入选上前线的电话通知时，何洁正在汨罗参加妹妹的婚礼。护理部主任彭立明在电话里要求，14时30分赶到医院开会，准备进入隔离病房，而当时已是13时35分。

“医院的事人命关天，爸爸开车送你！”何洁的父亲向亲家、亲友简单告辞，便载着何洁直奔长沙。

更多医护人员是从临床一线直接奔赴抗疫前线。

“抗击疫情，感染科医护人员理应挺身而出！”感染科9名白衣战士入选首批医疗队，他们中最年轻的护士罗丹萍刚满23岁，原本打算春节回老家结婚，得知入选的消息马上和双方家人商量推迟婚期。

重症医学科护师陈科文来不及告知同在医院上班的未婚妻，就和好兄弟彭威、余泳洋一起匆匆赶去和战友会合。他们说：“男护士更应该带头上战场！”

来不及和家人道别，来不及准备日常用品，简短部署后，周志国带领医疗队员赶赴15公里外的长沙市公共卫生救治中心。

来不及片刻休息，更来不及安顿生活，队员们刚把负压病房调试完毕，转运患者的120急救车已停靠在楼下。

长沙，一场史无前例的抗击新型冠状病毒的战役，由此在有着“长沙小汤山”之称的市公共卫生救治中心打响！

“上战场，谁都有担忧，但将生死置之度外后，还有什么可怕的？”

“这是哪里？”“你们为什么都戴着‘防毒面具’？”“我得了什么病？你们要把我怎么样？”……刚进隔离病房的罗女士感到深深的恐惧，对医护人员提出一个又一个质疑。经过医护人员耐心解释和劝慰，罗女士终于安静入睡。

但对于周志国来说，这注定是个不眠之夜。罗女士有高血压、心脏病、甲状腺功能减退等基础疾病，免疫力低下，从过往的经验来看，年龄偏大、有多种基础疾病的患者病毒感染后死亡率高。而新型冠状病毒是一种全新的病毒，人类对其知之甚少，没有特效药。周志国做好了首仗就是一场硬仗的心理准备。

1 月 18 日，罗女士没有发热，只是下床活动后胸闷稍加重。

“没有突然发生的病情变化，只有突然发现的病情变化。细节决定成败。”研究了当时国内不多的新冠肺炎资料，结合自己多年在临床中总结出的呼吸系统疾病发病规律，周志国要求救治团队密切观察罗女士的病情。

1 月 19 日，感染科副主任医师卢瑾查房时发现，罗女士对医护人员不时地表现出不满和烦躁，她意识到事情可能不简单！卢瑾一边安抚一边认真查看，发现罗女士的呼吸频率明显加快，血氧饱和度下降，立即通知上级医生，并完善床旁 B 超等检查。检查结果证实了她的判断，罗女士肺水肿加重，很有可能诱发心力衰竭。

“交替采用高流量吸氧和无创呼吸机辅助呼吸！随时准备气管插管！”周志国带领几名骨干守在罗女士的病床边，一边关注呼吸机运行情况、患者气道是否畅通，一边监测心率、血压和血氧饱和度，进行精细化的容量管理，减轻肺水肿……4 个小时后，罗女士缺氧状况改善，呼吸逐渐顺畅。此时，周志国的衣服已被汗水浸透，胸部又憋又闷，他意识到这是长时间穿着密不透气的防护服，加上脑力和体力严重透支造成的，他赶紧来到走廊上喘喘气。

走廊外风雨交加，寒风一吹，周志国顿时打了一个寒颤。

周志国望了望远处，突然发现，这个原本热闹甚至有些喧嚣的城市，变得特别安静！

这时，新冠肺炎疫情在全国各地蔓延的消息，一波又一波。疫情最严重的武汉，与长沙距离仅 300 多公里。

医护人员罹患新冠肺炎的消息，这时也不断传来……

周志国不由自主地摸了摸自己的肩膀：在这寒风冷雨中，我们如何承受生命之重？

回头一望，团队成员还在隔离病房中无畏无惧、无怨无悔地忙碌着。

容不得多想！时代的灰尘，落在一个人的头上，即使成了一座山，也要将这座山推开！

一转头，他又回到了隔离病房中。

最让周志国感动的是，他的那些小伙伴们，在危难和危险面前，没有一个人掉链子，没有一个人埋怨半句。

苦，咽在肚里；

累，藏在心里；

泪，和在汗里！

测量体温、查看血压、检查设备……这些常规操作，本来早已驾轻就熟，但对于裹着防护服的他们来说，一切变得笨拙，甚至有些艰难。

大夜班一上就是12小时，进入隔离病房前不敢喝、不敢吃，以免“内急”要上厕所，会浪费一套防护服。一个班下来，N95口罩在脸上勒出了深深的印痕，手套里的滑石粉和消毒液把整个手背捂出疹子，脱掉防护靴，鞋底的袜子都被汗水浸湿。

脱下防护服，人已经疲惫到极点，唯一的知觉就是小腿胀痛、脚后跟痛；唯一的想法就是喝水，大口地喝水！

走上抗疫的最前沿阵地前夕，队员们为了不让家人担忧，大多数只是轻描淡写地交代了一下，很多人还向家人编织着善意的谎言，但随着疫情形势的变化，家人们纷纷了解到了真相。

“小洁，你做了手术还没有完全恢复，去隔离病房怎么吃得消！”何洁原本身材娇小，体重只有45公斤，去年底又经历了一场手术，进入隔离病房一周后，体重跌至40公斤。在妹妹的婚礼上，她只说医院有紧急工作安排，家人万万没想到她上了抗疫最前线。

“妞，前些天你说单位有事，今年春节可能不能回家，爸爸二话没说让你以工作为重，今天才知道你去了那么危险的地方……”感染科主治医师黎增辉的父亲是一名有36年党龄的老党员，从来都是全力支持女儿的工作，可是，得知女儿进了新冠肺炎隔离病房，他在家里偷偷掉了三次眼泪。

结核病科主治医师周外民刚穿上防护服，打算进病房接班，妻子的视频电话打过来了。看到他全副武装的样子，5 岁的儿子涵涵问：“他们都戴着头套，到底谁是爸爸啊？”此时，周外民的妻子早已泪眼蒙眬。

在“与世隔绝”中，感染科护师刘臻伶最大的享受，是翻看老公郑正给她的微信留言。2 月 8 日，老公一边流泪一边给她留言：

“我亲爱的宝宝，从你前往抗击新冠肺炎一线工作到现在已经有 20 多天了，当你第一天接到通知说要你去隔离区一线工作的时候，我的内心是有些拒绝的。我不想你去，可是话到嘴边我又咽了下去，因为我知道你的性格，倔强又充满责任心。你是一个护士，既然接到了通知，那你必定会前往完成自己的使命，而且我还知道，没有大家又哪里来的小家呢？所以我还是选择了亲自送你前往最前线去救死扶伤。

一天能联系的时间就那么短短一会，可是，没有爱人陪伴的生活，一天是多么漫长。每次视频的时候，看着你那湿透了的衣服还有肿胀的小腿，还有因为缺少喝水而苍白的嘴唇，宝宝，我真的很难过，听着你跟我说好累、背好痛的时候，真的，我一个大男人从来没有这么哭过，我好心疼，可是我又不能劝阻你……”

刘臻伶与郑正是高中同学。刘臻伶幽默地说，从认识到一起生活，从没见老公哭过，“这次把老公弄哭了，不好意思。”

郑正也许并不知道，他妻子刘臻伶，每次劳累不堪时，都是习惯性地翻看一下他的留言。读着爱人温暖的话语，看着窗外春色渐浓的景致，环顾室内一天天增加的病人，不知不觉，刘臻伶眼泪便顺着美丽的脸颊流下来了……

其实，像刘臻伶一样，她的同伴们，在隔离病房工作时，突然变得更加感性，总是有太多感动的场景让他们泪流满面。

不过，在防护服内，他们的泪水很快流进汗水里……

临近大年三十，医疗队员们泛起浓浓的思亲之情，他们商量着除夕那天一起吃个简单的年夜饭，并向家人承诺：新年钟声敲响时，视频连线一起迎接新年的到来。

可是，全体队员都食言了。

45 岁的感染外科护士长杨爱平在隔离病房担任四病区（重症病区）护士长，她总是像爱护弟弟妹妹一样关心着每一名同伴。1 月 24 日，农历大年三十下午，杨爱平提前整理好医护人员就餐区，摆好从家里带来的几天都舍不得吃的水果。

临近饭点，食堂送餐员把年夜饭送来了，虽然只是比平时丰盛一些的盒饭，但春节的到来，还是冲淡了大家连日奋战的疲惫。

“来了一个新病人！”谁想，年夜饭刚上桌，值班电话就急促地响起来了。当班医疗队员马上忙碌起来，轮休的队员决定等他们忙完一起吃团年饭。

“又有一名新病人在来的路上，15 分钟后到达！”不到一个小时，值班电话再次响起。

接诊入院、处置消毒、治疗护理……随着值班电话一次次响起，一个又一个新病人入院，在休息区等待吃年夜饭的医疗队员纷纷进入隔离病房帮忙。

时钟划过 19 时、20 时、21 时，杨爱平终于按捺不住，对正在忙碌的周志国小声嘀咕：“年夜饭的饭菜都凉了。”周志国犹豫了一下，说：“让饿了的队员轮换着出来吃一点吧，团圆不了，饭还是要吃，等忙完了，咱们一起跨年。”

然而，直至庚子鼠年新年的钟声敲响了，17 名医疗队员的年夜饭还原封不动静静地摆在桌上。旁边的衣柜里，队员们留下的手机铃声、视频提醒音此起彼伏……17 名白衣战士忘记了除夕夜和家人视频的承诺，忘记了期盼已久的年夜饭……

这注定是一个刻骨铭心的春节！

“上战场，谁都有担忧，但生死置之度外后，还有什么可怕的！”说这话的是黄康，重症医学科主治医师，同事眼里的“拼命三郎”。

新型冠状病毒具有很强的传染性，为危重病人开展气管插管、有创机械通气、支气管肺泡灌洗等操作，会导致气道分泌物的气溶胶或飞沫散落传播，医护人员感染风险比平时高出 6 倍。一天凌晨 3 时许，一名重症患者病情恶化需要紧急气管插管，当时隔离病房只剩下一个正压防护头罩了。黄康让同事们赶紧离开，自己一个人留了下来。他戴上头罩，为患者进行给氧、麻醉诱导、气管插管、上呼吸机、支气管肺泡灌洗……半小时后，患者的生命体征终于平稳下来了，此时，黄康已全身湿透。

每一名重症、危重症患者的病情都是瞬息万变，为了防止出现病情恶化，黄康哪怕不是自己值班也常常24小时蹲守病区，病房传来任何风吹草动，立马展开救治。时间最长的一次，他在病区连续坚守了14天，医务科科长陈东只好强行命令他回酒店休息。

黄康说，拼尽全力守护一个病人，就守护了一个家庭。

"我们救治的是病人，但照顾的是亲人，必须为患者点亮黑夜中那盏希望的灯"

"罗阿姨，您怎么吃得这么少?"呼吸内科护师盛姣发现，食堂送来的饭菜，罗女士总是吃得很少，便劝她多吃点，只有这样才能增强免疫力，更快地战胜疾病。

罗女士欲言又止。

"在这里，我们就是您的亲人，您有什么需求我们都会尽量满足。"尽管盛姣被密不透风的防护服包裹得严严实实，但罗女士从她的话语里，感受到了亲人般的贴心和舒心。

"湖南菜比较辣，我有点吃不惯。"罗女士敞开了心扉。盛姣把自己带的牛奶送给罗女士，说会帮她想办法。

"重症患者本来胃口就不好，一定要想办法让他们补充营养，提高免疫力。"医疗队队员商量决定，从同事给他们送来的牛奶、水果中拿出一部分，给重症患者补充营养；请值班护士每天询问重症患者想吃什么，让食堂尽可能满足他们的需求。

"我早上不想吃米粉，想喝点粥。""吃不下干的，能不能点一份馄饨?"……春节期间采购特别困难，但医院食堂像变戏法一样把大家点的食物按时按点送进隔离病房，食堂一时准备不了的东西，杨爱平就托同事采购送来。

除了生活上的细致安排，如何对病人进行心灵呵护，是一道更难做的"菜"。

隔离病房的医护人员都被防护服包裹得严严实实，患者不知该怎么称呼，不便于交流。团队里的"开心果"周洲想了个好办法：在每一名队友的防护服上写上各自的名字和网红标签，“美少女战士”“双击么么哒”“这条街最靓”等网红标签，给防护服增添了喜感。

这些标签，没想到成了一剂心理疏导的良药。

“‘双击么么哒’护士小姐，我快要换吊瓶了。”听到患者的呼唤，盛姣立马回了一句：“好嘞，收到！”病房里传来阵阵笑声，紧张的气氛舒缓了不少。

周志国总是说，我们救治的是病人，但照顾的是亲人，必须为患者点亮黑夜中那盏希望的灯！

感染科主管护师李颖忘不了把75岁的张嫔驰接进病房的一幕。张嫔驰是大年三十确诊的，她的女儿是疑似患者，跟着救护车来送她。李颖扶着张嫔驰往隔离病房走，老人一步一回头，身后传来她女儿的抽泣。那一刻，李颖也泪流满面，不停地说：“请放心，我们会像对待自己的妈妈一样照顾好她。”

张嫔驰入院后病情加重，胸闷、气促明显，出现急性呼吸衰竭，医生下了病危通知。张嫔驰一度陷入绝望，不会用手机，看不到亲人，焦虑情绪骤涨，想放弃治疗。

“治病先治心。”周志国和杨爱平商量，很快配了一台隔离病房专用智能手机。每天，医护人员一手握着张嫔驰的手，一手帮她举着手机，让她通过微信与家人视频聊天，老人的情绪渐渐好转。“我要讲长沙话的护士妹子来护理！”面对老人的“无理”要求，周志国也照单全收，马上更换地道的“长沙妹子”护理老人。医护人员轮流喂饭，给她剥爱吃的橘子，陪她聊天……家人般的关爱，让张嫔驰逐步主动配合治疗，病情一天天好转。

信心和力量，是可以互相传递的！

来自武汉的刘女士入院后一直闷闷不乐，每日用手机关注着疫情，越发吃不下睡不着。“暖男”感染科主治医师唐伟坐在床边给她打气：“其实病毒没有您想象的那么可怕。所有的病毒感染都有一定的自限性，只要没有诱发实质性的脏器损伤，您配合治疗，好好吃饭，养好身体，等待自身免疫系统聚力反攻，就能够战胜病毒。您心态乐观起来，对于重塑自身免疫系统也非常有帮助。”

在隔离病房，其他人员不方便进入，医疗队队员个个化身“全能战士”。感染科主管护师罗玲梅，大家都称她“辣利婆”，处理起医疗垃圾来，比保洁员还麻利；条码机打印偏斜、瓶贴机不出纸，“90 后”的刘臻伶请工程师远程视频指导，硬是自己动手解决了；手术室主管护师余泳洋曾远赴非洲参加抗击埃博拉疫情，他不仅是医疗队个人防护、消毒处理方面的老师，做起搬运防护用品、维修水电等体力活、技术活也不在话下。

“难怪说时势造英雄，到了隔离病房才知道平时拿手术刀的医生也能拿螺丝刀，平时的‘美小护’也能当‘保洁员’和‘搬运工’。”长沙市第一医院党委书记漆晓坚说，在隔离病房，隔离病毒不隔心，每天都有许多暖心的事情发生。

“取得全面胜利时，每一个人都平安回家，就是对我们最好的奖赏”

1 月 30 日，正月初六。在经历连续的阴雨天气后，久违的阳光洒入长沙市公共卫生救治中心，罗女士的笑容和久违的阳光一样灿烂，她一边清理好衣物，一边等着儿子来接自己出院。

一大早，周志国把喜讯带进了病房：“两次核酸检测结果都是阴性，您已经完全康复，今天可以出院了！”

“我无法用言语来表达我的感激。你们春节都没有回家陪父母儿女，日日夜夜救治我、照顾我……”临上车前，罗女士的眼泪夺眶而出。近半个月的隔离治疗，她经历了刻骨铭心的“生死时刻”，更感受到了前所未有的人间大爱，她说，长沙是她的福地，是她永远的牵挂！

为罗女士送行的医疗队员也流泪了。大家的汗水没有白流，大家的辛苦没有白费。

首战告捷，战“疫”形势却愈发严峻。

那段时间，确诊患者快速增加。1 月 29 日至 2 月 5 日，长沙市公共卫生救治中心达到收治高峰，每日平均收治 15 名确诊患者，最多的 2 月 5 日收治了 23 名，隔离病区迅速增加到 7 个。

到长沙市公共卫生救治中心支援的医护人员也越来越多。中南大学湘雅二医院的呼吸、重症专业专家来了，湖南中医药大学第一、第二附属医院的中医专家来了，市级各医院的医疗队也来了……

“大家为了抗疫的共同目标从四面八方集结而来，从不相识到成为‘生死战友’，我有责任把这支队伍带好，打赢这场硬仗！”周志国给首支医疗团队的17名战友分配了更重要的使命，让他们以“老兵”的身份带好“新兵”，在全力以赴救治患者的同时，确保每一名战友的安全。

虽说是“90后”，男护师陈科文却发挥了一名前线“老兵”的作用。

“北边25床氧和不好，赶紧抢救！”凌晨5时，陈科文和他的战友们还在与病魔抢时间。给氧、麻醉诱导、90秒插管……考虑插管过程中患者口鼻分泌物随时可能飞溅在医护人员身上，他一把拉开旁边的同事，自己上！在陈科文看来，自己多年在重症监护病房干，对于病人气管插管有更丰富的经验，这种感染风险高的操作还是自己来才放心。就冲这一点，周志国对这名“90后老兵”刮目相看。

周志国带领团队采取“科学统筹、早诊早治、中西结合、精准救治”等综合举措，治愈率节节攀升。

2月8日，病人在隔离病房中度过了一个特别的元宵节。当医疗队将热气腾腾的元宵端进病房时，许多病人不禁流泪了。他们没想到，在这个特殊的地方、这个特殊的时候，还能够感受到“家”的温馨！

更让人高兴的是，当天有8名患者走出这个临时的家，治愈出院，回到自己的家。

看着病人一批批走出公共卫生救治中心，周志国和他的战友们感叹道，最难熬的日子终于挺了过来！

冬天终于过去，春天来了！

这时，周志国才有心情翻看一下自己的手机；这时，他也才看到做财务工作的妻子石磊，在朋友圈留下的一段话：“老爸结石手术，老妈心脏放支架，小娃发烧，娃她爸公共突发事件临时抽调。他说我们这行是管钱，他们是管命。在生命面前，我承认你比我高尚。”

周志国的心，不由得抽动起来！

他仿佛看到妻子忙得连轴转的身影；他仿佛听到两个儿子喊“爸爸”的声音！

周志国自己也没想到，他与家人已50多天没有见面了！

他非常内疚，没有尽到一个父亲、一个丈夫应尽的职责；他也非常感谢，感谢家人背后的支持和默默付出！

谁叫他是“管命”的呢，自己“忘命”也要将别人的命管好啊！

迟疑片刻后，周志国在妻子的朋友圈留言后，写下了一句迟到的回应：“等我们把疫情赶走之后，再由我来好好守护你们。”

和周志国一样，每一名医疗队员都对家人怀有一份深深的歉疚。

杨爱平正月初六给病人喂药的时候，猛然想起此前父亲催促她买药的电话，父亲前不久突发脑梗，出院后回乡下调养，她答应大年三十带药回家，可是上了抗疫前线的她，竟然把这事忘得一干二净。

“妈妈我想你，你什么时候回来呀?”卢瑾平时工作忙，春节也不能回老家看看年迈的父母，每天一下班，听着微信里女儿的留言，真想立刻抱抱她。

2 月 25 日，省委常委、市委书记胡衡华在市一医院看望慰问防控一线医务人员，卢瑾作为抗疫一线的代表发言。面对大家关注和关爱的目光，她对前线的危险只字不讲，对抗疫的艰辛只字未提，对家人的思念也不着一笔！她讲得最多的是，社会各界对她们的关心、对抗击疫情的支持。

“我有成功战胜新冠病毒的经验，我申请再次进入隔离病房工作！我的 16 名战友也都和我想法一样，我们已经整装待发，请接受我们的请战！”

听到卢瑾代表全体勇士再次请战时，现场人员一片寂静，两行热泪流淌在现场许多人的脸上。

“长沙，有我们守护，请大家放心，我们一定出色地完成任务，打赢这场人民健康保卫战！”

铮铮誓言响彻在长沙的春天里！

2 月 26 日，卢瑾重返隔离病区，再战疫魔。

周外民等 8 名队员再度请战的同时，递交了入党申请书。周外民写道：“在与疫魔搏斗的一线，我看到了党员勇担重任冲在最前面，看到了党组织的力量。我想积极向党组织靠拢，全力以赴，坚决捍卫人民健康和生命安全！”

截至 3 月 8 日，17 勇士中 10 人已经重返隔离病房。

岁月静好，只是因为有人在为我们负重前行！

这场惊心动魄的抗疫战争，必将载入历经磨难的中华民族史册中；长沙的抗疫勇士，也必将留下美丽的剪影。

在时代的剪影中，在历史的长河中，长沙不会忘记这17位勇士的名字：周志国、卢瑾、周外民、黎增辉、唐伟、黄康、杨爱平、何洁、罗丹萍、刘臻伶、罗玲梅、盛姣、余泳洋、李颖、周洲、陈科文、彭威。

对17位勇士而言，他们需要的，也许并不是被铭记。待到山花烂漫时，能与家人一起，将开心的笑容绽放在春天里，也许就是他们最大的心愿！正如院长刘激扬满含热泪所说："等到疫情结束时，每一个人都平安回家，就是对我们最好的奖赏。"

但无论如何，长沙不会忘记勇士们以命相搏、无惧生死的身影！

因为勇士们的冲锋在前，才汇聚了万众一心的力量！

2月10日，一批患者出院，医患开心合影，打出胜利手势。

截至目前，长沙共有569位白衣战士挺进"长沙小汤山"，还有3000多名医护人员奋战在抗疫一线。

因为有勇士们用生命守护生命，才抢回了命悬一线的生命！

截至2020年3月8日12时，长沙市已累计报告新型冠状病毒肺炎确诊病例242例，出院病例217例，救治成功率达89.66%。

历史将会永远记住2020年的春天！心贴着心、手挽着手、肩并着肩，筑起一道道生命的护墙，是这个春天最美的姿态！

在这种姿态下，长沙，这座千年古城，一股股生生不息的力量在滋长，一代代烙进骨髓的精神在传承……

【感言】

新时代英雄群体

唐江澎

岁月静好，是因为有人在为我们负重前行！

2020年，注定被铭记。

这个春天，白衣执甲、勇敢逆行的医护人员被称为“最美逆行者”，他们是时代的英雄。

在疫情肆虐的当时，写好英雄故事，助力省会抗击疫情营造更好的舆论氛围，树立公众必胜的强大信心和力量，彰显城市众志成城的担当与作为，是记者与白衣天使最好的并肩模式。

2020年2月下旬，仍处在新冠肺炎患者救治最吃紧的时候。

2月25日，时任省委常委、市委书记胡衡华等领导，看望慰问防控一线医务人员和干部职工。座谈会上，长沙第一批进驻新冠肺炎定点救治医院——长沙市公共卫生救治中心隔离病房的17名队员之一、该院感染科副主任医师卢瑾，作为代表讲述了长沙首例新冠肺炎患者是如何治愈的，以及背后强大的支撑力量，长沙抗疫“十七勇士”的故事第一次为人所知。

“十七勇士”因此成为我们特稿的主人公。

报社采前会迅速部署，确定了由报社党委委员、副总编辑胡建红，我和彭放组成报道小组。可是，采访并不顺利。我们第一次赶往医院，扑了个空。原来，17位勇士在隔离病房奋战20多天后，经过短暂的休整，再次写下请战书，当时大部分已经重返战场。

“我们可以进隔离病房！”我们没有丝毫犹豫，亲临救治现场，方能有更深切的体验。然而，经过反复沟通，医院出于疫情防控的整体考虑，最终未能答应我们的请求。

“能不能请17位医护人员挤出一点休息时间，接受我们的当面访谈?”然而，见到17位勇士谈何容易，作为经验丰富的主力军，他们每天承担着繁重的救治任务，双方见面还需要采取严格的防疫措施。

我们多次前往长沙市公共卫生救治中心，经过前后10多天的采访，终于和17位勇士中大部分人进行了面对面交流，实在因为工作原因没能见到的，都一一进行了电话或视频连线，同时还采访了多名他们的亲人、同事、朋友。

勇士逆行的心路历程、英雄背后的儿女情长、惊心动魄的救治经历，医患之间的暖心故事……40多天与病毒赛跑，与疫魔较量，17位勇士肩负了太多责任，承载了太多的故事，我们和每一位勇士深入交流、深挖细节，力求让笔下的每一个人物有血有肉、有情有义。一次次采访，不仅是素材的收集，更是心灵的洗涤；一次次聆听，“十七勇士”直面生死、逆行书写长沙“小汤山”战疫史诗的形象在我们的心目中越来越立体。

经过10余天曲折的采访，我们共记录下近10万字的采访笔记。面对大量的一手材料，写稿出乎意料地酣畅。我们力求客观真实、实事求是，不进行拔高，让勇士的形象真实而可爱。呼吸内科主任医师周志国，作为隔离病房总负责人，在工作中沉着老练，可当他看到妻子的微信留言时，心不由得抽动起来，仿佛看到妻子忙得连轴转的身影，仿佛听到两个儿子喊“爸爸”的声音；在“与世隔绝”中，感染科护师刘臻伶每次劳累不堪时，都会重温一遍老公郑正的“情书”；感染科主治医师黎增辉瞒着家人进入隔离病房，得知全力支持她工作的父亲在家里偷偷抹泪，她的眼泪也和在了汗水里……

向“最美逆行者”致敬的万字特稿《十七勇士》于3月9日在《长沙晚报》、“掌上长沙”刊发后，一天之内，全网转发转载量达1100多万条次，社会各界纷纷在作品后留言，向舍生忘死、坚守一线的医护人员表达深深的敬意。

对17位勇士而言，他们需要的，不是被宣传、被铭记。但无论如何，我们有幸记录下他们的故事，记录下这个让人永远难忘的2020年！

长沙晚报

党的权威 人民的晚报

掌上长沙

2020年3月9日 星期一 农历庚子年 二月十六

长沙晚报微网站 www.icswb.com 晚报热线 96333 | 国内统一连续出版物号 CN 43—0002 第 16117 号 | 今日 8 版 零售 2 元 | 1版

习近平向奋战在疫情防控第一线和各条战线的广大妇女同胞表示诚挚的慰问

向全国各族各界妇女同胞致以节日的问候

新华社北京3月8日电 在"三八"国际劳动妇女节到来之际，中共中央总书记、国家主席、中央军委主席习近平代表党中央，向奋战在疫情防控第一线和各条战线的广大妇女同胞表示诚挚的慰问，向全国各族各界妇女同胞致以节日的问候！

习近平指出，新冠肺炎疫情发生后，广大女医务工作者义无反顾、日夜奋战，坚守在疫情防控第一线，展现了救死扶伤、医者仁心的崇高精神。广大党员干部、公安民警、疾控工作人员、社区工作人员、新闻工作者、志愿者等中的妇女同胞们忠诚履职、顽强拼搏，做了大量艰苦工作，用实际行动为疫情防控斗争作出了重要贡献。希望大家坚定必胜信念，保持昂扬斗志，做好科学防护，持续健康投入战胜疫情斗争。

习近平强调，各级党委和政府要关心关爱疫情防控第一线和各条战线的妇女同胞，大力宣传防疫抗疫一线的巾帼典型，激励和支持亿万妇女为打赢疫情防控人民战争、总体战、阻击战贡献智慧和力量。

"中国人总是被他们之中最勇敢的人保护得很好。"无论遭遇什么困境，无论面临什么危险，总有那么一群最勇敢最担当的人，在关键时刻挺身而出。

在长沙抗击新冠肺炎的战"疫"中，有17名白衣勇士，直面生死危情，率先扑向最危险的地方，走上没有硝烟的战场，他们用责任和担当、勇敢和智慧、仁爱和温暖，筑起了一道抗击疫魔的生命之墙——

十七勇士

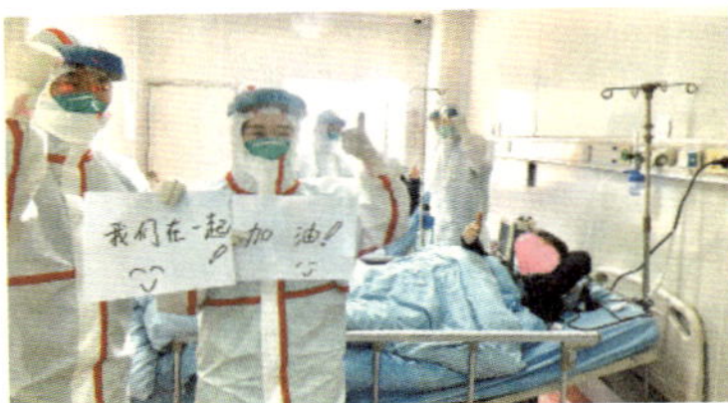

长沙市公共卫生救治中心，医护人员在隔离病房为患者加油鼓劲。

2月10日，一批患者出院，医患开心合影，打出胜利手势。均为市一医院供图

长沙晚报全媒体记者 胡建红 唐江澎 彭放

长沙向北，湘江之畔，有一处静谧的所在。这里三面环山，树木葱翠，绿色满目，清幽秀美，让人感觉仿佛是个度假胜地。

这个从外面看起来颇为安静的所在，有一个并不为许多人熟悉的名字——长沙市公共卫生救治中心。可是，正是这里，成为长沙年末岁初最牵动人心的地方！因为，一场与新冠病毒争夺生命的阻击战在这里打响。这个1.4万平方米的院落，成为长沙战"疫"的最前线！

第一批进入这个战场的先遣军，是17名自告奋勇、挺身而出的白衣战士……

"医护人员是守护生命的最后一道防线，我不上前线，谁上前线！"

1月16日，农历腊月二十二，再过两天就是南方传统的小年了。

购年货、挂灯笼、贴春联……长沙的大街小巷到处洋溢着迎接新春到来的气息。如果没有意外，长沙的春节将会像往年一样，在万家团聚的热闹、祥和、喜庆中到来。

然而，就在这一刻，一场"意外"，改变了长沙人过春节的模样！

长沙市第一医院呼吸科副主任周志国主任医师，是长沙最早直面这场"意外"的人。

今年41岁的周志国，出身于医生家庭，从小耳濡目染，立下治病救人的志愿。2000年，周志国从中南大学湘雅医学院毕业，成为长沙市第一医院呼吸医学中心呼吸内科医生。作为一名有着丰富的突发公共卫生救治经验的年轻"老革命"，周志国曾参加过抗击非典的战役，也组织过阻击甲流的战斗。20多年的从业经验，培养了他高度的职业敏感。

2019年12月，武汉出现不明原因肺炎的新闻，从不同渠道传播出来，周志国已经在全国呼吸科、感染科医生交流学习群里，与同行进行经验交流。

2020年1月14日下午，在新冠肺炎疫情还未明朗之时，周志国与长沙市第一医院其他科室主任、护士长、院感专干、医院急救队员共256人参加了医院组织的紧急培训。这场培训如同战前动员，让医院提前进入了备战状态。

当湖南首例输入性新冠肺炎确诊病例出现在长沙时，周志国注定要成为那个冲在最前线的人。

1月16日那天，身经百战、老练沉稳的他，看到急诊科送来的一张肺部CT影像图时，心里一沉，面部表情顿时变得格外凝重。

至今过去50多天了，周志国还清晰地记得那天的场景：当日快到晚饭时间，连日加班的他准备赶下白大褂回家休整休整。刚上车，急诊科来电话了。电话那头说，下午接诊了一名发热患者，57岁，姓罗，是从武汉青山区来长沙探亲的。影像学检查结果显示，肺部CT显示磨玻璃样改变，片子已通过微信发给周志国，想请他看看。

"发热""武汉""磨玻璃影"……这几个刺耳的词，让周志国立马警觉起来。他迅速看了片子，几乎来不及迟疑，马上作出回答："高度怀疑新型冠状病毒肺炎，建议立即隔离观察，并按规程上报。"

几分钟后，医院组织呼吸、感染等科室的专家会诊。结合患者罗女士来自疫源地的流行病史，专家们一致认为，病人感染新型冠状病毒的可能性很大。院长刘激扬、副院长谢元林当即决定，第一时间对患者予以单间隔离，对症治疗，同时启动医护人员二级防护，并立即向开福区和长沙市疾病预防控制中心报告。

"志国主任，市疾控中心的核酸检测结果出来了，阳性！"17日上午，长沙市第一医院再次就疫情防控开展培训，刚散会，周志国接到医务部主任陈东的电话。按照有关传染病管理办法规定，省内首个病例须经省疾控中心初筛全基因组测序，并由国家疾控中心复核，才能最终确诊。新冠肺炎是一种全新的传染病，为了保护其他患者的安全，医院领导研究决定，将高度疑似患者罗女士尽早转移至长沙市公共卫生救治中心（长沙市第一医院北院）隔离病房救治。

随着长沙首例输入性新冠肺炎病例的出现，一个必须解决的问题来了：谁来牵头负责组织对患者的救治？周志国，这位有着20年党龄的医生，平静但不容置疑地说："抗击非典和甲流我都参加过，我来！"

确定周志国为隔离病房总负责人后，长沙首支救治新冠肺炎病人的团队随即组建。动员令发出后，"我报名！""我报名！"成为长沙市第一医院最响亮的声音，呼吸科的来了，重症科的来了，感染科的来了，急诊科的来了……短短1个小时，便有100多名医护人员报名参加首批救治团队。

"疫情面前，医护人员是守护生命的最后一道防线，我不上前线，谁上前线！"这是一位医护人员在报名表上写下的一段话。根据工作需要，医院最后确定包括5名党员在内的17名骨干，组成奔赴抗疫最前线的首批医疗队员。

32岁的儿科护士何洁，娇小的身躯内藏着一个能量巨大的"小宇宙"。2015年埃博拉疫情在西非爆发时，她曾作为中国政府派出的第五批援塞抗疫医疗队队员出征塞拉利昂。接到入选上前线的电话通知时，何洁正在汨罗参加妹妹的婚礼。护理部主任彭立娟在电话里要求，14时30分赶到医院开会，准备进入隔离病房，而当时已是13时35分。

"医院的事人命关天，爸爸开车送你！"何洁的父亲向亲家、亲友简单告辞，便载着何洁直奔长沙。

更多医护人员是从临床一线直接奔赴抗疫前线。

"抗击疫情，感染科医护人员首当其冲！"感染科9名白衣战士入选首批医疗队，他们中最年轻的护士罗丹萍刚满23岁，原本打算春节回老家结婚，得知入选的消息马上和双方家人商量推迟婚期。

重症医学科护师陈科文来不及告知同在医院上班的未婚妻，就和好兄弟彭威、余咏洋一起匆匆赶去和战友会合。他们说："男护士更应该带头上战场！"

来不及和家人道别，来不及准备日常用品，简短部署后，周志国带领医疗队员赶赴15公里外的长沙市公共卫生救治中心。

来不及片刻休息，更来不及安顿生活，队员们刚把负压病房调试完毕，转运患者的120急救车已停靠在楼下。

长沙，一场史无前例的抗击新型冠状病毒的战役，由此在有着"长沙小汤山"之称的市公共卫生救治中心打响！

"上战场，谁都有担忧，但将生死置之度外后，还有什么可怕的？"

"这是哪里？""你们为什么都戴着'防毒面具'？""我得了什么病？你们要把我怎么样？"……刚进隔离病房的罗女士感到深深的恐惧，对医护人员提出一个又一个质疑。经过医护人员耐心解释和劝慰，罗女士终于安静入睡。

但对于周志国来说，这注定是个不眠之夜。罗女士有高血压、心脏病、甲状腺功能减退等基础疾病，免疫力低下，从过往的经验来看，年龄偏大、有多种基础疾病的患者病毒感染后死亡率高。而新型冠状病毒是一种全新的病毒，人类对其知之甚少，没有特效药。周志国做好了首仗就是一场硬仗的心理准备。

1月18日，罗女士没有发热，只是下床活动后胸闷稍加重。

"没有突然发生的病情变化，只有突然发现的病情变化。细节决定成败。"研究了当时国内不多的新冠肺炎资料，结合自己多年在临床中总结出的呼吸系统疾病发病规律，周志国要求救治团队密切观察罗女士的病情。

1月19日，感染科副主任医师卢豫查房时发现，罗女士对医护人员不时地表现出不满和烦躁，她意识到事情可能不简单！卢豫一边安抚一边认真查看，发现罗女士的呼吸频率明显加快，血氧饱和度下降，立即通知上级医生，并完善床旁B超等检查。检查结果证实了她的判断，罗女士肺水肿加重，很有可能诱发心力衰竭。

"交替采用高流量吸氧和无创呼吸机辅助呼吸！随时准备气管插管！"周志国带领几名骨干守在罗女士的病床边，一边关注呼吸机运行情况、患者气道是否畅通，一边监测心率、血压和血氧饱和度，进行精细化的容量管理，减轻肺水肿……4个小时后，罗女士缺氧状况改善，呼吸逐渐顺畅。此时，周志国的衣服已被汗水浸透，胸部又憋又闷，他意识到这是长时间穿着密不透气的防护服，加上脑力和体力严重透支造成的，他赶紧来到走廊上喘喘气。

走廊外风雨交加，寒风一吹，周志国顿时打了一个寒颤。

周志国望了望远处，突然发现，这个原本热闹甚至有些喧嚣的城市，变得特别安静！

这时，新冠肺炎疫情在全国各地蔓延的消息，一波又一波。疫情最严重的武汉，与长沙距离仅300多公里。

医护人员罹患新冠肺炎的消息，这时也不断传来……

周志国不由自主地摸了摸自己的肩膀：在这寒风冷雨中，我们如何承受生命之重？

回头一望，团队成员还在隔离病房中无畏无惧、无怨无悔地忙碌着。

容不得多想！时代的灰尘，落在一个人的头上，即使成了一座山，也要将这座山推开！

一转头，他又回到了隔离病房中。

最让周志国感动的是，他的那些小伙伴们，在危难和危险面前，没有一个人掉链子，没有一个人埋怨半句。

苦，咽在肚里；

累，藏在心里；

泪，和在汗里！

测量体温、查看血压、检查设备……这些常规操作，本来早已驾轻就熟，但对于穿着防护服的他们来说，一切变得笨拙，甚至有些艰难。

下转5版

扫描二维码 看相关视频

最美逆行者

湖南出台十六条措施关心关爱疫情防控一线社区(村)工作人员

长沙晚报3月8日讯（湖南日报记者 贺佳 长沙晚报全媒体记者 黄汝兮）社区（村）是疫情联防联控、群防群治的第一线，也是"外防输入、内防扩散"最有效的防线。8日，省委办公厅、省政府办公厅制定出台《关于全面落实关心关爱疫情防控一线社区（村）工作人员各项政策的具体措施》并联合印发通知，要求各地抓好贯彻落实，推动各项举措落地见效。这是继出台保护关心爱护一线医务人员政策举措后，我省关心关爱疫情防控一线工作者的又一重要举措。

自新冠肺炎疫情发生以来，全省广大社区（村）工作人员坚守岗位、日夜值守，英勇奋战在疫情防控一线，为遏制疫情扩散蔓延作出了重要贡献。为此，《具体措施》从适当提高待遇、做好职业伤害保障、改善防护条件、切实减负减压、保障身心健康、加强关爱慰问、开展表彰褒扬、加大宣传力度8个方面细化16条具体措施，旨在切实解决疫情防控一线社区（村）工作人员的实际困难和问题，激励他们不惧艰险、勇往直前，团结带领基层群众全面落实联防联控措施，构筑群防群治的严密防线。

及时发放临时性工作补助，适当提高绩效考核评优比例或岗位等级

《具体措施》明确，各地对参加疫情防控的社区（村）"两委"成员及专职工作者、社区（村）卫生服务机构医务人员等一线工作人员，在落实好现有报酬保障政策基础上，要按照有关规定及时发放临时性工作补助，并适当提高年度绩效考核评优比例，用于奖励疫情防控一线表现突出的工作人员。已建立城市社区专职工作人员岗位等级序列的县市区，对在疫情防控一线表现突出的城市社区专职工作者，等级晋升年限可缩短1年。

同时，对在疫情防控期间发生事故伤害或患病的，符合《工伤保险条例》认定情形的，应依法认定为工伤。已经参加工伤保险的，发生的相关费用按照《工伤保险条例》相关规定支付；未参加工伤保险的，由用人单位按照法定标准支付。对疫情防控期间因公受伤、突发疾病的，由卫生健康部门协调医疗机构开辟绿色通道，保障及时救治；对于因履行工作职责感染新冠肺炎或病亡的，可按规定享受相关待遇。

《具体措施》要求，各地要按规定落实社区（村）防控工作经费，改善一线社区（村）工作人员防护条件，根据当地疫情防控需要，合理配发口罩、防护服、消毒水、非接触式体温计等卫生防护器材和防控器具。各地疾病预防控制机构要组织开展面向社区（村）工作人员的医疗卫生知识、疫情防控知识培训，提高其做好社区（村）防控工作的能力。

下转3版

白衣战士 勇者初心

文 峰

在中华大地，每一场特殊的战斗，都会有勇士的身影。他们是战场上的尖兵，是人们心中的燃灯者。他们背后有太多的动人故事，他们的生命张力在言语和行动中闪闪发光。

自新冠肺炎疫情发生以来，医护天使用初心和使命筑起白衣长城。在长沙，17名白衣勇士就是众多白衣天使的典型代表。同时间赛跑，与病魔较量，奋不顾身、顽强拼搏、日夜奋战……这些词汇有太多细节在诠释。勇敢与专业的接力，坚守与加油的行动，既铭刻在每一位白衣战士的考卷上，也铭刻在每一个患者的心坎上。

什么是真正的勇者？真正的勇者不是无所畏惧，而是明知道有危险，明明一开始也感到害怕，却仍然义无反顾地前进，仍然选择捍卫和履行自己的铮铮誓言，仍然在战斗中一次又一次地冲在最前线。什么是大爱？大爱是平凡人成为"大我"的一种历练，是价值观传递人性温度的过程，是主动请缨、不避责任的伟大选择，是在平凡岗位书写不平凡价值的人生篇章。什么是使命感？使命感就是内心非常清楚，一件事如果不去做，都自己就会后悔，于是毅然决然、砥砺前行。能够作出"舍小家为大家"决定的人，背后一定有强烈使命感，这种强烈的使命感让所有的价值都有了清晰而伟大的排序。这些白衣战士，把"我"排在了最后，把初心、使命和责任排在了最前头。

所有的口碑都要在奉献的行动中获得，所有的精神都会在大考中升华。医者仁心，是因为心中有大爱；勇者无惧，是因为使命上肩。当我们为勇士和英雄鼓掌，当我们讴歌所有可爱的人，当我们把心中的爱安放到最适合的位置，当我们在心里存储所有温暖的记忆和感恩的意识，当我们以他们为标杆并成为可爱的人，我们的社会和我们的城市就一定会在大战大考中收获比胜利更宝贵的东西！

麓山快评

开福区将"大干一百天 实现双过半"目标细化量化实化

全面启动八大专项行动

长沙晚报3月8日讯（全媒体记者 李卓 通讯员 朱群）奋战百日，启动金霞产业集聚区等17个项目的征收拆迁，实现腾地2582.14亩！开福区将"大干一百天 实现双过半"目标细化、量化、实化，8日起全面启动征地拆迁、盘活"三资"、招商引资、项目建设、片区开发、产业培育、激活消费、增收节支等八大专项行动，实现全区经济高质量发展。

八项行动中，开福区将启动金霞产业集聚区、植基路、彭家巷、史家坡学校、社会福利中心等17个项目的征收拆迁，实现腾地2582.14亩；项目建设上，完成380亿元固定资产投资；备受关注的马栏山片区开发，将实现50亩土地出让，引进行业头部企业的第二总部或华中、中部总部8家，新增国家级实验室1家；产业培育上，将推动传统产业转型升级，力争半年内申报高新技术企业15家以上，全区高新技术产业增加值达到150亿元；激活推动消费，实现上半年外贸进出口总额15.4亿美元，实际利用外资完成4.4亿美元。

作为"大干一百天，实现双过半"的先锋，开福区"433"产业攻坚初步实现了在疫情中的"逆袭"，目前69个"433"、省、市重大产业项目实现复工62个，复工率90%。

相关报道见5版

大干一百天 实现双过半

长沙市出台春季开学教育教学与疫情防控实施细则

疫情防控知识将纳入"开学第一课"

长沙晚报3月8日讯（全媒体记者 周和平）随着疫情持续向好，各学校正有条不紊地推进开学准备工作。记者8日从长沙市教育局获悉，为切实做好疫情防控，确保春季开学工作平稳有序，《2020年长沙市春季开学教育教学与疫情防控实施细则》（以下简称《细则》）已出台，为全市各学校开学准备工作提供"参照"。

开学提示与排查 不允许带病或未解除医学观察人员上班上学

确保入学工作安全稳妥，《细则》要求各学校编制开学安全提醒，宣传普及疫情防治知识和防控要求，要求学生不提前返校、离家前做好健康检测，返校路途注意安全防护，引导学生和家长如实报告有关信息。

综合排查摸底最新情况，分期、分批安排师生员工有序返校。不允许带病或未解除医学观察人员上班上学。经前期排查无异常的学生，统一由学校分班或分年级进行体温检测确认、查验学生家长（或监护人）提供的健康监测说明；经前期排查的患病但已痊愈、隔离期满或经医院检查确认无病毒感染的，由学校安排专门人员引领，持就诊医院开具的复课证明到校（园）卫生室（保健室）查验确认。凡确诊病例、疑似病例或居家隔离期内的师生员工和暂未返长的湖北武汉籍师生员工一律暂缓入学或到岗。

健康与教育教学 不得因延期开学出现赶进度超难度

组织上好开学第一课。《细则》要求各学校将疫情防控相关知识教育和心理健康教育作为开学第一课内容，全面普及科学防范知识，引导学生掌握正确的防控方式，提高防范意识，养成良好卫生习惯。对因疫情延期开学产生的学习焦虑、健康焦虑及其他心理问题，及时做好心理疏导和心理危机干预工作；对未能如期复学的学生及家长，加大心理疏导和关怀力度，确保学生身心健康。

在教育教学上，《细则》明确，因地（校）制宜组织教学。学校可实行分年级、分学段开展错时上学、放学，线上与线下相结合、小班教学等方式灵活组织教育教学活动。

对于因病不能按期到校或隔离期间不能随班就读的学生，根据具体情况，通过长沙市中小学在线学习中心的虚拟学校、虚拟班级，或通过国家云课堂、腾讯空中课堂等方式，开展教育教学活动，提供学校资源或引进资源。

组织对延期开学前学生学习情况进行全面调查，重点了解按教学计划教学的年级和班级学生学习效果，及时查漏补缺，实现与开学后教学计划的有机衔接。不得因延期开学出现赶进度、超难度，加重学生课业负担的现象。

值班编委 许参杨
值班主任 王 珂 本版责编 贺黎黎 本版美编 郭垠宇 图片编辑 熊 伟 本版校读 侯 梁

长沙晚报社出版 社长 总编辑：李鹏飞 社址：长沙市芙蓉区晚报大道 267 号 邮政编码：410016 长沙晚报热线：96333 晚报 QQ：800096333（报料 投诉 建议 评报 订报 服务）

重症医生

范亚湘

疫情的阴霾逐渐散去，当下，坚守在武汉继续援助的大都是重症科室医生，他们是扼守新冠肺炎患者生命的最后一道防线。

中南大学湘雅三医院援助湖北国家医疗队武汉同济医院中法新城院区B7西区新冠肺炎重症病区第一分队队长肖雪飞说："我们每天都在上演与死神赛跑的'速度与激情'，拼着命将生命从死亡线上拽回来！"

工作之余，肖雪飞在享受武汉的春光。

一

3 月 20 日，春分。武汉已连续两日新冠肺炎病例 0 新增。

虽然仍处在“封城”之中，但江城武汉早已柳绿花红，春和景明。

武汉长江大桥夜景。

当班护理对照排班表清点完人数，一辆大巴车准时从驻地酒店出发，穿越春光满目的街头，将中南大学湘雅三医院援助湖北国家医疗队重症第一分队队长肖雪飞和其他医护人员，送到了武汉同济医院中法新城院区 B7 西新冠肺炎重症病区楼下。

下车时，肖雪飞默算了一下，今天已经是到武汉的第42天了……

病区走廊里阳光普照，气温高达27℃。

肖雪飞穿好厚厚的防护服，佩戴好双层口罩、防护眼罩和面屏，套上双层手套，将自己包裹得严严实实，“热烘烘的，人好难受”。

经过专业护理的仔细检查，在确保防护装备万无一“缝”后，她带着医护人员走过3个装有紫外线灯消毒的缓冲间，进入隔离病房。病房里更加闷人，“简直就像蒸桑拿”。

狡猾的新冠病毒似乎是被封印在了铅罐里，随着武汉疫情整体好转，拥有50张床的病区，患者已越来越少。

“大部分病人症状转轻，出院指日可待。目前仅剩下一个重病号，就是28床的张婆婆。张婆婆心衰反复发作，加上前不久老伴不幸离开，她有些悲观厌世，不愿进食。由于身体严重营养不良，导致体内的病毒迟迟不能清除。昨天查房的时候，我喂她吃了个水煮蛋和半碗稀饭，今天我们护理团队特意给她准备了一碗蒸蛋和一盒牛奶……”

进病房前，肖雪飞专门叮嘱护士一定要想尽一切办法让张婆婆多吃东西，“就是骗也要让她进食。”可张婆婆听凭护士怎么劝说，就是不张嘴。

无奈，肖雪飞只好来到床前，端过蒸蛋碗，挖起一勺递到张婆婆嘴边，半认真半开玩笑说：“我是肖医生，有些来武汉援助的医生已经撤走了，您不吃东西病就不会好……您这是想把我留在武汉吗？”说来还真是奇怪，张婆婆居然大口大口地吃了起来，“吃完蒸蛋还喝了一盒牛奶。”

不过，肖雪飞并不觉得张婆婆这样的病人有什么奇怪，“其实他们大都通情达理，也能够体谅医护人员的不易。新冠肺炎危重症患者主要表现为呼吸功能严重受损，部分患者伴有多脏器功能、情感等障碍叠加，他们需要后期心理医生和康复师的追踪诊治，才能彻底走得出来。”

“都说三分治疗七分护理，眼下，这些病人还住在病房里，我们重症医生就只好充当心理医生和康复师的角色，除了有针对性的治疗外，更要站在病人的角度，照顾好他们的生活、情绪，引导他们树立信心、战胜病毒，以积极的心态回归社会。”

作为重症第一分队队长，肖雪飞永远是第一个穿戴好防护装备进入病房、到床前访视病人的医护人员。因身材娇小、个子不高，肖雪飞被同事戏称为

“小雪飞”，不熟悉的人只要一见到她，“就会怜生出一股保护她的欲望”。

防护服既笨重又不透气，她行走起来“就像一只企鹅憋着气在负重状态下跑步”。“几十号病人一整天的症状体征、药物反应、情绪变化等状况都需要通过查房才能精准掌握，以便及时调整个性化的诊疗方案。”常常，查一次房，她已是汗流浃背，防护服、护目镜、口罩靠里一面全是汗珠。

“实在是太热了，人都快虚脱了！”查房结束后，肖雪飞进入缓冲区，与同出病房的医生相互监督着，严格按照剥脱防护装备的标准“卸甲”。人已精疲力尽，可仍需一丝不苟，“每做一步，都必须认真洗一次手。”直到一层层脱下装备，换上新的口罩和帽子，她才能进入清洁区，和其他医护人员一道讨论病例，完善当日医嘱、书写病志、办理出院记录……

傍晚时分，接送医护人员的大巴车已在等候，当班护理清点完下班人员名单后，车子启动了。疲惫不堪的肖雪飞眯着眼，“只想小睡一会儿”。

恍惚中，她听见一位年轻的护士在问开大巴车的武汉司机：“您每天接我们这些医护人员上下班怕不怕？”

司机用一口纯正的武汉话回答说：“你们从长沙来都不怕，我一个武汉人怕么子哕！你们来帮助武汉，我们当然要把这份爱心传递下去才对哕！哪怕像我这样，只能算一滴水，可做的人多了，真情就会像长江水一样滔滔不绝哕！”

武汉鹦鹉洲长江大桥。

“日暮长江里，相邀归渡头。”说话间，车行到鹦鹉洲长江大桥。桥头的樱花树已长出了鲜嫩的叶子，桥下江面雄阔，一抹火红的斜阳照得江水碧波荡漾。“一桥飞架南北，天堑变通途。”是呀，正是这人间真情，筑成了跨越无数天堑的桥梁，将湖南、湖北紧密地联系在一起！

二

时间倒转到2月7日夜，第二天是元宵节。

“众里寻他千百度。蓦然回首，那人却在，灯火阑珊处。”2019年元宵节，橘子洲头举办盛大空前的焰火晚会，烟花点亮了夜空，也点亮了长沙人的激情。溶溶月光下灯火如昼，霭霭春色里花开满城，盏盏彩灯将星城照得透亮，四处人头攒动，车流如织。

因为防疫需要，长沙取消了2020年元宵节橘子洲焰火晚会活动。同时，也因为防疫，烟雨蒙蒙的长沙街头冷冷清清。然而，中南大学湘雅三医院微信群里却十分热闹，这天，湘雅三医院接到国务院应对新冠肺炎疫情联防联控机制（医疗救治组）通知，要求立即组织一支医疗队驰援武汉重症病房。

2019年元宵节焰火晚会在橘子洲头举行。

早在1月25日，湘雅三医院重症医学科几位干将就作为湖南省新冠肺炎医疗救治专家被特派到湖南各地市州，指导当地医院优化疫情防控措施，将新冠病毒“横空拦截”，同时，他们还被要求积极参与到当地新冠肺炎患者的救治工作中去，给处在恐惧中的患者带去康复的信心。

湘雅三医院重症医学科主任、主任医师杨明施去了常德和株洲，副主任、副教授肖雪飞南下郴州……

“我到郴州主要是查看当地医院重症病房改造的合理性、发热门诊的流程有无漏洞、疑诊与确诊患者有没有分开诊疗，同时通过网络进行分析讨论，鉴别患者，筛查重症，推广总结成功治疗新冠肺炎患者的经验。可能是我这个‘特派员’运气比较好，等我1月30日回长沙时，郴州第一例新冠肺炎患者治愈出院，这也是全省治愈出院的第一例。”

其实，疫情暴发初期，肖雪飞就想过可能要去增援湖北。“为了让读高一的女儿有心理准备，我跟她说，抗疫就是医生与病毒的战争，湖北是主战场，妈妈作为医生、战士，不可能也没有理由逃避……您不知道，那几天，就连我家养的小狗似乎已感觉到我要出发远征了，整天黏在我的裤腿边蹭来蹭去。”

“我还没有成家，没有后顾之忧，我去!”‘非典’时期我就在一线，有这方面的经验，我报名!”“我想早日让武汉康复，看樱花怒放!”……很快，湘雅三医院微信群就被刷屏了，报名的医护人员一个接一个，微信推送的手机铃声此起彼伏。“我是重症医生，责无旁贷!”肖雪飞毫不犹豫地报了名。

不到24小时，湘雅三医院就组建了一支133人的医疗队驰援武汉。

“疫情就是命令，防控就是责任。全体湘雅三医院人，坚决服从统一指挥，坚决践行‘敬佑生命、救死扶伤、甘于奉献、大爱无疆’精神……为打赢疫情防控阻击战贡献全部力量!”2月8日，在铿锵誓言中，白衣战士们迎着寒风整队出发!

“早上我给女儿煮了汤圆，下午乘坐高铁到了武汉。”元宵节本来就是要“闹”，可空旷的武汉街头难见人影，出奇地安静。肖雪飞的心里像十五个吊桶打水——七上八下：“不知道要面对多少病人、多重的病人？抢救设备、防护用品够不够？新组建的团队怎么磨合？”

没有时间容许肖雪飞去多想，几乎就在到达武汉的同时，湘雅三医院援助湖北国家医疗队整建制接管了尚在开辟中的同济医院中法新城院区 B7 西新冠肺炎重症病区。

2 月 8 日，湘雅三医院医疗队驰援武汉。

是夜，医疗队队长、湘雅三医院神经外科主任、主任医生王知非在驻地酒店紧急召集了医疗队第一次会议，决定将医生分成 3 个分队。其中，重症第一分队由肖雪飞担任分队长，主要收治新冠肺炎危重症患者，“冲到最前面，啃最硬的骨头”！

王知非要求第一分队开展呼吸机治疗、血滤、插管、ECOM（体外人工膜肺）等复杂治疗措施。为此，肖雪飞优先挑选了队员，组成了一个在重症治疗、生命支持、慢病管理、感染控制等方面有着丰富经验的多学科小分队。

2 月 9 日午饭后接到通知，晚上就得接诊。“第一分队作为先遣部队应征出战，到达病区时，病房改建还未竣工，抢救设备不足。”

“当决定做一名医生时，就不要怕置身危险。”肖雪飞深知，只要防护得当，新冠病毒就难得逞。可第一分队除她以外，其他医护人员都是首次和新冠肺炎患者零距离接触，“为了做到有备而战，同时为了保护好我们自己，我抓紧收治病人前的空隙，带着医护人员一遍又一遍地演练收治流程”。

2月10日凌晨1时，从武汉其他医院转来的新冠肺炎重症患者陆续涌入同济医院中法新城院区重症病区，一会儿工夫，医院的大门、路口、通道，就被一辆辆紧急驶入的救护车堵得水泄不通。“抢救生命刻不容缓，那一刻，我感觉正式进入了战时状态！”

尽管新冠肺炎危重患者“蜂拥而至”，但病人们大多表现得坚强、淡定。“病人分批进病房，有自己走进来的，有用轮椅推进来的。我们医护人员3人一组，分5组同步收治。”

突然，一个病人在病房门口歪了下去，肖雪飞赶紧一边呼叫担架，一边用手去按压病人心脏。“作为多年的重症医生，我见证了不少生离死别，但走着来的病人倒在了病房门口还是第一次见到！”

医护人员相互协作，一个接着一个护送患者躺到病床上，随即上氧气，连接心电监护，查看生命体征。很多患者呼吸急促，“血氧饱和度都非常低，低到让人想流泪，真不知道他们是怎么熬过来的”。

正常的血氧饱和度在94%以上，如果低于这个数值，就是出现了供氧不足的现象。肖雪飞指挥呼吸治疗医生立刻给血氧饱和度低的患者使用高流量氧疗，当高流量给氧依然不能改善缺氧症状时，则改用无创呼吸机辅助呼吸。

仿若凝固的空气令人窒息，但没有悲伤，没有恐惧。“我们医护人员个个迸发出了超人的潜力！在收治过程中都做得有条不紊，忙而不乱，没有因为料想不到的事件频发而出现一例差错。”

一夜忙碌，病房里收治了48个病人。天亮了，交接班的医生来了……

肖雪飞走出病房，泪水瞬间模糊了护目镜。“我不是累，也不是怕，而是恨自己来迟了。要是我们早几天来，病人就会得到及时救治，病情就不会有那么严重，更不会有患者那么快地离开人间！”

三

经常有人讲重症病室的医生看惯了生死，对死人那些事比较麻木，事实并非如此。

肖雪飞说，每个重症医生首先是人，是人就会有柔软的内心，就会为每一个生命的逝去而难过、痛苦。

“不瞒你说，我就经常会因为病人去世而痛哭，只是我不会在抢救的时候哭。要知道，这世上，还有什么比生命更重要的啊？我们重症医生几乎每天都在上演与死神赛跑的‘速度与激情’，拼着命将生命从死亡线上拽回来。生命至上，不到最后一刻，决不会轻易放弃任何一条生命！”

新冠肺炎危重患者很多是老年人，基础疾病多，救治难度大。

“最初几天，有多个新冠肺炎合并其他病症的患者病情几度吃紧，需要转入 ICU（重症加强护理病房）进行多器官功能支持治疗。可 ICU 床位紧张，无法及时完成转运。没有办法，我们医疗队只好就地取材，将护士站对面的一个房间组建成临时 ICU，由重症医学科主导，其他学科参与协作，形成科学救治，精准施测的 MDT（多学科会诊）新冠肺炎危重患者管理模式。”

重症医生最熟悉的工作状态在临时 ICU 得以再现：准确记录出入水量，动态监测血糖变化，使用微量泵匀速控制液体输注，精细化调节给药剂量，及时评估患者的容量负荷，定期查看电解质及酸碱平衡情况。

“新冠肺炎危重症患者心肺功能的即时评估尤为重要，常规的肺部胸片和 CT 因为患者耐受不了外出无法完成，传统的听诊又因为医生身着防护服没法实施，而循环容量的评估如果没有压力监测设备就不会准确，可传统手工测量存在极大的感染风险，怎么办？令人焦灼。好在我们第一分队的刘晶晶医生很能干，她采用床旁彩超透视，问题迎刃而解。”

最艰难的几天过去了，救治设备慢慢地多了起来，ICU 也有空床了，“病人都能够得到充分的呼吸支持，通过无创、高流量和俯卧位等相结合给氧，绝大部分病人的病情都稳定下来了，可仍有一些病人，病情像暗流一样不时涌动。”

有一位67岁女性患者，有基础糖尿病。入院前3天，CT提示该患者肺部病变进展快得惊人，住到病房即出现中重度ARDS（急性呼吸窘迫综合征），而且情况还在恶化……肖雪飞立即给予高流量氧疗，效果不好改成无创呼吸支持，同时予以抗炎、抗病毒、轻镇静、导尿管留置……

“这天，整个第一分队成员都在关注着她每一刻的病情变化和治疗反应，通过一个晚上的监测治疗，终于从波涛汹涌转为风平浪静了。第二天早上就能换为高流量给氧了，人看着看着有了生机。”

“危重患者随时可能有意外情况发生，经常心都提到了嗓子眼……这边刚平稳，那边又现危象，就像水面上按葫芦一样。”

肖雪飞记得，最紧迫的一次：一个78岁的男性患者，感染了新冠肺炎同时急出了冠心病，一入病房就昏迷不醒，全身发绀，血氧饱和度低到40%。

“我们重症一分队医生杨兵厂、尹欣林组织抢救，杨兵厂调节呼吸机参数，尹欣林则准备进行气管插管。要知道，给新冠肺炎患者实施气管插管时，因伴有呛咳、扩散病毒并形成气溶胶，医务人员被感染的风险非常高。救人如作战，胜负分秒间。快出一秒，就多出一份救治胜算，可每提速一秒都意味着医护人员百倍的艰辛。尹欣林一针见血，成功地给病人实施了插管。然后，病房里的医护人员一齐上阵，将这个100多公斤重的病人抬起来进行俯卧位通气，生生地把病人从鬼门关前拉了回来。”“太激动了，感谢长沙医生！”“我已死过一次，是长沙医生把我救回来了！”2月19日，重症病区第一批两名患者治愈出院，“他们挣脱了死神的拽曳，重生的喜悦用言语无法形容”。

在肖雪飞看来，治疗新冠肺炎重症病人，没有捷径可走，只有早期诊断，进行合适的抗病毒治疗，才可以减少轻症向重症发展；只有密切的病情观察与包括氧疗在内的对症支持治疗，才可以减少重症向危重症发展；只有积极的呼吸支持和其他器官功能支持，才可以提高危重症抢救成功率。

因此，这就要求医护人员必须多到病房走走，仔细查看病人的生命体征数据，寻找突破点，不断调整治疗方案，细心护理。“面罩有没有戴紧，氧气管接口有没有漏气，这些小细节看似不起眼，却非常关键，稍不留神，病人就可能危及生命。”

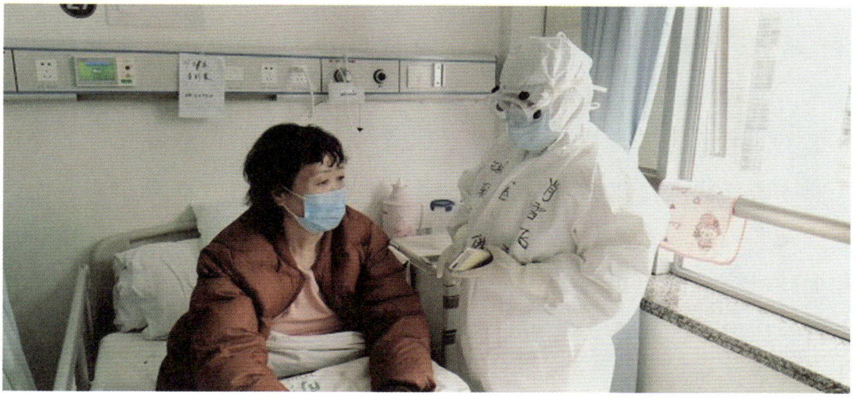

肖雪飞和患者交谈。受访者供图

（此文刊发于掌上长沙“长沙道”）

【感言】

爱的细节

范亚湘

疫情的阴霾渐渐散去，陆续有援助的医疗队撤走了，仍旧在武汉坚守的大都是重症科医生，他们是扼守新冠肺炎患者生命的最后一道防线。中南大学湘雅三医院援助湖北国家医疗队武汉同济医院中法新城院区B7西新冠肺炎重症病区第一分队队长肖雪飞就是战斗在这道防线上的佼佼者，她说：“我们每天都在上演与死神赛跑的‘速度与激情’，拼着命将生命从死亡线上拽回来！”

由于肖雪飞白天抽不出时间，我只好在晚上通过老婆用微信去采访她，支撑起作品的细枝末节，使宏大主题的写作变得可触可感。连续两周，差不多问得肖雪飞都觉得“有些烦了”，我却兴奋起来，一个鲜活的重症医生形象在我脑子里树立起来：别看她远离故乡，但作为重症医生的医术、爱心，都展现得淋漓尽致。

经常有人问我：“到底什么样的新闻才是好新闻?”我想，好新闻的标准不好确定，主要是因为新闻作品属于应用新闻学范畴，是用主观思维反映客观事实的物化形式。不过，我认同著名新闻学者李希光眼中的好新闻标准：清澈、简练、聚焦、有细节、有诱惑力、能唤起人们的好感。用一句话说，好新闻，就是把故事讲得精彩。新闻的本源是事实，事实是新闻的命根子。采访过程就是还原事实，就是在组织材料、编写完善故事。其实，采访过程就是组织完善故事的过程，如何把零散的故事组织起来，让故事“动”起来，我想，这应该是每一个新闻人思考的话题。在写作《重症医生》时，我就想秉持这一点，也只有秉持这一点，才能抓得住眼睛和读者的心！因而，我不厌其烦地不断去用“闲笔”写场景，甚至描写汽车穿过武汉市区的画面。

有人讲重症医生看惯了生死，对死人那些事比较麻木，事实并非如此。肖雪飞说，每个重症医生首先是人，是人就会有柔软的内心，就会为每一个生命的逝去而难过、痛苦。《重症医生》不断地通过细节打动读者，感人的事迹，朴实的文字，让读者感受着这场战争背后的温暖。“抗疫作品”传递的不仅仅是同情、爱心和悲悯，更要传递信心、坚强和力量。无疑，《重症医生》践行了这一宗旨。

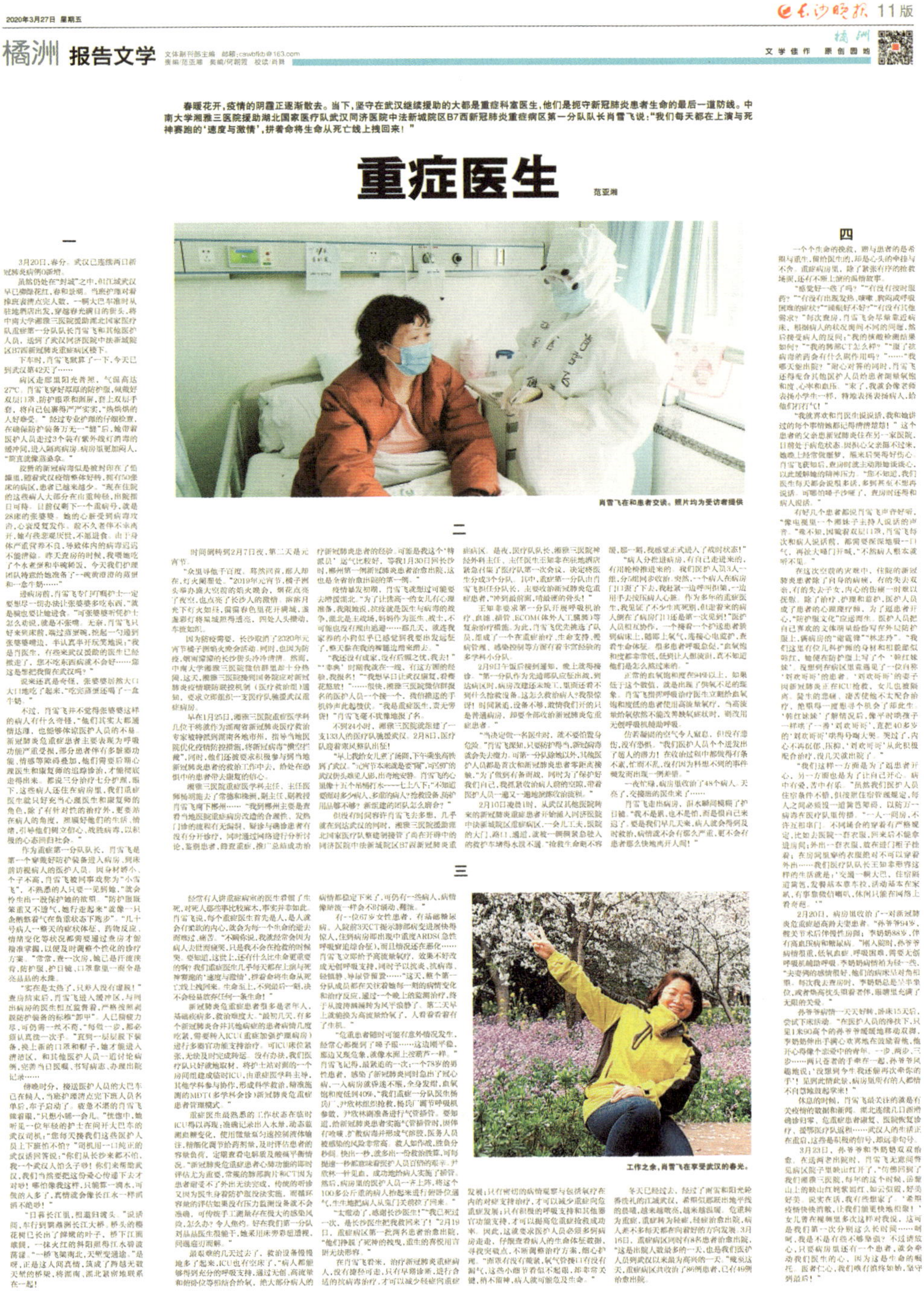

2020年3月27日　星期五

长沙晚报　11版

橘洲　报告文学

文体副刊部主编　邮箱：cswbfkb@163.com
责编/范亚湘　美编/何朝霞　校读/肖艳

橘洲　文学佳作　原创园地

春暖花开，疫情的阴霾正逐渐散去。当下，坚守在武汉继续援助的大都是重症科室医生，他们是扼守新冠肺炎患者生命的最后一道防线。中南大学湘雅三医院援助湖北国家医疗队武汉同济医院中法新城院区B7西新冠肺炎重症病区第一分队队长肖雪飞说："我们每天都在上演与死神赛跑的'速度与激情'，拼着命将生命从死亡线上拽回来！"

重症医生

范亚湘

一

3月20日，春分。武汉已连续两日新冠肺炎病例0新增。

肖雪飞在和患者交谈。照片均为受访者提供

二

三

工作之余，肖雪飞在享受武汉的春光。

四

一个个生命的挽救，满与患者的悬希望与重生，留给医生的，却是心头的牵挂与不舍。重症病房里，除了紧张有序的抢救场面，还有不断上演的温情故事。

赤胆英雄传

尹红芳

一场疫情起江城
千万英雄赴征程
炼修平生报家国
忠心赤胆献黎民

2020 年 6 月 12 日 19 时许。醴陵市。华灯初上。肆虐的高温耗尽了一天的热力，习习南风吹拂着晚归的人们。遛狗的、摆地摊的、跳广场舞的……各色人等渐次登场，这座美丽的小城，沉浸在一片欢乐祥和的气氛中。

在临近渌水的一个小区内，一位中年人行色匆匆，目光焦灼，仿佛晚归的孩童，忐忑不安于父母的呵责。蓦地，他的身躯微不可察地一震，视线投向那个有些佝偻的身影——随即，他疾步上前，轻呼道："妈，我回来了！"

这位中年人，名叫吴安华，中南大学湘雅医院感染控制中心主任，被誉为"湖湘感控第一人"。

新冠肺炎疫情以来，他第一时间奔赴武汉，辗转哈尔滨、吉林……为守护数万医护人员的生命安全，他已在抗疫"前线"奋战了 129 个昼夜。这一天，正是他刚刚解除隔离、完成核酸检测后的第一天，他终于回到了阔别已久的家中，见到了魂牵梦萦的老母亲。

5 个月，这是他参加工作以来，离别母亲时间最长的一次。"哥，你不知道啊，你不在家的这段日子，妈天天看采访你的节目，时时往楼底下张望，又怕你工作不安心，电话都不敢打，有时还偷偷地躲在床上哭呢。"正在厨房里为哥哥嫂嫂操办晚餐的妹妹吴南英“告状”道。

“你别听她瞎说!”妈妈是向着儿子的，“妈知道你是在为国家出力，妈不怪你。”

“妈，我去打了三仗。”说起这个，吴安华有点“得瑟”，就像小时候拿着满分试卷回家的孩子，又像那个 40 年前捧着大学录取通知书回家报喜的少年，“在武汉，在哈尔滨，在吉林，我都打胜了。”

在母亲面前，即便是年近花甲，孩子永远还是孩子；而在 14 亿中国人面前，千万英雄用责任和担当，书写了大写的“人”，吴安华就是其中一个。有人说他是“斗士”，有人说他是勇士，是为全国 42000 余名医疗队队员创造零感染奇迹的英雄。

第 1 章

年关奉命赴武汉 疫情感控创方案

2020 年 1 月 21 日，腊月廿七，中国一年一度最大的“人口大流动”行进中，G404 次高铁上人头攒动。

3 车厢 10D，二等座。饥肠辘辘的吴安华看了看车票，迅速地把背包从肩上取下来，安静坐下。他理了理有点凌乱的头发，将衣衫捋整齐。随后，仔细检查了一下包里的物品。

这是一次紧急的出行。几个小时前，吴安华还同湘雅医院感染控制中心黄勋教授在医院查房。国家卫健委来电，令吴安华马上赶赴武汉。吴安华清楚此行刻不容缓，立即放下手中的事情，回家迅速收拾几件衣物，连中饭都没吃。

武汉出现不明原因肺炎后，吴安华便一直奔波于湖南省内的医院做院感巡查工作，密切关注疫情进展。当接到国家卫健委的通知时，他感到了事态紧急。

高铁飞疾前行，吴安华的表情有些凝重。吴安华想起了曾经那些与灾难、与病毒“抗战”的日子：1998 年全国特大洪灾，2003 年非典型肺炎肆虐，2008 年汶川大地震，2014 年埃博拉病毒侵袭以及禽流感蔓延，每一次大的灾难和疫情来袭，吴安华都第一时间奔赴前线，奋勇“作战”，并最终凯旋。这一次，应该也会很快“胜利”回家的，吴安华想。

15 时 10 分，G404 到达武汉。17 时左右，吴安华到达宾馆，他见到了老朋友李六亿，一位知性干练的中年女性，她是北京大学第一医院感染管理与疾病预防控制处处长，中国医院协会医院感染管理专业委员会主任委员。

吴安华和李六亿是此次中央赴湖北指导组院感防控专家，也是最早一批驰援专家。他们所在的院感防控组就是属于医疗救助组。国家卫健委给他们的任务，便是保护好医护人员的安全。

吴安华和老朋友李六亿寒暄了两句，两人立刻进入了感控方案的讨论之中。他们十分清楚，要防止新冠肺炎扩散，首先是要做好防控，那就必须尽快制定新冠病毒感染预防与控制指南。

两人讨论了近两小时。简单的自助餐，吴安华和李六亿匆匆吃了几口，放下碗筷。他们继续讨论。从既往的呼吸道传染和预防方法，到曾经参与“非典”的抗战经验；从医护人员的防护、全员的培训，到如何做好医院感染检测和病人感人检测，如何做好清洁消毒管理；从如何加强患者就诊管理和教育，到如何加强感染爆发的管理，甚至是医疗废物的管理……

“一定要做到 360 度无死角。”吴安华和李六亿两人无比慎重。整整 8 小时，到深夜 12 时，一套完整的《医疗机构内新型冠状病毒感染预防与控制技术指南》终于成型。深夜 12 时 30 分，他们将这份《指南》发送到北京。

1 月 22 日，《指南》从北京向全国各地迅速发布。吴安华认为，在这份《指南》中，最关键的是有效提出了两大措施：正确选择和佩戴口罩，做好手卫生。后来的实践证明，这两大措施是疫情中所有人员避免感染最为有效的方法。

《指南》发布的同一天，一大早，吴安华来到武汉大学中南医院。他发现，医院出现一些医护人员感染。此时，医院的床位特别紧张，因为确诊比较慢，出现的实际病例要比确诊的病例还多。吴安华敏锐地看到了事态的严重性：一线的医生护士，许多并不是来自于感染、呼吸等科室，他们对院感防护知识相对缺乏，自我防护能力较弱。

吴安华认为感控工作和培训工作时不我待。他同李六亿教授主动向中央指导组提出建议。其一，医疗队中应配备专业感控人员；其二，必须对前来救援的医护人员进行培训再上岗。

不出意料，这些创造性的建议迅速被采纳。

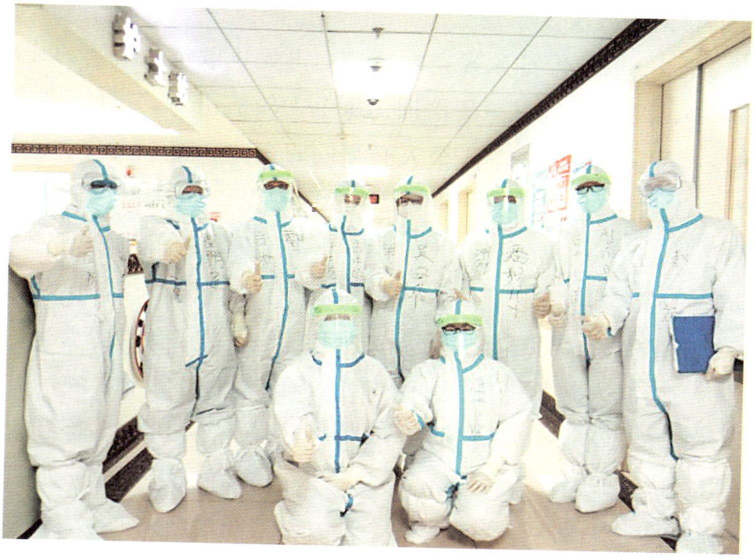

春节前夕，吴安华赶赴武汉，驰援湖北抗疫工作。

第 2 章

百场培训抢时间　四万医护无一失

大年三十，中国人最重视除夕团圆。这一天晚上，来自上海和广东的最早一批支援武汉的医疗队到达。第二天正月初一，春节，中国传统佳节。吴安华开始对医疗队进行培训。吴安华看着眼前一张张年轻的脸庞，有些感慨。队伍里的很多男队员，剃了光头，一些女队员，剪掉了长发。吴安华还看到，大部分年轻人都是“90”后，他们和他自己的孩子差不多大。

吴安华落泪了，他心潮翻滚：这些年轻的小伙子、小姑娘，大年三十赶到这里，连团圆饭都没有吃，他们都是家里的宝贝，却如此不顾安危地奔赴“战场”，何等不易。

从他们脸上，吴安华看到了满腔热情，看到了勇敢，也看到了一丝不安。那时，武汉已按下暂停键，路上几乎空无一人，不安的情绪四处蔓延。

吴安华觉得，接下来的培训，必须给他们力量，给他们安全感，他看到了他们充满期待的眼神。

给医护人员培训的一共3人，除了吴安华和李六亿教授，还有来自北京地坛医院的蒋荣猛教授。

从第一天，3人便像拧紧发条的钟摆，再无止歇。最开始的几次培训，3人分工协作，两个人负责一场培训，每个人轮流讲40分钟。渐渐地，全国各地的支援团队纷纷到来，3个人必须同时上阵，每个人负责一场培训，至少讲授70分钟。

每次培训，吴安华都发现，医护人员早就安安静静地在那里等他们。吴安华和他们相见，没有任何寒暄，他打开课件，争分夺秒地给大家上课。讲完之后，又得赶紧离开，因为接下来还有其他医护队伍在等着他。

培训时，所有人都不能随便摘下口罩，每次讲得口干舌燥，吴安华只有忍着，有时候感觉喉咙要冒烟，吴安华用劲吞了吞口水。等到上车，他赶紧摘下口罩喝水。

每一天，吴安华3人都要走好几个地方，陪同培训的工作人员担心他们太累，建议他们用前期培训的录像代替现场培训，但是3人都不同意。后来有人问及此事，吴安华说："我和李六亿、蒋荣猛都是湖南人，能吃苦耐劳是我们湖南人的精神特质。"那个时候，他们三人一致认为，培训不是小事，不能有任何马虎，自己苦一点，或许就可以拯救一个人的性命。录制好的录像硬是没有被顶替一次现场培训。

随着培训人数的增多，培训的条件也越来越艰苦。在没有投影的地方，吴安华加大自我演示力度；在没有话筒的地方，吴安华扯着嗓门喊；没有合适的场地，吴安华随便找块地儿，站着就开讲。

有两次经历令吴安华记忆尤为深刻。一次是在"雷神山"，吴安华站在一堆刚刚踩实的黄土上，拿着小喇叭，声嘶力竭地讲，场地太空旷，吴安华只有一次次提高自己的嗓音。一讲完，吴安华便感觉喉咙深处，如一支烟火在烧，又痛又痒。还有一次是在一个小区的楼道里，来自河南医疗队的100余人聚在楼梯间，吴安华拿着好不容易借来的话筒，扯开嗓门给他们足足讲了70多分钟，一讲完，他感觉成千上万的"蚊子"围绕着他嗡嗡叫。

在雷神山，被誉为“湖湘感控第一人”的吴安华站在一堆刚刚踩实的黄土上，拿着小喇叭，声嘶力竭地教授如何疫情感控。

大家问吴安华累不累，吴安华每次都微笑着说：还好。

可是，能不累吗？大家记得，吴安华讲得最多的那天，一共6场。他往返270多公里，为9支医疗队、1182个人，讲了整整450分钟。

晚上回到宾馆8时许，吴安华还不能休息。每天，他都会和李六亿教授一起备课，将课件更新，忙到深夜12时。他们认为，疫情是不断变化的，对防护的培训也需不断跟进。这些培训的课件内容，不止在培训时讲，还在《中国感染控制杂志》公众号上推出。前前后后更新的三版课件，浏览总量就已超过10万次。

那晚，更新完课件的吴安华回到宾馆，他一头倒在床上，休息了一小阵，再起来。他开始检查自己的脉搏，暗暗对自己说：决不能倒下。

偶尔，妻子李凤云和吴安华通个话，她担心他，他安慰她道：“你放心好了，我自己的身体，自己把握得了。”

事实上，吴安华的身体并不“强硬”，年近60的他，2009年曾发生心肌梗死，做过心脏搭桥手术，并需要长期服用抗凝药物。参加培训的医护人员看着吴安华每天如此辛劳，不免有些担心，可吴安华却总更关心大家。

医疗队年轻人多，每次培训，他都叮嘱他们：一定要吃饱饭。面对女医护人员，他总是强调："你们可别想着塑身减肥，害怕长胖咧，只有吃饱饭、睡好觉，才能提高免疫力啊！"他还让大家互相"检举揭发"，只要发现谁带病上岗，必须上报。

事实证明，吴安华等院感专家的培训，在感控方面确实发挥了巨大作用。"四万多人，万无一失。"吴安华无不自豪地感慨：武汉"抗疫前线"这么多医护人员，平均每人工作时间保守50天，却安然无恙，确实可以说是创造了世界记录。

在武汉的这些天，吴安华一共培训了100多场，总计为15000多人进行培训。

2020年7月，吴安华（左五）又一次奔赴大连，执行新的抗疫任务。

（本版图片由吴安华提供）

第3章

再受命转战东北　平疫情智保平安

2020年4月1日下午5时许，吴安华同湘雅医院第三批支援湖北医疗队的131名队员抵达长沙。满眼的鲜花和此起彼伏的掌声，让吴安华激动不已。队员们齐喊“百年湘雅，矢志报国”的口号，深情地唱着《歌唱祖国》，吴安华眼圈发红了。

吴安华在长沙安安静静地隔离15天后，他再次接到一个电话。4月16日上午，吴安华急匆匆去例行体检，下午，再次急赴哈尔滨。这一天，哈尔滨对外公布，新增6例新冠肺炎病例，国家卫健委安排湘雅医院吴安华和潘频华教授第一时间过去支援。

“汉家烟尘在东北，汉将辞家破残贼”，吴安华不敢有半点耽搁，即刻启程。飞机飞到青岛，转机时，由于天气原因航班取消，吴安华只有等。落地哈尔滨，已是4月17日晚间。

一到目的地，大家便聚在一起开会，商量第二天要去医院做的事情。他们开始做调查，做设计方案，然后，紧锣密鼓地对来自黑龙江全省的医务人员进行培训，并指导他们如何救治。

这一待又是半个月。“半个月的时间里，每天也要做很多事情，一共跑了10多家医院。”吴安华轻描淡写地说起这些工作。在哈尔滨的日子，虽然也很忙，但精神压力没那么大，湖北的成功感控经验，让他们做起来已经得心应手。“但仍然不敢掉以轻心。”吴安华强调。哈尔滨的疫情，基本上按吴安华等人的预想，没有节外生枝，很快便得到了控制。

一波刚平，一波又起。5月10日，正欲返程的吴安华再次接到国家卫健委通知，吉林省吉林市舒兰市“告急”。吴安华再次急匆匆告别哈尔滨，准备前往舒兰。

铁路封了，只能坐汽车。经过长时间的颠簸，终于到了舒兰市，吴安华径直朝人民医院发热门诊奔去。他向医护人员呼吁：“一定要做好防护工作，一定要顺藤摸瓜找出传染源，把密切接触的所有人都管起来，只要密接人员在管控之内，就没问题。从湖北到黑龙江，再到吉林，最大的区别是从未知到已知，从武汉到哈尔滨和舒兰，我们是带着办法去的，这是抗疫斗争中用血汗换出来的经验。”

除了培训工作，吴安华还从医院病区的楼房改造等流程布局来指导他们。

这些天，吴安华的强烈感受是：新冠肺炎传染性比较强，如果不能早期发现病例，不严格做好防护，后果是相当可怕的。

吴安华清楚地记得，在吉林市的一家医院，有一名护士，她母亲与新冠肺炎病人有过接触，她和母亲在一起，是次接触，两人都被感染。当时，医院很着急，向吴安华求助。吴安华推测，只要做好防护，其他人是不会感染的。果然不出所料，这些天，医院各项工作把关到位，既没有医护人员感染，也没有病人感染。

在哈尔滨和舒兰，有着丰富经验的吴安华等感控专家的预测，与实际状况相吻合，甚至比实际状况还好。在哈尔滨，他们预计不超过100人感染新冠肺炎，结果最后确诊101人，在舒兰，目标不超过50人，最后确诊是46人。

5月29日上午11时许，“鏖战”129天的吴安华终于返程回家。在机场，他们受到了英雄般的热烈欢迎。

吴安华想起了同在抗疫一线的专家，心中甚是牵挂。他对身边迎接他回家的同事说：还有个地方我没去，那是牡丹江，我们回来的时候，还有一些专家没回来，他们比我们更辛苦。

不管在电视采访还是医院会议上，吴安华提醒大家，千万不能放松警惕。他认为，目前，整体来说已经进入常态了，但所有人还是要注意预防感染。他一再强调：预防是最经济、最有效的健康策略。每一个人，都要有预防意识。

他强调，预防感染，不仅仅是预防新冠肺炎，所有的感染病都是可以预防的。有一些感染病有疫苗，应该去咨询打疫苗，小朋友、老年人要打，医护人员也要打。对于新冠肺炎，暂时没有疫苗的，就一定要遵循国家疾控中心发布的社区指南，严格按照指南去做。

他还提出几点详细建议。其一，人多的地方，尽量不去，不聚集，公共场所要做好卫生通风。其二，饮食卫生要注意安全，比如提倡用公筷。其三，不要随地吐痰。其四，咳嗽、打喷嚏，尽量避开人。其五，不要高声喧哗，高声喧哗一样会散播飞沫。其六，做好卫生防护。养成常洗手的习惯。

吴安华一遍一遍地强调这些注意事项，殷殷之情，拳拳之心，溢于言表。他还谈起了构建强大的公共卫生体系。他说，关键是坚持预防为主的健康工作方针，改善完善疾病预防控制体系，坚持常备不懈，防患于未然。这些举措，利国利民。这些话语，从他口中说出，如静水流深，更有几分磅礴伟力。

第4章

因热爱终成名家　赤诚之心报祖国

2020年5月30日，第二届全国创新争先奖表彰奖励大会隆重召开，吴安华荣膺第二届“全国创新争先奖”。

面对新闻媒体，他真诚地说：“这次大部分的获奖者都在抗疫中努力过，这体现了国家对疫情防控的重视，对我们的肯定，更是对以后做好这项工作的鼓励。”他坦言，获这个奖，也没太多感想，一直做感控这项工作，也只是因为热爱它。

1980年，好学懂事的吴安华顺利地考上了湖南医学院（现中南大学湘雅医学院），一开始，他学的是临床专业。在张铮老师的启迪和影响下，他于1993年博士毕业。1997年7月1日香港回归的那天，他从传染病科调到了感染控制中心。

吴安华回忆，那个时候，作为医生来讲，愿意做这项工作的并不太多。不管是工作的选择还是专业的发展，导师张铮如一盏明灯，给了他热忱和力量。那时，从传染病科到医院感染控制中心，张铮教授作为很有名的传染病专家，尽管他专攻传染病的，一直支持吴安华的感控工作。

“只是因为喜欢，只是因为热爱，我内心特别愿意去做。”吴安华一直认为，“院感无小事”。吴安华对感染病的研究有着强烈的兴趣。比如SARS、MERS、埃博拉、人感染高致病性禽流感等等，吴安华从对这些病毒的研究和攻克中，找到了特殊的兴趣和快乐。

这些年，吴安华将自己“陷进去”“扎进去”，在专业领域“深耕细作”，取得了一个又一个骄人成绩。许多人称其为“湖湘感控第一人”，吴安华每每摇头：“饮水思源。我们湘雅医院一直很支持这项工作，包括我的前任，我们医院感染控制中心的老主任徐秀华教授，为医院的发展做出了巨大贡献，也为我的工作提供了良好的基础条件。”

提起自己的工作单位湘雅医院，吴安华言语中总透出几分自豪。他说，中国医院协会医院感染专业委员会和中华预防医学会医院感染控制分会是在感控方面成立较早的协会，十多年来，自己担当两个学会的副主任委员，更多地体现了湘雅医院在感控方面的实力。这些年，医院也越来越重视感控工作，就感染控制中心，博士就有6个。

从大学毕业，35年来，他深深感谢生活于此工作于此的湘雅医院。他说，医院给了自己学习的平台和激励。作为全国医院感染培训基地，湘雅医院每年都要开展多场培训，作为培训导师，自己更需要不断学习。另外，作为医院《中国感染控制杂志》的主编，也有了更多学习的机会和动力了。

此次抗疫，不管是在湖北、在黑龙江、在吉林，吴安华认为，这几个月忙不停歇地“作战”，对于自己是磨炼，更是学习。在解决问题中，他对感控的认识更深了；在全国省内外专家的研讨中，他对各种资讯的掌握更丰富了。还让他开心的是，在百余天的抗疫培训中，他还特别欣慰地看到不少曾经自己培训过的学员。

他还有更多的期待。他期待，所有的医护人员都能进行感控专业知识的学习，掌握感控技能。他认为，一个人再强大，一个团体再强大，对于感染的应对来说，都是不够的。为此，他呼吁：在医学教育的本科教学阶段，对所有的医学类学生，都要进行感控的教育。他觉得，只有这样，他们毕业后走上工作岗位，才能真正做好感控工作和本职工作。

有着多年感控经验的吴安华推测，未来，我们可能还会面临新的挑战，比如新的传染病、细菌耐药，这些挑战是巨大的，可我们从不会退缩。

【作者手记】

6月的一个傍晚，在留芳宾馆21楼茶室，吴安华接受了我的采访。

他的声音清晰而低沉。访谈间，吴安华两次哽咽。第一次是谈起武汉离去的那么多人，他叹惜他们脆弱的生命；第二次是谈起他的母亲。“这些天，我在外的日子里，母亲其实很担心。因为担心，她睡不好，还瘦了七八斤。这些担心，是一个母亲对儿子的深情。我是祖国的儿子，危难时刻，挺身而出，救死扶伤，乃职责所系。”吴安华聊起了自己86岁的母亲，聊起了当初的出行和如今的平安回归。他的目光中闪耀着一片赤诚之心。

7月25日晚上，我再次电话采访吴安华时，他又已开赴大连抗疫第一线。他正忙于疫情现场指导，没能接受我的电话采访……在夜色中，我面朝东北，遥祝吴教授早日平息疫情，早日凯旋……

【感言】

赤胆英雄吴安华

尹红芳

2020年6月8日傍晚，落日熔金。长沙某宾馆门前，一个带着黑框眼镜的中年男子平静地向我走来。他举止从容，步履稳健，这就是我要采访的吴安华教授。

我连忙向前招呼，吴安华教授看到我，露出一丝微笑，温和地说："我知道21楼有个茶室，我请你上去喝茶，边喝边聊。"他的声音清晰而低沉，透着和善与坚定。

因为工作的关系，自大学毕业以来，我一直都忙于采访与创作，也算得上是"阅人无数"。可是，在见到吴安华教授前，我竟然感到几分久违的紧张，以至于一直站在留芳宾馆门口翻阅采访提纲。因为我知道，疫情特殊时期，吴安华教授时间特别宝贵，我不能耽误他太多时间，为了采访时不漏问相关重要信息，我必须提前做好准备工作。而乍见他时的一席话，让我瞬间轻松了不少。

甫一坐定，吴安华教授便开门见山地说："这次采访，你想了解哪些信息？你一个一个问，我一个一个答。"事实上，吴安华教授何止回答了我的一个个提问，随着采访的深入，他还主动和我聊他的人生点滴，聊他引以为傲的事业，聊他和睦温暖的家庭，聊他深深挂念着的老母亲。当然，聊得最多的还是他在这场战"疫"中的所见所闻、所思所行。吴安华教授的形象在我心中渐渐树立起来，我甚至产生了一种奇妙的感觉，仿佛眼前坐的是熟识多年的老友，又像是邻家和蔼可亲的大叔，更像是在人生旅途中对我耳提面命的前辈。

就这样，我们的采访在一种融洽而友好的氛围中徐徐进行。从中，我看到了一个铮铮铁骨男子汉内心的柔软，看到了一个高级知识分子的坚守和担当。他的拳拳赤子之心，赫然彰显。《赤胆英雄传》这篇文章，便是以吴安华的铁骨柔情拉开序幕。

12版 2020年7月28日 星期二

橘洲 | 报告文学

长沙晚报

赤胆英雄传

尹红芳

一场疫情起江城
千万英雄赴征程
炼修平生报家国
忠心赤胆献黎民

在"雷神山"，被誉为"湖湘感控第一人"的吴安华站在一堆刚刚踩实的黄土上，拿着小喇叭，声嘶力竭地教授如何进行疫情感控。

春节前夕，吴安华赶赴武汉，驰援湖北抗疫工作。

2020年6月12日19时许，醴陵市，华灯初上，肆虐的高温耗尽了一天的热力，习习南风吹拂着晚归的人们。遛狗的、摆地摊的、跳广场舞的……各色人等渐次登场，这座美丽的小城，沉浸在一片欢乐祥和的气氛中。

在临近渌水的一个小区内，一位中年人行色匆匆，目光焦灼，仿佛晚归的孩童，忐忑不安于父母的呵责。蓦地，他的身躯微不可察地一震，视线投向那个有些佝偻的身影——随即，他疾步上前，轻呼道："妈，我回来了！"

这位中年人，名叫吴安华，中南大学湘雅医院感染控制中心主任，被誉为"湖湘感控第一人"。

新冠肺炎疫情以来，他第一时间奔赴武汉，辗转哈尔滨、吉林……为守护数万医护人员的生命安全，他已在抗疫"前线"奋战了129个昼夜。这一天，正是他刚刚解除隔离、完成核酸检测后的第一天，他终于回到了阔别已久的家中，见到了魂牵梦萦的老母亲。

5个月，这是他参加工作以来，离别母亲时间最长的一次。"哥，你不知道啊，你不在家的这段日子，妈天天看采访你的节目，时时往楼底下张望，又怕你工作不安心，电话都不敢打，有时还偷偷地躲在床上哭呢。"正在厨房里为哥哥嫂嫂操办晚餐的妹妹吴南英"告状"道。

"你别听她瞎说！"妈妈是向着儿子的，"妈知道你是在为国家出力，妈不怪你。"

"妈，我去打了三仗。"说起这个，吴安华有点"得瑟"，就像小时候拿着满分试卷回家的孩子，又像那个40年前捧着大学录取通知书回家报喜的少年，"在武汉，在哈尔滨，在吉林，我都打胜了。"

在母亲面前，即便是年近花甲，孩子永远还是孩子；而在14亿中国人面前，千万英雄用责任和担当，书写了大写的"人"，吴安华就是其中一个。有人说他是"斗士"，有人说他是勇士，是为全国42000余名医疗队队员创造零感染奇迹的英雄。

第1章 年关奉命赴武汉 疫情感控创方案

2020年1月21日，腊月廿七，中国一年一度最大的"人口大流动"行进中，G404次高铁上人头攒动。

3车厢10D，二等座。饥肠辘辘的吴安华看了看车票，迅速地把背包从肩上取下来，安静坐下。他理了理有点凌乱的头发，将衣衫捋整齐。随后，仔细检查了一下包里的物品。

这是一次紧急的出行。几个小时前，吴安华还同湘雅医院感染控制中心黄勋教授在医院查房。国家卫健委来电，令吴安华马上赶赴武汉。吴安华清楚此行刻不容缓，立即放下手中的事情，回家迅速收拾几件衣物，连中饭都没吃。

武汉出现不明原因肺炎后，吴安华便一直奔波于湖南省内的医院做院感巡查工作，密切关注疫情进展。当接到国家卫健委的通知时，他感到了事态紧急。

高铁飞疾前行，吴安华的表情有些凝重。吴安华想起了曾经那些与灾难、与病毒"抗战"的日子：1998年全国特大洪灾，2003年非典型肺炎肆虐，2008年汶川大地震，2014年埃博拉病毒侵袭以及禽流感蔓延，每一次大的灾难和疫情来袭，吴安华都第一时间奔赴前线，奋勇"作战"，并最终凯旋。这一次，应该也会很快"胜利"回家的，吴安华想。

15时10分，G404到达武汉。17时左右，吴安华到达宾馆，他见到了老朋友李六亿，一位知性干练的中年女性，她是北京大学第一医院感染管理与疾病预防控制处处长，中国医院协会医院感染管理专业委员会主任委员。

吴安华和李六亿是此次中央赴湖北指导组院感防控专家，也是最早一批驰援专家。他们所在的院感防控组就是属于医疗救助组。国家卫健委给他们的任务，便是保护好医护人员的安全。

吴安华和老朋友李六亿寒暄了两句，两人立刻进入了感控方案的讨论之中。他们十分清楚，要防止新冠肺炎扩散，首先是要做好防控，那就必须尽快制定新冠病毒感染预防与控制指南。

两人讨论了近两小时。简单的自助餐，吴安华和李六亿匆匆吃了几口，放下碗筷，他们继续讨论。从既往的呼吸道传染和预防方法，到曾经参与"非典"的抗战经验；从医护人员的防护、全员的培训，到如何做好医院感染检测和病人感人检测，如何做好清洁消毒管理；从如何加强患者就诊管理和教育，到如何加强感染爆发的管理，甚至是医疗废物的管理……

"一定要做到360度无死角。"吴安华和李六亿两人无比慎重。整整8小时，到深夜12时，一套完整的《医疗机构内新型冠状病毒感染预防与控制技术指南》终于成型。深夜12时30分，他们将这份《指南》发送到北京。

1月22日，《指南》从北京向全国各地迅速发布。吴安华认为，在这份《指南》中，最关键的是有效提出了两大措施：正确选择和佩戴口罩，做好手卫生。后来的实践证明，这两大措施是疫情中所有人员避免感染最为有效的方法。

《指南》发布的同一天，一大早，吴安华来到武汉大学中南医院。他发现，医院出现一些医护人员感染。此时，医院的床位特别紧张，因为确诊比较慢，出现的实际病例要比确诊的病例还多。吴安华敏锐地看到了事态的严重性：一线的医生护士，许多并不是来自于感染、呼吸等科室，他们对院感防护知识相对缺乏，自我防护能力较弱。

吴安华认为感控工作和培训工作时不我待。他同李六亿教授主动向中央指导组提出建议。其一，医疗队中应配备专业感控人员；其二，必须对前来救援的医护人员进行培训再上岗。

不出意料，这些创造性的建议迅速被采纳。

第2章 百场培训抢时间 四万医护无一失

大年三十，中国人最重视的除夕团圆。这一天晚上，来自上海和广东的最早一批支援武汉的医疗队到达。第二天正月初一，春节，中国传统佳节。吴安华开始对医疗队进行培训。吴安华看着眼前一张张年轻的脸庞，有些感慨。队伍里的很多男队员，剃了光头，一些女队员，剪掉了长发。吴安华还看到，大部分年轻人都是"90"后，他们和他自己的孩子差不多大。

吴安华落泪了，他心潮翻滚：这些年轻的小伙子、小姑娘，大年三十赶到这里，连团圆饭都没有吃，他们都是家里的宝贝，却如此不顾安危地奔赴"战场"，何等不易。

从他们脸上，吴安华看到了满腔热情，看到了勇敢，也看到了一丝不安。那时，武汉已按下暂停键，路上几乎空无一人，不安的情绪四处蔓延。

吴安华觉得，接下来的培训，必须给他们力量，给他们安全感，他看到了他们充满期待的眼神。

给医护人员培训的一共3人，除了吴安华和李六亿教授，还有来自北京地坛医院的蒋荣猛教授。

从第一天，3人便像拧紧发条的钟摆，再无止歇。最开始的几次培训，3人分工协作，两个人负责一场培训，每个人轮流讲40分钟。渐渐地，全国各地的支援团队纷纷到来，3个人必须同时上阵，每个人负责一场培训，至少讲授70分钟。

每次培训，吴安华都发现，医护人员早就安安静静地在那里等他们。吴安华和他们相见，没有任何寒暄，他打开课件，争分夺秒地给大家上课。讲完之后，又得赶紧离开，因为接下来还有其他医护队伍在等着他。

培训时，所有人都不能随便摘下口罩，每次讲得口干舌燥，吴安华只有忍着，有时候感觉喉咙要冒烟，吴安华用劲吞了吞口水。等到上车，他赶紧摘下口罩喝水。

每一天，吴安华3人都要走好几个地方，陪同培训的工作人员担心他们太累，建议他们用前期培训的录像代替现场培训，但是3人都不同意。后来有人问及此事，吴安华说："我和李六亿、蒋荣猛都是湖南人，能吃苦耐劳是我们湖南人的精神特质。"那个时候，他们三人一致认为，培训不是小事，不能有任何马虎，自己苦一点，或许就可以拯救一个人的性命。录制好的录像硬是没有被顶替一次现场培训。

随着培训人数的增多，培训的条件也越来越艰苦。在没有投影的地方，吴安华加大自我演示力度；在没有话筒的地方，吴安华扯着嗓门喊；没有合适的场地，吴安华随便找块地儿，站着就开讲。

有两次经历令吴安华记忆尤为深刻。一次是在"雷神山"，吴安华站在一堆刚刚踩实的黄土上，拿着小喇叭，声嘶力竭地讲，场地太空旷，吴安华只有一次次提高自己的嗓音。一讲完，吴安华便感觉喉咙深处，如一支烟火在烧，又痛又痒。还有一次是在一个小区的楼道里，来自河南医疗队的100余人聚在楼梯间，吴安华拿着好不容易借来的话筒，扯开嗓门给他们足足讲了70多分钟，一讲完，他感觉成千上万的"蚊子"围绕着他嗡嗡叫。

大家问吴安华累不累，吴安华每次都微笑着说：还好。

可是，能不累吗？大家记得，吴安华讲得最多的那天，一共6场。他往返270多公里，为9支医疗队、1182个人，讲了整整450分钟。

晚上回到宾馆8时许，吴安华还不能休息。每天，他都会和李六亿教授一起备课，将课件更新，忙到深夜12时。他们认为，疫情是不断变化的，对防护的培训也需不断跟进。这些培训的课件内容，不止在培训时讲，还在《中国感染控制杂志》公众号上推出。前前后后更新的三版课件，浏览总量就已超过10万次。

那晚，更新完课件的吴安华回到宾馆，他一头倒在床上，休息了一小阵，再起来。他开始检查自己的脉搏，暗暗对自己说：决不能倒下。

偶尔，妻子李凤云和吴安华通个话，她担心他，他安慰她道："你放心好了，我自己的身体，自己把握得了。"

事实上，吴安华的身体并不"强硬"，年近60的他，2009年曾发生心肌梗塞，做过心脏搭桥手术，并需要长期服用抗凝药物。参加培训的医护人员看着吴安华每天如此辛劳，不免有些担心，可吴安华却总更关心大家。医疗队年轻人多，每次培训，他都叮嘱他们：一定要吃饱饭。面对女医护人员，他总是强调："你们可别想着塑身减肥，害怕长胖啊，只有吃饱饭、睡好觉，才能提高免疫力啊！"他还让大家互相"检举揭发"，只要发现谁带病上岗，必须上报。

事实证明，吴安华等院感专家的培训，在感控方面确实发挥了巨大作用。"四万多人，万无一失。"吴安华无不自豪地感慨：武汉"抗疫前线"这么多医护人员，平均每人工作时间保守50天，却安然无恙，确实可以说是创造了世界记录。

在武汉的这些天，吴安华一共培训了100多场，总计为15000多人进行培训。

7月底，吴安华（左五）又一次奔赴大连，执行新的抗疫任务。

本版图片均由吴安华提供

第3章 再受命转战东北 平疫情智保平安

2020年4月1日下午5时许，吴安华同湘雅医院第三批支援湖北医疗队的131名队员抵达长沙。满眼的鲜花和此起彼伏的掌声，让吴安华激动不已。队员们齐喊"百年湘雅，矢志报国"的口号，深情地唱着《歌唱祖国》，吴安华眼眶发红了。

吴安华在长沙安安静静地隔离15天后，他再次接到一个电话。4月16日上午，吴安华急匆匆去例行体检，下午，再次急赴哈尔滨。这一天，哈尔滨对外公布，新增6例新冠肺炎病例，国家卫健委安排湘雅医院吴安华和潘频华教授第一时间过去支援。

"汉家烟尘在东北，汉将辞家破残贼"，吴安华不敢有半点耽搁，即刻启程。飞机飞到青岛，转机时，由于天气原因航班取消，吴安华只有等。落地哈尔滨，已是4月17日晚间。

一到目的地，大家便聚在一起开会，商量第二天要去医院做的事情。他们开始做调查，做设计方案，然后，紧锣密鼓地对来自黑龙江全省的医务人员进行培训，并指导他们如何救治。

这一待又是半个月。"半个月的时间里，每天也要做很多事情，一共跑了10多家医院。"吴安华轻描淡写地说起这些工作。在哈尔滨的日子，虽然也很忙，但精神压力没那么大，湖北的成功感控经验，让他们做起来已经得心应手。"但仍然不敢掉以轻心。"吴安华强调，哈尔滨的疫情，基本上按吴安华等人的预想，没有节外生枝，很快便得到了控制。

一波刚平，一波又起。5月10日，正欲返程的吴安华再次接到国家卫健委通知，吉林省吉林市舒兰市"告急"。吴安华再次急匆匆告别哈尔滨，准备前往舒兰。

铁路封了，只能坐汽车。经过长时间的颠簸，终于到了舒兰市，吴安华径直朝人民医院发热门诊奔去。他向医护人员呼吁："一定要做好防护工作，一定要顺藤摸瓜找出传染源，把密切接触的所有人都管起来，只要密接人员在管控之内，就没问题。从湖北到黑龙江，再到吉林，最大的区别是从未知到已知，从武汉到哈尔滨和舒兰，我们是带着办法去的，这是抗疫斗争中用血汗换出来的经验。"

除了培训工作，吴安华还从医院病区的楼房改造等流程布局来指导他们。

这些天，吴安华的强烈感受是：新冠肺炎传染性比较强，如果不能早期发现病例，不严格做好防护，后果是相当可怕的。

吴安华清楚地记得，在吉林市的一家医院，有一名护士，她母亲与新冠肺炎病人有过接触，她和母亲在一起，是次接触，两人都被感染。当时，医院很着急，向吴安华求助。吴安华推测，只要做好防护，其他人是不会感染的。果然不出所料，这些天，医院各项工作把关到位，既没有医护人员感染，也没有病人感染。

在哈尔滨和舒兰，有着丰富经验的吴安华等感控专家的预测，与实际状况相吻合，甚至比实际状况还好。在哈尔滨，他们预计不超过100人感染新冠肺炎，结果最后确诊101人，在舒兰，目标不超过50人，最后确诊是46人。

5月29日上午11时许，"鏖战"129天的吴安华终于返程回家。在机场，他们受到了英雄般的热烈欢迎。

吴安华想起了同在抗疫一线的专家，心中甚是牵挂。他对身边迎接他回家的同事说：还有个地方我没去，那是牡丹江，我们回来的时候，还有一些专家没回来，他们比我们更辛苦。

不管在电视采访还是医院会议上，吴安华提醒大家，千万不能放松警惕。他认为，目前，整体来说已经进入常态了，但所有人还是要注意预防感染。他一再强调：预防是最经济、最有效的健康策略。每一个人，都要有预防意识。

他强调，预防感染，不仅仅是预防新冠肺炎，所有的感染病都是可以预防的。有一些感染病有疫苗，应该去咨询打疫苗，小朋友、老年人要打，医护人员也要打。对于新冠肺炎，暂时没有疫苗的，就一定要遵循国家疾控中心发布的社区指南，严格按照指南去做。

他还提出几点详细建议。其一，人多的地方，尽量不去，不聚集，公共场所要做好卫生通风。其二，饮食卫生要注意安全，比如提倡用公筷。其三，不要随地吐痰。其四，咳嗽、打喷嚏，尽量避开人。其五，不要高声喧哗，高声喧哗一样会散播飞沫。其六，做好手卫生，养成常洗手的习惯。

吴安华一遍一遍地强调这些注意事项，殷殷之情，拳拳之心，溢于言表。他还谈起了构建起强大的公共卫生体系。他说，关键是坚持预防为主的健康工作方针，改善完善疾病预防控制体系，坚持常备不懈，防患于未然。这些举措，利国利民。这些话语，从他口中说出，如静水流深，更有几分磅礴伟力。

第4章 因热爱终成名家 赤诚之心报祖国

2020年5月30日，第二届全国创新争先奖表彰奖励大会隆重召开，吴安华荣膺第二届"全国创新争先奖"。

面对新闻媒体，他真诚地说："这次大部分的获奖者都在抗疫中努力过，这体现了国家对疫情防控的重视，对我们的肯定，更是对以后做好这项工作的鼓励。"他坦言，获这个奖，也没太多感想，一直做感控这项工作，也只是因为热爱它。

1980年，好学懂事的吴安华顺利地考上了湖南医学院（现中南大学湘雅医学院），一开始，他学的是临床专业。因为张铮老师的启迪和影响，1993年博士毕业。1997年7月1日香港回归的那天，他从传染病科调到了感染控制中心。

吴安华回忆，那个时候，作为医生来讲，愿意做这项工作的并不太多。不管是工作的选择还是专业的发展，导师张铮如一盏明灯，给了他热忱和力量。那时，从传染病科到医院感染控制中心，张铮教授作为很有名的传染病专家，尽管他专攻传染病的，一直支持吴安华的感控工作。

"只是因为喜欢，只是因为热爱，我内心特别愿意去做。"吴安华一直认为，"院感无小事"。吴安华对感染病的研究有着强烈的兴趣。比如SARS、MERS、埃博拉、人感染高致病性禽流感等等，吴安华从对这些病毒的研究和攻克中，找到了特殊的兴趣和快乐。

这些年，吴安华将自己"陷进去""扎进去"，在专业领域"深耕细作"，取得了一个又一个骄人成绩。许多人称其为"湖湘感控第一人"，吴安华每每摇头："饮水思源。我们湘雅医院一直很支持这项工作，包括我的前任，我们医院感染控制中心的老主任徐秀华教授，为医院的发展做出了巨大贡献，也为我的工作提供了良好的基础条件。"

提起自己的工作单位湘雅医院，吴安华言语中总透出几分自豪。他说，中国医院协会医院感染专业委员会和中华预防医学会医院感染控制分会是在感控方面成立较早的协会，十多年来，自己担当两个学会的副主任委员，更多地体现了湘雅医院在感控方面的实力。这些年，医院也越来越重视感控工作，就感染控制中心，博士就有6个。

从大学毕业，35年来，他深深感谢生活于此工作于此的湘雅医院。他说，医院给了自己学习的平台和激励。作为全国医院感染培训基地，湘雅医院每年都要开展多场培训，作为培训导师，自己更需要不断学习。另外，作为医院《中国感染控制杂志》的主编，也有了更多学习的机会和动力了。

此次抗疫，不管是在湖北、在黑龙江、在吉林，吴安华认为，这几个月忙不停歇地"作战"，对于自己是磨炼，更是学习。在解决问题中，他对感控的认识更深了；在全国省内外专家的研讨中，他对各种资讯的掌握更丰富了。还让他开心的是，在百余天的抗疫培训中，他还特别欣慰地看到不少曾经自己培训过的学员。

他还有更多的期待。他期待，所有的医护人员都能进行感控专业知识的学习，掌握感控技能。他认为，一个人再强大，一个团体再强大，对于感染的应对来说，都是不够的。为此，他呼吁：在医学教育的本科教学阶段，对所有的医学类学生，都要进行感控的教育。他觉得，只有这样，他们毕业后走上工作岗位，才能真正做好感控工作和本职工作。

有着多年感控经验的吴安华推测，未来，我们可能还会面临新的挑战，比如新的传染病、细菌耐药，这些挑战是巨大的，可我们从不会退缩。

作者手记

6月的一个傍晚，在留芳宾馆21楼茶室，吴安华接受了我的采访。

他的声音清晰而低沉。访谈间，吴安华两次哽咽。第一次是谈起武汉离去的那么多人，他叹惜他们脆弱的生命；第二次是谈起他的母亲。"这些天，我在外的日子里，母亲其实很担心。因为担心，她睡不好，还瘦了七八斤。这些担心，是一个母亲对儿子的深情。我是祖国的儿子，危难时刻，挺身而出，救死扶伤，乃职责所系。"吴安华聊起了自己86岁的母亲，聊起了当初的出行和如今的平安回归。他的目光中闪耀着，一片赤诚之心。

7月25日晚上，我再次电话采访吴安华时，他又已奔赴大连抗疫第一线。他正忙于疫情现场指导，没能接受我的电话采访……在夜色中，我面朝东北，遥祝吴教授早日平息疫情，早日凯旋……

四

扶贫攻坚 硕果累累

非常 9 + 1

——长沙市对口帮扶龙山县 26 年纪实

《长沙晚报》全媒体记者　李万寅　舒薇　范亚湘

长沙路、长沙街、长沙大桥……这里是长沙么？不，这里是湘西土家族苗族自治州龙山县。

一个个带着“长沙”印记的地名、建筑如一座座丰碑，记载着省会长沙与边陲县龙山结对发展、摆脱贫困、共同走向小康的点点滴滴。

今天是国家“扶贫日”，也是“国际消除贫困日”。

早在今年 2 月 29 日，经湖南省人民政府正式批复，龙山县等全省 20 个县市符合贫困县退出条件，同意脱贫摘帽。这一天，距离湖南省委、省政府明确由长沙市对口帮扶龙山县已走过了 26 年。

绿荫包裹中的龙山中学，是长沙援建的重点项目。《长沙晚报》通讯员　曾祥辉　摄

26年来，长沙累计在龙山投入资金12亿多元，实施帮扶项目近900个。长沙共有11位市管干部先后被派驻龙山县委县政府挂职，同时有100多名干部驻乡联村帮扶。有人说，长沙市有9个区、县（市），龙山则像是长沙市的“编外县”，长沙与龙山是“非常9+1”！

26年“非常9+1”，风雨兼程；26年“非常9+1”，矢志不渝！长沙人民的坚守与奉献，龙山县人民饮水思源的感恩之心和思变图强的坚定信念，共同谱写出了一部荡气回肠的扶贫攻坚交响华章。

结缘

金秋的龙山正是收获季节，群山碧水，瓜果飘香。

漫不经心地走在龙山县城岳麓大道上，当听到记者和几位同行说长沙话时，一位老人迎上前，笑嘻嘻地用“长沙腔”问：“你们是来这里扶贫吧?”

这情景，顷刻令人欢乐起来。

殊不知，在龙山县，无论是边远偏僻的土家山寨，还是繁华热闹的县城集镇，长沙路、长沙街、长沙大桥、长（沙）龙（山）水厂、明德思源学校……处处皆是醒目的“长沙印记”，而且，几乎每个龙山人都能说几句俏皮的“长沙话”。“通过几代长沙人的接力帮扶，不仅改善了龙山的面貌，也改变了我们龙山人的命运。”接受记者采访的龙山人总是情不自禁地发出类似这样的感叹，是欣喜，更是感激。

一个是繁华的省会城市，一个是地处深山的边陲之县。从长沙到龙山有500多公里路，要越过湘资沅澧四水，翻过莽莽武陵大山。距离虽远，却情同手足。从1994年到2020年，因共同的使命、历史的机缘——扶贫攻坚，两地的决策者心想到了一起，两地的百姓手牵到了一起，坚韧的脚步、锲而不舍的精神汇聚成巨大的爱，播撒在龙山县3131平方公里的土地上。

或许人们不爱阅读数据，但这一组数据不得不说：26年来，在龙山县青山绿水间，长沙累计投入资金12亿多元，实施帮扶项目近900个。在这个过程中，长沙共有11位市管干部先后到龙山县委县政府挂职，同时有100多名干部驻乡联村帮扶，龙山县成为长沙市的“编外县”。

特别是进入精准扶贫阶段以来，龙山经济社会得到健康、快速、平稳发展。2019 年，龙山县 GDP 跃居湘西州第二名，全年地区生产总值 94.94 亿元，人均地区生产总值 19575 元。全县居民人均可支配收入 14990 元，其中，城镇居民人均可支配收入 23825 元，农村居民人均可支配收入 10315 元。“这样的成绩以前我们是不敢奢望的。”龙山县统计局负责人告诉记者，“龙山能有今天，长沙功不可没”！

最令人欣慰的是，今年 2 月 29 日，经湖南省人民政府正式批复，龙山县等全省 20 个县市符合贫困县退出条件，同意脱贫摘帽。至此，龙山恰如其名，站上了新的历史起点，像一条巨龙一样腾飞！

长沙在湘之东，龙山在湘之西。长沙、龙山，原本“天各一方”的两地如何成为了“亲家”？让时间回溯到 1994 年。

武陵山区，山连着山，山套着山，山衔着山，山环着山。龙山，就被困在这群山之中，彼时的龙山人民依旧过着那刀耕火种的生活，有 15 万多土家苗汉儿女为了填饱肚子苦苦挣扎。

龙山的贫穷和落后，引起湖南省委的高度重视。1994 年 10 月，湖南省委、省政府决定把湘西作为扶贫攻坚的主战场，确定长沙市对口扶持龙山县。随即，长沙市委召开常委扩大会议，决定将龙山县当作长沙市的一个县和湖南西北窗口进行重点扶持。当年 11 月 23 日，长沙市政府召开会议，专题研究部署帮扶龙山工作。

从此，长沙的优质资源源源不断地输入龙山，千里之外的长沙人时刻关注着龙山的发展脚步，而大山深处的龙山人也深切地感受到了来自湘江之滨的“长沙情”，长沙的帮扶就像一支火捻，点燃了龙山，沸腾了群山。

“龙山不脱贫，我们不脱钩。”从 1994 年起，长沙市委、市政府就肩负起这份沉甸甸的政治责任和历史使命。26 年来，市委书记、市长虽然换了六七任，但每届新任市委书记、市长第一次出远门调研，必定是去龙山访贫问苦，督导龙山脱贫攻坚……

2018 年 3 月，长沙市林业局副局长张红民挂职龙山县委常委、副县长，成为长沙帮扶龙山接力赛跑的第 11 位接棒人。“长沙把龙山当成了‘编外县’，龙山县是长沙市的‘非常 9 + 1’，只要是帮扶龙山的事，长沙市各部门都是一路绿灯。”张红民如数家珍地说，来自长沙的工作人员，走乡串寨进村入户，展开全方位的对口帮扶。“我们帮助龙山建设了城区主要道路，援建的县城新水厂，让群众喝上安全水；开发出藏在大山里的火岩风景区、桐花寨风景区，迎接八方来宾；高效农业、生态农业项目一个个开工，改变了传统农业的观念，激发了龙山人民致富的希望……”

今年已是80高龄的原龙山县委宣传部干部张登赤在接受记者采访时，深情地朗诵了长沙对口帮扶龙山20周年时，他“花了好几个夜晚”填写的一首《贺新郎》：

廿岁飞流去，望烟波，长桥载乐，如云深处。岳麓长沙名大道，夤夜繁星接曙。兴产业，乡民奔富。黍谷金烟香聚汇，琅书声，争唤山乡旭。君带我，上高速。

七千三百朝朝暮，有离合，灵犀彼此，岂分寒暑。游客来乡寻异景，队友何时眷顾？村口路，日日恭候。学子“回乡”双泪流，大学归，未敬恩叔酒。心酒热，汝知否？

四分之一个世纪恍若一瞬，但精彩的画卷，总是由具有担当精神的人们来绘就。26年来，龙山的点滴变化，无不凝结着近800万长沙人民与60多万龙山人民的共同心血。长沙人民无私帮扶龙山人民，两地共同铸就的历史丰碑，变成龙山人民的良好口碑，在武陵山区传颂。龙山谱写的豪迈壮歌，如清澈的澧水，在湘西大地奔腾……

强基

芭茅草，龙山人称之为霸王草，且当地自古就有“芭茅养虎”之说。深秋，满山芭茅苇花怒放，细长细长的芭茅杆头缀满芒穗，似一杆杆插向蓝天的长矛，“苇花漠漠弄斜阳”，大片大片的芭茅苇花恣意翻涌着，整个龙山有一种特别的壮丽。

可是，大凡芭茅茂密之处，无不是贫瘠之地。

1996年1月至1998年9月，汤华亮成为长沙市委、市政府对口帮扶龙山县派驻的第一位挂职副县长。如今，汤华亮安享退休生活已4年有余，但对第一次到龙山的情景记忆犹新。“那个时候，整个龙山县城只有一条南北向的老路，这条路七弯八拐，被当地人戏称‘肠子街’。而且，因为路况太差，人车拥挤，坐商难归店，行商难归市；雨天一身泥，晴天一身灰……”

帮扶龙山，怎么帮？

汤华亮坦言，满怀信心去龙山，可到了龙山一看，“脑壳里不觉有些懵”。

武陵山脉斜穿龙山县全境，这里山多地少，耕地面积不足8%，且交通不便，基础设施落后，给当地村民生活带来诸多不便，也制约着当地经济发展。

1994年12月，《中共长沙市委市政府关于支持龙山县实施扶贫攻坚计划的意见》出台，首要的任务就是修建一条街道（长沙路），强基础抓建设，在短时间内让龙山“旧貌换新颜”；其次就是扶持龙山县高效农业和生态发展，帮助龙山老百姓增加收入……

1996年10月，历时1年建设、总投资2395万元的长沙路正式通车，这也是长沙对口帮扶龙山后援建的第一个项目。亲历这个重大项目的汤华亮说，长沙路竣工的当夜，路上人山人海，“路两边闪耀的灯光点亮了龙山，谁又能相信这就是新的龙山”？

“长沙路是一条爱心路，它连接着长沙人民对龙山最无私的爱，让深山里沉睡的心灵顿时活跃起来……你们不知道，那几天，我们龙山人的脸上都泛光，心里一下子亮堂了起来。”见证了龙山巨变的张登赤老人告诉记者，长沙路的建成揭开了新时代龙山发展的序幕。

随即，长沙市委、市政府站在历史发展的高度，派出5名规划设计专家，历时5个月，对龙山县城规划重新进行了全面修编，城区规划面积由原来的4.8平方公里扩大到42.24平方公里，龙山彻底告别了过去，进入轰轰烈烈的“大建设”时代。

长沙人民没有就此停歇，又向龙山县委提出了一个又一个城建目标。1999年国庆佳节，长1300米、宽34米的民族路宣告竣工。民族路纵贯县城南北，与东西贯通的长沙路构成了县城的交通主动脉。2005年5月，长沙市对口援建的长沙大桥竣工剪彩。

……

紧接着，磨盘寨开发，东环路和凤阳街升级改造，湘鄂路及朝阳路兴修，街心花园、世纪广场、长沙大桥、岳麓大道等相继竣工，第二自来水厂、公厕、环卫等城市配套设施明显改善。如今，龙山县城已形成“一城二区”、道路“六纵四横”的新格局，城区面积已达12.8平方公里，道路网络四通八达，“绿化、美化、亮化、畅化、净化”工程同步实施，市容市貌发生了翻天覆地的变化，一跃成为湘、鄂、渝边区一颗璀璨的明珠。

2016年9月，湖南龙山至永顺高速公路全线建成通车。龙山至长沙车程缩短至5小时，龙山县没有高速公路的历史从此终结。

2019年12月，长沙至龙山高铁开通，长沙3个半小时可达龙山。今年9月，一位在长沙工作多年的龙山籍人登上了从长沙回家乡的高铁，看着窗外一闪而过的风景，他动情地告诉记者：“能够坐着高铁从长沙回龙山，这是我一辈子都不曾想到的……”

龙腾须有渊，来凤栖峻山。强基础、抓机遇，龙山迎来新一轮大发展。高速梦、铁路梦，梦想成现实，交通瓶颈得以破解。水电风能、页岩气、大理石、紫砂陶等能源矿产，储量丰富，开发前景广阔。卷丹百合，香飘山外，产值规模居全国之首。金叶烤烟，助农致富，产值全州榜首、全省三强。40余项国家级文化品牌、200余项非物质文化遗产，文化奇葩绽放“土家之源”。

“造血”

引产业促发展，“造血”式扶贫让龙山人长远受益。引“活水”促扶贫，只有引进发展产业项目，变“输血”式扶贫为“造血”式扶贫，才能让精准扶贫生根落地，让当地老百姓长远受益。

贫困地区要改变落后面貌，实现更大发展，关键在于培育发展有特色、有优势的产业。26年来，长沙始终把特色产业化建设作为对口扶持的重点、着力点来抓。

龙山县物产丰饶，有着“万宝山”的美誉，然而，龙山的特色物产，却不能走出大山变成财富。百合，自古以来就是龙山的传统中药材，也是食用佳品，是龙山特色农业的重要组成部分。龙山种植百合的历史可以追溯到清朝。“龙山百合”颜白如玉、营养价值高，自上个世纪60年代引进新品种后，因其得天独厚的生长条件，百合便在龙山这片沃土上生生不息。

可是，在2003年以前，龙山百合发展情况不容乐观。“规模小、实力弱，加工和后期开发比较滞后，没有专业的销售市场，基本上还处于产业链的最底层。”张登赤说。

长沙来的扶贫干部，带着市场经济理念，发掘、培育一批优势品牌，实现了与大市场的紧密对接。随着长沙市投资援建的洗洛镇百合专业市场投入使用，龙山成为武陵山区百合的流通中心，20多个省市的客商纷至沓来。

破解了百合销售难问题后，长沙帮扶干部又开始打造百合品牌。2009年6月，“龙山百合”被当时的国家工商总局核准注册为地理标志商标；2010年11月，“龙山百合”鲜果、干片被认定为绿色食品A级产品。品牌的含金量让种植户受益，龙山百合的销售价格明显高于外地品种。“小百合”做成了大产业。现在，龙山百合种植面积10万亩以上，约占全国种植总面积的1/6；年销售百合近7万吨，百合成为龙山贫困村增收的主导产业。除了百合，龙山县的柑橘、黄桃、蔬菜、中药材、烤烟、油桐等种植总面积50万亩左右，成功培育了“里耶脐橙”“龙山萝卜”等国家地理标志农业品牌。

2019年1月17日至18日，龙山县举办了以“情满星城·爱购龙山”为主题的首届年货节，长沙各后盾单位组织了辖区内100多家企业现场采购年货，参加活动的客商在现场签下购货订单近30万元，各参展商销售额近百万元，开辟了“山货进城·网货下乡”的新通道，实现了贫困户当年种植、当年受益的目标。

龙山人高兴地说：“以前的‘土疙瘩’，如今在长沙换回了‘金蛋蛋’!”

为加快龙山小城镇建设步伐，支持龙山旅游业发展，长沙市投资修建世界上最长的惹巴拉土家凉亭桥；在古镇里耶新建了一条宽24米、长1600米的长沙街和农贸市场，扩建了自来水厂，使龙山县形成了“北有民安、南有里耶”的城镇新格局；帮助素有“一脚踏三省”的龙山边贸重镇桂塘硬化了街道，改造了“湘鄂渝边贸市场”，其边区物资集散地和承北接南的功能得到充分发挥。同时，还投资兴建了靛房镇、洗车河镇等乡镇农贸市场……

2002年，伴随战国古遗址、3.7万枚秦简出土的中国考古重大新发现，“全国重点文物保护单位”“中国历史文化名镇”“全国特色景观旅游名镇”

“国家考古遗址公园”等多项荣誉加身。“神秘湘西、寻秘里耶”，品读秦城简牍之历史韵律，领略武陵神奇之土家风情，串联起厚重的历史民俗文化，展示出独特的自然人文景观，里耶旅游已成湘西又一个文化旅游的核心品牌。

与此同时，长沙又援助3000多万元，支持乌龙山大峡谷、太平山、皇仓坪公园、桐花寨等景点开发，助力龙山打造国内外知名旅游目的地。26年真情帮扶，越来越多的龙山人在家门口实现了脱贫致富的目标，绿水青山，真正变成了金山银山。

“可以说，龙山每一个乡镇都商贾云集，车水马龙，一派繁荣。”张登赤说，过去龙山人羡慕相邻的湖北人、重庆人，“现在不同了，轮到他们羡慕我们龙山人了……”

“让几千万农村贫困人口生活好起来，是我心中的牵挂。”2013年11月3日，习近平总书记来到湘西土家族苗族自治州花垣县排碧乡十八洞村，同村干部和村民代表围坐在一起，亲切地拉家常、话发展，在这里他首次提出“精准扶贫”。习近平总书记表示，扶贫要实事求是，因地制宜。要精准扶贫，切忌喊口号，也不要定好高骛远的目标。

扶贫攻坚步入了“精准”阶段。“虽然我们不是扶贫的责任主体，但我们要与当地党委、政府一道，在精准扶贫上找到结合点和着力点。”第10任接过长沙帮扶龙山接力棒的挂职干部贺代贵回忆说。

湖南湘江新区的扶贫工作队来到龙山县里耶镇后，将有贫困学生的危房户作为帮扶重点，工作队将贫困学生信息通过微信群等平台发布出去，不少长沙的爱心人士看到后，主动与贫困家庭联系，不仅送上了助学金，还为贫困学生带来了书包、棉被、衣服等急需的用品。“多亏了爱心叔叔阿姨们，让我重新看到了上学的希望。”里耶镇东桃村的贫困学生彭建婷，是众多被帮扶学生中的一名。截至目前，湖南湘江新区已资助贫困学生1300多人，涵盖东桃、巴沙和裴家堡3个村所有在校贫困学生。

扶贫先扶智。长沙市发挥自身教育资源优势，重点支持龙山的基础教育。长沙明德中学选派优秀的教学和管理人才，通过信息化教学，课程内容可同步传递给全县偏远地区的学校，让龙山县更多孩子享受到优良的教育资源。目前，长沙市青基会等基金会已投资为龙山新建18所希望小学。

2019年11月14日，共青团开福区委一行28人，到龙山县内溪学校开展“开福内溪手拉手·共沐书香心连心”活动，捐赠图书10000册，校服550套。穷在深山有远亲，去年8月，龙山为了解决义务教育阶段学生图书配备问题，专门向共青团长沙市委请求开展图书募捐。随即，共青团长沙市委在全市开启了“长龙青年手拉手·图书捐赠”活动。截至活动结束，长沙共青团系统累计向龙山县捐赠图书超过55万册，按照每册图书10元计算，其总价值超过了550万元。

“那些天我们安排了专人专车，每天从物流公司取回长沙爱心单位寄来的图书，学校图书室都快放不下了!”龙山二小副校长向小英告诉记者，他们累计收到爱心图书85500册，加上学校原有的40000册图书，生均图书数超过了30册。龙山三中收到的爱心图书最多，接近10万册，该校团委书记莫百灵说：“长沙亲人们寄来的图书不仅数量多，而且种类也很多，将有效拓展学生们的眼界，丰富他们的课外阅读。”

爱从长沙来，汇聚龙山县。据龙山县一位热心人士统计，26年来，长沙各界人士捐赠给龙山的图书有200多万册，“我们每个龙山人就拥有4本长沙人捐赠的书。这些宝贵精神食粮，让我们龙山人再次打开了通往长沙、通往世界的视野!”

接力

习近平总书记说：“脱贫攻坚任务能否高质量完成，关键在人，关键在干部队伍作风。”

长沙帮扶龙山，这是一场26年的帮扶接力赛跑。

龙山，远离繁华都市，大山阻隔，封闭偏远，人才奇缺。自1994年对口帮扶龙山以来，长沙坚持扶贫先扶智，将人才作为龙山走向美好未来的第一资源来开发，把“扶才”同“扶智”“扶财”摆在同等重要位置，积极发挥人才优势，努力为龙山扶贫攻坚提供坚强保障，极大地增强了扶贫效果和发展能力。

26年来，长沙先后派出了汤华亮、徐警觉、杨懿文、李卓民、袁健康、陈志雄、夏文斌、周凡、喻中文、贺代贵、张红民等11人到龙山挂职县委、县政府领导职务。“他们给龙山带来了经济发达地区的新思想、新观念、新信息。同时，他们针对龙山特色，先后提出‘基础扶贫’‘产业扶贫’‘市场扶贫’‘智力扶贫’等许多新思想，他们走遍了龙山，身体力行地倡导产业链理念，积极培育实体经济，推动了龙山农业产业的长足发展。他们把真情播撒在龙山，用汗水刷新峥嵘岁月。始终与龙山一道携手发展，谱写了壮丽的诗篇。”一位龙山干部在评价长沙挂职干部时这样说。

跑这场接力赛第一棒的是当年不到40岁的汤华亮。今年春节过后，汤华亮的手机突然接到一个陌生来电，接通一听，却是十分熟悉的龙山口音，一句“汤老，我是王莲娥，真的谢谢您啊!”让早生华发的汤华亮思绪一下就回到了曾经熟悉的龙山。

那是汤华亮刚被长沙市委、市政府委派到龙山县挂职副县长的时候，他接到一份材料，反映当年在中专考试中以全州第一名成绩考入湖南第一师范的龙山妹子王莲娥，因为家庭贫困面临无法入学的困难。汤华亮当即联系报社记者把这个事情报道出来，王莲娥很快得到了众多好心人士的资助，并被纳入希望工程帮扶对象。

20多年过去了，早已在长沙砂子塘小学教书的王莲娥终于又联系上了当年的恩人，她说，汤老当年对龙山贫苦孩子的关爱也是她多年来勇敢面对生活的精神支柱，她一直用这个故事教育着她的学生。

700多个日日夜夜，汤华亮和县里的干部一起，走遍了龙山的每个旮旮旯旯，尤其是他的联系点洛塔乡，这里山势险峻、物资匮乏，更是让他时刻挂记心中。说起汤华亮，如今洛塔乡上了年纪的村民都还清晰地记得当年这位长沙城里来的、衣着朴实的“汤县长”。洛塔乡满湖村小学是汤华亮多方奔走、筹集资金修建的，困扰洛塔乡几十年的饮水问题也是汤县长解决的。“为了确定马塞洞能否引水，汤县长不顾生命危险，打着手电筒、弓着身子爬进100多米长的黑洞里查看水源。如今的洛塔乡，因为大力开发锥栗、柑橘、油桐、养蜂等种植养殖产业已经走上致富的道路。”在洛塔乡桐花寨风景区，一位当地老人说。

回首往事，已经从长沙市林业局副局长职位退休4年多的汤华亮仍有些感慨，他说，自己也是穷苦孩子出身，所以更能对当年龙山人民的贫苦感同身受，他一直牢记着父亲做人的教诲：“做了好事要人不知，才是真的好。”如今，龙山彻底脱贫了，“我也就少了一份牵挂。”

“龙山到底要怎样帮扶，才能帮到点子上？”2009 年 8 月至 2012 年 9 月在龙山挂职县委常委、副县长的周凡说，“这个问题一直是我在龙山时思考的主题。”通过调研，周凡认为，“龙山经济要腾飞，关键在人才。没有人才，任何好的政策、好的思路、好的措施、好的机遇都将成为一句空话，不可能付诸实施和变成美好的现实。”因此，他很快就确立了“以项目援建为基础、以技术援助为依托、以互动交流为主线、以活动开展为延伸，多层次、多渠道推进对口扶持工作”的帮扶思路。

“栽下梧桐树，也得有金凤凰啊！龙山要推进新农村和新型城镇化建设，关键还得培养人才。”为此周凡引资 800 多万元，帮助龙山整修了县委党校，新修了教学基地，使其成为湘鄂渝边区办学条件最好的干部培训基地，一心要促推龙山变成一个育才、爱才、生才、吸才的新天地。

在周凡的强力推荐下，长沙市委党校与龙山县委党校建成相互培养人才的基地，促成了长沙市委党校与龙山县委党校人才培训、培养长期合作机制。仅仅两年时间，两地已有 300 多名中青年干部交流培训，为龙山破解人才瓶颈打下了坚实基础。

在那段时间里，周凡像一粒种子一样植根龙山，“当年在龙山期间，龙山人没把我当外人，我也没把自己当看客。我不但帮扶龙山朝着长远健康的方向发展，而且还常常立竿见影地帮助困难群众解决一些难事、烦心事。”

在这场帮扶的接力赛跑中，贺代贵是第 10 任接过接力棒的挂职干部。2015 年 4 月，到龙山挂职县委副书记的贺代贵驱车 10 多个小时才到达龙山县城。满眼青翠，风景如画，但贺代贵无心欣赏，他不得不思考一个问题：“长沙帮扶龙山已 21 年了，每一任扶贫龙山的挂职干部，都尽力做了自己应该做的事……这接力棒传到我手上，我该做什么？”

迅速熟悉了龙山的工作环境后，贺代贵就一头扎进大山，开始走访调研，3 个多月的时间里，“走遍了全县 21 个乡镇 3 个街道 200 多个村”。

经过认真调研和多方征求意见，终于形成了一份 17 页的调研报告。贺代贵在报告中提出自己的想法：要解决贫困村摘帽的问题，必须解决乡镇、村、组基层群众的问题；要与中央精准扶贫政策更加紧密结合，拓展扶贫领域、完善各项机制。报告随后呈交长沙市委主要领导。

2017 年 1 月，长沙市委 1 号文件《长沙市对口帮扶龙山县精准脱贫攻坚专项行动计划（2017—2020 年）》出台。以贺代贵调研报告中的建议为基础内容，长沙市对口帮扶龙山县迎来迭代升级。文件指出：由长沙市 9 个县（市、区）和湖南湘江新区等 19 个单位，对口帮扶龙山县 17 个贫困乡镇和 51 个贫困村；各单位对每个乡镇每年投入帮扶资金不低于 1000 万元，4 年累计不低于 4000 万元；40 名帮扶队员，进驻龙山县各乡镇；通过发展产业帮扶、民生改善等七大工程，构建起全方位、多层次、多领域的对口帮扶格局。

长沙市农业农村局扶贫开发指导处负责人认为，这一文件的出台，作用巨大，意义深远，开启了长沙市对口帮扶龙山县精准扶贫脱贫新模式，“长沙市在市级层面整体帮扶的基础上，着力构建湖南湘江新区、国家级园区、部分省级园区和区县市等相关单位与龙山县重点乡镇、村结对帮扶脱贫的新模式。”

2018 年 3 月 7 日，张红民挂职龙山县委常委、副县长，成为这场扶贫接力赛跑的第 11 位接棒人。

张红民坦言，前面 10 位干部都有着强烈的政治担当、浓郁的“龙山情结”和严谨的工作作风，能不能在他这一棒跑出加速度，确实有着不小的压力。

张红民说，记得第一次到龙山扶贫，最让他触动的情景就是龙山乡村教育的落后。他第一次下乡调研，是到龙山县里耶镇巴沙村的教学点，这所学校只有 3 个学生、3 个年级和一名老师，简陋的学习环境、薄弱的师资力量、单一的教学方式，深深刺痛了他。

扶贫必扶智，可落实起来谈何容易？如何让龙山的孩子享受良好的教育，构建长沙和龙山教育精准结对帮扶长效机制，是张红民当时最迫切想做的。怀揣这份初心，2019 年，他积极请示长沙市政府，促成长沙市教育局和龙山县政府签订了教育扶贫结对帮扶协议，实现了龙山中小学和长沙优质教育对口帮扶全覆盖，形成了教育精准帮扶长效机制，有效助推了龙山教育质量的提升。

曾经在龙山帮扶教育一年的长沙明德天心中学副校长夏琴告诉记者，2020 年，龙山县有 10 名应届高中毕业生考取了清华、北大，“这样的成绩在湖南都是难得一见的，我觉得长沙帮扶龙山，将重点放在帮智上是对的，毕竟龙山的发展终究还是要靠龙山人啊!”

从基础设施到民生项目，再到产业扶贫，长沙市帮扶龙山越来越多元，越来越有针对性。除了资金、人才、信息在源源不断涌入龙山，一拨拨的选派干部也在扶贫一线得到锻炼。“我从来没有把自己看作一个局外人，我至今都会经常想起在龙山的时光。”1999 年至 2000 年驻龙山工作队负责人杨懿文说。当年他领着海归农学博士，深入龙山改良了当地的马铃薯品种，既让农民增收，还使龙山的马铃薯种植面积一直稳定在湖南领先地位。“可以说，长沙给龙山带来了全新的发展理念，通过持续的帮扶，改变了龙山人的命运。同时，我们在龙山学到了农村工作方法，了解了扶贫工作实际，积累了群众工作经验，参与到这样的实践之中，我们的命运也被改变。”

扎根

张红民说，他只有一个心愿，就是扎根龙山、融入龙山，尽自己最大的努力为龙山做点事情。

张红民告诉记者，他是幸运的，身在龙山扶贫期间，亲历了龙山脱贫摘帽这一历史性的伟大时刻。他想对龙山的老百姓说：“请乡亲们放心，脱贫摘帽后，我们扶贫工作‘四个不摘’——不摘责任、不摘政策、不摘帮扶、不摘监管；请乡亲们期待，脱贫摘帽绝不是终点，而是新生活、新奋斗的起点！我们从长沙来的帮扶干部，一定会与龙山人民携手，向着更幸福更美好的生活继续发力!”

对于接下来长沙对口帮扶龙山的工作，张红民说，他将和长沙市 18 支帮扶工作队、57 名帮扶队员继续战斗，把大力发展特色产业放在重要位置，拟拿出今年帮扶资金的 60%，重点支持龙山农业特色产业发展，夯实乡村振兴的产业基础；同时进一步发挥帮扶“生力军”的作用，做实劳务协作帮扶、教育结对帮扶、医疗结对帮扶、消费扶贫行动，谋划长沙龙山共建互赢机制，更好地实现两地协作发展，“通过长沙的帮扶，让龙山的贫困户真脱贫，脱真贫，让龙山人民实实在在地感受到阳光和生活的美好。”

在龙山这片热土上，一个又一个长沙帮扶故事，传递着坚韧与执著，也为脱贫攻坚“久久为功”作了最生动的诠释!

今年春节刚过，宁乡市对口帮扶咱果乡工作队队长戴彬文就再次出发前往扶贫驻地，这是他在龙山挂职扶贫的第三个年头。“这些年跟龙山的乡亲们在一起，彼此都有深厚的感情，离开几天还真放不下。”戴彬文说。

春寒料峭，戴彬文带领帮扶队员顶着风雪上桐花寨。在去往村寨的盘山公路上，远远地望见漫山遍野的油桐树，再过一段时间，这里就会形成一片油桐花海，“白白的油桐花，有个美妙的名字叫‘五月雪’。油桐花开得美丽而短暂，花期在半个月之间。如若拂过一阵清风，飘落一场雨，油桐花也就掉落了，掉落的花一朵接一朵，宛如天降雪花一般。”戴彬文说。

一行人的身影让冰雪覆盖的村寨复苏，勃发出盎然生机。“那天我进桐花寨，就是想如何把‘走实精准扶贫路，坐看遍地桐花开’2020 年桐花节的事情抓落实。自从 2018 年我们举办首届桐花节以来，邀请八方来客一起到桐花树下感受湘西人民对家乡与土地的热爱……我们这个活动，央视还进行了报道，现在每年来桐花寨旅游的游客均在 5 万人左右，当地的村民仅靠搞旅游就家家脱贫了，下一步就是如何致富了。”

“像戴彬文这样离开优渥的工作生活环境，惜别长沙的亲人妻儿，快速融入偏远艰苦的环境，毅然扎根龙山，在脱贫攻坚的路上走乡串寨、进村入户，将真心真情撒播在这片贫瘠的土地上的长沙帮扶队员太多了。”张红民动情地说，长沙帮扶队员们留下一个个感动龙山人的故事，“还要多请你们报道，即使他们很平凡，和普通人没什么两样，但在扶贫攻坚的这条路上，他们是实实在在的英雄！”

“三餐成两顿，既能挤出时间，还能减肥！”这是来自长沙市的“扶友”们的一个集体转变。进驻龙山后，帮扶工作队员积极适应工作和生活节奏，克服种种困难，沉下心来，融入乡村。鞋子磨破，皮肤黑了，他们硬是用实际行动消除了当地群众最初的疑虑，用真心拉近了与乡亲们的距离。

召之即来，来之能战，战之能胜，是每一个长沙帮扶队员来龙山开展工作的座右铭。为把工作落到实处，长沙对口帮扶龙山县工作队完善了规章制度，规范了对口帮扶工作队伍管理，制定了驻村工作制度、定期学习制度、请销假制度等，并严格要求县对口办及帮扶工作队不折不扣地贯彻落实中央八项规定。各分队队员在省、州、县扶贫工作队每月驻村 20 天宿村 10 晚的标准之上，自加压力平均每月驻乡镇 24 天以上，部分队员已经宿村，一个月难得回家探望一次。

2017 年早春，龙山县茅坪乡庆口村的乡间小道上经常会看到讲着浏阳话的一家三口，当地村民遇到他们也会熟络地打招呼、话家常，相处十分融洽。他就是来自浏阳市派驻茅坪乡工作队的徐浩，为了心无旁骛地开展帮扶工作，他将妻子蔡阳和年幼的儿子也带到了茅坪。

“既然下定了决心过来帮扶，就要义无反顾，但为了做到工作、家庭两不误，只有将妻儿带在身边，我才会安心，也才能更好地帮扶。”原来，徐浩自与妻子蔡阳 2014 年结婚以来，就从未分开过，虽然儿子才两岁多，但为了让丈夫安心开展帮扶工作，徐浩与蔡阳一商量，干脆把“家”搬到了龙山。“即便临时居住的这个地方简陋点，可‘家’的味道还是很浓。”

“他在哪，家就在哪……”其时，蔡阳在茅坪乡当起了支教教师，一家人仿佛成了龙山人。徐浩每天跑帮扶的事情，蔡阳教龙山孩子们，儿子张口就是龙山腔……夕阳西下，徐浩抱着儿子和蔡阳一道走在田间的小路上，这情景，无不让龙山人心生敬佩和感激，“长沙人太舍得帮我们龙山人了”！

如今，徐浩和蔡阳回到了浏阳。然而，只要想到龙山的那个“家”，他们就会觉得特别有意义，“那是我们人生中一段非常充实、快乐的时光”。

逐梦

时光如龙山崇山峻岭间欢乐的小溪，流出汩汩清泉。进入精准扶贫时期以来，长沙对口帮扶龙山工作在市级层面整体帮扶的基础上再发力，以最快的速度构建起湖南湘江新区、国家级园区、部分省级园区和区县市等相关单位与重点乡镇、村结对帮扶脱贫新模式，从 2017 年至 2020 年，每个帮扶单位投入帮扶资金总额不低于 4000 万元，4 年合计投入帮扶资金总额不低于 6.8 亿元，帮助龙山实现户脱贫、村退出和县摘帽，与全国、全省同步实现全面建成小康社会。

新时期，新征程，长沙脱贫攻坚的号角再次吹响。湖南湘江新区、长沙高新区、长沙经开区、宁乡经开区、浏阳经开区、望城经开区、长沙学院和雨花经开区、市工商联和金霞经开区以及 9 个区县市，积极响应号召，迅速集结队伍，奔赴龙山 17 个乡镇。

几年过去，来自长沙的帮扶干部，肩上扛着责任，怀着如火热情，义无反顾地投身龙山脱贫攻坚的战场，将省会城市的先进理念、优势资源、帮扶资金和深情厚谊，无私倾注在龙山的山水之间，成为龙山脱贫攻坚路上的领路人和排头兵。

长沙对口扶贫工作队进驻乡镇后，紧盯短板，实地走访了解乡况民情，进村入户问计于民，将群众最迫切最期盼解决的问题记在心头，纳入帮扶规划。于是，一个个符合当地实情、贴近群众需求的项目开始落地、扎根。

“以前村部是临时的，现在好了，新村部功能齐全，以后村里议事、培训，村民活动都有场地了！”茨岩塘镇兴溪村党支部书记田翠美欣喜地告诉记者，长沙市工商联、金霞经开区资助130万元，修建了集便民服务、电子商务、警务、医务、社会管理、休闲娱乐于一体的村级综合服务平台，马上就可以投入使用了。目前，长沙市对口帮扶援建的村级服务平台，新建近50个，改建提质10多个，均已基本完成，部分已经投入使用。

长沙市对口帮扶工作队聚焦脱贫攻坚目标，将帮扶资金用到刀刃上，将项目铺排到点子上，让群众切实感受到帮扶带来的变化和实惠，先后投资1039万元，修建茨岩塘镇集中饮水工程，解决集镇和周边8个村寨12000人安全饮水问题；投资400余万元，经过改扩建的水田坝镇中湾小学，已是州内最美乡村学校；预计投资870万元的茨岩塘镇敬老院正破土动工，建成后将解决镇上120余名孤寡老人的集中供养问题；援助350万元用于大安乡集镇街区黑化亮化美化及下水道建设，改善了集镇面貌和烟叶产业发展的硬件基础；投资300万元，新建靛房镇中心卫生院，突出解决群众“看病难、看病贵”问题……

张登赤老人一脸认真地给记者数着长沙帮扶龙山的“战果”，数着数着，他摇了摇头说：“实在是太多了，我数不过来啊！”

一笔笔帮扶资金，一个个着力改善民生的项目，凝聚成了一个个火热的“长沙印记”撒播在了龙山的山乡大地上，也烙在了龙山人民的心里，如花一样香，像蜜一样甜。

今年7月，龙山县洗车河畔一片欢声笑语，洗车河镇支家村黄桃种植专业户秦德荣家的黄桃熟了！开园售果当天，前来购买的游客络绎不绝，短短几天时间，秦德荣家就接了1500多公斤的订单，“今年因为新冠肺炎疫情，耽搁了一些时间，但丰收的黄桃不愁销路。”

“今天又接到200多公斤的网上订单!”秦德荣每天都会向长沙望城区帮扶工作队队长邓望“汇报”黄桃销售情况。原来，正是长沙望城区帮扶工作队入驻洗车河后，经过实地考察和多方论证，最终确定以黄桃产业带动扶贫，鼓励贫困户以直接帮扶、委托经营、股份合作等形式入股，以“政府引导+企业助力+合作社管理+贫困户入股”的模式，让贫困户参与效益分红，还可以通过参加务工和销售获得工资。

为了抓好黄桃销售，邓望教会了50多岁的秦德荣发抖音，来自黄桃种植户的吆喝声，网民听起来格外亲切，秦德荣每天“没歇过气”。产业兴则信心定，洗车河镇黄桃产业仅仅只是长沙对口帮扶工作队带领贫困群众发展脱贫致富产业的一个缩影。

“前几年，我们聚焦农户脱贫、村退出和龙山县脱贫摘帽目标，抓好抓实项目、产业、就业、社会帮扶、队员管理。”今年以来，张红民给全体驻龙山的长沙帮扶队员的目标改了：要以“钉钉子”的精神，下“绣花”的功夫，瞄准“精准”靶向，“发挥长沙优势，借力长沙智慧，跑出长沙速度，全面助力龙山打赢脱贫攻坚战，让龙山人民真正地富起来……也许这是我们需要长远奋斗的目标，只是一个愿景，但这个愿景承载了太多长沙人和龙山人的梦想!”

奔小康，实现全面腾飞！进入新时代的龙山号角已经吹响，那样嘹亮，那样清脆，萦绕酉水，响彻群山。

这个时节，龙山漫山都是红叶，别提有多美了。愈到秋深，红叶愈是红艳，远远望去，就像火焰在滚动。难道说，滚烫的火焰不是长沙人民、龙山人民的希望?

早年，黄永玉为龙山作了一幅《火龙图》，描绘了龙山的远景：民安老城区、华塘新城区、石羔站前区相倚构成龙山城市新格局；皇仓坪公园、沿河大道风光旖旎；酉水河、果利河相绕围城，相映成趣……

张登赤说，这些年到过龙山的人都说龙山在变，龙山在大变，日新月异：酉水河畔垂柳依依，野鸭翔集；老城区幢幢高楼拔地而起，新城区拉起了大发展的框架；自来水、天然气进了千家万户，惹巴拉风雨桥、里耶秦简享誉世界……在这些巨变中，无不浸润着长沙市领导和人民的心血汗水，承载着长沙人民和龙山人民的共同愿望——让龙山更美好，让龙山人民更幸福。“等到了2024年，我会为长沙帮扶龙山30年再填一首新词。我想请人谱个曲，好让世世代代的龙山人传唱……”

【感言】

龙山扶贫的长沙印记

范亚湘

从1994年到2020年，长沙累计在龙山投入资金12亿多元，实施帮扶项目近900个。长沙共有11位市管干部先后被派驻龙山县委县政府挂职，同时有100多名干部驻乡联村帮扶。有人说，长沙市有9个区、县（市），龙山则像是长沙市的“编外县”，长沙与龙山是“非常9+1”！

26年“非常9+1”，风雨兼程；26年“非常9+1”，矢志不渝！长沙人民的坚守与奉献，龙山县人民饮水思源的感恩之心和思变图强的坚定信念，共同谱写出了一部荡气回肠的扶贫攻坚交响华章。

如何写好这篇“华章”？即使因新冠疫情的影响给新闻采访工作带来了很多不方便，可从2020年4月初接到任务后，我先后9次深入龙山，采访了30多名贫困户和脱贫致富能手，40多名长沙帮扶龙山的扶贫队员。而且，还跑到常德、岳阳、益阳、娄底等地采访了10来名早年在龙山县委、政府挂职的长沙帮扶干部和因得益于长沙帮扶而走出龙山的成功人士。通过零距离接触、无缝式对接，掌握了大量脱贫攻坚一线资料。

于是，我消化资料、持续采访，还原长沙在龙山26年扶贫的场景和故事，而圈起故事的就是一个又一个长沙扶贫干部在龙山的作为和担当。我们试图在这样的故事中反映历届长沙市委市政府龙山扶贫的初衷和使命！在扶贫中彰显习近平总书记指出的“扶贫路上一个都不能少”的理念！

长沙在龙山26年的对口扶贫，仅仅是全国精准扶贫的一个缩影。作为市委机关报的记者，我们不过是做了一个忠实的时代记录者，因为这是我们的本分和使命！

国内统一连续出版物号：CN43—0002
第 16339 号　今日 8 版

长沙晚报
CHANGSHA EVENING NEWSPAPER

掌上长沙　微信看晚报

2020年10月17日　农历庚子年九月初一　星期六

党的权威 / 人民的晚报

封面　长沙晚报网站 www.icswb.com　晚报热线 96333

责编/曾智敏　美编/王斌　校读/肖尚林

习近平主持召开中共中央政治局会议
审议《成渝地区双城经济圈建设规划纲要》

1版

习近平《在深圳经济特区建立40周年庆祝大会上的讲话》单行本出版

新华社北京10月16日电 中共中央总书记、国家主席、中央军委主席习近平《在深圳经济特区建立40周年庆祝大会上的讲话》单行本，已由人民出版社出版，即日起在全国新华书店发行。

在习近平新时代中国特色社会主义思想指引下——新时代新作为新篇章

非常9+1
——长沙市对口帮扶龙山县26年纪实

长沙晚报全媒体记者 李万寅 舒薇 范亚湘

长沙路、长沙街、长沙大桥……这里是长沙么？不，这里是湘西土家族苗族自治州龙山县。

一个个带着"长沙"印记的地名、建筑如一座座丰碑，记载着雪舍长沙与边陲县龙山结对发展、摆脱贫困、共同走向小康的点点滴滴。

今天是国家"扶贫日"，也是"国际消除贫困日"。

早在今年2月29日，经湖南省人民政府正式批复，龙山县等全省20个县市符合贫困县退出条件，同意脱贫摘帽。这一天，距离湖南省委、省政府明确由长沙市对口帮扶龙山县已走过了26年。

26年来，长沙累计在龙山投入资金12亿多元，实施帮扶项目近900个。长沙共有11位市管干部先后被派驻龙山县委县政府挂职，同时有100多名干部驻乡联村帮扶。有人说，长沙市有9个区、县（市），龙山则像是长沙市的"编外县"，长沙与龙山是"非常9+1"！

26年"非常9+1"，风雨兼程；26年"非常9+1"，矢志不渝！长沙人民的坚守与奉献，龙山县人民饮水思源的感恩之心和思变图强的坚定信念，共同谱写出了一部荡气回肠的扶贫攻坚交响华章。

结缘

金秋的龙山正是收获季节，群山碧水、瓜果飘香。

漫不经心地走在龙山县城岳麓大道上，当听到记者和几位同行说长沙话时，一位老人迎上前，笑嘻嘻地用"长沙腔"问："你们是来这里扶贫吧？"

这情景，霎时令人欢乐起来。

殊不知，在龙山县，无论是边远偏僻的土家山寨，还是繁华热闹的县城集镇，长沙路、长沙街、长沙大桥、长（沙）龙（山）水厂、明德思源学校……处处皆是醒目的"长沙印记"，而且，几乎每个龙山人都能说几句俏皮的"长沙话"。"通过几代长沙人的接力帮扶，不仅改善了龙山的面貌，也改变了我们龙山人的命运。"接受记者采访的龙山人总是情不自禁地发出类似这样的感叹，是欣喜，更是感激。

一个是繁华的省会城市，一个是地处深山的边陲之县。从长沙到龙山有500多公里路，要越过澧资沅湘四水，翻过莽莽武陵大山。距离虽远，却情同手足。从1994年到2020年，因共同的使命、历史的机缘——扶贫攻坚，两地的决策者心想到了一起，两地的百姓手牵到了一起，坚韧的脚步、携雨不停的精神汇聚成巨大的爱，播撒在龙山县3131平方公里的土地上。

或许人们不爱阅读数据，但这一组数据不得不说：26年来，在龙山县青山绿水间，长沙累计投入资金12亿多元，实施帮扶项目近900个。在这个过程中，长沙共有11位市管干部先后到龙山县委县政府挂职，同时有100多名干部驻乡联村帮扶，龙山县成为长沙市的"编外县"。

特别是进入精准扶贫阶段以来，龙山经济社会得到健康、快速、平稳发展。2019年，龙山县GDP跃居湘西州第二名，全年地区生产总值94.94亿元，人均地区生产总值19575元。全县居民人均可支配收入14980元，其中，城镇居民人均可支配收入23825元，农村居民人均可支配收入10315元。"这样的成绩以前我们是不敢奢望的。"龙山县统计局负责人告诉记者，"龙山能有今天，长沙功不可没！"

最令人欣慰的是，今年2月29日，经湖南省人民政府正式批复，龙山县等全省20个县市符合贫困县退出条件，同意脱贫摘帽。至此，龙山恰如其名，站上了新的历史起点，像一条巨龙一样腾飞！

长沙在湘之东，龙山在湘之西。长沙、龙山，原本"天各一方"的两地如何成为了"亲家"？让时间回溯到1994年。

武陵山区，山连着山，山套着山，山叠着山，山环着山。龙山，就被困在这群山之中，彼时的龙山人民依旧过着刀耕火种的生活，有15万多土家苗汉儿女为了填饱肚子苦苦挣扎。

龙山的贫穷和落后，引起湖南省委的高度重视。1994年10月，湖南省委、省政府决定把湘西作为扶贫攻坚的主战场，确定长沙市对口扶持龙山县。随即，长沙市委召开常委扩大会议，决定将龙山县当作长沙市的一个县和湖南西北窗口进行重点扶持。当年11月23日，长沙市政府召开会议，专题研究部署帮扶龙山工作。

从此，长沙的优质资源源源不断地输入龙山，千里之外的长沙人时刻关注着龙山的发展脚步，而大山深处的龙山人也深切地感受到了来自湘江之滨的"长沙情"，长沙的帮扶就像一支火炬，点燃了龙山，沸腾了群山。

"龙山不脱贫，我们不脱钩。"从1994年起，长沙市委、市政府就肩负起这份沉甸甸的政治责任和历史使命。26年来，市委书记、市长虽然换了六七任，但每届新任市委书记、市长第一次出远门调研，必定是去龙山访贫问苦，督导龙山脱贫攻坚……

2018年3月，长沙市林业局副局长张红民挂职龙山县委常委、副县长，成为长沙帮扶龙山接力赛跑的第11位接棒人。"长沙把龙山当成了'编外县'，龙山县是长沙市的'非常9+1'，只要是帮扶龙山的事，长沙市各部门都是一路绿灯。"张红民如数家珍地说，来自长沙的工作人员，走乡串寨进村入户，展开全方位的对口帮扶。"我们帮助龙山建设了城区主要道路，援建的县城新水厂，让群众喝上安全水；开发出藏在大山里的火岩风景区、洛塔风景区，迎接八方来宾；高效农业、生态农业项目一个个开工，改变了传统农业的观念，激发了龙山人民致富的希望……"

今年已是80高龄的原龙山县委宣传部干部张登宗在接受记者采访时，深情地朗诵了长沙对口帮扶龙山20周年时，他"花了好几个夜晚"填写的一首《贺新郎》：

廿岁飞流去，暖烟波，长桥载乐，如云深处。岳麓长沙名大道，街衢繁昌楼阁。兴产业，乡民奔富。蒸谷金烟香馥扎，唱书声，争晓山乡旭。君带我，上高速。

七千三百春朝暮，有离合，灵犀彼此，岂分寒暑。游客来乡寻异景，队友何时叙暖？村口路，日日翘候。学子"同乡"双相拢，大学归，未敢忘叔酒。心意热，汝知否？

四分之一个世纪恍若一瞬，但精彩的画卷，总是由具有担当精神的人们来绘就。26年来，龙山的点滴变化，无不凝结着近800万长沙人民与60多万龙山人民的共同心血。长沙人民无私帮扶龙山人民，两地共同铸就的历史丰碑，变成龙山人民的良好口碑，在武陵山区传颂。龙山谱写的豪迈壮歌，如清澈的酉水，在湘西大地奔腾……

强基

芭茅草，龙山人称之为霸王草，且当地自古就有"芭茅养虎"之说。深秋，满山芭茅吐花怒放，细长侧长的芭茅秆头缀满芦穗，似一杆杆插向蓝天的长矛。"茅花摇摇弄斜阳"，大片大片的芭茅草花浪就飘涌着，整个龙山有一种特别的壮阔。

可是，大凡芭茅茂密之处，无不是贫瘠之地。

1996年1月至1998年9月，汤华焱成为长沙市委、市政府对口帮扶龙山县派驻的第一位挂职副县长。如今，汤华焱安享退休生活已4年有余，但对第一次到龙山的情景记忆犹新。"那个时候，整个龙山县城只有一条南北向的老路，这条路七弯八拐，被当地人戏称为'肠子街'。而且，因为路况太差，人车拥挤，集商难归店，行商难归市；雨天一身泥，晴天一身灰……"

帮扶龙山，怎么帮？

汤华焱坦言，满怀信心去龙山，可到了龙山一看，"脑壳里不免有些懵。"

武陵山脉斜穿龙山县全境，这里山多地少，耕地面积不足8%，且交通不便，基础设施落后，给当地村民生活带来诸多不便，也制约着当地经济发展。

1994年12月，《中共长沙市委市政府关于支持龙山县实施扶贫攻坚计划的意见》出台，首要的任务就是修建一条街道（长沙路），强基础抓建设，在短时间内让龙山"旧貌换新颜"；其次就是扶持龙山县高效农业和生态发展，帮助龙山老百姓增加收入……

1996年10月，历时1年建设、总投资2395万元的长沙路正式通车，这也是长沙对口帮扶龙山的援建的第一个项目。亲历这个重大项目的汤华焱说，长沙路竣工的当夜，路上人山人海，"路两边闪耀的灯光点亮了龙山，谁又能相信这就是新的龙山？"

"长沙路是一条爱心路，它连接着长沙人民对龙山最无私的爱，让深山里沉睡的心灵顿时活跃起来……你们不知道，那几天，我们龙山人的脸上都泛光，心里一下子亮堂了起来。"见证了龙山巨变的张登宗老人告诉记者，长沙路的建成揭开了新时代龙山发展的序幕。

随即，长沙市委、市政府站在历史发展的高度，派出5名规划设计专家，历时5个月，对龙山县城规划重新进行了全面修编，城区规划面积由原来的4.8平方公里扩大到42.24平方公里，龙山彻底告别了过去，进入轰轰烈烈的"大建设"时代。

长沙人民没有就此停歇，又向龙山县委提出了一个又一个城建目标。1999年国庆佳节，长1300米、宽34米的民族路宣告竣工。民族路纵贯县城南北，与东西贯通的长沙路构成了县城的交通主动脉。2005年5月，长沙市对口援建的长沙大桥竣工剪彩。

……

紧接着，唐盘寨开发、东环路和凤阳街升级改造、湘鄂路及朝阳路兴修、黄心花园、世纪广场、长沙大桥、岳麓大道等相继竣工，第二自来水厂、公厕、环卫等城市配套设施明显改善。如今，龙山县城已形成"一城二区"、道路"六纵四横"的新格局，城区面积已达12.8平方公里，道路网络四通八达，"绿化、美化、亮化、畅化、净化"工程同步实施，市容市貌发生了翻天覆地的变化，一跃成为湘、鄂、渝边区一颗璀璨的明珠。

2016年9月，湖南龙山至永顺高速公路全线建成通车。龙山至长沙车程缩短至5小时，龙山县没有高速公路的历史从此终结。

2019年12月，长沙至龙山高铁开通，长沙3个半小时可达龙山。今年9月，一位在长沙工作多年的龙山籍人登上了从长沙回家乡的高铁，看着窗外一闪而过的风景，他动情地告诉记者："能够坐着高铁从长沙回龙山，这是我一辈子都不曾想到的……"

龙腾须有翼，来风翻峻山。强基础、抓机遇，龙山迎来新一轮大发展。高速梦、铁路梦，梦想成现实，交通瓶颈得以破解。水电风能、页岩气、大理石、紫砂陶等能源矿产，储量丰富、开发前景广阔。卷丹百合、香飘山外，产值规模居全国之首。金叶烤烟，助农致富，产值全州榜首、全省三强。40余项国家级文化品牌、200余项非物质文化遗产，文化奇葩绽放"土家之源"。

"造血"

引产业促发展，"造血"式扶贫让龙山人长远受益。引"活水"促扶贫，只有引进发展产业项目，变"输血"式扶贫为"造血"式扶贫，才能让精准扶贫生根落地，让当地老百姓长远受益。

贫困地区要改变落后面貌，实现更大发展，关键在于培育发展有特色、有优势的产业。26年来，长沙始终把特色产业化建设作为对口扶持的重点，着力点来抓。

龙山县物产丰饶，有着"万宝山"的美誉，然而，龙山的特色物产，却不能走出大山变成财富。百合，自古以来就是龙山的传统中药材，也是食用佳品，是龙山特色农业的重要组成部分。龙山种植百合的历史可以追溯到清朝。"龙山百合"颜白如玉，营养价值高，自上个世纪60年代引进新品种后，因其得天独厚的生长条件，百合便在龙山这片沃土上生生不息。

可是，在2003年以前，龙山百合发展情况不容乐观。"规模小、实力弱、加工和后期开发比较滞后，没有专业的销售市场，基本上还处于产业链的最底层。"张登宗说。

长沙来的扶贫干部，带着市场经济理念、发掘、培育一批优势品牌，实现了与大市场的紧密对接。随着长沙市投资援建的洗洛镇百合专业市场投入使用，龙山成为武陵山区百合的集散中心，20多个省市的客商纷至沓来。

破解了百合销售难问题后，长沙帮扶干部又开始打造百合品牌。2009年6月，"龙山百合"被当时的国家工商总局核准注册为地理标志商标；2010年11月，"龙山百合"鲜果、干片被认定为绿色食品A级产品。品牌的含金量让种植户受益，龙山百合的销售价格明显高于外地品种。"小百合"做成了大产业。现在，龙山百合种植面积10万亩以上，约占全国种植总面积的1/6；年销售百合近7万吨，百合成为龙山贫困村增收的主导产业。除了百合，龙山县的柑橘、黄桃、蔬菜、中药材、烤烟、油桐等种植总面积50万亩左右，成功培育了"里耶脐橙""龙山萝卜"等国家地理标志农业品牌。

2019年1月17日至18日，龙山县举办了以"情满星城·爱购龙山"为主题的首届年货节，长沙各帮扶单位组织了辖区内100多家企业现场采购年货，参加活动的客商在现场签下购货订单近30万元，各参展商销售额近百万元，开辟了"山货进城、网货下乡"的新通道，实现了贫困户当年种植、当年受益的目标。

龙山人高兴地说："以前的'土疙瘩'，如今在长沙换回了'金蛋蛋'！"

为加快龙山小城镇建设步伐，支持龙山旅游业发展，长沙市投资修建世界上最长的苗[巴]拉土家凉亭桥；在古镇里耶新建了一条宽24米、长1600米的长沙街和农贸市场，扩建了自来水厂，使龙山县形成了"北有民安、南有里耶"的城镇新格局；帮助素有"一脚踏三省"的龙山边贸重镇茨岩塘硬化了街道，改造了"湘鄂渝边贸市场"，其边区物资集散地和承北接南的功能得到充分发挥。同时，还投资兴建了洗洛镇、洛塔乡等乡镇农贸市场……

2002年，伴随战国古遗址、3.7万枚秦简出土的中国考古重大新发现，"全国重点文物保护单位""中国历史文化名镇""全国特色景观旅游名镇""国家考古遗址公园"等多项荣誉加身。"神秘湘西，寻秘里耶"，品读秦城前朝之历史韵律，领略武陵神奇之土家风情，串联起厚重的历史民俗文化，展示出独特的自然人文景观，里耶秦简已成湘西又一个文化旅游的核心品牌。

与此同时，长沙又援助3000多万元，支持乌龙山大峡谷、太平山、燕子洞公园、洛塔等景点开发，助力龙山打造国内外知名旅游目的地。26年真情帮扶，越来越多的龙山人在家门口实现了脱贫致富的目标，绿水青山真正变成了金山银山。

"可以说，龙山每一个乡镇都商贾云集，车水马龙，一派繁荣。"张登宗说，过去龙山人羡慕相邻的湖北人、重庆人，"现在不同了，轮到他们羡慕我们龙山人了……"

"让几千万农村贫困人口生活好起来，是我心中的牵挂。"2013年11月3日，习近平总书记来到湘西土家族苗族自治州花垣县排碧乡十八洞村，同村干部和村民代表围坐在一起，亲切地拉家常、话发展，在这里他首次提出"精准扶贫"。习近平总书记表示，扶贫要实事求是，因地制宜。要精准扶贫，切忌喊口号，也不要定好高骛远的目标。

扶贫攻坚步入了"精准"阶段。"虽然我们不是扶贫的责任主体，但我们要与当地党委、政府一道，在精准扶贫上找到结合点和着力点。"第10任接过长沙帮扶龙山接力棒的挂职干部曾代贵回忆说。

湖南湘江新区的扶贫工作队来到龙山县里耶镇后，将有贫困学生的危困户作为帮扶重点，工作队将贫困学生信息通过微信群等平台发布出去，不少长沙的爱心人士看到后，主动与贫困家庭联系，不仅送上了助学金，还为贫困学生带来了书包、棉被、衣服等急需的用品。"多亏了爱心叔叔阿姨们，让我重新看到了上学的希望。"里耶镇东村的贫困学生田建娇，是众多被帮扶学生中的一名。截至目前，湖南湘江新区已资助贫困学生1300多人，涵盖东村、巴沙和紫家坡3个村所有在校贫困学生。

扶贫先扶智。长沙市发挥自身教育资源优势，重点支持龙山的基础教育。长沙明德中学遴选优秀的教学和管理人才，通过信息化教学，课程内容可同步传递给全县偏远地区的学校，让龙山县更多孩子享受到优质的教育资源。目前，长沙市青基会等基金会已投资为龙山新建18所希望小学。

下转封二

绿荫包裹中的龙山中学，是长沙援建的重点项目。长沙晚报通讯员 曾祥辉 摄

妈妈回家

杨丰美

湘西作家沈从文的传世之作《边城》，让裹挟着美好、清纯、质朴、忧伤的湘西印象，经久不衰地留存在人们的记忆里。透过那潺潺流动的岁月长河，我们似乎窥见了老、少、边、穷地区的“美丽之困”。

7 年前，我来到“边城”花垣县。这里有一个石栏镇，19000 多人中就有 1000 多个留守儿童，70% 以上的村民收入来自外出打工。年轻人走了，老人一脸疲惫，孩子灰头土脸，一老一小的脸上都没了光彩。长此以往，这不仅仅是贫困问题，更是一个社会问题。

如何让老少边穷地区脱贫致富奔小康？2013 年 11 月 3 日，历史清晰地记住了这一天。习近平总书记来到了湖南省湘西自治州花垣县十八洞村，作出了“实事求是，因地制宜，分类指导，精准扶贫”的重要指示。

7 年精准扶贫，7 年苗乡巨变。我再次来到花垣时，兴奋地发现：这个边城苗乡在精准扶贫政策的支持下，因地制宜，大力发展苗绣，苗乡这一传统工艺，走上了巴黎服装博览会，畅销海内外。出外打工的妈妈们，回家乡创业；留守儿童的笑脸，像向阳花盛开在边城苗乡大地……

1

路口碰到天天等妈妈回家的小女孩，他陷入了沉思

小姑娘靠着电线杆张望。风吹着她凌乱的头发，她张大眼睛，时不时踮起脚，巴巴地盯着村口。这是花垣县文化站站长麻正兵第二次看到这个约摸七八岁的小姑娘了，前几天见着她也是在这样的黄昏时候，在这个雅

桥村村口。

“小姑娘，你一个人在这里做什么呀？”麻正兵走近她，蹲下问。

小姑娘上下打量了一番问自己话的人，高瘦高瘦，一脸和善。“我在等妈妈。”她说。

“真是个乖孩子，那你等到妈妈就早点回家哦。”麻正兵和气地对小姑娘说。小女孩不再说话，只自顾自地望着远处。

第二天，麻正兵下完村，又是差不多同样的时间经过雅桥村，又是在同样的地方，他第三次看到了这个小姑娘。

“小姑娘，你怎么又一个人在这里？”麻正兵走近了问。这次，小姑娘看了一眼麻正兵，轻松地说起话来，显然，她已经把他当熟人了。

“我在等妈妈回家。”小女孩还是那句话。

“哦，那你妈妈在哪里？什么时候回来呢？”麻正兵以为小女孩的妈妈在附近做事。

“我妈妈，我妈妈在广东。”小姑娘低下了头。

广东，原来是在广东！麻正兵仿佛被电触到了一般，打了个冷噤。原来小姑娘每天傍晚等妈妈，妈妈根本就不会回来。

“广东很远哦，小姑娘，你一个人在这里不安全，快点回去吧。”

“你是做什么工作的呢？伯伯。”这次，小女孩开始反问麻正兵。

“我啊，我是在政府工作。”

“你是政府干部？那你帮我叫妈妈回家好不好？”小女孩突然瞪大了双眼望着他，眼里闪着光。她突如其来的问话让麻正兵措手不及。为了保证小女孩的安全，麻正兵爽快地答应了。

“好，我帮你叫妈妈回家，你快些回家吧。”

听了麻正兵的话，小女孩高兴得蹦蹦跳跳地回家了，在微微垂下的夜幕里，麻正兵望着她安全进了一户农家才安心地离开。

第四天，还是在同样的地方，他又见到了小女孩。只是，这次小女孩好像不是在等妈妈，而是在等他。等他走近了，小女孩就开始哭，边哭边闹：“你骗人，你骗人，你还说叫我妈妈回来，妈妈根本就没有回来。你骗人，哇……”

小女孩一屁股坐地上，哭得更大声了，这哭声把麻正兵的心给揪疼了。

他没想到，自己的无心之言，小女孩却当真了。

“孩子，你别哭，伯伯错了，伯伯一定打电话喊你妈妈回家，好吗?”麻正兵抚摸着小女孩的头，又拿出纸巾帮她擦眼泪。此时，麻正兵已经暗暗下定决心，一定要把这孩子的妈妈喊回家。

这天晚上，麻正兵失眠了。小姑娘等妈妈的样子，在他心里久久徘徊。打电话给孩子的妈妈，容易，找到电话号码就可以打。打电话喊孩子的妈妈回家，也容易，哪个妈妈不疼娃。可是喊回了妈妈，如何让妈妈留下?这个问题在麻正兵的脑子里画上了一个大大的问号。除非，让她们在家门口就能赚到钱，那样，妈妈们才能安心留在家里照顾老人照顾娃。什么产业适合妇女们在家做呢?望着黑古隆冬的夜，麻正兵陷入了沉思。

2

找到了苗家的宝贝，启动“让妈妈回家”公益计划

这之后不久，在一次州级非遗大会上，麻正兵认识了湘西州苗绣非遗传承人龙老香。那天，龙老香径直朝麻正兵走来，在他身边坐下，说:“麻站长，我们的苗绣这么好，你怎么不支持我们大范围发展呢?”

麻正兵一脸诧异:“我支持也没用啊，又没有市场!”在麻正兵看来，当时的苗绣多用来参加评奖，并没有作为商品大面积在市场上流通。

龙老香脸一沉，有些生气:“怎么没市场?我的一套苗服在香港卖到了18800元。”

麻正兵猛地侧过头，瞪大了双眼望着她:“这怎么可能啊!”

“怎么不可能?苗绣是我们苗族的宝贝哩。”龙老香把发票找出来，往麻正兵眼前一摆。

“苗绣”就这样走进了麻正兵的世界，颠覆了他的认知。苗家有自己的宝贝!

龙老香说得没错，苗绣是苗家的宝贝哩。作为苗族最为古老的传统工艺，苗绣与苗歌、苗鼓一样，承载着湘西的千古文明。一到成年，就算还没找到心仪的小伙，苗家的姑娘们也会悄悄攒钱，织布、买丝线。等找到如意情郎谈婚论嫁，姑娘们就要和母亲一起夜夜熬，用针线将衣服、头帕、

被单、幔帐等嫁妆置办齐整。苗绣的图案个个都有讲究，绣面上的蝴蝶代表妈妈，花草代表家园……这个古老的民族将最淳朴的企盼寄寓在一针一线里。就算在曾经那些贫寒黯淡的日子里，苗族男女身上穿的青布绣衣、姑娘们的花带、娃娃们的鞋帽肚兜……明快艳丽的苗绣也像太阳一样温暖着留守妇女们的心。

“这样，明天我出一套方案，你出一套方案，我们说干就干！”看麻正兵一副兴奋的模样，龙老香一拍大腿做了个决定。紧接着，她又若有所思，说道：“我们得去把我妹妹龙志银找回来。她14岁开始学苗绣，会画图案，会剪纸样，会做苗服，这样样样精通的老绣娘很少的，缺了她可不行。”

第二天，麻正兵和龙老香就来到了龙志银打工的吉首市，只见龙志银正端着扫帚扫大街。麻正兵说明来意，龙志银放下扫把，双手作辞：“不行不行，麻站长，我们全家就靠我在这里打零工赚点钱，我有两个孩子在读书，负担太重，我不能跟你们回去做苗绣。”

麻正兵没有就此放弃，第三天，他们继续找龙志银，这次她是在餐馆洗碗，说的仍旧是那番话，“我上午要洗碗，中午要扫大街，下午要整理宾馆床铺，只要一个活没干，就少几百块钱，家里人再有个三病两痛就要揭不开锅了。”

一连找了三次，次次都无功而返，麻正兵开始着急了。龙老香说，除了龙志银，村上没几个会画图案和剪纸的，缺了她就没法启动，人必须得请回去。两人硬着头皮第四次找到龙志银。

“不行哦，我虽然也很想重新拾掇起苗绣这手艺，但是不赚钱的话，我家孩子就要上不起学，吃不上饭啦。”龙志银神色黯然地说。

“大姐，这个我给您考虑好了：我每月工资2000多元，这两个月您拿我的这份工资。”麻正兵嘿嘿一笑。

龙志银停下了手中的活，把手在围兜上擦了擦，再抬头望向麻正兵时，眼里泛着泪花。解决了后顾之忧，龙志银真就跟着麻正兵他们回到了花垣县。不久之后，龙家姐俩带着寨子中的20来个老绣娘，在麻正兵的组织下，注册成立了花垣县石栏镇精准扶贫苗服苗绣有限责任公司。

“先不要做大，先把工做好。销路你们不要怕，我给你们负责了。”麻正兵拍了拍胸脯，给绣娘们打气。其实，销路在哪里，麻正兵心里并没有底。以至于开工将近半个月后，服装做了很多，却一件都没有卖出去。麻正兵着急了，他知道绣娘们都是拿了家里的钱填进去买的物料和线，若是衣服卖不出去，每个人都得亏。

为了长久发展和稳定绣娘队伍，麻正兵四处张罗跑销路。他们的努力和付出终于得到了整个花垣县政府文旅部门的大力支持，所有演出的衣服都从老绣娘们这里定制，总算是在本地不愁销售了。后来，麻正兵他们主导的这个苗绣产业得到了国家各级文旅部门的高度重视和支持，形成了全国文旅系统共同关心和支持的一个公益项目，并作为典型向全国宣传推广。

绣娘们有了信心，徒弟也越带越多，一些在外务工的妇女一个接一个地回到了花垣县这个偏远边城。“让妈妈回家”公益项目，开始在麻正兵心里酝酿成熟。

苗绣绣娘在一起研讨交流。

3
苗绣厂办起来了，苗绣参加了巴黎国际服装展

要让更多妈妈回家，仅有本地市场可不行，苗绣得走产业化、规模化、市场化路线。麻正兵想到了自己的老朋友——石长征、田永兴夫妇。前些

日子，听说他们要回家来开猪场。再次见到石长征、田永兴夫妇到石栏镇考察，麻正兵把他们请进了文化站。

“大姐，你们开什么猪场，还不如回来做苗绣呢。”麻正兵对田永兴说。他又将自己想通过苗绣产业让家乡的妇女们在家门口就业，让留守老人孩子不再受苦的想法统统告诉了田永兴。田永兴也是个母亲，且有着一副好心肠，麻正兵的理由深深打动了她。两人聊得很投机。

晚上回到家，田永兴将两个女儿喊到一起，召开了一个家庭会议。会议伊始，田永兴就开门见山地说：“石佳，你别在成都待了，回花垣来创业，带着大家做苗绣吧。”石佳是田永兴的小女儿，此时正在成都做弱电工程，发展得风生水起。这个 80 后女孩长得漂亮，有想法，有个性，也有创业激情。

“妈，我不想回来哦。”石佳说。回家做苗绣得从头开始，石佳深知创业得遭多少罪。

田永兴急了。“你有没有想过我们家好了，邻里乡亲还过着苦日子，他们怎么办?”她几乎是哭着冲石佳喊道。

当时，花垣县石栏镇 19000 多人中就有 1000 多个留守儿童。家乡没有足够的产业和岗位，年轻人要生存就只能外出打工。在石栏镇，70% 以上的村民收入都来自外出打工。年轻人走了，老人累得一脸疲惫，孩子常常灰头土脸，一老一小的脸上都没了光彩。大路小道坑坑洼洼，房子屋舍破破烂烂，一副破败落后景象。

石佳是个孝顺的人，她不想违背母亲的意愿。至于能不能赚钱，她心里没底。“我一开始投了 200 万元，想着败完了就算了。”石佳说。

当石佳找到石栏镇镇长石昊东沟通场地问题时，石昊东非常热情地接待了她。

石昊东是 2017 年调任石栏镇镇长一职，在这之前，他还到十八洞村做过驻村扶贫工作，在十八洞村的那些日子深深地刻印在他的脑海里。

2013 年 11 月 3 日，历史清晰地记住了这一天。

淅淅沥沥的雨声敲打着十八洞村，直到下午 3 时许转晴。冬日的暖阳穿过薄薄的雾气，洋洋洒洒地照进每一座民房。真是个好日子!

这一天，习近平总书记来到了湖南省湘西自治州花垣县十八洞村，作出了“实事求是，因地制宜，分类指导，精准扶贫”的重要指示。

不久之后，“十八洞村精准扶贫工作队”成立了，石昊东作为工作队的一员，扛着铺盖（棉被）进了村。在驻村的那几年中，他亲眼见证了一个古苗寨的大变化，路变宽了，房子修缮了，饮水解决了，产业也发展起来了。十八洞有名的猕猴桃“飞地果园”刚开始探索的时候，还是石昊东牵头去的武汉专业植物研究机构考察，引进了富有特色的猕猴桃品种。他深知，一个因地制宜的产业对老百姓增收，对地方发展的重要性。

调任石栏镇，石昊东走家串户了解民情。他看到了很多家庭，只有老人带着孩子在家。他深知，长此以往，这不仅仅是一个贫困问题，更会成为一个社会问题。

为了更好地支持“让妈妈回家”公益项目快速发展，石栏镇党委政府决定，把石栏镇文化站（原排吾政府所在地）的文化产业培训基地空出的两栋房子作为苗绣生产基地，一年只象征性地收2000元租金。

2017年7月，石佳的湘西七绣坊苗服饰文化公司（以下简称七绣坊）在石栏镇文化站内成立了。成立后的第一件事，七绣坊便是与政府联合，一起做“让妈妈回家”公益项目。女人们能在家门口就业，不再需要外出打工，老人和孩子不再孤独留守，这便是“让妈妈回家”公益项目的意义所在。

七绣坊公司聘请了龙老香她们这些老绣娘，作为指导老师，发动乡镇留守的或外出打工的妇女们到公司参加免费培训。培训合格后，妇女们可以跟七绣坊签订上岗合同。消息一传出，妈妈们纷至沓来。“开始我只是想开一个班，培训30多人。结果报名的人太多，培训班开了22期，培训了1000多人。有些想来的还找麻正兵站长开‘后门’。”

这样的火爆场面令石佳始料未及，也深深地触动了她。她认识到，妇女们是期待这么一家苗绣工厂的。在培训的绣娘里，有486人跟七绣坊签约，其中建档立卡户就有132个。七绣坊挂上了“扶贫车间”和“非遗+”的牌匾；东西部扶贫协作办也找到了石佳，给她赞助资金……

期待越多责任就越重。为了让绣品有独特的设计品位，石佳把学设计出身的姐姐石巍动员到了七绣坊。石巍来到七绣坊的时候，二宝才4个月，为了提高自己的设计水平，石巍把二宝放到家里，自己到外地进修。姐姐有时候也会跟石佳“抱怨”：别人的妈妈倒是回来了，我自己的儿子却成了留守儿童。

一开始，石佳迫于母亲的硬性要求开始了七绣坊的创业。慢慢地，她发现自己爱上了这个事业，忙起来常常忘了吃饭、耽误了睡觉。看着忙碌操劳的女儿们，母亲倒担心了。“母亲本来以为只开一个馆子，结果发现米都要自己做。”石佳笑道。

如今，七绣坊已经开设了 5 家自营旗舰店，产品参加了巴黎国际服装展，远销海内外。石佳则作为非遗代表，出访波兰、捷克、比利时等国家，为苗绣、为民族文化增添了一抹亮色。

苗绣走上国际舞台。

（本版图片均由作者提供）

4

越来越多的乡镇脱贫了，越来越多的妈妈回到娃身边

七绣坊红红火火，越来越多的妈妈回到家乡参加创业。

石佳的秘书刘娟，嫁到石栏镇10年。回来那年，小孩9岁，这9年她都在外打工，从来没在家里过生日。来到七绣坊工作后，她终于在家过了一个生日。当孩子给她切生日蛋糕时，刘娟笑着笑着就哭了。

向隆妍是七绣坊的机绣绣娘，她也是从龙山嫁过来的外地媳妇，更是两个孩子的母亲。没结婚之前她就在外务工，有了孩子之后，她仍是继续着打工生活，一年到头仅年底一个星期在家。孩子们并不亲近妈妈，甚至每次回到家孩子们一开始都躲得远远的，不叫妈妈。每每此时，向隆妍心里总像是打翻了五味瓶。七绣坊一开工，她就回家参加了培训班，成了第一批被培训的绣娘。在专业老师的培训下，心灵手巧的向隆妍很快就上手了，半年之后已是驾轻就熟，又被石佳选派去吉首学习机绣。先在电脑上制版，再用绣花机绣花，机绣完成一个作品的速度比手绣快得多。七绣坊的机绣绣娘只有5人，向隆妍担当重任，一月能赚到约3000元。向隆妍又是3个孩子的妈妈，他们都在离七绣坊不远的排吾学校上学。早晨，向隆妍骑着电动摩托车，穿行在晨曦中，孩子们紧紧搂着妈妈。下午4时下班接了孩子，向隆妍又踏着夕阳往家赶。春耕秋收时，向隆妍申请放假，卷起裤腿下到田里又是一把做农活的好手……

前文提到的那个在路口等妈妈回家的小女孩，她的妈妈石玉兰也回家了，那是个阳光明媚的日子。

那一天，石玉兰接到了麻正兵的电话。在电话里，麻正兵说："扶贫路上经常看到你女儿在电线杆旁站着，说是要等妈妈回家。石栏镇正在发展苗绣，你若回来，有地方挣钱，也方便你带孩子。孩子可怜，要不你回家来？"听了麻正兵的话，石玉兰鼻子一酸，一夜没睡着。

石玉兰何曾不想回家呢？女儿小时，是石玉兰一手带大的，那时候，女儿就是个小天使，喜欢唱歌，喜欢跳舞，喜欢笑。女儿5岁，石玉兰迫于

一家人的生活压力不得不外出打工。上车的那一瞬间，女儿在车外哭喊，石玉兰在车里泪流满面。一开始，打电话的时候女儿说不了几句话就哭。渐渐地，女儿接了电话也不说话，或是话很少。石玉兰以为，女儿终于慢慢适应了没有妈妈在家的日子，哪怕是话少，只要不那么惦念自己，她心里也会好受些。可她没想到，其实女儿是把对自己的想念藏得深了，妈妈没在身边的日子，或许她半夜做梦都在喊妈妈呢。石玉兰越想越难受。第二天，她作了个决定：回家。女儿天天盼妈妈回家，可当妈妈真的出现在自己面前，女儿竟不知所措地躲在了奶奶身后。过了一会儿工夫，她才明明白白地知道，妈妈真的回来了。

此时，石佳的七绣坊刚成立不久，正在招工。石玉兰来到了七绣坊。初来乍到，没有拿过绣花针的石玉兰以为苗绣很难。令她没想到的是，或许苗家女人天生就有苗绣基因，心灵手巧的她竟然半个月之后就可以独立完成作品了。从一开始的1000多元工资，到后来，3000元一个月工资，石玉兰在家门口找到了一份好工作。农忙的时候，她可以下地干活；孩子放学了，她可以陪孩子们做作业和打打闹闹；没事的时候，她可以拿起绣花针做衣裳……

不久之后，石玉兰在外地打工的老公也回了家，两口子买了小汽车。平时，石玉兰的老公就开着车子去跑车。能干的石玉兰还当上了妇女主任，村里想做一个服装加工厂，在麻正兵的鼓励下，石玉兰开始发动身边的妇女们绣花做衣裳。从一开始的一个、两个，到现在的100多个，村上越来越多的妇女回来了，加入了苗绣行列，石玉兰也从学徒变成了师傅。

我见到石玉兰的时候，她正准备赶到县城去开会。她现在不仅是村上的妇女主任，还是花垣县的政协委员。如她的名字一样，石玉兰像一朵玉兰花，整洁且清爽，聪明而淳朴。“外面工资再高，作为妈妈，我都想陪在自己的孩子身边。”石玉兰说。

如今，石栏镇以七绣坊为龙头，已经先后成立了3家苗绣公司，有千余人从事苗绣产业，人最低月工资在2000元以上。几年下来，像苗绣这样的非遗传承产业能为全镇群众增收近5千万元，占全镇各项经济产业发展总值五分之三左右，这里已然形成一个响当当的非遗苗绣产业强镇。随着本土经济的发展，更多想回家的年轻人回到家乡，建设家乡，经营家园，一栋栋整洁的新房盖起来了，一条条飘带般的水泥路修起来了，乡间村寨多了许多孩子的欢声笑语。

更可喜的是，随着石栏镇苗绣市场的扩大，带动了花垣县其他乡镇的苗绣产业发展。在有些乡镇的村寨还成立了手工作坊，大家齐心协力，一起对接大客户，完成大订单，已然拧成了一股绳。这些被带动发展的乡镇，根据其规模大小，年收入少则几百万元，多的有上千万元。

“以后，我们还想让更多想回家的爸爸也能回家。”石昊东说。为了给爸爸们更多选择的余地，石栏镇正在支持石佳做业态延伸，开发千亩茶园。茶园若是做起来了，或许，就能让更多想回家的爸爸也回家了。

7 年精准扶贫，7 年苗乡巨变。我们看到，花垣县这样的少数民族聚居区，披上因地制宜的战袍，挣脱了贫穷的枷锁，走上了小康的幸福之路。

【感言】

让妈妈回家

杨丰美

五月的春风捎给美丽的湘西一片欣欣向荣，就是在这样一个时节，我来到了边城花垣。

一开始，我的采写目标只是“让妈妈回家”扶贫车间公益项目，发起人麻正兵成了我的采访对象。他跟我讲的第一个故事就是一个八九岁小女孩站在村口等妈妈的故事，我被这个故事深深打动了，一股酸酸的暖流涌入胸口。

当时，我想起了自己的女儿，在她一到两岁的时候，由于忙于事业，我也一度将女儿放在了老家。我永远记得见着许久不见的妈妈时，娃娃眼里闪着亮晶晶的光彩是怎样一种模样，又是多么地让人心疼。

孩子需要妈妈，妈妈需要孩子，那种想见而不能时时见的感受，我有刻骨铭心的体会。我当下就问麻正兵，孩子的妈妈现在回来了吗？他说回来了，现在就在村上，还当上了妇女主任呢。我激动地从椅子上站了起来，说要去见一见这位妈妈。

对一个写作者而言，碰到一个有始有终的好故事就像是中了大奖一般，令人又惊又喜。果不其然，在采访这位回乡妈妈的时候，她几度哽咽，我也几度哽咽，我们的感情是共通的。由此，在创作《妈妈回家》这篇文章时，我感到很顺畅，那些裹挟着情感的语句，就像打开的水龙头，自然而然往外喷涌。

12 版 2020年9月24日 星期四 文体副刊部主编 责编/张辉东 美编/吴志立 校读/谈梁
橘洲 | 报告文学
长沙晚报

妈妈回家

杨丰美

湘西作家沈从文的传世之作《边城》，让裹挟着美好、清纯、质朴、忧伤的湘西印象，经久不衰地留存在人们的记忆里。透过那潺潺流动的岁月长河，我们似乎窥见了老、少、边、穷地区的"美丽之困"。

7年前，我来到"边城"花垣县。这里有一个石栏镇，19000多人中就有1000多个留守儿童，70%以上的村民收入来自外出打工。年轻人走了，老人一脸疲惫，孩子灰头土脸，一老一小的脸上都没了光彩。长此以往，这不仅仅是贫困问题，更是一个社会问题。

如何让老少边穷地区脱贫致富奔小康？2013年11月3日，历史清晰地记住了这一天。习近平总书记来到了湖南省湘西自治州花垣县十八洞村，作出了"实事求是，因地制宜，分类指导，精准扶贫"的重要指示。

7年精准扶贫，7年苗乡巨变。我再次来到花垣时，兴奋地发现：这个边城苗乡在精准扶贫政策的支持下，因地制宜，大力发展苗绣，苗乡这一传统工艺，走上了巴黎服装博览会，畅销海内外。出外打工的妈妈们，回家乡创业；留守儿童的笑脸，像向阳花盛开在边城苗乡大地……

苗绣绣娘在一起研讨交流。

1 路口碰到天天等妈妈回家的小女孩，他陷入了沉思

小姑娘靠着电线杆张望。风吹着她凌乱的头发，她张大眼睛，时不时踮起脚，巴巴地盯着村口。这是花垣县文化站站长麻正兵第二次看到这个约摸七八岁的小姑娘了，前几天见着她也是在这样的黄昏时候，在这个雅桥村村口。

"小姑娘，你一个人在这里做什么呀？"麻正兵走近她，蹲下问。

小姑娘上下打量了一番问自己话的人，高高瘦瘦，一脸和善。"我在等妈妈。"她说。

"真是个乖孩子，那你等到妈妈就早点回家哦。"麻正兵和气地对小姑娘说。小女孩不再说话，只自顾自地望着远处。

第二天，麻正兵下完村，又是差不多同样的时间经过雅桥村，又是在同样的地方，他第三次看到了这个小姑娘。

"小姑娘，你怎么又一个人在这里？"麻正兵走近了问。这次，小姑娘看了一眼麻正兵，轻松地说起话来，显然，她已经把他当熟人了。

"我在等妈妈回家。"小女孩还是那句话。

"哦，那你妈妈在哪里？什么时候回来呢？"麻正兵以为小女孩的妈妈在附近做事。

"我妈妈，我妈妈在广东。"小姑娘低下了头。

广东，原来是在广东！麻正兵仿佛被电触到了一般，打了个冷噤。原来小姑娘每天傍晚等妈妈，妈妈根本就不会回来。

"广东很远哦，小姑娘，你一个人在这里不安全，快点回去吧。"

"你是做什么工作的呢？伯伯。"这次，小女孩开始反问麻正兵。

"我啊，我是在政府工作。"

"你是政府干部？那你帮我叫妈妈回家好不好？"小女孩突然瞪大了双眼眼看着他，眼里闪着光。她突如其来的问话让麻正兵措手不及。为了保证小女孩的安全，麻正兵爽快地答应了。

"好，我帮你叫妈妈回家，你快些回家吧。"

听了麻正兵的话，小女孩高兴得蹦蹦跳跳地回家了，在慢慢垂下的夜幕里，麻正兵跟着她安全进了一户农家才安心地离开。

第四天，还是在同样的地方，他又见到了小女孩。只是，这次小女孩好像不是在等妈妈，而是在等他。等他走近了，小女孩就开始哭，边哭边骂："你骗人，你骗人，你还说叫我妈妈回来，妈妈根本就没有回来。你骗人，哇……"

小女孩一屁股坐地上，哭得更大声了，这哭声把麻正兵的心给揪疼了。他没想到，自己的无心之言，小女孩却当真了。

"孩子，你别哭，伯伯错了，伯伯一定打电话喊你妈妈回家，好吗？"麻正兵抚摸着小女孩的头，又拿出纸巾帮她擦眼泪。此时，麻正兵已经暗暗下定决心，一定要把这孩子的妈妈喊回家。

这天晚上，麻正兵失眠了。小姑娘等妈妈的样子，在他心里久久挣脱。打电话给孩子的妈妈，容易，找到电话号码就可以打。打电话喊孩子的妈妈回家，也容易，哪个妈妈不疼娃。可是喊回了妈妈，如何让妈妈留下？这个问题在麻正兵的脑子里划上了一个大大的问号。除非，让她们在家门口就能赚到钱，那样，妈妈们才能安心留在家里照顾老人照顾娃。什么产业适合妇女们在家做呢？望着黑不隆冬的夜，麻正兵陷入了沉思。

2 找到了苗家的宝贝，启动"让妈妈回家"公益计划

这之后不久，在一次州级非遗大会上，麻正兵认识了湘西州苗绣非遗传承人龙老香。那天，龙老香径直朝麻正兵走来，在他身边坐下，说："麻站长，我们的苗绣这么好，你怎么不支持我们大范围发展呢？"

麻正兵一脸诧异："我支持也没用啊，又没有市场！"在麻正兵看来，当时的苗绣多用来参加评奖，并没有作为商品大面积在市场上流通。

龙老香脸一沉，有些生气："怎么没市场？我的一套苗服在香港卖到了18800元。"

麻正兵猛地侧过头，瞪大了双眼望着她："这怎么可能啊！"

"怎么不可能？苗绣是我们苗族的宝贝哩。"龙老香把发票找出来，往麻正兵眼前一摆。

"苗绣"就这样走进了麻正兵的世界，颠覆了他的认知。苗家有自己的宝贝！

龙老香说得没错，苗绣是苗家的宝贝哩。作为苗族最为古老的传统工艺，苗绣与苗歌、苗鼓一样，承载着湘西的千古文明。一到成年，就算还没找到心仪的小伙，苗家的姑娘们也会悄悄攒钱，织布、买丝线。等找到如意情郎谈婚论嫁，姑娘们就要和母亲一起夜夜熬，用针线将衣服、头帕、被单、绣花等嫁妆置办齐整。苗绣的图案个个都有讲究，绣品上的蝴蝶代表妈妈，花草代表家园……这个古老的民族将质朴的企盼寄寓在一针一线里。就算在曾经那些饥寒艰涩的日子里，苗族男女身上穿的青布绣衣，姑娘们的花带，娃娃们的鞋帽肚兜……明快艳丽的苗绣也像太阳一样温暖着留守妇女们的心。

"这样，明天我出一套方案，你出一套方案，我们说干就干！"看麻正兵一副兴奋的模样，龙老香一拍大腿做了个决定。紧接着，她又若有所思，说道，"我们得去把我妹妹龙志银找回来。她14岁开始学苗绣，会画图案，会剪纸样，会做苗服。这样样样精通的老绣娘很少的，缺了她可不行。"

第二天，麻正兵和龙老香就来到了龙志银打工的吉首市，只见龙志银正端着扫帚扫大街。麻正兵说明来意，龙志银放下扫把，双手作揖："不行不行，麻站长，我们全家就靠我在这里打零工赚点钱，我有两个孩子在读书，负担太重，我不能跟你们回去做苗绣。"

麻正兵没有就此放弃，第三天，他们继续找龙志银，这次她是在餐馆洗碗，说的仍旧是那番话，"我上午要洗碗，中午要扫大街，下午要整理宾馆床铺，只要一个活没干，就少几百块钱，家里人再有个三病两痛就要揭不开锅了。"

一连找了三次，次次都无功而返，麻正兵开始着急了。龙老香说，除了龙志银，村上没几个会画图案和剪纸的，缺了她就没法启动，人必须得请回去。两人硬着头皮第四次找到龙志银。

"不行哦，我虽然也很想重新拾掇起苗绣这手艺，但是不赚钱的话，我家孩子就要上不起学，吃不上饭啦。"龙志银神色黯然地说。

"大姐，这个我给您考虑好了：我每月工资2000多元，这两个月您拿我的这份工资。"麻正兵嘿嘿一笑。

龙志银停下了手中的活，把手在围兜上擦了擦，再抬头望向麻正兵时，眼里泛着泪花。解决了后顾之忧，龙志银直接跟着麻正兵他们回到了花垣县。不久之后，龙家姐俩带着寨子中的20来个老绣娘，在麻正兵的组织下，注册成立了花垣县石栏镇精准扶贫苗服苗绣有限责任公司。

"先不要做大，先把工做好。销路你们不要怕，我给你们负责了。"麻正兵拍了拍胸脯，给绣娘们打气。其实，销路在哪里，麻正兵心里并没有底。以至于开工将近半个月后，服装做了很多，却一件都没有卖出去。麻正兵着急了，他知道绣娘们都是拿了家里的钱填进去买的物料和线，若是衣服卖不出去，每个人都得亏。

为了长久发展和稳定绣娘队伍，麻正兵四处张罗跑销路。他们的努力和付出终于得到了整个花垣县政府文旅部门的大力支持，所有演出的衣服都从老绣娘们这里定制，总算是在本地不愁销售了。后来，麻正兵他们主导的这个苗绣产业得到了国家各级文旅部门的高度重视和支持，形成了全国文旅系统共同关心和支持的一个公益项目，并作为典型向全国宣传推广。

绣娘们有了信心，徒弟也越带越多，一些在外务工的妇女一个接一个地回到了花垣县这个偏远边城。"让妈妈回家"公益项目，开始在麻正兵心里酝酿成熟。

3 苗绣厂办起来了，苗绣参加了巴黎国际服装展

要让更多妈妈回家，仅有本地市场可不行，苗绣得走产业化、规模化、市场化路线。麻正兵想到了自己的老朋友——石长征、田永兴夫妇，前些日子，听说他们要回家来开猪场。再次见到石长征、田永兴夫妇到石栏镇考察，麻正兵把他们请进了文化站。

"大姐，你们开什么猪场，还不如回来做苗绣呢。"麻正兵对田永兴说。他又将自己想通过苗绣产业让家乡的妇女们在家门口就业，让留守老人孩子不再受苦的想法统统告诉了田永兴。田永兴也是个母亲，且有着一副好心肠，麻正兵的理由深深打动了她。两人聊得很投机。

晚上回到家，田永兴将两个女儿喊到一起，召开了一个家庭会议。会议伊始，田永兴就开门见山地说："石佳，你别在成都待了，回花垣来创业，带着大家做苗绣吧。"石佳是田永兴的小女儿，此时正在成都做弱电工程，发展得风生水起。这个80后女孩长得漂亮，有想法，有个性，也有创业激情。

"妈，我不想回来哦。"石佳说。回家做苗绣得从头开始，石佳深知创业得遭多少罪。

田永兴急了："你有没有想过我们家好了，邻里乡亲还过着苦日子，他们怎么办？"她几乎是哭着冲石佳喊道。

当时，花垣县石栏镇19000多人中就有1000多个留守儿童。家乡没有足够的产业和岗位，年轻人要生存就只能外出打工。在石栏镇，70%以上的村民收入都来自外出打工。年轻人走了，老人累得一脸疲惫，孩子常常灰头土脸，一老一小的脸上都没了光彩。大路小道坑坑洼洼，房子屋舍破破烂烂，一副破败落后景象。

石佳是个孝顺的人，她不想违背母亲的意愿。至于能不能赚钱，她心里没底。"我一开始投了200万元，想着败完了就算了。"石佳说。

当石佳找到石栏镇镇长石吴东沟通场地问题时，石吴东非常热情地接待了她。

石吴东是2017年调任石栏镇镇长一职，在这之前，他还到十八洞村做过驻村扶贫工作，在十八洞村的那些日子深深地烙印在他的脑海里。

2013年11月3日，历史清晰地记住了这一天。

淅淅沥沥的雨声敲打着十八洞村，直到下午3时许转晴。冬日的暖阳穿过薄薄的雾气，洋洋洒洒地照进每一座民房。真是个好日子！

这一天，习近平总书记来到了湖南省湘西自治州花垣县十八洞村，作出了"实事求是，因地制宜，分类指导，精准扶贫"的重要指示。

不久之后，"十八洞村精准扶贫工作队"成立了，石吴东作为工作队的一员，扛着铺盖卷被进了村。在驻村的那几年中，他亲眼见证了一个古苗寨的大变化，路变宽了，房子修缮了，饮水解决了，产业也发展起来了。十八洞有名的猕猴桃"飞地果园"刚开始探索的时候，还是石吴东牵头去的武汉专业植物研究机构考察，引进了富有特色的猕猴桃品种。他深知，一个因地制宜的产业对老百姓增收，对地方发展的重要性。

调任石栏镇，石吴东走家串户了解民情。他看到了很多家庭，只有老人带着孩子在家。他深知，长此以往，这不仅仅是一个贫困问题，更会成为一个社会问题。

为了更好地支持"让妈妈回家"公益项目快速发展，石栏镇党委政府决定，把石栏镇文化站(原排吾政府所在地)的文化产业培训基地空出的两栋房子作为苗绣生产基地，一年只象征性地收2000元租金。

2017年7月，石佳的湘西七绣坊苗服饰文化公司(以下简称七绣坊)在石栏镇文化站内成立了。成立后的第一件事，七绣坊便是与政府联合，一起做"让妈妈回家"公益项目。女人们能在家门口就业，不再需要外出打工，老人和孩子不再孤独留守，这便是"让妈妈回家"公益项目的意义所在。

七绣坊公司聘请了龙老香她们这些老绣娘，作为指导老师，发动乡镇留守的或外出打工的妇女们到公司参加免费培训。培训合格后，妇女们可以跟七绣坊签订上岗合同。消息一传出，妈妈们纷至沓来。"开始我只是想开一个班，培训30多人，结果报名的人太多，培训班开了22期，培训了1000多人。有些想来的还找麻正兵站长开'后门'。"

这样的火爆场面令石佳始料未及，也深深地触动了她。她认识到，妇女们是期待这么一家苗绣工厂的。在培训的绣娘里，有486人跟七绣坊签约，其中建档立卡户就有132个。七绣坊挂上了"扶贫车间"和"非遗+"的牌匾，东西部扶贫协作办也找到了石佳，给她赞助资金……

期待越多责任就越重。为了让绣品有独特的设计品位，石佳把学设计出身的姐姐石曦动员到了七绣坊。石曦来到七绣坊的时候，二宝才4个月。为了提高自己的设计水平，石曦把二宝放到家里，自己到外地进修。姐姐有时候也会跟石佳"抱怨"：别人的妈妈都是回来了，我自己的儿子却成了留守儿童。

一开始，石佳迫于母亲的硬性要求开始了七绣坊的创业。慢慢地，她发现自己爱上了这个事业，忙起来常常忘了吃饭，耽误了睡觉。看着忙碌操劳的女儿们，母亲倒担心了。"母亲本来以为只开一个馆子，结果发现来都要自己做。"石佳笑道。

如今，七绣坊已经开设了5家自营旗舰店，产品参加了巴黎国际服装展，远销海内外。石佳则作为非遗代表，出访波兰、捷克、比利时等国家，为苗绣，为民族文化增添了一抹亮色。

苗绣走上国际舞台。

本版图片均由作者提供

4 越来越多的乡镇脱贫了，越来越多的妈妈回到娃身边

七绣坊红红火火，越来越多的妈妈回到家乡参加创业。

石佳的秘书刘娟，嫁到石栏镇10年。回来那年，小孩9岁，这9年她都在外打工，从来没在家里过生日。来到七绣坊工作后，她终于在家过了一个生日。当孩子给她切生日蛋糕时，刘娟笑着笑着就哭了。

向隆妍是七绣坊的机绣绣娘，她也是从龙山嫁过来的外地媳妇，更是两个孩子的母亲。没结婚之前她就在外务工，有了孩子之后，她仍是继续着打工生活，一年到头仅年底一个星期在家。孩子们并不亲近妈妈，甚至每次回到家孩子们一开始都躲得远远的，不叫妈妈。每每此时，向隆妍心里总像是打翻了五味瓶。七绣坊一开工，她就回家参加了培训班，成了第一批被培训的绣娘。在专业老师的培训下，心灵手巧的向隆妍很快就上手了，半年之后已是驾轻就熟，又被石佳选派去吉首学习机绣。先在电脑上制版，再用绣花机绣花，机绣完成一个作品的速度比手绣快得多。七绣坊的机绣绣娘只有5人，向隆妍担当重任，一月能赚到约3000元。向隆妍又是3个孩子的妈妈，他们都在离七绣坊不远的排吾学校上学。早晨，向隆妍骑着电动摩托车，穿行在晨曦中，孩子们紧紧搂着妈妈。下午4时下班接了孩子，向隆妍又踏着夕阳往家赶。春耕秋收时，向隆妍申请放假，卷起裤腿下到田里又是一把做农活的好手……

前文提到的那个在路口等妈妈回家的小女孩，她的妈妈石玉兰也回家了，那是个阳光明媚的日子。

那一天，石玉兰接到了麻正兵的电话。在电话里，麻正兵说："扶贫路上经常看到你女儿在电线杆旁站着，说是要等妈妈回家。石栏镇正在发展苗绣，你若回来，有地方挣钱，也方便你带孩子。孩子可怜，要不你回家来？"听了麻正兵的话，石玉兰鼻子一酸，一夜没睡着。

石玉兰何曾不想回家呢？女儿小时，是石玉兰一手带大的，那时候，女儿就是个小天使，喜欢唱歌，喜欢跳舞，喜欢笑。女儿5岁，石玉兰迫于一家人的生活压力不得不外出打工。上车的那一瞬间，女儿在车外哭喊，石玉兰在车里泪流满面。一开始，打电话的时候女儿说不了几句话就哭。渐渐地，女儿接了电话也不说话，或是话很少。石玉兰以为，女儿终于慢慢适应了没有妈妈在家的日子，哪怕是话少，只要不那么惦念自己，她心里也会好受些。可她没想到，其实女儿是把对自己的想念藏得深了，妈妈没在身边的日子，或许她半夜做梦都在喊妈妈呢。石玉兰越想越难受。第二天，她作了个决定：回家。女儿天天盼妈妈回家，可当妈妈真的出现在自己面前，女儿竟不知所措地躲在了奶奶身后。过了一会儿工夫，她才明明白白地知道，妈妈真的回来了。

此时，石佳的七绣坊刚成立不久，正在招工。石玉兰来到了七绣坊。初来乍到，没有拿过绣花针的石玉兰以为苗绣很难。令她没想到的是，或许苗家女人天生就有苗绣基因，心灵手巧的她竟然半个月之后就可以独立完成作品了。从一开始的1000多元工资，到后来，3000元一个月工资，石玉兰在家门口找到了一份好工作。农忙的时候，她可以下地干活；孩子放学了，她可以陪孩子们做作业和打打闹闹；没事的时候，她可以拿起绣花针做衣裳……

不久之后，石玉兰在外地打工的老公也回了家，两口子买了小汽车。平时，石玉兰的老公就开着车子去跑车。能干的石玉兰还当上了妇女主任，村里想做一个服装加工厂，在麻正兵的鼓励下，石玉兰开始发动身边的妇女们绣花做衣裳。从一开始的一个，两个，到现在的100多个，村上越来越多的妇女回来了，加入了苗绣行列，石玉兰也从学徒变成了师傅。

我见到石玉兰的时候，她正准备赶到县城去开会。她现在不仅是村上的妇女主任，还是花垣县的政协委员。如她的名字一样，石玉兰像一朵玉兰花，整洁且清爽，聪明而淳朴。"外面工资再高，作为妈妈，我都想陪在自己的孩子身边。"石玉兰说。

如今，石栏镇以七绣坊为龙头，已经先后成立了3家苗绣公司，有千余人从事苗绣产业，人最低月工资在2000元以上。几年下来，像苗绣这样的非遗传承产业能为全镇群众增收近5千万元，占全镇各项经济产业发展总值五分之三左右，这里已然形成一个响当当的非遗苗绣产业强镇。随着本土经济的发展，更多想回家的年轻人回到家乡，建设家乡，经营家园，一栋栋整洁的新房盖起来了，一条条飘带般的水泥路修起来了，乡间村寨多了许多孩子的欢声笑语。

更可喜的是，随着石栏镇苗绣市场的扩大，带动了花垣县其他乡镇的苗绣产业发展。在有些乡镇的村寨还成立了手工作坊，大家齐心协力，一起对接大客户，完成大订单，已然拧成了一股绳。这些被带动发展的乡镇，根据其规模大小，年收入少则几百万元，多的有上千万元。

"以后，我们还想让更多想回家的爸爸也能回家。"石吴东说。为了给爸爸们更多选择的余地，石栏镇正在支持石佳做业态延伸，开发千亩茶园。茶园若是做起来了，或许，就能让更多想回家的爸爸也回家了。

7年精准扶贫，7年苗乡巨变。我们看到，花垣县这样的少数民族聚居区，披上因地制宜的战袍，挣脱了贫穷的枷锁，走上了小康的幸福之路。

五

文化湘军 敢为人先

中国有个马栏山

《长沙晚报》全媒体记者　李万寅　唐薇频　李卓　胡媛媛　尹玮

1000 多年前，一艘满载长沙窑瓷器的帆船，从中国港口出发，向西远航。当这艘“黑石号”沉睡千年被打捞出海后，绵亘万里的“海上丝绸之路”再一次为世人瞩目。溯水而行，史诗般的丝路上，湖湘文化始终是连接东西方的重要纽带。

101 年前，年轻的毛泽东在长沙城东创办《湘江评论》。这张被称为“开当时新媒体之先河”的刊物甫一问世，便激荡风云、雷霆万钧。湖湘思潮席卷全国，播下革命的火种，唤醒一个民族的热血觉醒。

70 年前，随着“浏阳河，弯过了九道湾，五十里水路到湘江”的嘹亮歌声，一曲《浏阳河》传唱天下。承载着诗情乐韵纵情奔涌，湖湘韵律成为刻入无数人灵魂的深刻印记。

是什么力量可以如此，穿越千年时光，依然熠熠生辉；跨越万里时空，依旧一往无前？

“是文化的因子，是创新的澎湃！”浏水之畔，新城崛起。15.75 平方公里的长沙马栏山视频文创产业园，给出了睿智的回答。

9 月 17 日，习近平总书记到马栏山考察时指出，文化和科技融合，既催生了新的文化业态、延伸了文化产业链，又集聚了大量创新人才，是朝阳产业，大有前途。谋划“十四五”时期发展，要高度重视发展文化产业。要坚持把社会效益放在首位，牢牢把握正确导向，守正创新，大力弘扬和培育社会主义核心价值观，努力实现社会效益和经济效益有机统一，确保文化产业持续健康发展。

如果说 3 年前，新成立的马栏山视频文创产业园，开启了一场从“本来”到“未来”的跋涉，那么3年间，迎接全球数字经济的风口浪尖，马栏山以一马当先的姿态，立足湖湘文化的根基，强化数字视频的特质，实现文化和科技的相融相交，守正与创新的琴瑟和鸣。

新思想、新技术、新业态、新经济火花四射，领先全国、具有全球竞争力的“中国V谷”拔节生长。浏阳河畔，新媒体时代的制高点正在隆起。

在马栏山视频文创产业园，打开海拔计，你会发现这里海拔仅38米，甚至低于长沙平均海拔44.9米。

海拔不高的马栏山，以正青春的激情，书写着精神的高度、改革的高度、产业的高度、内容的高度。

山高人为峰。心有多高，马栏山便有多高。

无山有峰　精神高标

初冬的阳光，映照在粼粼波光之上。九曲蜿蜒的浏阳河，在长沙朝正垸（鸭子铺片区）绘就了第八道湾，也绘出了一道充满创新活力、彰显硬核发展的黄金弧线。

马栏山，是个传奇。

一片“城中村”能长出什么？

答案是，长出了造型别致的时尚建筑群，刷新了浏阳河第八道湾的颜值与内涵；长出了活力四射的视频文创园区，刷新了湖南文创产业的高度与格局。

3年前，倘若你由南向北经东二环过浏阳河，举目是百废待兴的空地。这是长沙最大的城中村——朝正垸拆迁平整后待开发的地块。

3年后，这里奇迹般地崛起集聚3000家视频文创类企业的中国V谷——马栏山视频文创产业园。

“中国V谷，是大V的V，是视频Video的V，也是胜利Victory的V!”浏河湾畔、水岸相依，马栏山视频文创产业园青春的呐喊，激荡心灵。

行走在园区，“三纵三横一环”的路网全面铺开，宛若河畔灵动的五线谱；高低起伏的特色建筑群，是其间跃动的音符。创智园、博创园、众创园、月湖文创小镇、中国网络文学小镇、弗慧谷视频文创基地，无数年轻的面孔在这里挥洒创意，追逐梦想。

马栏山，更是个象征。

虽无山之形，却早有山之盛名。

这里，传说曾是关公战长沙的围栏圈马地。上世纪 90 年代，坐落于此的湖南广电异军突起，顺应文化娱乐供给从贫瘠到丰盈的趋势，20 余年来的深耕厚植、创新求变，成就了展翅高翔的“金鹰”，也深厚了马栏山二次腾飞的基底。

时代车轮驶入 21 世纪，信息革命席卷全球，世界文化的原生内容、传播模式和交互方式发生了巨大变革。纵览美国的好莱坞影视制作基地、加拿大 BC 动画产业园等全球知名文创基地，无一不是以科技及产业链成就崛起。

新媒体加速了文化的沟通和融合，数字技术打破了地域文化边界，新的世界文化版图正在重构。

文化 + 科技，已成为全球竞争的关键赛场。湖湘文化要走得更远，亟须一个让世界都能看到的舞台！

2016 年 10 月 9 日，习近平总书记在中共中央政治局第三十六次集体学习时指出，要加快传统产业数字化、智能化，做大做强数字经济，拓展经济发展新空间。

2016 年 10 月 13 日，经过前期缜密调研和深邃思考，湖南省委书记杜家毫在省委常委会上首次提出，“推动文化与互联网、互联网与实体经济深度融合，力争形成‘北有中关村、南有马栏山’的网络信息产业发展新格局”。

从中央倡导到地方呼应，仅仅 4 天。

果断决策凭什么？杜家毫的话掷地有声：“比创新，我们可能比不过深圳；比总部经济，我们比不过北京；比金融，我们也比不过上海。但发展文创产业，我们有底气有优势、有信心有能力。”

底气，源自湖湘文化的深厚底蕴。

近年来，广电、出版、动漫、演艺等文化湘军享誉国内外，成就了省会长沙“东亚文化之都”、世界“媒体艺术之都”的殊荣，文化产业体量居中部省会城市第一。

信心，来自与大时代的同频共振。

移动互联网产业已成湖南发展的比较优势之一，百度、华为、腾讯、京东等行业巨头纷纷来湘落子布局，互联网岳麓峰会影响力不断提升，全省移动互联网产业营入突破千亿元。主阵地长沙移动互联网企业已逾3万家，成为全国移动互联网产业第五城。

2017年12月，马栏山视频文创产业园挂牌成立，一个加速文化与科技融合，聚焦数字视频内容生产，以先进文化讲好“中国故事”的新型产业园区扬帆启航。

这片厚植文化创意的沃土，同样也牵动着省委副书记、省长许达哲的心。他强调，要瞄准打造国际一流的基地、具有全球影响力的“中国V谷”这个目标，高标准抓好马栏山视频文创产业园建设。园区基础设施建设，要突出生态化、绿色化，做到软硬件一起抓；体制机制创新，要突出激发创新活力、奋斗精神，引导文化与科技、互联网、旅游、金融的融合；人才智力支撑，要突出引进和集聚领军人物和创新创业团队，牢牢坚持“人才是第一资源”。

行走在这片热土，感受深切的是沧桑巨变。

马栏山，有多少观众最初只是在《快乐大本营》里对这个名称一笑而过？20年前，这里除了湖南广电大厦，几乎一片荒芜。在城市发展进程中，朝正垸不知不觉成了长沙市最大的城中村，这里污水横流、“蛛网”密布、违建林立。直到2015年4月，长沙市启动了“史上最大规模拆违”，先后投入数十亿元，拆除千余栋违章建筑，腾出了4500余亩土地。

行走在这片热土，感受深切的是排头兵、先行者的担当。

正是长沙市委、市政府以极大的决心和毅力，啃下了控违拆违这块“硬骨头”，才有了后来的“一张白纸好作画”。平整一新的朝正垸，既是长沙市二环以内最大待开发完整地块，也是浏阳河九道湾中最大一道湾，处于浏阳河文化旅游产业带的终端地带，区位优势非常明显。

这块“黄金宝地”何去何从，备受瞩目。

早年，也有将朝正垸改造后、打造成以体育公园为亮点的高尚生态综合功能区的规划；城中村拆迁完毕后，有眼光的房地产商、投资商更是纷至沓来。有人测算，如果做房地产，这里可以建600万至800万平方米房产，土地出让收入超过500亿元。

然而，风起云涌的大时代决定了：这片热土注定要承担更重要的使命。

北有中关村，南有马栏山。具有前瞻性的眼光和战略布局，改变了马栏山的命运。园区规划范围15.75平方公里，包括金鹰城片区（湖南广电）、朝正垸鸭子铺片区和长沙大学片区（马栏山学院）。

曾经的城中村，在全新的规划蓝图中，如凤凰涅槃。它以马栏山视频文创产业园核心区域的全新身份，以一抹抹新绿和生机，奔向未来。

行走在这片热土，感受深切的是“我们的道路必将越走越宽广”的坚定自信和产业定力。

为了精准布局文化科技领域的各个头部赛道，长沙市委、市政府多次召开专题会议，研究马栏山视频文创产业园、岳麓山大学科技城“两山”发展。

“不做房产做文产。”长沙市坚定不移地贯彻省委赋予马栏山的战略定位，一心打造专业的文创内容基地、数字制作基地。园区果断拒绝了中国排名前十的地产商们抛来的橄榄枝，仅仅准入了一个具有产业组团功能和提供商业配套的绿地超高层项目。而阿里、腾讯、华为、字节跳动、快手等视频文创头部企业，通过数次对接、数个日夜鏖战谈判后，先后在此落下棋子。

“马栏山视频文创园是承载厚望、承载重任、承载梦想的新型产业园，建设水准低不得、推进速度慢不得、工作力度弱不得。”这是长沙市决策者、建设者的共识。

项目建设快马加鞭，产业创新一马当先，纳才引智马不停蹄……从园区规划到产业生态，从项目布局到未来谋局，不久前履新陕西省委副书记的胡衡华，在担任湖南省委常委、长沙市委书记期间，数次来到马栏山，为高质量建设马栏山指明路径图，即：坚持项目拉动，打造全市经济增长标杆；坚持科技驱动，打造世界视频产业高地；坚持产城互动，打造“中国V谷”魅力形象。

长沙市委副书记、市长、湖南湘江新区党工委书记郑建新在马栏山调研时强调，要将新发展理念贯穿园区发展始终，优化园区规划、夯实创新平台、加快人才集聚、用好创新政策，同时突出产城融合、校地融合、产业融合，大力发展“文化+科技”，不断拓展多场景应用。

创新的源泉充分涌流，创意的火花激情碰撞，创业的种子深耕发芽。

以拥抱蓝天的姿态，与蓝色资本激情对话。海拔高度仅38米的马栏山，用3年的厚积薄发，彰显出湖湘文化的精神海拔：经世致用，心怀天下。

创新精神闪耀，不是山的马栏山，有了兼容并蓄的大山胸襟。

与被称为“中国硅谷”的中关村类似，马栏山集聚的同样是“头脑产业”，创新是二者的共同属性。对标中关村，马栏山不是简单模仿，而是借鉴其在规划建设、成果转换、人才激励等方面的创新之举，走出了特色发展之路。

加速、加速、再加速。金鹰城板块、鸭子铺板块发展齐头并进，马栏山公园、浏阳河景观风光带交相辉映，若干产业聚集小镇和众创空间接踵亮相，马栏山视频文创园“两核一轴一带多镇”的规划布局，正渐渐从蓝图变为现实。

省、市先后出台“1+1+6”政策体系，从企业发展、平台服务、人才引进等多方面着手，梳理成为“四奖两补三支持”强大政策助力，在改革创新上坚持先行先试、在奖励补助上坚持真金白银。

创业精神勃发，没有山的马栏山，有了万峰磅礴的大山脊梁。

以数字视频内容为核心，以文化创意为龙头，以高科技为支撑，打造中国一流的文创内容基地、数字制作基地、版权交易基地。精准的产业定位，让马栏山释放强大引力波。

成立3年来，园区已汇聚4家主板上市公司，云集3000多家文创企业，西瓜视频、字节跳动、阿里直播基地等“独角兽”和头部企业纷至沓来。

100米湖南创意设计大厦建成封顶，芒果马栏山广场3座高达198米的塔楼、380米的绿地超高层建筑加速建设中……浏水之畔的天际线不断刷新，标注着无山有峰的马栏山新高度。

创意精神不息，未见山的马栏山，有了舍我其谁的大山气度。

5G与VR技术牵手，能快速进行超高清的产品建模，服务于制造型企业的升级改造，助力长沙这座“智造之城”加速奔跑；虚拟直播代替真人，人工智能手语翻译数字技术不仅解放了人力，还能大大激活手语运用场景。今日的马栏山，技术的炫酷、创新的澎湃扑面而来。

国家超级计算长沙中心技术创新应用平台、区块链技术应用研究院、国家电视技术工程中心马栏山分中心……愈来愈多创新平台、科研院室在这里落子，为世界新媒体技术的变革，烙上鲜明的“马栏山”印记。

112年前，中国现代文化先驱鲁迅在《文化偏至论》中大声疾呼：中华文化，应外之既不后于世界之思潮，内之仍弗失固有之血脉，取今复古，别立新宗。

这是一个民族，对优秀文化的高度自信；这是一个国家，对与时俱进的高度自觉。

时代风云激荡，呐喊犹然在耳。

传承“固有之血脉”，激扬“世界之思潮”，穿越百年时空，马栏山以不断崛起的文创高地，以令人向往的精神高度，给予了最坚定的呼应。

科文融合　产业高峰

历史有如一个8字，兜转往复之后，阔步向前。“新媒体达人”毛泽东没想到，自己的实验百年后在长沙城北迎来一席“山”巅上的新媒体产业盛宴。这“山”，就是海拔不高产业高的马栏山。

马栏山无“山”，恰如数字经济不靠生产性资本，无形之间崛起了一座举国无二的“视频+文创”的数字虚拟经济产业巅峰——马栏山被认定为国家文化和科技融合示范基地。2019年，园区企业产值近350亿元，跻身全国首家国家级广播电视产业园等“国家队”阵营。2020年，尽管受到新冠疫情影响，新注册企业仍达676家，年产值预计约400亿元。

马栏山的产业“海拔”何以成就？“马栏山视频文创产业园起步就对标北京中关村，并确定了‘不做房地产，做文产；发挥独特优势，做视频；科创加文创，做数字新经济’三大发展定位。”长沙市委常委、市委宣传部部长陈刚说，谋定而后动，科文融合成就了马栏山今日之“高”。

科文融合，科技的作用几何？不妨来看一个故事。

美国福特公司一台精密电机故障，无法查出原因，于是请设计者、德国专家斯坦门茨出马。斯坦门茨忙乎了一阵，用粉笔在电机上画了一个圈，让人打开电机，线圈减去16圈。故障顺利排除，他要求收费1万美元。人们惊呆了：一个粉笔圈，值 1 万美元？他淡定地说，画这个圈值 1 美元，但知道在什么地方画圈，值 9999 美元！

画圈，谁都会，所以只值 1 美元；知道在哪画圈，却只有斯坦门茨会，因此值 9999 美元。没错，科技在手，就这么值钱。

“如果把马栏山的产业比作造车，那么我们现在已形成从轮胎到底盘到挡风玻璃的全产业链。而科技底座犹如汽车底盘，是我们的重中之重！”开福区委副书记、马栏山视频文创产业园党工委书记邹犇淼直击重点：科技底座，托起马栏山产业生态链蓬勃发展。

正是无数像斯坦门茨这样的“画圈者”，立足新基建，打造云平台，为马栏山文化产业插上了科技的腾飞双翼。

马栏山科文融合，“224”科技底座打下坚实的基础——2 个平台：云上栏山超高清视频共享制作云平台和国家超级计算长沙中心建设的技术创新应用平台；2 个研究院：区块链技术应用研究院和马栏山计算媒体研究院；4 个创新实验室：下一代互联网宽带应用国家工程实验室马栏山研究院、5G 高新视频多场景应用国家广电总局重点实验室、国家电视技术工程中心马栏山分中心（电广传媒博士后工作站），北大互联网研究院视频技术研究中心（即将落户）。2020 年 6 月，投入 5000 多万元建成的 5G 高新视频共享制作云平台（一期）交付使用。7 月初，总投资 3 倍于云平台（一期）的二期建设开始，预计年底交付使用。

视频：马栏山的年轻人

年轻的古书修复师谢龙龙，每天默默埋头于宁波天一阁的故纸堆里。他没想到，一条关于他“带着初心修复古书”的短视频，竟然在微信上成了 10 万 + 的爆款，在微博上得到影视明星姚晨转载后更是感动全国。一条这样的爆款视频，其巨大流量背后的商业价值和社会效益无法估量。

制作这条视频的杭州二更视频，是国内制作规模最大的原创短视频内容平台。在强大的科技底座赋能吸引下，这个行业的“巨人”，如今站在另一个“巨人”肩膀上——截至目前，二更、二咖、爱奇艺华中总部、快手、HTC 威爱信息科技、梨视频等一大批视频文创头部企业落户马栏山视频文创产业园。

无独有偶，另一位醉心于“修复”的高科技匠人最近也成为了被总书记点赞的“网红”。不同的是，谢龙龙用的是传统老手艺，而马栏山视频文创产业园的5G高新视频多场景应用首席专家周苏岳，用的却是最前沿的4K修复技术。

“我们还有这么多的红色经典的胶片电影，以及留下来的珍贵影像，应该把它修复好，传承好——习近平总书记的嘱托，就是我们努力的方向!”令周苏岳及其团队备受鼓舞的是，习近平总书记来到马栏山考察时，对产业园运用数字技术修复红色经典《开国大典》表现出浓厚的兴趣。

早在15年前，周苏岳就在美国好莱坞从事数字影视技术的研究，2009年回国把当时最先进的数字影视技术应用到了国内的影视摄制当中。《开国大典》4K经典修复，正是他带领的三维六度修复团队的代表作。

马栏山目前正在建设中国技术最先进、生产能力最强的4K修复生产线。该生产线采用了世界最先进的DRS、CORTEX人工智能数字修复软件和工艺，并结合华为的深度学习4K画质增强超分技术，再加上当虹科技的AI视频翻新云组件，目标是未来可以达到一年修复50到100部电影电视剧的水平。

1928年，一只叫“米老鼠”的小耗子，从沃特·迪斯尼的笔下苏醒，它走进图书，跳上银幕，成了主题乐园的主角，最终为主人带来了数千亿美元的大产业。

类似的“智”富神话，也在马栏山文创高地上演：今夏，热播网综《乘风破浪的姐姐》火到“出圈”，带动芒果超媒市值突破千亿元，让马栏山再度成为焦点，芒果TV与抖音、快手双双联动，迅速上线直播带货，“姐姐同款”频繁登顶热搜，同款耳环、服饰、鞋履推动万亿元电商市场，这一跨界合作收获了良好成绩。

在《创意经济》一书中，全球创意产业之父约翰·霍金斯说，全世界创意经济每天可以创造价值220亿美元，并以5%的速度递增。那么，有了强大的科技底座和生产力，马栏山如何将产业“海拔”来“变现”?

“5G即视频，视频即创意，创意即资产，资产即交易。当前，数字资产存在确权难、产业协同难、创意交融难、商业变现难、部门监管难等一系列问题。”在周苏岳看来，中国V链数字资产交易中心平台的横空出世，正是马栏山发挥区块链优势，解决这些“变现”难题的契机。

今年7月，随着一张带唯一数据指纹和数字资产编号的手机现拍上链证书现身大屏幕，中国V链全球首笔交易诞生，中国V链数字资产交易中心在马栏山视频文创产业园正式启动。

中国V链底座由“1网、2平台、4核心节点”构成：一张遍布园区的5G网络，由云上栏山超高清视频共享制作云平台、国家超级计算长沙中心建设技术创新应用平台组成的2个底座平台，华为云、金山云、浪潮云、旷视云构建的4个核心区块链云节点。

“类似于天猫旗舰店的方式，用户可基于中国V链，运营自己的数字资产商店。”马栏山园区企业天河文链，是国内早期涉足区块链文创产业技术企业，总经理杨征用视频为记者演示：内容生产方将视频上传至中国V链平台进行名称设置和定价，这个过程会自动进行上链存证，并发布到数字资产商场；内容消费方在商场页选择资产购买后可查看证书，将资产下载到本地进行使用——在中国V链平台完成一笔数字资产交易，就像淘宝一样轻松。

除了中国V链数字资产交易中心平台，加大创新力度拓展应用场景，也成了马栏山产业“海拔”变效益的“智”富手段。

无需戴3D眼镜，液晶屏上的藤蔓仿佛一下子荡到鼻尖，雷声、雨滴、虫鸣、鸟叫忽远忽近，萦绕在耳际……在马栏山裸眼3D全景声场景应用实验室里，一场前所未有的视听盛宴将记者带进了虚拟的热带雨林。云上栏山超高清视频共享制作云平台，在全球首次将裸眼3D与杜比全景声技术结合，带来极致的视听享受。

“这不仅仅是愉悦享乐，场景可广泛应用到影院、景区和大型综艺节目。”马栏山视频文创产业园管委会主任黎明透露了“小目标”——园区与郴州市汝城县沙洲村党建结对后，除了通过5G线上培训，为沙洲村培养“村播”带货人才外，还将以VR和3D全景声等先进技术打造“半条被子”实景旅游点，讲好红色故事，实现引流增收。

在园区企业芒果动听的演播室，另一个场景应用也让人“声”临其境。

马栏山5G智慧电台是国内首个自主研发的音频集成系统。这套系统利用 5G + AI 技术，可以让一个编辑在短短 3 分钟内“闪”编包括虚拟主持人在内的一套电台节目。它也可以和村村通、村村响大喇叭、应急广播结合，快速精准地把党的声音送到田间地头，在今年新冠疫情防控中，针对农村防疫宣传薄弱环节大显身手。目前，全国有 157 个电台频率安装使用，包括湖南的 89 个县级电台和新疆生产建设兵团部分师团。

有了科创“深蹲蓄力”，文创就能更好实现“起飞跳跃”。

《舞蹈风暴》第 2 季在豆瓣评分达 9.5 分，节目形式唯美、表现专业、探索有益、科技感爆棚，是当前最火爆的现象级节目。其背后是“芒果 + 华为　文化 + 科技”在发力。业界首创、具有奇妙视觉变化效果的“立体风暴时刻”，正是华为借助端云协同的视频 3.0 + 平台量身定制。

坐落在月湖公园边的长沙千博信息技术有限公司，原本是一家餐厅，园区回租后用来孵化文创企业，开发出“虚拟手语主播”，其产品已被不少媒体、学校、政务中心采购使用。

总部设立在北京的二咖传媒，近年来深耕优质自媒体和原创视频内容。2019 年 3 月，二咖传媒进驻马栏山创智园，致力打造短视频内容生产全赛道 IP 孵化基地。仅一年多时间，整体营收增长数十倍。

云存储，云备份，云计算。企业创新有强大的“技术底座”，与阿里、腾讯、华为、字节跳动、快手、西瓜视频等头部企业比邻，上下楼就能洽谈合作，走几步就能接单签约。

今天的马栏山，文创 + 科创的生态产业链蔚然成型，科文融合的产业高峰挺立时代潮头！

赋能放权　改革高地

改革东风劲吹日，浏水西行到长沙。

马栏山是长沙最年轻的园区。它诞生之际，正值国家、省、市各级大力优化营商环境、深化“放管服”改革。

因为正逢其时，对于改革，马栏山岂能置身事外。

和以制造业为主的长沙经开区、长沙高新区等“老大哥”比，新兴的马栏山主打文化产业。这里的企业对于改革的感受和诉求，既有各园区共性的一面，也有马栏山个性的一面。

因为别开生面，对于改革，马栏山必须勇立潮头。

提起营造良好的营商环境，产权保护特别是知识产权保护是一个重要方面。

知识产权分为工业产权和版权两大类。后者涉及各类文艺作品，与马栏山的主导产业息息相关。

从小处说，马栏山的企业每天都在和版权打交道。在内容生产的过程中，一首背景音乐、一张宣传海报、一段视频资料，都会涉及版权。一不注意就会陷入侵权纠纷，使企业发展分散精力，陡增风险。

版权保护，正是马栏山健康、可持续发展的守护之盾。

从大处说，版权是马栏山产业发展的内核。从初级阶段在国内卖节目内容，到高级阶段到国外卖节目模式，实质都是版权交易。谁也不希望自己灵感迸发的创意被他人抄袭，辛勤培育的果实被他人摘取。

版权保护，也是马栏山创新、高质量发展的攻坚之矛。

因此早在筹建阶段时，马栏山就将版权保护列为园区的“产业标配”。

公园路是马栏山内一条南北走向的主干道。沿着公园路南行，至浏阳河畔便进入到园区最早建成开放的创智园。除了管委会和入驻企业外，还有两家版权保护机构坐落于此。

马路东边是马栏山（中国）广播电视电影网络视听节目国际交易中心，由湖南广电发起设立，侧重于版权交易，湖南省版权局在此设立了湖南省版权基层工作站；马路西边，是马栏山版权服务中心，隶属于长沙市委宣传部，侧重于版权服务。

有了两大“门神”坐镇马栏山，从版权登记、确权、存证、监测、取证，到版权评估、质押、保险、培训、咨询，企业不用出园区，便可享受“一站式”版权保护服务，免去很多后顾之忧。

“一站式”服务同时也是“上门式”服务。从安装办公软件这件入门级小事起，入驻企业便能享受到马栏山方便快捷的版权保护服务。

学生上考场要带笔，士兵上战场要带枪。文化产业从业者，从前期方案的撰写，到后期素材的剪辑，都离不开计算机。可正版办公软件是一笔非常庞大的开支，特别是对于资金实力并不雄厚的小微企业、初创企业而言。

昂贵的正版软件用不起，结果要么是盗版软件泛滥，要么是用个人版替代企业版。这一乱象不仅破坏了国内产业生态，也不利于国际形象构建。

对于正在创建国家知识产权强市的长沙而言，对于正在申请全国版权示范园区（基地）的马栏山而言，这种做法当然是不被允许的。

为此园区统一采购了正版软件版权，为入驻企业免费安装。目前，入驻企业实现100%的办公软件正版化。

安装正版软件看似是一件小事，却是培养版权保护意识的第一步。

“如今马栏山的版权保护意识，在长沙来看应该是数一数二了。”马栏山版权服务中心主任何非常介绍说，“但我们不满足于此。马栏山的目标是向北京中关村、深圳前海等版权保护的先进地区看齐。”

跨过版权保护第一关，后续还有很多挑战在等待。

12426版权监测中心4月发布的《2019年中国网络版权监测报告》显示，其监测的院线电影、电视剧、网络电影、综艺、动漫等影视综作品，单部作品的侵权纠纷高达3736条。而马栏山大量生产的正是这类影视综作品。

“加强园区企业的版权保护需要从两个维度入手。一方面保证自己不侵犯他人的权利，另一方面保护自己的作品版权不被侵权。”马栏山（中国）广播电视电影网络视听节目国际交易中心总监李青穗介绍说。

知了青年是马栏山的一家重点版权企业，出品的纪录片本是网络爆款，结果因为片头、片尾的字体使用问题，被书法家状告侵权。

了解到这一情况后，马栏山主动介入，积极调解。最终双方达成和解，事情圆满解决。

与此同时，知了青年又发现自己的视频内容未经授权，出现在了别人的商业宣传中。

版权是私权，法律上是谁主张谁举证。想要维权，取证是第一步，却已是难于上青天。

别的不说，网络环境下的取证讲究一个“快”字。等到对方一删了之，又去哪里找侵权证据呢？

马栏山的答案是——用技术手段解决版权保护痛点。

4 月 24 日，长沙市中级人民法院长沙知识产权法庭联合马栏山管委会共同签署《数字文创产业知识产权保护长沙宣言》，共同推动建立电子存证平台。利用区块链“分布式、难篡改、可溯源”的优势，化解“确权难、取证难、监管难、交易难”的问题。

为鼓励企业进行版权存证，马栏山管委会 7 月 28 日下发了版权保护补助的实施办法，对每件存证作品给予 10 元补助。这笔钱可以抵消企业支付的存证服务费用，相当于免费办理。

版权福利进企业，大家热情高涨。截至 9 月 30 日，马栏山版权服务中心统计显示，共完成 3836 件作品的版权登记和 15 万件作品的版权存证，涵盖视频、音频、文字、图片等多种类型，实现了证据的在线保管和在线公证。

不光扶上马，还要送一程。

版权保护，于眼前是止损，于长远是赋能。走一步，看三步，马栏山在下一盘更大的棋——以版权保护的矛与盾赋能企业，辐射湖南，挺进全国，高瞻全球。

纵观国内近年的热门综艺，不少是购买了国外节目的版权，如《歌手》《中国好声音》《极速前进》等。国外电影、电视剧在国内也有广阔的市场，印度电影《摔跤吧！爸爸》凭着“自来水”的好口碑在朋友圈大量刷屏，票房一路上扬，甚至超过了印度本土，令世人惊讶。

马栏山有没有可能把版权卖到国际市场去？这既是心怀壮志的理想，更是实实在在的行动。

中国纪录片的广告收益不高，叫好不叫座的局面长期存在。知了青年的《了不起的匠人》虽广受好评，但产业化开发若做不好，也只是沉睡的创意资产。马栏山（中国）广播电视电影网络视听节目国际交易中心为此积极牵线搭桥，与意大利电视台合作，助推纪录片开拓国际市场。

园区助力企业版权孵化，对接国际市场。在马栏山，这样的例子不在少数。

除了版权保护，深化“放管服”改革是马栏山优化营商环境的另一个重要方面。

作为一个以文化产业为主导的园区，马栏山对文化行政管理、审批和服务工作有大量需求，这是其他园区不具备的。而这些工作又分布在广播电视、新闻出版、文化旅游、版权、电影等多个职能部门。有时千头万绪，难以厘清。想拍摄网络大电影？望文生义去找湖南省电影局是不行的，得找湖南省广播电视局。

企业寻求对应部门审批，一对多太复杂。

部门主动服务企业发展，多对一很方便。

7 月 16 日，一场特殊的恳谈会在马栏山召开。省市两级 8 个有关部门共同做出“马栏山承诺”：“提高行政审批效能、优化马栏山视频文创产业营商环境，没有最好，只有更好！”

马栏山承诺，创新服务手段。支持管委会在园区设立行政审批代办点，统一收集园区企业申报材料，向湖南省政务服务大厅集中报送并领取办结结果。

马栏山承诺，提升服务效能。推动合法合规事项“马上办”、一般事项“不见面”、复杂事项“一次办”、特殊事项“特殊办”。

马栏山承诺，简化审批程序。需要现场勘查的，由管委会负责。

马栏山承诺，精简申报材料。需要提供经营地址证明资料的，予以简化，无需提供。

马栏山承诺，压缩审批时限。开设绿色通道，审批时限在原有承诺基础上提速 30%，加快项目落地。

马栏山承诺，优化监管环境。减少检查频次，推进文明执法，推行联合检查，营造公平、公正的经营环境。

马栏山承诺，畅通政企沟通渠道。每季度召开一次现场会，解决企业实际困难。

马栏山承诺，形成工作合力。形成省直文化部门之间、省市文化部门之间的联动工作效应。

马栏山承诺，发挥社会组织作用。支持文化行业协会、产业联盟、社会团体发挥作用，加强信息共享，协调行业纠纷，提供政策咨询与法律调解。

“马栏山承诺”，千言万语汇成一句话——马栏山，马上办，马上好。

“我们不喊不到，随喊随到，服务周到。”邹犇淼如此为“马栏山承诺”

做注解。

视频：“我是奔着马栏山来的!”

改革就是要解放和发展生产力。文化领域同样如此。

影视综作品需要进行播前内容审核。传统的送审方式是用磁带，价格不菲，一盘就要5000元。如果需要修改，磁带花费直接翻倍。磁带送过去后，有关部门还要召集专家聚在一起审片。企业等待的同时，项目经费也在燃烧。

在5G等高科技飞速发展的今天，有没有可能借助技术手段改革审片方式？这是5G高新视频多场景应用国家广播电视总局重点实验室专家周苏岳十分关心的话题。

“如果能利用马栏山已有的5G技术建立‘云送审’的机制，这样一来企业也不必送磁带了，专家也不用来回跑动了，一切操作都在‘云上’完成。湖南如果能在这方面进行率先突破，这将是制度改革激活产业发展的典型案例。”周苏岳说。

对于专家的建议，马栏山做出了迅速回应：探索审片新技术平台的开发。

文化产业具有意识形态属性。包括内容审核在内的各种改革不是“放水”。

无论怎么改革，确保导向正确，坚持社会主义核心价值观，让正能量满满、主旋律高扬，这始终是内容生产必须坚守的原则。

背靠长沙广电的中广天择，每周都开会，能第一时间得到导向的最新动态，对政策的把握准确而及时。可很多企业没有这样的信息传达渠道，最怕千辛万苦做出来的片子去送审时，这才发现不符合播出条件。失之毫厘，谬以千里。

马栏山能不能建立起相应的上传下达机制，让更多企业在项目之初就规避风险?

对于企业的期盼，马栏山发出了积极信号：借鉴中广天择内容审核的有效办法。

马栏山承诺中庄严写道：“省市两级行政管理部门定期将行业发展动态、监管要求及行政审批事项办结情况告知文创园管委会。”

在坚持导向正确的原则下开展“放管服”改革，将“文化湘军”的传统优势结合新业态、新平台、新需求、新技术，实现惊人一跃，马栏山有信心，更有决心。

守正创新 内容高企

如果把马栏山比作一只股票，那么用TVB港片里“股神”的话来形容，这是一支“高企”的绩优股——保持高位且有潜力持续攀升。而马栏山“高企”的背后，源自其内容生产的“高企”。

园区首家入驻企业——银河酷娱的醒目位置，挂着“导向金不换”五个大字。创始人、CEO李炜永远记得2020年9月17日这个日子：这一天，总书记来到企业考察，见到这五个字，点赞说“这句话写得好”。

守正创新，这是习近平总书记对马栏山的殷殷嘱托。

守正创新，才能基业长青。

守正创新，马栏山在赶考。

璀璨灯火里蕴含着经济密码。每逢夜幕降临，华灯初上，马栏山无疑是长沙灯火最闪亮的片区之一。在这里，有一大批中国最富创新精神的电视、视频、音频创意制作人，他们在这里挑灯夜战，挥洒创意。

李炜正是挑灯夜战的马栏山创业者之一。

从湖南广电的栏目制片人干起，到下海创业。从广电大楼到月湖，从月湖到马栏山创智园，李炜三迁，业务范围越做越大，地理范围从未真正离开马栏山，内容范围也始终未曾偏离“守正创新”。

用综艺手法检验全民新奇发现的《火星情报局》、关注儿童励志成长的《火星少年计划》、讲述“大智慧”和“趣生活”的《头号任务》、开辟革命历史题材新领域的《特赦1959》、将故事剧情与长沙文化进行全面结合的《奈何BOSS又如何》、通过汉服直播弘扬传统文化的“国潮少女”李雨霏……从综艺节目到影视剧集，从艺人经纪到短视频，银河酷娱通过输出内容，稳扎稳打锻造核心竞争力。

《大地颂歌》到底有多红？作为大型史诗歌舞剧，《大地颂歌》受热捧、被追剧，颂出了时代心声。这是三湘儿女以文艺的形式向党中央、国务院汇报湖南脱贫攻坚取得的巨大成效；是文艺湘军及时回应时代课题，勇攀艺术高峰的一次创新之举。

《乘风破浪的姐姐》为什么这么火？是因为传递了积极向上的价值观和拼搏奋斗的精神，吸引了各行各业的青春榜样一起“乘风破浪”。

平均每隔三五年，湖南广电就会涌出一个超级爆款，随后开启一个全新的行业赛道。

从《超级女声》到《我是歌手》，从《爸爸去哪儿》到《乘风破浪的姐姐》……这一系列爆款现象，被英国《经济学人》杂志形容为“马栏山魔法”。

“我是来自马栏山、马栏镇、马栏村、马栏坡的马小姐。”主持人谢娜在综艺节目里的一句玩笑话，道出的是“马栏山”背后，湖南广电在全国观众心目中非同凡响的影响力。

这般影响力，正是源自湖南广电长期以来的坚持。

50 年来，广电湘军一路走来，镌刻着守正创新的理想情怀，激荡着“将改革进行到底”的磅礴力量。“北有中关村　南有马栏山”战略启动以来，被不断托举和赋能的湖南广电，更是实现了省级广电市值第一、影响力第一、品牌第一的奋斗目标，“芒果千亿梦”照进现实。

不创新，毋宁死。内容创新和自制优势已经成为芒果超媒一大核心竞争力。据介绍，目前，湖南卫视拥有 11 个工作室和 13 个制作团队，芒果 TV 拥有 20 个综艺制作团队和 12 个影视剧内容制作团队，外部战略合作工作室 15 个。以广电湘军为核心的芒果系内容制作人员超过 5000 名。马栏山已成为国内视频内容制作的人才聚集高地。

守正创新，马栏山在赶考。

一方面，湖南广电要思考如何在建设马栏山视频文创园上担当更大作为；一方面，马栏山视频文创园要思考如何以湖南广电为依托，视频引爆，文创开花，产业兴城。

敢闯新赛道，能出新爆款，交出新答卷。

马栏山在产业链建设上精准发力，一边建楼，一边建链。

马栏山在生态圈培育上广纳百川，进军新领域，开辟新赛道。

看，网络文学沿着内容生产的新赛道，一路驱驰来到马栏山！

全国第二个“国字号”网络文学示范基地——网文小镇落户马栏山，妖夜、流浪的军刀、愤怒的香蕉、丁墨等30余位大咖已完成入驻，他们不仅要在这里创作，还要为下游产业链提供优质内容。

湖南是网络文学大省，注册的湘籍作家数量超过50万。第一个收入过千万的作家、第一个省级协会、第一个国家级研究基地均来自湖南，整体实力位居全国前三。“网文小镇位于马栏山，便具有了先天优势。我们可以结合小镇的文学创作优势与湖南广电的影视开发优势，不仅维持网络文学的高原，还能攀登文化产业的高峰。”中南大学教授、中国作协网络文学委员会副主任欧阳友权说。

看，影视制作接踵而至，在马栏山新赛道上跑马驰骋！

第13届金鹰节期间，一场特别的“芒果季风”发布会在马栏山举行。

湖南广电将推出改变行业生态的“芒果季风计划”，把“芒果季风”做成行业新品牌，助推湖南影视剧创作永攀高峰。向剧集“注水”说不，向有流量没有演技的“小鲜肉”说不，马栏山联合业界精英合力打造精品周播短剧。

看，文化和娱乐在马栏山新赛道上实现新联动，电子竞技跨越国界在马栏山新赛道上摆下新擂台！

以创梦乐谷（长沙）动漫游戏产业园为代表的研发基地，在建成后，将联合SONY、腾讯动漫游戏资源以及谷歌、华为核心科技，共同打造动漫游戏产业制高点和未来超级IP发源地；银河酷娱公司以阿里影业收购其80%股份的方式，拟被打造为阿里大文娱的综艺生产基地。IEF电竞品牌正式落户长沙，马栏山成为IEF认可的标志地，将长期举办这一国际电竞盛会。

看，直播电商从散兵游勇到抱团列阵，视频内容与电商深度融合，在马栏山新赛道上激发井喷！

面对直播经济的风口，马栏山视频文创产业园首择海南，乘自贸港之东风而后辐射全国；在海口开设了国内首家“影视电商”跨学科专业教育的教学单位，随后还启动了“2020网络主播文化周”。

“视频+内容+电商”的全新视频内容电商模式呼之欲出。湖南广电将以芒果TV新媒体平台为主导，全力打造“小芒”垂直电商平台，以内容为根基，用内容引发共鸣，以共鸣创造需求，以需求拉动消费。

看，文创设计从虚拟到实体，在马栏山新赛道上“四两拨千斤”!

餐具、雨伞、首饰、提包、充电宝、屏风……从虚拟创意到实体商品，马栏山通过轻资产的文创设计，撬动起高产出的文化与工业。月湖之畔的“马栏山好物”文创市集鸣锣开鼓。每到周末，这里人潮涌动，青春飞扬，活力四射。

看，数字医疗插上5G、AR、MR技术之翼，在马栏山新赛道上实现跨界融合!

标杆医院实现5G智慧医疗；下属医联体实现远程手术实时会诊；树立马栏山5G数字医疗标杆，面向全省乃至全国推广；发挥广电媒体影响力及存量消费者优势，制作医疗康养内容，实现全民数字医学教育；逐步建设慢病问诊和康复指导的医疗服务互联网平台……马栏山正在构建一幅数字医疗的宏伟蓝图。

从“大屏”到“小屏”，由广电湘军到数媒湘军，内容生产迭代升级，科技创新活力迸发，文创产业气象万千，马栏山上万马奔腾。

“北有中关村，南有马栏山。”审视当下，憧憬未来，南边这“山”如何比肩北边那“村”?

利好传来——由国家广播电视总局发展研究中心编制的《中国（长沙）马栏山视频文创产业园产业发展规划》出台，这是国内首部视频文创产业园详尽发展规划。

《规划》明确提出了三大构想。

第一个构想是以视频产业为核心，构建视频产业、动漫游戏产业、数字出版产业三大互联互通的产业圈层。

第二个构想是建设“虚实交互的马栏山虚拟视频文创产业园”。为突破当前文创产业发展关键瓶颈制约，建立“马栏山文创金融科技试验区”。

第三个构想是“园区预计通过5年左右的建设，年产值达千亿元。到2030年，产业规模不断扩大，相关辐射衍生产业完善成熟，成功嵌入全球视频产业价值链和创新链，产值超3000亿元，成为以视频文创为特色的国际性大型文创产业园区。”

一马当先，未来可期!

【感言】

马栏山的高度

李　卓

有人问英国登山家乔治·马洛里，为什么要攀登珠峰。他回答说，“因为珠峰就在那儿。”

为什么要写《中国有个马栏山》？因为马栏山就立在那里。

2016 年 10 月 9 日，习近平总书记在中共中央政治局第三十六次集体学习时指出，要做大做强数字经济，拓展经济发展新空间。4 天后，时任湖南省委书记的杜家毫在省委常委会上首次提出“北有中关村、南有马栏山”的战略构想。

从中央倡导到地方呼应，仅仅用了 4 天。

从长沙“百万大拆违”后残砖碎瓦的鸭子铺，到千亿级马栏山“科技 + 文创”产业高峰横空崛起，仅仅用了 3 年。

“马栏山速度”“马栏山高度”引起各界侧目，引来了总书记“打 Call”，湖南本土媒体此前却从未有全景式、多维度审视马栏山。谁来用一篇重磅特稿，讲好“马栏山故事”？

从 8 月末盛夏初探马栏山，到 11 月 18 日中国新媒体大会开幕时稿件刊发，我们先后五上马栏山，遍访园区决策者、科技带头人、年轻极客、创客，仰望这座没有海拔的产业高峰的高度，对话三年筚路蓝缕的创业者，把握“中国 V 谷”青春有力的脉动。就像民国大佬、美食大家谭延闿做一道菜心要择取三担白菜，采访团队主要成员，几乎都和十个以上采访对象面对面访谈，每个人的录音整理、采访笔录、相关资料都积下厚厚一沓。

《易经》有云，“形而上者谓之道，形而下者谓之器”。我们在选题讨论时发现，马栏山的崛起，正是一个“道”“器”结合、虚实相融的极具思辨意义案例。好比它的地名带“山”，海拔竟低于长沙市平均海拔；地理高度不高的背后，产业高度却令人高山仰止，小小园区关联的是千亿级大产业。

马栏山是“形而上”的，他的“道”就是源远流长的湖湘文化精神，就是湖南人敢为人先的创新特质。为此，我们的采访以“务虚”开篇，从

“黑石号”承载湖湘文化元素远航到毛泽东“一个人的新媒体实验”；从马栏山的地名溯源到从中央至地方决策历程、从传统的广电湘军领军到新媒体文化产业崛起，纵横捭阖，激扬文字，探究出马栏山的精神，没有山的马栏山，却有万峰磅礴的大山脊梁。

马栏山是“形而下”的，他的“器”就是“视频 + 文创”的数字虚拟经济产业巅峰，就是赋能放权的改革高地，就是守正创新的内容高企。为此，我们以“务实”来深入，走进马栏山最前沿的“5G + 4K”实验室，与被习近平总书记点赞的数字技术匠人周苏岳对话，探讨4K修复红色经典的无限可能；聆听知了青年创始人讲述区块链技术保护版权改革催生的巨变；在园区首家入驻企业银河酷娱，感受“守正创新”生动实践……

终于，我们以一篇厚重的文字，还原出一座精神高度、改革高度、产业高度、内容高度合铸成的马栏山“无峰之峰”。

值得一提的是，社长、总编辑李鹏飞在特稿签发时，重拟标题《中国有个马栏山》，为稿子平添了“山就在那儿”的精气神。

是的，山就在那儿。科文融合的马栏山将攀登不息。

国内统一连续出版物号:CN43—0002
第 16372 号　今日 12 版

长沙晚报

CHANGSHA EVENING NEWSPAPER

2020年11月19日 庚子年十月初五 星期四

封面　长沙晚报数字报网站 www.icswb.com　晚报热线 96333

责编 / 王全文　美编 / 王斌　校读 / 肖应林

为千秋伟业夯基固本

——习近平法治思想引领新时代全面依法治国纪实

1版

在习近平新时代中国特色社会主义思想指引下——新时代新作为新篇章

中国有个马栏山

长沙晚报全媒体记者 李万寅 唐薇颖 李卓 胡媛媛 尹玮

1000多年前，一艘满载长沙窑瓷器的帆船，从中国港口出发，向西远航。当这艘"黑石号"沉睡千年被打捞出海后，绵亘万里的"海上丝绸之路"再一次为世人瞩目。湘水西行，史诗般的丝路上，湖湘文化始终是连接东西方的重要纽带。

101年前，年青的毛泽东在长沙城东创办《湘江评论》。这张被称为"开当时新媒体之先河"的刊物甫一问世，便激荡风云、雷霆万钧。湖湘思潮席卷全国，播下革命的火种，唤醒一个民族的热血觉醒。

70年前，随着"浏阳河，弯过了九道弯，五十里水路到湘江"的嘹亮歌声，一曲《浏阳河》传唱天下。承载着诗情乐韵纵情奔涌，湖湘韵律成为融入无数人灵魂的深刻印记。

是什么力量可以如此，穿越千年时光，依然熠熠生辉；跨越万里时空，依旧一往无前？

"是文化的因子，是创新的澎湃！"浏水之畔，新城崛起。15.75平方公里的长沙马栏山视频文创产业园，给出了睿智的回答。

今年9月17日，习近平总书记到马栏山考察时指出，文化和科技融合，既催生了新的文化业态、延伸了文化产业链，又集聚了大量创新人才，是朝阳产业，大有前途。谋划"十四五"时期发展，要高度重视发展文化产业。要坚持把社会效益放在首位，牢牢把握正确导向，守正创新，大力弘扬和培育社会主义核心价值观，努力实现社会效益和经济效益有机统一，确保文化产业持续健康发展。

如果说3年前，新成立的马栏山视频文创产业园，开启了一场从"本来"到"未来"的跋涉，那么3年间，迎接全球数字经济的风口浪尖，马栏山以一马当先的姿态，立足湖湘文化的根基，强化数字视频的特质，实现文化和科技的相融相交、守正与创新的琴瑟和鸣。

新思想、新技术、新业态、新经济火花四射，领先全国、具有全球竞争力的"中国V谷"拔节生长。浏阳河畔，新媒体时代的制高点正在隆起。

在马栏山视频文创产业园，打开海拔计，你会发现这里海拔仅38米，甚至低于长沙平均海拔的44.9米。

海拔不高的马栏山，以正青春的激情，书写着精神的高度、改革的高度、产业的高度、内容的高度。

山高人为峰。心有多高，马栏山便有多高。

无山有峰　精神高标

初冬的阳光，映照在粼粼波光之上。九曲蜿蜒的浏阳河，在长沙鸭子铺片区绘就了第八道湾，也绘出了一道充满创新活力、彰显硬核发展的黄金弧线。

马栏山，是个传奇。

一片"城中村"能长出什么？

答案是，长出了造型别致的时尚建筑群，刷新了浏阳河第八道湾的颜值与内涵；长出了活力四射的视频文创园区，刷新了湖南文创产业的高度与格局。

3年前，倘若你由南向北经东二环过浏阳河，举目是百废待兴的空地。这是长沙最大的城中村——鸭子铺拆迁平整后待开发的地块。

3年后，这里奇迹般地崛起集聚3000多家视频文创类企业的中国V谷——马栏山视频文创产业园。

"中国V谷，是大V的V，是视频Video的V，也是胜利Victory的V！"浏河湾畔，水岸相依，马栏山视频文创产业园青春的呐喊，激荡心灵。

行走在园区，"三纵三横一环"的路网全面铺开，宛若河畔灵动的五线谱；高低起伏的特色建筑群，是其间跃动的音符。创智园、博创园、众创园、月湖文创小镇、中国网络文学小镇、弗慕谷视频文创基地，无数年轻的面孔在这里挥洒创意，追逐梦想。

马栏山，更是个象征。

虽无山之形，却早有山之盛名。

这里，传说是关公战长沙的圈栏驯马地。上世纪90年代，坐落于此的湖南广电异军突起，顺应文化娱乐供给从贫瘠到丰盈的趋势，20余年来的深耕厚植，创新求变，成就了展翅高翔的"金鹰"，也深厚了马栏山二次腾飞的基底。

时代车轮驶入21世纪，信息革命席卷全球，世界文化的原生内容、传播模式和交互方式发生了巨大变革。纵览美国好莱坞影视制作基地、加拿大BC动画产业园等全球知名文创基地，无一不是以科技及产业链成就崛起。

新媒体加速了文化的沟通和融合，数字技术打破了地域文化边界，新的世界文化版图正在重构。

文化+科技，已成为全球竞争的关键赛场。湖湘文化要走得更远，亟需一个让世界都能看到的舞台！

2016年10月9日，习近平总书记在中共中央政治局第三十六次集体学习时指出，要加快传统产业数字化、智能化，做大做强数字经济，拓展经济发展新空间。

2016年10月13日，经过前期缜密调研和深邃思考，湖南省委书记杜家毫在省委常委会会议上首次提出，"推动文化与互联网、互联网与实体经济深度融合，力争形成'北有中关村，南有马栏山'的网络信息产业发展新格局"。

从中央倡导到地方呼应，仅仅4天。

果断决策凭什么？杜家毫的话掷地有声："比创新，我们可能比不过深圳；比总部经济，我们比不过北京；比金融，我们也比不过上海。但发展文创产业，我们有底气有优势，有信心有能力。"

底气，源自湖湘文化的深厚底蕴。

近年来，广电、出版、动漫、演艺等文化湘军享誉国内外，成就了省会长沙"东亚文化之都"、世界"媒体艺术之都"的殊荣，文化产业体量居中部省会城市第一。

信心，来自与大时代的同频共振。

移动互联网产业已成湖南发展的比较优势之一，百度、华为、腾讯、京东等行业巨头纷纷来湘落子布局，互联网岳麓峰会影响力不断提升，全省移动互联网产业营收突破千亿元。主阵地长沙移动互联网企业已逾3万家，成为全国移动互联网产业第五城。

2017年12月，马栏山视频文创园挂牌成立，一个加速文化与科技融合，聚焦数字视频内容生产，以先进文化讲好"中国故事"的新型产业园区扬帆启航。

这片厚植文化创意的沃土，同样也牵动着省委副书记、省长许达哲的心。他强调，要瞄准打造国际一流的基地、具有全球影响力的"中国V谷"这个目标，高标准抓好马栏山视频文创产业园建设。园区基础设施建设，要突出生态化、绿色化，做到软硬件一起抓；体制机制创新，要突出激发创新活力、奋斗精神，引导文化与科技、互联网、旅游、金融的融合；人才智力支撑，要突出引进和集聚领军人物和创新创业团队，牢牢坚持"人才是第一资源"。

行走在这片热土，感受深切的是沧桑巨变。

马栏山，有多少观众最初只是在综艺节目《快乐大本营》里对这个名称一笑而过？20年前，这里除了湖南广电大厦，几乎一片荒芜。在城市发展进程中，鸭子铺不知不觉成了长沙市最大的城中村，这里污水横流、"蛛网"密布、违建林立。直到2015年4月，长沙市启动了"史上最大规模拆违"，先后投入数十亿元，拆除千余栋违章建筑，腾出了4500余亩土地。

行走在这片热土，感受深切的是排头兵、先行者的担当。

正是长沙市委、市政府以极大的决心和毅力，啃下了棘手拆违这块"硬骨头"，才有了后来的"一张白纸好作画"。平整一新的鸭子铺，既是长沙市二环以内最大待开发完整地块，也是浏阳河九道湾中最大一道湾，处于浏阳河文化旅游产业带的终端地带，区位优势非常明显。

这块"黄金宝地"何去何从，备受瞩目。

早些年，也有将鸭子铺改造后，打造成以体育公园为亮点的高尚生态综合功能区的规划；城中村拆迁完毕后，有眼光的房地产商、投资商更是纷至沓来。有人测算，如果做房地产，这里可以建600万至800万平方米房产，土地出让收入超过500亿元。

然而，风起云涌的大时代决定了：这片热土注定要承担更重要的使命。

"北有中关村，南有马栏山。"具有前瞻性的眼光和战略布局，改变了马栏山的命运。园区规划范围15.75平方公里，包括金鹰城片区(湖南广电)、鸭子铺片区和长沙大学片区(马栏山学院)。

曾经的城中村，在全新的规划蓝图中，如凤凰涅槃。它以马栏山视频文创园核心区域的全新身份，以一抹抹新绿和生机，奔向未来。

行走在这片热土，感受深切的是"我们的道路必将越走越宽广"的坚定自信和产业定力。

为了精准布局文化科技领域的各个头部赛道，长沙市委、市政府多次召开专题会议，研究马栏山视频文创产业园、岳麓山大学科技城"两山"发展。

"不做房产做文产。"长沙市坚定不移地贯彻省委赋予马栏山的战略定位，一心打造专业的文创内容基地、数字制作基地。园区果断拒绝了中国排名前十的地产商们抛来的橄榄枝，仅仅准入了一个具有产业链团功能和提供商业配套的绿地超高层项目。而阿里、腾讯、华为、字节跳动、快手等视频文创头部企业，通过数次对接、数个日夜鏖战谈判后，先后在此落下棋子。

"马栏山视频文创园是承载厚望、承载重任、承载梦想的新型产业园，建设水准低不得、推进速度慢不得、工作力度弱不得。"这是长沙市决策者、建设者的共识。

项目建设快马加鞭，产业创新一马当先，纳才引智马不停蹄……从园区规划到产业生态，从项目布局到未来谋局，不久前履新陕西省委副书记的胡衡华，在担任湖南省委常委、长沙市委书记期间，数次来到马栏山，为高质量建设马栏山指明路径图，即：坚持项目拉动，打造全市经济增长标杆；坚持科技驱动，打造世界视频产业高地；坚持产城互动，打造"中国V谷"魅力形象。

长沙市委副书记、市长、湖南湘江新区党工委书记郑建新在马栏山调研时强调，要将新发展理念贯穿园区发展始终，优化园区规划、夯实创新平台、加快人才集聚、用好创新政策，同时突出产城融合、校地融合、产业融合，大力发展"文化+科技"，不断拓展多场景应用。

创新的源泉充分涌流、创意的火花激情碰撞，创业的种子生根发芽。

以拥抱蓝天的姿态，与蓝色资本激情对话。海拔高度仅38米的马栏山，用3年的厚积薄发，彰显出湖湘文化的精神海拔：经世致用，心怀天下。

创新精神闪耀，不是山的马栏山，有了巍峨并蓄的大山胸襟。

与被称为"中国硅谷"的中关村类似，马栏山集聚的同样是"头脑产业"，创新是二者的共同属性。对标中关村，马栏山不是简单模仿，而是借鉴其在规划建设、成果转换、人才聚集等方面的创新之举，走出了特色发展之路。

加速、加速、再加速。金鹰城板块、鸭子铺板块发展齐头并进，马栏山公园、浏阳河景观风光带交相辉映，若干产业聚集小镇和众创空间接踵亮相，马栏山视频文创园"两核一轴一带多镇"的规划布局，正渐渐从蓝图变为现实。

省、市先后出台"1+1+6"政策体系，从企业发展、平台服务、人才引进等多方面着手，凝聚成为"四奖两补三支持"强大政策助力，在改革创新上坚持先行先试，在奖励补助上坚持真金白银。

创业精神勃发，没有山的马栏山，有了万峰磅礴的大山脊梁。

以数字视频内容为核心，以文化创意为龙头，以高科技为支撑，打造中国一流的文创内容基地、数字制作基地、版权交易基地。精准的产业定位，让马栏山释放强大引力波。

成立3年来，园区已汇聚4家主板上市公司，云集3000多家文创企业，西瓜视频、字节跳动、阿里直播基地等"独角兽"和头部企业纷至沓来。

100米高的湖南创意设计大厦建成封顶，芒果马栏山广场3座高达198米的塔楼、380米的绿地超高层建筑加速建设中……浏水之畔的天际线不断刷新，标注着无山有峰的马栏山新高度。

创意精神不息，未见山的马栏山，有了舍我其谁的大山气度。

5G与VR技术牵手，能快速进行超高清的产品建模，服务于制造型企业的升级改造，助力长沙这座"智造之城"加速奔跑；虚拟直播代替真人，人工智能手语翻译数字技术不仅解放了人力，还能大大激活手语运用场景。今日的马栏山，技术的璞玉、创新的源泉扑面而来。

国家超级计算长沙中心技术创新应用平台、区块链技术应用研究院、国家电视技术工程中心马栏山分中心……愈来愈多创新平台、科研院室在这里落子，为世界新媒体技术的变革，烙上鲜明的"马栏山"印记。

112年前，中国现代新文化运动先驱鲁迅在《文化偏至论》中大声疾呼：中华文化，应外之既不后于世界之思潮，内之仍弗失固有之血脉，取今复古，别立新宗。

这是一个民族，对优秀文化的高度自信；这是一个国家，对与时俱进的高度自觉。

时代风云激荡，呐喊犹然在耳。

传承"固有之血脉"，激扬"世界之思潮"，穿越百年时空，马栏山以不断崛起的文创高地，以令人向往的精神高度，给予了最坚定的呼应。

科文融合　产业高峰

历史有如一个8字，完转往复之后，阔步向前。"新媒体达人"毛泽东没想到，自己的实验百年后在长沙城北迎来一席"山"巅上的新媒体产业盛宴。这"山"，就是海拔不高产业高的马栏山。

马栏山无"山"，恰如数字经济不靠生产性资本，无形之间崛起了一座举国无二的"视频+文创"的数字虚拟经济产业巅峰——马栏山被认定为国家文化和科技融合示范基地。2019年，园区企业产值近350亿元，跻身全国首家国家级广播电视产业园等"国家队"阵营。2020年，尽管受到新冠肺炎疫情影响，新注册企业仍达676家，年产值预计400亿元。

马栏山的产业"海拔"何以成就？"马栏山视频文创产业园起步就对标北京中关村，并确定了'不做房地产，做文产；发挥独特优势，做视频；科创加文创，做数字新经济'三大发展定位。"长沙市委常委、市委宣传部部长陈澍说，谋定而后动，科文融合成就了马栏山今日之"高"。

科文融合，科技的作用几何？不妨来看一个故事。

美国福特公司一台精密电机故障，无法查出原因，于是请设计者、德国专家斯坦门茨出马。斯坦门茨忙乎了一阵，用粉笔在电机上画了一个圈，让人打开电机，线圈减去16圈，故障顺利排除。他要求收费1万美元。人们惊呆了：一个粉笔圈，值1万美元？他淡定地说，画这个圈值1美元，但知道在什么地方画圈，值9999美元！

画圈，谁都会，所以只值1美元；知道在哪画圈，却只有斯坦门茨会，因此值9999美元。没错，科技在手，就这么值钱。

"如果把马栏山的产业比作造车，那么我们现在已形成从轮胎到底盘到挡风玻璃的全产业链。而科技底座犹如汽车底盘，是我们的重中之重！"开福区委副书记、马栏山视频文创产业园党工委书记邹犇淼直击重点：科技底座，托起马栏山产业生态链蓬勃发展。

正是无数像斯坦门茨这样的"画圈者"，立足新基建，打造云平台，为马栏山文化产业插上了科技的腾飞双翼。

成立3年来，马栏山视频文创产业园已经集聚了3000多家视频文创类企业。长沙晚报全媒体记者 邹麟 摄

下转封二

传　人

宁莎鸥

90 后、湖南隆回滩头年画传承人钟星琳心怀忐忑：马云他会过来吗？

这是 2018 年 9 月 16 日，杭州西湖畔，如火如荼的 2018 淘宝造物节正在此时此地上演。聚天下之好物神物，会九州之能工巧匠，盛景即便在钟灵毓秀的杭州也难得一见，活动已进入最后一天，现场人流如织。游客中此时不声不响多了一行人，为首者一身黄色休闲 T 恤，手持一把折扇，神色悠然，正是阿里巴巴的创始人马云。

马云的到来，在人群中引发了不小的骚动。无论是参展商家还是普通观众，都议论纷纷："不知道'马爸爸'对哪间店感兴趣。"来的商家谁不想带货，可谁的带货能力能强过马云呢？能得"马爸爸"青眼一顾，无论品牌还是流量必定水涨船高。

可要让马云多看一眼，又谈何容易？本次造物节分为奇市、宅市、萌市、夜市、宝市、非遗等多个板块，能有一席之地者，无一不身怀绝技，是行业之中的佼佼者。想要脱颖而出，除了自身本领过硬外，恐怕还需得到运气的青睐。远远地捕捉马云的身影，国家级非遗项目滩头年画传承人、90 后的钟星琳也开始遐想，为了这次参展，她一砖一瓦都精雕细琢，把奶奶高腊梅的年画作坊从资水边"还原"到了西子湖畔。如果能吸引到马云，当真是不虚此行，就不知道有没有这份运气了。

正在此时，马云已轻摇折扇，踱步到了非遗馆中。他的目光似乎投向了她的年画……

钟海山（左）与高腊梅在制作年画

1

湖南隆回滩头镇始建于隋朝，在湘西的小河畔平静地绵延了约1500年。在这里，一条主街贯穿全镇，数不清的小巷子倒是更为“四通八达”，小巷深处的青石板，穿过高高低低的木房子，穿过各种形态的民居，延伸到更远处，铺成了人们回家的路。巷子走到中段，会发现一座倚路的小楼，小楼名不见经传，却已有一百多年历史，上书“高腊梅作坊”五个大字，这一手笔来自当代著名作家冯骥才。自钟星琳的曾祖父起，钟家人就在这间作坊里制作滩头年画，历经四代从未中断。滩头年画是湖南省唯一的手工木版水印年画，是中国“四大年画”之一。它以艳丽、润泽的色彩，古拙、夸张、饱满、个性化的造型方法，纯正的乡土材料和独到的工艺，使作品呈现出浮雕一般的艺术效果。鲁迅先生在《朝花夕拾》中专门描述了滩头年画《老鼠娶亲》，并将该画视为珍品收藏。2006年6月，滩头年画被列为首批国家级非物质文化遗产项目。

作为家族第四代中唯一的女孩子，钟星琳备受长辈喜爱，是兄弟姐妹中唯一一个由爷爷奶奶带大的。打记事起，她就在这栋作坊里游戏、成长。楼中有个水缸，作画颜料的原料是有色矿物质，需放在缸中加水研磨。不等爷爷奶奶吩咐，钟星琳便乖巧地端着水盆来加水，像极了公益广告里帮妈妈打水洗脚的小演员。爷爷钟海仙担心她年纪小，不胜其力，叮嘱小心点，别把衣服弄湿了。钟星琳却笑嘻嘻地乐此不疲。

滩头年画所用竹纸的生产工艺繁琐复杂，耗时极长，因十分重要，轻易丢弃不得。有些纸张略有瑕疵，例如破了个小孔，就需要一道“补纸”的工序。奶奶高腊梅补纸是一绝，用衬纸和煮熟的米浆米糊一粘，纸便天衣无缝、完好如初了。高腊梅想拿米糊再补一张，却陡然发现，贪玩的钟星琳已把米糊藏了起来，贪吃地一把塞进了嘴里。她跟钟海仙相视一笑，前仰后合。

当时，滩头年画名传十里八乡，常有媒体踏破门槛。有一次，某电视台的记者就问钟星琳：“是年画好看，还是动画片好看?”才五六岁的钟星琳想也没想就答道：“动画片好看。”

但在2008年，钟星琳开始重新思考起这个问题的答案。那年国庆节期间，钟海仙因为糖尿病在医院躺了十几天，一出院便又赶回了滩头镇的旧楼。

“刚出院，也不多躺一下。”钟星琳心疼地劝道。此时她刚上大学，这次是特地赶回来照顾爷爷。

“我这把老骨头，一天不做年画就闲得慌。”钟海仙答道。对于这个答案，钟星琳并不意外，多少次让他休息，作为滩头年画国家级传承人的钟海仙总是一模一样的说法。在她眼里，年画是融入爷爷血肉里的东西。

主人到了，作坊又恢复了生机，像往常一样，又有一批批新游客纷至沓来。老人家身体抱恙，讲话有些吃力，钟星琳便代为讲解滩头年画的前世今生。有年长的游客很是吃惊：“小姑娘，懂不少嘛。”

钟海仙骄傲地回道：“当然了，这可是我孙女。”这一刻，钟星琳似乎看见了爷爷眼里满满的期许。

好景不长，钟星琳回校没多久，又听到了爷爷逝世的消息。一日凌晨，钟海仙永远地睡去了。

钟星琳奔丧回家，同样画了一辈子年画的奶奶高腊梅坐在小楼中，悲伤满溢。“昨天他还在做年画呢。”

“昨天还在做年画。”钟星琳念叨着这句话，不敢相信离别来得如此突然。乍起的寒风吹起了墙上年画的一角，单薄的纸张恍若坟前的纸钱，衬得形单影只的高腊梅身形愈加消瘦。

钟星琳望着奶奶的背影，心中默默做出了一个决定：决不能让他们奉献了一辈子的年画，在自己这辈手里断掉。

2014 年，奶奶也离世了。钟星琳这才明白，动画片，全世界很多人在做，而滩头年画，制作者走一个少一个，已经传承堪忧了。钟家第四代，不止她一人，但作为最受疼爱的孙女，她有一种当仁不让的紧迫感。

星琳当时已经大学毕业参加了工作，在一家央媒湖南站做记者，恰巧跑的也是文化线，经常跟如爷爷奶奶一般的“守艺人”打交道，也不乏和文化部门领导聊到非遗传承的时刻。要接手滩头年画，就意味着要放弃做记者的工作，从零开始来创业。

单位领导挽留她。有同事也半开玩笑地劝道：“做记者开会坐前排记者席。回去做匠人，开会也许就只能作为普通代表坐后排了。”

同事所说不无道理，但钟星琳一旦认定一件事，就不会反悔，她笑道：“没事，我心态好。”

自己打定主意，剩下的就是说服家人，钟星琳没想到，这件事出乎意料地容易。父亲钟建桐淡淡地问道：“你想好了？”她点点头，对方便只说了一句：“想好了就去做吧。”

她想起小时候，自己喜欢歌手周杰伦，父亲虽然经常笑称“歌词都听不清楚”，却仍然开车陪她去市里看周杰伦的演唱会。只要是她认定的，即便父母不一定完全了解，但仍然尊重女儿的选择。

钟星琳当时与男朋友刘宏源已经到了谈婚论嫁的地步。要接手家族手艺，从零创业，就意味着会影响两人相处的时间，减少她投入在家庭中的精力，甚至连原来纳入日程的婚期都有可能推迟，他能同意吗？

她有心回避这个问题，刘宏源却主动提起："要不你去做年画吧。"

钟星琳担心他说反话："真心的？"

"当然，反正以你的性格，不去试试是不会死心的。"

钟星琳又说："我准备把所有的积蓄都投进去，你就不怕娶个穷鬼。"

"反正我工作收入都稳定，大不了养你就是。"

钟星琳听了这句话，只觉得十分温暖。

打定主意后，第一件事就要选店址，年画不能老是偏安隆回小楼中，要打开市场，匠人自己就得先走出去。湘潭的一家商厦率先抛出了橄榄枝，钟星琳在这里开出了第一间工作室。但湘潭毕竟是地级市，市场和消费能力有限，钟星琳一直想到长沙开店。

这个机会没等多久就来了。2015 年，老木雕匠人郭存勇心怀非遗文化，将旗下的家具市场改建成了雨花非遗馆，邀请天下能工巧匠入驻。钟星琳与他接洽，得到了免费入场的机会。这是她一直期待的，没有多想，她便欣然应允了。

在长沙雨花非遗馆的二楼，钟星琳有了一处店面，对于这间工作室，她无比上心，一砖一瓦、一桌一椅都是亲自挑选的。用刘宏源的话来说，简直比装修自己的婚房还要认真。常常是刘宏源好不容易挑选了一堆建材，钟星琳却觉得太过洋气，不符合年画古色古香的气质给否决了。施工期间，两人也天天盯着，唯恐有一处行差踏错。

长沙的工作室落成之后，钟星琳还干了一件大事：拜自己的父亲钟建桐为师，并邀请了社会各界来观礼。

有人问她，需要这么大张旗鼓、郑重其事吗？

钟星琳回道："举行仪式，发布新闻，意味着广而告之。话放出去了，自己就没有退路了。"

拜师那天，文化部门领导、各路媒体济济一堂。钟星琳在所有人的见证下，恭敬地献上了拜师茶。她也言行如一，果真把所有家当都押上了。

作为爷爷奶奶和父亲的“传人”，钟星琳做起年画来也有模有样

（均为受访者供图）

2

“你又在刻木头了？”刘宏源不知道是第几次问起这句话。他想到钟星琳会很投入，却没想到会这么投入。

钟星琳虽然从小在作坊里耳濡目染，但真正上手，却深感离爷爷奶奶的水平尚有差距，要担当大任，必须打好基础。其实从奶奶身体变差，力有不逮开始，钟星琳已经开始有意识地系统学习年画，提升自己的技艺了。

一张年画的制作需要经过七次印刷、七次手绘，一共二十多道工序，从造纸原料的选择、纸张的制造、刷底，到刻版、印刷、手绘，每一个环节都要投入大量的时间精力、精耕细作，容不得半点取巧。即便作为熟手，钟星琳也得静下心来，扎扎实实地学。做记者的日子里，有时她写完稿会和同事去约咖啡，休息会跟爱人看电影，可自从刻版之后，她推掉了一切可有可无的应酬，一门心思呆在桌前。

刻版是制作年画的基础，也是其中最重要的一环，画上的人物能否活灵活现，就看木板上是否雕刻得惟妙惟肖。其中，又以人物的面部最难刻，这道工序叫做“开脸”，人物的脸必须一笔勾成，否则就只能推倒重来。

她小心翼翼地运用着手里的刻刀，刚开了个脸，旁人都说“挺好看的”，她却觉得差点意思，便又拿起块梨木，继续刻起来。

有同事到家里看她，发现这些年画，便嚷着要买回家里挂着。“没想到你还有这手艺，”朋友问，“你都什么时候弄的?”

钟星琳笑笑：“时间嘛，想办法总能挤出来。”

作为90后，相比于祖辈与父辈，钟星琳思维要更灵动，对市场更敏感。年画要存活下去，不能仅囿于过年期间，只存在于家宅的门头墙上。接手之后，她便着手于开发周边文创产品。其中有一款过年的生肖年画礼盒，精美的包装内放着更时尚的年画与红包，在钟星琳眼里，它是主力产品。

为搞好这款礼盒，钟星琳废寝忘食地找设计师、印刷商与客户，亲力亲为地盯在生产线上。好容易前期200个样品下线，拿着新鲜出炉的礼盒，她的眉头却皱了起来。她毕竟不是设计出身，本来还觉得很满意，但效果图是一个样子，实物又是另一个样子，有些货不对版。更重要的是，因为一味追求质感，礼盒过度包装，每一个都有四五斤重，作为礼物送人，拎着都不方便。

偌大的仓库中，午后昏黄的光线洒下来，堆积的礼盒显得有些凌乱。钟星琳没有办法，只好将盒子拆开，把年画和红包拆开来卖，前期投入的设计费和制作费几乎全打了水漂。信心满满的头炮未能打响，刘宏源也担心她过于失望，拍拍肩说道：“没事，以后还有机会。”

钟星琳微微一笑，还是那句话：“没关系，我心态好。”

停了一停，钟星琳又开了口：“还有件事我想找你商量下。”两人当时已经完婚，父母亲人给了几十万元新婚礼金，她想加大投入，用在年画工作室上。

刘宏源回答很干脆：“这方面你当家，想怎么用就怎么用。”

天色一变，太阳又挣扎着露出头来，仓库里的光线又充盈了几分，衬得整个场景十分温暖。

1.0版本的礼盒折戟，让钟星琳认识到，自己的修为仍不够。这时，有赞助商在清华大学美院开办了一期培训班，钟星琳得到了进修的机会，带着梦想北上求学。

在培训班中，钟星琳不但开拓了眼界也打开了自己的圈子，认识了不少同行、客户和投资人。课余时，刘宏源从长沙飞北京看她，两人商议，去北京798艺术区试试运气，便带着制作的100张年画去摆摊。没想到不到20分钟，标价50元一张的年画便销售一空。这件事也给予了钟星琳极大的信心——只要产品过硬，老手艺仍然有很多人喜欢。

转眼到了下半年，年关很快又至，钟星琳又着手于生肖年画礼盒2.0版本的筹备了。吃一堑长一智，这一次，她比以往更加上心。熟悉的设计师达不到要求，本地印刷厂造价过高，就在全国找。钟星琳拜托北京认识的朋友四处联系，一段时间她化身“高铁达人”，今天下午还在浙江，第二天早上已经到了北京。记得端午节的前一天，她人还在高铁上。车厢里有一对对的，也有一家三口，其乐融融地返家，钟星琳却要去往相反的方向。这时，刚好手里的电话响起，是父亲钟建桐打过来的。她一下子悲从中来，自己这样忙忙碌碌，值得吗？但从小到大只要认定的事，钟星琳就没有后悔过，这样的情绪没持续多久，她就深吸了一口气，安静地坐在了椅子上，平静地欣赏起车窗外的风景。

为更贴近现代人的审美，设计上要让人物更卡通一些；为凸显档次，材料上要选择手感更好的纸张；吸取上次的教训，装帧又不能太重。每一个因素，钟星琳都和设计师、合作者讨论了几十次以上。她也提前找到了相熟的客户，提供私人定制礼盒，为销售打好了基础。这次，样品到手，没有再让人失望。这时已经年末了，要向全国各地发货，临时找不到人，钟星琳只能亲自上阵，化身仓库小哥包礼盒。她有个闺蜜叫戴进，也喜欢年画，一来二去也帮忙顾店。戴进有个小女儿，钟星琳居然打起了她的主意，“喊你女儿来帮忙吧。”

“你这是雇佣童工。”戴进开玩笑说道。

钟星琳回答："就当从小接受年画的艺术熏陶。"

戴进没办法，只好叫来女儿，三个人在仓库里忙到手忙脚乱。只有到了饭点才能轻松一点。这个时候，刘宏源就会提来外卖和奶茶"探班"。

"有这样的老公真好。"戴进嘟囔了一句，吃完饭，刘宏源也"加入战局"，三人变成四人，又开始忙碌起来。

功夫不负有心人，这批礼盒终于"红"了起来，不但原来的客户很满意，纷纷表态明年继续，通过口碑传播，不少公司也找过来，说明年也要来一批"私人定制"。

3

随着一张张年画被售出，钟星琳在业界声名鹊起。她出身于媒体，媒体也给她带来了好运气。2017 年，一通来自北京的电话打到了她手机上，居然是央视《开门大吉》剧组邀请她去录节目。

《开门大吉》是一档益智游戏节目，节目组将熟悉的歌曲改编成铃声，让参赛选手去猜，猜对越多，选手获得的"家庭梦想基金"就越多。对钟星琳来说，要么不做，要就做到最好。出发前她给自己定了个小目标：不仅要获得一万元的梦想基金，还要让更多人知道滩头年画。

为了目标，钟星琳做了很多功课，打好腹稿，对着镜子不断练习语速仪态。可运气似乎跟她开了个玩笑：节目组放了第一首铃声，是春节晚会上常出现的音乐，但她却死活想不起曲名。

难得紧张的她也不免忐忑起来，黄金机会就在眼前，难道要“出师未捷身先死”？这时，在第二现场担任求助嘉宾的父亲钟建桐给她带来了安慰。钟建桐告诉她，这首叫做《春节序曲》。钟星琳看着父亲的眼神，似乎听到对方在说：“不要怕，之前那么辛苦都一路走来了，有什么好怕的。”

钟星琳看到身后用来宣传的年画作品，其中有幅爷爷的遗作——一张留存了40多年的门神画。门神在传统文化里是镇宅驱邪的保护神，此刻，它也好像成了自己的保护神，在提醒着自己，滩头年画传承300多年，不论拿到什么样的舞台上都不会失色。钟星琳想起自己的使命，心情也定了下来。

第二关，主持人尼格买提问起了钟星琳跟年画的缘分。她深情地说道：“我的爷爷在去世的前一天还在做年画。爷爷奶奶的一生都奉献给了年画，我一定要把它做好做大。”

最后一首铃声响起时，钟星琳忍不住笑了，因为那首歌来自她最喜欢的周杰伦，是她最喜欢的《晴天》。《晴天》唱的是少年往事，那一刻，钟星琳似乎又回到了十几岁的年纪：隆回青石板小巷旁，有一座二层小楼，冯骥才题字的“高腊梅作坊”高悬头上，两扇古老的木门缓缓打开，年画颜料的气息扑面而来，慈祥的爷爷奶奶各站一边，对她笑道：“你回来了。”

有了央视的这次经历，钟星琳扩大年画宣传销售的信心更足了。在2018淘宝造物节的非遗馆，钟星琳望向了马云，马云也望向了她，这位全场最受瞩目的游客终于走到了年画店前。众人头上，那块“高腊梅年画作坊”的牌匾十分耀眼。

马云饶有兴致地问道：“这是年画吧？”钟星琳连忙接过话头，镇定地介绍起滩头年画的历史。

这是一个好机会，钟星琳心中有个声音响起。她见马云看得兴起，递上精心准备的纸与刻版：“您亲自试试吧。”马云微微一顿，旋即接过工具，真的有模有样地操作起来。他拿起纸，在刻版上刷起了颜色，边忙活边说道："韵味就在这里出来了。"

初次尝试的马云看来还挺满意习作，自我评价道："还是可以的。"围观的人纷纷鼓掌，钟星琳笑得最开心。有了马云的亲自"带货"，钟星琳的滩头年画着实火了一把，很多产品在淘宝店刚挂上去便销售一空。

如今，业务日趋稳定的钟星琳依然在路上。作为90后"非二代"，大开脑洞、求新求变，为年画文化注入更多鲜活的内涵，是她不懈的追寻。

今年春节期间，她和肯德基合作，打造了一间年画主题的概念店，古色古香的氛围让顾客颇感新鲜，其主题设计也广受好评。近段时间，她为长沙的一家楼盘打造了年画主题的客户答谢会，通过年画流程的演示、礼品的赠送，让售楼现场平添了文化气息。这一年画"场景应用"，也使这门非遗手艺找到了新的用武之地。一时间，4S店与其他楼盘也纷纷找上门求合作，也想通过滩头年画来带货。有了礼盒的成功，文创产品的开发也加快了速度，钟星琳又陆续开发了年画点烟器、年画胸针等产品，淘宝店上滩头年画的拥趸越来越多。

2019年，钟星琳便开始涉足研学领域，每过一两个月，都会有一帮小朋友走进雨花非遗馆的工作室，认认真真地来听课。年画开始"进校园"，湘潭、长沙的多所中小学都留下了小朋友上色作画的欢声笑语。钟星琳看着下一辈，心中满是欣慰，似乎看到了老手艺在新土壤中慢慢扎根，期待未来破土而出，长成参天大树。

眼下，已身怀六甲的钟星琳仍在工作室中辛勤耕耘。她抚摸着隆起的腹部，说："这个孩子，我肯定是要教他年画的。爷爷奶奶念念不忘的，我一定要让它代代相传。"

此前，由中国文化传媒集团、山东省文化和旅游厅举办的2020年画传承发展大会在山东潍坊开幕，钟星琳作为唯一的青年传承人代表做了发言。2019年，她还获得了2019年"第十六届中国中华老字号精品博览会创新品牌奖"。诚如她在大会上的发言所讲：非遗传承是可持续发展的，需要以设计创新激活传统。坚信滩头年画在我手中，在我的后代手中，必将绽放新的光芒。

传承中焕发新生命

《长沙晚报》全媒体记者　宁莎鸥

作为90后的妹子，钟星琳无疑是一个有情怀、有故事的传承人，在星城大地，这样的青年传承人当然不止她一个。在铜官街道，90后刘嘉豪接过了家中“泥人刘”的招牌，他从小眼见、耳听、手触，经过多年学习，子承父业，吸收传统精华，融合现代审美，在铜官窑上玩出了新高度。传统的瓷器多用泥塑，他却创新地玩起了柴烧，并涉足网上直播，拥有了不少拥趸。

昌妮是中国工艺美术大师李艳的女儿，曾远赴法国巴黎主修产品设计，发现欧洲人对于湘绣十分痴迷，便一直思考如何将湘绣与现代技艺融合，让湘绣走出国门。学成之后，她放弃了留在欧洲的机会，毅然回到长沙，与母亲一起开始了湘绣创业之路。

在长沙市中心的太平街，有间面塑工作室，作为金杵面塑传承人，陈金成便是这里的负责人，他不但精通三国、水浒等传统文学中的人物，近年来也开拓了《海贼王》《王者荣耀》等动漫游戏中的人物。对他来说，面塑就是中国的手办，很潮。

在湘剧的舞台上，90后演员文君挥洒着自己的青春。

在医院里，乔寅飞用祖传的“乔氏正骨术”帮助着更多的病人……

相比于祖辈与父辈，这些年轻“非二代”传人的思路更广阔，思维更活跃，他们玩跨界、搞文创、直播带货，让老手艺对接时代的脉搏，非遗也在他们的悉心呵护下，焕发出新的生命力。

【感言】

致敬“非二代”

宁莎鸥

“为了连接过去与未来，为伟大的事业承前启后”，就像书里台词说的那样，非物质文化遗产的传承就是这样一项一辈一辈努力、薪火相传的事业。采访中接触到的非遗传人不少，近年来更是有很多80、90后的“非二代”粉墨登场，振聋发聩地传递出自己的声音。与他们打交道越多，越发现他们身上与前辈手艺人的不同，前辈们多是说“苦”，讲“传统与正宗”，而他们更多的是谈“乐”，论“发展与创新”。他们对市场更敏锐，拥抱新技术，不惮于利用各种流行IP。

钻石埋于土里便掩盖了自己的价值，只有显露于阳光下才能绽放出光辉，老故事固然源远流长，但新故事更富于时代冲击力，这就是我撰写本篇的初衷。在众多“非二代”中，我选择了本文的主角钟星琳，她从媒体转行，产品连马云都打过卡，在最初的印象中，她的故事应该是最为丰富的。

冲突是一个故事的核心，冲突需要作用力和反作用力来构成，通常报告文学也多着笔主人公面对怎样的困局，如何克服困难。采访中，我也带着不少“最困难时是什么样子”“想过放弃吗”“你的梦想是什么”这样的鸡汤问题。不过受访者比我想得更乐观，对遇到的困难都一笔带过，任凭我如何套话也不愿过多“卖惨”。起初我很头痛，但后来我决定，作为一个写作者，不能让材料“削足适履”，而要让材料保持“原汁原味”。既然受访者不愿吐苦水，那我就换个思路，把创业史写得乐观些、阳光些、欢乐些。前段时间，荧屏上不是流行《甄嬛传》《延禧攻略》这样的“大女主”升级打怪的爽剧吗？受访者的性格就像是艰难苦恨背后，一心只想往前冲的大女主，她这样表述，那我就这样写吧，于是完成了这篇“大女主”爽文般的乐观创业史。得到马云青睐和上央视《开门大吉》节目是我判断以及女主表述中的两大高光时刻，于是我便浓墨重彩地写作了这两节，既一改凄凄切切的底色，也折射出“非二代”活用媒体推广的智慧与新特色。

取标题也颇费周折，取了不少个最后还是定了“传人”二字。“传人”既可将“传”跟“人”拆开，看作一个动宾短语，读起来有一种一代又一代人接力传承非遗的动态；也可看作整体，做偏正短语，“传人”不仅仅指的是受访者钟星琳是滩头年画的传承者，更是代表她背后的所有年轻的非遗传承人。这标题既言简意赅，朗读时语调上亦铿锵有力，书写她的故事又不止于书写她的故事，更是向整个90后的“非二代”致敬。

12版 2020年6月16日 星期二 文体副刊部主编 邮箱：574359730@qq.com
责编/宁莎鹃 美编/吴志立 校读/李乐
橘洲 | 报告文学
长沙晚报

90后、湖南隆回滩头年画传承人钟星琳心怀忐忑：马云他会过来吗？

这是2018年9月16日，杭州西湖畔，如火如荼的2018淘宝造物节正在此时此地上演。聚天下之好物神物，会九州之能工巧匠，盛景即便在钟灵毓秀的杭州也难得一见。活动已进入最后一天，现场人流如织。游客中此时不声不响多了一行人，为首者一身黄色休闲T恤，手持一把折扇，神色悠然，正是阿里巴巴的创始人马云。

马云的到来，在人群中引发了不小的骚动。无论是参展商家还是普通观众，都议论纷纷："不知道'马爸爸'对哪间店感兴趣。"来的商家谁不想带货，可谁的带货能力能强过马云呢？能得"马爸爸"青眼一顾，无论品牌还是流量必定水涨船高。

可要让马云多看一眼，又谈何容易？本次造物节分为奇市、宅市、萌市、夜市、宝市、非遗等多个板块，能有一席之地者，无一不身怀绝技，是行业之中的佼佼者。想要脱颖而出，除了自身本领过硬外，恐怕还需得到运气的青睐。远远地捕捉马云的身影，国家级非遗项目滩头年画传承人、90后的钟星琳也开始遐想，为了这次参展，她一砖一瓦都精雕细琢，把奶奶高腊梅的年画作坊从资水边"还原"到了西子湖畔。如果能吸引到马云，当真是不虚此行，就不知道有没有这份运气了。

正在此时，马云已轻摇折扇，踱步到了非遗馆中。他的目光似乎投向了她的年画……

传人

宁莎鹃

钟海仙（左）与高腊梅在制作年画

1

……作为家族第四代中唯一的女孩子，钟星琳备受长辈宠爱，是兄弟姐妹中唯一一个由爷爷奶奶带大的。打记事起，她就在这栋作坊里游戏、成长。楼中有个水缸，作画颜料的原料是有色矿物质，需放在缸中加水研磨。不等爷爷奶奶吩咐，钟星琳便乖巧地端着水盆来加水，像极了公益广告里帮妈妈打水洗脚的小演员。爷爷钟海仙担心她年纪小，不胜其力，叮嘱小心点，别把衣服弄湿了。钟星琳却笑嘻嘻地乐此不疲。

滩头年画所用竹纸的生产工艺繁琐复杂，耗时极长，因十分珍贵，轻易丢弃不得。有些纸张略有瑕疵，例如破了个小孔，就需要一道"补纸"的工序。奶奶高腊梅补纸是一绝，用衬纸和煮熟的米浆米糊一粘，纸便天衣无缝、完好如初了。高腊梅想拿米糊再补一张，却陡然发现，贪玩的钟星琳已把米糊藏了起来，贪吃地一把塞进了嘴里。她跟钟海仙相视一笑，前仰后合。

当时，滩头年画名传十里八乡，常有媒体踏破门槛。有一次，某电视台的记者就问钟星琳："是年画好看，还是动画片好看？"才五六岁的钟星琳想也没想就答道："动画片好看。"

但在2008年，钟星琳开始重新思考起这个问题的答案。那年国庆节期间，钟海仙因为糖尿病在医院躺了十几天，一出院便又赶回了滩头镇的旧楼。

"刚出院，也不多静一下。"钟星琳心疼地劝道。此时她刚上大学，这次是特地赶回来照顾爷爷。

"我这把老骨头，一天不做年画就闲得……

……

2

3

……

功夫不负有心人。这批礼盒终于"红"了起来，不但原来的客户很满意，纷纷表态明年继续，通过口碑传播，不少公司也找过来，说明年也要来一批"私人定制"。

作为爷爷奶奶和父亲的"传人"，钟星琳做起年画来也有模有样

均为受访者供图

……

话边说道："韵味就在这里出来了。"

初次尝试的马云看来还挺满意习作，自我评价道："还是可以的。"围观的人纷纷鼓掌。钟星琳笑得最开心。有了马云的亲自"带货"，钟星琳的滩头年画着实火了一把，很多产品……

……"第十六届中国中华老字号精品博览会创新品牌奖"。诚如她在大会上的发言所讲：非遗传承是可持续发展的，需要以设计创新激活传统。坚信滩头年画在我手中，在我的后代手中，必将绽放新的光芒。

传承中焕发新生命

长沙晚报全媒体记者 宁莎鹃

作为90后的妹子，钟星琳无疑是一个有情怀、有故事的传承人，在星城大地，这样的青年传承人当然不止她一个。在铜官街道，90后刘嘉豪接过了家中"泥人刘"的招牌，他从小眼见、耳听、手触，经过多年学习，子承父业，吸收传统精华，融合现代审美，在铜官窑上玩出了新高度。传统的瓷器多用泥塑，他却创新地玩起了柴烧，并涉足网上直播，拥有了不少拥趸。

吕妮是中国工艺美术大师李艳的女儿，曾远赴法国巴黎主修产品设计，发现欧洲人对于湘绣十分痴迷，便一直思考如何将湘绣与现代技艺融合，让湘绣走出国门。学成之后，她放弃了留在欧洲的机会，毅然回到长沙，与母亲一起开始了湘绣创业之路。

在长沙市中心的太平街，有间面塑工作室，作为金梓面塑传承人，陈金成便是这里的负责人，他不但精通三国、水浒等传统文学中的人物，近年来也开拓了《海贼王》《王者荣耀》等动漫游戏中的人物。对他来说，面塑就是中国的手办，很潮。

在湘剧的舞台上，90后演员文君挥洒着自己的青春。

在医院里，乔宾飞用祖传的"乔氏正骨术"帮助着更多的病人……

相比于祖辈与父辈，这些年轻"非二代"传人的思路更广阔，思维更活跃，他们玩跨界、搞文创、直播带货，让老手艺对接时代的脉搏，非遗也在他们的悉心呵护下，焕发出新的生命力。

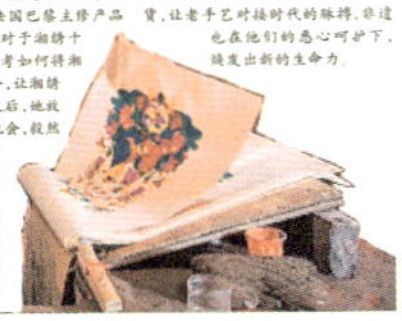

六

人与自然 和谐共生

洞庭恩义录

余　艳

编者按

新冠肺炎疫情席卷全球，至今全世界已有二百多万人感染。

中国工程院院士陈焕春指出，当今人类新发传染病78%与野生动物有关或者来源于野生动物。人与自然是一种共生关系，对自然的伤害最终会伤及人类自身。

“护鸟使者”张厚义（右）生前图片。

2020年2月24日，全国人大第十三届常委会通过关于全面禁止非法野生动物交易、革除滥食野生动物陋习、切实保障人民群众生命健康安全的决定；3月31日，湖南省十三届人大常委会第十六次会议通过关于修改《湖南省野生动植物资源保护条例》的决定……一场保护野生动物的人民战争在中国打响了，神州大地必将迎来人与自然和谐、生态文明的春天。

在此，本报特别推出省作协副主席余艳深入洞庭湖流域采写的反映人与鸟和谐的报告文学《洞庭恩义录》。

张厚义那天手一软，举起的枪放下了。他听到一声凄婉而幽怨的哀鸣，那绝望的叫声，让他不由得心生善意。又是一只受伤的大鸟，侠士不杀负伤对手，他朝落鸟的湖中蹚去。

临近一看，只见一只足有五六岁小孩那么高的大白鸟。一生捕鸟无数，张厚义还没有见过这么大的！

见到他，受伤的大鸟挣扎了几次，未能移动半步。两双眼睛对视，张厚义心里一阵惊颤：这是多么恐惧、近乎绝望的眼神啊！凭他多年打鸟的经验，这只鸟快不行了。

那一刻，他把鸟铳丢在地上，奋不顾身地扑向大鸟。张厚义后来无数次想：当时不知一种什么力量，促使他竟然放弃到手的猎物，救下替它疗伤。

张厚义也不知道，自己这次救下的居然是国家一级保护动物——白鹤。从此，他与这只白鹤续下了生命奇缘。一个杀了半辈子鸟的“打鸟魔王”，为一只野生白鹤，金盆洗手，转而变成爱鸟、护鸟的“候鸟卫士”。

一次灾难的突然降临，一场人鸟分分合合的期盼；

一只救回的濒死生灵，一场人鹤间十几年的恩义……

1　“神枪手”为白鹤放下手中枪

每年的入冬时分，白鹤从西伯利亚远涉5300多公里陆续进入中国南方，全球仅4000只白鹤，98%飞越到鄱阳湖越冬。但也有为数较少的白鹤会在洞庭湖停留，享受南方的温暖与丰饶。

张厚义祖辈多以捕鱼打鸟为生，父亲和祖父都曾是名动巴陵的“神枪手”。

受家庭环境的影响，张厚义 8 岁就会用鸟铳打鸟，10 岁就学习了制造鸟铳和打鸟的弹药。16 岁的时候，张厚义能轻而易举地举枪打下空中飞翔的各种鸟类，是闻名洞庭的“神枪手”和“杀鸟魔王”。

为了方便打鸟，张厚义举家搬迁到洞庭湖畔的君山农场穆湖铺渔场。这里鸟多，面对打不完的鸟，他研制出一种排铳打鸟法，即把 10 多把大口径鸟铳呈扇形埋好，用火药或导火线连住铳上的点火板，等大批的鸟进了埋伏圈，张厚义便点燃导火线，只听“嘣嘣”一阵巨响，地上遍地是鸟，有大有小。最多的一天，张厚义打死的鸟，农场派来了 4 条载货渔船才将猎物运走。

打鸟成了张厚义生活中不可或缺的一部分，不让他打鸟就等于要他的命。可硬汉的那颗心，就在那个初冬的下午，被那只大鸟那双柔弱可怜的眼神，软化了。

张厚义当然不会想到，这成了他人生的一个转折点。

奄奄一息的大鸟足有 10 多公斤重，张厚义把它抱回家时，双手都麻了。儿子见状，递上刀。张厚义眼一鼓：“不杀，救它！”一家人好一阵发愣。张厚义先给鸟喂了云南白药，叫家人帮忙用绳子把它绑好，一枚简单的刀片过火，就当消毒。他在大鸟右翅和左腿两处，取出两颗小指头那么大的弹珠。小生命痛昏过去，手术后已是气若游丝，张厚义突然恨那些打鸟贼，当然包括自己，也第一次为死去活来的异类生命，心痛至极。

那天晚上，张厚义怎么也睡不着。大鸟的伤口上敷了厚厚的云南白药，应该不会发炎。痛昏过去的大鸟什么时候能醒来？还醒得来吗？他把毛衣盖在它身上，每隔半小时，他就去摸摸还有没有体温……

也许老天要拯救他，给他这个“杀鸟魔王”一次赎罪的机会。第二天早上，大鸟奇迹般地醒过来。见到张厚义走近，它竟挣扎着想站起来，还不停地对着张厚义摆头，嘴里发出温和的叫声。对比第一次见它那番惨叫，张厚义知道这是大鸟在感恩他。他万万没想到，一只鸟居然也这么懂得情义。

因伤口未愈，大鸟不吃鱼虾，只吃香蕉和梨子，梨子还要吃刚从树上摘下来的，过夜的不吃。张厚义十二分耐心走好几公里路到果园去买。每天一个来回，细心地喂。大鸟慢慢开心了，张厚义却累得够呛。

筒子骨炖大米粥能增强抵抗力。张厚义担心它久卧双腿僵硬，于是每天给白鹤的双腿按摩。那天，张厚义对大鸟动情地说："我这辈子，对亲崽都没这么好。我是欠债太多啊，老天派你来收账的……"

大鸟终于在张厚义的看护下度过了危险期，半个月后能蹒跚着站立。蛰伏了20多天，它的心情特别好，不停地拍打着双翅，嘴里时常发出"咯咔咯咔"的欢叫声，与张厚义更是形影不离。

一天，洞庭湖自然保护区的工作人员来了，说这是一只成年雄性白鹤，有着极高的观赏和科研价值。国家一级保护动物呢，要把它带走。早已把鹤视若珍宝的张厚义愣了半天没说话——他心里舍不得。

临走时，张厚义突然发现白鹤眼中有泪水。那一刻，打了半辈子鸟的张厚义生平第一次为鸟流泪，如父子俩的难舍难分……更让他感到意外的是，白鹤被带走的第二天居然又飞回来了。此后白鹤又被带走两次，但每一次它都很快飞回来。工作人员没办法，只好把鹤留在张厚义家，并聘请他为自然保护区的"协管员"。

张厚义家像添人加口一样，其乐融融。可他每到夜深人静，白鹤睡了，便想开了：白鹤终归要回到自然，多多繁殖，候鸟北归的时间不久就到，它不会飞可不行，得训练它。此后，张厚义每天捕完鱼就回家，像拉着幼时的儿子，拉着白鹤来回走。跌倒了，摸摸头扶起来再抱抱；罢工了，哄着来奖励吃，再竖大拇指。

有时张厚义走累了，就让老婆、儿子接替。飞不远又落下来，张厚义看着它笨拙又努力的样子，十二分虔诚地给它取了个吉祥的名字——"飞飞"。

那段时间，飞飞每天清晨6时准时醒来，振羽亮翅，嘴撮床沿，催主人起床。白天，张厚义去湖里打鱼，飞飞在船上前后翻飞如跳芭蕾，或者张开洁白的羽翼，低低盘旋在半空，再一会儿又收起双翅，落在船头，安详地看着主人撒网捕鱼。

张厚义闲坐喝酒时，喜欢叫飞飞来助兴，他把下酒花生米、玉米粒抛向空中，飞飞像捕捉跳虫一般，伸脖子迈大步或是舞翅扑食。到了晚上，飞飞就蜷缩在张厚义的脚下，把长喙伸到主人的膝下……

飞飞越乖，张厚义越是担忧它的未来。它要飞回西伯利亚，那是5000多公里。受伤的腿和翅膀，能承载这么远的飞行吗？不行，要下狠心训练。他带着飞飞来君山后湖放飞。飞飞情绪饱满，欢喜灵动。入湖后先是振动双翅，再前引长颈、后伸秀腿，在一声声“咯咔、咯咔”的欢叫声中振翅飞翔，愈飞愈高。地面上看着的张厚义突然想：它会不会就这么快飞走了？心里十分难舍，泪水涌出眼眶。可是，无论飞多高多远，飞飞最终还是会飞回来。张厚义就摸着飞飞的头嗔怪着：没出息哟，就是恋家。

这天，一男子找上门来，开价5万元想买走白鹤。5万元，对张厚义一家可不是一个小数目。可他更知道，白鹤一直是国际偷猎分子的主要目标。如此通人性的鸟，九死一生活下来，不能被别人拿去作践！没有半点犹豫，他拒绝了。

转眼到了第二年的阳春三月，草长莺飞，眼看着越冬的鸟类越来越少，月朗星稀的夜晚，当又一群白鹤飞过穆湖铺，“咕嘎，咕嘎”的鹤鸣声清清荡荡传递它们最后的行程。飞飞抖着洁白的羽毛，围着张厚义跳跳点点地转圈，不时抬头朝天发出“咕嘎咕嘎”的急促响应。清明节那天，一群白鹤飞经张厚义家的上空，飞飞见状一冲而起，跃过屋顶，飞向鹤群。但在天空盘旋了三圈后，飞飞再一次返回到了地面，落到张厚义的肩上。伸出长长的脖子，在主人的脸上来回摩挲着。看飞飞恋恋不舍的模样，张厚义轻轻地抚摸着飞飞的颈脖，哽咽着说：“去吧，你的同伴在等着你呢！”

张厚义知道飞飞已到了求偶配对的时候，他怜爱地嘱咐道：“冬天再回来，别忘了带个‘媳妇’回来，让我们也高兴高兴。”说完，他抱起飞飞再使劲向天空抛去。

张厚义知道，离别的日子终于来临，他含着眼泪抚摸飞飞的枕背，羽毛的滑爽从来没有如此沁入肺腑。张厚义喉咙微微哽咽，飞飞，你去吧！等到冬天你再回来……张厚义双手托起飞飞用力一抛，白鹤振翅扇起一股清风腾空而去，“嗬嘎——嗬嘎——”越飞越高。

一个感人的场面呈现了：飞飞在张厚义的头顶上空一圈圈盘旋，足有半小时。它难过、它不舍。“咯咔、咯咔”，飞飞用它独特的感恩，真情道别。这又何尝不是人鸟和谐的真情大爱！此时，地面上的张厚义，早已泪流满面……

2 “鹤舞渔家”的故事在八百里洞庭不胫而走

白鹤这回是真的走了，张厚义整个人像病了似的，精气神都没了。那些日子，他难隔一晚不做梦，每次梦见飞飞，不是他们一起父子般地玩耍，就是融入鹤群的飞飞在蓝天振翅。有两回，一声枪响，飞飞又被人击落。一阵惨叫，飞飞被人关进铁笼……不，你们……你们别杀它，它通人性，它会感恩。濒危鸟类，它要繁殖。这大自然的精灵，世上仅存4000只左右！

几回回梦中惊醒，张厚义都吓出一身冷汗，接下来就是彻夜不眠。懊悔呀，从前怎么能杀鸟不眨眼？多少飞飞这样的精灵被我残忍地灭了。

飞飞走了以后，一切都归于平静。张厚义依然在湖中转悠，说真的，每每看鸟儿从头顶飞过，习惯性的动作还没有断了他打鸟的欲望。作为“神枪手”“打鸟王”，他打鸟的目的从来就不仅是为了收获，而是为了荣誉与尊严！但一想到飞飞，他就克制了自己：必须断！

这天，一起打过鸟的老朋友找上门来，见张厚义依然住在老旧的房子里，便怂恿：“现在城里人都爱吃野味，你枪法那么好，只要出去遛一圈，还不是大把大把的钞票来了……”可是，任这位老朋友说得多么诱人，张厚义始终压制着自己。

偏偏老伴患病住进了医院，张厚义当时急需一大笔治疗费。就在张厚义四处借钱时，一名偷猎者找到他家里，许诺只要你重出江湖与我合作，这10万元就是你的了。一块砖样捆扎的钞票对急需钱的张厚义无疑是个太大的诱惑，更是扎实考验。他沉默一段再缓缓地说：国家现在明令禁止打鸟，你这买卖还不收手，会出事的。我既然开始护鸟，就绝不回头，你走吧。

张厚义已下定决心宁做清贫护鸟汉，也绝不再拿枪。于是遇到有人打鸟，他就豁出命阻止。这天，张厚义巡湖，突然发现有人正在湖边投毒捕鸟。脚边有不少鸟已被毒死，横躺岸边。他气愤着冲过去要抢他们手中的“毒饵”。可这人身强力壮哪会把张厚义放在眼里，居然反手把单薄的张厚义按倒在水里。幸好遇到穆湖铺渔场有人路过，张厚义才躲过一劫。

经历了此事后，农场领导特许张厚义背着鸟铳巡查。张厚义还以为是考验他的定力，直摇手说："我虽是神枪手，可我再不打鸟了。枪就让它永远闲着生锈吧，以此来告诫大家都来护鸟。"

张厚义由一名"洞庭杀鸟王"成了洞庭湖畔的护鸟英雄，他的故事感动了许许多多的洞庭人，在他的宣传和游说下，许多以前以打鸟为生的人纷纷放下了手中的猎枪，加入到爱鸟护鸟的行动中。

日子在护鸟和思念中一天天过去。好不容易，张厚义盼到了候鸟南飞的10月，天空上整天有迁徙飞来的候鸟，就是不见飞飞的踪影。飞飞好吗？它会回来吗？每到傍晚时分，张厚义拿出录放机，沉浸在清脆悠扬的鹤鸣声里，再将目光投向远方，沉浸在对飞飞的牵挂中……

那夜，如很多次的梦中惊醒，睡到半夜的张厚义突然听见鹤鸣，他一下翻身坐起："飞飞，飞飞回来了……"老婆一巴掌拍在他背上：相思病害得不轻。

第二天清晨，奇迹真发生了！张厚义打开房门，两只大白鸟从门前50米开外的芦苇丛里径直朝他冲来。"飞飞，真是飞飞！"只见它伸长脖子、拍打翅膀、嘴里不停"咯噶咯噶"鸣叫，眨眼间就到了近旁。张厚义淌着热泪，一把抱住日思夜想的精灵，抚摸着、亲昵着：好家伙！两年不见，你跑哪儿去啦？像搂着远行归来的孩子，又喃喃地不停地说：回来了就好，回来了就好……

这时，张厚义注意到飞飞身后跟着另一只白鹤。这是一只刚满4岁的雌性白鹤，通体雪白，喙和脚红得发亮，亭亭玉立如一位青春美少女。张厚义对着飞飞连连夸奖道："真有出息，带回'老婆'了，回来结婚的？好，得操办操办。"灵鹤听主人称赞，越加雄姿英发，两只爱鹤眼影尖喙东亲亲西昵昵的。"咯咯咯——""咯咯咯——"它们围绕张厚义翩翩跳起芭蕾。张厚义笑得一脸灿烂，赶集拿苹果、梨子和莲藕，像办一桌喜宴。又一刻也不耽误，在侧房边用木板和石棉瓦当天就搭了个"双鸟窝"，上面还贴个"囍"字。飞飞和母鹤在一旁漂亮地翻飞，像是感谢主人，又像庆祝即将落成的洞房。张厚义顺便给美丽的母鹤取了个好听的名字：小雪。

冬去春来，飞飞去了又来、来了又去。第四年，飞飞不仅带回小雪，还带回一只黄绒绒的雄性小白鹤。张厚义像初当爷爷，瞧这一家子，笑得合不拢嘴。他又给这"小孙儿"起了个灵性的名字——"东东"。更令张厚义高兴的，是屋边湖边和芦苇丛里白茫茫的一片，一阵“咯咔咯咔”的鹤鸣声里，那是数百只白鹤翩翩起舞，划破长空，顿时天空一片雪白。飞飞你真棒！带回这么多同伴。张厚义索性打开自家的粮仓，一袋包谷粒朝湖中撒去……

每天的清晨和傍晚，张家人和邻里常能看到一对白鹤欢快舞蹈。“鹤舞渔家”的故事在八百里洞庭不胫而走，人们路过这里甚至绕道，也要到张家来看看一双白鹤舞动的芭蕾。

看鹤的人更多了，其中一位叫李霞平的姑娘特好奇，也特别喜欢白鹤。张厚义捕鱼、巡护，儿子张桥新总是十分热情地为她讲解白鹤，还说到白鹤永不弃离的“婚姻”。两个年轻人因白鹤越谈越投机，两颗心也越来越靠近。在候鸟返回西伯利亚的季节里，张桥新和李霞平牵手走进了婚姻的殿堂。第二年，李霞平生了个可爱的女儿。张厚义直说，白鹤天使给张家带来了天使。

在张家，东东小鹤在单独放飞，小孙女也能满地跑了，聪明活泼的她与东东成了好朋友。每次小孙女外出玩耍，东东就不紧不慢地扑扇着翅膀随着小主人前后翻飞。这时，发生了一件让张家两代人记恩的事。

小孙女为采一朵漂亮的小花，失足掉进了河里。东东吓得转来转去，嘴里发出惊慌的鸣叫。正在附近觅食的飞飞和小雪赶忙飞过来。见小主人落入水中，它俩自动分工，小雪留下来守护小主人，飞飞则快速朝主人家飞去。一落家，飞飞用嘴叼起李霞平的裤管，狠劲地往外拖。飞飞从来没有这么焦急过，出什么事了？李霞平随飞飞跑到河边。见宝贝女儿已被河水卷着正往洞庭湖口冲。李霞平吓得脸色发白，纵身跳入河中救起女儿。由于救护及时，孩子没什么大碍。待到孩子苏醒过来，感动不已的李霞平一把抱住飞飞泪流满面……

这一年，东洞庭湖来了数百只白鹤的消息在国际湿地保护界引起轰动。此前，国际鹤类基金会宣布这里只有320只白鹤。很快，来自美国、加拿大、澳大利亚、法国、日本等30多个国家和地区研究白鹤的专家和学者纷纷来东洞庭湖考察。东洞庭湖湿地栖息着900多只白鹤，成为世界罕见的较大白鹤群。

国际鹤类基金会主席乔治·阿基波博士也知道“鹤舞渔家”的传奇故

事，他偕夫人慕名专程赶到岳阳。在张厚义家的芦苇边、湿地里，近距离看到最自然也是最美的白鹤芭蕾：飞飞轻舒两翼，“咯咔”鸣叫几声后，便轻盈地踏着舞步走向“爱妻”，围着她边转边舞。小雪也缓缓张开双翅，细挪脚步，轻巧地迎着“丈夫”翩翩起舞。舞到高潮时，夫妻喙对喙，上下轮流翻飞跳跃，引颈长鸣，一起展示着它们的快乐和幸福。

这世界上绝无仅有的“专场芭蕾”，可乐坏了阿基波博士，他紧紧地拉住张厚义的手说：“张先生，你太了不起了，我致力于保护鹤类20多年，还是第一次如此近距离看到真实美妙的双鹤舞蹈。”

之后，张厚义收到了国际鹤类保护协会授予的最高荣誉奖章，此奖章在全世界仅颁给了5人。张厚义同时被正式吸纳为会员。

3　回来吧，飞飞！你救了300人，我们都记得你的恩

水雾渐渐升起，丁字堤外湖草滩阳光斜照，只只白鹤撑持长腿，从水面高托起雪白的身躯，不时伸出长喙颈脖沉水啄食，进而抬头相互观望，或是扇舞翅膀搅乱波光水色……

每到候鸟北飞的3月，张厚义的心情总是特别难受。他已经习惯了每天早上飞飞一家美妙的鹤鸣声，习惯了夕阳西下小雪和着晚风翩翩起舞的身影，更不忍心小孙女失去贴心的小玩伴——小鹤东东。其实，飞飞一家面临大批候鸟返北时，也恋恋不舍难展羽翼。这时，张厚义就对家人说：我们不能太自私，它们有它们的生存轨迹、生命规律。每到这时，张厚义不得不狠心轰赶，才能让飞飞一家在空中盘旋很久很久，最后离去。

此后，每到11月，飞飞一家三口就会准时出现在张厚义的家里，直到第二年的三四月份，飞飞才会带着妻儿依依不舍地离去。

这一往返，不知不觉过去了十几年。

这年4月，多雨时日持续很久，一向温驯可爱的飞飞一家突然显得烦躁不安，食欲大大下降。几乎到了最后一批该迁徙北归的时间，这一家子却赶不走轰不走，张厚义也只能让他们留下，一家子就没有飞回北方。

就这年，它们特别反常，有时连续数天不到张厚义家来栖息。7月4日凌晨，人们都在梦乡里，飞飞一家突然拉警报似的在张厚义家的屋顶上空

不停地尖叫，尤其飞飞猛力啄着张家的房门，惊醒了熟睡中的张厚义。他匆忙下床，才发觉屋里进水了，打开门一看，外面已是汪洋一片……

“发大水了！”张厚义也像白鹤那般猛喊，敲着铁盆叫醒了家人和邻居。此时，大家才纷纷收拾贵重物品乘船逃离。大伙刚上堤坝，张厚义回头一看，整个村庄已淹没在茫茫湖水中……白鹤救了300多人的生命！吉祥鸟，幸运鸟，东洞庭湖区的人们都感恩着白鹤。可是，一切归于平静时，却不见飞飞一家……

一年，两年，飞飞没回来。小雪、东东更没有踪影；三年，四年，村民想念它们，大家记得它们。年年白鹤南迁的时候，遮天蔽日的候鸟，却望不到熟悉的身影。有人对天空祈祷：飞飞，你回来。如今堤坝都加固加高了，再不会发大水了；这里的枪支弹药都锁进仓库封存到位，再不会让你们受惊吓……

回来吧，飞飞。如今这里——人好水也甜，天蓝食更全；回来吧，飞飞。你报恩救了300人，我们都记得你的恩！

东洞庭湖，白鹤成了人们心目中的神鸟。许多起先打鸟的村民自此再不拿枪，张厚义更是以行动说话：永远护鸟，偿还一生欠下的血债！

飞飞再没回来，张厚义的眼神还是老盯着北方。想啊盼啊，他多想有奇迹发生，有一天，飞飞从北边飞来，突然又回到湖边舞动它的芭蕾。可他明白，飞飞没了。是被那年滔天的洪水卷了？是在北归的途中遇害了？还是遭遇新的投毒或是又中了罪恶的子弹？总之，全是我们人类作的孽！

人类践踏大自然，鸟儿只会遭遇更多风暴。张厚义更加全身心投入护鸟。他每年至少有120天在湖里巡查。清理“天网”他最内行，一张罪孽的“天网”一天能捕300只鸟。多的时候，张厚义一天能捣毁几十张天网。

在张厚义的感召下，洞庭湖畔冒出了许许多多的“民间护鸟队”，洞庭湖渐渐成了白鹤的天堂。

【作者手记】

2012年，中央电视台年度“中国法治人物”奖，颁给了朴实渔民张厚义。

2014年7月的一天，张厚义带着对“飞飞”及其他白鹤的思念，在洞庭湖畔离开人世。

值得欣慰的是，张厚义有了接班人。

儿子张桥新、儿媳李霞平在张厚义的带领下，加入了护鸟队伍，一家子成为洞庭湖流域有名的“护鸟家族”。

2018 年洞庭湖国际观鸟节，200 只佩戴环志的伤愈鸟儿正在放飞。张厚义的儿子张桥新在忙乎。他感慨，父亲一天能捣毁几十张“天网”的时候过去了。如今，没有毒杀、没有“天网”，白鹤多幸福！它们的活动轨迹、迁徙规律还有准确卫星定位和监测……

2019 年“守护长江清水绿岸”活动，来自 30 多个国家和地区近 200 位国内外专家莅临。湖边大堤，蜿蜒的观鸟木栈道上，张厚义的儿媳李霞平带着被飞飞救下的女儿也在其中。一场惊艳雄浑的交响乐拉开帷幕：上万只鸟儿湖中集合，高挑细长腿的白鹤格外显眼，它们立在“玻璃舞台”中央，漫步、跳跃、旋转、飞翔，演绎着人间最美的芭蕾舞。

2020 年 3 月初，我来到洞庭湖流域，许许多多熟悉张厚义的乡亲们，给我讲起了那些人与白鹤之间的恩义故事，让我一次又一次流下了感动的泪水，这是迄今为止，最感动我的人与自然和谐共生的故事。

【感言】

洞庭湖的老枪杆

余 艳

身体得病，提醒我们怜惜它；地球生病，提醒我们珍惜它。

城市害病，提醒我们爱惜它；瘟疫发生，提醒我们爱护生灵！

病毒，往往趁虚而入，世界系列大瘟疫，绝大多数都来源于野生动物携带、变异、转化的病毒传播。这次“新冠病毒”，仅一年多时间，全球累计确诊人数已经一亿多人，死亡人数多达两百多万！

该长记性了，世界终需与野生动物和平相处，地球是一个巨大的命运共同体。人类和野生动物，是你中有我、我中有你，互相融合，同生共存。可一度，山地、平原，到处是野味大补、猎奇炫耀、畸形消费。

张厚义就是其中的“洞庭湖的老枪杆”，却被一只白鹤求救的眼神软化，这个杀鸟不眨眼“魔王”，从此放下手中枪。而因此重生的白鹤，12 年往返渔家感恩。洞庭湖不停地翻涌波涛，传诵着这个神奇的故事。

可是，每年候鸟南迁必经的“千年鸟道”，因一些人的猎杀，而成了这些鸟儿的死亡墓地。不能让鲜活生命倒在枪口下、毒池边。张厚义用不停的奋争，与“杀戮”决战；用一辈子护鸟，偿还曾欠下的血债。

保护的春天终于来临，习总书记“共抓大保护、不搞大开发”“守护好一江碧水”如激越的战鼓，绿色生态保卫战，像白鹤亮翅——

洞庭湖彻底拆除矮围、网围和迷魂阵，退出珍珠养殖、水产精养；砂石开采、堆场整治、城区水环境治理等“三拆、四退、五治”行动……

环境好了，天地祥和——

碧空如洗，洗得万物清新碧绿；白鹤如云，展翅翱翔遍地吉祥。

12版　2020年4月21日　星期二　文体副刊部主编
责编/张辉东　美编/吴志立　校读/谈梁
橘洲｜报告文学
长沙晚报

编者按

新冠肺炎疫情席卷全球，至今全世界已有二百多万人感染。中国工程院院士陈焕春指出，当今人类新发传染病78%与野生动物有关或者来源于野生动物。人与自然是一种共生关系，对自然的伤害最终会伤及人类自身。

2020年2月24日，全国人大第十三届常委会通过关于全面禁止非法野生动物交易、革除滥食野生动物陋习、切实保障人民群众生命健康安全的决定；3月31日，湖南省十三届人大常委会第十六次会议通过关于修改《湖南省野生动植物资源保护条例》的决定……一场保护野生动物的人民战争在中国打响了，神州大地必将迎来人与自然和谐、生态文明的春天。

在此，本报特别推出省作协副主席余艳深入洞庭湖流域采写的反映人与鸟和谐的报告文学《洞庭恩义录》。

洞庭恩义录

余艳

张厚义那天手一软，举起的枪放下了。他听到一声凄婉而幽怨的哀鸣，那绝望的叫声，让他不由得心生善意。又是一只受伤的大鸟，侠士不杀负伤对手，他朝落鸟的湖中蹚去。

临近一看，只见一只足有五六岁小孩那么高的大白鸟。一生捕鸟无数，张厚义还没有见过这么大的！

见到他，受伤的大鸟挣扎了几次，未能移动半步。两双眼睛对视，张厚义心里一阵惊颤：这是多么恐惧、近乎绝望的眼神啊！凭他多年打鸟的经验，这只鸟快不行了。

那一刻，他把鸟铳丢在地上，奋不顾身地扑向大鸟。张厚义后来无数次想：当时不知一种什么力量，促使他竟然放弃到手的猎物，救下替它疗伤。

张厚义也不知道，自己这次救下的居然是国家一级保护动物——白鹤。从此，他与这只白鹤续下了生命奇缘。一个杀了半辈子鸟的“打鸟魔王”，为一只野生白鹤，金盆洗手，转而变成爱鸟、护鸟的“候鸟卫士”。

一次灾难的突然降临，一场人鸟分分合合的期盼；

一只救回的濒死生灵，一场人鹤间十几年的恩义……

1 “神枪手”为白鹤放下手中枪

每年的入冬时分，白鹤从西伯利亚远涉5300多公里陆续进入中国南方，全球仅4000只白鹤，98%飞越到鄱阳湖越冬。但也有为数较少的白鹤会在洞庭湖停留，享受南方的温暖与丰饶。

张厚义祖辈多以捕鱼打鸟为生，父亲和祖父都曾是名动巴陵的“神枪手”。

受家庭环境的影响，张厚义8岁就会用鸟铳打鸟，10岁就学习了制造鸟铳和打鸟的弹药。16岁的时候，张厚义能轻而易举地举枪打下空中飞翔的各种鸟类，是闻名洞庭的“神枪手”和“杀鸟魔王”。

……

2 “鹤舞渔家”的故事在八百里洞庭不胫而走

……

3 回来吧，飞飞！你救了300人，我们都记得你的恩

水雾渐渐升起，丁字堤外闪烁斜阳光斜照，只只白鹤撑持长腿，从水面高托起雪白的身躯，不时伸出长喙颈脖弧水啄食，进而抬头相互爱抚，或是扇舞翅膀搅乱波光水色……

……

“护鸟使者”张厚义（右）生前图片。

作者手记

人鹤恩义，讲述的是环保的意义

2012年，中央电视台年度“中国法治人物”奖，颁给了朴实渔民张厚义。

2014年7月的一天，张厚义带着对“飞飞”及其他白鹤的思念，在洞庭湖畔离开人世。

值得欣慰的是，张厚义有了接班人。

儿子张彬斜、儿媳李霞平在张厚义的带领下，加入了护鸟队伍，一家子成为洞庭湖流域有名的“护鸟家族”。

2018年洞庭湖国际观鸟节，200只恢复状态的伤愈鸟儿正在放飞。张厚义的儿子张彬斜在忙乎。他感慨，父亲一天能捣毁几十张“天网”的时候过去了。如今，没有毒杀、没有“天网”，白鹤多幸福！它们的活动轨迹、迁徙规律还有准确卫星定位和监测……

2019年“守护长江清水绿岸”活动，来自30多个国家和地区近200位国内外专家莅临。湖边大堤，蜿蜒的观鸟木栈道上，张厚义的儿媳李霞平带着被飞飞救下的女儿也在其中。一场惊艳雄浑的交响乐拉开帷幕：上万只鸟儿湖中集合，高挑细长腿的白鹤格外显眼，它们立在“玻璃舞台”中央，漫步、跳跃、旋转、飞翔，演绎着人间最美的芭蕾舞。

2020年3月初，我来到洞庭湖流域，许许多多熟悉张厚义的乡亲们，给我讲起了那些人与白鹤之间的恩义故事，让我一次又一次流下了感动的泪水，这是迄今为止，最感动我的人与自然和谐共生的故事。

作者（中）深入洞庭湖流域调查采访。余艳供图

后　记

今日小满，按习俗，北方的小麦即将成熟、喜迎丰收的到来。宋代文学大家欧阳修《小满》对此进行了精彩描述："夜莺啼绿柳，皓月醒长空。最爱垄头麦，迎风笑落红。"

在《〈长沙晚报〉封面特稿》付梓之际，即将迎来中国共产党建党一百周年，同时也是《长沙晚报》创刊65周年的美好日子：党的生日，党报创刊日，双喜临门，可喜可贺！本书是《长沙晚报》献给党的百年华诞的最好礼物！

进入新时代，《长沙晚报》贯彻落实习近平总书记关于新闻工作系列重要讲话精神，全面推动媒体融合向纵深发展。近年来，长沙晚报社开拓奋进，务实创新，事业和产业不断壮大，媒体深度融合不断取得新突破：从全国报业盛赞的"保品牌、走新路、兴产业、强队伍"的"四轮驱动"战略，到如今以"原创+科创"双核驱动推动媒体融合发展的新路径，稳健发展，精准转型，正朝着全国一流、全省领先、具有强大影响力和竞争力的新型主流媒体集团迈进。

新时代需要新思维，新时代需要新开拓。全媒体时代，内容仍然是党报的核心竞争力，于是，我们在深度原创上下功夫，因此，就有了2019年9月全国独家推出的深度原创标志性产品——"封面特稿"的问世。因为在这样一个碎片化阅读的时代，我们深知：纸媒存在的价值在于独家，在于深度，在于高度。同时，我们也知道：深入成就深度，深度成就高度，高度成就权威！

这部结集，时间跨度从2019年9月到2021年5月，作品共24篇，分六大板块，以封面特稿为主，也遴选了数篇报告文学作品和两篇述评，主要聚焦长沙的经济发展、社会进步、环境保护、民生民情、脱贫攻坚、文化传承，用大气磅礴的叙事、百转千回的描述、历史与现实的映照来构筑思想和观点的高地，铸就长沙精彩的时代华章，打造新时代的大作品。

这部结集，是集体智慧的结晶。绝大多数作品都是团队合作的成果，为还原作品从酝酿、采访到创作、成稿的痛并快乐的心路历程、背后故事，作品后面都附上了创作团队代表的采写感言，冷暖自知，艰辛自知，甘苦自知。感谢《长沙晚报》的历代报人，感谢报社的全体同仁！正是大家的共同努力，才成就了报社灿烂的今天。

小满小丰收，小满过后，意味着《长沙晚报》即将进入硕果累累的丰收季节。

我们期待着。

编　者

2021 年 5 月 21 日

图书在版编目（CIP）数据

《长沙晚报》封面特稿／李鹏飞主编．—长沙：湖南师范大学出版社，2021.7

ISBN 978－7－5648－4179－9

Ⅰ.①长…　Ⅱ.①李…　Ⅲ.①报告文学—作品集—中国—当代　Ⅳ.①I25

中国版本图书馆 CIP 数据核字（2021）第 091960 号

《长沙晚报》封面特稿

CHANGSHA WANBAO FENGMIAN TEGAO

李鹏飞　主编

◇责任编辑：莫　华
◇责任校对：李　航　张晓芳
◇出版发行：湖南师范大学出版社
　　　　　　地址：长沙岳麓区　邮编：410081
　　　　　　电话：0731－88873070　88873071
　　　　　　传真：0731－88872636
　　　　　　网址：http：//press. hunnu. edu. cn
◇经销：湖南省新华书店
◇印刷：长沙鸿发印务实业有限公司
◇开本：710 mm×1000 mm　1/16
◇印张：28.5
◇字数：540 千字
◇版次：2021 年 7 月第 1 版　2021 年 7 月第 1 次印刷
◇书号：ISBN 978－7－5648－4179－9
◇定价：88.00 元